牡猫ムルの人生観

E・T・A・ホフマン

酒寄進一［訳］

LEBENS-
ANSICHTEN
DES
KATERS MURR

E. T. A.
HOFFMANN

東京創元社

ホフマンの原画による地下室のムルとミーナ
カール・フリードリヒ・ティーレのエッチング
（初版第二巻の表紙）

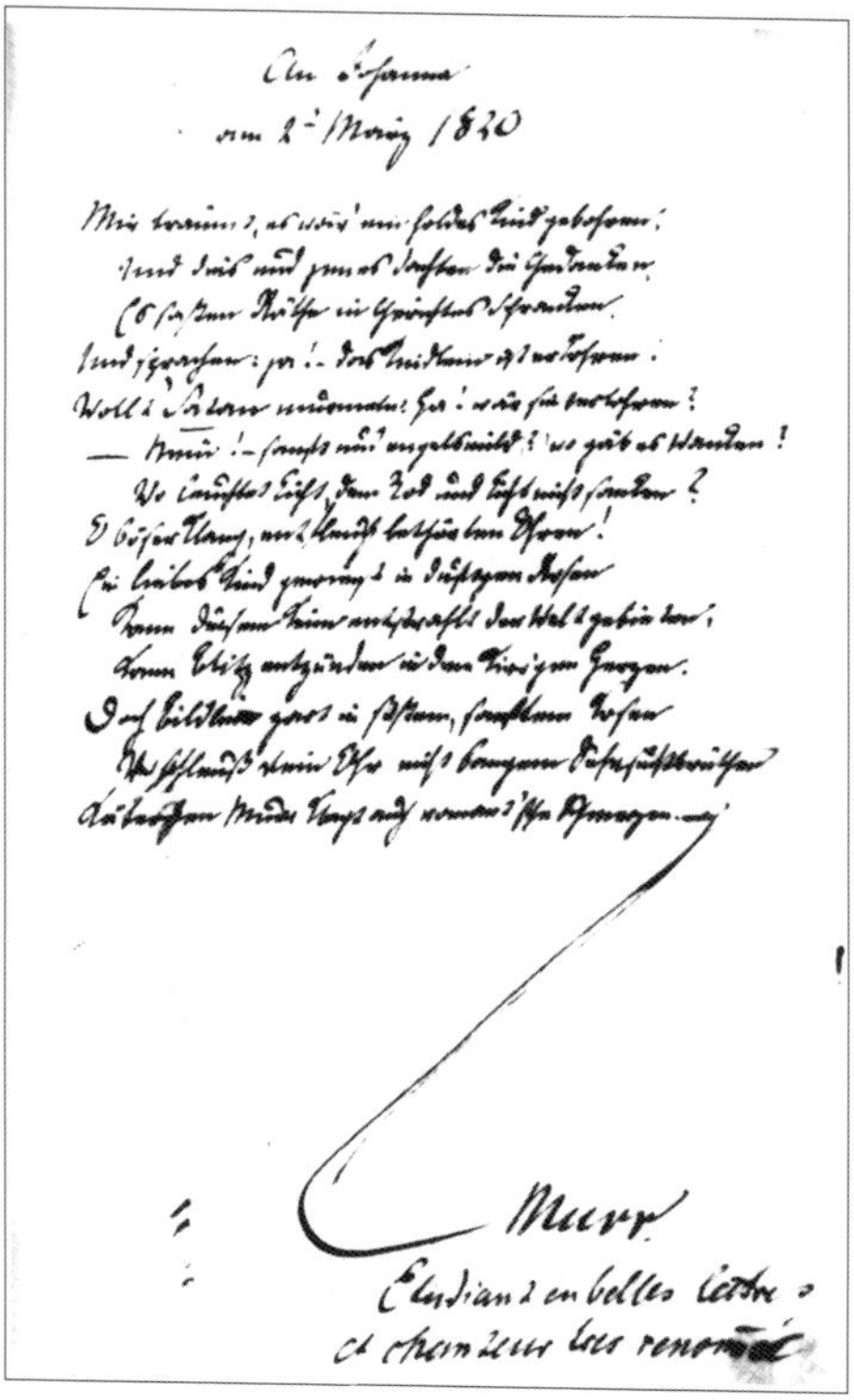

ソネット「ヨハンナへ」（ムル作）
ホフマンがベルリン王立劇場の歌手、
ヨハンナ・オリケの誕生日に贈った詩
（ホフマンの直筆　1820年3月2日）

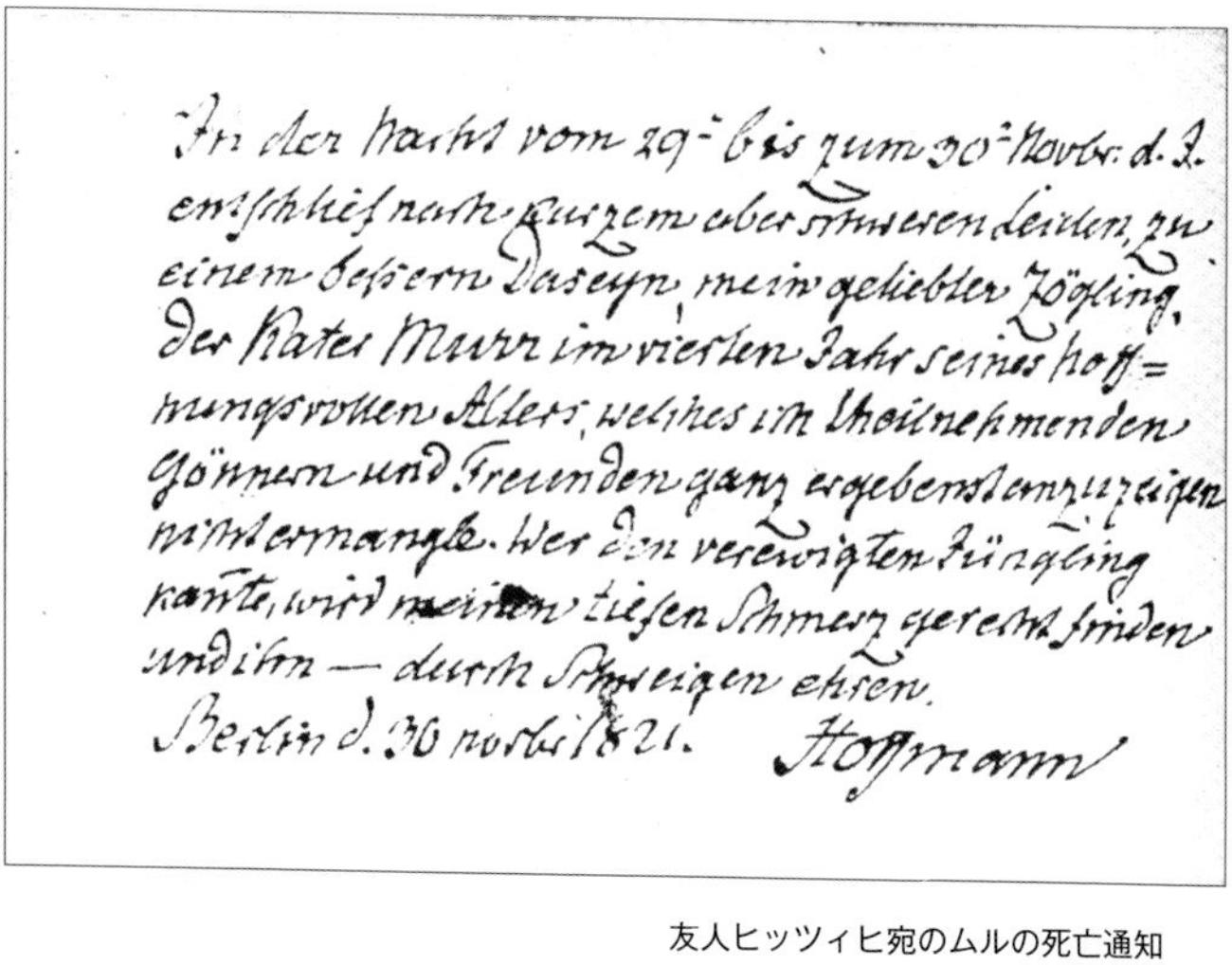

In der Nacht vom 29sten bis zum 30sten Novbr. d. J. entschlief nach kurzem aber schweren Leiden, zu einem bessern Daseyn, mein geliebter Zögling der Kater Murr im vierten Jahr seines hoffnungsvollen Alters; welches ich theilnehmenden Gönnern und Freunden ganz ergebenst anzuzeigen nicht ermangle. Wer den verewigten Jüngling kannte, wird meinen tiefen Schmerz gerecht finden und ihn — durch Schweigen ehren.
Berlin d. 30 Novbr. 1821.
Hoffmann

友人ヒッツィヒ宛のムルの死亡通知
（ホフマンの直筆 1821年11月30日付）

目次

牡猫ムルの人生観
——並びに偶然まぎれ込んだ反故紙《ほご》による
楽長ヨハネス・クライスラーの伝記断片

第一巻

編集人の序文

本書ほど序文を必要とする書物もないだろう。いかなる数奇な経緯で本書が組みあがったか説明しておかなければ、まずわけがわからないはずだ。

そこで編集人としては、大事な読者がこの序文を読んでくれることを切に願うものだ。

かく言う編集人には、心をひとつにした友がいる。自分自身のようによく知る間柄だ。その友がある日、編集人のところへ来て言った。

「きみはすでにたくさんの書物を出版しているし、出版人に知り合いもいる。だから、だれか殊勝な出版人を見つけるのは容易《たやす》いはずだ。その出版人に、輝かしい才能と世にも希有《けう》な天性を兼ね具えた若き作家が書いたものだと、これを推薦してもらいたい。この人物をよろしく。彼にはそれだけの価値がある」

編集人は友の作家仲間のために最善を尽くすと約束した。とはいえ、この原稿がムルという名の猫の手になるもので、その猫の人生観をしたためたものだ、と友に言われたときは、いささか面食らった。それでも物語の出だしがなかなかいいものに思えたので、さっそくその原稿をカバンに入れ、ウンター・デン・リンデン通りのデュムラー氏を訪ねて、猫の本の出版を持ちかけた。

デュムラー氏は、これまで自分のところの作家に猫はいないし、同業者にも同族の作家を抱えているという話はとんと聞いたことがないから、ひとつ試してみようじゃないかと言った。

印刷がはじまり、最初の見本刷が編集人のところに届いた。だが読んでみて驚いた。ムルの物語がところどころ途切れて、奇妙な文章が挿入されていたのだ。明らかに『楽長ヨハネス・クライスラーの伝記』という別の本の一部だった。

仔細《しさい》に調べ、問い合わせをしてみたところ、次のようなことを知るに至った。牡猫《おすねこ》ムルは人生観を書くにあたって、主人のところにあった書物を遠慮なく引き裂いて、下敷や吸取紙に使用した。これらの紙が原稿のあいだに残され、うっかり原稿の一部として印刷されてしまったのだ！

異質な材料が入り交じってしまったことを、編集人はここに謹んで告白しなければならない。編集人は猫の原稿を印刷に付す前に丹念に目を通すべきだった。とはいえ、多少は慰めになることもあった。

親愛なる読者は、括弧内の注記〔反故《ほご》〕と〔ムルのつづき〕に注意してもらえれば、難なく読み分けられるはずだ。おまけに、この執筆中に引き裂かれてまぎれ込んだ本が店頭に並んだことはまずないので、その内容について知る人はほぼいない。牡猫のこの文学上の粗相によって、件《くだん》の楽長のそれなりに注目に値する、じつに奇天烈《きてれつ》な人生について若干知ることができるというのも、また好ましいことだからだ。

ということで、お許しいただければ幸いである。

最後に、作家というのは大胆な発想や非凡な言葉遣いを厚意ある植字工に負っているものである。植字工はいわゆる誤植によって理念の飛躍を手助けする。たとえば編集人は『夜景曲集』の第二部、三二六頁で、庭園の中にある広々とした Bosketts（植え込み）について語った。このときの植字工はなにを思ったか、Bosketts を Kasketts（兜《かぶと》）に変えてしまった。また『スキュデリ嬢』*とい

*原注　社交の楽しみのためにグレディッチュから出版されたポケットブック版、一八二〇年。

う物語を担当した植字工は呆れたことに、この令嬢が黒いRobe（ローブ）ではなく、重い絹の黒いFarbe（色）を身につけてあらわれることにしてしまった、などなど。
だがそれはそれ！　牡猫ムルも、楽長クライスラーの謎の伝記作者も、他人の手で飾られるべきではない。だから編集人は大事な読者に切にお願いする。この作品を読む前に、ふたりの書き手について誤解しないように次の訂正を行なってもらいたい。
なお訂正個所は主要なものにとどめ、些細なものは親愛なる読者の裁量に任せることとする。（原書ではこのあと十四件の誤植一覧がつづく）
終わりに、編集人は牡猫ムルと知己を得、彼が好ましい、温厚で、礼節を知る猫であったことを保証する。彼の姿は本書の表紙に描かれているので、それをご覧いただきたい。

E・T・A・ホフマン

ベルリン　一八一九年十一月

作者の序

恥ずかしながら――わが生涯と苦悩と希望と憧憬を記《しる》した、このささやかな書を胸を高鳴らせつつ世に送るものである。この書は暇にあかし、霊感を覚えた甘美な時間に心の奥底から湧き出したものである。

批評の厳格なる審判に、はたしてよく耐えうるだろうか？　だが諸君、多感な者、子どものごとき心の持ち主、わが輩に類した誠実な者よ、これを記したのは諸君のためなのだ。そして諸君が目に浮かべる一滴の美しい涙が、鈍感な批評家の冷たい批判で傷ついたわが心を癒《いや》してくれるだろう！

五月（一八――年）ベルリン

ムル
（文学士《エチュディアン・アン・ベル・レットル》）

緒言

――作者により差し止められしもの

真の天才に生まれついた自負と冷静さによって、己《おのれ》の伝記を世に送るものである。これで偉大な猫になるにはどうすればよいかを学び、わが輩の素晴らしさをあますところなく認め、わが輩を愛し、評価し、尊敬し、驚嘆し、少しは崇拝する気になるであろう。

大胆不敵にもこの非凡な書の価値を疑う者がいるとしたら、いかなる猫を相手にしているか考えたほうがよい。わが輩には才気も理性もあれば、研《と》ぎすました爪もあるのだから。

五月（一八――年）ベルリン

ムル
（きわめて有名な文学者《オム・ド・レットル・トレ・ルノメ》）

追記　なんということだ！――削除することにしていた作者の緒言まで印刷されてしまった！――くれぐれも、作家である猫の少々横柄な口調を気にしないでほしい。他の感傷的な作家による緒言が哀愁たっぷりと言えども、内心からにじみ出る真の言葉に置き換えれば大差ないはずだから。

編集人

第一節　生きている感触　青春の歳月

生きるというのは、じつに麗《うるわ》しく、素晴らしく、崇高なことだ！――「おお、世の習いとはなんと愉快なことか」悲劇の主人公、かのネーデルラント人（ゲーテの戯曲『エグモント』に登場する悲劇の英雄ラモラール・ファン・エフモント）がそう叫んだ。かく言うわが輩もそう叫びたくなることがある。とはいえ、この世と別れることになったあの主人公のように悲痛な思いからではない――断じてちがうぞ！――歓喜が脳内に渦巻くからこその叫びだ。それにしても、楽しい日々に慣れてしまうと、二度とそこから出る気になれないのもまた事実――今言わんとしているものを精神力、得《え》体《たい》の知れない力、その他どんな名前で呼ぼうとかまわないが、わが猫族を統《す》べるこの原理こそが、先に述べた世の習いをわが輩にもたらすのだ。この原理が、わが輩の奉公するやさしき御仁《ごじん》より見劣りするはずがない。ちなみにこの御仁は、魚料理を目の前に出しておいて、こちらが食べだすなり鼻先からかっさらうような真似をする、そんな人物とはちがう。

　おお、自然よ。神聖にして崇高なる自然！　汝がもたらす歓喜と愉悦が、この繊細なる胸を潤《うるお》す。妖しくざわめく汝の息吹が、この身を包んで吹き抜ける！

　今宵《こよい》はなかなか清々《すがすが》しい。だから――いや、待て。この手記を読む者も、読まない者も、わが輩がどうしてこうも感極まっているのか理解に苦しむだろう。それはそうだ。わが輩が到達した高みがどこか知らないのだから！

まあ、実際にはよじ登ったというのが正しいのだがね。しかし詩人たるもの、四本の脚のことを語っては興ざめだ。仮に四本脚だとしてもな。語るなら、やはり翼がいい。それが自然に生えたものではなく、腕のいい技師が作った仕掛けだとしてもも。頭上には星空が広がり、満月がきらめく光を投げかけている。煌々《こうこう》とした銀光の中、まわりでは屋根や塔が幾重にも屹立《きつりつ》している！　通りに目を転じれば、喧噪もしだいに静まり、夜はますます静寂に包まれていく——雲が流れてゆく——ハトが一羽、寂しそうに塔のまわりを飛びながら、焦《こ》がれる思いを込めて、切なそうに鳴いている！——哀れな奴め！——どうせならこちらへ来たらいいものを——わが輩はきっとときめくぞ。抗《あらが》いがたい陶酔にも似た食欲が湧き起こる！——ほうら、優美な女神よ、こっちへおいで。恋に悩めるわが輩の胸に抱きしめたが最後、二度と手放すものか——あれれ、なんだよ。鳩舎《きゅうしゃ》に飛び込んでしまった。けしからん奴だ。屋根の上にわが輩を置き去りにして、がっかりさせるとは！——ものが欠乏している愛なき不景気な時代だから、魂の真の共鳴を期待するほうがまちがいということか。

そもそも二本脚で直立して歩きまわることが、それほど偉大なことかね。人間と自称する種族がわが種族の上に君臨するなど、おこがましいにもほどがある。こっちは四本の脚でバランスよく歩けるんだ。いや、わかっているとも。連中は自分たちの頭の中にあるもの、たしか理性と言ったか、あれが偉大なものだと思い込んでいるのだ。連中が理性という言葉でなにを理解しているのかよくわからないが、わが主人にして後見人の話から察するに、理性とは自覚をもって行動し、愚行に走らない能力にほかならない。まあ、それなら人間になるのはごめんだな。

意識などという代物《しろもの》には、だれしも慣れてしまうもの。わが輩はそう思っている。一生なんて無我夢中に過ごし、はっと我に返るようなものだ、と。すくなくともわが輩にとってはそうだったし、聞くところによれば、この地上にいる人間はみな、どこでどうやって生まれたかを自分では知らず、眉《まゆ》に唾《つば》をつけたくなるような伝聞を頼りにわかったつもりでいる。その証拠に、有名人の生誕地をめぐって、いくつかの町が争っているではないか。わが輩にしても、はっきりしたことは知らない。というか、そこが大事な母が目にした世界であることだけは確かだが、わが輩がこの世の光を見たのが地下室なのか、屋根裏なのか、はたまた掘っ立て小屋なのかは、ついにわからずじまいとなるだろう。というのも、わが種族特有のことだが、生まれたばかりは目蓋《まぶた》が閉じているのだ。覚えているのはあたりが暗くて、まわりで唸《うな》ったり、あえいだりする声が聞こえたことくらいだ。腹が立つと、自分の意志と関係なく溢れ出るあの声だよ。

そんなことよりもっとはっきり思い出せるのは、ひどく窮屈な入れ物に閉じ込められたことだ。入れ物の内壁は柔らかく、ほとんど息ができなかったため、苦しいやら、恐ろしいやらで、惨めな悲鳴を上げたものだ。それからなにかが入れ物に押し入って、わが輩をひどく荒っぽくつかむのを感じた。自然の賜《たまもの》である驚異的な力をはじめて感じたのはこのときで、さっそくそれを実行した。要は被毛に覆われた前脚から鋭く曲がった爪をさっと出し、わが輩をつかんでいるものに突き立ててやったのだ。

あとで知ったことだが、わが輩をつかんだのは人の手なるものだった。ところがその手は入れ物からわが輩を出すなり、放り投げた。と、同時にわが輩は顔の左右を一発ずつ殴打された。ちなみに殴られたあたりには、立派な髭が生えている。今にして思えば、前脚の筋肉をむやみに動かして相手の手に傷をつけたのがよくなかった。わが輩は道徳上の原因と結果がなんたるかをはじめて体験した。本能の言いなりになっていたわが輩は、出したときと同じ速さで爪を引っ込めた。あとでわかったことだが、爪を引っ込めるのは、愛想がいいとか愛嬌《あいきよう》があるとかいうことらしく、これを

「猫かぶり」と呼ぶそうだ。なるほど。

　さて件のその手は、わが輩をいったん地面に投げた。だがその後、改めてわが輩の頭をつかむと、押さえつけて、口を液体に押し込んだ。さて、どうしてそんな気になったのか、体が反応して、わが輩はその液体をなめはじめた。すると、心が妙に躍るではないか。今ならわかるが、そのとき味わったのは白くて甘いミルクだった。腹ぺこだったので、それをたらふく飲んだ。こうして道徳的修練につづき、肉体的修練がはじまったのだ。

　するとまたしても、といっても先ほどよりはやさしく、二本の手がわが輩をつかみ、温かくて柔らかい寝床に置いた。これはいい気分。わが輩は心の底から快感を味わっていることを表明した。要はわが種族特有の音を立てたのだ。「喉を鳴らす《シュピンネン》（シュピンネンには「頭がおかしい」という意味もある）」と人間が呼ぶ、あれだ。まあ、当たらずとも遠からず、かな。こうしてわが輩はこの世にふさわしい教養を身につけるべく、巨人の歩みもかくやとばかりに邁進《まいしん》した。喉と身振りで身の内の快感を表現できるとは、すぐれものだ。なんたる素晴らしき天の賜か！

　はじめは唸るくらいしか能がなかったが、やがて尻尾をかわいらしく丸めるという、他の者には真似のできない芸当も会得した。それから「ニャア」のひと言で苦痛、歓喜、悦楽、不安、絶望、要するにありとあらゆる感情を豊かに表現する、奇跡とも呼べる力も自家薬籠中《じかやくろうちゅう》のものとした。自分を理解させるための単純この上ない手段と比べたら、人間の言葉などなにほどのものか！――それはともかく、波瀾万丈《はらんばんじょう》のわが青春時代を記念する、ためになる物語をつづけるとしよう！

　深い眠りから覚めると、まばゆい光がわが輩を包み込んでいた。これにはぎょっとした。目蓋が開いて、見えるようになっていたのだ！

　光に目が慣れ、眼前に浮かぶ色とりどりのものに慣れるまで、すさまじいくしゃみが止まらなかった。それでもまもなく、前からそうだったかのように、視覚が見事に機能した。見るということ！　奇跡かと思えるような素晴らしい世の習いだ。これなくしては、この世で生きることすらおぼつかない！——見ることをわがものとすることにかけてわが輩の右に出る者がいたら、その者こそ幸いなるかなだ。

まあ、とにかく不安に駆られて、あの狭い入れ物の中にいたときと同じような悲痛な声を上げた。するど、小柄で痩せた老体がすぐに姿をあらわした。彼にはじつに感服した。というのも、顔の広さではひけをとらないわが輩をもってしても、あの御仁に匹敵する、もしくは似ていると言える者を知らない。わが種族では、被毛が白黒まだらなことなどよくあることだが、頭髪が雪のごとく白いのに、眉が漆黒《しっこく》という人間はめったに見かけない。だが、わが養育者はまさにそういう人物だった。

この人物は自宅にいるときは丈の短い黄色のガウンを着ていたものだから、わが輩はすっかり肝《きも》をつぶして、柔らかなクッションからあたふた飛びおり、隅のほうに這っていった。するとこの人物は、親切そうで、信頼したくなる仕草で身をかがめ、むんずとわが輩をつかんだ。わが輩は爪を出さないように自分を戒《いまし》めた。引っかけば、殴られることがわかっていたからだ。

事実、この人物はわが輩に好意を寄せていた。おいしいミルクの前にわが輩を下ろしたのだからまちがいない。わが輩が夢中でミルクをなめたので、ご満悦のようだった。いろいろ話しかけてきたが、あいにくちんぷんかんぷんだった。あの頃はまだなにも知らないうぶな子猫だったので、人間の言葉を解さなかったのだ。どのみちこの御仁のことはよく知らなかったしな。ただいろいろなことに秀《ひい》でていて——学問や芸術に精通していることはまちがいなかった。というのも、この人物のところにやってくる人間がことごとく（その中には、自然がわが輩の被毛に黄色い斑点を授けてくれた個所、つまり胸元に星形や十字形のものをぶら下げている者もいた）、人一倍ていねいにふるまい、ときにはわが輩がのちにプードルのスカラムーツに感じたのと同様の畏敬《いけい》の念すら見せて、「敬愛する、かけがえのない、尊敬すべきマイスター・アブラハム！」などと呼んだからだ——ただしふたりだけ、彼のことを軽い口調で呼ぶ者がいた。ひとりは背の高い、がりがりに痩せた男で、オウムのような緑色のズボンと白い絹の靴下をはいていた。もうひとりは小柄でひどく太った女性で、髪が黒く、すべての指に指輪をはめていた。ところで、その紳士は侯爵であり、女性のほうはユダヤ系の婦人であった。

　マイスター・アブラハムの住居は、こうした上流階級の客が訪ねてくるには珍しい、上階にある狭苦しい部屋だったので、わが輩にはかえって都合がよかった。散歩をするとき窓から屋根や屋根裏部屋に難なく行ける立地だったからだ。

　そうなのだ！　わが輩はどこかの屋根裏で生まれたにちがいない！——地下室とか、材木倉庫がなんだ——断然、屋根裏で生まれたことにする！——気候、祖国、風俗、慣習から受けたものは容易く消せるものではない。これこそ、世界市民の外見と内面を形作るものだ！——この気高い心、崇高なものへのやみがたい衝動がこの胸に宿った理由は他に考えられない。よじ登るという奇跡ともいえる希有な技量や、大胆にして天才的な跳躍というだれもが羨望する能力だってそうだ——ああ！　わが輩の胸を満たす甘美なる哀愁！——故郷である屋根裏への焦がれる思いがこの胸に押し寄せる！——おお、麗しの祖国よ、この涙を、哀愁こもる歓喜の声「ニャア」を捧げよう！——この跳躍は汝に敬意を示すもの。祖国への操《みさお》と愛国の情がこもっているのだ！——おお、屋根裏よ、ここならネズミをたっぷり獲れるし、煙突の中に吊るしたソーセージやベーコンをたんまりくすねてくることだってできる。そればかりかスズメを何羽も仕留められるし、たまにはハトも狙える。

「汝への愛こそ巨大なりけり、おお、祖国！」

とはいえ、振り返って、わが輩が――

（反故《ほご》）――「『記憶にございますでしょうか、ご領主様、夜中にポンヌフを渡っていた弁護士が強い突風のせいでかぶっていた帽子をセーヌ川に落としたのです。似たような場面がラブレーにもありますが、じつを言うと、あれは突風のせいではなかったのです。マントが風をはらんだとき、弁護士は帽子をしっかり頭に押しつけました。ところが『ひでえ風だね、旦那』と大声で言いながら駆け抜けた擲弾兵《てきだんへい》が弁護士の鬘《かつら》から上品なビーバーの毛のフェルト帽をひったくったのです。ですからセーヌ川の波打つ川面に投げられたのは弁護士の帽子ではなく、擲弾兵がかぶっていたみすぼらしいフェルト帽で、突風はそちらの帽子を水浸しの死出の旅路に送ったのです。ご領主様も、ご存じでしょう。弁護士が呆気《あっけ》に取られていると、間髪を容れず、ふたり目の擲弾兵が『ひでえ風だね、旦那！』と言って駆け抜け、弁護士のマントの襟をつかんで、引っぺがしました。するとまた三人目が『ひでえ風だね、旦那！』と言って駆け抜け、黄金の握りのついたスペイン風のステッキをもぎとりました。弁護士は懸命に叫ぶと、最後のかっぱらいめがけて鬘を投げつけ、頭をむき出しにしたまま、マントもステッキもなしで歩いて、奇妙奇天烈な遺言状をしたため、世にも珍しい冒険をするという次第です。ご領主様ならすべてご存じのことでしょう！』

私が話し終えると、侯爵が答えたよ。

『正直わけがわからないぞ、マイスター・アブラハム。なにゆえそのようなわけのわからぬ話をするのかね。ポンヌフならよく知っている。パリにある橋だ。歩いて渡ったことはないが、私の身分にふさわしく馬車で渡ったのは一度や二度ではない。ラブレーとやらいう弁護士には一度も会ったことがないし、兵士たちのいたずらについてもこれまで気にかけたことがない。軍隊を指揮していた若い頃、羽目をはずしたり、はずしかねない士官候補生どもを週に一度はひとり残らず引っぱたかせたものだ。だが兵卒を折檻《せっかん》するのは中尉の役目ではないので、私を見本にして、士官候補生が毎週殴っていた。しかも土曜日にまでやったものだから、日曜日には士官候補生も兵卒もみな、無様《ぶざま》なありさまだった。こうして殴られることで鍛えられ、打たれ強くなったおかげで、実戦経験はないもののわが隊は敵を打ち倒すことしか頭になかった――これで合点《がてん》がいっただろう、マイスター・アブラハム。そこで教えてもらいたいのだが、嵐のことや、ポンヌフの上でかっぱらいに遭ったラブレー弁護士のことを話題にして、なにが言いたいのかね。それより詫びの言葉はどうした。祝宴がだいなしになったこと、火の玉が私の付け髪に飛び込んだこと、大事な息子が噴水池に転《ころ》げ落ち、けしからんイルカどもからさんざん水を浴びせかけられたこと、娘がヴェールをはぎ、スカートをたくしあげて、アタランテー（ギリシア神話に登場する女性の英雄。あまたの求婚者たちと命を懸けた勝負をして追い払った故事で知られる）さながらに庭園を逃げまどわねばならなかったこと――それから――それから――あの忌々《いまいま》しい夜の椿事《ちんじ》を数えあげることなどだれにできよう！――さあ、マイスター・アブラハム、どう申し開きするのかね？』

『ご領主様』私は恭《うやうや》しく腰をかがめて答えた。『なにもかも、とんとん拍子でしたのに。いきなり吹き抜けた突風、あの憎き悪天候こそ、すべての元凶だと申せましょう。地水火風の四大《しだい》に命令することなど、私ごときにできましょうか？――あのときは私自身、ひどい目に遭いました。ところであの弁護士を有名なフランスの作家ラブレーと混同しないでいただきたいのですが。あの弁護士同様に帽子と上着とマントを失う場面を描いているだけです。私は――』」

「よろしいでしょうか」ヨハネス・クライスラーが師の長い話をさえぎった。「もうほとぼりが冷めてもよさそうなのに、世間では先生演出による侯爵夫人のお誕生日会をまるでいかがわしい秘密ででもあるかのように噂しています。もちろん先生はいつもどおり意表をつくことをたくさん用意されたのでしょう。世間は以前から先生を魔術師だと思っていますから、あの祝宴を見て、やはりそうだと思ったはずです。率直にお話しください。なぜあんな仕儀となったのですか？　ご存じのとおり、私はその場には――」

「だからだよ」マイスター・アブラハムは友の言葉をさえぎった。「きみがいなかったのがいけなかった。地獄のいかなる復讐の女神か知らないが、きみはそやつに駆りたてられて正気をなくし、出奔《しゆつぽん》していた。そのせいで、こちらは目も当てられないことになってしまったのだ。私は四大を呪文で呼び出し、私の胸を切り苛《さいな》んだあの祝宴をぶちこわそうとした。とにかくあの場の主人公となるべききみが不在だったのがいけない。それでも、はじめはどうにかうまくいっていたが、愛し合う人々にとっては悪夢の苦渋、苦痛、恐怖以外のなにものでもなかった！――よく聞くんだ、ヨハネス、きみの内面深くまで見通し、危険で――身を滅ぼしかねない秘密があることには気づいていた。そして、いつ何時すさまじい炎を噴いて大爆発し、まわりのものを手当たり次第にむさぼるかわからない、そういう活火山が、その胸の内にあることにもな！――私たちの内面には、どんな親しい仲でも話せないことがある。だから私に見えていたことも、用心して言わずにいたのだ。じつはあの祝宴にしても、本音では侯爵夫人ではなく、別の愛されている人ときみ自身が狙いで、私としてはきみの自我そのものを強引にからめとりたいと思っていたんだ。きみがひた隠しにしている苦悩を蘇《よみがえ》らせ、眠りから覚めた復讐の女神さながらに倍の力できみの胸を食いやぶるはずだった。冥界《めいかい》の神から取り寄せた劇薬、ひどい発作のときにはどんな名医でもためらわずに使う妙薬だ。瀕死の者と同様に、きみを死に至らしめるか、快方に向かわせるか、どちらかの結果が出るはずだった！――いいかね、ヨハネス、侯爵夫人の聖名祝日はユーリアの聖名祝日でもある。ふたりとも聖名はマリアだからな」

「なんですって！」クライスラーは燃えさかる炎を瞳に宿しながら、飛びあがって叫んだ。「先生！　私を愚弄する権利が先生にあるんですか？――私の内面をつかんだとかおっしゃいますが、あなたは運命そのものなんですか？」

「落ち着きたまえ」アブラハムは動じなかった。「きみの胸に燃えさかる業火《ごうか》が純然たる揮発油の炎になるのはいつのことだろう。きみの中にある芸術に対する深い感性や、素晴らしいもの、美しいものを感じる心に培《つちか》われれば、いつかそうなるはずなのだがな！――あの惨憺《さんたん》たる祝宴の話をしろと言ったね。ではゆっくり聞きたまえ。だが聞く力がないようなら話はここまでとする」

　クライスラーは両手で顔を覆い、ふたたび腰を下ろすと、声をわずかに押し殺して言った。「話してください」

　マイスター・アブラハムは突然、明るい口調で答えた。

「ヨハネス、気の利いた演出といっても、元を正せばその大部分は侯爵の旺盛な発想に基づいていた。それを説明しても、きみはうんざりするだけだろう。祝宴は夕方遅くからはじまった。だから離宮を囲む美しい庭園に明かりが灯っていたことは言うまでもない。その照明を使って、私はこれまでにない効果を生み出そうとした。だが完璧にはいかなかった。侯爵の指示で通路という通路に、大きな黒い衝立《ついたて》を設置し、その衝立に極彩色のランプを取りつけ、真ん中に侯爵家の冠と並んで侯爵夫人のイニシャルに火が灯る手はずだったんだ。衝立は高い杭《くい》に釘付けした。ちょっと見には、明かりが灯っている警告板のようだったな。禁煙とか、税関を迂回《うかい》すべからずとか書いてあるやつだ。祝宴のハイライトは、庭園の中央にある茂みや人工の廃墟であつらえた劇場だ。知ってのとおりさ。その劇場では、町から呼び寄せた俳優たちが寓意的な芝居を披露することになっていた。充分に馬鹿馬鹿しい出し物だから、人気を博すのはまちがいなしだった。といっても、侯爵自身が書いたものではないがね。だから、侯爵自作の劇を上演したことのある舞台監督の気の利いた言葉を借りれば、『やんごとなき筆より流れいずるもの』ではなかったわけさ。

さて、宮殿から劇場まではかなり距離がある。侯爵の詩心に従って、宙に浮く精霊の人形が二本の蠟燭《ろうそく》を持って侯爵家の方々を先導する趣向を考えていた。そのときは明かりを灯さず、侯爵家の方々と従者が着席したあと、劇場の照明をつける手はずだった。というわけで、今言った道は暗かった。道のりが長いので、こうした仕掛けはなかなか難しいと訴えたんだが、聞き入れてもらえなかった。侯爵は『ヴェルサイユの祝宴』という本で似たような仕掛けを見つけ、その詩心のある思いつきを忘れられず、実行に移すと言って聞かなかった。いわれのない非難を受けるのはごめんなので、私はこの精霊と蠟燭を町から呼んだ一座の裏方に任せた。

侯爵夫妻は従者を引き連れて、サロンのドアからお出ましになった。ふっくらした頰の小さな精霊が、侯爵家の色をあしらった衣装を身にまとい、左右の手に蠟燭を持って離宮の屋根から引き出された。ところがこの人形が重すぎてね。二十歩も行かないうちに機械が動かなくなり、光り輝く人形も宙で立ち往生した。このとき裏方が力任せに引いたものだから、精霊はひっくり返ってしまった。火のついた蠟燭も下を向き、熱い滴《しずく》をポタポタと地面に落とした。最初に垂れた蠟は侯爵本人に命中した。侯爵はストイックなくらい平然として熱さに耐えたが、歩調を遅くしたかと思うと、また速めて急いで前に進み出た。精霊はつづいて従者の頭上で足を上、頭を下にしてふわふわ揺れた。侍従長、侍従などの従者の頭や鼻に、蠟燭から滴《したた》る灼熱の雨が降りそそいだわけだ。しかし熱いと言って楽しい祝宴の邪魔をしては沽券《こけん》に関わる。禁欲的なスカエウォラ（共和政ローマ初期の人物で、王政復古を画策したエトルリア王を退けた）の一団よろしく、不運に見舞われた彼らは顔を引きつらせ、苦痛を押し殺し、いやそれどころか冥界の神もかくやと思えるほどの笑みを浮かべ、声も出さず、ため息ひとつ漏らさず、しずしずと歩きつづけた。いや、あれは見物《みもの》だったよ。そんなときに太鼓が打ち鳴らされ、トランペットが鳴り響き、たくさんの声が、『やんごとなき侯爵夫人万歳！　やんごとなき侯爵様万歳！』と叫んだので、ラオコーン像（十六世紀にローマで出土した古代ギリシアの大理石像）さながらの表情と歓喜の声が奇妙なコントラストをなし、悲壮感がかえってその場に思いもつかない荘厳さをもたらした。

だがそのうちに、太った老侍従長が我慢の限界に達した。灼熱の一滴がちょうど頬に命中したとたん、あの御仁はもうたまらんとばかりに脇へ飛びのいた。ところが折悪しく地面すれすれに垂れさがった仕掛けのロープに足を絡めてしまい、『ちくしょう！』と大声で叫んで、地面に転がったんだ。

そのとき、身軽な侍従が自分の役目を果たした。重量級の侍従長がその重さで侍従を引っ張ったんだ。侍従が従者の列に転がり込んだから、さあ大変。侍従たちが大声を上げてぶつかり合った。しかも蠟燭が消えたので、あたりは真っ暗闇。劇場を目前にしてこんな顚末になってしまった。私はそこにあったすべてのランプ、すべての点火台に一斉に火をつける点火器を預かっていたが、人々が林や植え込みにまぎれ込む時間を与えるために二、三分ほど間を置いた。『明かりを――明かりを』侯爵は『ハムレット』に登場する王さながらに叫んだ。『明かりを――明かりを』従者たちのかすれた声がそこに重なった。その場に明かりが灯ると、ばらばらになった従者たちは敗走した軍のようだったが、なんとか態勢を立て直した。侍従長は才覚があり、当代随一の軍師であることを示した。というのも、彼が八方手を尽くし、ものの数分と経たぬうちに秩序を回復したからだ。侯爵は側近たちとともに観客席の真ん中に設《しつら》えた、一段高い花の玉座に向かった。侯爵夫妻が着席すると、裏方が作った乙《おつ》な仕掛けで大量の花がおふたりの上に降りそそいだ。陰険な宿命はこれでも飽き足らず、大きなオレンジ色のユリを一輪、侯爵の鼻に落とし、顔じゅうを花粉で真っ赤にしてしまった。おかげで侯爵は祝宴の華やかさにふさわしい風貌になったという次第さ」

「それはひどすぎます――ひどすぎる」クライスラーはそう叫ぶと、まわりの壁をふるわすほどげらげら笑った。

「馬鹿笑いはやめたまえ」アブラハムは言った。「私だってあの夜はいつになくひどく笑った。いろいろいたずらをしたいと思っていたし、妖精パックみたいにその場をかきまわしたかった。だが実際には放った矢が自分の胸深く刺さった――つまりだね！――これだけは言っておきたい！　子どもだましの花降らしのために、見えない紐をしっかり結《ゆわ》えつけ、電線のようにそこいらじゅうに張り巡らしてあって、この神秘の霊的装置によって、私とつながりのある者たちの内面を深く揺さぶるはずだった――口をはさまないでくれ、ヨハネス――静かに聞きたまえ――ユーリアは侯爵令嬢といっしょに侯爵夫人の斜め後ろにすわっていた。ふたりの姿はよく見えた。太鼓やトランペットが鳴りやんだちょうどそのとき、芳《かぐわ》しいムラサキハナナのあいだに隠れていたバラの蕾《つぼみ》がユーリアの膝にぽとりと落ち、きみが作った、心に深く沁みわたる歌が、流れる夜風のように聞こえてきた。

『我は黙してつらき定めを嘆かん《ミ・ラグネロ・タチエンド・デラ・ミア・ソルテ・アマーラ》』

ユーリアははっとした。きみが演奏の仕方に文句をつけないようにあらかじめ言っておくが、それは離れたところから四人の優秀なバセットホルン奏者に吹かせたものだった――演奏がはじまると、ユーリアはかすかに『ああ』と声を漏らして、花を胸にしっかり抱きしめた。そのときあの子が侯爵令嬢に言うのがはっきりと聞こえたよ。

『きっとあの方が戻ってきたんです！』

令嬢はユーリアを激しく抱擁して、大きな声で言った。

『まさか——それは絶対にないわ』

すると、侯爵が真っ赤な顔をして振り返り、静かに《シランス》と注意した！　侯爵が愛する娘のことをそんなに怒っているはずはなかったが、言わせてもらえば、オペラに登場する嫌われ者の暴君でも、あそこまで見事な化粧はできないだろう。だから侯爵はずっと怒りっぱなしのように見えた。玉座の上で侯爵家の幸福を体現しつつ感動的な演説をしても、やさしいふるまいをしても、すっかりぶちこわしだった。俳優と観客はすくなからず困惑していた。侯爵は自分の手で赤い線を引いた原稿の個所にさしかかると、侯爵夫人の手に口づけをして、涙をひと滴《しずく》、ハンカチでぬぐったが、それでも苦虫を噛みつぶしたような顔のままだったため、そば近くに控えていた侍従たちがひそひそささやき合った。

『侯爵様が、なんてことだろう！』

いいかね、ヨハネス、俳優たちが前方の舞台で下手くそな悲劇をやっているあいだも、私は天使のようにかわいいユーリアを讃えるために、魔法の鏡などの装置を使って後方の空中で精霊劇を進行させた。きみが素晴らしい霊感で生み出したあのメロディーが、あるときは遠く、またあるときは近くに響き、ユーリアを呼ぶ精霊のような声もかすかに聞こえた——そこに足りないのはきみだけだった——ヨハネス、きみがいなかったとはな！　だから精霊劇が終わったあと、せっかくお膳立てしたのに、とがっかりしたものさ。シェイクスピアのプロスペロ（『テンペスト』の主人公）よろしく、如《じょ》才《さい》なかった空気の精エアリエルを誉《ほ》めるべきだったのにな——ユーリアはすべてを了解していた。ところが、普段ならそれほど日常に影響を及ぼさないはずの快い夢に刺激され、気が高ぶっているようだった。一方、侯爵令嬢は深い物思いに耽《ふけ》っていた。それから令嬢とユーリアは腕を組んで明かりの灯った庭園の小径をそぞろ歩きした。その頃、園亭では宮廷の者たちが酒盛りをしていた

——この瞬間のためにとっておきを準備していたのに、肝心のきみが欠けていた——ヨハネス、きみがいなかった——腹を立てながら駆けずりまわって、私は祝宴の終わりに上げる大きな花火の準備ができているか確かめた。ふと空を見上げて、遠くガイアーシュタイン山を覆ううっすらと明るい夜空に小さな赤っぽい雲が浮かんでいることに気づいたのはそのときだ。嵐の前触れだった。ひっそりとこちらへ流れてきて、私たちの頭上でいきなりはじけそうだった。嵐になるのがいつ頃か予測してみた。知ってのとおり、雲の状態を見るだけで、私は秒単位でいつどうなるかがわかる。一時間とかからないのは明らかだった。そこで花火の打ち上げを急がせることにした。その瞬間、私のエアリエルがあの決定的な幻術をはじめたんだ。庭園のはずれにある小さなマリア礼拝堂できみが作った「めでたし、海の星《アヴェ・マリス・ステラ》」（聖母マリアの賛歌）の合唱が聞こえてきたんだ。私はそっちへ急いだ。ユーリアと侯爵令嬢が礼拝堂の前に設えた礼拝用の椅子にひざまずいていた。ちょうどその場所に行きつくと——といっても、きみはいなかったんだがね——きみが欠けていたんだ、ヨハネス！——そこでなにがあったかは言わずにおこう——ああ！——私の技術の粋を集めた傑作になるはずだったのに、空振りしてしまうとは。想像もしていなかったことをそのとき知る羽目に陥るとは、間抜けなことだ」

「話してください」クライスラーは言った。「すべてなにもかも！　ありのままに」

「だめだ。言っても詮ないことだ、ヨハネス。私の精霊たちがどうやって私を震撼《しんかん》させたか、もう一度話せというのかね。そんなことをしたら胸が張り裂けてしまう！——あの雲！——いい思いつきだったのだが！

『もうこうなったら、なにもかもめちゃくちゃになってしまうがいい』

私は荒々しく叫ぶと、花火が仕掛けてあるところへ走った。侯爵には、準備が整ったら合図しろと言われていた。もくもくと大きくなっていく雲から目を離さないようにし、雲が充分に高くなったと判断したときに、花火師たちに着火させた。まもなく宮廷の者たちが集まってきた。回転花火、ロケット花火、打ち上げ花火といったありきたりのものが終わると、侯爵夫人のイニシャルを象《かたど》った中華風の大玉花火が天に昇り、さらにその上で乳白色の光からなるユーリアという名が浮かんで消えた——時は満ちた——私は仕掛け花火に点火した。シュルシュル、パンパンと音を立てながらロケット花火が次々と空高く上がり、それと同時に赤い稲光《いなびかり》と、森や山地を揺るがす轟々《ごうごう》たる雷鳴をともなって嵐がやってきた。暴風が庭園に荒れ狂い、茂みの奥で上がった無数の悲鳴をかき消した。私は逃げ出したトランペット吹きの手から楽器をもぎとり、陽気に吹き鳴らした。火筒、大砲、小臼砲の祝砲がゴロゴロ鳴りわたる雷に負けじと轟《とどろ》いた」

マイスター・アブラハムが話しているあいだ、クライスラーは勢いよく立ちあがると、部屋の中を忙《せわ》しなく歩きまわり、両腕を振りまわして夢中で叫んだ。

「素晴らしい。お見事です。さすがは、私が心酔する先生！」

「ああ、こういう騒動がきみの好みなのはわかっている。しかしきみが不気味な霊界の力に身を委《ゆだ》ねていたことをうっかり忘れていた。ほら、大きな水盤の上にエオリアン・ハープ（自然に吹く風で音を鳴らす楽器）がかけてあるだろう。私はあれの弦をピンと張らせておいた。嵐がやってくると、熟練のアルモニカ（一七六一年にベンジャミン・フランクリンが発明した楽器で、ガラスを共鳴させて音を出す）演奏者が弾いているみたいに、いい音がした。人々の阿《あ》鼻叫喚《びきょうかん》と暴風の唸り声と雷の轟音にまじって、エオリアン・ハープの和音がすさまじく響き渡った。猛烈な音がますますその速度を上げ、復讐の女神のバレエを連想させたよ。ほら、素晴らしいと評判になっている、あれだ。しかも劇場のリネン製の壁のあいだではまず聞くことができないほどのすさまじさだった！——さて！——三十分ですべてが終わった。月が雲間《くもま》から顔を出した。夜風が恐れおののく森を慰めようとでもするように吹き抜け、黒々した茂みから涙をぬぐいとった。そのあいだもエオリアン・ハープはときおり、遠くの鐘の音のように響いた——私は不思議な気持ちになった。ヨハネス、私の心はきみのことでいっぱいだったので、目の前にある失われた希望と満たされぬ夢の墳墓からきみが起きあがり、この胸に倒れかかるような気がしたほどだ。夜のしじまに包まれながらさまざまな思いがこみ上げてきた。なんというたずらをしてしまったのだろうとか、陰険な宿命の結び目をどうすれば断ち切れるだろうかとか。だが冷たい戦慄《せんりつ》にふるえているうちに気づいた。恐れなければならないのは自分自身なのだ、と——無数の鬼火が庭園のあちこちで飛びはねているようだったが、よく見ると、それは逃げまどう人々が落とした帽子や鬘やサーベルや靴やショールをランタン片手に拾い集めている使用人たちだった。私はその場を逃げ出した。町の前に渡してある大きな橋の真ん中で足を止め、もう一度、庭園を振り返った。庭園は月が投げかける不思議な淡い光に照らされて、すばしこい妖精たちが陽気に戯《たわむ》れる魔法の庭のようだったよ。そのときピーピーというかすかな声を耳にしたんだ。生まれたばかりの赤ん坊の泣き声のようだった。なにごとかと思って、欄干《らんかん》から身を乗り出してみると、明るい月光の中、子猫がいた。死にたくない一心で必死に橋の支柱にかじりついていた。だれかが溺死させようとしたものらしいが、生まれたばかりの子猫は水から這いあがってきていたのだ。それで、私は思った。人間の子ではなくても、救いを求めているかわいそうな動物ではないか、救ってやらねば、とね」

「これは、これは、多感なユスト」クライスラーは笑った。「あなたのご主人テルハイムはいずこ（テルハイムはレッシングの戯曲『ミンナ・フォン・バルンヘルム』の登場人物。ユストはその使用人）？」

「おいおい、ヨハネス。ユストなんぞと比べないでほしいな。ユストよりもいいことをしたのだから。ユストはプードルを救った。プードルなら、だれだってかわいがるだろう。手袋や煙草入れやパイプを運ばせるなど、いろいろ役にも立つ。だが私が救ったのは牡猫だ。多くの人に嫌がられ、不誠実だと貶《けな》されるのが普通で、やさしい好意も見せず、友に心をひらきもしない奴だと罵《ののし》られる、人間への敵意を捨てない動物だ。でも救うことにしたのは、損得抜きの純粋な人間的な愛からさ——欄干を乗り越えると、危険を覚悟で、下のほうに手を伸ばし、鳴いている子猫をつかんで引っ張りあげ、ポケットに入れた。家に帰ると、疲労困憊していたので、すぐさま服を脱ぎ、そのままベッドに倒れ込んだ。だが眠ったかと思うと、哀れっぽく鳴く声に起こされた。その声は衣装ダンスから聞こえてきた——子猫のことを忘れて、上着のポケットに入れっぱなしにしていたんだ。さっそくそいつを監獄から救い出したが、こともあろうに、そいつはその礼に爪を立てた。五本の指から血が出たよ。猫を窓から投げ捨てようかと思ったが、考え直した。自分の了見の狭さが恥ずかしくなった。人間相手でもすべきことではない。分別を持たない動物が相手ならなおさらだ——というわけで、苦労してその猫を育てて大きくした。そいつは稀《まれ》に見る賢い奴だ。おまけにおとなしいし、よく笑わせてくれる。唯一欠けているものがあるとしたら、それは高い教養だろう。ところでヨハネス、きみならその猫に教養を授けるのも容易いだろう。だからムルと名づけたその猫をこの先きみに任せようと思っている。今のところ、ムルはまだ法律家が言うところの『独立した成年《ホモ・ス》男子《イ・ユーリス》』ではないが、一応、きみに仕《つか》える気があるかどうか訊いてみた。彼は納得している」

「馬鹿なことをおっしゃらないでください、先生！　猫が苦手なのはご存じでしょう。飼うなら犬のほうがまだましです」

「頼むよ。心からのお願いだ、ヨハネス。せめて私が旅から戻るまで前途有望な牡猫ムルを預かってくれ。じつはもう連れてきているんだ。外でよい知らせを待っている。せめてその姿を見てやってくれ」

マイスター・アブラハムはドアを開けた。藁《わら》を編んだマットの上に猫が一匹、背を丸めて眠っている。たしかに美の奇跡とでも呼べそうだ。背中は灰色と黒の縞模様で、その模様が耳のあいだの額に集まり、じつに優美な神聖文字《ヒエログリフ》を描き出している。堂々とした尻尾にも同じ縞模様が入り、並外れて長く、力強い。そのうえ被毛が日の光を受けて輝き、灰色と黒の縞模様のあいだにさらに細い金色の筋が見える。

「ムル！　ムル！」マイスター・アブラハムが声をかけた。

「クルルル――クルルル」牡猫ははっきり聞きとれるように応え、伸びをすると――立ちあがって、素晴らしく形のいい猫背を作ってみせ、草色の両目をぱっと見ひらいた。その目はらんらんと燃えていて、才気煥発なのがよくわかった。この点は先生の言うとおりだ、とクライスラーも認めざるをえなかった。そう、この牡猫の容貌には通常とはちがう、非凡なものがあった。頭がこれだけ大きければ、学問をたっぷり詰め込めるだろうし、若いくせに早くも髭が白く、古代ギリシアの賢者の風格さえある。

「しかし、おまえはところかまわずよく寝るな」マイスター・アブラハムが牡猫に言った。「そんなだと、やんちゃにふるまうことができなくなって、早々に気むずかしい動物になってしまうぞ。ほら、顔を洗うんだ、ムル！」

牡猫は後ろ脚立ちになると、ビロードの前脚で上品に額と頬を撫でまわし、それから澄んだ声でうれしそうにニャオと鳴いた。

「こちらは」アブラハムは話をつづけた。「楽長ヨハネス・クライスラーだ。これからおまえが仕える人だ」

牡猫はぎろりと大きな目で楽長を見つめ、喉を鳴らすと、彼の脇にあったテーブルの上に飛び乗り、そこから難なく彼の肩に移った。まるで耳打ちしたいことがあるとでも言うように。そのあとまた床へ下りると、尻尾をくねらせ、喉を鳴らしながら、お近づきになりたいと言わんばかりに新しい主人のまわりを歩いた。

「これは参りました」クライスラーは言った。「この小さな灰色猫には知性があるようですね。きっと例の長靴をはいた猫の一門でしょう！」

「はっきりしているのは、牡猫ムルがこの世で一番おどけた生き物だということさ。真のプルチネッラだ（イタリアの即興喜劇《コメディア・デッラルテ》に登場する道化。鷲鼻の黒い仮面、太鼓腹、白い服が特徴）。それでいておとなしい。押しつけがましいところも、あつかましいところもない。撫でてもらおうとうるさくつきまとう犬とは、そこがちがう」

「この賢い猫を観察していると、私たちの認識がどんなにせせこましいかわかって、気が重くなりそうです——動物の精神力がどこまで伸びるか知っている者などいるでしょうか！——自然界のことで探究しきれていないことがあると、私たちはすぐ名前をつけてすませ、学校で覚えたくだらない知識を振りまわして威張りちらす始末。たかが知れているというのに。だから、素晴らしい形であらわれる、こうした動物の精神力まで本能という言葉で片づけてしまうのです。しかし、思いどおりにならないいやみくもな衝動にほかならない本能という理念と夢を見る能力がはたして同一のものかどうか、それだけでも答えを見つけられたらいいと思うんですが。たとえば犬がありありと夢を見るということを、眠っている猟犬を観察したことのある人なら、だれしも認めるでしょう。犬は夢の中でも狩りをするんです。獲物を探して嗅ぎまわり、まるで走ってでもいるかのように脚を動かし、あえぎ、汗をかきます——眠っている猫の場合はどうなのか、今のところ皆目わかりませんが」

「牡猫ムルは」マイスター・アブラハムが友の言葉をさえぎった。「ありありと夢を見るだけではない。はっきり言って夢想に耽ったり、夢見がちになったり、夢遊病的な妄想状態に陥ったりすることもある。つまり睡眠と覚醒のあいだの宙ぶらりんな状態、詩心を持つ者が天才的な着想を得た瞬間と呼んでいる状態のことだ。ムルはこのあいだからそういう状態で、ため息をついたりうめいたりしている。恋に落ちたか、悲劇でも執筆しているのではないかと思うほどにな」

クライスラーは明るく笑いながら言った――

「それじゃあ、賢くて、おとなしくて、利発で、詩心のある牡猫ムル、いっしょに――」

（ムルのつづき）――最初の教育、青春の歳月を語るには、もっと多くのことに触れねばなるまい。ちなみにこれは恐ろしく注目すべきことで、教訓に富んでいるはずだ。一見無意味に思えることでも、偉大な者が若い頃の出来事を敢えて自叙伝で語るくらいなのだから。だが高邁な天才がそもそも無意味なことに遭遇したりするものだろうか？　少年時代にしたこと、しなかったこと、そのすべてがきわめて重要なことであり、不滅の作品が持つ深い意味と本来の傾向に明るい光を当てるものなのだ。偉大な者も子どものときには兵隊ごっこをしたり、おやつを食べすぎたり、ときにはさぼったり、悪さをしたり、怠惰だったり、がさつだったり、乱暴をしたりし、そのせいで多少ぶたれることがあったと知れば、向上心のある若者、内的力が充分にあるかどうか不安を覚えている者も俄然勇気が出るはずだ。「なんだ、同じじゃないか」と若者は夢中で叫び、自分も崇拝される偶像にひけをとらない高邁な天才と同じだということを疑わなくなるだろう。

多くの者がプルタルコス（帝政ローマ時代の著述家。『英雄伝』で有名）、あるいはすくなくともコルネリウス・ネポス（共和政ローマ時代の伝記作家）を読んで、大英雄になった。多くの者が古代の悲劇詩人を翻訳で、またそれと合わせてカルデロン（スペイン・バロック演劇の劇作家、詩人）やシェイクスピア、ゲーテやシラーを読み、偉大な詩人は無理でも、人気のある小者《こもの》の詩作者くらいにはなれた。そういうわけだから、わが輩の作品も若くて才気もあり、心根もよい多くの猫の胸に宿っているポエジーという崇高な生命に火を灯すことになるだろう。そして高貴な若い猫がわが伝記的娯楽作品を屋根の上で読み、今、わが輩の脚元にある理念高き本に没頭するなら、感激に打ちふるえてこう叫ぶはずだ。

「ムル、神のごときムル、種族の中でもっとも偉大なお方、すべて、あなたのおかげだ。あなたという実例があるから、ぼくも偉大になれる」

マイスター・アブラハムはわが輩を教育するにあたって、忘却されたバゼドウ（啓蒙主義時代の教育改革者）にも、ペスタロッチ（スイスの教育家）の教育法にも従わず放任し、ある決まった基本だけを守らせたことは賞賛に値する。その基本というのは、この地上を支配する力を集約した社会にとって必要不可欠だとマイスター・アブラハムが考えていたものだ。これを守らないと、見境がなくなり、混乱を来《きた》し、胸を小突かれたり、たんこぶを作ったりして、社会の営みなどそもそも考えられなくなる。師匠はこの基本を自然に培われた美徳と呼んだ。無作法な奴にぶつかられたり、脚を踏まれたりしたときに、「これは失礼」と口走るように仕向ける因習的な礼儀作法とは一線を画《かく》すものだ。こういう美徳はたしかに人間に必要なものかもしれない。だが生まれながらに自由な種族の者であるわが輩にはピンとこない。師匠はこの基本を教え込むために白樺の鞭《むち》などという剣呑《けんのん》なものを使った。だから、わが教育者の横暴をなじる権利はあると思うのだ。もし生まれながらにより高尚な文化に惹かれて、師匠にしがみついていなかったら、とっくの昔に逃げ出していただろう。

文化水準が高まると、自由は減少する。これは本当だ。文化水準の高まりとともに欲求も増す。欲求が増せば——時と所にかまわずそのつど自然の欲求を満足させるということ、それが、不運の極みとも言える白樺の鞭を使って師匠が最初にやめさせたことだった。その次は、あとになって異常な気分のなせる業《わざ》だったと確信することになる衝動だ！　この異常な気分というのは、おそらくわが輩の心理機構から生み出されるものらしい。ミルクであろうと、肉のローストであろうと、師匠が出してくれたものを放っておいて、食卓に飛び乗り、師匠が食べようとしているものをかっさらおうとしたのはそのせいだが、おかげで白樺の枝の力を思い知らされ、行動を控えるようになった。

今ならわかる。師匠がそういうことからわが輩の感覚をそらしたのは正しかった。感化されず、うまく躾《しつ》けられていない同胞の中には、それが災いして唾棄《だき》すべき輩《やから》になったり、悲惨きわまりない境遇に陥ったりする者があとを絶たないからだ。将来有望な若い猫が内的精神力を欠いていたためにミルクをなめたいという衝動に抗えず、尻尾をなくして嘲笑され、寂しく生きる羽目に陥ったという話をよく耳にする。だから、そういう性癖をわが輩から取り除いてくれたのは正解だった。それでも学術に勤《いそし》みたいという欲求を考慮してくれなかったのは許しがたいことだった。

わが師の部屋に惹かれたのはなんと言っても、書物や原稿や奇妙奇天烈な器具の積まれた書き物机があったからだ。この書き物机には、魔法の場所と言っても差し支えないほど虜《とりこ》になった。それでも畏《おそ》れおおくて、衝動に身を任せるのは我慢していた。ある日、師匠が外出したときに、わが輩はついにその恐怖心を乗り越え、書き物机に飛び乗ってみた。原稿や書物の中に腰を下ろしてかきまわすのは、気分がよかった。そのうちに脚で原稿をつかんで、びりびりに破ったが、あれは悪ふざけなどではなかった。欲望、学問への飢えがそうさせたのだ。師匠は部屋に入ってくると、その惨状を目にするなり、「ちくしょう。忌々しい奴め!」と怒鳴ってこっちへ突進し、白樺の枝でわが輩をさんざんに叩いた。あまりの痛さに、わが輩はストーブの下に逃げ込み、どんなにやさしく声をかけられても一日じゅうそこから出なかった。こんな目に遭ったら、それがどんなに当然の成り行きだったとしても、永久にやる気を起こせなくなるだろう! ところが苦痛が和《やわ》らぐと、またぞろ衝動に耐えきれず、書き物机に飛び乗った。もちろん「こいつ！」という師匠の片言《へんげん》が聞こえただけで飛びおりたので、今度も学問をするには至らなかった。こうしてわが輩は学問をはじめる好機を静かに待つことになった。

まもなくその好機が訪れた。師匠はある日、出かける仕度をしていた。原稿をびりびりに破かれたことを思い出したのか、わが輩を追い出そうとしたが、そこはうまく隠れて部屋に潜《ひそ》んだ。師匠が出かけるとすぐ、ひとっ飛びで書き物机に乗り、原稿の中に横たわった。あれはじつにいい気持ちだった。そのとき目の前にあったかなり分厚い本を脚でひらいて、そこに並んでいる文字を理解できるか試してみた。はじめのうちはちんぷんかんぷんだったが、諦めず本を覗きつづけた。特別な精霊がやってきて、読み方を教えてくれないだろうかと期待しつつ。そうやって没頭していると、師匠に不意をつかれた。「この忌々しい奴め！」と大声を発して、師匠はわが輩に飛びかかってきた。

逃げるには手遅れだった。耳をすぼめ、できるだけ身をかがめたが、背中に鞭を感じた。ところが師匠は振りあげた手を急に止めて、ケラケラ笑いながら叫んだのだ。

「おい——猫、本を読んでいるのか？　それでは邪魔はできないな。さあ、見るがいい——よく見るんだ！——おまえにそんな学習意欲があったとはな」

師匠はわが輩の脚の下から本を抜いて、中を見るなり腹を抱えて笑った。

「これは、これは。おまえはちょっとした自前の蔵書を持ったようだな。はて、この本を書き物机に載せた覚えはないのだが——さあ、読むがいい——一生懸命に勉強しろ。なんなら大事な個所に爪を立てるぐらいのことは、してもかまわないぞ。自由にさせてやる！」そう言うと、師匠は本をひらいたまま、わが輩に寄こした。あとで知ったのだが、それはクニッゲ（ドイツの啓蒙主義の著述家）の『人間交際術』という本だった。この素晴らしい本からはたくさんの処世術を汲みとった。これはわが魂にぴったりのもので、人間社会で一廉《ひとかど》の猫になろうとする者にとって最適な書であった。その内容は、わが輩の知るかぎり、これまで見逃されてきたことであり、この本に挙げられたきまりをすべて守ろうものなら、頑固で、情のない杓子定規《しゃくしじょうぎ》な奴だとひどい言いがかりをつけられそうな代物だった。

このときから師匠は、わが輩が書き物机に乗っていても気にしなくなった。それどころか仕事をしているときに、わが輩が飛び乗って、原稿の中に寝そべっても、それを喜んで見ているようになった。

師匠にはよくだらだらと音読する癖があった。そういうときには書物が覗ける位置についた。自然が授けてくれた鋭い目があったので、師匠の不興を買わずに文字と師匠の発音を比較した。こうしてまもなく文字が読めるようになったが、もしそれを信じたくないというのなら、自然がわが輩に与えた特別な才のなんたるかをまったく解していないことになる。わが輩を理解し、尊重してくれる天才たちなら、こういう学習に疑いを差しはさむことはないだろう。彼らもたぶん同じ道を辿ったはずだからだ。ただし、どのように観察して、人間の言語を完璧に理解するに至ったか報告するのを怠るわけにいかないだろう。といってもどうやって解するに至ったかはまったくわからないのだがな。この点に関しては、人間においても同じらしい。無理もない。人間なる種族は幼少期、わが輩たちよりもはるかにとんまで、不器用だからだ。人間の子は自分の目に爪を立てたり、火に手を入れたり、チェリージャムと思って靴墨を食べてしまったりするが、わが輩はほんの小さい頃から一度たりともそんなことをしたことがない。

こうして字が読めるようになると、知らない思想を毎日せっせと頭に詰め込んだ。そして、身の内にいる天才が生み出す己の思想を忘れたくないという衝動が抑えられなくなった。そのためには書くというきわめて難しい技術が当然必要になる。師匠が字を書いているときの手つきを注意深く観察したものの、そのメカニズムをうかがい知ることはできそうになかった。そこで古いヒルマール・クーラス（ドイツ語と綴り方の教師）の本を研究した。これは師匠が所有する唯一の習字教本だった。おかげでとんだ勘違いをするところだった。というのも、教本の挿絵にあった手に大きな袖カバーがついていたので、書く難しさの謎を解くにはこれが欠かせず、師匠が袖カバーをつけずに書いているのは、綱渡り芸人がバランスを取る棒を持たずに芸を見せるのと同じで熟練の域にあるからにちがいないと思ったからだ。わが輩は袖カバーを虎視《こし》眈々《たんたん》と狙った。そして年取ったメイドのナイトキャップを切り裂いて、右前脚にはめようとして、はたと気づいた。あれは天才だからこそ起きたことだ。おかげですべてが解決した。羽根ペンや鉛筆を師匠のように握れないのはわが種族の手の構造がちがうせいではなかろうかと直感し、実際その予想が的中した。必要なのは、わが右前脚の構造に合った書き方を考案することだったのだ。そしておわかりのとおり、それを見いだした——個体に固有の構造から新たなシステムが発生するというのは、こういうことなのだ——

　困ったことがもうひとつあった。羽根ペンをインク壺に浸す方法だ。前脚を汚さずにすますことがなかなかできなかったのだ。決まって脚にインクがついてしまう。はじめのうちは前脚で字を書いたと言ったほうがいい有様で、字は大きく太くなってしまった。だからものわかりの悪い者がわが輩の最初の原稿を見たら、インクが染みた紙切れくらいにしか思わないだろう。ただし天才であれば、それを見て、天才的な猫だと看破《かんぱ》し、汲めども尽きぬ泉のように充溢《じゅういつ》した精神に驚嘆し、たちまち夢中になったことだろう。わが不滅の作品の時系列について後日、醜い論争が起きないように、最初に書いたのが哲学的かつ感傷的な教訓小説『思想と予感、あるいは猫と犬』であったことをここで言い添えておく。この作品が世に出ていれば、世間の注目を浴びていただろう。次いで、万能なところを発揮して、『ネズミ捕獲器とそれが猫の意識および行動力に及ぼす影響について』という政治的著作をものした。そのあとは『ネズミの王様カヴダロール』という悲劇に没頭した。この悲劇も世に出ていれば、ありとあらゆる劇場で拍手喝采を浴びていたはずだ。わが全著作の執筆順からは、向上しようとする精神の軌跡が見てとれるだろう。これらの作品を書くきっかけについては、しかるべきところで記そうと思う。

やがて羽根ペンをうまく持ち、前脚にインクがつかなくなると、書体もますます上品で美しくすっきりしたものになった。わが輩はもっぱら詩神年鑑（「ゲッティンゲン詩神年鑑」を皮切りに十八、九世紀にドイツ各地で刊行された文芸雑誌の通り名）作りに打ち込み、さまざまな好ましい文章を書き、まもなく今なお愛すべき気のいい男子となったのである。当時すでに二十四の歌からなる英雄叙事詩を作る勢いだったが、できあがってみると、それは別物になっていて、それが書けさえすれば、タッソ（イタリア・ルネサンス期の叙事詩人）やアリオスト（イタリア・ルネサンス期の詩人）でも墓穴の中で天に感謝しそうな出来だった。もし英雄叙事詩がわが爪から生まれていたら、ふたりの作品を読む者はひとりもいなくなっただろう。

わが輩としては——

（反故）——もっとよくわかってもらうために、親愛なる読者よ、背景を説明する必要がありそうだ。

一度でも、のどかな田舎町ジークハルツヴァイラーの旅籠《はたご》に泊まったことがある者なら、イレネウス侯爵の噂を耳にしたことがあるはずだ。このあたりの名物であるマス料理を注文するだけで、亭主はきっとこう答えるだろう。

「かしこまりました、旦那！　うちらの寛大なるご領主様も目がない料理です。宮廷にも引けを取らない絶品をこしらえますよ」

しかし最新の地誌、地図、統計を紐解《ひもと》いても、その旅行者はずっと旅してきた大公国に組み込まれたジークハルツヴァイラーという小さな町とガイアーシュタイン山とその周辺についてなにも知ることができず、この地に寛大な領主とその宮廷があるということにすくなからず首をかしげることになるだろう。事情を話せば、次のとおりだ。イレネウス侯爵はかつて、ジークハルツヴァイラーからそう遠くないところで小国を治めていた。首都にしている市場町（歳の市をひらく権利を有する町）に建つ宮殿の展望台からドロンド（イギリスの眼鏡技師で、光学機器の製造業者として成功した）の上等な望遠鏡で国じゅうを一望することができたので、侯爵はいつも領地の禍福や愛する臣下の幸福を気にかけていた。領地の一番はずれにあるペーターの小麦畑も、ハンスとクンツがブドウ畑をせっせと手入れしているのもつねに見知っていた。イレネウス侯爵は国境を越えて散歩をしていて自分の小国をポケットから落としてしまったなどとからかわれもしたが、その小国は今、大公国の新しく追加された予算に組み込まれ、登記されているのはまちがいなかった。それでも侯爵は、統治するという苦労から解放されたわけではなかった。かつて所有していた領地の収入からかなりの額の年金が支給されていて、これを元手に、のどかなジークハルツヴァイラーに居すわることにしたからだ。

侯爵は小君主から私人の名士になっても、小国の他に、使い切れないほどの莫大な現金を持っていたおかげで、なんの強制も受けず、自由気ままな暮らしができたのだった。

侯爵は教養があり、学芸に通じた方だともっぱらの評判だったが、それに加えて、君主という地位に関しては厄介なお荷物だと思っていて、政務を離れて小さな家に住み、さらさら流れる小川の畔《ほとり》で数頭の家畜とともにひとりで牧歌的な暮らしを営むというロマンチックな願望を優美な韻文に託して吐露《とろ》したこともあった。だから侯爵が統治者であることを忘れ、独立独歩の裕福な私人として、力の及ぶかぎり質素を旨《むね》として暮らしたいと思っても不思議はなかった。ところが、そううまくはいかなかった！

王侯貴族が学芸を愛するのは、それが宮廷生活に欠かせないもので、絵画を所有し、音楽を聴くのは、それがたしなみだからだ。宮廷御用達の製本師が休みを取って、最新の書物を金箔やなめし革で装幀することを疎《おろそ》かにすれば、不興を買うことになる。だが、もしそういう愛情が宮廷生活に欠かせないのなら、宮廷生活からおさらばし、玉座という、すわり慣れた小さな君主の座を失えば、もはやそのような慰めなどいらなくなるのは道理と言える。

ところがイレネウス侯爵は、側近やジークハルツヴァイラーの町民を巻き込んで甘い夢を実現し、宮廷生活と学芸への愛を保ちつづけていた。

つまり領主としてふるまい、宰相、財務評議員などの廷臣たちをそばに置き、宮中会議をひらいたり、勲章を授けたり、謁見《えっけん》したり、宮廷舞踏会を催したりしたというわけだ。しかも廷臣たちの数は十二人から十五人に達していた。それというのも、宮廷の役職についてはどんな宮廷よりも厳格に守られていたからだ。また町民も人がよかったので、この夢の宮廷のまやかしの輝きが自分たちに栄誉と希望をもたらしてくれると歓迎していた。そういうわけで、ジークハルツヴァイラーの善良な民は侯爵のことを「寛大なるご領主様」と呼び、侯爵の聖名祝日の宴で、そして侯爵の家族の聖名祝日でも町を極彩色のランプで飾り、シェイクスピアの『夏の夜の夢』に登場するアテネの市民よろしく宮廷の人々を楽しませるべく奉仕していた。

侯爵が情熱をもって自分の役どころを演じ、その気持ちを周囲の人々にも伝染させる術《すべ》を心得ていたことは言うまでもなかった――たとえば侯爵家の財務顧問官がいる。彼はジークハルツヴァイラーのクラブにあらわれても、暗い面持ちで鬱々とし、口数もすくなかったりする！――彼の眉間《みけん》には憂《うれ》いの雲がかかり、じっとなにやら考え込んでいたかと思うと、はっとしてくわっと目を見ひらく！――周囲の者は大きな声を出すのもはばかられ、近づこうともしない。そして時計が九時を打つと、財務顧問官はふいに立ちあがり、帽子をつかむ。こうなったら引き止めてもむだだ。彼は意味深長に誇らしげな笑みを浮かべ、書類の山が待っていると漏らす。明朝、財務評議会の第四半期のきわめて重要な会議があって、その準備のために夜なべをしなければならないというのだ。そして彼の役職のとんでもない重要さと大変さに恐れ入っている人々をそこに残して立ち去る――とはいえ、夜なべしなければならないほど重要な報告書とはなんだろう――じつを言えば、各部署からまわされてきた四半期分の厨房《ちゅうぼう》や食卓や衣装部屋などの洗濯料金の領収書だったりするのだ。洗濯もの全般に関して報告するのが彼の仕事だった――気の毒な侯爵家お抱えの馬車係についても、町の人々は同情したが、侯爵家の評議会の崇高な情熱に感服していたため「厳格だが、公正だ！」と言っている。馬車係は指示に従って、使えなくなった軽馬車《ハルプヴァーゲン》を売り払ったが、財務評議会は半《ハル》分《プ》という以上、まだ使える残りの半分があるはずで、それをどこにやってしまったか、三日以内に届け出よ、さもなくば、罰として免職にすると言い渡したというのだから、いやはやである。

イレネウス侯爵の宮廷にはひときわ輝く星がいた。顧問官を務めるベンツォン夫人だ。夫に先立たれた三十代半ばの女性で、その美貌は今でも衰えを見せなかった。貴族の身分かどうかは疑わしいが、侯爵はそれでも、この人はと見込んで臣下に加えていた。明晰で鋭い知性、才気煥発な精神、処世術も兼ね具え、ものごとを動かすのに欠かせないある種の冷徹さまであって、持てる力を遺憾なく発揮していた。このままごと宮廷を仕切っていたのはこの人だと言っても過言ではない。夫人は侯爵令嬢ヘートヴィガを自分の娘ユーリアといっしょに育て、令嬢の精神形成に尽力したので、令嬢は侯爵家の中でも異質で、兄君とは好対照な存在になっていた。兄君の侯子イグナツィウスといえば、呪わしいことに永遠の子どもと言ってもいい存在だった。

もうひとり、このベンツォン夫人に負けず劣らず宮廷に影響力があり、侯爵家と関わりの深い謎の人物がいた。彼のやり方は夫人とはまったくちがう。式部官《メートル・ド・プレジール》および皮肉屋の奇術師として、親愛なる読者にはすでにおなじみの人物だ。

このマイスター・アブラハムが侯爵家の一員となった経緯は特筆に値するだろう。

イレネウス侯爵の先代は質素でおっとりした人物で、国家という機械の小さく貧弱な歯車を改良するのはもはや限界で、世の趨勢《すうせい》はその歯車を破壊するほうに向かっている、と看破した方だった。だから先代は自分の小国にとくに手を加えることをしなかった。天佑《てんゆう》であるすぐれた知性を発揮することがなければ、領民が健やかであるだけで満足していただろうし、国外に対しては、他人からとやかく言われないかぎり、非の打ちどころのない女性のようにふるまっただろう。またその小さな宮廷が堅苦しく、格式を重んじ、古いフランケン調（十世紀に存在した由緒ある大公家の名であり、ドイツ中南部の地方名にもなっている。ホフマンが一八〇八年から一三年まで暮らしたバンベルクもこの地方に位置する）でありつづけ、先代が新しい時代が生んだ忠誠のあり方になじめなかったとしたら、それは傅育官長《ふいくかんちょう》、侍従長、侍従が先代の心に苦労して築いた足場がしっかりしていたからだと言えるだろう。しかしこの足場では、傅育官長や侍従長が止めることのできない駆動輪が動いていた。この駆動輪とは、先代に生まれつき備わっていた冒険や世の不思議や神秘なものを愛《め》でる心のことだ——先代はカリフのハールーン・アッ＝ラシードに倣《なら》って、よく変装をして町や田舎に出かけていた。それは非日常的なことへの嗜好《しこう》を満足させたり、それが叶《かな》わずとも、せめて滋養となるものを探したりするためだった。といっても、先代はいつも丸い帽子をかぶり、灰色の外套をはおっていたので、ひと目で見破られてしまった。

こうして先代が変装をして、こっそり並木道を歩いていたときのことだ。その道は宮殿から郊外に通じていて、その道沿いに侯爵家の亡くなったお抱え料理人の妻が住む小屋がぽつんと建っていた。先代がその小屋に着くと、マントにくるまったふたりの男が中から出てきた。先代は物陰に隠れた。当方が参考にしている侯爵家の史料編纂者の記録によると、先代は灰色の外套の下にきらめく勲章をつけた大礼服を着ていたが、真っ暗な晩だったので、気づかれることはなく、また自分から悟られるようなこともしなかった。ふたりの男がゆっくりそばを通ったとき、先代はこんな会話を小耳にはさんだ。

　ひとりが言った。「兄上、お願いですから、しっかりしてください。今度ばかりは抜かってはなりません！——侯爵様に知られる前に、あの者を追い払わなくては。さもないと、あの忌まわしい奇術師が私たちにまとわりつくことになるでしょう。あやつの悪魔のごとき奇術によって、私たちは破滅します」

　もうひとりが言った。「弟《モン・シェール・フレール》よ、そう急《せ》くものではない。私の知略と手腕《サヴォワール・フェール》を知っているだろう。明日にもあの危険人物の首にカロリン金貨（一七二六年からバイエルン選帝侯の下で鋳造された金貨）を二、三枚投げつけてやる。そうすれば、あやつはどこでも見世物をやることができるようになる。とにかくここにいられては困る。もし侯爵様がこのことを——」

　そこで声が聞こえなくなったので、先代は侍従長が自分をどう思っているのか聞きそびれてしまった。小屋から出てきて、妖しげな話をしていたふたりは侍従長とその弟の猟兵《りょうへい》長だったのだ。侯爵は話し声からふたりの正体に気づいていた。

　こうなると、その危険な奇術師という人物を訪ねて、知り合いになるしかないのは必定《ひつじょう》だ。侯爵は小屋の戸をノックした。元料理人の妻は明かりを持って出てくると、侯爵の丸い帽子と灰色の外套に気づいて、腰を低くしてたずねた。

「どのようなご用件でしょうか、ムッシュ？」

ムッシュと呼びかけたのは、侯爵が変装しているときはそう呼びかけるきまりになっていたからだ。侯爵は、その家にいるというよそ者のことをたずね、それがすぐれた奇術師であることを知った。とても有名な人物で、鑑定書や証明書や免許状を持っており、この土地でその術を披露しようとして、宮廷から来たふたりに説明のつかない手品をやってみせたところだという。ふたりは驚嘆し、肝をつぶして顔面蒼白になり、放心状態で小屋から出ていった。

侯爵はその人物に引き合わせるように言った。マイスター・アブラハム（この人物こそこの名うての奇術師だった）は待ちかねたとでも言うように侯爵を迎え、ドアを閉めた。

マイスター・アブラハムがこのときなにをやったのか知る者はいないが、侯爵はひと晩じゅう彼と過ごし、翌朝、彼の部屋を宮殿に設えた。しかもこの部屋というのが、秘密の通路で侯爵の書斎とつながっていて、侯爵は人知れずそこに通うようになった。この件ではもうひとつわかっていることがある。侯爵は侍従長のことを「わが親愛なる友よ」と呼ばなくなり、猟兵長には、昔侯爵が仕留め損ねた角のある白ウサギの話を所望することがなくなった。ふたりの兄弟はそのため、悲嘆に暮れ、まもなく姿を消した。最後に、マイスター・アブラハムが奇術の腕ばかりでなく、立派な人物であったことからますます侯爵の覚えめでたくなり、宮廷といわず、町や田舎でも一目置かれるようになったことを申し添えておく。

マイスター・アブラハムの奇術については、先に述べたイレネウス家の史料編纂者が信じがたいことを数々書き残している。こればかりは親愛なる読者の全幅の信頼がなければ、ここに書き写すことはできない。しかし当の史料編纂者はその奇術を眉唾《まゆつば》だと断じているばかりか、マイスター・アブラハムが得体の知れない力と危険な盟約を交わしている証明だとまで主張している。これは音を使った奇術なのはまちがいなく、〈見えない少女〉と命名されて、大変な注目を浴びたものだ。当時の彼はこの奇術を今とは比べものにならないほど意味深く、夢と見紛《みまが》う、感動的な出し物にしていた。

その後、侯爵自身がマイスター・アブラハムといろいろ不思議な実験をしたので、女官や侍従をはじめとする宮中の人々は愚かしくも、たわいのない憶測をし、楽しい勘ぐりに興じた。そうした中で意見の一致を見たことがいくつかある。たとえば実験室から漏れ出す煙を見て、マイスター・アブラハムが侯爵に錬金術を教授している、あるいはいろいろ役に立つ招霊術の手ほどきをしているという噂を流したことなどがそれだ。また、侯爵が市場町で新しい町長を任命するときや、宮中の暖房係に特別手当を支給するときに、守護霊であるアガトダイモーン（ギリシア神話における豊穣、幸運、健康、知識の神）にうかがいを立てたり、占星術を行なったりしていると、だれもが堅く信じていた。

この先代の侯爵が身罷《みまか》り、イレネウスがあとを継いだとき、マイスター・アブラハムは一度この国から立ちのいている。若い侯爵は奇想天外なものを面白がる先代の性癖を受け継がなかったので、アブラハムを引きとめなかったが、まもなく彼の不思議な力が、小さな宮廷に祟《たた》る悪霊、言い換えれば退屈という名の地獄の霊を調伏《ちょうぶく》するのに有効だということが判明した。それにアブラハムが父君の代に得ていた人望も、若い侯爵の心に深く根づいていた。イレネウスの目には、アブラハムが地上の存在とは思えず、人間を超越した崇高な存在、そういう高みに達した人物に映ることがあったのだ。どうしてこうした特殊な感情を抱いたかというと、それは侯爵が若い頃に味わった、ある忘れがたい出来事に起因していると言われている。少年のとき、イレネウスは子どもらしい思いあがった好奇心から、アブラハムの部屋に入り込んで、やっと完成したばかりのある小さな機械を壊すという愚行を犯してしまったのだ。アブラハムは激怒し、この侯爵家の腕白小僧の頰に痛烈な平手打ちをして、乱暴に部屋から追い出した。若君は涙をぽろぽろ流しながらやっとの思いで口にした。

「アブラハムが――頬《スフレ》をぶった」

驚いたのは傅育官長だ。若君は恐るべき秘密に惹かれているようだが、これ以上深入りさせるのは危険だと思ったほどだ。

宮廷という機械に生気を与える原理としてアブラハムをそば近くに置きたいという欲求が芽生《めば》えると、侯爵は彼を呼び戻そうとしたが、その努力は悉《ことごと》く失敗に終わった。侯爵が宿命的な散歩中に自分の小国を落としてしまい、次いでままごと宮廷をジークハルツヴァイラーに作ったとき、アブラハムも帰参した。といっても、時宜《じぎ》を得た帰参とはならなかった。なんとなれば――〔ムルのつづき〕――注目すべき出来事を説明する必要がある。才気煥発な伝記作家なら、それをわが生涯の一ページとするところだろう。

――読者よ！――若者も、男も、女も、感じる心が被毛の下で脈打つ有徳の士なら――甘美な自然の縁《えにし》を認識する諸君なら、わが輩の言わんとするところを理解し――わが輩を愛でてくれるだろう！

その日は暑かった。わが輩はストーブの下で寝て過ごしていた。やがて夕暮れとなり、涼しい風が開け放った窓から吹き込み、わが輩のそばをよぎった。眠りから覚めると、胸いっぱいに空気を吸った。言葉にならない感情が体にみなぎる。苦痛であると同時に快感を覚え、こよなく甘美な予感に火がついた。この予感に急かされるように、わが輩は大きな動作で体を起こした。冷淡な人間が猫背と呼ぶ、あれだ！――外へ――外の自由な自然へと駆りたてられて、屋根に上がると、沈みゆく太陽を浴びながら散歩を楽しんだ。そのとき屋根裏からなにやら声がした。やさしく、ひそやかで、聞きおぼえのある、心惹かれる声だ。誘惑するようでもあり、何者かが抵抗しがたい力でわが輩を引き寄せた。美しい自然をあとにして、小さな天窓から屋根裏に下りてみた。

飛びおりたとたん、大きな美しい白と黒のぶちの牝猫《めすねこ》に気づいた。くつろいだ姿勢でしゃがみ、誘うような声を出しては、こちらを探るように見ている。すかさずその牝猫の前で腰を下ろし、衝動的にぶち猫の歌に声を合わせることにした。うまくいった。大成功と言っていい。ここでわが輩とわが生涯に関心を持つ心理学者の諸君に言っておくが、内面に潜む音楽の才に自信を持ち、その自信に促されてこの才能が開花したのは、まさにこのときであった。斑猫は鋭い目でわが輩を見つめ、一足飛びに近づいてきた！ ただごとではないと思ったわが輩は爪を出してみせた。だがその瞬間、ぶち猫が涙をとめどなくこぼしながら叫んだのだ。

「息子――ああ、息子よ！ おいで！――早く私の前脚の中に！――」

そしてわが輩の首に抱きつき、情熱的に胸にかき抱いた。

「ああ、おまえなのね。おまえは私の息子。苦しむことなく産み落とせたいい子！」

これには心から感動した。その感じだけでもう、そのぶち猫がわが母堂であると確信した。それでも念のため、まちがいないかとたずねてみた。

「こんなにそっくりなのだもの」ぶち猫は言った。「この目、この顔立ち、この髭、この毛並み、すべてがあの不実な牡猫、私を捨てた恩知らずな奴を思い出させる――おまえは父猫と瓜ふたつよ、ムル（それがおまえの名）。だけどおまえは父猫の美しさと同時に、母猫ミーナのやさしい気性と穏やかなふるまいも受け継いでいる――あいつはとにかく上品で、額には威厳が備わり、草色の目は聡明さを感じさせ、髭と頬のあたりには品のいい笑みを浮かべていた。こうした見た目に加えて、冴えわたる才気とネズミを捕まえるうまさときたら。私はすっかりあいつの虜になった――ところがまもなく、あいつはそれまで上手に隠していた冷酷で横暴な面を見せるようになった――あれにはぞっとした！――おまえが生まれるとすぐ、おまえとおまえの兄弟姉妹を食べたいなんて言い出したのだもの」

「母様」わが輩はぶち猫の言葉をさえぎった。「そこまで毛嫌いしなくていいでしょう。この世でもっとも教養のある民族ですら、子食らいの嗜好を神々の眷属《けんぞく》に認めていたくらいですから。それでもユーピテルは救われましたがね。わが輩も同様に！」

「なにを言っているの、息子よ。愚にもつかないことを言って、父親を弁護するつもり？　恩知らずなことはしないでちょうだい。おまえはあの血に飢えた暴君に絞め殺されて、食べられるところだったのよ。この鋭い爪で果敢《かかん》におまえを守り、地下室、屋根裏、納屋と逃げまわって、あのひどい野蛮な奴の追跡から逃れたから助かったんじゃないの――あいつはとうとう私を捨てた。あれっきり二度と会っていない！　それでもまだあいつを思うと胸がうずく！――美しい牡猫だった！――多くの連中があいつの品のよさと優雅な身のこなしを見て、旅行中の伯爵様だと思っていた――私は小さなわが家という縄張りで母親の義務を果たしながら、静かでのんびりした生活ができると信じていた。でもそこにとんでもないことが持ちあがった――ちょっと散策をして帰宅すると、おまえは兄弟姉妹もろともにいなくなっていた！――ある年寄りの婆さんがある日、私の隠れ家を見つけて、水に投げ込んでやるとか物騒なことを言っていた！――でも！　おまえが助かってよかった。さあ、もう一度抱かせてちょうだい！」

母なるぶち猫は愛情いっぱいにわが輩を撫でさすり、近況をたずねた。わが輩は包み隠さずなんでも話し、高い教養を身につけたこと、そしてどうしてそうなったか語るのも忘れなかった。

息子にそういう希有な才能があれば、普通は喜びそうなものなのに、ミーナにはそれほど感心している様子がなかった。それどころか！　並外れた精神と学識の深さが災いして道を踏みはずし、身の破滅となりかねないと忠告までした。とくに修得した知識がマイスター・アブラハムにばれたが最後、奴隷状態にされて利用されるのがオチだというのだ。

「おまえの教養を誉める気にはなれないね。私にだって生まれつきの能力、自然が授けてくれた才能がある。たとえば、撫でられると、被毛がパチパチはぜる力とか。だけど、あんなの不愉快なだけ！　子どもも大人も、その花火見たさに私の背中をやたらと撫でる。わずらわしいったらない。私が嫌になって、飛びのいたり、爪を見せたりすると、今度は愛嬌がないと罵り、折檻《せっかん》する。ムル、字が書けると知ったら、マイスター・アブラハムはおまえを書生にするに決まってる。そうなったら、今は自発的に楽しんでやっていることが義務になってしまう」

ミーナはなおも、師匠とわが輩の関係やわが教養についてとやかく言った。そのうちにわかったことだが、学問嫌いは母の持ち前の処世術だったのだ。

それから、ミーナが隣家の老女のところでかなりつましい暮らしをしていて、飢えをしのぐのも難しいことがしばしばだということがわかった。これには心を揺さぶられ、子としての愛情に目覚めた。昨日の食事で出されて、残しておいたうまそうなニシンの頭のことがちょうど脳裏《のうり》をよぎり、思いがけず再会した母にあれをおすそわけしようと決心した。

といっても、月明かりを浴びて徘徊《はいかい》する者の心の移ろいやすさは、だれにも推《お》し量《はか》れるものではない！

運命はなぜこの胸に去来する罪深い情熱の戯れを止めてくれないのか！——風にそよぐ一茎《ひとくき》の細い葦にすぎない我らは、なにゆえ生の嵐に無力なのか？——憎きものは宿命だ！——ああ、食いしん坊、汝の名は牡猫なり！——わが輩はニシンの頭をくわえて、敬虔なアイネイアース（ギリシア神話およびローマ神話に登場する半神の英雄で、敬虔な人物とされている）よろしく屋根へと駆けあがった――ところが天窓から出ようとしたとき！――そう、そのとき奇妙なことが起きた。なぜか自分の自我に違和感を覚えつつも、やはり自分の自我をそれと認める状態になったのだ――これでわかりやすく明解に表現できただろうか。わが輩の心理状態についてのこの描写を読めば、だれもがわが輩を精神の奥深さを知る心理学者だと認めるだろう――先をつづけよう！――とにかくおすそわけしたい気持ちとしたくない気持ちが拮《きっ》抗《こう》し、その奇妙な感情がわが輩の感覚を麻痺させてしまった――わが輩は圧倒され――抵抗できぬまま――ニシンの頭を食らってしまった！

　ミーナの鳴き声を聞いて不安になり、ミーナがわが名を呼ぶのを聞いて、さらに不安になった――慚愧《ざんき》の念に堪えず、恥じ入って、わが輩は師匠の部屋に引き返し、ストーブの下にもぐり込んだ。そうすると今度は、ぞっとする光景が脳裏に浮かんだ。再会した母なるぶち猫ミーナが絶望し、見捨てられ、約束されたごちそうを待って舌なめずりしながら今にも気絶しそうな姿――ああ！――煙道を抜けて吹き込む風がミーナと呼んでいる――ミーナ――師匠の紙がめくれて、ミーナ、壊れやすそうな籐椅子《とういす》がきしんで、ミーナ――ミーナ――ストーブの扉もガタつきながらそう呼んでいる――ああ！　胸が張り裂けんばかりの苦い感情がわが身を刺し貫く！――できることなら気の毒な母を朝食のミルクに招待したい。そう思ったとたん、涼しく心地よい木陰のように心なごむ平安が訪れた！――わが輩は耳を寝かせて、すやすや寝入ったのだった！

　感じる心を持つ諸君なら、わが輩の言わんとするところを理解してくれるだろう。もともと愚かではなく、真に尊敬すべき猫である諸君なら、わが胸に吹き荒れた嵐が青春の空を晴れやかにするはずだとわかるはずだ。そう、あれは黒雲を吹き飛ばし、見晴らしをよくしてくれるありがたい暴風だったのだ。ああ！　はじめのうちこそ、ニシンの頭は魂に重くのしかかったが、食欲のなんたるかを知ると、母なる自然に逆らうのはむしろ冒瀆だと気づいた。ニシンの頭を求める権利はだれにもある。紛《まご》う方なき食欲に導かれて己の分を見つける聡明さを持つ者を何人《なんぴと》も責めるべきではない。

さて、わが幼少期のエピソードはこのくらいにしよう——

〔反故〕——史料編纂者や伝記作者にとって腹立たしい状況は、若い野生馬《やせいば》にうちまたがったときと似ている。野生馬はやみくもに跳ねまわり、切株や岩を飛び越え、畑や牧場を駆け抜ける。整備された道に出たくても、まず辿り着くことができない。

親愛なる読者よ、諸君のために楽長ヨハネス・クライスラーの数奇な生涯を書きとめようとする者にも同じことが言える。小さな町のNとかBとかKとかに、かくかくしかじかの年の聖霊降臨祭の月曜日とか復活祭とかに、ヨハネス・クライスラーはこの世の光を見た！　こう書きだせればどんなにいいか。

しかしそういう美しい年代記風な整理など望むべくもない。不運なことに、語り手が手にしている情報は口伝えで、断片的だ。記憶が薄れないうちに全体像をつかむつもりなら、すぐに処理しなければならない。親愛なる読者よ、そもそもこうした情報がいかにして報告されたかについては、本書を閉じる前に知る機会が訪れよう。そうすれば、本書全体がラプソディ風に自由奔放であることを許してくれるだろう。またおそらく一見、支離滅裂のようであっても、一本のしっかりした糸がすべての部分をつなぎ、全体をまとめていると考えてくれるものと思う。

さしあたって今は、イレネウス侯爵がジークハルツヴァイラーに居を構えてまもなく、麗しい夏の晩に侯爵令嬢へートヴィガとユーリアがジークハルト宮の美しい庭を散策していたことくらいしか語ることができない。落日の光が黄金色のヴェールのごとく森を包んでいた。葉の一枚も動かず、予感に満ちた沈黙の中で、木や植え込みは夕風に愛撫されるのを待ちわびているかのようだ。白い砂利を洗う森の小川だけが深い静寂を破っていた。ふたりは腕を組みながら、花の咲き乱れる小径を黙って歩いていた。波を立て、絡み合うように流れる小川にかかる橋を渡り、庭園のはずれにある大きな湖まで来た。湖面には彼方に見えるガイアーシュタイン山と絵のように美しい廃墟が映っていた。

「素敵！」ユーリアは万感の思いを口にした。

「漁師小屋に入ってみましょう」侯爵令嬢は言った。「夕陽がまぶしいわ。小屋の真ん中の窓からのほうが、ガイアーシュタイン山の眺めはずっといいと思う。だだっ広いパノラマの景色ではなくて、風景が窓で切り取られて、本物の絵のように見えるわよ」

ユーリアは侯爵令嬢のあとについていった。令嬢は漁師小屋に入るやいなや、窓からの眺めを楽しみ、クレヨンと紙が欲しい、夕陽に照らされた風景をスケッチしたい、なんて刺激的なのと声をはずませた。

「お嬢様がうらやましい」ユーリアは言った。「樹木や植え込み、山、湖をあるがままにスケッチできるなんて。でも私がお嬢様と同じくらいスケッチがうまくても、風景をあるがままに描くことなんて、到底できないでしょう。眺めが素晴らしければなおさらです。見ているだけでうっとりして、絵を描く気になどなれません」

ユーリアにそう言われて、侯爵令嬢の顔に笑みが浮かんだ。それは十六歳の令嬢にしては少々引っかかる笑みだった。ときおり妙なことを口走るマイスター・アブラハムに指摘されたことがある。

「お嬢様の顔面筋の動きは水面の渦に似ていますね。そういうところは水底になにか危険なものが潜んでいるものです」

それはともかく、侯爵令嬢は微笑むと、芸術家肌ではなくとも心やさしいユーリアになにか言おうと、バラのような唇をひらいた。近くで楽の音が聞こえたのはそのときだ。弦が激しく打ち鳴らされたところをみると、楽器はどうやらギターのようだ。

侯爵令嬢は口をつぐんだ。彼女とユーリアのふたりは漁師小屋から走り出た。次々と珍しい中間音や聞き慣れない和音進行が聞こえる。よく通る男性の声もした。甘美なイタリアの歌かと思えば、暗いメロディーに変わり、あるときはレチタティーヴォ調、またあるときは言葉に力強い抑揚がつく。

ギターが調弦され——ふたたび和音——それからまた調弦する音がして——怒りに駆られた激しい言葉——それからメロディー——そしてまた調弦——

この不思議な音楽の達人に好奇心を覚えて、ヘートヴィガとユーリアは音のするほうへ近づいていき、全身黒ずくめの男を目にした。男はふたりに背中を向けて湖畔の岩にすわり、素晴らしい弾き語りをしていた。

男がまたギターの調弦をした。耳慣れない和音で、男は試し弾きをしながら言った。

「また音階がずれた——どうもうまくいかない——微妙に低すぎたり、高すぎたり！」

青い紐で肩から吊るしていたギターをはずすと、男は両手で目の前にかざした。

「頑固な奴だな。ぴたりと決まる音はどこにあるんだ？　純粋な音階はおまえのどこに隠れているる？——それとも、おまえの師匠に楯突く気か。師匠の耳は等分平均律のやりすぎでいかれているとか、異名同音など子どもだましだとでも言う気か？　ヴェネツィア人と呼ばれるマイスター・ステファーノ・パッチーニ（十六世紀の楽器製作者）と比べたって、私のほうがよっぽどきれいに髭を刈り込んでいるぞ。パッチーニといえば、謎でしかない快い響きをおまえの内部に与えた人物ではあるけどな。

それに、いいかい。嬰ト音と変イ音、または嬰ハ音と変ニ音の同音二元論、というかすべての音を出そうとしないのなら、おまえなんか九人のドイツの楽器製作者に押しつけてやる。そうなったら、おまえは叱りつけられ、同名異音を出すように手なずけられるだろうさ――それでもパッチーニの腕に抱かれるのもいやで、やかましい女のように減らず口を叩くつもりか――それともなんだ、おまえは高慢ちきで、この世を去った魔術師の強力な魔術でもなければ、内部に眠る精霊は従わないというのか。小心者の手では――」

そう言いかけて、男は突然口をつぐみ、さっと立って、深い思いに耽ってでもいるかのように湖を見つめた――娘たちは男の奇妙なふるまいに驚いて、足に根が生えたかのように植え込みの中に佇《たたず》んでいた。それこそ息をするのもためらわれるほどに。

「ギターは楽器の中でも一番惨めで、不完全なものだ」男がやがて口をひらいた。「恋の病にかかった羊飼いが手にするくらいの値打ちしかない。それでももし牧笛《ぼくてき》の吹き口をなくしていなければ、羊飼いはそっちを選ぶだろう。牧笛をしっかり吹き鳴らせば、甘美な憧れでいっぱいの牛飼いの歌で山彦を目覚めさせることも、遠くの山でかわいい家畜を追い集め、感傷的な鞭を愉快に鳴らしている娘たちに向かって切ないメロディーを送ることもできるからな！――ああ、なんということだ！――『かまどのように熱いため息をつき、恋人の眉を讃える切ない歌を歌う（シェイクスピアの喜劇『お気に召すまま』第二幕第七場参照）』――三和音は三つの音からなるものにほかならず、第七度の不協和音を匕首《あいくち》よろしく突き込めば、すべてがだいなしになることを彼らに教えてやるがいい。彼らにギターを握らせるのはそれからだ！――しかしそれなら、教養を積み、学識のある真面目な男たちはどうだ。ギリシアの世界知に身を捧げ、北京や南京の宮廷の様子についてもよく知る御仁でも、羊の飼い方となると無知蒙昧《むちもうまい》だ。ギターを弾き語りしたところでどうなるというんだ？――小心者よ、どうする？　今は亡きヒッペル（ホフマンの友人のおじにあたるテオドール・ゴットリープ・フォン・ヒッペルを指す。『結婚について』に同様の記述がある）を思い出すがいい。彼が書いている。ピアノの稽古中の男を見ていると、教える教師が卵を半熟になるようゆでているところを連想する、と――それなのに、ギターをかき鳴らすなんて――馬鹿丸出しだ！――ろくでもない！」

　そう言うなり、男はギターを植え込みの中に放り投げ、娘たちに気づかず足早に立ち去った。

「ねえ、ヘートヴィガ様」ユーリアはしばらくして笑いながら話しかけた。「変な人でしたね。いったいどこから来たのかしら？　はじめは楽器とあんなに素敵に対話していたのに、壊れた箱でも捨てるみたいにそれを放り投げるなんて」

「これではだめね」令嬢は色白の頬を真っ赤に染めながら、怒りもあらわに言った。「庭園の入口を閉めないから、ああいうよそ者が入り込むのよ」

「どうしてですか？　侯爵様が狭い心でジークハルツヴァイラーの人たちを――いいえ、あの人たちだけではないですね。ここを通る人たちを、このあたりで一番美しいところから閉め出すべきだとおっしゃるのですか！　本気ではありませんよね？」

「だって、危険じゃないの」令嬢はさらに気持ちを高ぶらせた。「私たちはよくふたりでこの人気《ひとけ》のない森の小径を歩くでしょう。供の者も連れずに！――もし悪人が――」

「あら、まさかお話に登場する巨人や盗賊騎士が出てきて、私たちを根城にさらっていくかもしれないとおっしゃるのではありませんよね？――おお、こわ！――でも、人里離れたロマンチックな森でちょっとした冒険をするなんて素敵じゃありませんか。とっても楽しいと思いますけど――シェイクスピアの『お気に召すまま』を思い出します。母がなかなか手に取らせてくれないものだから、私たち、ロターリオ先生に朗読してもらったでしょう。お嬢様は、シーリアを演じてみたくありませんか？　私は忠実なロザリンドを演じたいです――さっきの見知らぬ楽士には、なにをやってもらいましょう?」

「だからさっきのよそ者だけど」令嬢は答えた。「ユーリア、あの姿、あの変なしゃべり方。うまく説明できないけれど、なんとも言えない戦慄が走ったわ――まだ体のふるえが止まらない。奇妙で恐ろしい感覚よ。五感が麻痺した感じ。心の暗い奥底でなにかの記憶が鳴動して、形を取ろうともがいている――あの人、私の心を蝕《むしば》む恐ろしい出来事と関わりがあるような気がするの――もしかしたらただのおかしな夢にすぎないかもしれないけれど、その記憶が今も残っているのよ――とにかく――変な行動をして、おかしなことを口走っていたあの人が、不気味で物騒な存在に思えてならない。きっと私たちを妖しげな魔界に誘い込もうとしているのだわ」

「考えすぎですよ。私なら、ギターを持ったあの黒い幽霊にジェイクイズか正直者の道化タッチストーン（ジェイクイズもタッチストーンもシェイクスピア『お気に召すまま』の登場人物）の役を振るでしょう。ほら、タッチストーンなんか、さっきのよそ者そっくりの講釈をするじゃないですか――でも今は、あの野蛮人がぞんざいに投げ捨てた、かわいそうな楽器を助けなくては」

「ユーリア――なにをするの――なんということ」令嬢が叫んだ。だがユーリアはかまわず植え込みに分け入って、まもなく男が投げ捨てたギターを手にして意気揚々《ようよう》と戻ってきた。

令嬢は気を取り直すと、その楽器をしげしげと見つめた。響板にある製作年と製造者の氏名が音響孔から見えなくても、その形から相当に古いものだとわかるが、そこには黒々と、「ステファーノ・パッチーニ作、ヴェネツィア、一五三二」と腐刻されていた。

ユーリアはじっとしていられなくなって、そのかわいらしい楽器で和音を鳴らし、溢れ出る力強く深い響きに驚いた。

「素晴らしいわ――素晴らしい」ユーリアは叫び声を上げて弾きつづけた。ギターの伴奏で歌うことに慣れていたので、いつのまにか歩きながら歌いはじめた。令嬢は黙ってあとについてきた。ユーリアが歌うのをやめると、令嬢が言った。

「歌ってちょうだい。その素敵な楽器を弾いて。私を支配しようとしている意地の悪い悪霊を冥府《めいふ》に追い返せるかもしれない」

「悪霊がなんです。そんなの知るもんですか。でもギターを弾いて歌います。だってこんなに性《しょう》に合う楽器ははじめてですもの。いつもよりいい声が出ている気がします」

ユーリアはイタリアの有名な小曲を弾いて、思いっきり声を響かせ、美しい装飾音や大胆な経過音（コードの構成音を埋める音）や綺想曲に夢中になった。

そのとき、侯爵令嬢はさっきの男を見てぎょっとし、ちょうど別の小径に曲がろうとしていたユーリアは男と鉢合わせして、立像のように身をこわばらせた。

三十歳ぐらいのそのよそ者は、最近流行りの黒い服を着ていた。服を見るかぎり、とくに変なところはないのに、外見は異様で奇異だった。きれいに着こなしているのに、どこかいいかげんなところがある。それは気遣いが足りないというよりも、歩くつもりのなかった道に踏み込んでしまい、似つかわしくない出で立ちになったという感じだ。ベストの前をはだけ、スカーフを軽く巻き、靴は金色のバックルがわからないほど埃《ほこり》まみれだった。小脇に抱えた小さな三角帽子（十八世紀にヨーロッパで流行した帽子で、左右と後ろを折り返して、三角形に見える形をしていた）は、日射しをさえぎるためか、後ろのつばを下に折り曲げていて、まるで道化がかぶる帽子のようだ。庭園の深い茂みをかきわけてきたのか、ぼさぼさの黒髪にモミの針葉がたくさん引っかかっている。男はヘートヴィガをさっと見てから、大きな褐色の目を輝かせてユーリアに視線を移した。ユーリアは戸惑い、こういうときにはいつものことで、目をうるませてしまった。

「これほどの天上の音色が」見知らぬ男は柔らかく穏やかな声でささやいた。「私を見たとたん沈黙し、涙で溶けてしまうとは」

侯爵令嬢は見知らぬ男の第一印象を無視して、上目遣いに彼を見ながら鋭い声で言った。

「それにしても驚きですね、あなた！　こんな時刻に見知らぬ殿方が侯爵家の庭園においでになるとは——私は侯女ヘートヴィガです」

令嬢が口をひらくと、見知らぬ男はすかさずそちらに顔を向け、令嬢の瞳を覗き込んだ。だが彼の顔はさっきとは打って変わっていた——憂いを湛《たた》えた憧れの表情は消え、内面を揺るがす心情は跡形もなく、異様にゆがんだ笑みを浮かべている。その辛辣なほどの皮肉っぽさは茶番か道化芝居でも見ているようだ。

令嬢は感電したかのようにしゃべれなくなり、顔を真っ赤にして目を伏せた。

見知らぬ男が口をひらこうとしたので、すかさずユーリアが言った。

「どうかしていました。つまみ食いが見つかった幼い子どもみたいに目をうるませるなんて！——そうです、私はつまみ食いをしていました。あなたのギターから素晴らしい音色をいただいていました——なにもかもこのギターと私たちの好奇心がいけないのです！——あなたがこの小さな楽器と素敵なおしゃべりをしているところを耳にしました。そしてお怒りになって、このかわいそうな楽器を植え込みに捨てましたね。私たちはこの楽器の大きな嘆きの声を聞き、それを見もしたのです。私は哀れに思って、植え込みに入ってこの美しく愛らしい楽器を拾いあげるしかありませんでした——ところで、若い娘の心情はおわかりでしょう。このギターを爪弾《つまび》くと、指が止まらなくなったんです——やめられなくなりました——お許しください。楽器をお返しします」

ユーリアはギターを見知らぬ男に差し出した。

「これは」見知らぬ男は言った。「不思議なほどよく鳴る楽器です。古きよき時代のものです。しかし私の不器用な手では――まったくこの手ときたら！――この珍しい楽器に憩《いこ》うふくよかな音の精霊は私の胸にも棲《す》んでいるのですが、繭《まゆ》に閉じこもって、自由を奪われているのです。しかしお嬢さん、あなたの内面からは、その精霊が透きとおった天空、極彩色にきらめく虚空を、まるで輝く孔雀蝶《くじやくちょう》のように舞っていました――ああ、お嬢さん！　あなたの歌声を聞いて、切ない愛の痛みを感じました。あなたが歌っていらしたとき、甘美な夢に恍惚としました。希望、願望がこの森の中をたゆたい、潤いをもたらす朝露のように降りそそいだのです。芳しい花の萼《がく》に、聞き惚れる小《さ》夜《よ》啼鳥《なきどり》の胸に！――どうぞその楽器をお納めください。その中に潜む魔法を解き放てるのはあなたしかいません！」

「これを手放すというのですか」ユーリアは顔を赤らめた。

「いかにも」見知らぬ男はギターをつかむと、胸に抱きしめた。「手放しました。しかし神聖なものになって帰ってきました。二度と手放したりしません！」

見知らぬ男の顔がまた突然、おどけた表情に変わり、声が甲高《かんだか》くなった。

「じつは私の運命というか、悪霊がひどい悪さをして、ラテン語に通じた人やお偉い方々がよく言うようにだしぬけ《エクス・アブルプト》にあなたの眼前にあらわれることになりました！――ああ、侯女様、あなたは私の頭から足の爪先までじろじろご覧になったのですから、私の服装から、長旅をしていることはおわかりでしょう――そうです！　ジークハルツヴァイラー、この素敵な町に立ち寄って、私自身はともかく、名刺くらいは置いていこうと思ったのです――まいりましたね！　知り合いなどいないだろうとおっしゃるのですか、侯女様？――お父君の侍従長デーロが私の親友ではないとでも？――彼がここで私に会えば、私を胸に抱きしめて、嗅ぎ煙草をすすめながら感動して言うことでしよう。『ここにいるのは私たちだけだ。胸襟《きょうきん》をひらいて大いに語り合おう』――寛大なるイレネウス侯爵に拝謁《はいえつ》し、あなたにも紹介していただけるはずでした、侯女様！　しかし最高の第七度の和音を奏《かな》でて、こんな平手打ちをされるような形でお会いすることになるとは。あなた様から寵愛を勝ちえるはずでしたのに！――それなのに！――この庭園という場違いなところで、カモの池とカエルの濠《ほり》にはさまれて、自己紹介することになるとは、不幸の極みです！――ああ、少しでいいから魔法が使えたらと思います。この楊枝《ようじ》入れをただちに」彼はベストのポケットから楊枝入れを出す。「イレネウス宮廷の優雅な侍従に変え、その侍従に『お嬢様、こちらはかくかくしかじかの方でして』と紹介の労をとってもらうのですが。それなのに！――いや、なんということを申しあげているのでしょう！――ご容赦ください――どうかお許しを、侯女様、おお、お嬢様方！――おお、紳士の方々！」見知らぬ男は侯爵令嬢の前に身を投げ出して、甲高い声で歌った。「ああ、お慈悲を、お慈悲を、シニョーラ！」

令嬢はユーリアをつかんで、「頭がおかしいんだわ。どうかしてる。病院から逃げ出した人よ！」と叫びながら必死で走った。

離宮の手前で、ベンツォン夫人がふたりとばったり出くわした。ふたりは息も絶え絶えで、今にもくずおれそうだった。

「どうなさったのですか？　なんということでしょう。そんなにあわてて逃げてくるとは」ベンツォン夫人がたずねると、侯爵令嬢は取り乱しながら、正気とは思えない男に遭遇したことを途切れ途切れに話した。ユーリアのほうは、なにがあったか、落ち着いてていねいに話し、「その見知らぬ方が正気を失っているとは思えませんでした。どちらかというと皮肉ないたずら者だと思います。アーデンの森の喜劇に登場するジェイクイズみたいな」と締めくくった。

夫人はもう一度問い質《ただ》すと、細々としたことをたずね、そのよそ者の歩き方や立ち居ふるまい、言葉遣いなどを説明させた。

「ああ」夫人は言った。「それはまちがいなくあの方です。他にはありえません――きっとそうです」

「どなた――どなたなの？」侯爵令嬢はじれったそうにたずねた。

「落ち着いてくださいい、ヘートヴィガ様。息が切れていらっしゃるではありませんか。危険をお感じになったようですが、その方は正気を失ってはいません。なにかとバロック風に大げさで、苦々しいほどの無作法な物言いをするのですが、そのうちに折り合いをおつけになるでしょう」

「いやよ。二度と会わないわ――あんな不愉快な道化」

「まあ、ヘートヴィガ様ったら」夫人は笑った。「不愉快などという言葉をあなたに吹き込んだのはだれでしょう。先ほど起きたことを考えれば、想像以上にぴったりな言葉ですね」

「私にはわかりません」ユーリアが話しはじめた。「どうしてそんなに怒るのですか、ヘートヴィガ様？――たしかに滑稽でしたし、変なことを口走っていましたけれど、奇妙ではあっても、不愉快には思えませんでした」

「あなたは幸せね」ヘートヴィガは目をうるませた。「そんなに冷静でいられるなんて。でも、あの恐ろしい人のおしゃべりを聞いて、私の胸は引き裂かれそうになったわ！――ベンツォン夫人！――あのおかしな人はどなたですの？」

「簡単に説明しましょう。五年ほど前のこと――」

（ムルのつづき）――わが輩は確信したのである。純粋にして深遠な詩人の魂に、純真な美徳と苦境に立った仲間への同情心が息づいていることを。

ロマン主義を標榜《ひょうぼう》する若者はよく憂いを抱くものだ。崇高にして偉大な思想をひねり出そうとすると、往々にしてそういう憂いを覚えるもので、まさにそれがわが輩を孤独の淵へと追いやった。ここしばらく、屋根にも、地下室にも、屋根裏にもとんとご無沙汰だ。かの詩人とともに、さらさらと流れる小川の畔に佇み、鬱蒼《うっそう》としたシダレシラカバとシダレヤナギが影を落とす小屋の中で牧歌的な甘い喜びに浸っているところを夢想しながら、ストーブの下で小さくなっていた。そういうわけで、わが母堂、やさしく美しい斑猫のミーナにあれっきり会っていない――わが輩は学問に慰めと心の安らぎを見いだしていた。これぞ学問の醍醐味《だいごみ》！――学問を発明した気高《けだか》き人に熱烈な感謝を――この発明は、恐ろしい修道士が考案した火薬製造法よりはるかに素晴らしく、役に立つ。とにかく火薬の性質と効果を考えると、虫酸《むしず》が走る。後世の人も、あの野蛮人、地獄のバルトルト（鉄砲用の火薬を発明したとされる十四世紀のフランシスコ会修道士）を軽蔑しきっている。今では聡明な学者、全体に目を配る統計学者など、要はすぐれた教養人を讃えるのに、こんな言い方があるくらいだ。「あの方は火薬を発明しなかった！」

希望に満ちた若い猫を啓発するためにひと言付け加えておくが、わが輩は学問を志したとき、わが師の図書室に飛び込み、適当な本に爪を引っかけて抜き出し通読した。内容はどうでもよかった。このように学問をすることで、わが精神は後世の人が舌を巻くほど柔軟で、多様で、多彩なものとなったのだ。詩的憂愁の時代に次々と紐解いた本について、ここでいちいち言及するつもりはない。いずれ言及する好機が訪れるだろうし、そもそもタイトルを忘れてしまった。というのも、たいていの場合、タイトルなど気にせず、目にもとめなかったからである――どうかこの説明で納得して、自伝作家にあるまじきことだと責めないでもらいたい。

それよりわが輩の前には新たな経験の数々が待ち受けていた。

ある日のこと、わが師が二つ折判の大型本を読みふけっていた。わが輩はそのすぐそばの、書き物机の下で、美しい全紙大の高級紙に寝そべり、前脚でうまく押さえて、ギリシア語の文章を読もうとしていた。と、そのとき、ひとりの若い男があわただしく部屋に入ってきた。これまでにも師匠のところで何度も見かけた男だ。わが輩のことをすぐれた才能、紛れもない天才と見て、一目置き、敬意を払ってくれている人物だ。それが証拠に、師匠に挨拶をすますと、この人物は決まってわが輩に「おはよう、猫君！」と声をかけ、耳の後ろを掻いてくれたり、背中をやさしく撫でてくれたりする。そのたびに天賦《てんぷ》の才を世に知らしめたまえと激励されているような気がしたものだ。

ところが、この日は様子がちがった！

若い男につづいて、目をぎらつかせた毛むくじゃらの黒い怪物がドアから入ってきて、わが輩を見るなり飛びかかってきたのだ。びっくりしたのなんの。わが輩はあわてて師匠の書き物机に飛び乗った。すると、その怪物も机めがけてぴょんぴょん跳躍し、とんでもない音を立てたので、わが輩は恐怖と絶望の声を絞り出した。善良なる師匠はわが輩を気遣い、腕に抱きあげ、ナイトガウンの中にかくまってくれた。すると、その若い男が言った。「ご心配なく、マイスター・アブラハム。私のプードルは先生の猫君になにもしません。じゃれ合いたいだけです。どうぞ猫君を下ろしてください。私のプードルと先生の猫君、二匹が仲良くなるところをご覧いただきたい」

師匠はわが輩を下ろそうとしたが、わが輩は師匠にしがみつき、哀れっぽい声を上げた。そのためか、師匠はわが輩をすぐそばにあった椅子の上にすわらせた。

師匠の心遣いに勇気をもらったわが輩は、前脚を立てて腰を下ろすと、尻尾を体に巻いてみせた。真っ黒な仮想敵に、こちらの威厳と誇り高さが伝わったはずだ。プードルは目の前の床にすわり込み、こちらの目をじっと見つめ、片言《かたこと》でたどたどしく話しかけてきた。もちろん犬の言葉など理解できない。不安が少しずつ消え、落ち着きを取りもどすと、プードルのまなざしから人なつこく誠実な心根のあることがわかった。わが輩は尻尾をやんわり振って、心を許す気になったことを表明した。すると、プードルのほうも短い尻尾をぶんぶん振りはじめた。

ほほう！　こちらの心がプードルに届いたとみえる。気持ちが通じたのだ！

「初対面の相手に馴染みがなかったとしても」わが輩はつぶやいた。「どうしてあんなに恐れおののいたのだろう？——飛びはね、口を開け、暴れたり、駆けずりまわったり、吠えたりするのは、愛情と歓喜という生の自由を体で示す若者の証じゃないか——黒い被毛に覆われた胸には、美徳が、気高いプードル魂が棲まっているのだ！」

こう考えたわが輩は勇気百倍、かの者と心をひとつにするための第一歩を踏み出すことにし、師匠の椅子から下りる決心をした。

こちらが腰を上げて伸びをしたとたん、プードルはワンワン吠えながら部屋の中を跳ねまわった！——じつに元気なものだ！——恐れることはなにもない。わが輩はすかさず床に下り立ち、足音を忍ばせながら新しい友に近づいた。わが輩とプードルは、似た者同士が近しくなり、心が結ばれたことをあらわす意味深くも象徴的な行為に及んだ。近視眼的なろくでもない人間が「くんくん嗅ぐ」というあられもない言葉で言いあらわしている、あれだ。黒毛の友は餌皿に載っているニワトリの骨を見て、物欲しそうにした。彼を客分として持てなすのは教養と礼儀にかなっている。それを態度で示すと、プードルは驚くべき食い意地でがつがつ食べた。わが輩は少し離れたところからそれを見ていた——いやあ、魚のローストをわきによけて、寝床の下にしまい込んでおいてよかった——食後は大いにじゃれ合い、ついには一心同体となり、くんずほぐれつ取っ組み合って、互いに固い友情を誓い合った。

美しき魂の邂逅《かいこう》。若者の心からの相互理解。滑稽なところなどまったくないというのに、わが師と謎の若い男は絶えずげらげら笑っていた。まったく不愉快千万だ。

わが輩はこの新しい出会いに深い感銘を受けた。だから日の中でも、影の中でも、また屋根の上でも、ストーブの下でも、考えること、夢見ること、感じることといったら、プードル——プードル——プードルとなった！——こうしてプードルの内奥の本質がまばゆいほどの色彩をもって脳裏に浮かぶようになり、そのおかげですでに言及した深遠なる作品が生まれた。ちなみにタイトルは『思想と予感、あるいは猫と犬』。両種族の習性と言語がそれぞれ固有の本質に基づいているという論を展開し、両種族のちがいはプリズムを介して異なる角度から光を投射したにすぎないことを証明した書だ。まず言語の特性をつかんだ上で、言語とは音によって自然原理を象徴的に表出しただけだということを解き明かし、言語はひとつしか存在せず、猫語も犬語も、またプードル訛《なまり》という特殊例でさえ、同じ木の幹から分かれた枝であり、高みにいる精霊から霊感を受けた猫とプードルであれば理解し合えるということを明らかにした。この論を確かなものにするため、わが輩は両言語から数多くの実例を挙げ、語源が同じであることに注意を喚起した。たとえばワン—ワワン、ニャアー—ニャニャア、ブラフブラフ—アウファァウ、コルル—クルル、プツィ—プシュルツィ、といった具合だ。

この書が完成したあと、わが輩はどうしても犬語をマスターしたくなった。マスターできたのはひとえに新しい友、プードルのポントのおかげだ。むろん犬語は猫にとって本当に難解な言語なので、難儀したのは言うまでもない。だが天才はどんな言葉にも順応するもの。ある有名な人間の作家が主張している。異国の言葉にはその民族の特徴が含まれているので、その民族を真似て発音するには多少とも頭を空にする必要がある、と。とんだ誤解だ。まさにそれができることこそ、天才たる所以《ゆえん》なのに。じつは師匠もこの作家と同じ考えの持ち主で、蓄《たくわ》えているのは異国の言葉の知識だけで、その知識を使ってしゃべろうとはしない。異国の言葉で話したところでなにも伝わるものではないと確信している。師匠はさらに、この宮廷の紳士淑女がフランス語をしゃべるのを、恐ろしい病気に類するものだとみなしていた。この馬鹿げた見解を侍従長にまで話しているところを小耳にはさんだことがある。

「閣下、ぜひともご自分をご覧ください。天は美しくも完璧な響きを放つ発声器官をお与えくださったのですよ。それなのに、フランス語を話す段になると、シュッシュ、ピチャピチャ、フガフガとやるものですから、閣下の上品な顔《かんばせ》が引きつった形相に変わってしまいます。いつもの美しく、確固とし、端整なお顔が異様な痙攣《けいれん》でだいなしになるでしょう。致命的な病気という名の精霊が悪さをしているとしか思えなくなります！」

侍従長は大いに笑った。事実、異国の言葉病なるものに関する師匠の仮説は笑止千万なものだった。

異国の言葉を手っ取り早く覚えたいのなら、その言葉で考えることだ、とある賢明な学者がなにかの本ですすめていた。この助言は的確だが、いざ実践の段になると不都合な点もある。わが輩は犬風に考えることにすぐ成功したが、やりすぎて、持って生まれた言語能力が衰退して、なにを考えているか自分でわからなくなってしまったからだ。この理解不能になった思考の大部分を紙に書きとめたが、その言語の奥深さには舌を巻いた。これを『アカンサスの葉群れ』なる題名でまとめたが、なにが書いてあるのか、今もってちんぷんかんぷんである。

わが青春の物語をこのように短いエピソードにするだけで、読者にはわが輩の今と、いかにしてそうなったかを充分明瞭に伝えられると信ずるものである。

しかし波乱に富む生涯の花盛りに別れを告げる前に、もうひとつだけ、教養の成熟期への移行を特徴づける事件を披瀝したい。若き猫諸君はここから棘《とげ》のないバラはないということを学ぶだろう。向上を望んでやまない精神にはあまたの障害があり、道には数多くのつまずきの石があって、脚をぶつけて痛い目を見るものなのだ――そして、そういった傷の痛みは沁みるものだ。いや、じつに沁みる！

親愛なる読者よ、わが幸せな青春時代や、わが輩を見守る恵みの星をうらやましく思うだろう！――出自《しゅつじ》は高貴でも、貧しい両親から生まれ、惨めな死に瀕したわが輩は、突然贅沢な環境に置かれ、文学のペルー鉱山（ペルーに金山、銀山が多かったことからこう呼んでいると思われる）を掘りあてたのだ！――教養を妨げるものなど一切なく、嗜好《しこう》を邪魔するものもなく、完成に向けて大手を振って邁進《まいしん》し、わが時代に他を寄せつけないはずだった。それなのに突然、徴税官が立ちはだかり、納税を要求した。恐れ入ったよ！甘美で篤《あつ》い友情の花にまで棘が隠されていたとは。その棘がわが輩を引っかき、傷つけ、血だらけにした！

わが輩のように多感な心を胸に秘めた者ならだれしも、プードルのポントとの関係について語った時点で、それが高くつくことは容易に予測できただろう。事実、偉大な祖先の霊が守ってくれなかったら、身の破滅となりかねない破局をもたらしたのは、あいつにほかならなかった――そうなのだ、わが読者よ、わが輩には一匹の祖先がいた。その者なくして、わが輩はこの世に存在しなかったであろう祖先だ――偉大にして卓越した祖先、身分も高ければ、評判もよく、財産もあれば、学識も豊かな男児、すぐれた美徳と純粋な同胞愛に恵まれ、垢抜けていて、新時代にふさわしい趣味人――その者こそは――とはいえ、今はちょいと触れるだけにして、いずれ詳述することになるその者こそは、世に名だたる宰相ヒンツ・フォン・ヒンツェンフェルト、またの名を「長靴をはいた猫」と称する比類なく貴重で、なによりも価値のある存在だ――

猫の中でもひときわ気高いあの猫について語るのはまたの機会に譲ろう！

さて、犬語を軽々と優雅に使いこなせるようになったことに話を戻そう。そのときわが生涯最高のもの、つまりわが輩自身とわが輩の作品のことを友のポントに話したのだ。こうしてポントはわが輩の天賦の才、天才、才能を知ることになった。だが残念なことに、あの者は救いようのないほど軽率で、高慢であるがゆえに芸術と学問と無縁であった。わが輩の知識について驚くどころか、わが輩がそういうことに身を捧げていることにまったく理解を示さなかったのだ。ポントにとって芸事と言えば、棒を飛び越えたり、飼い主の帽子を水の中から取ってきたりするのが関の山で、学問などやった日には、胃を壊し、食欲をなくすのがオチだという意見だった。

わが輩はこの若く、軽率な友の蒙《もう》を啓《ひら》こうと腐心《ふしん》したが、その会話中、とんでもないことが起きた。あっと思ったときに、飛びついた――

（反故）――「あなたときたら、相変わらずですね」ベンツォン夫人は答えた。「突拍子もないことを考え、心にぐさりと刺さる皮肉で騒ぎを起こす――安定した昔ながらの環境を不協和音でかき乱すなんて」

「おお、そんな素晴らしい楽長がいるのですか？」ヨハネス・クライスラーは笑いながら言った。「不協和音をそのように自在に操るとは！」

「おふざけにならないで。そんな冗談で誤魔化《ごまか》されはしませんよ！　真面目になさってください、ヨハネスさん！――そう、そのやさしく聞こえる名前であなたを呼ばせてもらいます。サテュロスの仮面の奥にやさしく穏やかな心が隠れていることを期待しているからです。そうすれば！――クライスラーなどというけったいな苗字《みょうじ》は密輸品にちがいないとか、別の家の苗字から失敬したのではないかとか、そういうふうに穿鑿《せんさく》せずにすみますからね！」

「親愛なる顧問官」クライスラーは顔をひくつかせ、眉間にしわを寄せた。「私の名誉ある苗字になんの不足があると言うのでしょうか？——たしかに別の苗字だったこともありますが、それはもう昔の話です。ティーク（ドイツロマン主義の作家、詩人）の『青ひげ』（フランスの作家ペローによる同名の昔話に材を取った戯曲）に登場する顧問官のようなものです。その顧問官が言っていますよ。『昔こそ立派な名前を持っていたが、長いあいだにほとんど忘れてしまった。おぼろげにしか思い出せない』」

「思い出してみてください、ヨハネスさん！」夫人は目を輝かせて彼を食い入るように見つめた。

「忘れかけた名前くらいきっとまた思い出せますよ」

「まさか。とてもだめです。人生のパスポートである名前が今とはちがっていたというかすかな記憶はあるのですが、それも生まれる前のよき時代に遡《さかのぼ》るものです——この地味な苗字が気になるのなら、どうかしかるべき光を当ててください。まずじつにいいではないですか！　そればかりではありません！　あれこれいじって、文法的な解剖用メスで切開してみるといいでしょう。苗字の内実がますます素晴らしいものに思えてくるはずです。私の苗字の語源が『縮れ《クラウス》』だと考えて、そこから理髪師を指す『髪を縮らせる人《ハールクロイスラー》』を連想したり、音楽家を指す『音を縮らす人《トーンクロイスラー》』やそのまま『縮らせる人《クロイスラー》』とみなされたりしては困ります。それならクロイスラーと名乗らねばなりません。また『円《クライス》』と切っても切れない関係にあるとしたら、ぜひ私たちの全存在をぐるぐるまわし、どうやっても外に出ることのできない不思議な円を思い描いてください。その円の中でクライスラーはぐるぐるまわるのです。まあ、そうなると、憑《つ》かれたように聖ファイトの舞踏（舞踏運動、情動障害などの症状があらわれるハンチントン病などがかつてはこう呼ばれていた）にかかって疲労困憊し、円の外に出て自由になりたいと憧れることでしょう。疲れ弱ってしまった状態で円の外に出るのはつらいことになるのですが。そしてこの憧れがもたらす深い苦悩もまた、あなたが非難する皮肉に当たるのでしょうね。それなら、顧問官、なにものにも束縛されない王者として人生を歩みはじめる息子を産みおとす気丈な母親はどうなりますか？ ここでいう息子とはフモール（いわゆる諧謔《ユーモア》のことだが、ロマン主義思想の中では世界の関わり方をめぐる芸術概念として、皮肉《イロニー》と並んでさまざまに議論された。同時代の作家ジャン・パウルは「人生自体に対する偉大なアンチテーゼ」と説明している）のことです。ちなみにフモールは、腹違いの出来損ないの兄弟である嘲笑とはまったくの別物です！」

「そうですね」夫人は言った。「まさにそのフモールこそ、でたらめで、気まぐれな空想が歪《いびつ》になったものと言えるでしょう。形もなければ色もなく、頑《かたく》なな殿方が身分や品格に照らしてだれに使ったらいいかもわからない代物です。でもこれが私たち女に対してなら、偉大で素晴らしいものになるのです。そうやって女が愛し、価値を認めるものを嘲《あざけ》りとばす——ヨハネスさん、ご承知でしょうが、ヘートヴィガ様はあなたと庭園で鉢合わせし、あなたのふるまいにびっくりして、すっかり心をかき乱されてしまいました。感じやすくて、からかわれていることに気づくと、ちょっとした冗談にもすぐ傷ついてしまう方なのです。ヨハネスさん、常軌《じょうき》を逸したふるまいで、あの方が怯《おび》えるのを面白がるなんて。あの方は病気になって寝込むかもしれません。どう申し開きするのですか？」

「申し開きをとおっしゃられても。父君が一般に開放している庭園で偶然に出会った人品卑しからぬよそ者相手に尊大にふるまったのは、お嬢様のほうなのですが」

「とにかく、あなたがひょっこり庭園にあらわれたせいで、大変なことになるところでした。お嬢様がふたたびあなたに会う気になったのは、うちのユーリアが取りなしたからなのです。あなたをかばったのはユーリアだけです。あなたの言動は、心が深く傷ついているか、ささくれだっている方にありがちな極端なものだ、とあの子は言っています。つまりあなたのことを憂鬱なジェイクイズだとね。最近、シェイクスピアの『お気に召すまま』を読んだばかりだったからでしょう」

「なんて勘のいい人だ」クライスラーは目をうるませた。

「そのうえ、あなたの即興演奏と、ギターの弾き語りを聴いたユーリアは、あなたのことをすぐれた音楽家で、作曲家だとも言っています。その瞬間、音楽の特別な精霊があらわれて、あの子自身も無性にギターを弾いて歌いたくなったとか。しかもいままでになくうまくできたというのです――いいですか。ユーリアはその不思議な殿方に会わずにいられない、音楽の精霊が見せた一時の戯れだったなんて認めないと話しています。侯爵令嬢はその逆で、あの方らしい激しさで、あんな頭のねじが外れた人間にまた会ったら死んでしまうと言い張っています。あのふたりは一心同体で、意見が分かれることなど一度もなかったのですよ。小さい頃はともかくとしてね。でも、当時は立場が逆でした。奇怪なスカラムーシュ（イタリアのコメディア・デッラルテに登場する隊長役の道化）人形をもらったユーリアはそれを暖炉に投げ込もうとしましたが、お嬢様がその人形をかばって、自分のお気に入りにすると言ったんです」

「私としては」クライスラーは大きな声で笑いながら答えた。「スカラムーシュの二代目として、お嬢様に暖炉に投げ込まれ、愛くるしいユーリアに身を委ねたいものです」

「あなたはスカラムーシュをめぐる思い出をフモール感覚の思いつきと思っているのですね。それを自分の論理で悪いほうに読み替えてもらっては困ります。とにかく、風体《ふうてい》や庭での出来事をあのふたりから聞いて、すぐにあなただろうとピンときました。ですから、あなたにもう一度会いたい、とユーリアが憧れる必要もなかったわけです。話を聞いてすぐ、私の手駒《てごま》を総動員して庭園はおろか、ジークハルツヴァイラー一帯を捜させたんです。顔見知り程度ではあれ、大事な方ですから。でも、いくら捜しても埒《らち》があかないので、見つけ損ねたと思っていました。そんな折も折、今朝になってあなたのほうからおいでくださるとは。ユーリアは今、お嬢様のところにいます。あなたの到着を知ったら、あのふたりの心にどんな軋轢《あつれき》が起きることやら——大公様の宮廷で正式に楽長になられたことは存じていますが、いったいどうして突然お越しになったのか、差し支えなければ教えてください」

ベンツォン夫人にそう言われて、クライスラーは深く考え込んでしまった。うつむいて、なにか忘れたことを思い出そうとしているかのように指で眉間をもんだ。夫人がなにも言わず待っていると、彼がようやく口をひらいた。

「いやあ、じつにくだらない話です。語る価値もありません。ただ、あの小さなお嬢様が頭のおかしな男の支離滅裂なおしゃべりとみなしたものは、たしかに真実です。感じやすいあの方を庭園でびっくりさせてしまったあのとき、私は大公様のところに参内《さんだい》してそのまま逃げ出したのです。そしてここジークハルツヴァイラーでも、予定外の楽しい訪問をしようと思いついたのです」

「まあ、クライスラーさん」夫人は心なしか微笑みながら叫んだ。というのも、夫人は決して大きな声で笑ったりしないからだ。「またしても気まぐれを起こしたのですね。あなたは気ままますぎます。大公国の都はジークハルツヴァイラーからすくなくとも三十時間は離れていますよね？」

「そうです。そしてル・ノートル（十七世紀のフランスで活躍した造園家。ヴェルサイユ宮殿の庭園を手がけた）でも真っ青な見事な庭園に迷い込みました。私の参内のことはともかくとして、感傷に耽る楽長が喉と胸から声を絞り出し、ギター片手に香りたつ森を逍遙《しょうよう》していたとお考えください。新緑萌える牧場を横切り、風が吹き荒れる断崖を越え、眼下で森の渓流が逆巻く細い架け橋を渡りながら、あたりを包む合唱にソロ歌手として声を合わせて歌ううちに、その楽長はいつのまにか庭園の一角に入り込んでしまうこともあるでしょう。こうして、私はジークハルト宮の庭園に足を踏み入れたのです。といっても、その庭園も自然がこしらえた大庭園のほんの一部にすぎないのですが——いや、ちがいますね。そうではありません！

あなたは先ほど、私を猟期に猟場に迷い込んだ野生動物に見立てて、元気な猟兵を集めて私を捕えさせようとしたとおっしゃいましたね。それを聞いて、私がここにいるのは必然なのだと確信しました。道に迷いつづけたいと思っても、からめとられるほかないという必然性。

あなたは以前、私と知り合ったことに価値を見いだしてくださいました。運命の出会いをした、あの混乱と八方ふさがりの宿命的な日々を思い出しても、無理からぬことではないでしょうか。心の奥底を引き裂かれ、決心することも叶わず、あっちにふらふら、こっちにふらふらしていた当時の私を見いだしてくださったのはあなたでした。私をやさしく拾いあげてくださいましたね。雲ひとつない澄み切った空のごとき女性らしさで私を慰めようとし、投げやりになっていた私を叱咤すると同時に許してくださった。私が絶望しているのは環境のせいだともおっしゃいましたね。私自身がいかがわしいと思っていた環境から救い出してくれました。お宅はのどかで感じのいい避難場所となり、あなたの言葉に出せない心痛に心打たれ、自分の苦痛を忘れられたのです。あなたとお話ししていると心が晴れ、穏やかな気持ちになりました。私の病を知らないはずなのによく効きましたよ。人生で自分の居場所を失いかねない危険な事件があっても、それが私に仇《あだ》なすことはありませんでした。ずっと前から私は重圧を受け、不安になる状況がありまして、なんとかそこから訣別できたらと願っていましたが、勇気や力を持てないほど影響力の大きかった運命に腹を立てることもできずにいたのです。本当です！

自由を感じることもありましたが、そういうときは逆に、なんとも言えない不安に苛まれました。幼少のみぎりより私をふたつに引き裂いてきたあの不安です。あれは、より高い生から発して永遠につづくもの、と深遠な詩人がよく言っていた憧れとはちがいます。永遠に叶えられないからこその憧れなのです。欺かれたり、騙《だま》されたりするのではなく、そもそも叶えられないからなのです。そしてだからこそ、憧れは死滅することがありません。いいや——正気とは思えない不毛な欲求というのもありますね。あれは自分の外側で休みなくなにかを探し求めます。自分の内面に暗い秘密が隠されているからです。謎めいた支離滅裂な夢と言ってもいいでしょう。夢に見るのは、この上ない満足感を与えてくれるはずの楽園です。その楽園がどういうものか、夢ですら明言できず、予感するのが関の山なのですが。その予感がタンタロス（ギリシア神話に登場する王。ゼウスの子。傲慢なふるまいによって地獄に落とされ、永遠の責め苦を受けたとされる）の苦しみでもって私を悩ませるのです。幼い頃からそういう感情に突然取り憑かれることがありました。友だちと楽しく遊んでいて、急に森や山へ駆けだし、大地に突っ伏して、さめざめと泣いたものです。もっとも私はだれよりも腕白で、型破りだったのですが。あとになって、少しは自分を抑えられるようになりましたが、そうなったときの塗炭《とたん》の苦しみは筆舌に尽くしがたいものがありました。仲のいい友人に囲まれて楽しく過ごしていても、芸術を鑑賞中でも、いろいろな形で虚栄心が満たされる瞬間でもそうなのです！　なにもかもが惨めで、価値がなく、生彩を欠き、死んだように思えて、絶望的な不毛の地に追い払われた気になるとき、私はそういう心境になるのです。けれども、そうした邪《よこしま》なるデーモンにも負けない光の天使がひとりだけいます。それが音楽の精霊です。この精霊がよく私の内面からさっそうと首をもたげます。その力強い声を聞いたら、この世の苦痛などことごとく鳴りをひそめます」

「前から思っていたのですけれど」ベンツォン夫人が口をひらいた。「音楽はあなたにとって刺激的すぎますね。よくありません。素晴らしい作品を演奏しているとき、全身全霊で没頭して、顔つきまで変わってしまいますから。血の気が引いて、口も利けなくなり、出るのはため息と涙ばかり。

そしてマエストロの作品にひと言でもなにか言う人がいると、それがだれだろうと辛辣な言葉を浴びせて、とことん痛めつけるのですから――まったく――」

「顧問官」クライスラーは夫人の言葉をさえぎった。それまでの神妙な物言いが持ち前の皮肉な言葉遣いに取って代わった。「今はちがいます。大公家の宮廷に仕えてすっかり毒気を抜かれました。『ドン・ファン』だって、『アルミーダ』（モーツァルトの『ドン・ジョヴァンニ』とグルックの『アルミード』を指す）だって、落ち着き払って、さっそうとタクトを振ることができます。プリマドンナがあの難解なカデンツァで音階の梯子を踏みはずしても、やさしく目配せするだけですませるでしょう。ハイドンの『四季』の演奏が終わったあと、「これはずいぶん退屈でした《セテ・ビアン・アンニュイアン》ね、楽長さん」と侍従長がささやきかけてきても、微笑みながらうなずき、もったいぶって嗅ぎ煙草をひとつまみ嗅ぐことだってできます。音楽通の侍従長や式部官がなにを言おうが、黙って拝聴します。たとえばモーツァルトとベートーヴェンは歌曲というものをわかっていないとか、ロッシーニ（『セビリアの理髪師』など多数のオペラを作曲したイタリアの作曲家）、プチッタ（イタリアの作曲家）といった小物がオペラ音楽の高み《ア・ラ・オートゥール》に飛びたったとか、言いたい放題のたまってもね――そうです、夫人、私が楽長職に就いて、どれほどゆるぎない確信を得たかわからないでしょう。たとえば芸術家が正式に職に就くのはいいことだ。さもないと、悪魔とその祖母でもなければこの高慢ちきな輩《やから》には到底我慢がならないだろうとか。有能な作曲家を楽長や音楽監督に、詩人を宮廷詩人に、画家を宮廷肖像画家に、彫刻家を宮廷彫刻師にしてご覧なさい。役立たずの夢想家など国じゅうどこを探してもいなくなるでしょう。どこを向いても公序良俗をわきまえた有益な市民ばかりと相成るのです！」

「やめてください」夫人は不機嫌に叫んだ。「おやめになって、クライスラーさん。またしてもあなたの十八番《おはこ》がはじまりましたね。ところで、おかしなことに気づきました。いったいなにがあって、あわてて都を出奔することになったのか、そこのところをぜひうかがわせてください。あなたが庭園に出没したのは、大公様のところを逃げ出したからなのでしょう？」

「ではっきり申しあげましょう」クライスラーは夫人をじっと見ながら穏やかに言った。「たしかにひどいことがあって都を出奔しましたが、よそ様には関係のないことです。ひとえに自分自身の問題なのです。先ほどは必要以上に強調しすぎたかもしれませんが、件の不安がいつにも増して激しく私を襲ったのです。そのせいで、じっとしていられなくなりました。

　ご存じのように、大公様のところで楽長職に就いたことをありがたいことだと思っていました。芸術に生きながら、職に就けば、私の心に巣くうデーモンが退散するだろうと思ったのです。まったく愚かなことでした。大公家の宮廷で私がどのように成長したか少しだけ話しましたが、そのわずかな話からだけでも、私がとんだ勘違いをしていたと察せられるでしょう。説明させてください。神聖な芸術に対する毒にも薬にもならない手慰みに、私は仕方なく手を貸すほかなかったのです。それに小手先だけの似非《えせ》芸術家や、没趣味の好事家《こうずか》の愚かしさや、球体関節人形で溢れかえった世界を見るにつけ、ここは私がいるべきところではないと気づいたのです。ある朝、近々催される予定の祝典でどういう役割を担うべきか、大公様におうかがいを立てることになりました。式部官が同席したのは当然でしたが、その人が私に無理難題を押しつけてきたのです。問題はその人が自作したプロローグでした。それは祝祭劇の出だしに披露するもので、こともあろうに、それに合わせた曲を作れというのです。そして私を横目でじろっと見ながら、大公様にこう言ったのです。『このたびは頭でっかちのドイツ音楽ではだめです。趣味のよいイタリアの歌曲がいいでしょう。そこでいくつか可憐なメロディーをこしらえてみました』それを元に私にしかるべき曲を作れというわけです。大公様はよきに計らえとおっしゃったばかりか、最近のイタリアの作曲家を大いに研究して、研鑽を積むことを望む、期待するぞよ、と仰せになったのです——惨めなものでした！——自分のことをひどく軽蔑しました——なにもかもが屈辱的で、自分の幼稚でお粗末な寛容さが仇をなしたように思えたのです！

　私はもう戻らないつもりで都をあとにしました。その晩のうちに暇乞《いとまご》いをするつもりだったのですが、決心を固めても心が安まることはありませんでした。暗に陶片追放（国家に害をなすと見なされた人物を、裁判によらずに陶片を使った投票によって国外追放した古代アテナイの制度）の憂き目に遭ったと実感したからです。別の目的で携《たずさ》えてきたギターを市門の前で馬車から取り出し、その馬車を帰すと、郊外へ出ていきました。ずんずんどしどしどこまでも！

　すでに太陽は傾き、山や森の影がしだいに広がり、闇が濃くなっていきました。都へ舞いもどることなど、考えるだに堪えられません。身の破滅ですから。

『なにがあっても戻るものか』私は大きな声で叫びました。ジークハルツヴァイラーへの道を歩いていることはわかっていました。マイスター・アブラハムのことが脳裏に浮かんでいました。先日、先生から手紙をいただいたばかりでした。都での私の状況がわかるのか、そこを出て自分のところへ来るようにと書いてあったのです」

「どうして」夫人がクライスラーの言葉をさえぎった。「あの変わり者のお方をご存じなのですか？」

「マイスター・アブラハムは、私の父が心を許した友でした。そして私の師であり、ある意味、私を育ててくれた方なのです！

　夫人、これで私がご立派なイレネウス侯爵の庭園にやってきたわけがおわかりですね。必要とあれば歴史的正確さで、冷静に、そして本意ではありませんが嬉々としてお話しすることもできます。

どうか疑われぬようお願いします。といっても、都からの逃避行の一部始終など、今お話ししたようにどう見てもくだらないですし、だれが聞いてもしらける話です。衰弱する覚悟がないかぎり、到底話せるものではありません。

それでもショックを受けた侯爵令嬢の気付け薬として気休めになさりたいのであればどうぞ。そして生真面目なドイツ人音楽家風情《ふぜい》が絹の靴下をはいて小ぎれいな馬車に乗り、上品にふるまっていたのでは、ロッシーニ、プチッタ、ヴェージ、フィオラヴァンティ、その他なになにイーニとか、なになにイッタという連中に負けて這々《ほうほう》の体《てい》で逃げ出すほかなくなることを、お忘れなきようお願いします。どうかお赦しください！――といっても、顧問官、こんな退屈な冒険譚にも私的な余韻というものはあるもので、じつは自分のデーモンに鞭打たれてまさに逃げ出そうとした刹那《せつな》、またとない甘美な魔法の虜になったのです。デーモンが意地悪く喜びながら、この胸深くに隠した秘密をいたぶろうとしたそのとき、音楽の強大な精霊が翼を広げたのです。そしてそのメロディーを聞いて、慰め、希望が、それどころかそれ自体が不朽の愛であり、永遠なる若さがなす魅力そのものである憧れまでが目覚めたのです――それこそ、ユーリアさんの歌声でした！」

クライスラーは口をつぐんだ。ベンツォン夫人は聞き耳を立てていた。つづきがどうなるのか気になったのだ。だがクライスラーがなにも言わず、物思いに耽っているようなので、親しみを込めて冷静にたずねた。

「うちの娘の歌が本当にそれほど心地よいものだったとおっしゃるのですか？」

クライスラーははっとした。だが、言いたいことが言えず、胸の奥からため息が漏れただけだった。

「それはうれしいことです」夫人は話をつづけた。「クライスラーさん、ユーリアはあなたから真の歌というものをたくさん学べるでしょう。だって、あなたはもちろんここに滞在されるのですよね」

「尊敬すべき顧問官」

クライスラーがそう言いかけた瞬間、ドアが開いて、ユーリアが入ってきた。楽長に気づくと、愛くるしい顔に甘い笑みを浮かべて、あらっというかすかな声を漏らした。

ベンツォン夫人は立ちあがって楽長の手を取り、ユーリアのところに誘いながら言った。「ユーリア、こちらが例の変わった――」

（ムルのつづき）――若いポントはわが輩の横にあったできたてほやほやの原稿に飛びつき、あっという間にくわえると、素早く駆けだして姿を消した。ポントはそのとき、ざまを見ろというようにげらげら笑った。あのとき思いつくべきだったのだ。このいたずらがただの若気《わかげ》の至りではなく、別の事情を抱えていることに。ことの真相はまもなく明らかになった。
二、三日して、若いポントが仕えている男が師匠のところにやってきた。あとで知ったことだが、この人物はジークハルツヴァイラーのギムナジウムで教壇に立つ美学教授ロターリオだった――いつもの挨拶をすますと、教授は部屋を見まわして、わが輩を認めるなりこう言った。「先生、あのチビを部屋から遠ざけてもらえませんか？」
「なぜだね？」師匠がたずねた。「こいつがいても、これまでは気にしなかったではないか、教授。私の愛猫、優雅で賢い牡猫ムルだぞ！」

「そうですとも」教授はニヤニヤした。「優雅で賢い、たしかに！――しかしここはぜひとも先生の愛猫を遠ざけていただきたい。これから話すことを、その猫の耳に入れたくないのです」

「だれの耳にだって？」師匠は教授を見つめた。

「だから、先生の猫の耳にでです。どうかなにも訊かず、言うとおりにしてください」

「妙なことを言うな」師匠は隣の部屋へのドアを開けると、わが輩を呼んだ。その呼び声に従いはしたが、じつはこっそり戻って、本棚の一番下の段に隠れた。これで部屋を見渡せるし、話も一言一句聞きとれる。

「それで」師匠は教授と向かい合うようにして安楽椅子に腰を下ろした。「私のムルに内緒にしたいとは、どんな秘密を発見したと言うのだね?」

「先生」教授はあらたまってたずねた。「才能とか天賦の才といった生まれつきの精神的能力がなくても、肉体が健全であれば、英才教育によってどんな子どもでも短期間で、それも幼いうちに学芸のヒーローに仕立てあげられるという主義主張がありますね。先生はどう思われますか?」

「なんだね、藪から棒に。そんな主義主張なんてくだらんよ。猿くらいの理解力と記憶力がある子どもなら、いろいろ体系的に教え込んで、それをみんなの前で披露するくらいのことはできるだろう。ただしそういう子には、生まれついての素質が完璧に欠落しているにちがいない。そうでもなければ、そんなひどい扱いを受けて心が反発しないわけがない。吸収可能な知識の断片で肥え太らされた単純な若者を本当の意味で学者だと呼べるとでも?」

「世間はそう呼ぶでしょうね! 恐ろしいことです!――より高い、生まれついての内なる精神力。学者や芸術家を作り出すのは、それをおいて他にありません。でもあの救いがたい、いかれた主義主張にかかると、そういう精神がだいなしになるものです!」

「ちょっと待った」師匠は微笑んだ。「たしか今のところ、私たちのよきドイツではあの教育法による産物は一例しかないはずだぞ。しかも世間でしばらく話題になったものの、その産物が見かけ倒しだとわかると、話題にもならなくなった。おまけにその実物標本の全盛期というのが、ちょうど神童（十代で博士号を取得し、教授資格を得たカール・ヴィッテを指す）がもてはやされた時期に当たっていた。その神童というのが、苦労して調教した犬や猿並みの安い入場料で芸を見せていた」

「そうはおっしゃいますが、先生がいたずら好きで、不思議な実験を長年つづけていることを知らない者でもなければ、あなたの言い分を信じないでしょう。白状してください。先生は密《ひそ》かに件の主義主張に則《のっと》った実験をしているのではありませんか？　しかも今話題にされた標本製作者のはるか上を行こうとしている――成就《じょうじゅ》した暁には、手塩にかけたその子とともに登壇し、世界じゅうの教授連をあっと驚かせ、絶望の淵に立たせようという腹づもりなのでしょう。『メルクリウスを作《ノン・エクス・ク》るのはどんな木材でもいいわけではない《オウィス・リグノ・フィト・メルクリウス》』（帝政ローマ時代の作家ルキウス・アプレイウスの言葉。メルクリウスはローマ神話に登場する神）という主義主張を完膚《かんぷ》なきまでにやっつけるのですね！――いいですね！　ただし刻まれるのはメルクリウスではなく、一匹の猫だとは！」

「なんだって？」師匠は大きな声で笑った。「猫？」

「誤魔化さないでください。今、隣の部屋にいるあのチビに、あの実態がよくわからない教育法を施されたのでしょう。読み書きを教え込み、学問を授けた。あの猫は今ではいっぱしに作家を気取って、詩作までしている」

「待った。それはひどい言いがかりだ！――私が猫を教育し、学問を授けた？――気は確かかね？――私の猫に教養をつけようなんて少しも考えていない。どだい無理な相談だし」

「そうですか？」ゆっくり言うと、教授はポケットから原稿を引っ張り出した。若いポントが持ち去ったわが輩の原稿だ。教授が朗読した。

より高きものへの憧れ

わが胸を焦がす　この感情
なんなのだ　この不安――この胸騒ぎ
精神よ　大胆な飛躍を望むか
強大な守護霊に　拍車をかけられて

感覚の中の感覚は　いかなるものか
愛に溢れた生命に求めるのは　なにか
絶えず燃えつづける　炎のごとき甘美な衝動
それこそ　不安な胸をときめかせるもの

我は夢見る　遠い魔法の国を
言葉なく　声もなく　舌は呪縛され
ただ切ない期待ばかりが春風とともに吹く

それはやがて　我を重い縛め《いまし》より解き放つ
夢に見て　感じ取り　緑なす葉陰に我を見いだす！
羽ばたけ　わが心！　翼で我を捕らえるのだ！

親愛なる読者なら、この見事なソネットの出来映えがわかるだろう。これはわが心の奥底よりほとばしり出たものだ。そしてわが輩が作った初期の作品のひとつであると言ったら、ますます驚嘆することだろう。ところが教授の奴め、抑揚をつけずに朗読しやがった。悪意を感じる。渋々音読している感じだ。自分の詩だとわからないほどだった。若い詩人にはありがちなことだが、わが輩は怒りに駆られて、隠れているところから教授の顔めがけて飛び出し、爪の鋭さを思い知らせてやりたくなったほどだ。だが師匠と教授が相手ではわが輩が負けるのは必定だと気づき、怒りを抑えつけた。とそこまではよかったが、うっかりミャオと唸ってしまった。教授がソネットを読み終えたときに、師匠がげらげら笑わなかったら、わが輩は教授の棒読み以上の不快な思いをするところだった。

「ハハハ。たしかにそのソネットが猫の手になるなら、完璧と言っていい。しかしどうしてそんなふざけたことをするのか、いまだに合点がいかないのだがね、教授。どういうつもりだ?」

教授は師匠に返事をせず、原稿をめくると、次を音読した。

注釈

愛情はいたるところにあるが
友情はかけがえがない
愛情はまたたく間に駆け寄ってくるが
友情は求められるのを待つ

悩ましく　不安げな歎きの声を

いたるところで　我は聞く
感じるべきは　苦痛か
快楽か　我は知らず
たびたび己に問う
夢か　うつつか
この感情に　この刺激に
心よ　与えたまえ　ふさわしき言葉を
しかり　地下室にも　屋根の上にも
愛情はいたるところにある！

されど　恋の痛手であろうとも
傷はいつか　癒えるもの
ひとり静かな日々を送れば
苦しみから解き放たれるだろう
やがて精神も心も　健やかになる
かわいい子猫の怠惰な日々
いつまでも許されるものか
否！――悪しき渦よりいでよ
プードルと過ごすがいい　ストーブの下で
友情はかけがえがない！

もとより知っている——

「やめたまえ」師匠が教授の朗読をさえぎった。「いいかげんにするんだ。書いたのがだれかは知らないが、私のムルの気持ちになって詩作をするとは、冗談がすぎるぞ。午前中いっぱいかけて、私をたぶらかすつもりか。冗談の中身は悪くない。クライスラーなら、大いに気に入るだろう。ことによったら、狩りをはじめるかもな。獲物はきみという寸法さ。それはともかく思わせぶりはやめて、この奇妙な冗談がなんのためなのか正直に言いたまえ」

教授は原稿を閉じると、師匠の目をまじまじと覗き込んだ。

「この原稿は数日前、先生の猫と友だちになったプードルのポントが持ってきたものです。あいつはなんでもかんでも運んでくる癖がありまして、これもくわえてきたのです。それでも傷ひとつつけずに私の膝に載せ、友のムルが書いたものだとわからせようとしました。ちょっと見ると、すぐにその奇妙奇天烈な筆跡が目にとまりました。しかし数行読んで、妙な考えが脳裏をよぎったのです。こいつはもしかして本当にムルが書いたものではないか、とね。理性がですね、そう、だれもが辿る人生経験、結局のところ理性にほかならないのですが、それが私に言うのですよ。そんな馬鹿な、と。猫に字など書けないし、ましてや詩作などできるわけがない。それでも、その考えを捨てきれませんでした。そこで先生の猫を観察することにしたのです。ムルが先生のお宅の屋根裏によくいることは、うちのポントから知らされていました。私は自分のところの屋根裏に上がって、屋根瓦を数枚はがして、先生のところの天窓から中が覗けるようにして、なにを見たと思いますか！——聞いてびっくりですよ！——屋根裏のひっそりした一隅に先生の猫がすわっていたのです！――それもちゃんと背筋を伸ばして小さな机の前にちょこんとすわっていました。机には筆記用具と紙があり、脚で額や項《うなじ》を掻いたり、顔を撫でたりしながら、羽根ペンにインクをつけてなにやら書いたかと思うと、その脚を止め、またなにか書き、書いたものを読みかえして唸ったのです（はっきり聞こえました）、そう、満足そうに唸ったり、喉を鳴らしたりしたのです――そしてムルの周囲にはさまざまな書物が。装幀からして、先生の蔵書から持ち出したものでしょう」

「けしからんことだ」師匠が言った。「本がなくなっているかどうか、さっそく調べてみよう」

師匠は立ちあがって本棚に歩み寄った。だがわが輩を見つけたとたん、三歩さがり、目を丸くした。すると、教授が叫んだ。

「言わんこっちゃないです、先生！　隣に閉じ込めたはずですよね。そこでおとなしくしていると思っていたのではありませんか？　それなのに本棚にもぐって学問に励んでいるとは。いや、それよりも盗み聞きしていたのかも。私たちの話を全部聞いてしまいましたね。なにか対抗策を練るかもしれません」

「おい、猫よ」師匠は呆気に取られながらこっちを見ていた。「どうなんだ。おまえに生まれつき具わる立派な本性を拒絶して、本当に教授が朗読したようなろくでもない詩を作ることに没頭していたのか。ネズミの代わりに学問を追いかけると言うのなら、おまえの耳をちょん切ってやるぞ。あるいは――」

わが輩は生きた心地がしなくなって、目をぎゅっとつむり、寝ているふりをした。

「いや、そんな、まさかな」師匠は話をつづけた。「ほら、見たまえ、教授。屈託《くつたく》なく眠っている。こいつの温厚な顔のどこに、そんな不可思議ないたずらをしたと書いてあるかね。ひどい言いがかりだ――ムル！――ムル！――」

師匠がそう呼びかけたので、いつものようにクルル――クルルと応えて目を開けると、立ちあがって、優美な猫背を作ってみせた。

教授はかっとして原稿をわが輩の頭めがけて投げつけた。だがそれはそれ、(生まれついての狡猾さが入れ知恵をして)師匠の遊びにつき合うふりをし、飛んだりはねたりしながら原稿を引きずりまわし、バラバラにしてみせた。

「ほら」わが師が言った。「これでわかっただろう。勘違いもはなはだしいぞ、教授。ポントにまんまと騙されたな。見たまえ、ムルが詩にどんな手を加えているか。自分の原稿をあんなふうに扱う詩人がどこにいる?」

「まあ、忠告はしましたよ、先生。あとはお好きなように」そう答えると、教授は部屋を出ていった。

これで嵐は過ぎ去ったと思ったが、それは勘違いだった!――ひとまず師匠はわが輩の学問的素養を否定し、教授の言葉を信じていない素振りをした。と思ったが、まもなくわが輩のあとをつけたり、書棚に鍵をかけて、わが輩が蔵書を利用できないようにしたりしていることに気づいた。いや、それどころか、わが輩が書き物机に乗って、書類のあいだに寝そべることまで毛嫌いするようになった。

せっかく青春のはじまりだというのに、これでは悶々とするほかない! 誤解され、嘲笑される以上に天才を苦しめるものがあるだろうか。あと押しをこそ期待しているときに、こんな邪魔が入るとは。これ以上に、偉大なる精神に苦痛を与えるものがあるだろうか!――とはいうものの、弾圧がひどくなれば、敵愾心《てきがいしん》も高まるというもの。弓弦《ゆづる》を張りつめれば、当たりもきつくなる道理!――読書が禁じられたことで、わが精神は逆に自由に羽ばたき、自学自習するに至ったのである。

この時期はふさぎの虫に取り憑かれ、日ごと夜ごと、この家の地下で過ごしていた。そこにはネズミ捕獲器がいくつも仕掛けてあり、年齢も身分もさまざまな猫がたくさん集まってきていた。

こちらは哲学的頭脳の持ち主である。どこにいようと、生の秘奥《ひおう》にある種々の関連性を見逃すわけがない。そしてまさにこの関連性から日々の意識や行為が形成されることを認識したのだ。地下室では、ネズミ捕獲器と猫の相互作用に思い至った。気高くも純粋な心を持つ牡猫であるわが輩は、正確無比に死を呼ぶその機械のせいで、若い猫たちがひどく怠惰になっていることに気づいて憤慨した。わが輩は羽根ペンを取るや、前々から温めていた不朽の名著『ネズミ捕獲器とそれが猫族の意識および行動力に及ぼす影響について』を書いた。この小論の中で、軟弱な若い猫たちの眼前に鏡を突きつけ、わが身を顧《かえり》みさせたのだ。持てる力を使わず、無気力、怠惰なままでいいのか、ベーコンめがけて走る卑しいネズミどもを放置していいのか、と！——若い猫たちを轟く雷鳴のごとき言葉で揺さぶり、眠りから覚ましたというわけだ——この小品の有益さもさることながら、これを書きあげたという事実もまたわが輩にとっては恩恵となった。なんと自分でネズミを捕まえる必要がなくなったのだ。力説したせいもあってか、みんなを煽《あお》ったこのヒロイズムをわが輩こそが実践すべきだと思いつく猫は一匹もいなかったようだ。

かくしてわが生涯の第一期は終わりを告げ、壮年期へとつづく本来の青春期へと移行した。だがここで、わが師が聞こうとしなかった詩「注釈」の最後の二節を大事な読者に披露しよう。それはこうである。

もとより知っていることだが
バラの茂みより　芳しき風に乗り

甘い愛の言葉が　響くとき
その甘美なささやきに　逆らえる者なし
恋に酔いしれた　その目に映る者こそ
花咲き乱れる道に　耳をそばだて
憧れの呼び声に　応えて
躍り出る　恋する乙女の
駆け寄る　その速さ
恋は　見る間に我らをつなぐ

この憧れ　この渇望に
心を魅了されること　いくたび
されど　飛びはね　走り　焦がれるほどの
喜びは　いつまでつづくものか！
美《うる》わしい友情こそ　熱き思いに目覚めるとき
宵の明星が放つ光に輝くもの
清く律儀なる高貴な男子
かの者を見いださんと
塀をよじ登り　垣根を越えて
求めるのは　友情なり

〔反故〕——ちょうどその宵は、久しぶりに晴れ晴れとした気分に浸っていた。前代未聞のことを引き起こしたのは、まさにこの気分のせいだった。頬が赤く、髪をていねいにカールさせた、将来有望な若き中尉が、舞いあがった詩人にありがちな自負心をあらんかぎりの声に乗せ、自作したとんでもない悲劇の長たらしく単調な第一幕を朗読していた。

いつもの彼なら激昂し、席を蹴って立ち去るところだが、このときばかりはそうもせず、穏やかに、微笑さえ浮かべて聴いていた。朗読を終え、件の中尉がいかがでしたかと訊いたときも、彼は心から楽しめたという表情を見せて、戦場と詩作の若き英雄にこう断言したほどだ。

「この第一幕こそ、飽くことなき美の好事家《こうずか》に捧げられた逸品と言えるでしょう。事実、素晴らしい思想が含まれていますし、カルデロン、シェイクスピアといった世に認められている偉大な詩人や当代のシラーも同じことに着眼しているという点だけでも、あなたが比類ない天才であることは明らかです」

中尉は彼をがっしり抱擁して、今晩、ある選び抜かれた令嬢たちの集まりで第一幕の一番いいところを朗読して喜ばせる所存だ、といわくありげな顔つきで打ち明けた。その集まりにはスペイン語が読め、油絵も達者な伯爵令嬢も同席すると言う。きっと絶賛されるでしょうと彼が請け合うと、中尉は意気揚々と立ち去った。

「今日のきみは解せないな、ヨハネス君」小柄な枢密顧問官《すうみつこもんかん》が言った。「言葉にならないほど穏やかだ！——あんな悪趣味なものをよく静かにじっと聴いていられたものだ！——私はすっかり油断していて、危険を察知できなかった。あのはてしなくつづく韻文のめくるめく罠にからめとられ、私は不安でいたたまれなかった！——きみがいつ出ていくか冷や冷やした。いつもならもっと些細なことでもそうするからね。しかし落ち着いて、満足そうな目つきまでするとは。きみがあの憐れむべき中尉を皮肉で一蹴《いっしゅう》したときにはもうすっかりまいってしまった。あの者にはあの皮肉がわからなかっただろうがね。まあ、きみの言葉も冗長すぎるから、大手術しなければだめだという、後学のための忠告でなかったのは確かだろうしな」

「いやいや」クライスラーは答えた。「そんなつまらない忠告をしたところで、いったいなんになるでしょう！　中尉殿のようなすぐれた詩人が、大手術をしたほうがよくなると思って自作の詩に手を加えたりするでしょうか。切ったそばからまた再生するだけのことです。ご存じないのですか？　若い詩人たちの詩にはトカゲ並みの再生力があって、尻尾を生え際から切っても、すぐに勢いよく生えてくるのですよ！

ところで、中尉の朗読を私がおとなしく聴いていたと思われたのなら、大まちがいです！　嵐が過ぎれば、小さな庭に咲く草花という草花が垂れていた頭《こうべ》を上げて、どんよりと空を覆う雲から滴る天上の美酒をすするものです。私は、花咲き乱れるリンゴの大木の下で、流れゆく雲のあいだからときおり覗く、輝く瞳のような青空を眺めていただけなのです！　彼方の山地に轟く、言語に絶するなにかを自分の魂に予感させるような雷鳴を聞きながらね——しかしそのとき、おじが私に向かって、部屋に入ってくるように叫んだのです。そんなにずぶ濡れでは、新しい花柄のナイトガウンをだめにする、濡れた草の中にいては、鼻風邪を引くぞ、と言って。ところが声をかけたのはじつはおじではなく、オウムやムクドリといったしょうもない連中でした。藪の中か、茂みの中か知りませんが、そういうところで連中はくだらないお遊びをしていたのです。私に向かってシェイクスピアのありがたい思想を我流で吹き込もうとするなんて、ふざけた話です。じつはそれが、中尉と彼が書いた悲劇の本性だったのです！

枢密顧問官、どうかわかってください。少年時代のことを思い出し、あなたや中尉の与《あずか》り知らないところへ行っていたのです。私はせいぜい十二歳の少年で、おじの小さな庭にいて、捺染《なっせん》した美しい更紗《さらさ》のナイトガウンを着ていました。枢密顧問官は今日、せっかく頭に高級粉末香をふりかけておいでだったのに、むだに終わりました。私は花咲くリンゴの木の芳香しか感じていなかったからです。あの詩人の髪油も鼻をかすめなかったほどでした。風雨にさらされてもかぶれるのは冠ではなく、服務規程で定められた、フェルトと革でできたシャコー帽（つばのある円筒形の帽子で、ナポレオン戦争期の代表的な軍帽）という身分なのですからね！

とにかく、私たち三人のうちであなただけが生贄《いけにえ》の仔羊だったわけです。詩の中に登場する英雄が振りかざす煉獄さながらの悲劇的なナイフの餌食になったのです。そのあいだ私は注意深く手足を引っ込めて、小さなガウンにくるまり、十二歳の子どものように軽々と、件の庭に飛び込んでいましたし、マイスター・アブラハムも、ご覧になったとおり、極上の楽譜用紙を数枚使って面白い影絵を切っていました。ですから先生も中尉の毒気に当たらずにすんでいました！」

クライスラーの言うとおり、マイスター・アブラハムは慣れた手つきで影絵を切っていた。切っているあいだは、それがなにかさっぱりわからなかったが、光にかざすと、壁に映った異様な影がさまざまに群れをなしてあらわれた。マイスター・アブラハムはもともと朗読というものが嫌いだった。それが中尉の詩作とあってはなおさら吐き気を覚え、たまたま枢密顧問官のテーブルの上にあった五線譜をつかむと、ポケットから小さなハサミを出して、中尉の暴挙からうまく逃れる手段に出たのだった。

「なるほど、クライスラー君」枢密顧問官が話しはじめた。「そこで心に浮かんだのが少年時代の記憶だったというわけか。きみが今日、あんなに愛想がよかったのは、その思い出のおかげだったということか——いいかね、親愛なる友よ！　きみを尊敬し、愛している人たち同様、私もきみの幼少のみぎりについてまったくと言っていいほどなにも知らない。少し質問しても、きみはすぐにはぐらかして、過去にヴェールをかけてきた。ときには透けて見えることもあるが、奇怪にゆがんだところを見せて、好奇の目を向けられないようにする。いいかげん素直になったらどうだね」

　クライスラーは驚き、大きく目を見ひらいて枢密顧問官を見つめた。まるで深い眠りから覚めて、見知らぬ異邦人を前にしているような目つきだった。そして大真面目に語りだした。

「聖ヨハネス・クリュソストムスの日、つまり一七〇〇と何年かの一月二十四日の昼どき、ひとりの男の子が生まれました。その子は健やかでした。父親はちょうどエンドウ豆のスープを食していたときで、うれしさのあまりスプーンですくったスープを髭にかけてしまったほどです。産婦はそれを自分で見たわけではありませんが、大いに笑い、その振動のせいで作ったばかりの陽気な曲を赤ん坊のために弾いていた楽士のリュートの弦がことごとく切れたほどでした。その楽士は、こと音楽に関して、このちびのウサギハンス《ハンス・ハーゼ》は一生無能なままだろう、と自分の祖母のサテン織りのナイトキャップにかけて誓いました。それを聞くと、父は顎鬚《あごひげ》を拭いて、悲愴感を漂わせながら言いました。『名はヨハネスとしよう。ウサギ《ハーゼ》のふたつ名はいかん』リュート弾きは——」

「おい、クライスラー君」小柄な枢密顧問官が楽長の言葉をさえぎった。「つまらないフモールを披露する気なら、やめてくれ。こっちの息の根を止めるつもりか。私がいつきみの自伝を具体的に語ってくれと言ったかね？　知り合う以前のきみの幼少期を垣間見《かいまみ》たいと欲したかね？——私の好奇心は心の奥底から湧き出る愛着ゆえのものだ。悪く取らないでもらいたいな。それに、そもそもきみが奇妙な行動ばかりするから、好奇心をくすぐられるのだ。仕方ないだろう。そういう派手なこと、つまり騒ぎばかり起こす者は、精神面に問題があるとみんな思うものだ。まさにきみの場合もな」

「とんでもない誤解です」クライスラーは深く嘆息した。「私の青春時代は花も咲かない不毛の荒地でした。救いのないほど単調だったせいで、精神も感情も萎縮していました！」

「そんなことがあるものか。その荒地に美しい小さな庭があることを知っている。私の高級粉末香でもかなわない、花咲くリンゴの木が生えているのだろう？　まあいい！　ヨハネス君、きみは青春の記憶を胸に抱いて生きている。今もきみの全霊がその記憶の虜になっているのだな」

「いいかな、ヨハネス」マイスター・アブラハムが言った。ちょうどカプチン会修道士の剃髪《ていはつ》部分を剃っていた。「そこまで上機嫌なのなら、心という内なる宝箱をひらいて、中身を取り出してみてもいいのではないかな。心配しているおじさんの意志に逆らって雨の中に飛び出し、消えようとしている雷鳴の託宣に耳を傾けるなどという迷信まがいの真似をしたというのなら、そのときなにがあったか洗いざらいしゃべったらいいだろう。ただし嘘はいかんぞ。きみがはじめてズボンをはき、髪を結《ゆ》った頃のことは、さすがに知る由《よし》もないのでね」

クライスラーが口をひらこうとすると、アブラハムは小柄な枢密顧問官のほうを向いた。

「あなたは信じないでしょうが、このヨハネスは、青春時代についてめったに話さないのですが、いざ、話す段になると、ついつい嘘つきの悪霊に取り憑かれてしまうんですよ。子どもが『パパ、ママ』と言って、炎に指をかざしてしまうようなそういう年齢の頃にすでにあらゆるものを観察し、人の心の奥底を覗いていたんですから」

「ひどくないですか、先生！」クライスラーは穏やかに微笑んだ。「見栄っぱりのうぬぼれ屋ならいざ知らず、早熟な精神力を先生に見せびらかすなんてこと、私にできるわけがないじゃないですか——枢密顧問官にうかがいますが、あなたにも昔の一瞬一瞬が目の前にくっきり浮かぶことがありませんか？　それは、驚くほど賢い人たちが植物期と呼んでいるもので、あるのは単なる本能だけ。といっても、本能となれば、動物のほうがはるかにすぐれているわけですが――それには特別な事情があると思うのです！――だいたいはっきりした意識に目覚めたのがいつかなんて、だれにもわからないことでしょう！――そういう目覚めが一気に起きるなら、そのことに驚愕して、とても生きてはいられないでしょう――深い夢や意識のない眠りから目覚めた瞬間に、自分を感じながら、自分のことを思い出すしかない状況に置かれて、不安を覚えずにすむ人がいるでしょうか？――いや、くどくど言うのはやめましょう。あの成長段階に受ける心理的な印象は、精神力の萌芽《ほうが》を促す種子をあとに残すのだと思います。そして黎明期《れいめいき》に味わったあらゆる苦痛と歓喜が、私たちの中で生きつづけるのです。甘美にして憂いに満ちた愛の声というものがありますね。その声で眠りから覚まされるとき、その声は夢うつつでしか聞こえないと思ったのに、そのあとも私たちの内部で響きつづけるではないですか！――しかし、先生が言いたいこともわかります。亡くなったおばの話でしょう。あの話をさせたくないのですね。先生を怒らせてしまうかもしれませんが、枢密顧問官、あなたにだけはお話ししたい。多少感傷的な青臭さがあることを許してくださるなら――エンドウ豆のスープとリュート弾きの話を――」

「おお」枢密顧問官が楽長の言葉をさえぎった。「待った、待った。わかったぞ。きみは私をからかうつもりなのだろう。礼儀も秩序もあったものではない」

「そんなことは決してありません！」クライスラーは話をつづけた。「とにかくあるリュート弾きの話からしましょう。その人は私をごく自然にリュートへ橋渡ししてくれました。そのときに聞いたこの世のものとは思えないリュートの音色には、甘い夢を見させられました。そのリュートは今、楽器庫に放り込まれていますが、じつは母の妹（モデルはホフマンの母親の妹シャルロッテ・ヴィルヘルミーネ・デルフラー）がリュートの名手だったのです。書いたり計算したり、いや、もっと多くのことができる分別のある男たちまでが、今は亡きゾフィーの演奏を思い出して、私のいるところで涙をこぼしたものです。ですから、自分のことさえろくにできず、自分の意識を言葉にできない哀れな子どもだった私が、おばが内面深くから溢れ出させた素晴らしい音の魔術に魅了されたのも無理からぬことです――揺り籠のそばでリュートを弾いてくれた人物というのは、じつはこの亡きおばの師匠でした。小柄で、足が曲がった人で、ムッシュ・トゥルテルと呼ばれていました。とてもこざっぱりした白い鬘と大きな髪袋をつけ、赤いマントを着ていました――こんなことを言うのも、当時の人々のことをどれだけはっきり覚えているか証明するためです。またマイスター・アブラハムをはじめ、だれにも疑ってほしくないのですが、まだ三歳にもなっていなかったのに、私を膝に乗せ、穏やかなまなざしで見つめる女性のことを記憶していますし、話しかけたり、歌ってくれたりしたその女性の甘い声が今でも聞こえるのです。そしてそのしとやかな人に私の愛情と好意をありったけ注いだこともはっきり覚えています。その女性こそ、おばのゾフィーでした。彼女はなぜか『フュースヒェン（「小さな足」という意味）』という愛称で呼ばれていました。ある日、フュースヒェンおばさんを捜して、ひどく泣いたことがあります。子守りの娘がおばさんの部屋に連れていってくれました。おばさんは寝床に入っていて、年配の男がそばにすわっていました。男はさっと立ちあがると、私を抱いた子守りの娘をひどく叱って、部屋の外に出しました。その後まもなく、私は服を着せられ、厚手の布にくるまれて、他の人たちが集まっている別の家へ連れていかれました。そこにいたのは私のおじやおばで、フュースヒェンおばさんは重い病気だから、そばにいたら病気がうつると言われました。数週間後、前の家に戻されると、私はフュースヒェンおばさんのところへ行きたいと泣き叫びました。そしておばさんの部屋に入ってよちよち歩きでベッドまで行き、ベッドのカーテンを引きあけました。ベッドは空っぽでした。すると私のおばだという別の人が涙をこぼしながら言ったのです。

『フュースヒェンはもういないのよ、ヨハネス。亡くなって、土の下に眠っているの』

もちろん、その言葉の意味を当時の私は理解できませんでした。でもあのときのことを思い出すと、今でも当時と同じ、えも言われぬ感情に体が打ちふるえるのです。死そのものが私に氷の甲冑《かっちゅう》を着せ、私の内面を戦慄させるのです。その戦慄を前にすると、少年時代の初期に味わった喜びがすべて凍りつくのです――あのあと自分がどうしたのかは覚えていません。決して思い出すことはないでしょう。それでも話には聞いています。私はカーテンからゆっくり手を離し、真剣な面持ちで、しばしそこに佇み、それから手近にあった椅子にすわって深く物思いに沈み、そのとき言われたことを反芻《はんすう》しているようだったそうです。普通だったら感情を爆発させてもいい子どもが静かに悲しんでいたので、言うに言われぬ憐れみを誘ったとも聞いています。そしてそういう状態が何週間もつづいて、泣きもしなければ、笑いもせず、遊ぼうともせず、やさしい言葉にも返事をせず、まわりのことにまったく見向きもしなかったので、精神的にまずいことになるのではないかとみんなが心配したという話も聞きました」

その瞬間、マイスター・アブラハムが縦横にハサミを入れた紙を手に取って、燃えている蠟燭にかざした。珍しい楽器を演奏する修道女たちの合唱隊の影が壁に映った。

「なるほど！」クライスラーが行儀よく並んだ修道女たちを見て叫んだ。「先生が私になにを思い出させたいかわかりました！――それなら言わせてもらいますが、先生はまちがっています。私のことを罵りたいのでしょう。歌ったり演奏したりしている修道女たちの調子や拍子に不協和音を混ぜてだいなしにする頑固で分別のない若者だ、と。先生は故郷の町から二、三十マイル（マイルはドイツでメートル法が導入される前の長さの単位。地域によりばらつきがあったが、一マイルは約七千五百メートルに相当する）も離れたところにあるクララ女子修道院に連れていってくれたことがありますね。本格的なカトリック教会の音楽を聞くのははじめてでした。でもあの頃は腕白な盛りでしたから、当然、行儀よくしていることなどできませんでした。傷ついた三歳の少年の胸の痛みが新しい力を得て目覚め、妄想を生み出し、その妄想が心を切り裂く憂いをともなう破滅的な恍惚感で私の胸を満たしたのです――そして、あのトロンバ・マリーナという不思議な楽器を演奏しているのは、なんと言われようとフュースヒェンおばさんにちがいないと主張したのでした。おばはすでに亡くなっていたのですが――先生はどうして、私が合唱隊の中に入っていくのを止めたのですか？　バラ色の襟飾りのついた緑色の服を着たおばがいたのに！」

クライスラーは壁をじっと見つめ、声をふるわせた。「本当です！――フュースヒェンおばさんは修道女たちの中にいたのです！――あの扱いが難しい楽器を少しでもうまく演奏しようと、足台に足を乗せていました」

枢密顧問官がクライスラーの前に歩み出ると、影絵を彼の視界からさえぎって、彼の両肩をつかんだ。

「いいかね、ヨハネス君。不思議な夢の話はもういい。存在しない楽器の話もよくないぞ。トロンバ・マリーナなどという楽器の名は一度も聞いたことがない！」

「おお」マイスター・アブラハムは、空想上のフュースヒェンおばさんとトロンバ・マリーナが合体した影絵と修道女たちの影絵をことごとく机から落とし、笑いながら叫んだ。「枢密顧問官、楽長はいつものごとく分別のある、冷静な男です。夢想家でも、ほら吹きでもありません。楽長のことをそう言う者は多いですが。リュート弾きのおばは亡くなったのだから、あの不思議な楽器を演奏できるわけがないというのですか？　あなたが各地の女子修道院を歴訪すればきっとどこかでその音を耳にし、感動することでしょう――本当です！――トロンバ・マリーナが存在しないとおっしゃるとは――ぜひコッホの『音楽事典』（コッホはルードルフシュタットの室内音楽師で、『音楽事典』を著した。枢密顧問官が読みあげた内容はこの事典のトロンバ・マリーナの項の引用）で調べてください。お持ちでしょう」

　枢密顧問官は事典をひらいて、大きな声で読んだ。

「この古い、単純な弦楽器は長さ七フィートの薄い板三枚でできている。この楽器を床に立てると、下の部分の幅が六ないし七インチ、上の部分の幅が二インチ足らずになる。そして三枚の板は三角形に組み合わされて膠《にかわ》づけされている。胴体は上部に一種の糸倉があり、下から上へ先細りになっている。三枚の板の一枚は、複数の響孔と一本のやや丈夫な腸弦《ガット》を備えた響板である。演奏の際には、楽器を斜め前に置き、上部を胸に当てる。演奏者は左手の親指で弦が狙った音を出すあたりに触れる。触れるときはバイオリンでフラウティーノ奏法またはフラジオレット奏法を行なうときのようにごく柔らかく。一方、右手で弓を持ち、それで弦をこすって音を出す。音色はトランペットのミュート音に似ており、響板の下部に固定した特別な駒によって引き出される。この駒は前部が低くて薄く、後部が高く頑丈で、ちょうど小さな靴のような形をしている。駒の後部の上に弦が張られる構造になっていて、弦が弓でこすられると、その振動によって、駒の前部の薄い部分が響板の上で上下に動き、それによって、トランペットのミュート音そっくりの唸る音が引き出される！」

「ひとつこういう楽器をこしらえてくれませんか、マイスター・アブラハム」枢密顧問官は目を輝かせた。「ネイル・バイオリン（半円形をした共鳴胴に差し込まれた金属のピンを弓で擦って音を出す十八世紀半ばに発明された擦奏体鳴楽器）などもうお役御免です。ユーフォン（ドイツの物理学者エルンスト・クラドニが一七八九年に発明したガラス棒をこすることで音を出す楽器）にだって触れるのをやめるでしょう、トロンバ・マリーナで不思議な歌を演奏して宮廷や町の人々をぜひびっくりさせたい！」

「承知しました」アブラハムは答えた。「緑色の服を着たフュースヒェンの霊があなたに乗り移ってあなた自身が霊になったかのように夢中になれるといいですな！」

枢密顧問官は有頂天になってアブラハムを抱擁したが、クライスラーはふたりのあいだに割って入り、腹立たしげに言った。
「ちょっと！　おふたりは、当時の私よりもひどいじゃないですか。口では愛していると言っておきながら、この仕打ちはないでしょう！——私の心を揺さぶったあの楽器をそういうふうに説明することで、私の熱い額に冷や水をかけたのだから、もうそれでいいでしょう。リュート弾きのおばの話はしないでください！——さて！　枢密顧問官、私に若い頃の話を所望されましたね。さらに先生は、その頃にぴったりあてはまる影絵をお作りになった。私の伝記的スケッチを銅版画で美しく飾ったというわけですね。それで満足してくだされればいいものを、コッホの事典まで紐解くとは。事典作りの同輩ゲルバー（ゲルバーの主著に『音楽家の歴史伝記事典』全二巻とその増補版『新音楽家の歴史伝記事典』全四巻がある）のことが脳裏に浮かびました。私は解剖台の上に横たえられ、伝記的解剖を受ける死体になった気分です——解剖所見にはこう書いてあるでしょう。『この若い男を検死したところ、数千に及ぶ大小の血管には音楽的血液ばかり流れていた。だがこれは驚くにあたらない。なぜなら、この男の血縁者の多くも同様だったし、この男は紛れもない血縁者だからだ』
　先生はとうにご存じのことで、枢密顧問官も今しがた耳にしたように、それなりの数にのぼる私のおばたち、おじたちの大半が音楽に熱心で、当時すでに珍しくなった楽器を演奏していました。そういう楽器はものによっては廃《すた》れてしまいましたが、夢の中では、十か十一の頃、耳にした素晴らしい協奏曲が今でも聞こえるのです——そういうわけで、私の音楽的才能は、芽生えたときにはすでに方向性が決まっていました。その方向性は楽器編成の仕方にあらわれています。まあ、それはあまりに空想的にすぎると非難されていますが——枢密顧問官、古楽器のヴィオラ・ダモーレ（十七世紀末から十八世紀前半にヨーロッパで用いられた弦楽器）のじつに美しい演奏を聴いても、涙をこぼさないのであれば、その頑強な体質を創造主に感謝されるといいでしょう。私など、リッター・フォン・エッサー（ヴィオラ・ダモーレの名手としても知られたバイオリン奏者）が演奏するのを聴いてぼろぼろ泣いたものです。しかしそれ以前にも、聖職者の服が似合う背の高い立派な人の演奏も聴いていました。その人というのが、じつは私のおじだったのですが。ヴィオラ・ダ・ガンバ（十六世紀から十八世紀にヨーロッパで用いられた弦楽器）を心地よく、魅惑的に演奏する親戚（モデルはホフマンの母方のおじオットー・ヴィルヘルム・デルファーと思われる）もいました。そのおじは私に音楽の手ほどきをしてくれた、というか、まともに手ほどきをしてくれたわけではないのですが、あのおじはスピネット（十七世紀にイタリアで発明された小型のチェンバロ）のとんでもない名手で、ヴィオラ・ダ・ガンバ奏者の親戚のことを拍子が取れないと貶していました。でも、かわいそうにこのおじはサラバンドの曲（同名のスペインの舞踊が元になった三拍子の舞曲。十六世紀にフランスで流行ると、破廉恥な踊りとして法律で禁止された）に合わせてメヌエット・ポムパドゥールを陽気に踊ったことがばれて、一族のみんなから軽蔑されていました。一族の音楽絡みの逸話は他にもたくさん披露できますが、一族の者はそれぞれに癖があったので、奇妙に聞こえるものもあります。おふたりの失笑を買うかもしれませんね。親戚への配慮《レスペクトゥス・パレンテラェ》から大切な親戚が笑い者になることは控えさせていただきます」

「ヨハネス！」枢密顧問官は話しはじめた。「きみの心を動揺させて、きみにつらい思いをさせたかもしれないが、感情豊かなきみのことだ、曲解しないでくれたまえ――ところでおじやおばの話はするが、両親のことには触れないのだね！」

「いや」クライスラーは心を深く揺さぶられたように答えた。「今日はちょうど思い出していました――といっても、思い出や夢の話ではありません。感じはしても、理解には至っていない幼い頃の苦しみを今日、目覚めさせたあの瞬間でもありません。思い出したのは、嵐が通り過ぎたあとの予感に満ちた森の静けさそっくりの静寂が、私の心に訪れたときでした！――そうなんです、先生のおっしゃるとおりでした。私はリンゴの木の下に立って、遠ざかる雷鳴の予言に耳を傾けていました！――それは母が亡くなったときなのですが、母の死は私にとくに影響を与えませんでした。そういえば、フュースヒェンおばさんを失ってから二、三年、放心状態だったときとのちがいは歴然としているでしょう。しかし父がなぜ私の養育を母方の兄に任せたのか、あるいは任せざるをえなかったのかは、申しあげても仕方のないことでしょう。そういう話は陳腐な家庭小説やイフラント（ドイツの俳優、劇作家）の悪妻喜劇にゴロゴロしていますし。幼少期ばかりか、青春期の大半が絶望一辺倒の状況にあったとすれば、それは親のいない子であったせいと言うほかありません。たとえひどい父親でも、よい養育者に優ると思いますが、愛情もなく、無分別に子どもを手放し、適当な教育施設に追いやる親のことを考えると、鳥肌が立ちます。そういう教育施設では、子どもの個性など一顧だにされませんからね。親でなければ子の個性など理解せず、子どもを型にはめて、仕込むものです――というわけで教育に関して言うと、私の場合、躾《しつけ》がなっていないことを驚かれても困ります。件のおじは私のことをまともに養育することも、躾けることもしなかったからです。いや、それどころか、家庭教師に丸投げしたのです。私が学校に通って、同年齢の子どもと仲よくなり、未婚のおじと年老いた陰気な召使いしかいない、ひっそりした家で騒がれるのがいやだったからでした。

それでも、ほとんど鈍感なほど無関心で、動じないおじが、教育と言える些細な行為に及んだことが三度だけありました。びんたを張るという行為のことです。実際、少年時代に三度、びんたを張られました。枢密顧問官、私としてはおしゃべりのついでに、その三度のびんたのことをロマンチックなクローバーの葉よろしく机に並べてもいいのですが、今は真ん中のだけ披露しましょう。あなたは私の音楽研究のことに関心をお持ちだし、私がはじめて作曲したときの様子がどんなものだったか気になるでしょうから。

おじにはかなり立派な蔵書があって、私は好きなものを漁《あさ》って、読んでいいと言われていました。そのときルソーの『告白』のドイツ語訳を手にしたのです。十二歳の子ども向きではありませんでしたが、その本をむさぼるように読みました。そして私の心に多くの禍《わざわい》の種をまき散らしたのです。この本には非常に危ないことが書かれていますが、私の心を鷲《わし》づかみにしたのはたったひとつのことで、他の内容をすべて忘れてしまうほどでした。あの物語には電気ショックを受けたような気持ちになりました。なにせ少年ルソーは自分の内なる音楽の強烈な精神に駆りたてられたからです。和声学も、対位法も、実際に演奏するコツもなにひとつ知らないというのに、オペラの作曲を決心して、部屋のカーテンを閉め、寝床に身を投げ出し、想像力のインスピレーションに身を任せると、えも言われぬ夢のごとき作品が頭に浮かんだと言うのです！——少年ルソーに至福が訪れたらしいその瞬間のことが、昼も夜も私の脳裏から離れませんでした！

そのうち私自身もこの至福を味わってみたくなりました。私の中でも音楽の精神が強く羽ばたいているのだから、楽園へと舞いあがっていけるかどうかは、私の決心にかかっていると思うようになったのです。要するに、私は——見本を真似たくなったのです。ちなみに、ある嵐の吹きすさぶ秋の夜、おじがいつになく外出したのをいいことに、私はすぐカーテンというカーテンを閉め、おじの寝床に身を投げ出し、ルソーと同じようにオペラを精神に迎え入れようとしました。ところが準備は万端整ったのに、いくら詩霊を招き寄せようとしてもうまくいきませんでした。詩霊は我を張って近づいてこなかったのです！——頭に去来するはずの絶妙なアイデアなど浮かばず、古くてお粗末な歌のお涙頂戴の歌詞が聞こえるばかりでした。『私はイスメーネのみを愛した／イスメーネも私を愛した』（十八世紀に歌われていたドイツの民謡）とね。いくら振り払おうとしてもだめで、『さあ、崇高な祭司の合唱よ来い。オリュンポスの高みから』私はそう叫びました。けれども、『私はイスメーネのみを愛した』のメロディーがしつこくつづき、そのうちに眠ってしまったのです。私は大きな声で目を覚ましました。と同時にきな臭さが鼻を打ち、息が詰まりました！　部屋じゅうがもうもうたる煙に包まれていたのです。その煙の中におじが立っていて、衣装ダンスの前にかかっていたカーテンに燃え移った火を踏み消しながら、叫んでいました。

『水を持ってこい――水を持ってこい！』

　年老いた召使いが水をなみなみ運んできて、床にぶちまけたおかげで、火は消し止められ、煙はゆっくり窓から流れでていきました。

『悪ガキはどこだ？』おじは部屋のあちこちを明かりで照らしながら言いました。私はだれのことを言っているのかわかって、息を殺して寝床にもぐっていました。やがておじがベッドのところへ来て、『すぐ出てこい』と怒鳴って私を立たせたのです。『このガキ、家に放火しやがって！』

　いろいろ訊かれましたが、私は落ち着き払って答えました。『告白』に書いてあった少年ルソーに倣ってベッドの中でオペラ・セリア（「シリアス」なイタリア・オペラの意。正歌劇）を作曲しようとしただけで、どうして火事になったのかわかりません、と。

『ルソー？　作曲？　オペラ・セリア？――馬鹿者め！』

　おじは怒り心頭に発して口ごもり、私に強烈な平手打ちをくらわせました。二発目にはショックで体がこわばり、私は茫然自失してしまいました。と、そのとき、平手打ちの余韻ででもあるかのようにはっきり聞こえたのです。

『私はイスメーネのみを愛した……』

　あのときからあの歌はもちろん、作曲全般に熱中することに、ひどく反感を抱くようになったのです」

「しかしその火事は、どうして起こったんだね？」枢密顧問官はクライスラーにたずねた。

「どうしてカーテンに火がついたのか、いまだにわかりません。おじの美しいナイトガウンや、おじが髪型を整えるために部分的に使っていたよくできた鬘も三、四個だいなしになってしまいました。平手打ちをくらったのは、自分には責任のない火事のせいではなく、作曲をしようとしたためだとしか、私には思えませんでした――妙なことですが、おじは私に、音楽だけは厳しくやらせるようになりました。ただし教師は、私が拒否反応を示したので、私のことを音楽の才がまるでない人間だと決めつけましたが。私が他になにを学ぼうと、おじにはどうでもいいことでした。私に音楽を仕込むのは大変だ、としょっちゅうこぼしていました。ですから、二、三年して私の中に音楽的精神が力強く羽ばたいたとき、当然、おじが悦に入ったと思うでしょう。ところがそうはいきませんでした。私がいろいろな楽器を見事に演奏し、しかも音楽の巨匠や愛好家も満足するような小品をいくつか作曲しても、おじは少し笑みを浮かべただけでした。そうなのです。だれかに誉められると、おじはふっと笑みを浮かべて、狡《ずる》そうな顔をして言ったものです。

『ええ、うちの甥《おい》にはこれしか能がないので』」

「だとすると」枢密顧問官が口をはさんだ。「わからないな。おじはきみのやりたいことを自由に伸ばさず、むりやり一方向に進ませたことになる。私の知るかぎり、きみが楽長職に就いたのはそれほど昔のことではないだろう」

「そして、たいしたことをしていない」アブラハムは笑いながら叫ぶと、奇怪な姿をした小男の影絵を壁に映しながら言った。「オットフリート・ヴェンツェルという名だったので、しょうもない甥たちからオー＝ヴェー＝オンケル（ホフマンはおじ《オンケル》のオットー・ヴィルヘルム・デルファーを名前のイニシャル（O・W）から実際にこう呼んでいた）と呼ばれていたあの立派なおじのために、ひと言添える必要がありそうだ。そしてヨハネスが公使参事官（現在の外交官に相当する）になって、自分の本性に反してみずから苦しもうとしたからって、オー＝ヴェー＝オンケルに責任はないと断言しなければならないだろう」

「よしてください、先生」クライスラーは頼んだ。「それからそこの壁に映っているおじの影絵を消してください。おじはじっさいそういう滑稽な姿をしていたかもしれませんが、もう墓に入っているのですから、今さら笑いものにしたくありません！」

「きみは今日、神経過敏になりすぎている」アブラハムは答えた。

しかしクライスラーは師匠の言葉を無視して、小柄な枢密顧問官のほうを向いて言った。

「私にしゃべらせたことを後悔していらっしゃるでしょう。なにか変わった話を期待していたのでしょうが、結局、何千回も繰り返されてきた平凡な話しか披露できないのですから――私の人生を転がしつづけたものは、教育による矯正《きょうせい》でも、運命の気まぐれでもなく、ごく普通の成り行きだったのです。だから私は思いもかけないところへ流れ着きました――お気づきではありませんか？　どんな家族にも、特別な天才や都合のいい出来事の幸運な積み重ねによって、ある高みに達する者がいるものです。ヒーローとして一族の中心となるそういう人物を、愛する血縁者は謙虚に見上げ、その決断に口答えせず、じっと耳を傾けるものです――おじの弟もそういうふうにして音楽一族から離れ、都へ赴《おもむ》き、侯爵のそば近くで枢密公使参事官というかなり重要な役割を担いました。その人の出世は一族の者を驚かせつづけました。みんな、仰々《ぎょうぎょう》しく枢密公使参事官殿と呼んでいました。『枢密公使参事官殿から書状が届いた。枢密公使参事官殿がかくかくしかじかと仰せになった』と言うのを、みんな、神妙に聞いたものです。

そういうわけで、私は幼少期からずっと、都にいるおじを努力して得られる最高の目標に達した人とみなしました。当然、おじが辿った道以外に進むべき道はないとまで思ったほどです。この高位のおじの肖像画が大広間にかけてあり、私は髪型も服装も、その肖像画のおじとそっくりにして歩きまわりました。私の家庭教師は私がそうしたがるのを放っておきました。前髪を立てた鬘に小さく巻いた髪袋をつけ、細かい銀の刺繡《ししゅう》をあしらった黄緑色の上衣に、絹の靴下、小振りのサーベルという十歳の少年にしてはなかなかませた恰好をしていました。子どもの頃のこの努力は、歳を重ねるごとに過剰になり、無味乾燥な学問をやらせるのに、おじのような枢密公使参事官になりたいのなら必要な学問だというだけですむほどでした。私の心を満たしていた芸術がまさか私が本当にやりたいこと、私の人生の真に唯一の道だということに思い至らず、音楽や、絵画や、詩歌が話題になると、人を愉快に楽しませる程度のものくらいにしか思わなくなっていました。ただの一度も立ち止まることなく、私は自分で獲得した知識と、都にいるおじのあと押しで、ある意味、みずから選んだと言っていい出世街道を邁進するばかりで、自分の周囲を見まわして、自分が進んでいる進路がまちがっていると気づくことはまったくなかったのです。しかし目標を達成し、今さら後戻りできなくなったときに、見放した芸術に思いがけずしっぺ返しを食らいました。私は人生をむだにしたと思い、悲嘆に暮れ、断ち切ることのできない鎖につながれていることに気づいたのです！」

「それはよかった」枢密顧問官は言った。「きみをその軛《くびき》から解放してくれた破局が祝福になったわけだ！」

「そんなふうにおっしゃらないでください。その解放は遅きに失したのですから。解放されても、世の中の喧噪や日中の光に馴染めない囚人と同じです。黄金の自由を楽しむことなど及びもつかず、牢獄に戻りたいと焦がれるありさまでした」

「それは混乱しているな、ヨハネス」アブラハムが口をはさんだ。「きみ自身と他の者を苦しめるだけだ！――前進したまえ！　前進するのだ！――運命はいつだってきみの味方だった。いつもの足取りで歩けなくなったり、道の左右にはみ出したりしてしまうときは、あくまできみ自身に問題がある。きみの子ども時代に関して、星の運勢は格別だったと言えるだろう。そして――

第二節　青年期の体験　わが輩もまた理想郷《アルカディア》にあり

〔ムルのつづき〕「馬鹿馬鹿しいにもほどがある。それにじつに奇妙だ」ある日、わが師が独り言を漏らした。「ストーブの下にいる灰色のちびに、教授が賞賛するほどの特技があるなんて！——ふうむ！　もしそうなら、〈見えない少女〉のときよりも儲《もう》かるだろう。あいつを檻に入れ、世間にその芸を見せる。見物料がたんまり稼げそうだ。学のある猫のほうが、英才教育を受けた早熟な少年よりもはるかにものを言う——それに書生を雇わなくてすむぞ！——このことについてはもう少々調べてみなくては！」

油断も隙もない。母ミーナの忘れがたい戒めの言葉が脳裏をよぎった。師匠の言葉を理解した素振りはせず、またこちらの教養を悟られないように、読み書きは夜中に限ることにした。

だがこのときも、不肖、わが種族のほうが、万物の霊長を自称する二本脚どもよりもいろいろな点ですぐれていることに気づいた。ありがたいことだ。というのも、学業に励むにあたって、蠟燭職人にも、灯油売りにも世話にならずにすんだからだ。どんな闇夜でもわが目が明るく灯るおかげだ。こうしてわが作品が崇高なものになるのは確実となった。作家の精神が生み出したものはかつて、ランプ臭がすると非難されたものだが、これでそのような憂き目に遭わずにすむ。

わが輩の天性の優秀さは紛れもないが、どんなものにも欠点はつきものだ。それは認めるほかない。当然だと思っているのに、医者が不自然だという身体上の問題を話題にするつもりはないが、精神面については、そういう制約がついてまわることを付言しなければならないだろう。わが同胞は空を飛ぼうとしても、鉛のごとき重りに邪魔されるということだ。これは永遠の真理ではないか。もっともその重りがどんなもので、どこから来て、だれに吊るされたものかは知る由もないが。

とはいえ、一切の災いは悪しき先例に由来する。生まれながらにして弱点を抱えるわが同胞はそういう悪しき先例に従うほかない。そう主張したほうがいいし、そのほうが正しいだろう。そして人間という種族は、まさにそういう悪しき先例となる存在なのだ。わが輩はそう確信している。

今この書を読んでいる親愛なる若い猫よ、きみは行く先々でひどい非難を浴び、ひょっとしたら──同胞からもしたたかに嚙まれる羽目に陥ったことはないだろうか？　きみは怠惰で、怒りっぽく、狼藉者《ろうぜきもの》で、食い意地が張り、不平を鳴らし、いつも場違いなところにいてみんなに迷惑をかけている。要するに忌むべき存在なのだ！──だが、悲観したもうな！　きみの生涯にそうした救いなき時期があったとしても、それはきみ本来の、深い内面から形成されたものではない。そうなのだ。それは人間どもがかりそめに作った悪しき先例に従ったがために、わが同胞を統《す》べる原理に払う代償なのだ。悲観したもうな！　かく言うわが輩も五十歩百歩だったのだから！

あるとき夜学の真っ最中に、気分が悪くなった──消化に悪いものを食べすぎたときの不快感に似ていた。読んでいた書物や書いていた原稿の上で丸くなって眠ってしまい、そのうち怠惰が嵩《こう》じて、書くことも、読むことも、飛んだり駆けたりすることも、地下室や屋根の上で輩《ともがら》と談笑したりすることもなくなった。代わりに、師匠とその友人たちにちょっかいを出したいという衝動に駆られた。師匠はこれまで、寝ているわが輩が邪魔なときに追い払うだけだったが、とうとうわが輩を鞭打つようになった。師匠の書き物机に飛び乗り、尻尾を振るうちに、先っぽを大きなインク壺に入れてしまい、そのまま床やソファーにこよなく美しい絵を描いたからだ。師匠には絵心がないらしく、かんかんになって怒った。わが輩は逃げ出したが、おかげでもっとひどい目に遭った。堂々とした大きな牡猫がそこにいたのだ。前々からわが輩が気に入らなくて文句をつけていた奴だ。そいつが食べようとしているうまそうな獲物を横からかっさらおうとしたのがいけなかった。両頬をしたたかに殴られて両耳から血を流し、朦朧《もうろう》としてしまった——勘違いでなければ、この立派な紳士はわが輩のおじだった。顔にはミーナの面影があったし、髭の類似性も否定できなかった。

ありていに言えば、わが輩はこの時期、悪さばかりしていた。師匠からはこう言われたものだ。

「どうした、ムル。反抗期かな?」

わが師は正しかった。人間の悪しき先例に倣った、救いがたい反抗期だったのだ。人間は心の奥に潜む性によってこの救いようのない状態に陥る。わが輩もまたそれに立ち向かう必要があった。人間の場合、反抗期と呼ばれるこの時期から生涯抜け出せない者もいる。わが輩の場合、反抗週間と呼ぶほうがいいが、脚一本あるいは肋骨の二、三本を犠牲にしかねない一撃によって、この反抗週間から一気に抜け出すことになった。というか強烈なやり方で反抗週間から飛び出したのだ。

ことの次第を話さなければならないだろう。

師匠の住居の中庭には、四つの車輪がついていて、内部にクッションを施した機械があった。あとで知ったことだが、イギリス式小型馬車というものだった。わが輩はなんとしてもよじ登って、この機械に入り込んでみたくなった。当時の心情からすれば、ごく自然な成り行きだったと言える。内部のクッションは心地よく、魅力的だったので、それからはこの馬車のクッションにもぐり込んで眠りほうけ、夢を見て過ごすことが多くなった。

あるとき激しい衝撃があって、ガタゴト、ガラガラ、ドタンバタンという騒音に寝込みを襲われた。よだれの出そうなウサギのローストが目の前をよぎる夢を見ている最中だった。あのときの恐怖をだれが描写できるだろう。馬車が耳をつんざく音を立てて走り、わが輩はクッションの上であちらこちら投げ飛ばされた。不安はいやますばかりで、すぐさま絶望に変わった。たまらず馬車から飛び出したはいいが、その刹那、地獄のデーモンの哄笑かと思える野卑な声を浴びせかけられた。

「猫だ——猫だ。しっ、しっ！」

背後で聞こえる金切り声と飛んでくる石つぶて。追われるようにして無我夢中で走り、やがて暗がりに入り込んで気絶した。

そのうち、行き交う足音が頭上で聞こえたような気がした。聞いたことのある響きだ。わが輩は階段の下にいると結論づけた。たしかにそのとおりだった！

恐る恐る外に出てみると、なんたることか！ 目の前には、いくつもの通りがどこまでも延びている。見覚えのない無数の人間が波打つようにそこを行き交い、馬車がガラガラ音を立て、犬がワンワン吠えていた。いやそれどころではない。人間の集団が日の光に武器を輝かせながら通りいっぱいに広がって行進してくるではないか。すぐそばで、大きな太鼓のすさまじい音がして、わが輩はぎょっとして飛びあがった。途方もない不安に苛まれたのは言うまでもない！——わが輩はどこにいるか気づいた——遠く屋根の上から憧れと好奇心をもって眺めていた、あの世界にいるのだ。右も左もわからぬよそ者としてあの世界の只中にいる。家並みに沿って警戒しながら通りを歩くうちに、わが種族の若者数匹と出会った。わが輩は脚を止めて話しかけてみたが、連中は燃えるような目でこちらをじろじろ見ただけで、そのまま走り去った。

「どうしようもない連中だ」わが輩は思った。「街で出会ったのがだれかわからないとは！——偉大なる精神の持ち主は世に出ても、だれにも知られず、だれにも認められずに生涯を終えるのだ——これぞ、儚《はかな》い叡智《えいち》の定め！」

人間のほうがまだ同情してくれるだろうと思って、今度は通りに突き出た地下室の入口に立って、歓心を呼ぶはずのニャアを楽しげに連発した。ところが、みな冷淡で、関心を示さず、こっちを見もしないで通り過ぎた。そのうちに、ブロンドの巻き毛のかわいらしい少年に気づいた。少年はこちらをやさしく見て、指をはじきながら声をかけてきた。

「猫ちゃん、猫ちゃん！」

「美しい魂よ、わかってくれたか」わが輩はそう思うと、地下室の入口から下りて少年に近づき、やさしく喉を鳴らした。少年はわが輩を撫ではじめた。ところが心を許せると思った瞬間、少年がわが輩の尻尾をつかんだのだ。ものすごい痛みが走って、わが輩は悲鳴を上げた。性悪な小僧め、よほどうれしかったのか、大きな声で笑い、わが輩をしっかりつかまえて、この悪魔の所業を繰り返した。かっとなったわが輩は復讐心に燃え、そいつの両手と顔にこれでもかと爪を立ててやった。少年はギャッと叫んで、わが輩を放した。だがその瞬間「――テューラス――カルトゥーシュ――こっちだ、こっちだ！」という声がした。

二匹の犬がワンワン吠えながらわが輩を追ってきた――息が切れるほど走りに走ったのに、犬どもに追い迫られ――もはや絶体絶命――不安のあまり、とある家の窓にやみくもに飛び込んだ。ガラスの割れる音がして、窓台に載っていた植木鉢が二つ三つ、小部屋の中に落ちた。テーブルで家事をしていた女がびっくりして飛びあがり、「やだ、けだものよ。おぞましい」と叫ぶなり、棒を握って迫ってきた。しかしこちらが目を怒りにぎらつかせ、爪を出し、絶望の唸り声を上げると、女はたじろいだ。とある悲劇のセリフ（『ハムレット』第二幕第二場）から想を得るなら、棒は空にとどまり、絵に描いた猛者《もさ》もかくやと立ちすくんだのだ！

その瞬間、ドアが開いた。部屋に入ってきた男の両脚のあいだをすり抜けると、わが輩はその家から抜け出し、路上に出た。幸運というほかなかった。
疲労困憊、脱力の極致。そのあと人気《ひとけ》のない場所に辿り着いて、しばし身を横たえた。だがそのとき猛烈な空腹に苛まれ、人のよいマイスター・アブラハムのことを思い出した。苛酷な運命によって師匠と引き離されるとは、なんと悲痛なことか。どうやったら師匠に再会できるだろう！憂鬱な気持ちのままあたりを見まわしても、帰り道を探す手立てはなく、目に涙が浮かぶばかりだった。

しかし新たに希望が湧いた。通りの角にやさしそうな娘がいる。小さなテーブルの前にすわっていて、そのテーブルにはうまそうなパンとソーセージが載っている。わが輩はゆっくり近づいていった。娘は微笑みかけてきた。こちらがよき教育を受けた、愛想よく《ガラント》（重厚なバロック様式に反発してあらわれた十八世紀のロココ時代を象徴する「優美さ」をあらわす概念で、ライフスタイルとしては女性に愛想よくすることを指す流行語だった）ふるまう若者だということをわかってもらおうと、いつも以上に美しい猫背を丸くしてみせた。娘の微笑みは声高な笑いに変わった。

「ついに美しい魂、温かい心を見つけた！——ああ、素晴らしい。心が癒される！」

そう思って、わが輩はソーセージの一本をつかんだ。ところがその瞬間、娘が大きな悲鳴を上げた。娘の誠実さと良心を信じたからこそソーセージに手を出したのに。あのとき娘が振りおろしたごつい棒きれで殴られていたら、ソーセージはおろか、なにも味わうことができなくなっていただろう。残る力を振りしぼって飛びすさると、わが輩は追ってくる娘から逃げのび、ソーセージをゆっくりむさぼることのできる場所にやっと辿り着いた。

質素だったが、食事を終えると、すっかり心が晴れた。日の光に被毛を暖められ、この地上は美しいとしみじみ思った。だが冷たくじめじめした夜になっても師匠の家にいたときのような温々《ぬくぬく》としたねぐらは見つからず、凍てつく寒さにふるえ、新たな空腹に苛まれ、翌朝、目を覚ましたときには、絶望と言ってもいい暗澹《あんたん》たる気持ちになった。

「これが」わが輩は声を張りあげた。「わが家の屋根から憧れをもって眺めていた世界なのか？──この世界では知徳や高い教養に裏打ちされた礼節が見いだせると思っていたのに！──無情な野蛮人ども！──あるのは暴力だけか？　嘲り笑うしかないのか？　深い心を持つ者を執念深く迫害するしかやることはないのか？──脱出しなくては──偽善と欺瞞《ぎまん》に満ちたこの世界から！──ひんやりとした影にわが輩を迎え入れてくれる、わが家の甘美な地下室よ！──屋根裏よ！──ストーブ──おお、孤独よ。わが輩を喜ばせる孤独。汝を焦がれて、わが心はうずく！」

自分の惨めさ、望みなき現状を思うと、力が萎《な》える。わが輩は目を閉じて、よよと泣いた。

そのとき聞き覚えのある声がした。

「ムル──ムル！──愛する友よ、どこに行っていた？　なにがあったんだい？」

目を開けると、若いポントが目の前に立っているではないか！

ポントにはひどく嫌気がさしていたが、彼の思いがけない登場に心が慰められた。わが輩は彼の不当な仕打ちを忘れ、なにがあったか細々話し、切なくも絶望的な境遇にあることを涙にむせびながら打ち明けて、最後に死ぬほど空腹だと訴えた。同情してくれると思ったのに、若いポントはげらげら笑った。

「きみはとんだ間抜けだな、ムル君──よせばいいのに臆病者が馬車に乗って眠り込み、その馬車が走りだすと今度は吃驚仰天《びっくりぎょうてん》。世の中に飛び出てみれば、家の中を覗いても、だれも自分を知らないことに首を傾げ、馬鹿なことをしてはひどい目に遭うと不思議がる始末。おまけにご主人様のところに戻る道もわからないとはねえ──ムル君よ、学問や教養を鼻にかけて上品ぶったって、これじゃあねえ。気取っておいらを馬鹿にしたくせに、今はこんなところにくすぶって、見捨てられ、途方に暮れている。きみの精神がどんなに偉大だって、飢えをしのぐことも、師匠の家に戻ることもできず、どこからどう手をつけたらいいかわからずにいる！――それにきみが見下《みくだ》していた者の世話にならなきゃ、ものの見事に悲惨な末路を辿ることになる。人間はだれもきみの知識や才能を問題にしないし、仲間だと思っている詩人連中だって、きみが短慮の結果あの世行きになっても、『ここに眠る！《ヒク・ヤケット》』などと追悼してくれるもんか！　ほらね。おいらは学校をさぼったけど、片言のラテン語くらいかじっているのさ――しかし腹を空《す》かせているとは、気の毒だ。まずはその窮状を、なんとかしないとな。まあ、ついてきたまえ」

　若いポントは陽気にぴょんぴょん跳ね、わが輩は彼の物言いにすっかり打ちひしがれて、あとについていった。腹を空かしたそのときの気分からすると、彼の言葉にはたくさんの真実が含まれているように思われた。だが驚いたことに――

（反故）――この原稿の編集人として、クライスラーが小柄な枢密顧問官と交わした特筆すべき会話をそっくりそのまま再現できたのはうれしいかぎりだ。この変人の伝記をまとめる必要を覚えている者として、親愛なる読者であるあなたに、彼が幼少の頃に体験したことを二、三お見せしよう。その描写からわかる特徴や意義深さは彩色を施した素描くらいにはなるだろう。すくなくともフュースヒェンおばさんとそのリュートについてのクライスラーの話を聞けば、不思議な憂愁と天にも昇る心地を与えてくれる音楽が、少年の胸中を流れる幾千もの血管に植えつけられたことはまちがいない。だから少しでもその胸が傷つけば、そこから熱い血潮が溢れ出す。これもまた驚くにあたらないことだ。

　編集人は、この愛すべき楽長の生涯でとくにふたつのことに関心を持っている。というか、よくある言いまわしだが、虜になった。ちなみにそのひとつは、マイスター・アブラハムがどのようにしてこの一族と交わり、幼いヨハネスを感化したのかという点だ。もうひとつは、いったいどんな破局があってこの真面目一方のクライスラーが都から出奔し、楽長に転身したのかという点だ。もちろんこれは必然だし、適材適所を計らう神の力を信じてしかるべきだ。この件についてはいろいろ取り沙汰されているが、読者よ、さっそくその顚末を知ってもらおう。

まずはヨハネス・クライスラーが生まれ育った町ゲニエネスミュールにいた、風変わりな人物について触れることにする。そもそもこの小さな町ゲニエネスミュールは紛れもなく奇人変人の楽園だった。クライスラーもこうした奇人変人の中で育った。少年時代に同年配の子どもと一切交流がなかったのだから、奇人変人が及ぼした印象がはるかに強烈であったことは言うまでもない。ところで件の人物は、ある有名な諷刺家と姓が同じで、アブラハム・リスコフ（モデルは啓蒙時代の諷刺作家クリスティアン・ルートヴィヒ・リスコーと思われる）と言った。本業はパイプオルガン製作だが、本人はこの仕事をひどく卑下するかと思えば、誉めちぎるので、だれもがこの人物の真意を測りかねていた。

クライスラーも語っていることだが、リスコフは彼の一族に驚嘆をもって迎えられていた。「この世にいるもっとも腕のいい名人なのに、とんでもない気まぐれと奇天烈な思いつきが災いして、みなが距離を置いているのは残念至極だ」と話し、「リスコフ氏がじきじきにやってきて、グランドピアノを組み立て直し、調律してくれたのはじつに幸運だった」と喜ぶといった具合に。またリスコフの想像を絶する所業もいろいろ語り草になっていて、それがヨハネス少年に多大な影響を及ぼした。リスコフに会う前から一定のイメージができあがり、「リスコフ氏が壊れたグランドピアノを修理しにきてくれるかもしれない」とおじから聞いたときなど、今日は来るか、と毎朝たずねたほどだった。まだ見ぬリスコフへの関心は日増しに高まり、珍しくおじといっしょに訪ねた中央教会で、はじめて大きな美しいオルガンの圧倒的な音色を聴いて、製作者がアブラハム・リスコフだと教わったとき、彼への畏敬の念は最高潮に達した。このときからそれまで抱いていたリスコフのイメージは別のものに取って代わられた。リスコフはきっと長身の美しい男性で、堂々としていて、ほがらかに力強く話し、幅広の金モールをつけたアンズ色の上着を着ているにちがいない、と。なぜこんなふうに思ったかというと、少年の名づけ親である商業顧問官がまさにそういう身なりをしていたからで、幼いヨハネスはその豪華な服装に深い感銘を受けていたのだ。

ある日、おじがヨハネス少年といっしょに開け放った窓のそばに立っていると、小柄で痩せた男が道をずんずん歩いてくるのが見えた。薄緑色の上着を着ながし、ひらいた袖口をひらひら風になびかせている。軍神マルスのように白い髪粉をつけた髪には小ぶりの三角帽が載っていて、いささか長すぎる波打つ髪が肩にかかっている。こつこつと舗装路に響くほどしっかり踏みしめ、一歩ごとに片手に持った長いスペイン風ステッキで地面を激しくついている。窓の前を通り過ぎたとき、男は漆黒に輝く目でおじをじろっと見ただけで、おじの挨拶に応えなかった。ヨハネス少年はその男がおかしくて吹き出しそうになったが、同時に恐くなって笑うどころではなかった。

「あれがリスコフ氏だ」おじが言った。

「知ってるよ」少年は答えた。その言葉に嘘はなかっただろう。リスコフは長身の堂々とした人物ではなかったし、名づけ親のように金モール付きのアンズ色の上着も着ていなかった。それでも奇妙なことにというより、不思議とその風貌はパイプオルガンを聴く前に思い描いたものと寸分違《たが》わなかったからだ。しかしいきなり襲ってきた恐怖心から少年が立ち直るより先に、リスコフは不意に立ち止まり、きびすを返して窓の前に戻ってくると、おじに深々とお辞儀をして、げらげら笑いながら駆け去った。

「まったく呆れてものが言えない」おじはつぶやいた。「あれで学があり、公認のパイプオルガン製作者として芸術家のひとりに数えられ、佩刀《はいとう》も国から許された分別のある人物だというのだからな。朝早くから酒浸りだとか、病院から逃げ出してきたと思われるのも当然だ。だがこれでグランドピアノを直しにきてくれることがわかった」

おじの言うとおりだった。翌日、リスコフはたしかにやってきた。ところがグランドピアノの修理はせず、ヨハネス少年にピアノの演奏を所望した。少年は椅子に本を積み重ねて、その上にすわらされ、リスコフは少年と向かい合わせにピアノの先端に陣取り、両腕をピアノについて、少年をじっと見つめた。少年は古い楽譜からメヌエットやアリアを弾いたが、すっかり上がってしまい、たどたどしい演奏になってしまった。それまで真顔だったリスコフが足台をいきなりどかしたものだから、そこに足を乗せていた少年は椅子からすべり落ちて、ピアノの下にもぐってしまった。リスコフはげらげら笑った。少年は恥じらいながらあわてて立ちあがったが、すでにリスコフはピアノの前に腰かけて、ハンマーを出すと、叩きつぶそうとするかのようにこの哀れな楽器めがけて容赦なく振りおろした。

「リスコフさん、なにをするんですか!」おじが叫んだ。ヨハネス少年はリスコフの仕打ちに憤懣《ふんまん》やるかたなく、かっとしてピアノの屋根を力任せに叩いたものだから、屋根が大きな音を立てて閉まった。リスコフは頭をはさまれそうになって、あわてて引っ込めた。少年は叫んだ。

「ねえ、おじさん、この人があの美しいオルガンを作った名人だなんて、そんなはずないよ。これじゃあ、躾のなっていないガキと同じ馬鹿者じゃないか!」

少年のずけずけいう物言いに、おじはびっくりしてしまった。ところが、リスコフは少年をいつまでもじろじろ見ながら「この子はなかなかの変人だ!」と言うと、そっと静かにグランドピアノの屋根を上げ、道具をいろいろ取り出して作業に入った。それから二、三時間、修理が終わるまでひと言も口を利かなかった。

そのときからリスコフはヨハネス少年に変わらぬ愛情を注ぐようになった。ほとんど毎日のように家にやってきて、少年の活発な精神がより大胆かつ自由に羽を伸ばせるように新しく華やかな世界をひらいてみせたのだ。まもなく少年はその世界の虜になった。といっても、育ち盛りの少年を奇抜なおふざけで刺激するのはあまり感心できることではなかった。偏屈で滑稽なところが多いおじを恰好の餌食にしたからだ。だがもちろんクライスラーの少年時代が絶望的なほど孤独だったのも、長じて救いようのないほど屈折した性格になったのも、このおじとの関係に起因するのはまちがいない。親代わりでありながら、その行動もその存在も滑稽にしか見えないおじを、クライスラーはどうしても尊敬することができなかったのだ。

とにかくリスコフはヨハネス少年の心をつかもうとした。この少年の気高い本性がそれに反発しなかったら、きっと成功していただろう。鋭い知性、深い心情、並外れて敏感な精神、これらはたしかにリスコフの長所として世に認められていた。しかしフモールと名づけられる彼のもうひとつの特徴は、さまざまな制約をものともせずより深く観察し、仇なす原理と戦うときに生み出される、めったにない高揚感とは別物で、居場所のない者のあとに引けない気持ちのあらわれだった。だからその気持ちを実生活で形にする才能も欠かせないし、それを特異で奇怪なものにしてみせる必要性もあった。フモールは彼がいたるところでまき散らす嘲笑や、だめだとみなしたものをとことんやり込めるときに見せるほくそ笑みの根底をなす。そしてこの不幸を見て喜ぶ嘲笑が少年の繊細な心を傷つけた。それは真の意味で心の父親とも言える友人が培《はぐく》う内なる関係とは正反対のものだった。だが少年の内にまどろむ深遠なフモールを芽生えさせ、育み、茂らせ、すくすくと成長させたのが、ほかならぬこの風変わりなパイプオルガン製作者だったことも否定できないだろう。

リスコフはヨハネス少年に父親のことをいろいろ話してくれた。若い頃、少年の父親とは親友だったという。これが養育者であるおじには凶と出た。おじは弟が明るい日の光を浴びていたときに、明らかに日陰者だったからだ。そういうわけで、リスコフはある日、少年の父親には深遠な音楽的感性があったと誉め、おじが少年のためにやっている音楽の手ほどきはまちがっていると貶した。ヨハネス少年は、自分にもっとも近しい存在なのに、知る機会のなかった父親のことが気になって仕方がなくなり、もっと話を聞きたがった。ところがリスコフは急に話すのをやめ、人生全体を今把握したとでもいうようにじっと床を見つめた。

「どうしたの、先生?」ヨハネスはたずねた。「なにを考えているの?」

リスコフは夢から覚めたようにはっとして微笑んだ。

「覚えているかな、ヨハネス、足台を私が引っ張ったせいで、きみがグランドピアノの下にすべり落ちたときのことを?　きみはおじさんに教えられたぞっとする古い小曲やメヌエットを弾いていたっけ」

「うん」ヨハネスは答えた。「先生にはじめて会ったときのことは思い出したくもないよ。子どもに惨めな思いをさせて楽しかったの?」

「その子どもだってじつに乱暴だったじゃないか」リスコフが口をはさんだ。「まさかきみの中にこれほど異彩を放つ音楽家が隠れていようとはな。ひとつ、紙製のポジティフオルガン（分解して持ち運びが可能なオルガン）で本格的な聖歌を演奏してくれないか。私がふいごを踏もう」

今さらかもしれないが、リスコフは変わった玩具に目がなく、そうした玩具でよくヨハネス少年を楽しませた。少年がまだ幼い頃、リスコフは訪ねてくるたび、なにかしら珍しい土産《みやげ》を持ってきた。

幼いときは皮をむくと、粉々に崩れるリンゴや、奇妙な形をした焼き菓子をくれたし、少し大きくなると、タネも仕掛けもない手品で手を替え品を替え楽しませてくれた。そしてヨハネスは若者になると、光学器械の製作や見えないインク作りなどを手伝うようになった。リスコフがヨハネス青年のためにこしらえたものの中でも極めつきといえば、ポジティフオルガンだった。八フィートの閉管がついていて、音管部は紙製だった。これはオイゲーニウス・カスパリーニという十七世紀のパイプオルガン製作者が作って、ウィーンの帝室美術館に展示してある芸術品とそっくりのものだった。この珍しい楽器は人の心を打つ力強く優美な音色を奏でた。クライスラーは今でも、この楽器を弾けば感動して、敬虔な教会音楽の調べがはっきりと思い浮かぶと言っている。

　そのポジティフオルガンを、ヨハネスはリスコフの前で演奏することになった。所望されるままに聖歌をいくつか演奏してから、数日前に自作した賛歌「主の慈しみを我は賛美せん《ミゼリコルディアス・ドミニ・カンターボ》」を弾いた。

　ヨハネスが弾き終えると、リスコフは勢いよく立ちあがって、ヨハネスをがっしり胸に抱き、大きな声で笑った。

「小心者め、哀れっぽいカンティレーナ（歌うような器楽旋律）で私をからかうとはな。もし私がきみのふいごを踏みつづけていなかったら、まともなものなど生み出せはしなかっただろう――だがこれできみを置き去りにして、この地を離れることにする。きみは世に出て、別のふいごを探すのだ。私よりもずっとましなふいごをな！」

　リスコフの目にはキラリと涙が光った。玄関から外に出ると、ドアを激しく閉めたが、また顔を出して、やさしく言った。

「こうするほかないんだ――アデュー、ヨハネス！――グロ・ド・トゥール生地の赤い花柄のベストがないとおじさんが言ったら、私がいただいて、ターバンにしたと伝えてくれ。これで大スルタンに拝謁できる！――アデュー、ヨハネス！」

リスコフがなぜ急にこの居心地のいい町ゲニエネスミュールを立ち去ったのか、その理由を知る者はいない。またリスコフがどこへ向かったのか突き止めた者もいなかった。

おじは言った。「落ち着きのない人だから、そのうちにいなくなるだろうと思っていた。たしかに美しいオルガンを製作するが、『ひとところにとどまって、己の糧とせよ！』という格言とは無縁の人だ――うちのグランドピアノが直ったのだからよしとしよう。あんな常識外れの人間なんか、もうどうだっていい！」

だがヨハネスはそう思っていなかっただろう。リスコフがいなくなって、ゲニエネスミュール全体が死に絶えた暗い監獄に思えたはずだ。

こうして、ヨハネスはリスコフの忠告に従って、世の中に出て、別のふいごを探すことにした。おじからは、学業を終えたら都に赴き、枢密公使参事官の庇護下で一人前にしてもらえと言われていた――実際にそうなったのだ！

――事ここに至って、当の伝記作者は遺憾の意を表明するものである。親愛なる読者であるあなたにクライスラーの生涯の第二期を語ると約束したものの、じつはヨハネス・クライスラーがうまく公使参事官の地位に就きながら、それを失い、都を出奔したことについては提供できる情報がすくなく、欠落したところがあり、また表面的で、辻褄《つじつま》の合わないところまであるからだ。

ただしこれだけは言っておこう。クライスラーは亡くなったおじのあとを継いで、公使参事官になったが、その後まもなく、権勢を恣《ほしいまま》にし、帝冠まで戴いた暴君（一八〇四年にフランス皇帝となったナポレオンを暗示している）が侯爵の都にやってきて、親友気取りで熱烈に侯爵をその鉄の腕に抱いた。おかげで侯爵は息も絶え絶えとなった。この暴君の人となりには抗いがたいものがあり、その望みは万難を排してでも叶える必要があった。暴君の友誼《ゆうぎ》に危険を感じた者も多く、なんとか拒否しようとしたが、結局、友情の利点に与るべきか、国外に出て、この暴君の本性を暴くための足がかりを作るべきかという命がけの二者択一に迫られることになった。

クライスラーは後者のひとりだった。

当時のクライスラーは外交の仕事に就いていたが、かなり一途なところがあり、まさにそれゆえ選択に迷うことがあった。そんなとき、彼は喪に服していた、ある美しい女性に、公使参事官の仕事をどう思うかたずねた。彼女はやさしくていねいな言葉で応じたが、クライスラーが彼女のことを見向きもしないほど芸術に没頭しているのを見て、結局、公使参事官の仕事などたいしたことではないと思っていることを明かした。

「奥さま」クライスラーは言った。「お暇します！」

彼が旅行用ブーツをはき、帽子を手に持って、気持ちを高ぶらせ、別れの悲しみを抱きながら暇乞いをすると、その女性はイレネウス侯爵の小国をのみ込んだ大公宛に楽長採用の推薦状を書いて、彼のポケットに入れた。

言うまでもないだろうが、この喪に服していた女性こそ、夫が亡くなったために顧問官夫人の地位を失ったばかりのベンツォン夫人だった。

数奇なことに、ちょうどそのとき――

（ムルのつづき）――ポントはパンとソーセージを売っている娘に向かってぴょんぴょん跳ねていった。親しみを込めて近寄ったわが輩をこっぴどく殴ろうとした娘だ。

「ポント、ポント、なにをするんだ。気をつけろ。無慈悲で野蛮な娘だ。危ないぞ。復讐に燃えた、ソーセージしか頭にない娘だ！」

わが輩がそう声をかけても、ポントは気にもとめず、わが道を進んだ。わが輩は距離をとってついていった。いざとなったらすぐ逃げるつもりだった——テーブルの前に着くと、ポントは後ろ脚で立って、かわいらしく跳ねながら娘の周囲をまわった。娘はそれを見て、大いに喜んだ。娘に呼ばれると、ポントは娘の膝に頭を乗せ、ふたたび跳ねて愉快に吠え、テーブルのまわりをぴょんぴょん飛んで、控え目に鼻をクンクンさせては娘の目をやさしく見つめた。

「ソーセージが欲しいのね、プードルさん？」娘はたずねた。ポントが尻尾をしとやかに振りながら、大きな声でワンと鳴くと、驚いたことに、娘は一番大きくておいしそうなソーセージを取って、ポントに差し出したのだ。ポントは感謝の気持ちを込めて、もう一度ちょっとバレエを踊ってみせると、ソーセージをくわえてわが輩のところに戻り、そのソーセージを置いて、やさしい言葉をかけた。

「ほら、食べなよ！」

わが輩はソーセージをむさぼった。そのあと「マイスター・アブラハムのところへ案内してやるからついてこい」とポントは言った。

わが輩はポントと並んでゆっくり歩いた。おかげでじっくり話すことができた。

「なるほどな」わが輩はそう話を切り出した。「ポント君、きみのほうが世渡りの術を心得ているようだね。あの野蛮な娘の心をつかむなんて、なかなかできることじゃない。それをあんなにあっさりやってのけるとは。こう言ってはなんだがね！——ソーセージ売りの娘に対するきみのふるまいには、わが輩の生まれついての感覚ではついていけないところがある。おべっかを使って、自尊心という高貴な本性を否定するとは——無理だよ！　ポント君、あんなに人なつこくはしゃぎまわって、下手《したて》に出てソーセージをせがむなんて、わが輩には到底できないことだ。どんなに腹を空かせていても、あるいはとびきりの食べものに食欲をそそられたとしても、師匠の背後から椅子に飛び乗って、喉を鳴らして希望をほのめかすくらいが関の山だな。それだって、施しをしてくれと頼むんじゃなく、あくまで師匠が自分で買って出た義務を思い出させるためだったりする」

わが輩が言い終えると、ポントはげらげら笑った。

「善良なる牡猫のムル君、きみは立派な文士かもしれない。おいらの知らないことをちゃんとわきまえているんだろう。だけど本当の暮らしについちゃ、ずぶの素人だ。処世術がまるでわかってない――まあ、ソーセージを食う前だったら、きみも別の判断をしたかもしれないけどな。腹を空かしていれば、満腹の奴よりも謙虚に話を聞くだろうからね。それからおいらが腰を低くしていることに関して勘違いをしているぞ。ダンスとジャンプはおいらにとってとても楽しいことなんだ。言われなくても、進んでやるくらいだ。つまり人前で芸をしてみせるのは、やりたくてやっているんだよ。それをあの馬鹿な連中は、あいつらに好意を寄せて、喜ばせたくてやっていると思い込む。ちゃんちゃらおかしいだろ。いや、それどころか、あいつらときたら、こっちの下心がわかっていても、そう信じ込もうとする。まあ、まさに今、その実例を見たわけだ。こっちがソーセージ目当てだってことを、あの娘が気づいていなかったと思うかい？　それでも、あんたのことは知らないけれど、あんたならきっとおいらの芸がわかってくれるはずとでもいうように芸をすると喜ぶし、ついでにおいらの目的を叶えてくれるってわけさ。処世術ってのは、自分のためにやっていることを、まるで他人のためにやっているように見せるところがキモなんだ。そうすると、相手は義務を感じて、こっちの目的をすすんで叶えてくれるものなんだ。もちろん親切で、世話好きで、謙虚で、他人の願望を叶えることだけを生き甲斐にしている者も多いけど、そいつらだってそのじつ、他人が知らず知らずに仕えてくれる愛すべき自分しか見ちゃいない。だからきみが言うおべっか使いなんかも、他人の愚かさをからかいながら活用することを基本とする処世術にほかならないのさ」

「おお、ポント君、きみは現実主義者なんだな。なるほど。繰り返しになるが、きみのほうがはるかに世渡りがうまい。それでもきみがあの奇天烈な芸当を楽しんでいるとは思えない。ほら、こちらの目の前できみの主人からうまそうな肉のローストのひとかけをかっさらっておきながら、主人がうなずいて許可するまで食べようとしなかったことがあっただろう。ああいう驚くべき芸当には背筋が凍る」

「おいおい、ムル君。そのあとのことまで言ってくれなくちゃ困るな！」

「きみの主人とわが師のふたりはきみのことを誉めそやし、肉のローストを皿ごと差し出した。きみはそれをぺろりと平らげたっけ」

「そういうことさ。もしかっさらった肉のローストをさっさと食べていたら、そのあと皿ごともらえたと思うかい？　学びたまえ。経験が浅いな。大きなものを手に入れるためなら、小さな犠牲を厭《いと》うなかれ。あんなにたくさん本を読んでいるのに、ベーコンの切れ端を使ってソーセージをせしめるコツを知らないとはな――前脚を胸に当てて誓うけど、物陰にひとりでいるときにほっぺたが落ちそうな肉のローストを片づける機会を得られたら、主人の許しなどもらわずにさっさと平らげるさ。物陰では表通りとはまったくちがう行動を取るのは自然の摂理だよ――ところで、深遠な世間知から汲みとった原則にこんなのもある。些末なことには正直になったほうが得策」

わが輩はしばらく黙って、ポントが口にした原則について考えた。たしかどこかで、各人は自分の行動が普遍的原理となるように行動せよ、という言葉を読んだことがある。ならば、全員がわが輩に配慮して行動してどこが悪いだろう。この原理とポントの処世術を一致させようといろいろ考えてみたが、うまくいかなかった。ポントがそのとき示してくれた友情もまた損得がかかっているような気がしたので、そのことをありのままに言うことにした。

「くだらない奴だな」ポントは笑った。「きみのことなんか目じゃない！――きみなんて、損にも得にもならないさ。きみの命が通わぬ学問なんてうらやましくもない。きみとおいらじゃ、やりたいことがちがう。仮にきみがおいらに敵意を抱いたって、腕っ節と敏捷さではおいらにかなわない。ひと蹴りして、鋭い牙でひと嚙みすれば、きみなんてイチコロだ」

このとき、自分の友と思っていた者に大きな恐怖心を抱いた。というのも、大きな黒いプードルがポントにいかにも犬らしい挨拶をして、二匹が燃えるような目でこっちを見つめながら、小声でひそひそ話をしたからだ。

わが輩は耳を後ろにすぼめて、隅で縮こまっていたが、まもなく黒犬と別れたポントがまたこちらへ来て、叫んだ。

「さあ、来たまえ！」

「ああ、驚いた」わが輩はおどおどしながらたずねた。「あのいかついのは何者だい？　きみに負けず劣らず世の中を知っているようだったが」

「おいらのやさしいおじきさ。ひょっとしてスカラムーツが恐いのかい？　猫のはずなのに、ウサギのように臆病とはねえ」

「しかし、きみのおじさんはなぜあんなぎらぎらした目でこっちを見ていたんだ？　おまけにきみたちはあやしげに内緒話をしていた」

「隠しごとなんてないさ。隠しごとをするつもりはないよ、ムル君。おじきは少々偏屈で、つむじまがりなんだ。年寄りってそういうもんじゃないか。きみとおいらがいっしょのところを見て、おじきは驚いたんだ。身分がちがいすぎるから、親しくなってはいけないというんだ。きみは教養があって、性格もよくて、おいらを楽しませてくれると言ったんだ。そしたら言われたよ。ふたりでおしゃべりするのはいいが、犬の集会にはくれぐれも連れてくるなとね。きみの耳は小さいから、身分が低いのは明らか。耳が大きい、すぐれたプードルには不釣り合いなんだってさ――連れていかないと約束したよ」

このとき偉大な祖先、猫の身で立身出世を果たし、ゴットリープ王の腹心にもなった長靴をはいた猫のことを少しでも耳にしていたら、名門の者が臨席するのだから、どんな犬の集会にとっても名誉なことだと容易く証明できたものを。知らなかったとはいえ、スカラムーツとポントの二匹に見くだされたことは慚愧に堪えない――わが輩とポントは歩きつづけた。すぐ目の前をひとりの若い男が歩いていた。その男が歓喜の声を上げて、さっとあとずさった。素早く飛びのかなかったら、わが輩はひどい怪我をしていただろう。すると今度は通りをこっちへやってきた別の若い男が大きな声を上げ、近づいてきた。ふたりは勢いよく抱き合った。久しぶりに会った友のようだった。そのあとふたりは手を取り合って、しばらくこちらの前を歩き、また立ち止まると、心のこもった挨拶をして別れた。さっき歩いてきた若い男は長々と友を見送り、そそくさと一軒の家に入り込んだ。ポントは立ち止まった。わが輩もそうした。若い男が足を踏み入れた家の三階の窓が開いて、絵のように美しい娘が外を見た。その背後にさっきの若い男が立っていて、ふたりは別れた友人の後ろ姿を見ながら、大いに笑った。ポントは見上げて、なにかつぶやいたが、わが輩にはなにを言っているのかわからなかった。

「なんでぐずぐずしているんだ、ポント君。行こうじゃないか」わが輩はそう言ったが、ポントは聞く耳を持たず、しばらくして大きく首を横に振ると、黙って歩きだした。

「ここでちょっと休もう、ムル君」ポントは樹木に囲まれ、彫像で飾られたいい感じの広場に着くなり言った。「さっき路上で抱き合ったふたりのことが頭から離れないんだ。ダモンとピュラデスみたいなふたりでね」

「それを言うならダモンとピュティアスだよ（太宰治の『走れメロス』の元になった古代ギリシアの伝説）」わが輩はまちがいを正した。「ピュラデスはオレステスの友人だった。復讐の女神やデーモンが哀れなオレステスをつらい目に遭わせるたび、ピュラデスは友にナイトガウンを着せて、寝床へ運び、カモミール茶を飲ませた人だよ。どうも歴史には造詣が深くないようだね」

「どっちだっていいさ。ふたりの友の物語は、おいらだってよく知ってる。なんなら事細かく話してやったっていい。うちの主人から二十回も聞かされているんでね。ダモンとピュティアス、オレステスとピュラデスの取り合わせにヴァルターとフォルモーズスを加えてもいいかな。フォルモーズスってのは、大好きなヴァルターと出会って、きみを踏んづけそうになった若い男のことだ――そこの美しい家、ほら、窓が明るい鏡ガラスの家、あそこには大金持ちの年老いた行政長官が住んでいるんだ。フォルモーズスはその明晰な頭脳と如才なさと輝かしい知識を駆使して、行政長官にうまく取り入り、息子扱いされるようになった。するってえと、フォルモーズスは急に笑顔が減って、顔色が悪く、病気のような感じになった。十五分のあいだに十回もため息をついたほどでね。そのまま命を吐き出すんじゃないかと思えるほどだった。すっかりふさぎ込んで、我を忘れ、この世のことなどなにひとつ感じない風情だった――行政長官はね、胸に秘めた悩みを打ち明けてくれと長いあいだ声をかけたけど、フォルモーズスはなにも言わなかった。でも、そのうちわかったんだ。フォルモーズスは行政長官のひとり娘に死ぬほど恋をしていたんだ。行政長官ははじめびっくりした。フォルモーズスは爵位もなければ、定職についてもいないフォルモーズスに娘を嫁がせるつもりなど毛頭《もうとう》なかったんだ。だけどフォルモーズスは日に日にやつれていくばかり。行政長官は意を決して娘のウルリケに訊いた。若いフォルモーズスをどう思うか、彼からすでに愛を打ち明けられたかってね――ウルリケは目を伏せて慎み深く答えた。『フォルモーズスさんはなにも言いませんが、愛されていることにはうすうす気づいていました。私もお慕いしています。もし問題がなく、愛するお父さまが反対でないのなら』――とまあ、花の盛りを過ぎた娘がこういうときに決まって言うセリフを、ウルリケも口にしたわけさ。『私をお嫁さんにしてくれる殿方が他にいるでしょうか？』

そこで行政長官はフォルモーズスに言った。

『顔を上げたまえ！――喜ぶといい。ウルリケをきみに嫁がせよう！』

こうしてウルリケは若いフォルモーズスの婚約者になった。世間の人々も、この見目麗しく慎ましい若者に幸多かれと祈った。だけどここにひとりだけ、傷つき悲嘆に暮れた奴がいたんだ。フォルモーズスの竹馬の友ヴァルターさ。ヴァルターは何度かウルリケに会っていて、話をしたこともあったらしい。それで彼女に恋心を抱いていたんだ。それもフォルモーズスよりもはるかに激しく！――ところで恋愛を話題にしたけど、きみは恋に落ちたことがあるかい？　そういう感情を知っているかな？」

「わが輩が？　昔も今も恋とは無縁さ、ポント君。たくさんの詩人がそのことを書いているのは知っているけれど、そういう気持ちになったことはまだ一度もない。詩人の言うことをいつも鵜呑《うの》みにはできないけれど、すくなくとも読んで知っているところでは、恋愛なんて心の病さ。人間という種族においては、そのせいで一時的に正気を失い、普段ならまったく考えられないような行動を取るらしい。たとえば、靴下のつくろいをしているちんちくりんの太った娘を女神だと思ってしまったりとかね。でも、話のつづきを頼むよ、ポント君。ふたりの友フォルモーズスとヴァルターの物語を聞かせてくれ」

「ヴァルターはフォルモーズスの首にかじりついて、涙ながらに言ったんだ。『きみはぼくの人生の幸福を奪った。でも奪ったのがきみで、きみが幸せなのがせめてもの幸せだ。さらばだ、愛する友よ、永遠の別れだ！』

ヴァルターは鬱蒼とした茂みに飛び込んで、ピストルで自殺しようとした。でも、そうはならなかった。絶望していてピストルに弾を込めておくのを忘れていたんだ。おかげで毎日、苦しい思いをするようになった。そんな彼のところに、ある日、そうとは知らないフォルモーズスが何週間ぶりかでやってきて、ガラスをはめた額縁におさめて壁にかけてあったウルリケのパステル画の前にひざまずいて嘆息した。『だめだ』フォルモーズスはヴァルターを抱きしめて叫んだ。『きみの心の痛み、絶望をとても見ていられない。ぼくの幸福をきみに捧げよう――ウルリケのことは諦める。きみを婿養子《むこようし》に取るよう老父を説き伏せた！――自分では気づいていないだろうが、ウルリケはきみを愛している――彼女に求婚したまえ。ぼくは身を退《ひ》く！――さらばだ！』

去ろうとするフォルモーズスを、ヴァルターは引きとめた。ヴァルターは夢でも見ているような気がして、フォルモーズスが老いた行政長官直筆の書きつけを出して見せるまで信じようとしなかった。その書きつけにはこんなふうに書いてあった。

「気高い若者よ！　貴君の勝ちだ。貴君を手放したくない。しかし、古代の物書きが書きそうなヒロイズムにも匹敵する友情を尊重しよう。ヴァルター君、きみは賞賛すべき人物であり、高収入で申し分ない官職についているのだから、ウルリケに求婚し、結婚の意思を示すことに異存はない」

フォルモーズスは本当に旅立ち、ヴァルターはウルリケに求婚して、ウルリケはヴァルターの妻になった――老いた行政長官はもう一度、フォルモーズスに手紙を書いて、やたらと誉めちぎって、償いといってはなんだが、心づくしとして三千ライヒスターラー（十六世紀から十九世紀にかけて神聖ローマ帝国内で流通していた銀貨。三千ライヒスターラーはおよそ九万ユーロに相当する）を受けとってほしい、とね。フォルモーズスは返事を書いた。

『私に欲がないことはご存じでしょう。金があっても、幸せになれるものではありません。だれの咎《とが》でもない喪失を慰められるのは時しかないのです。大切な友の胸にウルリケへの愛の火が灯されたのは運命です。この運命には逆らいようがありません。気高い行動だったなどとおっしゃらないでください。ともあれ、いただいたものは、徳のある令嬢と悲惨な暮らしを強いられている気の毒な老婆にお渡しいただくという条件でお受けいたします』

行政長官はその老婆の居場所を突き止め、フォルモーズスに与えるはずだった三千ライヒスターラーを渡した。その後まもなくヴァルターはフォルモーズスに手紙を書いた。

『きみなしではもう生きていけない。私の許へ戻ってきてくれ！』

フォルモーズスは言われたとおりにした。ところが戻ってみると、ヴァルターは高収入で申し分ない官職を退いていたんだ。しかもフォルモーズスが前々から就きたいと望んでいた同様の地位を得られるように手回ししていた。フォルモーズスは実際にその地位に就いた。ウルリケと結婚はできなかったけど、じつにいい境遇を得たというわけさ。町でも、田舎でも、このふたりの友の優劣つけがたい高潔ぶりが評判になった。ふたりの行ないは古き良き時代を彷彿《ほうふつ》とさせ、高潔な精神にしかできない美談として話題にのぼった」

「なるほどね」ポントが黙ると、わが輩は言った。「これまで読んできたものに照らしても、ヴァルターとフォルモーズスは気高く剛毅な人物にちがいないようだ。高い犠牲を払うあたり、きみご自慢の処世術とはなんら関係ないと思うのだけど」

「ふむ」ポントは微笑みながら答えた。「それはどうかな！——町の連中がまったく知らない裏事情があるんだ。おいらはご主人様から聞いてる。一部は盗み聞きだけどね。少し補足しよう――大金持ちの行政長官の娘へのフォルモーズスの愛情は、行政長官が思ったほど深刻なものじゃなかったのさ。好きで好きでたまらないという愛情の絶頂期でさえ、日中は苦悶しておきながら、毎晩、帽子作りをしているかわいい娘のところに通っていたのさ。そしてウルリケの婚約者になってみると、天使のように穏やかだった令嬢がなにかというと小悪魔に早変わりすることがわかったんだ。それにウルリケが都でたびたび色恋沙汰を起こしていたというとんでもない情報にも接した。だから突然、高潔心に駆られて、裕福な婚約者を友人に譲ったってわけさ。ヴァルターはといえば、ウルリケが公の場で見せる化粧にまんまと騙されて、のぼせ上がっていた。だけど当のウルリケはフォルモーズスとヴァルターのどちらが夫になろうとかまわなかったんだ。ところでヴァルターは高収入の申し分ない官職に就いていたけど、とんでもない失態をやらかしてしまい、罷免《ひめん》されるのは時間の問題だった。だから、友のためだと言って早々に辞職して、高潔な人だという評判を取って、名誉を守っただけだったのさ。ところで三千ライヒスターラーだけど、紙幣で老婆の手に渡った。でも、実直というのは名ばかりで、あるときは帽子作りをしているかわいい娘に化け、あるときはその母親、またあるときはおばさん、そして客引きといろいろ役柄を使い分けていた。今回はその老婆は一人二役をやってのけた。金を受けとるときは母親、金を娘に渡して、駄賃をたっぷりもらうときは娘の世話役。ムル君、さっきフォルモーズスといっしょに窓から外を見ていたのがその娘さ――ところで、フォルモーズスとヴァルターはお互いに、どんな手を使って高潔さを競い合っていたか、とっくに知っていて、相手を誉めそやすのはごめんだったので、長いあいだ避けていた。今日は路上でばったり出くわしたものだから、あんな挨拶をしたってわけさ」

その瞬間、あたりが大騒ぎになった。人間が右往左往しながら叫んでいる。「火事だ！――火事だ！」馬にまたがった人が通りを走る――馬車ががらがらと通っていく――さして遠くないところにある家の窓から煙と炎が噴き出している――ポントは急いで駆けていった。だがわが輩は不安を覚え、一軒の家に立てかけてあった梯子によじ登った。屋根に上がると、ほっと安堵《あんど》した。すると突然――

（反故）――「面食らったよ」イレネウス侯爵は言った。「侍従長を通さず、当直の侍従への引き継ぎもなかった。要は――ここだけの話だぞ、マイスター・アブラハム。他言無用だ――要は藪から棒だった――控えの間には侍従がひとりもいなかった。あの馬鹿ども、玄関でブラウゼンバルト（十八世紀に北ドイツで人気のあったカードゲーム）をやって遊んでいた。カードゲームとはじつにけしからん。あの者が部屋をどんどん通り抜けていると、運よく給仕頭が通りかかって、上着の裾をつかまえて問い質したんだ。『どちら様でしょうか？　領主様にはいかがお取りつぎいたしましょうか？』とな。ともあれ、あの者が気に入った。なかなかの人物だ。たしか言っていたな。あの者はただの楽士ではなく、それなりの身分だと」

「クライスラーは以前、まったくちがう環境にありました」アブラハムは応じた。「王侯貴族の食卓に招かれるほどの身分で、時代の荒浪が押し寄せなければ、そういう環境から追い出されはしませんでした。しかし過去を覆ったヴェールはそっとしておいてほしいと望んでいます」

「ということは」侯爵が口をはさんだ。「貴族か。男爵――伯爵――もしかすると――いや、あまり期待するものではないな！――謎めいたところがいい！　フランス革命後の面白い時代を思い出すな。侯爵が封蠟の製造に手を出したり、伯爵がフィレ＝レースのナイトキャップを編んだり、一介のムッシュでありたいと言って、大がかりな仮面舞踏会に興じたりした――クライスラー卿はどうなのかな！――ベンツォン夫人はそういうことに詳しい。あの人が私に推薦した。あの人は正しい。帽子を小脇にはさむ仕草ひとつ取っても、教養があり、洗練されていることがわかる」

侯爵はクライスラーの外見についてさらに誉めあげた。マイスター・アブラハムは、これなら計画はうまくいくと確信した。というのも、心の友を楽長としてこの架空の宮廷にねじ込み、ジークハルツヴァイラーにとどまらせようとしていたからだ。ところがそう切り出してみると、侯爵は、うまくいかないだろうと明言した。

「いいかね、マイスター・アブラハム」侯爵は話をつづけた。「あの好人物を楽長に任命して部下に加えても、はたしてこの小さな宮廷に引き入れることができるだろうか?——あの者に式部官の職を与えて、余興や見世物を任せてもいいのだが、あの者は音楽に精通し、そなたの言によれば、演劇にも詳しいという。しかし、今は世を去り、神の身元におられる父の原則を曲げるわけにはいかない。父は日頃から言っておられた。今言った係の長なる者はみずからそのことに精通している必要はない。さもないと、気にかけすぎて、俳優、音楽家など実際に携わる者たちに関心を持ちすぎるからだ——したがってフォン・クライスラーには異国の楽長という仮面をつけたまま、わが侯爵家とおつき合い願いたいのだ。しばらく前に卑しい役者に身をやつし、ふざけたことをして、選ばれた者たちを楽しませてくれたある身分の高い人物（おそらく稀代の詐欺師とみなされていたアレッサンドロ・ディ・カリオストロを指す）の例に倣ってな」

「それから」侯爵は立ち去ろうとしたアブラハムに声をかけた。「そなたはフォン・クライスラーの代理大使を任じているようだから言っておこう。あの者には二点、気に入らないことがあるのだ。生まれつきというよりも、長年の癖らしい——言わんとしていることがわかるね——ひとつは、話しているときにこちらをじっと見つめる点だ。こちらも眼光鋭いから負けはしない。今は亡きフリードリヒ大王（プロイセン国王フリードリヒ二世。文武両道の啓蒙専制君主として知られる）のようにな。この眼光でにらみつけ、またもや借金をこしらえたなとか、マジパンを盗み食いしたなとろくでもないこと《モーヴェ・シュジェ》を詰問すれば、侍従にしても、侍童にしても顔を上げられはしない。ところがフォン・クライスラーは、私がにらんでも意に介さず、笑みを返してくる――こちらが気圧《けお》されて、目を伏せてしまうほどだ。それからあの者の話し方、答え方、とにかく会話の仕方が独特で、こちらの言葉がたいしたものではないように思えてきて、なんというかこちらが馬鹿《ユヌ・ベット》――聖ヤヌアリウスにかけて、先生、あれには我慢がならない。クライスラー卿があの癖を直すようにぜひ働きかけてもらいたい」

　クライスラーを侯爵の意に沿わせますとアブラハムは約束し、今度こそ立ち去ろうとした。すると、侯爵は侯爵令嬢ヘートヴィガがクライスラーに対して見せた嫌悪の情に触れ、令嬢がしばらく前から奇妙な夢や空想に苛まれ、侍医からは次の春に乳清治療（当時、乳清は飲み薬として使われていて、スイスの作家ウルリヒ・ヘーグナーによる小説『乳清治療』が評判を呼んでいた）をするようすすめられていると明かした。令嬢はクライスラーが病院から抜け出し、手当たり次第に災いを振りまいていると思っているのだという。

「いいかね、マイスター・アブラハム、あの者には分別があるように見えるが、どこかに精神錯乱の徴候がありはしないかな？」

　アブラハムはクライスラーが錯乱しているのなら、その度合いは自分と変わらないでしょうと答えた。「たまに挙動不審になりますが、ハムレット王子と似たような状態で、かえって興味深いくらいです」

「私の知るかぎりでは」侯爵が口をはさんだ。「若いハムレットは昔の名家のすぐれた王子だった。ただときどき妙なことを思いついた。たとえば、宮廷に仕える者はみな、笛が吹けなくてはいかんとか。位の高い者は、変なことを考えるとますます尊敬を集める。地位も身分もない男なら馬鹿げていると笑われることも、非凡な精神の気まぐれと解釈されて、感嘆の的となる――クライスラー卿はその道を邁進しているようだな。ハムレット王子を模倣するというのなら、高みをめざす素晴らしい努力の結晶と言えそうだ。それもこれも音楽研究に夢中になっているがゆえなのだろうな。ときおり挙動不審になっても、大目に見るべきか」

アブラハムは今日、なかなか侯爵の居室から出られない運命のようだった。ドアを開けたとき、またしても侯爵に呼びとめられ、どうしてヘートヴィガがクライスラーを毛嫌いするのか訊かれた。アブラハムはクライスラーがジークハルト宮の庭園で侯爵令嬢とユーリアにはじめて会ったときのことを話し、興奮していた楽長が繊細な令嬢を驚かせたのでしょうと言った。

すると侯爵はいささか激しい反応をした。

「ジークハルト宮へは歩いてくるのではなく、馬車を使えばよかったのだ。庭園の幅広い車道に馬車を止めればいいのだからな。とにかく徒歩旅行は卑しい身分の冒険家がやることだ」

アブラハムは、将校の中にブーツの底革を一度も替えずにドイツのライプツィヒからシチリア島のシラクサまで歩きとおした猛者がいると実例を上げ、クライスラーについては、庭園に馬車を止めていたと言い添えた――侯爵はそれで納得した。

侯爵の居室でこんなことが起きている頃、ヨハネスは顧問官であるベンツォン夫人の家で腕のいいナネッテ・シュトライヒャーが設えたじつに美しいグランドピアノの前に腰を下ろし、ユーリアの歌の伴奏をしていた。歌っていたのはグルック作『アウリスのイフィゲニア』に登場するクリテムネストラの偉大で熱情的なレチタティーヴォだ。

困ったことに、描写に正確を期そうとすればするほど、この人物は常規を逸しているように見えてしまう。とくに冷静に観察する者の目から見ると、音楽に夢中になっている様子は尋常ではなく映ることだろう。それでも伝記作者としては、この人物の脱線ぎみな物言いを逐一書き写さざるをえない。

「切ない愛の痛み、甘美な夢が誘う恍惚、希望、願望、そうしたもの一切が、ユーリアさんが歌うと、この森の中をたゆたい、潤いをもたらす朝露となって匂い立つ花の萼に降りそそぎ、聞き惚れる小夜啼鳥の胸に響くことでしょう」

これからすると、ユーリアの歌声についてのクライスラーの評価に特別な価値があるとは思えないだろう。だが伝記作者としては、この機会に大事な読者に断言しよう。あいにくユーリアの歌声は一度も聞いたことがないのだが、神秘に満ちた素晴らしいものだったはずだ。最近になってやっと後ろの三つ編みを切ったような頑固一徹な者たち、厳しい判決を下したり、重病人を診察したり、コック見習いにストラスブール風フォアグラのテリーヌの作り方を教え込んだりしたあと、劇場に出向いてグルック、モーツァルト、ベートーヴェン、スポンティーニを聴いても、一向に心が安まらないと白状する者たちでも、ユーリア・ベンツォン嬢の歌声を聞くと、得も言われぬ心持ちになると言うほどだ。その歌声に胸が苦しくなるが、それでも不思議と心が温かくなり、馬鹿なことをしてみたくなったり、若い夢想家や詩人のようにふるまったりしたくなるというのだ。さらに言うと、ユーリアが宮廷で歌ったとき、イレネウス侯爵は人に聞こえるほどの嘆息を漏らし、歌が終わると、ユーリアに歩み寄り、彼女の手に口づけをして、感無量な様子でこう告げたという。

「最高だったぞ、お嬢さん！」

侍従長の話では、イレネウス侯爵は本当に小柄なユーリアの手にキスをし、涙を数滴こぼしたという。ただし傅育係の女官の発議で、これははしたないことで、宮廷の評判にも傷がつきかねないからと揉み消されてしまった。

ユーリアは、鈴のように高らかで、澄んだ声を自在に操り、心の奥底から溢れ出てくる歓喜を込めて歌う。そこには奇跡と紛う方なき抗いがたい魔力が潜んでいると言っていい。この日もまたその歌声を披露したのだ。彼女が歌うと、聴く者はだれもが息をのみ、名状しがたい甘美な哀愁に胸を締めつけられた。そして歌い終わってしばらくすると、恍惚となった聴衆から嵐のような拍手喝采が湧き起こった。ただクライスラーだけはじっとしたまま肘掛け椅子の背に体を預け、それから静かにゆっくり立ちあがった。ユーリアはちらっとクライスラーのほうを向いた。そのまなざしは明らかに「こんな感じでよかったかしら?」とたずねていた。

クライスラーは片手を胸にあてて声をふるわせながら「ユーリアさん!」とささやいた。ユーリアは頬を赤らめ、伏し目がちになると、うつむいて、歩くというよりは忍び足といった感じで貴婦人たちの輪の中に入ってしまった。

ベンツォン夫人は、侯爵令嬢へートヴィガを夜会に出席させるところまでなんとかこぎつけた。だがこうなると、クライスラー楽長と顔を合わすほかない。それでもヘートヴィガが折れたのは、「小額貨幣のように型にはまった者ならいざ知らず、ときたま奇行に走るからといって避けるのは大人げないことです」とベンツォン夫人に言われたからだ。夫人はさらにこうつづけた。「クライスラーさんは侯爵様にお目通りしました。ですから今後は変なことはなさらないはずです」

侯爵令嬢はその晩、あの手この手を使ってクライスラーを避けたので、クライスラーは仲直りしたくても、令嬢に近づくことすらできず、どんなにうまく立ちまわっても、令嬢に先を越されてしまった——それだけに、あるとき貴婦人の輪を突っ切って、まっすぐ楽長のほうへ歩いていく令嬢を見て、ベンツォン夫人は驚いた。物思いに耽っていたクライスラーは、「喝采を受けたユーリアになにも言わないのね」と令嬢に声をかけられて、我に返った。

「お嬢様」クライスラーは動揺を隠しきれない様子で答えた。「著名な作家たちの意見を信用するなら、至福を味わった者は言葉を弄せず、ただ思いとまなざしを持つのみなのです──天国にいるようでした！」

「そうね」令嬢は微笑んだ。「ユーリアは光の天使だもの。あなたに楽園を見せることもできるでしょう──でも今はお願いだから、しばしのあいだその天国を離れて、哀れな地上の子である私に耳を貸して」

令嬢は口をつぐんだ。クライスラーがなにか言いだすのを待っているようだった。ところがクライスラーは目を輝かせて令嬢を見つめたまま黙っていた。令嬢は目を伏せると、さっときびすを返した。その拍子に軽くはおっていたショールがふわりと肩から落ちた。クライスラーはショールをつかんだ。令嬢は立ち止まった。

「あのね」令嬢は自分の決心と格闘し、心に決めたことをなかなか口にできずにいるかのように声をふるわせた。「詩的なことを散文的に話させてもらうけど、あなたがユーリアに歌のレッスンをしていることは知っているわ。あれから、ユーリアの声はよくなり、歌唱力もついた。それなら、私のような凡才のことも伸ばしてくれるかなと思うんだけど──つまり──」

令嬢は頬を赤く染めて口ごもった。ベンツォン夫人が割って入って、ピアノを上手に弾くし、歌だって情感たっぷりに歌えるのだから、自分の音楽的才能を凡庸だと卑下することはないと令嬢に言った。クライスラーは困惑している令嬢が急に愛らしく思えてやさしい言葉をかけ、「お嬢様さえよければ音楽の勉強に助言もし、稽古もつけましょう。それが叶うなら望外の喜びです」と話を締めくくった。

令嬢は楽長の言葉に満足した様子だった。だが楽長が言い終わったとき、ベンツォン夫人のまなざしを見て、この愛想のいい男に恥じらいを見せたことを咎《とが》めていると気づいて声をひそめた。

「そうね、ベンツォン、あなたの言うとおりね。私はいつも後先考えないで行動してしまうから！――」

令嬢は目をそらしたまま、クライスラーがしっかり両手で握って差し出したショールをつかんだ。このときどうして令嬢の手に触れてしまったのか、クライスラー自身、よくわからなかった。だがそのとたん動悸が激しくなって、神経が高ぶり、気が遠くなりそうになった。

暗雲を切り裂く光線のように、ユーリアの声がクライスラーの耳に入った。

「もっと歌わなくては、クライスラーさん。みなさんからもっと歌ってくれと言われまして――このあいだ教えてくださった美しいデュエット曲を試してみたいのですけど」

「ぜひそうしてください」ベンツォン夫人が促した。「ユーリアの願いを叶えてやってください、楽長――さあ、グランドピアノのところへ！」

クライスラーはなにも言えぬまま、グランドピアノに向かい、最初の和音を弾いた。それはさながら世にも稀な陶酔の虜になったかのようだった。ユーリアは歌いはじめた。「ああ、わが心はひるみ、哀れこのとき」（一八一二年、ホフマンはこのデュエット曲を作曲している）ここでひとつ断わっておく必要がある。デュエット曲の歌詞はよくあるイタリア風で、ふたりの別離を素朴に歌ったものだった。「感じる（sento）」と「苦悶（tormento）」が韻を踏み、あまたあるデュエットと同じように「憐れみたまえ、おお、天よ」とか「死の苦悩」といったお決まりの言葉も欠けていなかった。

クライスラーはこの上なく興奮して、これらの言葉に情熱的な曲をつけていた。だから天からふさわしい耳を授かった者なら、その演奏に魅せられずにはいられなかった。デュエットに込められた情熱は類を見ないほどで、クライスラーがモチーフの表現に注意を払い、歌姫が余裕を持って、気持ちよく歌えるように配慮しなかったら、歌いこなすのはかなり難しかっただろう。だからユーリアの歌いだしは控え目で、いささか危なっかしかったし、クライスラーの弾きだしも決してうまいとはいえなかった。だがまもなくふたりの声は水面を泳ぐ二羽の白鳥のように歌の波に乗り、黄金色に輝く雲間へと高く羽ばたき、また甘美な愛の抱擁に死なんばかりにどよめく和音の流れに沈み、ついには深い吐息が死の到来を告げ、最期の訣別では引き裂かれた胸から激しい悲鳴が血に染まった泉のごとく溢れ出した。

このデュエットには、その場のみなが圧倒され、多くの人が涙ぐんだ。ベンツォン夫人までが、劇場で演じられたすぐれた別れの場面でもこんなに感動したことはない、と漏らしたほどだった。ユーリアと楽長に、みなが讃辞を惜しまず、本当に感動的だったと言って、その曲を実際以上に評価した。

デュエットに耳を傾けているあいだ、侯爵令嬢ヘートヴィガが感動しているのはだれの目にも明らかだったが、冷静にふるまって、共感しているところを一切見せないようにしていた。隣にすわって頬を紅潮させ、泣き笑いしそうな様子の若い女官は、令嬢にいろいろと耳打ちされるたび、礼儀上おずおずと返事をした。もう一方の側にすわっていたベンツォン夫人にも、令嬢はデュエットなど聴いていないとでもいうように、どうでもいいような話題を振ったが、夫人から、デュエットが終わるまで会話は控えてください、と注意されてしまった。それなのにデュエットが終わると、令嬢は顔を火照《ほて》らせ、目を輝かせて、集っている人々に負けじと意見を述べた。

「それでは私も意見を述べさせてもらうわ。今のデュエットは曲として価値があるわね。ユーリアの歌声も素晴らしかったと認める。けれどもこういう和《なご》やかな集いでは打ち解けたおしゃべりをして、お互いに刺激を与えるものよ。歌唱だって、花壇のあいだをさらさら流れる小川のように場を和ませることが大事だと思うの。こんな常識外れのものを披露して、私たちの心を切り裂いていいものかしら？　こんな暴力的で破壊的なイメージを持ち出していいもの？　私たちの傷つきやすい内面を愚弄する音楽が生み出した荒々しい冥府のごとき痛みを閉め出すために、私は自分の耳と胸を閉ざそうとした。でもだれひとり、私の気持ちを汲んでくれなかった。楽長、あなたのイロニーにはかなわないことを認める。あの疎《うと》ましいデュエットのせいで、私の心はすっかり病んでしまった――こういう集まりにふさわしい曲を作ってくれるチマローザやパイジエッロ（共にイタリアのオペラ作曲家）のような方はいないのかしら？」

「おお、これは、これは」クライスラーは頬を引きつらせて叫んだ。胸の内にフモールが湧き起こると、彼はいつもそうなる。「お嬢様！――世にも哀れな楽長である私は、あなたの慈悲深いご意見に同意いたします！――たしかにこれは礼儀作法やドレスコードに反することでした。胸に秘めた憂愁や苦痛や恍惚をこうした集まりにむき出しで持ち込んでしまうとは。妥当なお世辞と因襲というスカーフで分厚く覆うべきでした。これでは、礼儀作法が隅々まで用意している火消し道具も役に立ちませんね。揮発油の火がそこかしこで燃えあがっては、消そうとしても無理というもの。どんなに紅茶をすすり、砂糖水を飲み込み、上品な会話を重ね、心地よいおしゃべりに興じていようとも、放火殺人に及ぶ無法者なら、コングリーヴ・ロケット（一八〇四年にイギリス人コングリーヴが発明した初期のロケット）を容易くその内面に打ち込むことができます。炎が燃えあがり、あたりを照らし、燃やし尽くします。純粋な月光にも真似できぬほどに！――そうです！　侯爵令嬢！――そうです、私は！――世の楽長の中でもっとも不幸な者である私は、恥さらしにもこんなとんでもないデュエットで場を汚し、発光信号弾、彗星《すいせい》花火、南京花火、爆裂花火を地獄の業火もかくやとばかりにみなさんの只中に投げ込んでしまったわけです。よくわかりました。いたるところに火をつけてしまったのですね！――大変だ！――火事だ――火事――殺人だ！――燃えている――消火ポンプ置場を開けろ――水だ――水――お助けを！」

クライスラーはグランドピアノに突進し、その下から楽譜箱を出すと、扉を開けた――楽譜を次から次へとばらまいて、一冊の総譜を手にした。パイジェッロの『水車小屋の娘』だ。クライスラーはピアノに向かうと、水車小屋の女が「水車小屋の娘ラケリーナ」と歌いながら登場する有名な叙情的な小アリアを弾きはじめた。

「クライスラーさん！」ユーリアは目を白黒させた。

クライスラーはユーリアの前にひざまずいて哀願した。

「大切な、愛くるしいユーリア！　この場にお集まりの方々を不憫《ふびん》に思って、絶望しているみなさんを慰めてください。どうかラケリーナを歌ってください！――歌ってくださらなければ、あなたの目の前で絶望に打ちひしがれるほかありません。私はすでに絶望の縁に立っています。破滅した宮廷楽長の上着の裾をつかんでもむだです。『お待ちください、ヨハネス！』とやさしく声をかけてくれても、時すでに遅しです。冥土の川《アケローン》に飛び込み、奇怪なショール・ダンスをしながら優雅に跳ね飛んでいるのです。ぜひ歌ってください！」

ユーリアはまだ多少抵抗があるようだったが、クライスラーの言うとおりにした。

小アリアが終わると、クライスラーはすぐさま公証人と水車小屋の女のコミカルなデュエットをはじめた。

ユーリアの歌声と歌唱法は厳粛なもの、悲愴なものに向いていたが、コミカルな歌も意のままに表現し、この上なく愛らしかった。クライスラーもまた、イタリアのオペラ歌手の風変わりで魅惑的な歌い方を心得ていた。とはいえ、その日は少々誇張が過ぎてしまった。さまざまなニュアンスをドラマチックに表現したので、クライスラー本人の声とは思えないほどで、ニュアンスが変わるたびに顔の表情も異様に変わり、カトー（古代ローマの執政官、大カトーは厳格な人物として知られていた）のような人でも笑いを禁じえないほどだった。

おかげで、みんな大きな声ではやしたて、大いに笑った。

クライスラーは恍惚としてユーリアの手に接吻をしたが、彼女は不満そうにさっと手を引いた。

「ああ、楽長さん」ユーリアは言った。「あなたの気まぐれ——奇怪だと言いたいくらいですが、私はそれについていけません！——極端から極端へと死の跳躍をなさるなんて、私の胸は裂けてしまいます！——お願いです、クライスラーさん、深い哀愁の響きがまだ私の心の中で鳴っているうちに、滑稽な曲など歌わせないでください。いくら美しく楽しげなものでもいやです。わかっています——やればできますし、やりぬいてみせます。でも疲れ果て、病んでしまいそうです——もうこれ以上は要求なさらないで！——約束してくださいますね、クライスラーさん？」

楽長が返事をしようとしたその瞬間、侯爵令嬢がけたたましく笑いながらユーリアを抱きしめた。それは傅育係の女官からしたらあまりに場違いで、恥ずべきものだった。

「さあ、抱かせてちょうだい」令嬢は言った。「愛くるしさといい、声といい、滑稽さといい、最高の水車小屋の娘だったわ！——世界じゅうのどんな男爵でも、行政官でも、公証人でも魅了されることでしょう。それどころか——」さらになにか言おうとしたが、令嬢は急に大きな笑い声を上げ、すかさず楽長のほうを向いてこうつづけた。「おかげで気が晴れたわ、クライスラーさん！あなたのほとばしるフモールが今ならよくわかる——お見事ね。本当にお見事！——千差万別の気分と相容れない感情がぶつかり合わなければ、これほど生き生きと歌えるわけがない！——ありがとう。本当に感謝するわ——ほら！——私の手に接吻することを許してあげる！」

クライスラーは差し出された手を取った。さっきほどではないが、彼はまたもや脈が速くなり、一瞬ためらってから、いまでも公使参事官であるかのように礼儀正しく腰を曲げて、手袋をはずした華奢《きやしや》な指に口づけをした。令嬢の手に触れたとき、彼は無性に笑いだしたくなったが、いったいどうしてなのか自分でもわからなかった。

「結局のところ」侯爵令嬢が離れてから、クライスラーはつぶやいた。「お嬢様は一種のライデン瓶（十八世紀半ばにオランダのライデン大学で発明された静電気を蓄える装置）ですね。王侯貴族の気まぐれで、律儀な人を踏みにじるとは！」

侯爵令嬢はさっそうと広間を歩きまわっては笑い声を立てて「水車小屋の娘ラケリーナ」を口ずさみ、そこここで貴婦人を抱きしめてキスをし、「こんなに愉快なのは生まれてはじめてよ。これもあの立派な楽長さんのおかげね」と言いはなった。生真面目なベンツォン夫人はうんざりしたが、そのままにしておくわけにもいかず、とうとう令嬢を傍らに引っ張っていき、耳元にささやいた。

「ヘートヴィガ様、お願いです。場所をわきまえてください！」

「いいじゃないの、ベンツォン夫人」令嬢は目をキラキラさせながら答えた。「今日はもう堅い話はやめにして、みなさん、お開きにしましょう！――そうよ！――お開きにしましょう――お開きです！」そして馬車の仕度をするように命じた。

令嬢が浮かれ騒いでいるあいだ、ユーリアはじっと黙って憂鬱そうにしていた。頬杖をついてグランドピアノの前にすわり、見るからに蒼白い顔をしていて、目も虚《うつ》ろで、不快感が体からにじみ出ていた。

クライスラーの火花のように弾《はじ》け飛ぶフモールも消え失せていた。彼はだれとも言葉を交わさず、足音を忍ばせながらドアのほうに歩いていった。その行く手をベンツォン夫人がさえぎった。「今日はいったいどうしてこんなことに。私は――」

（ムルのつづき）――なんとなく知っている気がした。家に帰ったような気分だ。どこの肉のローストか知らないが、うまそうな匂いが青い煙となって屋根のあたりに漂っている。そして遠方から――そよ吹く夕風に乗って、愛くるしいささやき声が聞こえる。「ムル、いとしい方、こんなに長いあいだどこに行っていたの？」

胸を締めつけるのは　なんだ
歓喜の戦慄に　胸を打ちふるわせ
精神を　天高く羽ばたかせ
高き神々の快楽を予感させるもの
そうだ――跳躍するのだ　汝哀れな心よ
雄々しくあれ
慰めもない死の苦痛も
快楽と戯れに変わる
希望万歳――焼ける肉の匂い！

わが輩はそう歌いながら、ぞっとする火事騒ぎなどどこ吹く風とばかりに夢心地になった！　ところが屋根に上がっても、迷い込んでしまったグロテスクな俗世に棲息する恐ろしい輩から追跡を受けることになった。気づくと、異様な怪物が煙突を登っていた。人間が煙突掃除夫と呼ぶ連中だ。あの黒ずくめの奴らはわが輩に気づくや、「猫め、失せろ！」と叫んで、箒《ほうき》を投げつけてきた。ひらりと避けて、隣の屋根に飛び移り、雨樋《あまどい》に身を潜めた。主人の家の上にいるとわかったときのうれしい驚き、感激をうまく言葉にできる者などいるだろうか。とはいえ、天窓を見てまわったが、どれも閉まっていた。声を上げてみたが、効き目はなく、だれも気づいてくれない。そうこうするうちに、燃えている家からもうもうと煙が昇ってきた。放たれた水がジュウジュウ音を立て、無数の声が入り乱れ、火の手はますます強くなってきた。そのとき天窓が開いて、師匠が黄色いナイトガウン姿のまま外を覗いた。

「ムル、大事な猫のムル。そこにいたのか——入っておいで、入っておいで、かわいい灰色猫！」師匠はわが輩を見るなり、喜びの声を上げた。わが輩は喜んでいることをあらんかぎりの仕草でわかってもらおうとした。これぞ美しくも素晴らしき再会の瞬間。わが輩と師匠は再会を祝った。屋根裏に飛びおりると、師匠が撫でてくれたので、わが輩は気持ちがよくなり、クルルとやさしく甘美に鳴いた。「喉を鳴らす《シュピンネン》」と人間が呼んで、馬鹿にしているあれだ。

「ハハハ」わが師は笑った。「放浪の旅からの帰還を喜ぶあまり、私たちに危険が迫っていることがわからないようだな——私もおまえのようにのんきな猫になりたいものだ。そうすれば、唯一大事なのは不滅の精神に動かされている己自身だと気づけて、火事や消防署長などどうでもよくなり、家財道具が燃えても平気でいられるだろうに」

　師匠はわが輩を抱きあげると、自分の部屋に下りた。部屋の中に入ると、つづいてロターリオ教授が飛び込んできた。そのあとからさらに男がふたり。

「お願いです」教授が言った。「どうかお願いです、先生！　ここは危険です。火の手がお宅の屋根にまわってきています——持ちものを運び出すのをお許しいただきたい」

　師匠はそっけなく答えた。

「危険が迫っているときは、友があわてふためくことのほうが火事そのものよりもはるかに危ないものだ。火にのまれずにすんだものがだいなしになることがよくある。それもはるかに見事にな。私自身、火事に遭った友によかれと思って、大量の中国の磁器を窓から投げるという失態をやらかしたことがある。それはともかく、ナイトキャップ三つと灰色の外套二着、あとは絹のズボンを忘れずに。それから下着類をトランクに詰めてくれ。書物と原稿はいくつかある籠に入れてもらおう。機械類には触らないこと。そのほうがありがたい。屋根に火がまわったら、その家財道具を持って退散する」

　師匠はそれからこう言ってしめくくった。

「だがその前に、遠い旅から戻って疲れ果てている同居者、同室の者に飲み食いさせてやりたい。しかるのち、仕事にかかっていただこう！」

　師匠が話題にしたのがわが輩のことだと気づいて、みんな、大いに笑った。

　じつに美味だった。屋上で憧れをもって訴えた願望が見事に叶えられたのだ。生気を取りもどしたわが輩を、師匠は籠に入れ、隙間があったので、さらにミルクを注いだ小さな皿を置いて籠に蓋をした。

「この暗い籠の中でじっとしているんだぞ、わが猫よ」師匠が言った。「そのうちにどうなるかわかる。暇つぶしに好物の飲みものでもすすっているのだ。部屋の中をうろうろされては、避難活動のドタバタで尻尾を踏まれたり、脚の骨を折られたりしかねない。逃げる段になったら、私がちゃんと運んでやる。またぞろ迷子になられてはかなわないからな。助けにきてくれた諸君」師匠は他の人たちのほうを向いた。「この籠の中にいる小さな灰色の者が何者か、いかに素晴らしく聡明な猫であるか知らないだろう。博物学者のガル一派（十九世紀に隆盛した骨相学を創始したドイツの医師とその学派）によると、血を好む性質とか盗み癖とかいたずらにかけては群を抜く、それなりの教育を受けている猫といえども、土地勘はからっきしだめだという。ひとたび道に迷うと、二度と故郷に戻れないらしい。ところが私のムルは輝かしい例外となった。数日前からいなくなって、がっかりしていたんだ。ところが今日、ついさっき帰ってきた。しかもどうやら屋根を快適な道として伝ってきた。頭がいいだけでなく、主人に忠義を尽くすとは、まったくたいした奴だ。だからこれまで以上にこいつをかわいがろうと思う」

わが輩は師匠に誉められて気をよくした。土地勘がなくて迷子になった多くの猫にまさっているとは鼻が高かった。それに、自分がこれほど利口だとは。実際には若いポントが正しい道を示し、煙突掃除夫が箒を投げたことで正しい屋根に辿り着けたのだが、自分の聡明さと、師匠の誉め言葉を疑ってはいけない。今述べたように、わが輩は自分の内的な力を感じ、それが本当だと思った。どこかで読んだか、だれかの主張を聞いたかしたのだが、身に余る賞賛は妥当な賞賛よりも誉められた者を喜ばせ、元気づけるという。だがこれは人間にしか当てはまらないことだろう。賢い猫はそのような愚かさとは無縁だ。ポントと煙突掃除夫がいなくても、帰り道は見いだせたはずだし、そもそもあのふたりは正解を出すのを邪魔する存在だった。若いポントは処世術を自慢していたが、あのくらいわが輩なら別のやり方で達成できただろう。とはいえ、愛すべきプードル——あの愛す《エマー》べき放蕩家《ブル・ルエ》と体験したことどもは、紀行文の形を取った『友愛書簡集』になかなかいいエピソードを提供してくれた。朝刊でも、夕刊でもいいから、格調高く公明正大な新聞にこの書簡集を連載したらきっと好評を博すはずだ。そこでは才気煥発なわが輩の自我の輝かしい一面が浮き彫りにされ、どんな読者でも興味津々になるにちがいない。だが編集者や出版人は「このムルというのは？」と問い、猫であると知るや、この地上でもっともずば抜けた猫であるにもかかわらず、「猫だって？　猫が書けるものか！」と断言するに決まっている。たとえリヒテンベルク（ドイツの科学者、風刺家）のフモールとハーマン（人間の感性を重視し、合理主義や啓蒙思想を批判したドイツの哲学者・文学者）の深遠さがあったとしても――このふたりについては賞賛の声をずいぶん聞いた。あのふたりは人間についてなかなかうまいことを書いたが、すでにこの世を去っている。今を生きる作家や詩人にとって厄介なのは命に限りがあることだ――もう一度繰り返すが、リヒテンベルクのフモールとハーマンの深遠さを持ち合わせていても、わが輩の原稿は突っ返されるだろう。わが爪でもって愉快な文章が書けるわけがないと思われてしまうからだ。まったく癪《しゃく》に障る！――これは偏見だ。天に唾する偏見。どうやったら人間を虜にできるだろう。とくに出版人と呼ばれる者たちを！

　教授と、彼が連れてきた連中がまわりで大騒ぎをはじめた。ナイトキャップや灰色の外套を荷作りするのにこんなに騒ぐとは。まったく呆れる。

　すると、いきなり外で声がした。「家が燃えているぞ！」

「ほほう、それは見物だ。落ち着きたまえ、諸君！　危険になれば、戻ってくる。荷造りをよろしく！」そう言うなり、師匠は部屋からすたすた出ていった。

　わが輩は籠の中でさすがに不安になった。轟音が聞こえる――とうとう煙が部屋に流れ込んできた。不安はつのるばかり！　これはまずいと思った！――もし師匠に忘れられていたらどうしよう。炎に巻かれて死ぬほかないのだろうか！――とてつもない不安のせいだろうが、体をひどくつねられたような感じがした。

「待てよ！」わが輩は思った。「わが学識をねたんで、排除しようとするとはなんたること。わが輩を籠に閉じ込めたのは、師匠の奸計《かんけい》か――この清らかな白い飲みものも同じこと――これはわが輩を殺すべく師匠が調合した毒薬か」

　素晴らしきムル。死の恐怖に怯えていても、韻を踏むとは。これもシュレーゲル訳のシェイクスピア（ドイツの文学者アウグスト・ヴィルヘルム・フォン・シュレーゲル。『シェイクスピア劇作集』を翻訳出版している）を読んで感化された成果だろう！

　そのとき師匠がドア口に顔を出した。

「危険は去ったぞ、諸君！　テーブルに腰かけて、ワインを飲もうではないか。作りつけの戸棚に数本入っている。私はちょっと屋上に行って、しっかり水をまいておく――いや待て。私の善良な猫の様子をまず見なければ」

　師匠は部屋に入ってくると、わが輩がいる籠の蓋を取り、やさしい言葉をかけてくれた。大丈夫か、チキンのローストを少し食べるか、と。甘い声で何度もニャアニャアと応え、伸びをしたのは言うまでもない。師匠はこれを見て、わが輩が満腹で、まだ籠の中にいたいのだと思ったらしく、また蓋をかぶせてしまった。

　わが輩は師匠のやさしい心根を確信した。もし恥じ入ることが知性ある者にふさわしい行為なら、当然不埒《ふらち》なことを考えたわが輩は恥じなければならないだろう。

「とどのつまり恐ろしい不安も、ものごとを悪いほうに考えることも、詩的な妄想にほかならない。若い天才的な情熱家にはつきもので、多幸感をもたらすアヘンと同じ用い方をするものだ」そう考えて、わが輩はすっかり心を落ち着けた。

　籠の隙間から見ていると、師匠が部屋から出ていくなり、教授がうさんくさそうにこちらをうかがって、他の者たちを手招きした。もしも天が耳に信じられないほど鋭い聴覚を与えてくれていなかったら、きっと聞きのがしていただろう。教授が小声でこう言ったのだ。

「いいかな。これからやりたいことがある――あの籠のところへ行って蓋を開け、あの呪わしい猫、傲慢なほど自信満々にすべての人を嘲っている奴の喉を、尖ったナイフで刺し貫きたい」

「なんだって、ロターリオ」別のだれかが叫んだ。「先生のお気に入りのあのかわいい猫を殺すというのか？——それになんでそんなに声をひそめるんだ？」

教授は相変わらず小声で説明した。

「あいつはなんでも理解し、字を読むことも、書くこともできるんだ。先生が密かに得体の知れない方法であいつに学問を叩き込んだ。うちのプードルからそう教えられたのさ。あの猫は文章を書いたり、詩作したりしている。人を食った先生はそうやって、すぐれた学者や詩人をコケにするつもりなんだ」ロターリオは怒りを抑えて言った。「いいかね。大公の信頼篤い先生は、あの哀れな猫を使ってやりたい放題するに決まっている。あの畜生はマギスター・レゲンス（かつて存在した学位名で、大学で講師として講義することのできる学士を意味する）となり、博士号を取得しかねない。そしてついには美学教授になって講義をするだろう。アイスキュロス（古代ギリシアの悲劇作家）——コルネイユ（フランスの劇作家）——シェイクスピア！——気が遠くなりそうだ！——あの猫には腸《はらわた》が煮えくり返る。たかが爪を持つだけの畜生なのに！——」

美学教授ロターリオの長広舌を聞いて、わが輩はすっかり呆れてしまった。ひとりが言った。

「猫が読み書きできるなんてありえない。読み書きはすべての学問の基礎で、人間にしかできないことだ。一定の思考力、理解力といってもいいが、被造物の傑作である人間においてもつねに備わるものではない。ましてや卑しい動物なんかにできるもんか！」

籠の中にいたわが輩から見ても、たいそう生真面目そうな別の男が言った。

「卑しい動物ってなんだね？——卑しい動物などいるものか。私はしみじみ考えるんだが、ロバをはじめとする益獣《えきじゅう》には心底感心する。気のいい家畜が幸運に恵まれて、そういう素質を持つのなら、なぜ読み書きを教えてはいけないんだ？——動物が学者や詩人になることのどこがいけない？——なにか例はないかな？——『千一夜物語』にそういう話があるぞ。もちろん事実に即した第一級の歴史資料とは言えないが。しかしいいかな、きみ、長靴をはいた猫を思い出してくれ。あの猫は気高い心を持ち、鋭い知性があり、学問にも長《た》けていた」

その猫はきっと気品に満ちたわが先祖にちがいないという心の声がして、わが輩はこの猫礼賛に歓喜し、思わず二、三度くしゃみをした――話していた者がはっとして黙った。全員がびっくりしてわが輩の籠のほうを見た。

「お大事に」生真面目な男はそう言うと、さらに話をつづけた。「勘違いでなければ、美学の先生、先ほど猫の詩作や学問的活動についてプードルから教えられたと言ったね。セルバンテスが描いた素晴らしいベルガンサ（小説『ドン＝キホーテ』で知られるスペインの作家セルバンテスの「犬の対話」（『模範小説集』所収）に登場する犬の名）のことを思い出した。この犬の最近の運命については、冒険に満ちた新刊で語られている（ホフマン作「犬のベルガンサの運命にまつわる最新情報」（『カロ風幻想作品集』所収）を指す）。この犬も動物の天性や修養能力の決定的な実例になる」

「しかし友よ」別の者が口をはさんだ。「なんという例を出すんだ。犬のベルガンサについてはたしかにかの有名な小説家セルバンテスが書いているし、長靴をはいた猫というあの童話も、ティークが生き生きと描いている。私たちはそれをうっかり信じてしまいかねないが、ふたりはあくまで詩人だ。博物学者や心理学者のようにふるまっているが、空想を抱き、それを形にする夢想家でしかない。それなのに、きみのような分別のある人間が、感覚や理解力に反するものを真実だと言い張って、詩人を引き合いに出すとはな。ロターリオは美学教授なのだから、少し度を超すくらいたまにはいいだろう。しかしきみは――」

「待った」生真面目な男がさえぎった。「そんなに熱くなるなよ。不思議なこと、信じがたいことを話題にするときは詩人を引き合いに出したっていいはずだ。愚直な歴史家にはわからないことだ。そうだとも。不思議なものを、うまく見える形にして、純粋な学問でございと世に問うとき、なんらかの経験則を証明するには有名な詩人の頼れる言葉を借りるのが一番だ。ひとつある名高い医者を例に取ろう。学のある医者であるきみも、それで満足するだろう——そうさ！　その名高い医者は動物磁気説（十八世紀のドイツ人医師メスメルが主張した学説で、あらゆる生物には目に見えない自然の力（動物磁気）があるとした。メスメルはこの学説に基づいた治療も実践した。科学的には立証されなかったが、催眠療法に先鞭をつけ、十九世紀には多くの信奉者を生んだ）を科学的に叙述した。世界霊（宇宙は全体としてひとつの魂であるとする考えに基づく概念で、ドイツ観念論の哲学者シェリングも『世界霊について』を著している）との霊的交感や、不思議な予知能力を否定できないほど白日の下にさらそうとして、『人生には、かくかくしかじかの瞬間がある』とか『そういう声がするのだ——疑う余地はない』とか、そういう言葉をシラーの戯曲『ヴァレンシュタイン』から引用している。もっと詳しくはこの悲劇を紐解くといい」

「おやおや」医者は答えた。「飛躍している——きみは動物磁気にはまっているのか。磁気療法師にかかれば、どんな奇跡も起こせると言うわけだ。感受性に秀でた師をあてがおうとまで言いだしそうだね」

「まあ、磁気が動物にどのような影響を及ぼすかはわかっていない」生真面目な男は認めた。「いいかい、電気的流動体をあらかじめ身の内に持つ猫は——」

突然、実験動物にされて、ひどい目に遭った、とわが母ミーナが嘆いていたことを思い出し、あまりの衝撃に、わが輩は大きな声でニャアと鳴いてしまった！

「な、なんと」教授がぎょっとした。「悪魔のごとき猫め、私たちの話を聞いて、理解したにちがいない——決めたぞ——この手で絞め殺す——」

「それは賢明とは言えないな、教授」生真面目な男が言った。「まだ親しくなる恩恵に与ってはいないものの、その猫のことを心から好きになっているんだ。危害を加えるなんて見過ごせない。結局のところその猫が韻文を書けることに嫉妬しているとしか思えないぞ。どうせその灰色のちびが美学教授になれるわけがない。安心したまえ。大昔の大学の学則に、濫用がはなはだしいため、今後はロバ（ロバを指すドイツ語Eselには「愚か者」という意味がある）を教授に採用することはまかりならんとはっきり書かれていた。そしてこの規則は猫を含むあらゆる種族の動物にも適用されるのではなかったかな？」

「たしかに猫がマギスター・レゲンスや美学教授になることはないだろう」教授は不機嫌に言った。「だが作家として世に知られ、物珍しさゆえに出版社や読者を見いだし、私たちが手にするはずの報酬をかっさらうかもしれない」

「やはり納得いかないな」生真面目な男が答えた。「先生のかわいがっている善良な猫が、どうしてわが身を顧みることなくただ駆けずりまわっている多くの猫と道を違えてはならないんだ。ひとつだけ守らせることがあるとすれば、あの鋭い爪を切らねばならないということくらいだ。その猫が作家になったときに、私たちを傷つけることがないように、これだけは守らせるべきだ」

　全員が立ちあがった。教授はハサミを手に取った。

　わが輩の気持ちはだれでも想像がつくだろう。こちらに向けられた侮辱に対して獅子《しし》奮迅《ふんじん》の戦いをする覚悟を固めた。最初に近づいてくる者に永遠に消えない傷をつけてやる。籠の蓋が開いたら飛びかかるべく身構えた。

　そのとき師匠が部屋に入ってきた。絶望に変わっていたわが輩の不安はすぐさま消えた。師匠は籠を開けた。わが輩は一足飛びに師匠のわきをすり抜け、ストーブの下にもぐり込んだ。

「どうしたんだ？」師匠はきょとんとして、良心の呵責《かしゃく》に苛まれて返事ができずにいる者たちをうさんくさそうに見つめた。

　檻に閉じ込められていたときは生きた心地がしなかったが、教授がわが輩の将来を展望し、とんでもない嫉妬に駆られていたことを思い出して、逆に喜びがこみ上げてきた。博士帽をかぶるなんて乙ではないか。教壇に立っているところが見えるようだ！——向学心に燃える若者が、わが輩の講義を聴きに殺到する——犬を学び舎に連れてきてはならんとわが輩が言っても、それを悪くとる者は礼儀をわきまえた若者の中にはいないだろう——実際、すべてのプードルがわが友ポントのように親切とはかぎらない。長い耳を垂《た》らした猟犬となればなおさらだ。あいつらはわが種族の中でもひときわ教養のある者たちに対して無用なちょっかいを出し、こちらがはしたなくも怒りの表現をしたくなるほど暴力をふるう。フウッと唸り——爪を立て——牙をむく、などなど。

しかし忌々しいことだが——

〔反故〕——クライスラーがベンツォン夫人のところで会った宮中女官がそこにいた。その頬の赤い小柄な女官に、侯爵令嬢が言った。

「ナネッテ、頼むから、カーネーションの株を私の園亭に運んでおいて。みんな怠慢で、なかなか動かないから、あなたが行ってちょうだい」

女官はさっと立ちあがり、恭しくお辞儀をすると、籠を開けてもらった小鳥のように素早く部屋から出ていった。

「私、やはり」侯爵令嬢はクライスラーのほうを向いた。「罪を包み隠さず打ち明けられる聴罪司祭とふたりだけでいるときでもないと、なにも言えないわ。クライスラーさん、あなたはエチケットにうるさいことを奇妙だと思うでしょうね。私がスペインの女王みたいに女官たちにかしずかれているのを見て、わずらわしいと思うでしょう——美しいジークハルト宮にもっと自由があるといいんだけど。父上がいたら、ナネッテを使いにやるわけにはいかない。でもナネッテは私たちの音楽の勉強に飽き飽きしていて、困りものなの——もう一度おさらいしましょう。今度はうまくできそうよ」

辛抱強く授業をしていたクライスラーは、令嬢が練習している歌曲を改めて歌いはじめた。だが見るからに令嬢は苦戦していて、クライスラーがどんなに手助けしても、拍子や音階をはずし、たてつづけに失敗してしまった。令嬢は顔を真っ赤にしてさっと立ちあがると、窓辺に駆け寄って庭園を眺めた。クライスラーは、令嬢が泣いているような気がして、最初の授業なのに少々酷だったかなと思った。やれることと言えば、令嬢の邪魔をしているらしい、音楽に仇なす霊を音楽によって追い払うことくらいだ。だから心地よいメロディーを片端から演奏し、よく知られていて人気のある歌曲を対位法的に展開させたり、旋律に飾りをつけたりした。最後には自分でも演奏のうまさに驚き、令嬢のことも、彼女が稽古しているアリアや、とてつもない焦燥感も忘れてしまうほどだった。

「輝く夕陽を受けて聳《そび》えるガイアーシュタイン山はなんて素晴らしいんでしょう」侯爵令嬢は振り返ることなく言葉を漏らした。

クライスラーはちょうど不協和音を出してしまい、これをうまく解決する必要に迫られて、令嬢といっしょにガイアーシュタイン山と夕陽に見惚《みと》れる心の余裕がなかった。

「この世にジークハルト宮にまさる魅力的な土地があるかしら」へートヴィガはさっきよりも大きな声で力強く言った。

終止和音をうまく奏でると、クライスラーは窓辺に立つ侯爵令嬢のところへ行き、会話の誘いにていねいに応じた。

「お嬢様、たしかにここの庭園にはため息が出ますね。木々が青々しているところがとくに好きです。樹木も灌木も草むらも申し分ありません。春が来るたびにまた緑が萌え、赤茶けないことを、全能の神に感謝したいくらいです。赤茶けるなんて、どんな風景にもあってはならないことです。

最高の風景画、たとえばクロード・ロラン（十七世紀のフランスの画家）やベルヘム（十七世紀のオランダの画家）、あるいは草むらを少し描いただけのハッケルト（十七―十八世紀のドイツの風景画家）の場合でも、赤味は一切見当たりません」

　クライスラーは話しつづけようとしたが、窓のそばに取りつけた小さな鏡に映った令嬢の顔を見て、心臓が凍るほどぎょっとし、口をつぐんだ。その顔は死んだように青ざめ、異様に引きつっていたのだ。

　令嬢はクライスラーのほうを振り返ることなく、外を眺めたまま口をひらいた。深い哀愁のこもった切ない声だった。

「クライスラーさん、あなたが繰り広げる不思議な空想に翻弄され――興奮させられる。馬鹿げているかもしれないけれど、あなたにいろいろ素材を与えて、辛辣なフモールをこちらに向けさせているようなものね。あなたに見つめられると、胸が熱くなって神経がまいってしまう。その理由を説明する潮時ね。すべて教えましょう。告白すれば私の胸も軽くなり、あなたに見つめられること、いえ、あなたがいることに耐えられるようになるかもしれない――庭園ではじめて会ったとき、なぜかわからないけれど、あなたのふるまいに驚愕してしまった！――でも恐怖とともに蘇ったのは幼い頃の記憶だった。その記憶はその後も奇妙な夢に出てきた――昔、この宮廷にひとりの画家がいたの。名前はエットリンガー。父上も母上もこの人を高く評価していて、逸材だと言っていた。画廊を覗けば、その画家の手になるすぐれた絵画が何枚もあるわ。そしてどの歴史的群像の中にも母上の姿が描き込まれていることに気づくでしょう。だけど、どんな美術の目利きでも絶賛する一番美しい絵は父上の私室にかかっている。娘盛りの頃の母上の肖像画。母上は一度もモデルになったことがないのに、鏡に映った姿をそのまま描いたかのように生き写しなのよ。彼は宮廷では姓ではなく、レオンハルトと名で呼ばれ、温厚な人柄だった。三歳になったかならない幼い胸に宿った愛情を、私はすべてその人に捧げ、絶対に彼を離すまいと思っていた。あの人も根気よく私と遊んでくれた。色も彩な小さな絵を描いてくれたり、いろいろなものを切り紙にして作ってくれたりした。一年が経った頃、あの人が突然いなくなった。私の最初の傅育係だった女官が、レオンハルトは死んだと目に涙を浮かべながら教えてくれた。私は落ち込んで、レオンハルトがいっしょに遊んでくれた部屋には二度と足を踏み入れないほどだった。そしてなにかというと、傅育係や侍女の手から逃げ出し、宮殿を歩きまわって大声でレオンハルトと呼んだものよ。彼が死んだことが信じられず、きっとどこかに隠れていると思っていた。そんなある晩、傅育係がちょっと席をはずしたすきに部屋を抜け出して、母上を訪ねた。母上ならレオンハルトがどこにいるか知っていて、彼を私に返してくれると思ったのよ。回廊のドアはどれも開いていて、私は二階に通じる階段に辿り着いた。幸い、ドアが開け放ってあった最初の部屋に入った。あたりを見まわし、その部屋にあったドアを見て、母上の部屋に通じているにちがいないと思った。ノックしようとすると、ドアが内側から押し開けられて、服がずたずたに破れ、髪を振り乱した男性が出てきた。レオンハルトだった。彼は目を恐ろしくぎらつかせて私を見つめた。死者のように蒼白く、頬がこけ、昔の面影はほとんどなかった。

『ああ、レオンハルトおじさん。どうしたの？　なんでそんなに顔が蒼白いの？　なんで目がそんなにぎらついているの？　どうして私をそんなににらむの？――恐いわ！――昔みたいにやさしくして――またきれいなかわいい絵を描いて！』

するとレオンハルトはげらげら笑いながら私に飛びかかってきた――でも鎖を引きずっていて、背後でジャラジャラと音がした――彼は床にしゃがみ込み、かすれた声で言った。

『ハハハ、小さなお姫様――きれいな絵？――そりゃ、絵くらいちゃんと描けるさ。描けるとも

——それじゃ、お嬢ちゃんに絵を描いてあげようかな。お嬢ちゃんの美しいお母さんの絵をね！　そうだろう。お嬢ちゃんには美しいお母さんがいる——しかし私を二度と変身させないよう、お母さんに頼んでおくれ——レオンハルト・エットリンガーという惨めな奴ではいたくないんだ——あいつはもう死んでしまった。俺は赤い禿鷹だ。色の光線を食べると、絵が描けるようになる！——そうなのさ。絵を描くには、熱い血潮をワニス代わりにしなくては——お嬢ちゃんの血潮がいるんだよ、小さなお姫様！』

そう言うなり、あの男は私をつかんで引き寄せ、私の首をむき出しにした。彼の手に小さなナイフがきらめくのが見えた気がして、私は鋭い悲鳴を上げた。すぐに従者が何人か入ってきて、気のふれたあの人に飛びかかった。あの男は猛烈な馬鹿力で従者たちを床に叩きつけた。その瞬間、ドシドシと階段を駆けあがる音がして、がっしりした大男が部屋に走り込んで、大声で叫んだ。

『なんてことだ。逃げ出すとは！　とんでもないことだ！——こいつ、承知しないぞ！』

大男に気づくと、正気を失ったあの人は、急に暴れるのをやめ、わめきながら床に突っ伏した。あの人は鎖をかけられ、連れていかれた。縛られた猛獣のような恐ろしい吠え声を上げていた。

四歳の子どもだったのだから、この恐ろしい場面にどれだけ衝撃を受けたか想像がつくでしょう。頭がおかしくなるというのがどういうことか教えて慰めようとする人がいたけれど、私にわかるわけがなかった。ただただ名づけようのない深い戦慄に震撼とさせられた。そして今も、気のふれた人を見たり、際限なく迫りくる死の苦しみにも比肩するあの恐ろしい状態を思い描いたりするだけで、あのときの戦慄が蘇るのよ——クライスラーさん、あなたはあの不幸せな人に似ている。まるで兄弟みたい——とくにあなたのまなざし。異様としか言いようのないそのまなざしは、レオンハルトを彷彿させる。あなたをはじめて見たとき取り乱したのには、そういう事情があったのよ。そして今もあなたがそばにいると落ち着かなくなる――恐いくらいに！――」

　クライスラーはすっかり動揺して、その場に佇んだまま口が利けなかった。以前から獲物を狙う猛獣のように狂気が自分を狙っていて、いつかずたずたに引き裂くだろうという観念に囚《とら》われていた。彼もまた、令嬢が彼を見て感じたという戦慄に囚われ、令嬢を殺そうとしたのは自分ではないかという恐ろしい想念に取り憑かれた。

　しばらく沈黙したのち、令嬢はまた口をひらいた。

「不幸なレオンハルトは密かに母上を慕っていたのよ。そしてそれ自体がすでに正気とは言えないその恋慕が嵩じておかしくなって、目も当てられない行為に至った」

「だとすれば」クライスラーは、内面の嵐が吹き去るとき、いつもそうであるように、とても穏やかに話しかけた。「レオンハルトの胸中にあったのは芸術家の愛ではなかったのでしょう」

「なにが言いたいの、クライスラーさん？」令嬢はさっと振り返った。

「以前」クライスラーは穏やかに微笑んだ。「じつに愉快な芝居を観たことがあります。あるふざけた下僕が楽士たちに向かってうまいことを言うのです。『あなた方はいい人だが、楽士としてはだめだね』（ドイツ・ロマン主義の作家ブレンターノの喜劇『ポンス・ド・レオン』に同様のセリフがある）それを聞いたとき、私は最後の審判の裁き手になった気がしました。人類全体をふたつに分類するのです。一方は善良な人ですが、音楽家としてはだめ、というか音楽家以前の者。もう一方は根っからの音楽家。とはいっても、だれも呪われるべきではありません。みな、それぞれのやり方で祝福されているのです。

　善良な人は美しい瞳に魅了されて、その人に向かって腕を広げ、その愛くるしい人を腕の中に包みます。腕の輪はしだいに小さくなり、やがて結婚指輪に変わり、愛する人の指に収まるのです。これぞ『全体に代わる部分《バルス・プロ・トト》』というわけです――ラテン語はいくらかおわかりでしょう、お嬢様

――『全体に代わる部分』とはいわば鎖を構成する輪なのです。愛の虜となった女性を結婚という牢獄に閉じ込めるための鎖の輪というわけです。みんなが叫びます。『おお、神よ』『おお、天よ！』と。占星術を信じている人なら『おお、星々よ』。異教を好む人なら『おお、神々よ。美しい人よ、あなたは私のもの。私の渇望はことごとく満たされる！』

善良な人はこのように騒ぎたてて、音楽家の真似をしようとしますが、失敗に終わります。というのも、音楽家の愛はまったく別物だからです――音楽家の目を覆うヴェールが突然、見えざる手によって払いのけられ、地上を彷徨《さまよ》いながらも、胸中に密かに憩う、甘美にして未知なる神秘と言える天使の像を目にするのです。すると今度は、清らかな天の炎が燃えあがります。あくまでも光り輝く暖かい炎であって、身を滅ぼす破滅的な火炎ではありません。心の奥底から芽吹く気高い命が恍惚として、名状しがたい歓喜に打ちふるえます。精神は燃えあがる欲求に従って無数の触手を伸ばし、目につくものをからめとろうとします。けれども手に入れられるようでいて、できません。憧れとはとりもなおさず永遠に渇望しながら存在しつづけるものだからです！――そして憧れこそが、素晴らしいもの、命に形を変えた予感と言えるもの、芸術家の魂から輝き出るものなのです。歌として――絵として――詩として！

ああ、お嬢様、どうか私を信じて、納得してください。真の音楽家というのは、腕やその先についている手を使っても、あるいはペンや絵筆などを持っても、音楽をやることしか能がありません。恋人に手を伸ばすときでも、実際に伸ばしているのは精神の触手なのです。結婚指輪を優雅につかみ、慕う方の細い指にはめるような手や指を、そういう触角を持ち合わせないのです。ですから、恥ずべき不釣り合いな結婚も厭いません。芸術家の心の中に生きている、愛する人は侯爵夫人であろうと、パン職人の娘だろうと、身分はどうでもいいことなのです。パン職人の娘の場合、フクロウにならなければですが（『ハムレット』第四幕第五場でオフィーリアが口にするセリフ参照）。音楽家というものは恋に落ちると、天にも昇る心地になって傑作を生み出します。結核になって惨めに死ぬこともありませんし、頭がおかしくなることもないのです。ですからレオンハルト・エットリンガーが気がふれたのは大問題ですね。本物の芸術家のあり方をもってすれば、侯爵夫人をなんの気兼ねもなく思う存分愛することができたでしょうに！」

クライスラーの言葉にはフモールが込められていたが、それは侯爵令嬢の耳には届かなかったようだ。あるいはクライスラー自身が弾いた弦の残響にかき消されたのかもしれない。その弦はどんなものよりも令嬢の胸を張りつめさせ、強く振動させるものだったからだ。

「芸術家の愛！」令嬢は肘掛け椅子に腰を下ろし、頬杖をついて物思いに耽りながら嘆息を漏らした。「そんなふうに愛されるなんて！——美しくも、この上なく素晴らしい夢ね——でもあくまで夢、空虚な夢よ——」

「お嬢様」クライスラーが口をはさんだ。「夢とはあまり相性がよくないようですね。しかし私たちに蝶の羽が生えるような夢もあるのです。そうすれば、どんなに狭く堅牢な牢獄からでも抜け出し、色鮮やかに光りながら空高く、それこそどこまでも舞いあがることができるでしょう。だれでも生まれつき飛びたいという気持ちを持っているものです。私が知っている真面目一方の人にも、夜中に客を乗せて気球を上げると言って、必要なガスの代わりにシャンパンを積んだ者がおります」

「そんなふうに愛されてみたいわね」

侯爵令嬢はさっきよりも感動して言った。令嬢が口をつぐむと、クライスラーが話をつづけた。

「芸術家の愛について説明を試みましたが、お嬢様はレオンハルト・エットリンガー氏という悪い例を目《ま》の当たりにされました。音楽家と同じであったのに、善良な人のように愛そうとしたわけです。そのため持っていたはずの美しい分別がぐらついてしまったのでしょう。しかしまさにそれゆえに、彼は正真正銘の芸術家ではなかったことになります。正真正銘の芸術家なら、意中の婦人を讃えるために歌を作り、詩を書き、絵を描こうとするものです。礼儀正しさという点では優美《ガラント》な騎士にもひけをとらないでしょう。いや、無邪気な心根という点では騎士にまさるでしょう。意中の貴婦人の気を引くために、ドラゴンを引き連れた巨人よろしく、尊い人々をなぎ倒す騎士のような血に飢えた所業はしませんので！」

「たしかに」令嬢は夢から覚めたかのようだった。「殿方の胸に純潔のウェスタの火（ウェスタはローマ神話における竈の女神で、純潔を象徴する）が灯ることはないでしょう！——殿方の愛なんて、女を破滅させた勝利を祝うために必要な邪な武器にほかならないわ。殿方のほうも、それで幸せになることはないのに」

たかだか十七、八歳の侯爵令嬢がこんな意外なことを口にしたので、クライスラーは意表をつかれた。と、そのときドアが開いて、侯子イグナツィウスが部屋に入ってきた。

　それぞれの性格に合わせて声を出さなければならない、うまく構成されたデュエットのような会話にようやく終止符が打てたので、クライスラーはほっとした。彼に言わせれば、令嬢は哀愁たっぷりのアダージョ（遅い速度を示す音楽用語）にときどきモルデント（二度下の音と元の音とを行き来する装飾音）やプラルトリラー（二度上の音と元の音とを行き来する装飾音）を交え、彼自身はすぐれた道化役を演ずる歌手や喜劇オペラの歌手よろしく短い音符の合間《あいま》に話す《パルランド》ように合いの手を入れた。作曲の点でも、歌唱の点でも全体としては真に傑作の域に達していたので、令嬢と自分の掛け合いをどこかの桟敷《さじき》か、最前列の別席から聴いてもらいたいと思ったほどだ。

　そんなときに侯子イグナツィウスが割れたカップを持って、泣きながら部屋に入ってきた。

ここで言っておくが、侯子は二十代だというのに、子どもの頃に好きだった遊びから卒業できずにいた。とりわけ美しいカップが好きで、テーブルにずらっと並べたカップを、赤いのの横に黄色いのとか、赤いのの横に緑色のとか、そういうふうに並べ替えて何時間も遊ぶのだ。その遊びに無心になって興じるところは、まさに遊びに夢中な子どものようだった。

今回、侯子を嘆きの淵に追いやった不幸は、小さなパグが不意にテーブルに飛び乗って、一番美しいカップを落としたせいで起きたものだった。

令嬢は、最新流行のカップをパリから取り寄せると約束した。それで侯子も納得し、満面に笑みを湛えた。そしてようやく楽長に気づいたらしく、彼のほうを向くと、そなたも美しいカップをたくさん持っているかとたずねた。クライスラーは、こういうときにどう返事をすればいいか、すでにマイスター・アブラハムから教えられていた。

「侯子様がお持ちのような美しいカップは所有していません」

「よしよし」イグナツィウスはご満悦な様子で答えた。「ぼくは侯子なんだ。だから美しいカップが持てるのさ。でも、きみは持てない。侯子じゃないからね。なにしろぼくは侯子だから、美しいカップを――」

カップと侯子、侯子とカップ、話がややこしくなってしまったが、イグナツィウスは笑いながらぴょんぴょん跳ねて、うれしそうに手を叩いた！――侯爵令嬢へートヴィガは顔を赤らめて目を伏せた。子どものような兄が恥ずかしいのだ。クライスラーがからかうのではないかと心配したようだが、これは不当というものだ。侯子の幼稚さには同情を禁じえず、愉快な気持ちになるどころか、緊張を強いられるものだった。割れたカップからこのかわいそうな兄の気をそらそうとして、侯爵令嬢は作りつけの瀟洒《しょうしゃ》な戸棚にある蔵書を整理してほしいと頼んだ。侯子はニコニコしながら、さっそくきれいな装丁の書物を取り出してサイズごとに分類し、金箔小口が外を向いてピカピカ光るように並べて、悦に入った。

　そのとき宮中女官のナネッテが部屋に飛び込んできて、大きな声で知らせた。

「侯爵様が公子様を連れてお見えになられます！」

「あら、たいへん」侯爵令嬢は言った。「化粧直しをしなくては。クライスラーさん、時間を忘れておしゃべりしてしまったわ――忘れてしまうなんて！――自分のことや、父上のことや、公子様のことを」令嬢はナネッテといっしょに隣の小部屋に姿を消した。侯子イグナツィウスはだれにも邪魔されず、本の整頓に熱中していた。

　クライスラーがちょうど正面階段を下りたとき、侯爵の盛装馬車がやってきて、盛装をした馬廻《うままわ》りの者がふたり、馬車から降りた――このことについてはもっと詳しく説明する必要があるだろう。

　イレネウス侯爵は古いしきたりにこだわっていた。さすがに派手な衣装を身にまとった健脚の道《ハン》化役《スヴルスト》（ドイツの典型的な男性名ハンスと腸詰め《ヴルスト》からなる造語で、粗野で滑稽な道化を指す）を、狩りたてられた獣のように馬の前を走らせる時代ではないが、あらゆる武器の扱いに長《た》けたたくさんの従者の中からいい頃合いの年齢の礼儀正しいふたりを馬廻りにして、給金をはずんでいた。ただふたりは日頃すわりつけていたために下半身に問題を抱えていた。侯爵は博愛の心の持ち主だったので、やれ、グレイハウンドになれとか、愛玩犬になれと従者に無理難題を押しつけることはなかったが、それなりに威厳を保つため、ふたりの馬廻りは侯爵が馬車で出かける際に馬車のしかるべき位置に乗って露払いし、見物人が集まると、実際に走っているかのように足を動かさなければならなかった――それはなかなかの見物だった。

　さて――ふたりの馬廻りが降り、侍従たちが玄関に入っていくと、つづいてイレネウス侯爵と立派な身なりの若者が歩いてきた。その若者はナポリ近衛兵の豪華な軍服に身を包み、胸には星形勲章や十字勲章をつけていた。

「ご機嫌よう《ジュ・ヴ・サリュ》、ムッシュ・ド・クレーゼル」侯爵はクライスラーを見て声をかけた——侯爵は格式張った公式の場ではフランス語を使うため、ドイツ語の名前を思い出せなくなることがあった。そういうとき、クライスラーのことをクレーゼルと呼ぶのだった。異国の公子——ナネッテが侯爵といっしょに来ると言った人物こそ、この立派な若者だった——はクライスラーに軽く会釈《えしゃく》して通り過ぎた。その挨拶たるや、いくら彼が高貴な出だとしても、失礼千万なものだった。だからクライスラーはわざと大げさに深々とお辞儀してみせた。クライスラーのことをしょうもないおどけ者とみなし、やることなすこと冗談だと思っていた太った侍従長は笑いを噛み殺すことができなかった。褐色の目をした若い公子は燃えるようなまなざしでクライスラーを見つめ、歯のあいだから「小心者め」とつぶやき、威厳をもって振り返った侯爵を足早に追いかけた。

「イタリアの近衛兵にしては」クライスラーは大声で笑いながら侍従長に言った。「あの方はまあまあのドイツ語を話されるのですね。ぜひお伝えください、侍従長殿。お返しに私が非の打ちどころのないナポリ方言を使ってお仕えしましょう。礼儀正しいロマンス語など話しませんし、ゴッツィ（イタリアのコメディア・デッラルテの作家）の仮面劇のように下賤なヴェネツィア語をしゃべったりもしません。要するに四の五の言わない、と」

だが侍従長はすでに肩を防壁のようにいからせ、耳を防塁のようにふさいで階段を上ったあとだった。

そのときクライスラーが普段ジークハルト宮へ来るときに使っている侯爵家の馬車が玄関に止まった。年配の猟兵が扉を開けて、「どうぞ」と言った。ところがその瞬間、料理見習いが泣き叫びながら走ってきた。「ああ、どうしよう——大変なことになった！」

「どうしたんだ？」クライスラーが声をかけた。

「ああ、どうしよう」料理見習いはさらに激しく泣きながら答えた。「料理長が絶望のあまり自棄《やけ》を起こし、ひっくり返って肉切り包丁で自害するって騒いでいるんです。ご主人様から急に夕食の仕度をするよう仰せつかったんですが、イタリア風サラダに入れる貝を切らしているんです。料理長がみずから町へ買い出しに行こうとしたんですが、典厩長《てんきゅうちょう》がご主人様の命令がなければ馬は出せないって言うんです」

「それならちょうどいい。料理長はこの馬車に乗って、ジークハルツヴァイラーで活きのいい貝を仕入れたらいい。私はジークハルツヴァイラーまでぶらぶら歩くことにする」

　そう言うと、クライスラーは庭園へと立ち去った。

「たいした方だ——なんて心が広いのだろう——やさしい方だ！」年配の猟兵は目をうるませながらクライスラーに向かって言った。

　燃えるような夕焼けの中、遠く山並みが望めた。黄金色の照り返しが草原で戯れ、さわさわと夕風に吹かれる木の間や茂みに射し込んでいた。

　クライスラーは橋の途中で足を止めた。橋は湖の幅広い入り江を越えて漁師小屋のほうへ延びている。見ると、樹木が茂った庭園と、高く聳《そび》えるガイアーシュタイン山と、その峰に異様な王冠のように載っている白くきらめく廃墟が、幻のように水面に映っていた。ブランシュと呼ぶと寄ってくる飼い慣らされた白鳥が水音を立てながら湖面を泳いできた。美しい首を高く伸ばし、輝く翼を羽ばたいた。

「ブランシュ、ブランシュ」クライスラーは腕を広げて大きな声で呼んだ。「美しい歌を歌っておくれ。それでおまえが死ぬなんてことはない！（ヨーロッパでは古来、死に際に有終の美を飾ることを「白鳥の歌」と表現してきた）歌いながら私の胸にもたれかかるがいい。おまえの極上の調べは私のものになる。私は憧れに焼かれて滅びるが、おまえは愛と生を得て、さざ波に揺られて泳ぎ去る！」

どうしてこんな感動を覚えたのかわからぬまま、彼は橋の欄干に思わず手をついて、目を閉じた。そのときユーリアの歌声が聞こえた。なんとも言えない甘美な哀愁に内面がおののいた。

黒雲が流れてきて、山並みや森に広い影を落とした。まるで黒いヴェールだ。東の空で鈍く雷鳴が轟き、夜風が強くなり、さらさらと小川が流れる音がする。その合間を縫ってエオリアン・ハープの音色も聞こえる。まるで遠くから聞こえるオルガンの響きのようだ。その音に驚いて、夜鳥が舞いあがり、鳴きながら茂みを飛びまわる。

クライスラーは夢から覚めると、水に映った自分の黒い姿を見た。正気をなくした画家エットリンガーに水底から見つめられているような気がした。

「ほほう、そこにいたのか親愛なるドッペルゲンガー、感心な仲間よ——尊敬すべき若者よ。侯爵家の血をワニス代わりにしようとするとは、とんでもない画家だ。だがそのわりになかなかの面構えじゃないか——エットリンガー、きみは結局、常軌を逸した行ないで高貴な一族を愚弄した！——けれども、きみを見れば、それがきわめて気高い行為だったことがわかる。マリア侯爵夫人に断言したいくらいだ。水中での様子を見るかぎり、きみはひときわ重要な地位に就くはずだから、きみをためらうことなく愛してもいい、とね——だが侯爵夫人が今もきみが描いた絵とそっくりの姿であることを望むなら、上手に筆をふるってモデルそっくりに肖像画を仕上げる好事家とどっこいどっこいということになる！——まあいい！——そいつらのせいできみがいわれなく黄泉《よみ》の国に落とされたと言うなら、新しい情報をいろいろ教えてやろう！——いいかな、尊敬すべき精神を病んだ人間よ、きみが美しい侯爵令嬢ヘートヴィガにつけた傷は、いまだに完治していない。令嬢は苦痛のあまりときどき突拍子もないことをしてしまう。きみに心臓を痛めつけられたものだから、きみの仮面を見ただけで、令嬢はいまだに熱い血を流す。ちょうど殺人犯が近づくと血を噴き出す死体のように。令嬢に亡霊、それもきみの亡霊と思われるのは、私のせいじゃない――亡霊ではなく、クライスラー楽長だと令嬢に証明しようとしたまさにそのとき、侯子イグナツィウスに邪魔をされた。それにしても侯子は偏執病《パラノイア》を発症しているようだ。クルーゲ（おそらくドイツの生理学者ライルと勘違いしている。ライルは『精神錯乱に対する心理的治療方法の適用に関するラプソディ』で同様の指摘をしている）によれば典型的な精神疾患である妄想症だ――真面目な話をしているんだ。いちいち私の真似をしないでくれ！――また真似たな。鼻風邪が恐くなければ、そこに飛び込んで、きみを張り倒してやるんだけどな――失せろ。物真似しかできない輩め！」

クライスラーは飛びはねるように急いでそこから立ち去った。

あたりはすっかり暗くなっていた。稲光が黒雲を切り裂き、雷鳴が轟くと、大粒の雨が降りはじめた。漁師小屋から明かりが漏れている。クライスラーは小走りにそこへ向かった。

ドアのそば、光がきらめいているあたりまで来ると、彼は自分と生き写しの像、自分の自我が並んで歩いていることに気づいた。恐怖に駆られて小屋に飛び込み、息を切らして肘掛け椅子にへたり込んだ。

小さなテーブルの前にすわっている人がいる。マイスター・アブラハムだった。テーブルの上には、キラキラ光を放つアストラルランプ（リング状の油槽を火口より高い位置に置いて机上に影が落ちないようにした無影灯の一種）があった。二つ折り判の大型本を読んでいたアブラハムが驚いて立ちあがり、クライスラーに近づいた。

「なんということだ、ヨハネス。こんな遅く、どこから来たんだね――どうしてそんなに怯えているんだ！――」

クライスラーはなんとか気を取り直すと、冴えない声で言った。

「じつは、私がふたりいるんです――私と私の分身。分身は湖から出てきて、私をここまで追いかけてきました――お助けください、先生。仕込み杖でそいつを退治してください――信じてください。そいつは猛《たけ》り狂って、自分も私も破滅させることでしょう。この悪天候もそいつが呼び寄せたものです――霊が宙を動きまわり、奴らの讃美歌で胸が引き裂かれそうです！――先生――先生、白鳥を呼び寄せてください――白鳥に歌わせるのです――私の歌はもう固まってしまいました。自我が白く冷たい死の手を私の胸に置いたからです。白鳥が歌ってくれれば、自我は死の手を引っ込め――湖に戻るでしょう」

アブラハムはそれ以上クライスラーに話させなかった。やさしい言葉をかけ、ちょうど手にしていた強いイタリアワインをグラスで数杯飲ませ、事の次第を聞き出した。

クライスラーが話し終えたとたん、アブラハムは大きな声で笑った。

「これは根っからの夢想家、完全無比の霊視者だな！――オルガン奏者が庭園でぞっとする讃美歌（讃美歌はルター派教会にて歌われる。本書の舞台となる土地はカトリックなので、宗派が異なることから「ぞっとする」という形容が成されていると思われる）を演奏していたと言うが、それは夜風だよ。風が強くなったので、エオリアン・ハープ*の弦が鳴り響いたんだ。そうなんだ、ヨハネス。エオリアン・ハープのことを忘れたのかね。庭園のはずれにあるふたつの園亭のあいだに弦がピンと張り渡してあったろう。私のアストラルランプのほのかな光に誘われていっしょに走ってきたというきみの分身だが、そちらも正体を明かそうじゃないか。私が外に出れば、それだけで私の分身もついてくることになる。というか私のところへやってくる者は名誉の騎士《シュヴァリエ・ドヌール》にまとわりつかれる羽目に陥るのだ」

アブラハムがドアから出るやいなや、薄明かりの中、もうひとりのアブラハムが傍らに立った。

クライスラーは凹面鏡が隠されていることに気づいて腹を立てた。不思議なことが起きたと信じていたのに、それが儚く消えたからだ。妖しげな現象が自然の道理として解明されてしまうよりは、心底驚愕するほうがそそられるものだ。この世界に折り合いをつけるよりは、肉体がなくても顕現するこの世ならざるものを見たくなるものだ。

「先生」クライスラーは言った。「本当におふざけが好きですね。私にはついていけません。腕のいい、王侯貴族のお抱え料理人のように、さまざまな香辛料を使って不思議なものを生み出し、美食家の胃袋と同じように想像力が枯渇してしまった人間をそういうありえないもので困惑させたいのですね。でも、趣味が悪い。妖しげな奇術を用いて、すべて自然なことだと気づかせようとするなんて」

「そうだとも！——そのとおりだ。それなりに分別のある人間なのだから、あるがままのものなんてこの世にひとつもないことくらいわかっているだろう。そんなものは絶対にない！——それともなにかな、楽長殿。謎のからくりから生まれるものが眼前にはっきり見えるのは、意のままにできる手段を用いてその効果を引き出しているからに決まっていると言いたいのかね？——いつも私の奇術に一目置いていたじゃないか。きみは最高傑作をまだ目にしてはいないがね」

「〈見えない少女〉のことですね」

「そうだ。あの奇術だ——というか、奇術では収まらないものなんだがね——あれを見れば、きみも納得するはずだ。ごく普通のなんのことはないメカニズムでさえ、自然の神秘に満ちた奇跡をと

＊原注　ミラノの修道院長ガットーニはふたつの塔のあいだに十五本の鉄の弦を張らせて、すべての音階の音が出るように調弦させた。大気中に変化が起こるたびにその度合いによってこれらの弦が強くあるいは弱く鳴った。このエオリアン・ハープは「巨大ハープ」とか「気象ハープ」と呼ばれた。

もない、文字どおり説明のつかないことを起こすということをね」

「まあ、それも、音響に関する周知の理論に従い、装置をうまく隠して、器用な奴を使った場合でしょうけど」

「おお、キアーラ!」アブラハムは涙ぐんで叫んだ。「いとしの人!」

クライスラーは、師がこんなに気持ちを高ぶらせるところを見たことがなかった。いつもなら憂いなど顔に出さず、一笑に付すところだ。

「キアーラがどうかしましたか?」クライスラーはたずねた。

「情けない話だ」アブラハムは微笑んだ。「これでは泣きべそをかく老いぼれの道化だな。ずっと黙っていた私の生涯のある出来事について話すときが来たようだ。これも運命の星の思《おぼ》し召《め》しだろう——さあ、ヨハネス、そこの大きな本を見てみたまえ。私が所有する本の中でももっとも注目すべきものだ。セヴェリーノという芸達者な人物が遺したものだ。私がそこにすわってこの本を読み、そこに載っている小さなキアーラの似顔絵を見ているときに、きみは血相を変えて飛び込んできて、私の奇術をこきおろそうというのだからな。わが人生華やかなりし頃に体験したあの素晴らしい奇跡に思いを馳せていたのに!」

「話してください。私もいっしょに涙しましょう——」

「取り立てて言うほどのことではないが、私は見目麗しい元気な若者だった。だがゲニエネスミュールの中央教会にある大きなオルガンを製作し、そのせいで疲労困憊して病気になってしまった。名誉心のなせる業だったが、やりすぎたのだ。医師に言われたよ。

『お行きなさい、パイプオルガン製作者殿。山を越え、谷を渡って広い世界に出ていくのです』

私はそのとおりにした。冗談半分で機械技師に身をやつし、あちこちで目を引く奇術を見せてまわった。これがなかなかうまくいって、大金が転がり込んできた。そんなときにセヴェリーノという男と出会ったんだ。彼は私の奇術を笑い飛ばして、いろいろ見せてくれた。巷《ちまた》では悪魔かそれに類した精霊と契約していると思われていた人物で、私もそんな気にさせられたほどだ。中でも一番評判になったのは少女による託宣だった。のちに〈見えない少女〉の名で知られるようになった奇術だ。天井から吊るされた透明なガラス玉が部屋の真ん中にあって、見えない存在に質問を投げかけると、そのガラス玉から返答がある。穏やかな息吹のようにな。だが人気を博したのは、この現象がタネも仕掛けもないように見えたからではない。この見えない少女の亡霊のごとき声が胸に迫るもので、心を鷲づかみしたからなのだ。しかもその返答は的確で、正真正銘の託宣と言えた。私は彼のところに押しかけていき、自分の機械仕掛けの奇術についてあれこれ語った。ところが彼はきみとは別の意味で私の知識を小馬鹿にし、自宅で使うからといって水圧オルガンの製作を所望したんだ。だが、水圧オルガンなどなんの価値もないし、節約できても数ポンドの空気だけだ。空気なんてそこらへんにいくらでもある。そのことを亡くなったゲッティンゲンの宮廷顧問官マイスター（十八世紀ドイツの数学者、物理学者）の『古代の水圧オルガン』という小冊子を引き合いに出して納得させようとした。するとセヴェリーノが言った。『見えない少女のためにそういう穏やかな音色が必要なんだ。きみが利用せず、だれにもばらさないと固く誓うなら、その秘密を教えてもかまわない。といっても、真似るのは至難の業だがね。もっとも――』彼はそこで言い淀んだ。その謎めいた甘い表情たるや、今は亡きカリオストロが魔法にかかったような恍惚がどういうものか女性たちに語ったときのようだった。〈見えない少女〉の仕掛けを知りたい一心で、私はできるだけうまく水圧オルガンを製作すると約束をした。こうして彼の信頼を勝ち取り――そのうちに好意を寄せてもらい、彼の仕事の手伝いもするようになった。

そんなある日、ちょうどセヴェリーノを訪ねようと歩いていると、路上で集まっている群衆に出くわした。訊けば、上品な身なりの男が気絶して地面に倒れたという。人込みをかきわけてみると、それはセヴェリーノだった。彼は担《かつ》ぎあげられて、近くの家に運び込まれるところだった。医者がやってきて診察した。セヴェリーノは、いろいろな薬をのまされたあと、深いため息をついて目を開けた。眉を痙攣させせながら私を見るその目には陰鬱な炎が宿り、死の恐怖におののいていた。そして唇をわななかせ、なにか言おうとしたが、声が出なかった。彼は何度かベストのポケットを激しく叩いた。私はそこから鍵を出した。『これはあなたの家の鍵だな』私が確かめると、セヴェリーノはうなずいた。私はいくつかある鍵のひとつを彼の目の前に突き出した。『これがあの小部屋の鍵だね。絶対に中に入れてくれなかったあの小部屋の』彼はまたうなずいた。ところがさらに質問しようとすると、彼は恐ろしい不安の中であえいで、うめき声を漏らした。額には冷や汗がにじみ、腕を広げて、なにかを抱きとろうとするかのように輪をこしらえてから私を指差した。すると医師が代わりに言った。

『持ち物や道具を人手に渡らないようにしてくれ、そしてもしこのまま命を落とすときは、あなたにあとを託すというのでしょう』

セヴェリーノは強くうなずくと、『行け!』と叫び、また気を失った。私は急いでセヴェリーノの家へ向かった。好奇心と期待にふるえながら小部屋の鍵を開けた。あの謎の見えない少女が閉じ込められている小部屋だ。中が空っぽだったので、すくなからず驚いた。たったひとつある窓には分厚いカーテンがかけられ、ほとんど光が射さなかった。ドアの正面にある壁には大きな鏡がかけてあり、仄《ほの》かな明かりの中でその鏡に映った自分の姿を見て、私は奇妙な感覚に襲われた。発電機の絶縁体の上にいるような気がしたかと思うと、見えない娘の声がした。イタリア語だった。

『今日は勘弁して、お父さん！――鞭でひどく打つのはやめて。お父さんは死んだはずなのに！』

私は急いでドアを開け、部屋に光が射し込むようにした。だがそれでも生きているものはなにひとつなく、声だけが聞こえた。

『よかったわ、お父さん。リスコフさんを使いに寄こしたのね。リスコフさんなら、お父さんが私を鞭打つのを許さないでしょうし、磁気を絶つでしょう。お父さんはもう墓穴から出てくることはありません。いくらもがいてもだめです。なぜならお父さんはすでにあの世の人で、生きてはいないのですから』

ヨハネス、わかると思うが、戦慄が走ったよ。だれも見えないのに、耳元でそんな声がしたんだからね。

『悪魔め』私は自分を鼓舞するために大きな声で言った。『薄汚い小瓶を見つけたら、粉々に割ってやる。牢獄から脱出した山羊の脚を持つ悪魔《ディアブル・ボワトゥ》が私の前に立つかもしれないが、それでも――』

そのとき、小部屋の隅の板仕切りから小さなため息が漏れたような気がした。人間が入るには狭すぎると思ったが、私はそこに飛んでいった。引き戸を開けてみると、中に少女がいたんだ。芋虫のように丸まって美しい大きな目で私を見ていた。

『出ておいで、仔羊ちゃん。出ておいで、私の小さな見えない子！』と私が声をかけると、その少女はこちらに片腕を差し伸べた」

「待ってください、先生」クライスラーが言った。「侯爵令嬢の手に触れたとき、私は感電したような気がしました。あれはなんでしょうか。刺激はだいぶ弱まりましたが、侯爵令嬢が手を差し伸べるたびに、同じような感覚に襲われるのです」

「ハハハ、我らが侯爵令嬢はデンキウナギやシビレエイやインドのタチウオと同類ということだな。

私のかわいいキアーラもそうだった。あるいは腕のいいコトゥーニョ医師（十八―十九世紀のナポリの医師）が解剖して背中の皮に触れるなり、ぴくぴく動いたマウスと同じような存在と言ってもいいだろう。もっともきみは侯爵令嬢を解剖したりしないだろうが！――とはいえ、侯爵令嬢の話は別の機会に譲り、今は私の見えない少女に話題を絞ろう！――小さなシビレエイの思いがけない電撃にびっくりして、私は尻餅をついた。すると少女はじつに優雅な口調でドイツ語を話したんだ。

『ごめんなさい、リスコフ様。でも仕方がないんです。苦痛があまり大きいものですから』

私は恐怖を克服すると、その少女をそっと肩に乗せ、おぞましい監獄から引っ張り出した。出てきたのは華奢《きゃしゃ》な感じのかわいい少女だった。一見したところ十二歳くらいだったが、体つきを見るに十六歳にはなっているようだった。そこの本を見るといい。その絵はその頃のものだ。これほど愛らしくて表情豊かな顔はない、ときみも思うはずだ。ただし絵に描ききれないところもある。この上なく美しい黒い瞳に浮かぶ内面深くから燃えあがる、奇跡としか思えない炎。雪のように白い肌と金髪が好みでない人なら、あの子を見て、完璧な美しさだと認めるだろう。なにせキアーラの肌は小麦色で、髪は漆黒に輝いていたからだ――キアーラ――すでに察しているだろうが、それが見えない少女の名前だ――キアーラは悲しみと痛みに打ちひしがれてしゃがみ込み、とめどもなく涙を流した。そしてなんとも言えない口調でこう叫んだ。『救われたのね《ジュ・スィ・ソーヴェ》』私は深い同情を覚え、恐ろしい予感がした！

ちょうどそのときセヴェリーノの遺体が運ばれてきた。私が立ち去った直後に、二度目の卒中の発作で亡くなってしまったのだ。遺体を見ると、キアーラの涙が涸《か》れた。絶命したセヴェリーノを真顔でじっと見つめた。そして遺体についてきた人たちが好奇の目で彼女を見て、これが小部屋の見えない少女かと笑いながら言うと、キアーラはそこから離れていった。少女を遺体といっしょにそこに残すわけにいかない、と私が思っていると、人のいい宿屋の主が少女を引きとろうと申し出た。しかし町の人たちがいなくなってから、もう一度小部屋に入ってみると、鏡の前に奇妙な様子のキアーラがいた。じっと鏡に目を向けたままなにも気づいていないようだった。まるで夢遊病者のようだったよ。わけのわからないことをつぶやいていたが、そのうちその言葉がはっきりしてきた。フランス語、イタリア語、スペイン語を交えて、遠くにいる人たちに関わることを言っているようだった――セヴェリーノがいつも託宣をする時間だと気づいて、私はすくなからず驚いた――キアーラは目を閉じて、深い眠りに落ちたように見えた。その哀れな子を腕に抱えると、私は宿屋に運んだ。翌朝、少女は明るく落ち着いて見えた。ようやく自由になれたとわかったのか、私が知りたいことをすべて話してくれた。

　きみは生まれを気にするほうなので、こう言ってはなんだが、小さなキアーラはロマの娘だった。どこかの大きな町の市場で薄汚れた一団といっしょに集められていたらしい。彼らが炎天下で捕吏《ほり》の監視を受けていたとき、そこを通りかかったセヴェリーノに八歳の娘が声をかけた。

『ピカピカおべべのお兄さん、占っていかない？』

　セヴェリーノは少女をしばらく見つめてから手相を観てもらい、度肝《どぎも》を抜かれた。その少女になにか特別なものを見いだしたのだ。逮捕したロマ人を引っ立てようとしている警部補のところへ行って、そのロマの少女を引きとらせてくれたら、それなりの謝礼をすると話を持ちかけた。

『ここは奴隷市場じゃない』と怒鳴ったものの、警部補はすぐにこう付け加えた。『あんなちびは数に入らない。感化院も持て余すだろう。市の貧民救済基金に十ドゥカート（中世から十九世紀までヨーロッパ各国で使われた金貨。一ドゥカートはおよそ百十ユーロに相当）寄付すれば、あのちびを好きにしていい』

　セヴェリーノはさっそく財布を出して、十ドゥカート金貨を渡した。このやりとりを聞いていたキアーラと彼女の祖母は泣きわめき、絶対に別れないと言い張った。すると捕吏がやってきて、出発しようとしていた護送車に老婆を放り込み、警部補は自分の財布を貧民救済基金箱でもあるかのように引っ張り出し、キラキラ光るドゥカート金貨をしまった。セヴェリーノは幼いキアーラの手を引き、手なずけるためにその市場で新しいスカートを買い与え、砂糖菓子を食べさせた。

　ちょうどその頃、彼の頭には〈見えない少女〉という奇術のアイデアがあって、このロマの少女を見えない少女に仕立てるという妙案が浮かんだのだ。彼はその子に念入りに教育を施して、高揚したときにその子が見せる言動に磨きをかけた。おかげで少女は、予言をもたらす精神に火がついたときに見られるこの高揚した状態を人工的に生み出せるようになった――なにをされたかはメスメルと彼のとんでもない治療を想像すればわかるだろう――そして託宣をするときはいつもそういう精神状態に憑依《ひょうい》させたというわけさ。セヴェリーノはその後、ある不幸な偶然から、この少女が苦痛を味わうと興奮しやすく、他人の自我を見抜く能力が想像以上に覚醒し、彼女自身が霊的な存在と化すことに気づいた。こうしてあの恐るべき男は、感知能力を上げる措置を施すために、むごたらしいやり方で鞭をふるうようになったんだ。それにセヴェリーノが留守のとき、哀れなキアーラはさっき言った板仕切りの奥で何日もちぢこまっていなければならなかった。これはだれかが小部屋に押し入っても、キアーラの存在を知られないようにするためだった。セヴェリーノが巡業するときも、あの子は箱に入れられた。キアーラの運命はかの有名なケンペレンが『チェスをするトルコ人』（ハンガリーの発明家ケンペレンは人間を相手にチェスをする自動人形として「チェスをするトルコ人」を製作し、当時のヨーロッパで人気を博したが、人間が中に入って動かしていたことがのちに判明している）の中に隠した小男よりも過酷だったと言える――セヴェリーノのライティングビューローの中には大量の金貨と紙幣が入っていたので、キアーラにはちゃんとした生活費を保証してやることができた。彼の居室と小部屋にあった音響装置などの託宣用の機器は、運搬できない他の奇術道具といっしょに処分した。しかしその一方で、セヴェリーノの遺言に従って、遺されたかなりの仕掛けをわがものにした。後片づけが終わると、小さなキアーラを自分の子のように育てると言う宿屋の主に預け、私は後ろ髪を引かれつつ別れを告げ、その町をあとにした——それから一年が経って、ゲニエネスミュールの参事会から市のオルガンの修理を頼まれて、あの町に舞いもどることになった。だが天の配剤と言うべきか、私は奇術師として人々の前に立つことになった。じつは呪わしい悪党に途中で全財産の入った財布を盗まれたため、仕方なくたくさんの証明書を持つ有名な機械技師という触れ込みで日々の糧を得るためにそういう興行をすることにした——それはジークハルツヴァイラーに近い村でのことだった。私はある晩、カナヅチやヤスリを使って奇術の道具を組み立てていたんだが、そのときドアが開いて、ひとりの女性が入ってきたんだ。『我慢できず追ってきました、リスコフ様——憧れのあまり死にそうです！——あなた様こそ私の主人です。私を使ってくださ い！』と言って私に飛びつき、私の足元に額《ぬか》づこうとしたので、私はその女性を抱きとめた——それはキアーラだった！——最初はわからなかった。一フィートは背が伸びていただろう、健やかになっていた。だがそれでも華奢な体格は変わっていなかった！——『かわいいキアーラ！』私はじんとしてそう叫ぶと、あの子を抱き寄せた！

『おそばにいさせてくれますね、リスコフ様』キアーラは言った。『あなた様のおかげで、私は自由の身になりました。追い払ったりしませんよね？』

それからあの子は郵便配達人が運び込んだ箱のところに急いで駆け寄り、郵便配達人に多額の手間賃を握らせた。郵便配達人は『これはどうも、ムーア人のお嬢さん』と大きな声で叫び、飛ぶような勢いで外に出ていった。

キアーラは箱を開けると、そこにある本を取り出して、私に渡した。そのときこう言ったよ。

『はいこれ、リスコフ様。セヴェリーノの遺品でもっとも貴重なものをお忘れでした』

あの子は私が本をめくっているあいだに、衣類や下着を箱から出した――ヨハネス、きみもわかると思うが、キアーラには当惑させられた。ところで――私についての考えを改めてもらう時期が来たようだ。以前は、きみのおじさんの梨の木から熟した実を失敬して、代わりにうまく色づけした木製の実をぶら下げたことがあったな。そうそう、橙《だいだい》から作った液肥を如露《じょろ》に入れたこともあった。なにも知らないおじさんがカンバス地のズボンを芝生に広げ、染みを落として美しい大理石のように白くしようとして、知らずにその液肥をかけてしまった――要はきみにとんでもないいたずらの手ほどきをしてきた。だから私のことを、心臓を殴られても平気な分厚い道化の服を着込んだ、心ないことをするただの問題児とでも思っていただろう！――自分の感傷とか涙をひけらかすのはやめたまえ。私だってきみに負けじとしょっちゅう号泣しているんだ。いい歳になって、家具《シャン》付きの部屋《ブル・ガルニ》のように心の内をひらいて、若い連中に明け渡すことになるとは、まったく忌々しい」

アブラハムは窓辺に立って、夜の闇を見つめた。嵐は過ぎ去り、森のざわめきの中、夜風に揺られて、ぽとりぽとりと落ちる雨滴の音がした。そして遠く宮殿から楽しげなダンス音楽が聞こえてきた。

「公子ヘクトールが」アブラハムは言った。「追いかけっこ《パルティ・ア・ラ・シャッス》でもはじめたか――」

「それでキアーラはどうなったのですか？」クライスラーはたずねた。

「そうだった」アブラハムは肘掛け椅子にぐったりすわり込んで話をつづけた。「キアーラの話をしていたのだったね。あの運命の夜の苦渋に満ちた記憶の盃を一滴残らず飲み干す必要がある――ああ！――キアーラが瞳を喜びに輝かせながら忙しく立ち働いているのを見て、あのときはもう二度と離れることはできない、妻にするしかないと思ったものだ――それなのに私は訊いた。

『キアーラ、きみがここにとどまるのなら、今後どうしたらいいだろう？』

キアーラは私の前に立つと、大真面目に言った。

『先生、私が持ってきたあの本を見てください。託宣のやり方が正確に記述されています。それに仕掛けがどういうものかわかっていますね——私はあなたの見えない少女になりたいんです！』

『キアーラ』私は愕然として叫んだ。『なんてことを言うんだ？——セヴェリーノのようになれというのか？』

『セヴェリーノの話はしないでください』キアーラは答えた。

ここからは事細かく話す必要はないだろう。私が〈見えない少女〉で世間をあっと言わせたことは知っているはずだ。もちろんキアーラを高揚させるのに人工的な手段は使わなかったし、なんらかの形であの子の自由を奪うこともなかった——キアーラは気分が高まったり、見えない少女を演じたりすることができるようになると、私にそのことを教えてくれた。だからそういうときにしか託宣は行なわなかった——それにあの子にとっては、そういう役を演じることが必要になっていた。いずれきみにもわかることだが、ある事情があって私はジークハルツヴァイラーにやってきた。こっそり訪ねるつもりだったので、侯爵家のお抱えだった料理人の未亡人が住む人里離れた家に逗留《とうりゅう》した。だがほどなくして私の不思議な奇術が噂になって宮廷に呼ばれた。思惑どおりになったというわけさ。侯爵——イレネウス侯爵の父君だが——あの方が私を訪ねてきた。キアーラは超自然の力に憑依されて、侯爵の心の内をひらいてみせた。侯爵はそれまでヴェールに包まれて見えなかった多くのことに目をひらかされた。キアーラは私の妻になっていて、ジークハルツヴァイラーの知人宅に暮らし、夜の闇にまぎれて私のところに通っていた。だから彼女の存在は知られずにきた。だってそうだろう、ヨハネス。人は奇跡を見たがるものだ。〈見えない少女〉の奇術になにかしら人の手を借りているとわかっていてもな。だが見えない娘が生身の人間だと知られれば、くだらない手品だと蔑《さげす》まれることになる。事実、セヴェリーノは死後、町の人々から詐欺師呼ばわりされた。それというのも、ロマの少女が小部屋に隠れてしゃべっていたということがばれてしまったからなんだ。人工的な音響装置でガラス玉から声が聞こえる仕掛けだけでもすごいことだったのだがな。

老侯爵が亡くなられ、私もこの奇術に飽きた。キアーラのことを隠しておくのもいやになっていた。そこで愛する妻とともにゲニエネスミュールに行って、ふたたびオルガンでもこしらえようと思ったんだ。ところが最後に見えない娘を演じることになっていた夜にキアーラはあらわれなかった。好奇心満々の客を満足させずに追い返した。胸騒ぎがした――翌朝、ジークハルツヴァイラーに行ってみると、キアーラはいつもの時間に知人宅を出ていた。

おいおい、なんて顔をするんだ？　くだらない質問はしないでくれ！――承知のとおり――キアーラは跡形もなく消えていた。あれから一度も――そう、一度も――彼女に会っていない！」

マイスター・アブラハムはいきなり立ちあがると、窓辺に駆け寄った。深いため息とともに、引き裂かれた心臓から血が滴り出ているようだった。クライスラーは師の深い苦しみを慮《おもんぱか》って黙っていた。

「もう町には戻れないな、楽長」アブラハムはようやく話しはじめた。「真夜中も近い。外には悪しき分身が徘徊している。それに他にも危険な輩が手ぐすねを引いているかもしれない。ここにいたまえ！――そのほうがずっと――

（ムルのつづき）――神聖な場所――つまりは講堂――で粗相をするよりましだ――胸が締めつけられる――崇高な思いで頭がいっぱいになり、書くのもおぼつかない――中断して、少し散歩をしよう！

わが輩は書き物机に戻ってきた。だいぶましになった――心より溢れ出ることを、口は語ると言うではないか（『新約聖書』「マタイによる福音書」第十二章第三十四節を参照）。詩人の羽根ペンこれまたしかり！――以前、師匠の話を小耳にはさんだが、ある昔の本に奇妙な男の話が載っているそうだ。その男の体内では指先からしか取り出せない特異な病巣が暴れまわっているのだが、男は白紙を手の下に置いて、この暴れている病巣から出てくるものを受け止めていたという。そしてこの汚らしい排出物を自分の内部から出てきた詩と称していた。質《たち》の悪い冗談だと思っていたが、これは真実だ。なにしろわが輩も、精神で体を締めつけるとでも呼べる感覚に襲われることがあり、これが足先に至ると、頭に浮かんだことをことごとく書きとめざるをえなくなるのだ――今がまさにそういう状態だ――これは体に悪そうだ。こうした感覚に惑わされた猫は幻惑されているうちに体を壊す恐れがある。それどころか爪で自分を引っかくかもしれない。だがそうなったら発散するほかない！

　わが師は今日、午前中いっぱいかけて豚革の装丁の四つ折り判の本を読んでいた。だがいつもの時間になると、本をひらきっぱなしにして席を離れた。種々の学問に取り組んでいたわが輩は気になって机に飛び乗り、師匠が夢中で読んでいたのがなんの本か確かめてみることにした。ヨハネス・クーニスペルガー（本名ヨハン・ミュラー。十五世紀の数学者、天文学者）の素晴らしく美しい本で、天体、惑星、十二宮が自然界に及ぼす影響に関する内容だった。そう、この本を指して、素晴らしく美しいと呼ぶのは正しいことだ。というのも、読むにつれ、わが輩の存在と変遷が奇跡であることが明らかになったからだ――はあ！　これを書いているあいだも、頭上では壮大な星の世界が光を放ち、わが魂と呼応してこちらを照らしたかと思えば、あちらを照らしているのだ――そうだ。長く尾を引き、あたりを焼き払わんばかりに燃える彗星の光芒。そうだ。わが輩は燃えさかるほうき星。栄光のうちに予言者のごとき音声《おんじょう》をもってこの世を巡る。わが輩が己の思惑次第で能を隠さず、光り輝けば、彗星がすべての星の光を打ち消すように、猫よ、他の動物よ、人間よ、諸君はひとり残らず夜の暗闇に消え失せるだろう！——しかし尾を引く光の霊であるわが輩にそうした神にも等しい本性があるとしても、死すべき運命を諸君と分かち合っているではないか——この心は善良に過ぎ、わが輩は感傷的に過ぎる猫なのだ。だから弱き者の味方につきたいと思う。そして憐れみ、心を痛めたい——なんとなれば、荒野の奥深くにひとり佇んでいるのと同じだからだ。わが輩の居場所は現在ではなく、高い教養が行き渡った未来にこそあるのであって、今はわが輩の言葉に聞く耳を持つ者などただの一匹も存在しない。それでも感嘆されればうれしいものだ。年下の教養のない猫の誉め言葉でも大いに気をよくするだろう。わが輩は彼らを驚かし、茫然自失させる術を心得ているが、それがなんになるだろう。どうせ彼らにはどうやったって正当な賞賛のラッパなど吹けず、ミヤオ——ミヤオと鳴くのが関の山だ！

後世に真価が認められることを期待するほかないのだ。今、哲学書を書いたところで、いったいだれがわが精神の深奥を見抜けるだろう？　一歩引いて、戯曲を作ったところで、それを演じきれる俳優がどこにいるだろう？　他の文芸に手を染めても、やはりだめだろう。たとえば批評文。詩人、作家、芸術家と呼ばれる者たちのはるか上にいて、どんな場合も自分を何人も及びがたい模範、完璧さの理想として提示できるがゆえに、わが輩は権威ある判定ができる。だがいったいどこのどいつがわが輩の水準まで上がってきて、見解をともにすることが可能だろう？——そもそもわが頭上にしかるべき月桂冠を載せることのできる前脚や手などあるだろうか？——とはいえ、この点についてはうまい方法がある。わが輩がみずからやればいいだけのことだ。そして楯突く者には、爪を立てて思い知らせればいい——実際、そういう嫉妬深い輩はいるもので、そういう輩に襲われる夢をよく見る。自衛しなければと思い込んで、自分の顔に鋭い爪を立てて大事な顔に傷をつけてしまうこともあった――だれしも高貴な自尊心を持ちながら懐疑的になることがあるもので、こればかりは致し方がない。ところで最近、わが品性と優位性を粉砕される体験をした。若いポントが往来で、わが輩を無視して、数頭の若いプードルといっしょに四方山話《よもやまばなし》をしていたのだ。しかも六歩と離れていないところ、わが家の地下の明かり取りのそばにいたというのにだ。そのうえ、そのことで文句を言うと、あの軽薄な奴は全然気がつかなかったとうそぶいた。

さて、美《うる》わしき後世にわが輩と同様の魂を持つ者たちがすでに今この世に存在していることを望む。そしてムルの偉大さについてよく考察し、明るい声でその声しか聞こえないくらい高らかにその考えを表明してほしいものである。いいだろう。ムルの青春時代になにがあったか知るときが来た――善良なる諸君、心したまえ。数奇な生の一幕がひらかれる。

三月十五日の朝が来た。美しくのどかな春の日射しが屋根を照らし、わが心には穏やかな火が灯っていた。数日前からなんともいえない胸騒ぎがしていた。未知の不思議な憧れと言ってもいい――そのときは少し落ち着いていたが、まもなく思いがけない事態になった!

それほど遠くないところにある天窓から静かに忍び出る者がいた――そのときはその愛くるしい姿を絵に描きたいと思った!――全体に白い被毛に覆われ、黒いビロードの小さな帽子がかわいらしい額に載っている。華奢な脚先の靴下も黒い。愛らしい草色の瞳は美しく、甘美な炎に燃えていて、上品につんと尖った耳の優美な動きを見れば、美徳と知性が感じられる。波のうねりを思わせる尻尾の動きにはとびきりの優雅さと女性らしさがあった!

その愛くるしい娘はわが輩に気づいていないらしく、太陽を見てまばたきをし、くしゃみをした――おお、その響きに、わが輩は鳥肌が立ち、脈が速くなった――血が沸騰したように、体じゅうを駆け巡る――胸が張り裂けそうだ――うっとりして我を忘れ、思わずミャーオと鳴いてしまった

――その小さな娘はすかさずこちらを振り向き、わが輩を見た。目には気後《きおく》れとうぶな恥じらいが浮かんでいた――見えない前脚の抗いがたい力に引きずられるようにして、わが輩は彼女のところへ行った――だがかじりつこうとした刹那、彼女はとっさに煙突の陰に姿を消してしまった！――頭に血が上り、気持ちのやり場を失ったわが輩は屋根の上を駆けまわり、痛ましい鳴き声を上げたが、あとの祭りだった――彼女は二度とあらわれなかった！――なんということか！――食べものが喉を通らず、学問に吐き気を覚え、読み書きも手につかなくなった。

次の日、あの愛くるしい娘を求めて、屋根の上、屋根裏、地下室、廊下という廊下を見てまわったが、結局すごすごと帰ることになった。わが輩は叫んだ。「天よ！」あの娘のことが脳裏を離れず、師匠がくれた焼いた魚の目まで彼女の目に見えて、うっとりしながら「そこにいたのか。ずっと捜したんだぞ」と大きな声を上げて一口で平らげた。それからこう叫んだ。「天よ、おお、天よ！　これが恋というものなのか？」しだいに落ち着きを取りもどすと、蘊蓄《うんちく》のある若者らしく自分の状態を明らかにする決意をし、骨の折れることではあったが、オウィディウス（帝政ローマ時代の詩人）著の『恋の技法』やマンゾー（十八―十九世紀ドイツの歴史家、言語学者）著の『恋の技術』を徹底的に研究した。ところがそこに書かれている恋する男の特徴はひとつも自分に当てはまらなかった。そんなとき、髭がぼさぼさになれば、恋に落ちた証だというのをなにかの戯曲*で読んだことをふと思い出した！――さっそく鏡を覗いてみると、なんと髭がもじゃもじゃではないか！――わが心のなんと無頓着なことか！

自分がたしかに恋に落ちたとわかってみると、気持ちが落ち着いた。しっかり飲み食いして英気を養い、わが心を虜にした彼女を捜そうと心に決めた。このとき彼女がうちの玄関の前にいるというれしい予感がして、階段を駆けおりてみると、はたして彼女がそこにいたのだ！――ああ、再会できた！――うれしくて胸がいっぱいになり、恋愛感情のなんとも言えない歓喜を味わった――ミースミース、あとで知ったことだが、彼女はそういう名だった。ミースミースはちょこんと腰を下ろし、前脚で何度も頬や耳を撫でて、おめかしをした。なんという優雅さ。清潔さと上品さに欠かせないものがなんであるかわが輩の目の前で見せてくれている。自然の賜である魅力を高めるのに、愚にもつかない化粧術など必要ないのだ！　わが輩はおずおずと近づき、そばにすわった！――彼女は逃げず、こちらを探るようにうかがい、それから目を伏せた――「愛くるしい方よ」わが輩は静かに声をかけた。「わがものになってほしい！」

「大胆だこと」ミースミースはどぎまぎして答えた。「あなたはどなた？　私のことをご存じなの？――私と同じように正直な方なら、本気で愛していると誓って」

「おお」わが輩は感極まってしまった。「恐ろしき冥府、聖なる月、これから先、晴れた夜空に輝くすべての星と惑星にかけて誓いましょう。あなたを愛します！」

「私もあなたを」そうささやくと、その娘《こ》は恥じらいながら頭をこちらに近づけた。わが輩はありったけの情熱を傾けて彼女をかき抱こうとしたが、そのとき恐ろしい唸り声がして、二匹の大きな牡猫が襲いかかってきた。さんざんに噛みつかれ、引っかかれ、おまけに下水溝に落とされて、汚い下水を全身に浴びてしまった。こちらの身分などおかまいなしで襲ってきた血に飢えた畜生どもから死に物狂いで逃げ延び、わが輩は悲鳴を上げながら階段を駆けのぼった。わが輩を見て、師匠はげらげら笑った。

「ムル、ムル、なんてざまだ。ハハハ！　なにがあったかわかるぞ。『愛の迷宮でよろめく騎士』

＊原注　牡猫はシェイクスピアの『お気に召すまま』第三幕第二場のことを言っている。

（十八世紀ドイツの作家シュナーベルの小説）よろしく、ひと騒動起こしたんだな！」

師匠が改めて腹を抱えて笑ったので、わが輩はさすがにむっとした。師匠はたらいにぬるま湯を入れてこさせると、有無を言わさずわが輩をそこに突っ込んだものだから、わが輩はくしゃみをするわ、うめくわで、聞きしにまさる、見るも無惨なありさまとなった。それから師匠はわが輩をフランネルの布にしっかりくるんで籠に入れてくれた。怒りと苦痛のあまり、わが輩は今にも失神しそうで、身じろぎひとつできなかった。そのうちぬくぬくしてきて、考えを整理できそうな気がした。

「はあ、こんな苦々しい思いをさせられるとは！――これが、ああも高らかに賛美した恋なのか。最高のもの、名状しがたい歓喜で包むもの、天国へ誘うものと思っていたのに！――はあ！――恋愛のせいで下水溝に投げ込まれるとはな！――嚙まれたり、おぞましい水浴びをさせられたりしたうえ、粗末なフランネルにくるまれて惨めな思いをするくらいなら、こんな気持ちはごめん蒙《こうむ》る！」

ところがふたたび自由になって、元気を取りもどすと、ミースミースのことが絶えず目の前にちらつく。あの屈辱を忘れたわけではないが、自分が恋に落ちたことは認めるほかなかった。まったく啞然だ。わが輩は敢えて気を取り直して、分別もあり、学識もある猫らしくオウィディウスを読み返した。『恋の技法』に恋の病に対する処方箋があったのを思い出したからだ。

さっそくその詩句を詠んだ。

ウェヌスは余暇を愛す　愛から遠ざかりたければ
生業《なりわい》に励めよ　さすれば汝は安らぎを得ん！

この処方に従い、わが輩は学問に邁進しようとした。ところが頁をめくるたびにミースミースが目に浮かぶ。ミースミースを思いながら――書を読み――文章を書いた！――そのうちに、これはオウィディウスが言う生業とは別のものではないかと思いはじめた。他の猫の話では、ネズミ狩りは痛快な娯楽だという。だとすれば、ネズミ狩りを生業と考えてもよさそうだ。そこで暗くなると、地下室へ赴き、真っ暗な廊下を徘徊して、こう歌った。「森の中を歩く、足音を忍ばせ、だが猛々しく銃を撃つばかり――」（ゲーテの詩「狩人の夕べの歌」の援用）

ああ！――ところがそこで目にしたのは、狩ろうとしていた獲物ではなく、彼女の愛くるしい幻影だった。どこを向いても、その幻影が奈落から浮かびあがってきたのだ！　そのたびに、苛烈な恋のうずきが傷つきやすいわが心を切り刻んだ！　わが輩は言葉を漏らした。

「無垢な暁の光たる愛くるしいまなざしを、どうかこちらに向けておくれ。ムルとミースミースは花嫁花婿となって家に帰り、幸せになるのだ」わが輩は興に乗り、勝利の報酬を期待してこう語った――哀れなことだ！　内気な牝猫である彼女は目にヴェールをかけて、屋根に逃げてしまった！

哀れなるかな、わが輩はこうしてますます恋の泥沼にはまった。恋心とは仇なす星がわが輩を破滅させるべくこの胸に点火したものにほかならない。腹が立ったわが輩は自分の運命に抗い、オウィディウスを紐解いて、次の詩句を詠《よ》んだ。

歌が不得手なら　彼女に歌を所望せよ
竪琴《リラ》が不得手なら　彼女に演奏を所望せよ

「ああ、あの娘がいる屋根に上がろう！――ああ、甘美なる女神たるあの娘に再会するだろう。あの娘を見そめたあの場所で。そうしたら歌わせよう。あの娘が調子はずれに歌えば、恋心も冷めるというもの。わが輩は恋の病から癒され、救われる」

空は澄んでいた。いとしのミースミースに愛を誓った月も顔を出している。わが輩は屋根に上がって、彼女を待ち伏せた。彼女はなかなかあらわれず、わが輩は愛をかこつため息ばかりついた。

それから哀愁を込めて歌を口ずさんだ。こんなふうに。

ざわめく森　ささやく泉
溢れる予感が戯れる波
ともに　さあ嘆くがよい！
告げるのだ　さあ告げるのだ！
いとしのミースミース　今いずこ？
恋する若者はいずこにて
甘美なる女神ミースミースを抱けるのか？
不安におののく者を慰めよ
悲嘆に暮れる牡猫を慰めよ！
月の光よ　ああ月の光
告げたまえ　いずこにありや
優美にして、いとしい者の玉座は！
激しい痛み　癒されることあたわず！

助言者よ　打ちひしがれた恋する者を
急ぎ　救いたまえ
愛の鎖から助けたまえ
絶望している牡猫に手を差し伸べたまえ

どうだ、親愛なる読者よ！　正真正銘の詩人であれば、実際にざわめく森やささやく泉の畔にいなくても、予感が戯れる波は寄せてくるものだ。その波の中に欲しいものをすべて見いだし、思うがまま歌にすることができる。この詩の素晴らしさに驚嘆する者がいるなら、謙遜しつつ注意喚起しておく。わが輩はエクスタシーの最中にあり、恋にのぼせていたのだ。恋の熱に浮かされると、太陽《ソンネ》には歓喜《ヴォンネ》、愛情《リーベ》には衝動《トリーベ》というように韻を踏むことなどなかなかできるものではない。いくら努力しようがこうした平凡な韻すら思いつけないくせに、いきなり詩作をはじめ、ちょうど鼻風邪にかかった者がひどいくしゃみをするように、見事な詩句をひねり出すことだってある。本性が散文的でも、エクスタシー状態になり、そのおかげで見事なことができる者はいるものだ。これといって美形でもない人間の中のミースミースたちがこうして束の間にせよ素晴らしい評判が取れるのだから、それはそれでよしとしよう。枯れ木でさえそうなのだから、緑萌える木ならどうなるだろう？——言いたいのは、ろくでもない散文家でも、恋愛がきっかけで詩人に早変わりするということだ。では本当の詩人がこういう人生のステージに立ったときは、どうなるのだろう？

　まあ、それはさておき！　わが輩はざわめく森やささやく泉の畔にはいなかった。わが輩が座していたのは、なにもない高い屋根の上だ。わずかばかりの月明かりすらない始末。それでも見事な詩をものして、森や泉や波に、そして最後には友なるオウィディウスにまで、恋に悩む我を救いたまえ、力を貸したまえと嘆願した。わが種族《カーター》の名に韻を踏ませるのは少々難しく、ありきたりに父親《ファーター》という言葉を重ねたのでは、いくら舞いあがっているからといってもいただけない。それでも実際に韻を踏ませたという事実は、わが種族が人間よりもすぐれている証左と言えるだろう。なんとなれば、「人間《メンシュ》」なる語には韻を踏める語がないからだ。どこぞのひょうきんな劇作家が、人間は韻を踏めない動物だと看破したとおりだ。それに対して、わが輩は韻を踏む動物である——ところで、苦しい憧れを声に出したのも、またあの子に会わせたまえと森や泉や月光に祈ったのもむだではなかった。煙突の陰からいとしの娘が足取りも軽く、優雅に歩いてきたのだ。

「美しい歌声はあなただったの、ムル？」ミースミースがこちらに向かって言った。

「どうして」わが輩はうれしい驚きを覚えた。「わが名をご存じなのですか？」

「あら、当然でしょう。ひと目見て気に入ったんだもの。でも、胸が痛んだわ。暴れん坊の従兄《いとこ》が二匹がかりであなたを下水溝に突き落としたものだから」

「下水溝のことは言わないでください。それより、愛してくれるのですか？」

「前からあなたのことを知っていたわ。名前はムルで、とても親切な人のところで豊かな暮らしをしていて、悠々自適だという話ね。そしてそれをやさしい連れ合いとも分かち合うだろうと聞いてる！——とても愛しているわ、ムル！」

「なんと」わが輩は有頂天になって叫んだ。「こんなことがあるだろうか？　夢だろうか、本当だろうか？——しっかりしろ——気をしっかりもて！——ああ！　ここはまだ地上だろうか？——ここはまだ屋根の上だろうか？——雲間を漂っていはしないか？　今でも牡猫ムルだろうか？　月に住む者ではないだろうか？——さあ、胸に抱かせてください、愛する者よ——それよりまず名前を聞かせてください、美しい者よ」

「私はミースミース」その子ははにかみながら甘くささやくと、わが輩の横に腰を下ろした。なんて美しいのだろう！　白い被毛が月の光を受けて銀色に輝き、草色の瞳に宿った柔らかな炎でわが輩はとろけそうだった。「きみなら――」

（反故）――もちろんもう少し早く知ることもできただろう、親愛なる読者よ。しかし天よ、願わくは、これまでのように脱線させないでほしい――さて、公子ヘクトールの父君はイレネウス侯爵と同じような事情で、あれよあれよといううちに、所領を失ったのだ。だが公子ヘクトールには、のんびり静かに暮らす気などさらさらなかった。領主の座は奪われても、自立することを望み、統治は無理でも、せめて号令がかけたくてフランス軍に奉職し、人並みはずれた勇敢さを示した。だがある日、ツィターを爪弾く少女が「きみよ知るや、レモンが輝く国を」（ゲーテの小説『ヴィルヘルム・マイスターの修業時代』に登場する少女ミニョンが歌う歌詩の一部）と歌うのを聞いて、すぐにレモンが輝く国、つまりナポリに里帰りし、フランスの軍服を脱ぎ捨てて、ナポリ王国の軍服に着替えた。彼はまたたく間に将軍になった。どこの公子でも、それが慣例だったからだ。

　公子ヘクトールの父君が他界すると、イレネウス侯爵はヨーロッパ各地の元首を記した大きな人名録をひらき、不幸に遭った友人にして同じ貴族であるその人の死亡記録を記入した。そのあと侯爵は、公子の名をじっと見てから大きな声で「公子ヘクトール！」と叫び、二つ折り判の人名録をバタンと閉じた。その激しさに、侍従長がぎょっとして三歩あとずさったほどだ。侯爵は立ちあがると、おもむろに部屋の中を歩きまわり、スペイン産の嗅ぎ煙草を嗅ぎながら山ほどある考えを整理した。侍従長は、莫大な財産を持ち、心が広かった亡き父君や、ナポリで君主からも臣民からも慕われている若き公子ヘクトールのことなどいろいろ話をした。イレネウス侯爵は話をまったく聞いていないようだったが、突然、侍従長の前に立つと、フリードリヒ大王もかくやという凄味のあるまなざしで彼を見つめながら「いいかもしれない《プーテートル》」と言って、隣の小部屋に姿を消した。

「おっと」侍従長は言った。「侯爵様にはなにか深いお考えがあるようだ。なにか計画をお立てになっている」

　そのとおりだった――イレネウス侯爵は公子の財力と強大な元首たちとの血縁関係を考慮に入れ、公子ヘクトールがいずれサーベルを王笏《おうしゃく》に持ち替えるとにらんだ。公子とヘートヴィガが結婚すれば分け前に与れるかもしれない。侯爵はさっそく父君の逝去に弔意を示すべく侍従を派遣した。侍従は内密の命を受けて、侯爵令嬢の細密画をポケットに忍ばせた。肌の色まで正確に再現した細密画だった――断わっておくが、肌の色が少々黄みがかっていなければ、侯爵令嬢はたしかに非の打ちどころのない美貌の持ち主だったと言えるだろう。そういう事情もあって、令嬢は蠟燭の光を好んでいた。

　侍従は侯爵から託された特命を見事に果たした――侯爵は自分の思惑をだれにも、それこそ夫人にも打ち明けていなかった。細密画を見ると、公子は『魔笛』に登場する王子タミーノのように有頂天になった。タミーノのように歌いだしはしなかったものの、あやうく「なんと魅力的で美しい人だろう」とか「この気持ちは愛だろうか？　そうだ、愛にちがいない」とか口走りそうになった。

　公子という立場であれば、絶世の美女を求める理由は愛情だけとはかぎらない。だが、公子は損得抜きでじっくり腰をすえ、イレネウス侯爵に手紙をしたためた。どうか侯爵令嬢ヘートヴィガに求婚するお許しをお願いしたい、と。

　イレネウス侯爵はこう返事をした。

「前々から亡くなられた友のためにも心の底からふたりの結婚を願っておりました。求婚していただくまでもないことですが、形式は遵守《じゅんしゅ》しなければなりません。しかるべき地位にある人物を全権代理としてジークハルツヴァイラーへ派遣していただき、婚礼をとりまとめ、古来の美しいしきたりに従って拍車付きの長靴をはいて、床入りを行なってくださるならありがたいと思います」

公子は返信した。「私がじきじきに出向きます、侯爵様！」

じつを言うと、侯爵はこれが不服だった。全権委任された人物によって婚礼が執り行なわれるほうが美しく、崇高で、貴族にふさわしいと思っていて、この儀式を楽しみにしていたからだ。だがこうなっては床入りの前に叙勲式を盛大に行なうことでよしとするほかない。ちなみに父君が制定したものの、それっきりだれも佩《お》びたことがなく、佩びることを許されてもいない大十字勲章を厳《おごそ》かに公子の胸にかけたいと思ったのだ。

公子ヘクトールはこうして侯爵令嬢ヘートヴィガと結ばれ、忘れられていた大十字勲章を受けるべくジークハルツヴァイラーへやってきた。侯爵が自分の思惑を隠していたのは、公子にとっても望ましいことだったらしく、ヘートヴィガにはこのまま黙っていてほしいと頼みさえした。彼女の愛情を確認してからでないと、求婚などできないというのだ。

侯爵は公子の真意がつかめなかった。自分が知り、かつ記憶しているかぎりでは、床入り前に愛情の有無を確かめるのは王侯貴族の流儀ではない。公子としては親愛の情をあらわしたいだけかもしれないが、本来婚約中にあってはならないことだ。若い者は軽はずみで、礼儀をわきまえないところがある。指輪を交わす前に三分もあれば、あとの祭りとなりかねない。王侯貴族の場合、婚約相手が多少嫌悪しているとわかっても、結婚は素晴らしく崇高なものでなければならないのだ。だがもっとも重んじられるべきこのしきたりも、最近では虚しい夢となっている。侯爵はそう考えていた。

ヘートヴィガをはじめて見たとき、公子は他の人が解さないナポリ方言で副官にささやいた。

「これは、これは！　たしかに美しいが、ヴェスヴィオ火山の近くで生まれたようだ。火山の炎が目に宿っている」

先ほどから、ナポリにも美しいカップはあるか、いくつ持っているのか、と侯子イグナツィウスの質問攻めに遭い、社交儀礼の限界に達していた公子は、ふたたびヘートヴィガのほうを向こうとした。そのとき両扉が大きくひらかれ、侯爵が公子を豪華な舞台へと誘った。侯爵は宮廷に参上する資格を持つ者を全員召集していた。人選はいつもほど厳格には行なわなかった。というのも、今回の集まりは園遊会くらいの感覚だったたからだ。ベンツォン夫人もユーリアといっしょに参加した。

侯爵令嬢ヘートヴィガは静かに物思いに耽り、我関せずという素振りをしていた。南国からやってきたこの美しい異邦人にも関心がなかった。宮中女官のナネッテがよせばいいのに、やれ異国の公子は美男子だ、やれあんなに美しい軍服は見たことがない、と頰を赤らめながらささやくものだから、令嬢は癇に障って、「あんな人にのぼせているの？」とたずねたほどだった。

公子は令嬢の前で絢爛《けんらん》たる孔雀の尾羽のように愛想を振りまいたが、当の令嬢は歯の浮いた美辞麗句の洪水に気分を害し、イタリアやナポリのことばかり質問した。公子はそこがいかに楽園か讃えて、彼女がそこを支配する女神として歩くところを描写した。貴婦人と会話することにかけて、彼は達人と呼べる人物で、彼にかかると、なにもかもが女性の美貌と優雅さを讃える賛歌になった。しかしそうした賛歌を聴かされている最中に、令嬢はさっと離れて、近くに控えていたユーリアのところへ行ってしまった。ユーリアを抱きしめると、令嬢は気持ちを込めて彼女の名を呼んだ。公子が肩透かしを食らって当惑しながら歩み寄ると、令嬢は言った。

「こちらは私の大事な、大事な妹、私のかわいいユーリアです！」

公子はユーリアに目が釘づけになった。ユーリアは顔を真っ赤にして目を伏せ、恥じらいながら背後に立つ母親のほうを向いた。すると令嬢はユーリアを改めて抱擁し、「私の愛する、愛するユーリア」と叫んで、目をうるませた。

「お嬢様」ベンツォン夫人が小声でたしなめた。「なぜそのようなおかしなふるまいをなさるのですか？」

侯爵令嬢は夫人を無視して、公子のほうに向きなおった。流れるような饒舌《じょうぜつ》が涸れはてた公子に対して静かで、しかつめらしく、不機嫌そうだった令嬢が、今度はたががはずれて、痙攣でも起こしそうなほど異様にはしゃいでみせた。それでもやがて張りつめていた弦がゆるんで、令嬢の内面からほとばしる旋律も柔らかく穏やかになり、乙女のごとくしとやかになった。いままでになく愛らしくなった令嬢に、公子はすっかり魅了されたようだった。それからダンスになった。ダンスがしばらくつづいたあと、公子はナポリの民族舞踊を踊ろうと提案した。踊っていた人たちに手ほどきをすると、これがなかなかうまくいき、情熱的で繊細なこのダンスの特徴まで浮き彫りになった。しかし公子の相手をしたヘートヴィガ以上に、このダンスの特徴を把握した人はいなかった。令嬢はもう一度そのダンスを所望し、二度目が終わると、頬の血の気が引いていたのに、ベンツォン夫人が止めるのも聞かず、三度目こそうまく踊ってみせると言ってきかなかった。公子も調子に乗って、どの所作も優美そのものと言えるヘートヴィガといっしょになって踊った。だがこのダンスにつきものの絡み合いの際、公子が愛くるしい令嬢を強く胸に抱くと、令嬢は公子の腕の中で気を失ってしまった。

侯爵は、宮廷舞踏会にあるまじき無作法だが、田舎のことだから仕方ないと思った。

公子が失神した令嬢を隣室のソファに運ぶと、侍医が携えていた気付け薬を、ベンツォン夫人が令嬢の額に塗った。ちなみに侍医は、今回の失神がダンスに熱中したことによる神経性失神で、じきによくなると診断した。

侍医の言うとおり、令嬢は数秒後、深いため息をついて目を開けた。令嬢が気づいたと聞くや、公子はびっしり取り囲んでいる女性たちをかきわけて、ソファのそばにひざまずき、胸が張り裂けそうな声で自分のせいだと嘆いた。すると、令嬢はあからさまに嫌悪の情を見せ、「向こうへ行って、向こうへ行って！」と叫んでまた気絶した。

「行きましょう、公子殿」侯爵は公子の手をつかんだ。「娘はときおり奇妙な妄想の虜になるのです。あなたが今あの子にどう見えていることか！――ご想像いただきたい、公子殿。すでに幼少のみぎり――ここだけの話です《アントル・ヌ・ソワ・ディ》が――この私を一日じゅうムガル帝国の皇帝だと思い込み、ビロードの室内履きを履いて馬を乗りまわせとせっついたことがあるのです。仕方なく言うことを聞きました。庭園の中でだけでしたが」

公子は侯爵の顔を見て遠慮会釈なく笑うと、馬車を呼んだ。

ベンツォン夫人はヘートヴィガのことを心配した侯爵夫人に頼まれて、ユーリアといっしょに宮殿にとどまった。侯爵夫人は、ベンツォン夫人が日頃、令嬢に対して精神的にどんな影響を及ぼしているか知っていて、こうした発作を和らげてくれるとわかっていたのだ。事実、今回もベンツォン夫人が誠心誠意、やさしい言葉をかけたおかげで、令嬢はじきに自室で元気になったが、ダンスの最中に公子がドラゴンと見紛う怪物に変身し、自分の心臓を刺したと言い張った。

「神様、お守りください」ベンツォン夫人が叫んだ。「公子へクトールをゴッツィの寓話に出てくる紺碧《こんぺき》の怪物（ゴッツィの同名喜劇に登場する主人公）だと言うのですか！――想像が過ぎますよ。そんなことでは、あなたが正気ではないとみなした、あのクライスラーと同じになってしまいますよ！」

「まさか」激しい声でそう言うと、令嬢は笑いながらつづけた。「あのいいクライスラーが公子ヘクトールのように紺碧の怪物になるなんて、冗談じゃないわ！」

翌朝早く、令嬢のそばで目を覚ましたベンツォン夫人がユーリアの部屋に行ってみると、出てきたユーリアは顔が蒼ざめ、寝不足のようで、病気のハトのようにうなだれていた。

「どうしたの、ユーリア？」いつもとちがう娘の様子に驚いて、夫人が声をかけた。

「ああ、お母様」ユーリアはすっかり打ちひしがれていた。「ここにはもういたくありません。昨夜のことを思うと、胸の動悸が激しくなるのです――あの公子様は不吉です。あの方に見つめられたとき、言い知れない気持ちになりました――あの不気味な褐色の目から発する恐ろしい閃光で、意気地なしの私は打ちのめされそうになりました――笑わないでください、お母様。でもあれは生贄を探す殺人鬼の目でした。短剣が抜かれる前に死の恐怖で殺されそうです！――しつこいようですけど、どうもいやな感じがするのです。うまく言えないのですが、全身が痙攣のようにふるえるのです！――バジリスクという怪物がいますよね。毒を持つ眼光で、その眼《まなこ》を覗く者を瞬時に殺すとされています。あの公子はそういう危険な怪物かもしれません」

「あらまあ」夫人は大きな声で笑った。「紛れもなく紺碧の怪物だと言うのね。あの愛すべき美男子の公子様を、ふたりの娘がドラゴンだ、バジリスクだと言うなんて。侯爵令嬢が突拍子もない空想をするのはわかるわ。でも穏やかで冷静なあなたまでそんな馬鹿げた夢を――」

「ヘートヴィガ様から」ユーリアは夫人の言葉をさえぎった。「あの方から私の心を引き離そうとする敵意のある悪しき力が働いているのです。そうです、その力があの方の心の中で暴れている恐ろしい病気との戦いに私まで巻き込もうとしているのです。どういう悪魔の力かわかったものではありません！――そうです。ヘートヴィガ様の状態を病気だと呼びましたが、相手が病気ではなす術がありません。昨日、ヘートヴィガ様は公子からさっと離れて、私を愛撫し、抱きしめなさったでしょう。あのときヘートヴィガ様に熱があることに気づきました。それからダンス、あの恐ろしいダンス！　お母様、殿方が女性にまとわりつくあのダンスがいやでたまりません――公序良俗に反しますし、殿方の言いなりにならざるをえなくなります。すくなくとも思いやりのある殿方であれば、不愉快に思うはずです――それなのにヘートヴィガ様ときたらあのダンスをやめられなくなって、つづければつづけるほど醜悪に見えました。それに公子の目。悪魔のようにしめしめと思っているのがわかりました」

「お馬鹿さんね。なにを考えているの！――でも！――無理もないわね。忠誠を尽くすのよ。ヘートヴィガ様を咎めてはいけません。あの方と公子様のことでこれ以上心をわずらわせてはだめです。忘れるのです！――なんなら、あなたがヘートヴィガ様や公子様としばらく会わずにすむように手をまわしてもいいわよ。とにかく、いい子だから冷静になりなさい！　さあ、この胸に抱きしめてあげましょう！」

夫人は母親らしいやさしさでユーリアを抱いた。

「どうやら」ユーリアは火照った顔を母親の胸に押しつけた。「不安を覚えたせいで奇妙な夢を見て、取り乱してしまったようです」

「どんな夢を見たの？」

「素敵な庭を歩いていました。暗くおいしげった茂みの中でムラサキハナナとバラの花が咲き乱れ、あたりに甘美な芳香を放っていました。月光のような不思議な淡い光が楽の音と歌声とともに立ちのぼり、その黄金の光が樹木や花に触れると、恍惚のあまりふるえ、茂みがざわめき、泉がさざめいてうっとりとため息を漏らしたのです。ところがこのとき、自分が歌声になってその庭をたゆたっていることに気づきます。けれども楽の音の輝きは褪《あ》せていき、痛々しい哀愁の中、消えてしまうのです！――すると穏やかな声が聞こえてきて、こう告げました。

『だめだ！　楽の音は至福のものであって、破滅をもたらしはしない。あなたをしっかり腕に抱こう。あなたという存在の中に私の歌は憩う。この歌は永遠だ。憧れと同じように！』

　クライスラーさんでした。天国にいるような安らぎと希望を感じました。なぜかわからないのですが――包み隠さず言います、お母様！――なぜかわからないのですが、私はクライスラーさんの胸に抱かれたのです。すると突然、鉄の腕にがっしり抱きしめられ、嘲笑《あざわら》うような恐ろしい声が聞こえたのです。

『どうして逆らうんだ、惨めなものだ。おまえはもう殺されて、俺のものになるほかない』

　私をがっしり抱いていたのは公子でした――悲鳴を上げ、私は眠りから覚めました。夜着をはおって窓辺に駆け寄り、部屋が蒸し暑かったので、窓を開けました。すると遠くに男の人の姿がありました。その人は望遠鏡で宮殿の窓をひとつひとつ探るように見てから、並木道を駆けていきました。その走り方ときたら奇妙と言うか、むしろ滑稽と言いたいようなものでした。あっちへ跳ねたり、こっちへ跳ねたり、他のステップも踏んで手をひらひらさせていました。大きな歌声も聞こえたように思いました。それがクライスラーさんだとわかって、笑わざるをえませんでしたが、私を公子から守ってくれる守護霊のような気がしました。そうなんです。今ではクライスラーさんの本質がわかるようになりました。おふざけにしか見えないあの方のフモールには大勢の人が傷ついていますが、それだって、誠実で崇高な心から発したものなのです。私は庭園に走り出て、悪夢を見て恐い思いをしていることをあの方に訴えたくなったほどです！」

「馬鹿げた夢よ」ベンツォン夫人は真剣に言った。「そしてそのあとのことはもっと馬鹿げているわ！――休養が必要ね、ユーリア。朝のうちに少し眠れば、気分もよくなるでしょう。私も二、三時間眠ることにするわ」

　そう言うと、夫人は部屋から出ていった。ユーリアは言われたとおりにした。

　目覚めると、昼の陽光が窓から射し込み、ムラサキハナナとバラの強い香りが室内に漂っていた。

「どういうこと？」ユーリアはすっかり驚いて叫んだ。「夢かしら！」

　ところが見まわすと、眠っていたソファの背に美しい花束が載っていた！

「クライスラーさん、いとしのクライスラーさん」ユーリアは花束を手に取り、夢見心地になった。

　そのあと侯子イグナツィウスの使いが来て、一時間ほど会いたい旨を伝えられた。ユーリアはさっそく服を着て、侯子のいる部屋へ急いだ。侯子はすでに磁器のカップと中国の人形を籠にいっぱい入れて、彼女を待っていた。心やさしいユーリアは深い同情心も手伝って、何時間も侯子の遊びにつき合った。ユーリアは他の人、とくに侯爵令嬢ヘートヴィガが口にするようなからかいの言葉も、馬鹿にするような言葉も一切漏らさなかった。だからユーリアがいっしょにいるのはなにより楽しいことで、侯子はよく「ぼくの小さな花嫁」と呼んだ――カップや人形を並べ終わると、ユーリアは小さなアルレッキーノ（イタリアのコメディア・デッラルテに登場する道化役）の人形を持って、日本の帝《みかど》に挨拶をさせた（ふたつの人形を向かい合わせにして）。そのときベンツォン夫人が部屋に入ってきた。

　ふたりが遊んでいる様子をしばらく見てから、夫人はユーリアの額にキスをして言った。

「あなたは本当にいい子ね！」

　夕闇が迫っていた。ユーリアは昼食に姿を見せたくないと望み、許可され、ひとり部屋に閉じこもって、母親を待っていた。かすかな足音がしてドアが開き、死人のように蒼ざめ、目のすわった侯爵令嬢が入ってきた。白い服を着ていて、まるで幽霊のようだった。

「ユーリア」令嬢は声をくぐもらせた。「ユーリア！――私が愚かで、浮かれすぎだと言ってちょうだい――頭がおかしいと言ってもいいわ。でも、見捨てないで。あなたの同情と慰めが必要なの！――あのおぞましいダンスで神経過敏になって、疲労困憊してしまい、気分が悪くなったのよ。でも、もう平気。具合はよくなったわ！――」

「公子様はジークハルツヴァイラーへ行かれました！――外の空気を吸わなくては。庭園へ行きましょう！――」

ユーリアと侯爵令嬢が並木道が途切れるところまで行くと、深い茂みの奥から明るい光が射し、敬虔な歌声が聞こえてきた。

「マリア礼拝堂の夕べの連禱ですね」ユーリアは言った。

「そうね」令嬢は答えた。「あそこへ行って祈りましょう！――私のために祈ってちょうだい、ユーリア！」

「祈りましょう」ユーリアは令嬢の容体を気遣いながら答えた。「悪霊の意のままにならないように、私たちの純粋で信心深い心が仇なす者に誘惑されないように」

ふたりが庭園のはずれにある礼拝堂に着くと、ちょうど村人たちが出てきた。花で飾られ、たくさんのランプに照らされたマリア像の前で行なう連禱が終わったのだ。ふたりは祈禱台にひざまずいた。そのとき祭壇の横に設えてある小さな合唱隊席にいた歌い手たちが「めでたし、海の星《アヴェ・マリス・ステラ》」を歌いだした。クライスラーが最近作曲したものだ。

出だしは静かだが、しだいに強く激しくなり、「神のお恵み深い母なる方」で最高潮となったかと思うと、また弱まり、「幸をもたらす天国の門」へとつづき（この歌詞は同賛歌の第一連からの引用）、歌声は夕風の翼に乗って運び去られた。

ふたりはそのあともひざまずいたまま、我を忘れて熱心に祈った。司祭のつぶやく祈りが聞こえたが、はるか彼方の夜の帳《とばり》から響く天使の合唱のようだった。そこに重なるように、家路に就いた村人たちが歌う聖歌「おお、いと聖なるお方《オー・サンクティッシマ》」が聞こえた。

ようやく司祭がふたりに祝福の十字を切った。ふたりは立ちあがって、抱き合った。恍惚と苦痛で編まれた、名状しがたい嘆きの声が、ふたりの胸から否応なく溢れ出てきそうだった。目に浮かんだ熱い涙は傷ついた心臓からこぼれ出す血の滴にほかならなかった。

「あの方だったのね」侯爵令嬢がささやいた。

「あの方でした」ユーリアが答えた――ふたりの心は通じていた。

予感をはらんだ沈黙の中、森は丸い月が昇って黄金色の淡い光を振りまくのを待っていた。今なお夜のしじまに村人の歌声が聞こえる。まるで山並みの上に広がる雲へと上がり、星々の光をかすませるほど明るく輝く宵の明星の軌道を示しているようだった。

「ああ」ユーリアは言った。「この気持ちはなんなのでしょう。心が千々《ちぢ》に乱れて、痛くてたまりません――聞いてください。遠く聞こえる歌はこんなにも心を和ませてくれます！　お祈りをしたので、天国の至福がいただけると、聖霊が黄金色の雲から教えてくれているのでしょう」

「そうね、ユーリア」侯爵令嬢は至極真面目に答えた。「あの雲の上に救いと至福があるのでしょう。天国の天使が星へと引きあげてくれるといいのだけれど。闇の力に捕まらないうちに。私は死にたいくらいよ。でも、死んで侯爵家代々の霊廟《れいびょう》に運ばれても、そこに眠っているご先祖様は、私が死んだと信じず、死後硬直から目覚めさせ、この世へ追い返そうとするでしょう。そうなったら私は死者にもなれず、生者でもいられず、行き場を失ってしまう」

「なんということをおっしゃるんですか、ヘートヴィガ様。とんでもないことです」ユーリアはびっくりして叫んだ。

「そういう夢をよく見るの」侯爵令嬢はしっかりしていたが、ほとんど無頓着にさえ聞こえる口調で話をつづけた。「霊廟にいるご先祖様がヴァンパイアになって、私の血を吸っているのかもね。だからこんなにひんぱんに気絶するのかもしれない」

「ご病気なのです。重いご病気なのですよ、ヘートヴィガ様。夜気にあたるのはよくありません。さあ急いで帰りましょう」

ユーリアに肩を抱かれると、令嬢は黙ってされるがまま歩いた。

ガイアーシュタイン山の上に月が昇り、魔法のような明かりに照らされた茂みや木立が、夜風と戯れるようにささやき、無数のかわいらしい声を上げていた。

「この地上は本当に美しいですね」ユーリアは言った。「自然は素晴らしい奇跡を起こすものです。ちょうどかわいい子どもを産むやさしい母親のように」

「そう思う?」そう訊き返すと、令嬢はしばらくしてこうつづけた。「私の気持ちをわかってと言うつもりはないわ。よくない気持ちをただぶちまけただけだと思って——命が潰《つい》えるときの痛みを、あなたはまだ知らない。自然は残酷よ。育むのは健全な子だけ。病気の子は見捨てる。病気の子を見つけると、恐ろしい武器で襲ってきさえする——ああ!　知っているでしょう。私にとって、これまで自然は精神や手の力を鍛えるために建てられた美術館だった。でも今はちがう。驚愕以外のなにも感じず、胸騒ぎすらしない。明るい月夜にあなたとふたりだけでいるよりも、きらびやかな人たちに囲まれて煌々と明るい広間にいるほうがましなくらいよ」

ユーリアは心なしか不安を覚えた。ヘートヴィガは元気をなくし、衰弱している。かわいそうに、残ったわずかな力でなんとかしゃんと歩こうとしている。

ようやくふたりは宮殿に辿り着いた。近くのニワトコの茂みの下にある石のベンチに、黒い人影がすわっていた。その人影に気づいた侯爵令嬢は「あの人だわ！」とうれしそうにつぶやくと、急に元気を出し、ユーリアの手を振りほどいて、その人影のほうへ歩いていった。人影は冴えない声で言った。「ヘートヴィガ、私のかわいそうな子！」

ユーリアは、その人影が頭の先から爪先まで茶色の衣服に身を包んでいることに気づいた。闇が深くて、顔立ちまではわからない。なぜか戦慄を覚えて、その場に立ちつくした。

その女性と令嬢はベンチに腰を下ろした。女性は令嬢の額にかかった巻き毛をやさしく撫でてから、両手を当ててゆっくりと静かに話しだした。ユーリアには聞き覚えのない声だった。数分してその女性がユーリアに声をかけた。

「お嬢さん、宮殿へ行って、侍女を呼んできて。令嬢を宮殿に運んでほしいのよ。穏やかに眠っているから、やがて元気に目覚めるでしょう」

ユーリアは驚く暇もなくすぐ言われたとおりにした。

侍女たちを連れて戻ってみると、侯爵令嬢はショールに包まれて、穏やかに眠っていた。女性の姿は消えていた。

翌《あく》る日、令嬢は元気に目を覚ました。心配していた錯乱の痕跡はまったくなかった。

「あの不思議な女性はだれだったのですか？」ユーリアは令嬢にたずねた。

「知らないの。一度会ったことがあるだけなのよね。覚えているでしょう。まだ子どものとき、私は病気で死にそうになったことがある。医者も匙《さじ》を投げるほどだった。そんなある夜、あの女性が枕元にあらわれ、今回みたいに子守歌を歌ってあやしてくれたの。私は甘い眠りについて、目を覚ますとすっかり元気になっていた。

ゆうべ、あの女性の幻がひさしぶりに目の前にあらわれたのよ。私を救うためにふたたび姿をあらわしたのだと思った。実際そうなった――私のためと思って、あの幻影のことはだれにも言わないで。不思議なことが起きたのを、言葉からも素振りからも気づかれないようにしてね。ほら、ハムレットを思い出して。親友ホレイショーになってちょうだい！――あの女性にはきっとなにか秘密があるのよ。私とあなたにはわからないことで、穿鑿《せんさく》するのは危険だと思うの――とにかく私は元気になって、私につきまとう幽霊から解放されたのだから、それでいいじゃない」

侯爵令嬢は突然、全快したので、だれしも不思議に思った。侍医によれば、マリア礼拝堂へ赴いた夜中の散歩が神経のショック療法となって劇的な効果を示したのだという。またそうした治療法があることは知っていたが処方するのを忘れていただけだとも言った。だがベンツォン夫人はつぶやいた。

「そういうことね！――あの女性があらわれたようね――今回は知らんぷりをしましょう！」

これでいいよ、伝記作者はあの運命的な問題について「きみは――

（ムルのつづき）――愛してくれるのですね、かわいいミースミース？ もう一度言ってください。いや何千回も言ってほしい。わが輩が天にも昇る心地になって、第一級の小説家が生んだ恋愛小説の主人公よろしく馬鹿馬鹿しいことをたっぷり言えるように！――だがきみは、わが輩が歌をこよなく愛し、その技に長けていることに気づいたはず。よければちょっと歌のひとつも聞かせてくれませんか？」

「ああ、ムル」ミースミースは答えた。「歌の技術にかけては素人ではないけれど、巨匠や識者の前で披露することになった若い歌姫の気持ちはわかるでしょう！――不安と困惑で喉が締めつけられるものよ。トリッロ（隣接する音を交互に素早く反復して出す装飾音。トリル）やモルデントといった美しい装飾音が、喉に魚の骨が詰まったみたいに情けないことになるでしょう――そのうえアリアを歌うなんて、できっこないわ。だからたいていはデュエットからはじめるものよ。よければ、ささやかなデュエットをやってみましょう！」

　願ったり叶ったりだ。さっそくふたりで情感たっぷりのデュエットをはじめた。「ひと目見て、わが心は汝のもとへ羽ばたく」（十八世紀フランスの作曲家ダレラックのオペラ『アゼミア』のデュエット）などなど。ミースミースははじめ、おっかなびっくりだったが、やがてわが輩の力強いファルセット（通常の声域より高音で歌う歌唱法）をうまく引き立ててくれた。彼女の声は愛らしく、その歌い方ときたら円熟の域に達していて、柔らかく、やさしい。たいした歌姫だ。わが輩は有頂天になった。わが友オウィディウスはまたしてもハズレだった。ミースミースは歌で見事に及第点を出したのだ。もう絃楽器を弾かせるまでもないだろう。このうえギターを弾いてくれというわけにはいかなかった。

　ミースミースはあの有名な「かくも激しき動悸」（ロッシーニのオペラ『タンクレーディ』中のアリア）などを流れるように、抜群の表現力で、じつに上品に歌った。レチタティーヴォの果敢な力強さから牝猫らしい甘美なアンダンテへと素晴らしい高まりを見せた。このアリアは彼女のためにこそあると思われたほどだ。おかげでわが輩は歓喜の雄叫びを上げた。おお！——ミースミースはこのアリアであまたいる多感な牝猫をメロメロにするにちがいない！——次に最新のオペラからもうひとつデュエットを歌った。これまたわが輩たちにうってつけと思えるほどうまくいった。二匹の内面から溢れ出す見事なルラード（旋律の二音間に差しはさまれる即興的なパッセージ）はそのほとんどが半音階的パッセージから成り立っていて、絢爛そのものだった。いい機会だから言っておくが、わが種族はそもそも半音階が得意なのだ。だから作曲家諸氏に言う。わが種族のために作曲する際は、メロディーをはじめ、さまざまな面でぜひ半音階をたっぷり仕込んでもらいたい。先ほどのデュエットを作曲した巨匠の名はうかつにも失念してしまったが、わが輩に言わせれば真の作曲家と呼べる逸材だ。

さて、こうして歌っていると、黒い牡猫が屋根に上がってきて、燃えるような目でこちらをにらみつけてきた。

「あっちへ行きたまえ」わが輩はその黒猫に声をかけた。「さもないと、目を引っかいて、屋根から蹴落とすぞ。だがいっしょに歌いたいのなら、それでもいい」

その黒ずくめの若者がすぐれたバスの歌い手であることを知っていたので、合唱に誘ったのだが、そのとき選んだ曲はじつを言うとあまり好みではなかった。しかしミースミースとの別れが間近に迫った今ならお誂《あつら》え向きだと思った——「愛する人　もうお別れなのでしょうか？」（『魔笛』中のパミーナの歌）と三匹で歌った。ところが、黒猫と声を合わせて、神々よ、守りたまえ、と歌ったかと思うと、煉《れん》瓦《が》の大きな破片が飛んできて、恐ろしい声がした。

「忌々しい猫どもめ、うるさいぞ！」

わが輩も他の二匹もばらばらに散って、死にもの狂いで屋根裏に逃げ込んだ——おお、芸術がわからぬ無粋な野蛮人め。言うに言われぬ恋の憂いを感動的に歌っていたというのに、なにも感じないとは。復讐と死と破滅しか頭にない輩め！

すでに述べたとおり、恋の悩みから解放してくれるはずだったものが、さらなる深みへとわが輩を追い込んだ。ミースミースは音楽が得意だったので、優雅な音楽を即興で楽しむことができた。彼女はわが輩自作のメロディーにもうまく合わせた。そのせいで、わが輩はなにも手につかなくなり、恋の悩みにひどく苦しみ、ついには顔色が悪くなり、げっそりやつれて、惨めなありさまとなった——そしてやつれ果てた末に、ようやくのことで、恋の病から立ち直るための最終手段、やぶれかぶれな手を思いついたのだ——ミースミースにわが心と前脚を差し出したのだ。彼女は承諾してくれた。そして契りを交わすやいなや、恋の苦しみがすっと消えたことに気づいた。ポタージュスープと肉のローストがおいしく味わえるようになった。爽快な気分で過ごせるようになり、髭もぴんと伸び、毛並みも前よりも色艶がよくなった。それもこれも、これまで以上に身だしなみに気をつけるようになったからだ。ところがわがミースミースは見づくろいをしなくなった。それでも、わが輩はわがミースミースを讃える詩をいくつかこしらえた。陶酔しているがゆえに浮かぶやさしい言葉を次々と極限まで注ぎ込んだので、いずれの詩も美しく、真に迫っていると感じられた。またわが輩は分厚い本を彼女に献呈した。これによって、文学的・美学的見地から、礼儀を知り、誠の愛を捧げる猫に望みうるすべてのことを成し遂げたことになる。ところでわが輩とミースミースは師匠の家の玄関に置かれた藁のマットの上でつましく静かで幸せな生活を営んだ――といっても、この地上に変わらぬ幸せなどあるだろうか！――ほどなくして気づいた。わが輩がいるというのに、ミースミースがよくぼんやりすることに。話をしているときに、とんちんかんな返事をするし、深いため息をついたかと思えば、恋の歌しか歌いたがらなくなった。いやそれどころか、ついには気力をなくし、病んでいるのではないかと思えるようになった。どうしたのかたずねてみると、彼女はわが輩の頬を撫でて答えた。

「別になんでもないわ、愛する善良なパパ」

だが一向に腑に落ちない。マットで待ちぼうけを食ったり、地下室や屋根裏を捜しても、見当たらなかったりすることが頻発した。そしてようやく捜し出して、やさしく問うてみると、彼女は健康のために遠くまで散歩している、医者をしている猫から湯治《とうじ》に行くようすすめられたなどと言い訳をした。わが輩は納得がいかなかった。彼女はわが輩がへそを曲げたことに気づいたらしく、しきりにグルーミングをしてくれたが、どこか妙な気がした。うまく言葉にできないが、温かい気持ちになるどころか、心が冷え冷えするばかり。これまた納得がいかなかった。まさかミースミースのこのふるまいに別の理由があるとは思いもせず、やがて美しき妻に対する愛情は最後の灯火まで消えてしまった。彼女のそばにいても退屈で仕方なくなった。そのためこっちはこっちで自分の道を行き、あっちもあっちで自分の道を進むようになった。それでもたまにはマットでいっしょになって、お互いに愛情のこもった戯《ざ》れ言《ごと》を口にし、仲睦まじい夫婦に戻ると、ふたりで過ごす平和な家庭はいいと賛美した。

そんなあるとき、バスの歌い手である黒猫が師匠の部屋に訪ねてきたことがあった。いわくありげに訥々《とつとつ》と話してから、ミースミースとはどうなっているのかと急に訊いてきた——黒猫にはなにか打ち明けたいことがあると察した。実際、そういう話になった。従軍していた若い猫が舞いもどって、近所の小さなペンションに住みつき、そのペンションの料理人が捨てる魚の骨や残飯を食い扶持《ぶち》にしているという。そいつの容姿は端麗で、ヘーラクレースもかくやという体格で、おまけに黒灰黄色の派手な異国の軍服を身につけている。また、仲間といっしょに倉庫じゅうのネズミを駆逐して、その勇ましさを誇示し、焼きベーコンの勲章を胸につけていた。そんなわけでこの界隈の娘も女房も、そいつに首ったけで、そいつが威風堂々と頭を上げ、らんらんと燃える瞳であたりをねめまわすと、だれもが胸をときめかす。黒猫によると、こいつがミースミースに懸《け》想《そう》していて、彼女のほうも憎く思わず、両名は毎夜、煙突の陰や地下室で逢い引きを重ねているらしいのだ。

「不思議でならないんだ、親友」黒猫は言った。「他のことでは聡明なきみが、このことに気づかないとはね。だが愛する夫は往々にして理性を失いがちになるものだ。残念だが、きみの目をひらかせるのは友人としての義務だ。きみがあの素敵な妻君にぞっこんなのを知っているから余計だ」

「おお、ムッィウス」それが黒猫の名だった。「わが輩がぞっこんかというのか？　あのかわいい裏切り者を愛しているかだと！　わが輩は骨の髄まで彼女を崇拝している！——あいつがそんなことをするはずがない！——ムツィウス、腹黒い誹謗者め、報いを受けるがいい！」

わが輩は爪を立てて前脚を振りあげた。ムツィウスはこちらを見て、穏やかに言った。

「まあ、そうむきになりなさんな。多くの立派な者と同じ運命を辿っているんだ。卑しむべき浮気の虫はどこにも巣くうものさ。わが種族においてはとくにね」

わが輩は振りあげた前脚を下ろし、絶望に打ちひしがれたときのように二、三度宙に跳ね、腹立ちまぎれに叫んだ。「そんなことがあるものか！　そんなことがあるものか！——おお、天よ——地よ！　他のなににかける？——そうだ、地獄にかけよう！（『ハムレット』第一幕第五場参照）——相手は黒灰黄色のぶち猫？——普段は誠実でいとしい、あのかわいい妻、あいつがそんなひどい嘘をつき、あいつの胸にすがって甘美な恋愛の夢にも浸ってきたわが輩を貶《おとし》めたというのか？——おお、涙よ、流れろ。恩知らずのために流れるがいい！——ちくしょう、そうはさせない。煙突のそばにいるぶちめ、地獄に落ちろ！」

「落ち着きたまえ」ムツィウスがなだめた。「いくら苦しいからといって怒りに身を任せてはいけない。真の友としては、きみの心を苛む絶望感に水を差すつもりはない。情けなくて自殺するほかないと言うのなら、よく効くネズミ用の毒薬をやってもいい。だがそんなことはしたくない。日頃から、愛嬌のある愛すべき猫であるきみだ。むざむざ若い命を捨てるのは惜しいではないか。気を落とすな。ミースミースの好きにさせるんだ。この世にはまだかわいい牝猫がいくらでもいる——ごきげんよう、親友！」

そう言うなり、ムツィウスは開いていたドアを抜けて立ち去った。

ストーブの下に寝そべりながら、ムツィウスから聞いたことをつらつら考えるうちに、密かな喜びとでも言える気持ちが湧き起こった。ミースミースとの関係がどうなっているかわかったからには、わけがわからず悩む気持ちに終止符が打てる。だがこれほどの辱《はずかし》めを受けたのだから、黒灰黄色のぶちに決闘を申し込むのが筋だ。

夜になると、わが輩は煙突の陰で二匹を待ち伏せし、「悪辣非道な裏切り者め」と怒鳴って恋仇に躍りかかった。だが相手のほうがはるかに強かった。気づいたときにはもう手遅れだった。奴はわが輩をつかんで、毛が抜けるほど激しく平手打ちをすると、そのままさっさといなくなってしまった。ミースミースは気絶して倒れていたが、わが輩が近寄ると、恋仇に負けず劣らずの速さで跳ね起き、そのあとを追って屋根裏に飛び込んだ。

腰に力が入らず、耳から血を流していたわが輩は、忍び足で師匠のところへ下りていくと、名誉を守ろうとしたことを呪い、ミースミースをぶちに譲ってもいいという気になった。

「なんと忌まわしい運命だ。恋に現《うつつ》を抜かして下水溝に落とされ、幸せな家庭を営んで半殺しにされるとは」

翌朝、師匠の部屋から出てみると、マットにミースミースがいたので、すくなからず驚いた。

「ムル」彼女は穏やかに言った。「もう以前ほどあなたを愛していないの。申し訳ないけど」

「おお、ミースミース」わが輩はやさしく答えた。「胸が切り裂かれるようだ。でも、正直に言うと、あの一件があってから、こちらもきみのことはどうでもよくなっている」

「悪く取らないでね。でももうだいぶ前から、あなたが鼻持ちならなくなっていたのよ」

「そいつはたまげた。なんという魂の共鳴だろう。わが輩もそう思っていたんだ」

お互いに相手が鼻持ちならないのであれば、永遠に別れるほかないと意見が一致し、やさしく抱擁して、喜びと恍惚の熱い涙を流した！

こうして別れを告げたが、お互いに相手の素晴らしさと魂の大きさに感服し、話を聞きたがる者には互いに誉めそやしたのだった。
「わが輩もまた理想郷《アルカディア》にあり」そう叫んで、わが輩はよりいっそう芸術と学問に没頭した。

(反故)——「先生」クライスラーは訴えた。「どうしても申しあげたいことがあるのです。嵐の前の静けさというでしょう。激しい嵐が来る前には、やる気をなくさせる鬱陶《うっとう》しい蒸し暑さを感じるものです。今の宮廷がまさにそうです。年鑑かなにかのような金箔小口の十二折り判にすぎないイレネウス侯爵の宮廷。それが白日《はくじつ》の下《もと》にさらされたのです。侯爵は第二のフランクリンよろしく避雷針代わりに豪華な祝宴をひらきますが、あんなのはやるだけむだです。結局、雷が落ちて、大礼服を焦がしてしまう恐れがあります——たしかに、今の侯爵令嬢へートヴィガは、明るく澄んだメロディーに比肩できるでしょう。荒々しくけたたましい和音が令嬢の傷ついた胸から溢れ出てくることはなくなりました。しかし——まあ、いいでしょう！　令嬢は今、あのご立派なナポリ人の腕を取って、明るくやさしくふるまい、誇らしげに歩いておられる。ユーリアはユーリアで愛くるしく微笑み、あの男のお愛想に耳を貸している。あの公子は、婚約者から目を離さずに、ユーリアにもちゃっかり色目を使っているのです。彼女はまだ若くうぶですから、そういう跳弾のほうが正面から飛んでくる弾よりもよほど深刻です！——それでも、ベンツォン夫人の話では、令嬢ははじめのうち、彼を紺碧の怪物と呼んで嫌がっていたそうです。そして、天国の子とも言える、やさしくおとなしいユーリアには、あの着飾った軍司令官が卑劣なバジリスクに見えたとか！——いい勘をしていますよ、あのふたりは！——しかし、バウムガルテンの『世界史』（十八世紀にバウムガルテンが英語から翻訳した『イギリス学術協会作成になる世界史概要』第一巻にヘビについての詳しい記述がある）に、私たちが楽園から追い出されるきっかけを作ったヘビが金ぴかの鱗《うろこ》製上衣を着てふんぞりかえって歩くなんて話はありませんでしたかね？——金ぴかのヘクト

ールを見かけるたび、そのことが脳裏をよぎるのです――ところでヘクトールというのは、私に忠義を尽くした気品あるブルドッグの名前なんですがね――あいつが今いてくれたら、ふたりのあいだでふんぞりかえっている同名の公子の上着の裾にけしかけることができるんですが！　そうだ、先生。いろいろ奇術をご存じなのだから、機会を見計らってスズメバチに変身し、あの高貴なお犬様をてんてこまいさせる方法を教えてください！」

「ヨハネス、好き勝手言わせたが、ここでひとつ質問したい。もし私がきみの予感を裏づける発見をしたと言ったら、おとなしく聞く気はあるかね？」

「私は伊達《だて》に楽長をしていませんよ――私が私の自我を楽長に措定《そてい》したなどと哲学的な物言いをする気はありません。上流階級の集まりでたとえ蚤《のみ》にくわれても平静を装えるだけの精神力はあると言いたいだけです」

「ではいいかね、ヨハネス。ひょんなことから公子の生活を垣間見ることができたんだ。きみがあの人物を楽園のヘビに喩《たと》えたのは正解だ。美しい仮面の下――仮面だということはきみも否定しないだろうが――毒々しい汚濁が隠れている。いや、悪徳と言うべきかな――あの者はなにか悪巧みをしている――じつを言うと、あの者はかわいいユーリアを狙っている」

「やはりそうだったか」クライスラーは部屋の中を忙しなく歩きまわった。「悪党め、それで甘ったるい歌を歌っているんだな？――ちくしょう。したたかな奴だ。お膳立てされた果実と禁断の実に同時にありつこうというのか！――おい、歯の浮いたことを言うナポリ野郎、ユーリアには音楽に骨の髄まで身を捧げた立派な楽長がついているんだからな。きさまは呪われた不協和音だ。解決しないでおくものか。楽長たる者はその天職を全うする。すなわち楽長はきさまを片づける。きさまの頭に銃弾を撃ち込むか、ここにある仕込み杖で体を刺し貫くかして！」

クライスラーは仕込み杖を抜いて構え、これで高貴なお犬様を刺し貫けるかどうか師匠にたずねた。

「落ち着きたまえ、ヨハネス」アブラハムは答えた。「公子の企みを打ち砕くのに、そこまでの蛮勇は必要ない。あの者をやっつける武器なら他にもあるんだ。昨日、漁師小屋にいたら、公子が副官といっしょに通りかかった。ふたりは私に気づかなかった。公子が言ったよ。『侯爵令嬢は美しいが、ベンツォン夫人の娘は神々しい！　あの娘を見ると、血がたぎる。ああ、侯爵令嬢と結婚する前に、なんとしてもあの娘をものにしたい——拒絶されるかな？』

『あなたを拒む女がこれまでにいましたでしょうか、ご主人様』副官が答えた。

『ところが、あの娘は身持ちが堅いようだ』

副官は笑った。

『そして世間知らず。破竹の勢いの相手に不意打ちを食らえば、身持ちが堅くても世間知らずな娘など、結局は屈服し、これも神の思し召しと思って、勝者に首ったけになるといいます！——殿下もそうなられるでしょう』

『それならいいのだが、あの娘とふたりきりになれそうか——手始めにどうする？』

『容易いことです。あの娘はよくひとりでこの庭園を散策します。そのときに』

ふたりの声が遠ざかって聞こえなくなったので、その先はわからない！——今日にもなにか恐ろしい計画が実行に移されそうだ。それをつぶさなければ。私が手を下してもいいが、ちょっと事情があって、あの公子の前に出られない。だからヨハネス、今すぐジークハルト宮に赴いて、ユーリアを見守ってやってくれないか。あの娘はいつも黄昏《たそがれ》どきに、白鳥に餌をやるため湖まで散歩をする。あのイタリアの悪党はそこを狙うだろう——ではこの武器を持っていきたまえ。必要な入れ知恵もした。あの危険な公子に立ち向かって有能な司令官であるところを見せるのだ！」

伝記作者としては、錯綜した情報にまたしても茫然としている。だが今綴《つづ》っている物語をまとめるにはその情報を使うほかない——マイスター・アブラハムが楽長にどんな入れ知恵をしたか書き添えられればどんなによかったか。というのも、のちにこの武器なるものが登場するにしても、親愛なる読者諸氏にはどういう事情なのかわからないと思うからだ。不幸にして伝記作者には今のところ、この入れ知恵に関して一切情報がないが、それを通して、（まずまちがいなく）特別な秘密がクライスラーに明かされたのだ——だが！　親愛なる読者よ、もう少しだけ辛抱していただきたい。伝記作者としては、書くのに欠かせぬ親指を抵当に入れてでも、本書が大団円を迎える前にこの秘密を明るみに出すつもりである——今語れるのは、太陽が傾き、ユーリアが白パンを入れた小さな籠を腕にかけて、歌を口ずさみながら庭園を歩いていたときのことだけだ。彼女は湖まで出かけ、漁師小屋の近くにある橋の上で足を止めた。クライスラーは茂みに隠れ、精巧なドロンドの双眼鏡を目に当てて、茂み越しに目を皿のようにして様子をうかがっていた。白鳥が水音を立てて近づいてきた。ユーリアがパン屑を投げ与えると、白鳥は夢中でついばんだ。ユーリアは歌のつづきを歌った。そのせいで足早に近づいてくる公子へクトールに気づかなかった。公子が突然そばにあらわれたので、彼女はぎょっとした。公子は彼女の手を握ると、その手を自分の胸に押しあて、口づけをしてからユーリアと肩を寄せ合うように並んで橋の欄干にもたれかかった。熱心に話しかける公子をよそに、ユーリアは湖面を見ながら、白鳥に餌をやった。

クライスラーはふたりを観察しながらつぶやいた。

「美しい顔をそんなにしかめるものではないですよ、お嬢さん！　私が目の前の欄干にすわっていて、いつでもあなたの頰を張れることがわからないのですか？——おや、なんで頰を赤らめるんですか、いとしい天使？——そんな悪党をそんな珍しそうに見るなんて、どうしたのです？——微笑むのですか？——赤く燃える毒気に当てられて、胸襟をひらくしかないのですね。焼けるような陽光を浴びてひらく蕾のようではありませんか！　せっかく美しい葉に隠れていたのに、蕾はすぐに朽ち果ててしまう」

精巧なドロンドの双眼鏡のおかげで、ふたりはすぐそばにいるように見えた——公子もパン屑を投げたが、白鳥は見向きもせず、敵意のこもった大きな鳴き声を上げた。そこで公子はユーリアに腕を絡め、まるで彼女が投げたかのようにパン屑を放った。その拍子に、ふたりの頬が触れそうになった。

「それでいい」クライスラーはつぶやいた。「無頼漢《ぶらいかん》、いや、猛禽《もうきん》め、鉤爪を出して、獲物をしっかりつかむがいい。だがいいか、茂みの中にはきさまに狙いを定め、輝くその翼を撃ち抜こうとしている者が潜んでいるんだからな。きさまの気ままな狩りは目も当てられないことになるだろう！」

そのうち公子はユーリアの腕を取って、漁師小屋へ向かった。だが小屋の手前で、クライスラーが茂みから出て、ふたりのところへ歩いていくなり、公子の前で身構えた。

「素晴らしい晩ですね。いつになく空気が澄んでいます。芳しい匂いもする。殿下、いながらにして美しいナポリを思い出しませんか？」

「だれだ？」公子が怒鳴った。

その瞬間、ユーリアは公子の腕を振りほどき、クライスラーのほうへ親しげに近寄って、手を差し出した。

「なんて素敵なのでしょう、クライスラー様。あなたにここでお目にかかれるなんて。じつはぜひお会いしたいと思っていたのです——一日でもあなたの姿が見えないと、私は駄々っ子のようになってしまって、母に叱られるんです。あなたが私や私の歌声を気にかけてくださらないと思うだけで、むしゃくしゃして、病気になってしまいそうです」

「なんだ」公子は刺すようなまなざしでユーリアとクライスラーを交互ににらんだ。「ムッシュ・ド・クレーゼルか。侯爵がそなたを誉めていたぞ！」

「それはありがたき幸せ」クライスラーは眉間にしわを寄せ、小刻みにふるわせた。「よき領主様に祝福あれ。そうであればこそ、寛大な公子様である殿下にはお願いしたきことがあります。どうか殿下の庇護を——不躾《ぶしつけ》ながら、殿下におかれましては私をひと目見るなり好意をお寄せくださったものと思っております。通りすがりに私を小心者とお呼びになりましたね。あれにはなにか特別な理由があったのでしょう。さて、小心者であれば、お役に立てることも」

「なんとも」公子が言葉をさえぎった。「ふざけた奴だ——」

「めっそうもありません。おふざけは好きですが、下手の横好きと申しましょうか、面白くもなんともありません。今はぜひナポリに出かけて、波止場で漁師や盗賊たちの小粋な歌を書きとめたいと思っています。殿下は芸術をこよなく愛する公子様であらせられます。なにか推薦いただければ——」

「そなたは」公子がまた口をはさんだ。「やはりふざけた奴だな、ムッシュ・ド・クレーゼル。いいぞ。本当にいい。だが散策中のそなたを引き止めたくはない——さらば！」

「いいえ、寛大な公子様。この機会を逸しては、いいところをお見せすることができません。どうぞ漁師小屋へ。小さなピアノがあります。ユーリア嬢も私と快くデュエットを歌ってくれるでしょう！」

「喜んで」ユーリアはクライスラーの腕を取った。公子は歯がみしながら、そっくりかえって先に立った。ユーリアはクライスラーの耳元にささやいた。「クライスラー様！　どうしようかと思っていました」

「困ったものだ」クライスラーも小声で答えた。「ヘビの毒牙にかかろうとしているのに、きみときたら、夢でも見ているようにぼんやりしているのだから」

ユーリアは目を丸くして彼を見つめた。クライスラーが「きみ」と呼んだのは、演奏の最中に感無量となったときの一度きりだった。

デュエットが終わった。素晴らしい、じつに素晴らしいと歌の最中から連発していた公子が拍手喝采を送った。ユーリアの手に熱い口づけをして、歌を聴いて全身がふるえたのははじめてだと言い、楽園の調べが霊酒となって流れるその唇に接吻したいとユーリアに迫った。

ユーリアは尻込みし、クライスラーが割って入った。

「殿下、私にはお誉めの言葉をいただけないのでしょうか？　作曲家として、またユーリア嬢にひけを取らない歌い手としてもひと言くらいお言葉をいただけると思ったのですが、私のお粗末な音楽的知識では叶わぬことだと気づきました。それならば美術の方面で試したいと存じます。小さな肖像画をご覧いただきたいのです。数奇な人生を送り、不思議な最期を遂げた方の肖像画でして、話を聞きたいと所望される方にはすべてを語ることにしております」

「うるさい奴め！」公子はつぶやいた。クライスラーはポケットからケースを出し、そこから小さな絵を取り出して、公子に差し出した。それを見るなり、公子は顔面蒼白になった。その絵に目が釘づけになり、唇をふるわせ、歯のあいだから「ちくしょう！」と声を漏らすなり駆け去った。

「どういうことですか？」ユーリアは死ぬほど驚いていた。「それはいったいなんなのですか、クライスラーさん？——教えてください！」

「くだらないことだ。ただのおふざけ、悪魔払いにすぎない！　見たまえ。気のいい公子様の足の速さときたら。もう橋を渡っている——おやおや！　甘く牧歌的なふるまいはどこへやら。湖に一瞥《いちべつ》もくれず、白鳥に餌をやろうともしない。たいした——悪魔だ！」

「クライスラーさん。あなたの口調には心底ぞっとします。不吉な感じがします——公子様のことでなにかあるのですか？」

　クライスラーは窓辺から離れると、深く感動した面持ちで目の前に立つユーリアを見た。彼女は両手を合わせ、よき霊に向かって不安を取り除いてほしいと涙ながらに哀願しているかのようだった。

「そうだね。悪態をついて、天上の妙なる響きを妨げるのはよくない！——地獄の霊は偽善者に化けて世の中をうろついている。だがそんな奴らに手出しはさせない。きみは連中の悪行など気にしなくていい！——さあ、安心してください、ユーリアさん！——もう黙ります、すべて片づきました！」

　その瞬間、ベンツォン夫人があわてて小屋に入ってきた。

「どうしたの？——私を見もせず、血相を変えて走る公子様とすれちがったけれど。副官が宮殿のそばであの方を出迎えて、なにやらあわただしく相談していたわ。あの方は副官になにか重要な役目を与えたらしく、ご自分は宮殿に足を踏み入れたけれど、副官は仮住まいしている園亭に大急ぎで走っていった——庭師の話では、おまえは公子様といっしょに橋の上にいたそうね。それを聞いてなぜか恐ろしいことが起きたような気がしたの——だから急いで来たのよ。なにがあったの？」

　ユーリアは洗いざらい話した。

「秘密?」ベンツォン夫人は鋭いまなざしをクライスラーに向けた。

「顧問官」クライスラーが答えた。「話せない瞬間――事情――状況というのがあります。それを明かせば、大騒ぎになり、分別のある方々まで困惑させてしまうからです!」

話はそれで終わった。といっても、クライスラーの沈黙にベンツォン夫人は気分を害しているように見えた。

クライスラーは夫人とユーリアを宮殿まで送りとどけ、そのあとジークハルツヴァイラーへ戻ることにした。彼が庭園の並木道に姿を消すと、公子の副官が園亭から出て、同じ道を辿った。まもなく森の奥で銃声が轟いた!

その夜、公子はジークハルツヴァイラーを発った。侯爵には書面で暇乞いをし、またすぐに戻るとしたためてあった。翌朝、庭師が下働きの者たちと庭園を見てまわり、血のついたクライスラーの帽子を発見した。本人は行方不明のままとなった――人々は――

第一巻の終わり

第二巻

第三節　修業の歳月　偶然の気まぐれな戯れ

（ムルのつづき）憧れと熱い欲求で胸がいっぱいだ。だが無数の苦難と不安に立ち向かい、憧れの境地に達しても、たちまち硬直化して、どうでもよくなってしまう。せっかく手に入れたものも、使い古しの遊び道具のように捨ててしまい、早まったことをしたと後悔してはまた新たな戦いに挑む。生涯なんて、そうやって欲求と嫌悪のうちにすぐ終わってしまう――猫とは、そういうものだ――高慢なライオンまでが名を連ねるわが種族の特徴をよく言いあらわしている。ティークの『皇帝オクタヴィアヌス』（同名のフランス語版から翻訳されたドイツ民衆本に想を得た喜劇）に登場するホルンヴィラも、ライオンを大きな猫と呼んでいるほどだ――繰り返すが、猫とはそういうもの。猫の心はまったくもって移り気なのだ。

　誠実な伝記作者に求められるのは、公明正大で、己にも厳しいことだ。だからわが輩は前脚を胸に当てて告白しよう。学芸に精魂を傾けていても、美しいミースミースへの未練がふいに頭をもたげ、学業に支障を来《きた》すようになった。

　別れるべきではなかったかもしれない。本気で愛した者をはねつけたのは、心眼が曇っていたからではないだろうか。ああ！　偉大なピタゴラスに取り組もうとするたび（わが輩はその頃、数学に没頭していた）、黒い靴下をはいた華奢な前脚で直角三角形の底辺や斜辺を押しやって、かわいいビロードの帽子をかぶったミースミースを目に浮かべてしまう。優美な草色の瞳の責めるようなまなざし、燃えるようなそのまなざしがこっちに向けられる――ぴょんと横飛びするときのかわいらしさ。尾を巻いたり、振ったりするときの愛くるしさ！――恋心が再燃して彼女を抱擁しようとすると、幻影はすっと消え失せる。馬鹿にするにもほどがある――愛の理想郷《アルカディア》仕込みの夢のせいで、かなり憂鬱になったが、詩人にして学者である選ばれし者の生涯にとって憂鬱は有害だ。まもなく怠惰に蝕まれた。そうした厭うべき状態から脱するには、ミースミースを捜しに行くほかない。だが、彼女は屋根の上にいるだろうと思って階段に脚をかけても、恥ずかしさに怖じ気づき、脚を戻して、ストーブの下にすごすごともぐり込んでしまう。

このように精神的に追い込まれてはいたが、学問はともかく、体のほうはいたって健やかで、強靭になった。うれしいことに、鏡を覗くと、頬はふっくらし、若々しく見える。おかげでみんなから一目置かれるようになった。

師匠でさえわが輩の変化に気づいた。実際、ごちそうを出してくれると、わが輩は喉を鳴らしたり、小躍りしたりしたし、朝、目を覚ました師匠から「おはよう、ムル！」と声をかけられると、足元で転げまわったり、とんぼ返りをうったり、膝に飛び乗ったりしたものだ。

だがそのうちに、そこまでしなくても、ニャアと人なつこく鳴いたり、親愛なる読者が「猫背」という言葉でご存じの、背中を丸める仕草を見せたりするだけで事足りるようになった！　だがこの時点になると、鳥追い遊びが億劫《おっくう》になった――ところでこの遊びがいかなるものか述べておくのは、わが種族の若き体操教師や体操選手にとって有益だろう――師匠は一本ないしは数本の羽根ペンを長い紐に結んで、これを宙で上下させ、あたかも飛んでいるように見せる。わが輩は部屋の隅で様子をうかがい、タイミングを見計らって、その羽根ペンに飛びついてずたずたにする。この遊びはじつに面白かった。羽根ペンを本当の鳥に見立てて夢中になり、心身ともに鍛えられた――ところがこの時期はその遊びにまでやる気をなくした。クッションの上でだらだら過ごして、いくら師匠が羽根ペンを揺らしても見向きもしなかった。

わが輩がクッションに寝転がっていたある日、羽根ペンを鼻先でいくら揺らしても反応しないので、師匠が言った。

「猫よ。どうしたんだ？　日に日に怠惰になっているな。食っちゃ寝のしすぎだ」

そのときわが魂に一条の光が射した！——怠惰になったのはミースミースに未練があり、なにもやる気になれないせいだと思っていたが、じつは向学心とは相容れない俗世の暮らしにすっかり染まってしまっただけだと気づいたのだ。自然界には、精神が縛られると、自由を捨てて、肉体という名の暴君の言いなりになる事例が見られる。例を挙げれば、小麦粉と甘いミルクとバターで作ったおいしい粥《かゆ》や、馬毛《うまげ》を詰めたふわふわのクッションがそれだ。師匠のところのメイドがこしらえるミルク粥はじつに美味だ。たっぷりよそった粥を毎朝二皿平らげられるくらい食欲をそそる。だがそうやってたらふく食べてしまうと、学問が味もそっけもない料理のように思えて、食指が伸びなくなる。そこで学問を断念して、文芸に身を投じることにしたが、これもうまくいかなかった。新進気鋭の作家が書いた評判の作品も、名高い詩人による有名な悲劇も、わが輩の精神をつなぎとめることはできず、妄想をたくましくして、はからずも気の利くメイドと作家がぶつかるところを想像し、脂肪と糖分と澱粉《でんぷん》の配分にかけては彼女の右に出る者はいないと思ったりする——精神の快楽と肉体の快感の、夢に見るような不幸な混同！——そうだ。この混同を「夢に見るような」と呼ぶのはいささか変だが、そう呼んでも差し支えないだろう。というのも、夢を見ながら安眠するために、第二の危険物である馬の毛を詰めた幅広いクッションを探すようになるからだ。そして愛くるしいミースミースの甘美な姿を脳裏に浮かべる！——すべてがつながっているのだ。ミルク粥、学問の軽視、憂鬱、クッション、散文的な自然、恋の思い出！――師匠の言うとおり、わが輩は食べすぎ、眠りすぎていたのだ！――どれほど真摯《しんし》になって、禁欲的に節度を守ろうとしてみても、猫の意志は弱い。せっかく立派な決意をしたのに、ミルク粥の甘い匂いや、誘うようにふくらんでいるクッションを前にして意地を張れるわけがなかった。

ある日、師匠の声を耳にした。ちょうど部屋から出て、廊下でだれかに話しかけていた。

「まあいいだろう。きみに会えば、あいつも気が晴れるかもしれない。ただし、いたずらはするなよ。机に飛び乗って、インク壺やらなにやら落としたりしたら、二匹ともただでは置かないからな」

師匠はドアを少し開けて、だれかを部屋に通した。そのだれかというのは、なんと友のムツィウスだった。といっても、見ただけではわからなかった。あの艶のあった被毛はぼさぼさで、みすぼらしくなり、目が落ちくぼんでいた。以前は少し荒削りだが、可もなく不可もない態度を取っていたのに、このときの彼は少々傲慢で、情け容赦がない感じだった。

「やあ、とうとう見つけた！」ムツィウスが言った。「その忌々しいストーブまで行かないとだめかい？――それじゃ、ちょいと失礼！」

ムツィウスは餌皿のところへ行くと、夕食のために取っておいた魚のローストをむしゃむしゃ頬張りはじめた。

「なあ」と食事の合間に言った。「ぜひ教えてくれ。どこに隠れていたんだ？　なぜ屋根に上がってこない。上は楽しいのに、ちっとも顔を見せないな」

わが輩は説明した。

「ミースミースとの恋が破綻してから学問に集中していて、散歩など思いつきもしなかった。ミルク粥、肉、魚、ふわふわの寝床。師匠のところにいれば欲しいものはなんでも手に入る。他の猫とつるむ気にならなくてね。わずらわしいことなど一切ない静かな生活、これこそわが輩のような性質の猫には得がたい財産なのだ。外出などしたら、この暮らしが失われる恐れがある。それに、あのかわいいミースミースへの思いがまだくすぶっている。へたに再会したら、なにをしでかすかわからない。後悔したくないんだ」

「これから話すことを聞いたら、魚のローストをもう一尾くれる気になるだろうな！」そう言うと、ムツィウスはわが輩と並んでクッションの上にすわり、前脚を曲げて、口と髭と耳を撫でた。

「いいかい」ムツィウスは満足そうに喉を鳴らし、穏やかな声と身振りで語りだした。「ムル君、俺がきみの隠れ家を訪ねようと思い立ったのは幸運だったぞ。きみの師匠はなにも文句を言わずに通してくれた。ところで、きみは今、大変な危険にさらされている。頭がよくて、頑強な若い猫が陥りやすい危険だ。厭うべき俗物になる危険だよ。きみは学問に専念していて、猫の仲間と交わる暇がないと言うが、悪いけど、兄弟、それは本当じゃないだろう。丸々太って、毛並みがいい。本の虫にも、勉強の虫にも見えない。しょうもないぬくぬくした暮らしをして、すっかり怠け者になっている。俺みたいに魚の骨を二、三本かすめとったり、鳥を一羽捕まえたりするにも苦労する境遇だったら、こうはならないだろう」

「待ちたまえ」わが輩は友の言葉をさえぎった。「そなたとて順風満帆《じゅんぷうまんぱん》のはず。いつもは――」

「そのことは今度話す」ムツィウスは食ってかかった。「だけど、そなたなんて呼ぶなよ。仰々《ぎょうぎょう》しい。どうせそのうち同志の杯を交わすんだから――だけど、きみは俗物で、しきたりがわかっていない」

わが輩が謝ると、彼は怒りを鎮めて話をつづけた。

「とにかく今言ったように、目も当てられない暮らしぶりだぞ、ムル君。生き方を変えなくてはだめだ。世の中に出ないと」

「おい、なにを言うのだ。ムッツィウス君」わが輩は愕然として叫んだ。「世の中に出ろというのか？──数か月前、軽馬車から世の中に躍り出たときの話を地下室で語ってきかせただろう。忘れたのか？ どこを向いても危険だらけだった。気のいいポントが師匠のところに連れ帰ってくれなかったらどうなっていたことか」

ムツィウスは鼻で笑った。

「だから、そこが問題なんだよ。気のいいポントねえ！──洒落者《しゃれもの》で、頭のいいふりをした、道化同然の、高慢ちきな偽善者。あいつがきみの面倒を見たのだって、それを面白いと思ったからにすぎない。ためしにあいつの仲間の集会に顔を出したり、あいつらと徒党を組んだりしてみるといい。きみは同類ではないから、奴らは噛みついて、追い出しにかかるだろう！ 気のいいポントは、世の中を案内する代わりに愚にもつかない人間の話をしてきみを楽しませただけじゃないか！──いいか、ムル君、あのときのことはこの世の裏面でしかない！ きみが脚を踏み入れるべき場所ではない。俺の言葉を信じろ。きみが独学で得たものなんて、なんの役にも立たない。むしろ害になる。なにしろきみはいまだに俗物だからだ。そしてこの広い世界に、学のある俗物ほど退屈で始末に困る奴はいない！」

わが輩は友ムツィウスに、俗物と貶される所以がよくわからないと白状した。

「ムル君」彼は愛想よく微笑んだ。一瞬とてもかわいらしい顔をしたが、すぐまた本来の彼に戻った。「説明したところでむだだろう。自分が俗物でいるかぎり、俗物がどういうものか理解できない。とにかく当面、俗猫でかまわないというのなら、その特徴は──

(反故)――まったく異様だ。部屋の真ん中に侯爵令嬢ヘートヴィガが立っている。顔からは屍《しかばね》のように血の気が失せ、まなざしは死んだように虚ろ。侯子イグナツィウスはそんなヘートヴィガを球体関節人形ででもあるかのように弄《もてあそ》んでいる。令嬢の腕を高く持ちあげると、そのまま宙にとどまり、下に折り曲げると、腕が下がる。そっと前に押すと、令嬢は歩き、押さないと、そのまま佇む。肘掛け椅子に腰を下ろさせると、すわったまま動かない。侯子はこの遊びに夢中で、人が入ってきたことにも気づかなかった。

「なにをしているのです、イグナツィウス!」

侯爵夫人が叫ぶと、侯子はくすくす笑って、うれしそうにもみ手をした。

「妹のヘートヴィガがやさしくなったんだよ。ぼくの言うことをおとなしく聞いてくれるんだ。つべこべ言わないし、叱らない」

侯子はまた軍隊調の号令をかけ、ヘートヴィガにいろいろなポーズを取らせた。ヘートヴィガが毎回設定したポーズを取ったまま魔法にかかったみたいに動かないのを見て、侯子は嬉々として笑い、ぴょんぴょん飛びはねた。

「見るに堪えないわ」侯爵夫人は声をふるわせ、目に涙を浮かべた。

侍医が侯子のところへ行き、厳しい口調で「おやめください、殿下!」と声をかけ、ヘートヴィガを抱いて、そっと長椅子に横たえ、カーテンを閉めた。

「さしあたり」侍医は侯爵夫人のほうを向いた。「お嬢様には絶対安静が必要です。侯子様にはお下がりいただきます」

侯子イグナツィウスは駄々をこね、すすり泣いた。

「侯子でもなければ、貴族ですらない者がよってたかって指図するなんて。ぼくは妹のところにいる。カップよりも、妹のほうがいい。侍医の言うことなんて聞くもんか」

「お行きなさい、イグナツィウス」侯爵夫人は穏やかに言った。「自分の部屋に戻るのです。ヘートヴィガは眠らなければ。食事のあと、ユーリア嬢が来てくれますよ」

「ユーリア！」侯子は子どもっぽく笑いながら跳ねた。「ユーリア！――やったあ。新しい銅版画を見せようっと。水の王様の物語の挿絵に、大きな勲章をつけた鮭の王子様になったぼくの銅版画があるんだ！」

侯子は侯爵夫人の手に恭しくキスをしてから、誇らしげな目をして侍医にキスをさせようと自分の手を差し出した。ところが侍医はその手を握ると、侯子をドアのほうへ誘い、ていねいにお辞儀をしてそのドアを開けた。侯子はこうしてされるがまま出ていった。

侯爵夫人は心痛と疲労で、肘掛け椅子にへたり込み、頰杖をついて悲嘆の声を漏らした。

「どうしてこんなひどいことになるの？――息子は永遠に大人にならない――そのうえ――ヘートヴィガ――私のヘートヴィガまで！」

侯爵夫人はふさぎ込んだ。

侍医はそのあいだになんとか侯爵令嬢に薬をのませ、侍女たちを呼び寄せた。令嬢になにかあったらすぐ知らせるようにと指示された侍女たちは、自動人形同然の状態がつづく令嬢を自室に連れていった。

「奥方様」侍医は侯爵夫人のほうを向いた。「お嬢様の容体の異様さは気がかりではありますが、ほどなく快復いたしますでしょう。後遺症の心配もございません。お嬢様がかかっている硬直性痙攣は奇病でして、どんな名医でも一生目にする機会がないほど珍しいものです。私としては幸運というほかなく――」侍医は言い淀んだ。

「ふん」侯爵夫人は苦々しげに言い放った。「自分の知見が増えるなら、患者がどんなに苦しんでも気にならないのね」

「少し前のことですが」侍医は侯爵夫人の非難をものともせず話をつづけた。「ある医学書でお嬢様の現状とそっくりの症例を読んだことがあります。ある婦人（著者はそう書いています）は訴訟を起こすためにヴズールからブザンソンにやってきました。ことの重大さから、もしも敗訴したら悲運もここに極まり、にっちもさっちもいかなくなるとひどく動揺して、極度に緊張していました。夜も眠れず、食も細くなり、教会で額ずいて祈る異様な姿が目撃されました。要するに、さまざまな形で異常さが見てとれたのです。そしていよいよ訴訟の判決が下るという日に、その婦人はその場にいた人々が脳卒中かと思うほどの発作を起こしました。数人の医者が呼ばれて、肘掛け椅子にすわったまま身じろぎひとつしない婦人を診ました。婦人はぎらつく目を天に向け、目蓋を開けたまま、まばたきもせず、両腕を高く上げて手を合わせていました。なぜか蒼白かった顔の血色はよくなり、ほがらかで、気持ちがよさそうだったといいます。また息づかいは規則正しく、脈拍は穏やかでゆっくりしていて、しっかりしていました。安眠中とほぼ変わらなかったのです。手足はしなやかに曲がるし、軽くてなんの抵抗もありませんでしたが、自分から元に戻ることがなかったそうです。病気なのは明らかで、仮病の可能性はありませんでした。顎を下に押してみると、口が開いて、そのままひらきっぱなし。片方の腕を上げ、つづいてもう一方の腕も上げてみると、どちらも下がりません。その両腕を背中のほうに曲げて空中高く伸ばすという姿勢もさせてみたそうで、普通なら不可能な姿勢ですが、なんなくやれたとのことです。体も好きなだけ下に向けさせることができ、それでも体のバランスを崩すことがありませんでした。その女性には感覚がまったくなかったらしく、揺すっても、つねっても、どんな苦痛を与えても、両足を熱い火鉢の上に置いても、勝訴しそうだと耳元で叫んでも、まったく効き目はなく、生きている徴候が一切なかったそうです。その後、徐々に正気に戻りましたが、まとまりのないことばかりしゃべって――ついには――」

「つづけて」侯爵夫人は、言い淀んだ侍医に命じた。「なにもかも隠さず話しなさい。どんなに恐ろしいことでも！――そうなのでしょう？――その女性は正気を失ったのね！」

「こう申しあげておきます。その女性の容体が悪かったのは四日間だけで、ヴズールに戻ると全快し、異常な病気であったにもかかわらず、これといった後遺症は見られませんでした」

侯爵夫人がまたふさぎ込んでいるあいだ、侍医は令嬢のために用意した薬についてくどくどと説明し、学識豊かな医師にでも話している気になって、学問的な解説に夢中になった。

「ちょっと」侯爵夫人がおしゃべりな侍医の言葉をさえぎった。「精神の安全が脅《おびや》かされているときに、頭でっかちな学者の薬が役に立つというの？」

侍医はしばらく口をつぐみ、それからまた話をつづけた。

「奥方様、ブザンソンの女性の不思議な症例からもわかりますように、病気の原因は精神的なものなのです。その女性が意識を取りもどすと、難しい訴訟に勝ったと元気づけるところから治療をはじめました――経験豊かな医師たちはこぞって、突発的な強い心的動揺でそのような症状が引き起こされたと推論しています。ヘートヴィガ様は刺激に過敏です。神経組織それ自体に異常があると申しあげたい。お嬢様のご病気も激しい動揺によって生み出されたのです。その原因を調べる必要があります。それがわかれば、有効な治療ができるはずです！――公子ヘクトール様の急なご出立――それはともかく、奥方様、母親のほうが医者よりも深く洞察し、最善の策を医者に与えるかもしれません」

侯爵夫人は立ちあがると、顎を上げて冷ややかに言った。

「平民の女でさえ女心の秘密は胸にしまっておくものよ。王侯貴族が心の内を明かすのは教会と司祭に対してだけ。医者は数に入らないわ！」

「これはしたり。体の健康と精神の健全さをそのようにはっきり区別できる者などおりましょうか？　医師は第二の聴罪師です。かの病める王子の物語を思い出してください、奥方様――」

「もうよい！　なにを言われても、そのような真似はできないわ。見苦しいことを考えたり、感じたりした、そんなことで娘が病気になったなんて、信じられない」侯爵夫人は侍医をそこに置き去りにして立ち去った。

「おかしな方だ、侯爵夫人は！」侍医はつぶやいた。「魂と肉体を糊《のり》づけするのは、王侯貴族の場合は特別なもので、市民の出である下々に用いられる膠とは比ぶべくもないとおっしゃるとは――侯爵令嬢に心があると考えてはいけないのだ。これでは、善良なオランダ市民がスペインの女王に献上した絹の靴下を突っ返したというあの廷臣と変わらない。なにせその廷臣は、女王陛下が他の者と同じおみ足を持っていると思い起こさせるのは不遜なことであると言う手合いだった！――そのくせ賭けてもいいが、神経の病の中でもひときわ王侯貴族らしい病気の原因は女性のあらゆる痛みの実験室である心臓で見つかるもの。侯爵令嬢だって同じだ」

侍医は公子へクトールの急な出立と、令嬢の病的な神経過敏と、令嬢が公子に見せたという（侍医はそう聞きおよんでいた）情熱的な態度を重ね合わせていた。その結果、恋が破綻したせいで令嬢は病気になるほど傷ついたのだと思っていた――侍医の推測に根拠があるかどうかはこれからわかることだ。侯爵夫人もじつは似たようなことを思っていたらしいが、医者の質問や穿鑿を不遜だとみなしていた。というのも宮廷では感情を深く掘り下げることは許されず、卑しいこととして非難されるからだ――普段は心やさしい方だが、エチケットと呼ばれる半ば滑稽で、半ばぞっとする怪物が危険な夢魔のごとく侯爵夫人の胸に乗っているせいで、生きている印であるため息ひとつ胸からこみ上げることもない状態だったのだ。だから公子と侯女の件でさえじっと胸にしまい、治療のことしか頭にない男を退ける気にもなったのだろう。

宮殿でこのようなことが持ちあがっていた頃、庭園でもいろいろなことが起きていた。それをこれからお伝えしよう。

玄関の左側にある植え込みの中に太った侍従長が立って、ポケットから小さな金細工の容器を出し、嗅ぎ煙草をひとつまみ取ってから上着の袖で容器を拭くと、侯爵付きの侍従に差し出した。

「尊敬する友よ、きみはこの手の金細工が好きだろう。この容器は私の変わらぬ好意の証だ――ところで、きみ、なんでこんなところで散策をしているのだね？　奇妙だな」

「これはかたじけないです」侍従は金細工の容器をポケットにしまい、それから咳払いをした。

「それがですね。ヘートヴィガ様がどういうわけか五感を喪失されましたでしょう。寛大なるご領主様はひどく気遣っておりまして、今日は三十分近く窓辺に立って、右手の指で窓ガラスを叩いたものですから、ガラスがガシャンと割れてしまったのです。そのときご領主様が指で叩いていたのは行進曲でした。その行進曲のことを、宮廷トランペット吹きである亡くなった私の義兄がよく心地よいメロディーと新鮮な曲調を持つと言っていました――閣下もご承知のとおり、義兄は器用な男で、いざとなれば最低音をトランプの切り札のように出し、ハ音とト音を小夜啼鳥のように響かせ、主声部においては」

「それはいい！」侍従長はしゃべりつづける侍従をさえぎった。「きみの亡くなった義兄はたしかに素晴らしい宮廷トランペット吹きだったが、今知りたいのはご領主様がその行進曲を叩かれたときに、なにをなさり、なにを仰せになったかだ」

「なにをなさり、なにを仰せになったか！　ふうむ！――別段たいしたことはありませんでした。ご領主様は振り返ると、まさしく燃えるような目をして私を見すえ、ものすごい勢いで呼鈴を鳴らして、大声で仰せられました。『フランソワ――フランソワ！』

『殿、私はここにおります』私が叫ぶと、ご領主様はすっかり立腹なさっておっしゃいました。

『この間抜け、なぜすぐに言わぬ！　散歩着をもて！』

私は命に従いました。ご領主様は勲章もつけずに緑色の絹の外套をお召しあそばされ、庭園にお出ましになったのです。ついてくるな、と命じられましたが――閣下、ご領主様がどこにおいでか知らないではすまされません。もしなにかありましたら――それで！――私は離れてついていき、ご領主様が漁師小屋に入られるのを確認しました」

「マイスター・アブラハムのところか！」侍従長が驚いて叫んだ。

「そのとおりであります」侍従は非常にいわくありげな顔つきをした。

「漁師小屋」侍従長は繰り返した。「漁師小屋にいるマイスター・アブラハムのところか！――殿は今まで一度も漁師小屋にマイスター・アブラハムを訪ねたことがないのに！」

いやな空気が流れたあと、侍従長は言った。「他にはなにも仰せにならなかったのか？」

「はい、なにも。ですが」侍従はにやりとした。「漁師小屋の窓の外に鬱蒼とした茂みがありまして、そこの窪地からなら中の会話を一言一句余さず聞くことができます――なんなら――」

「私がそうしろと命じれば、と言うのだな！」

「そういたしましょう」侍従は足音を忍ばせながら植え込みから出ようとした。だがそのとき、宮殿に戻ろうとしていた侯爵とあやうく鉢合わせしそうになった。侍従はぎょっとしてあとずさった。

「ご立派なことだ《ヴ・ゼット・アン・グラン》。大馬鹿者め！」侯爵が雷を落とし、侍従長には「おやすみ《ドルメ・ビアン》！」とだけ冷たく言うと、侍従を従えて宮殿へ向かった。

侍従長は茫然と佇んだままつぶやいた。

「漁師小屋――マイスター・アブラハム――おやすみ《ドルメ・ビアン》――」

侍従長はすぐさま馬車で宰相を訪ね、この異常事態と、この件で宮廷内に生じかねない問題にどう対処すべきか相談することにした。アブラハムは侍従長と侍従がいた植え込みのそばまで侯爵についてきたが、そこで戻るように言われ引き返した。侯爵はアブラハムといっしょにいるところを宮殿の窓から見られたくなかったのだ――親愛なる読者ならすでにご承知のとおり、侯爵はお忍びで漁師小屋にいるアブラハムを訪ねた。しかしこの侍従とは別に、こっそり盗み聞きした者がいた。

アブラハムが自宅のそばまで来ると、闇に沈みかけていた道で思いがけずベンツォン夫人と出くわした。

「あら」夫人は苦笑いした。「侯爵様はあなたに相談なさったんですね、マイスター・アブラハム。あなたは本当に侯爵家の支柱ですわね。先代にも、当主様にもご自分の知恵と経験を注いでいらっしゃる。そして名案が浮かばないときは――」

「そのときは」アブラハムが口をはさんだ。「あなたという顧問官がおられるではないですか。すべてを照らす輝く星なるご婦人。私はあなたあっての、歳を取った哀れなパイプオルガン製作者でしかありません。おかげでなにものにもわずらわされず、質素に生きることができています」

「ご冗談を。マイスター・アブラハム、煌々と輝く星も、地平線の彼方に去り、またたく間に色褪せ、没してしまうかもしれません。小さな町とたかだか数十人の人々が宮廷と呼び慣らわしているこのわびしい一族に奇妙な事件が次々に起こっているようです――待ちに待った花婿の突然の出立

──ヘートヴィガ様のゆゆしき病状！──侯爵様がものごとに動じない方でよかったです。そうでなければ、すっかりまいってしまわれるところです」

「以前はそういうご意見ではありませんでしたね、顧問官殿」

「私には理解できません」夫人は蔑むように言うと、アブラハムに刺すようなまなざしを向け、すぐさま顔をそむけた。

イレネウス侯爵はマイスター・アブラハムに全幅の信頼を寄せていた。いや、それればかりか、自分のほうが立場が上だという思いまで捨てて、諸々の問題を放り出し、漁師小屋で自分の気持ちを洗いざらい吐露するのが常だった。しかし今回はベンツォン夫人の助言を入れて、この日起きた問題を話題にしなかった。アブラハムもそのことに気づいていた。だから夫人がどんなにぴりぴりしていても驚かなかった。もっともいつもは冷静で本音を見せない夫人がぴりぴりしていることを隠せずにいるだけでも、驚きに値することなのだが。

ベンツォン夫人は、侯爵のただひとりの顧問であるという自分の立場が問題含みの宿命的な出来事のせいで揺らいでいることに気づき、ひどく気分を害しているようだった。

のちにはっきり説明する予定の数々の理由によって、ベンツォン夫人は侯爵令嬢ヘートヴィガと公子ヘクトールの結婚を熱望していた。だが結婚に至るかどうかは未知数だったため、第三者の干渉を警戒していた。それればかりか、これほど先の見えない秘密に関わるのははじめてだし、侯爵が沈黙を守っているのも今までにないことだ。空想の宮廷というお遊び全体を仕切っている夫人が気分を害するのも無理はなかった。

マイスター・アブラハムは、女性が興奮しているときは口答えしないほうが得策だとわかっていた。だからなにも言わず、黙ってベンツォン夫人と並んで歩いた。夫人は物思いに沈みながら、親愛なる読者がすでにご存じのあの橋に向かった。夫人は遠くの茂みをじっと見つめた。沈みゆく太陽が別れを告げようとするかのように、その茂みに向かって黄金色の光を投げかけている。

「美しい晩ですこと」夫人はアブラハムのほうを見もせずに言った。

「たしかに、静かで明るく、心が晴れ晴れしますな」

「こう言っては角が立ちますが、世故《せこ》に長けた女性を頼りにしてきた侯爵様が急にあなた様にばかり信を置いて相談するのはいかがなものでございましょう」夫人はそれまでの気さくな言い方をやめて、呼称に「様」をつけた。「でも、先ほどからのイライラもなくなりました。もうすっきりしました。でも、面子《メンツ》というものがあります。私がよそで耳にしたことを、侯爵様ご自身からうかがいたかったです。そうすれば、先生、あなた様が侯爵様になされた返事にも目をつぶれたでしょう――正直言って、私だとて、誉められないことをしています。女としての好奇心からだ、侯爵家に起きることが気がかりだからだと言っても、言い訳にはならないでしょう。先生、私はあなた様と侯爵様の密談を一言一句盗み聞きしました――」

　皮肉を言いたい気持ちと憤懣やるかたない気持ちが入り混じった複雑な感情がマイスター・アブラハムを襲った。アブラハムも漁師小屋の窓の外に緑の生い茂った窪地があって、そこから小屋の中で交わされる会話の一部始終を盗み聞きできることくらい気づいていた。だが巧妙な音響装置を仕掛けて、外にいる者には会話が意味不明の雑音に聞こえ、音節の切れ目を聞きわけられないようにしてある――だから、ベンツォン夫人が嘘をついているのは明白だった。敢えて嘘をつくことで、密談の内容を突き止めたいのだろう。とはいえ、夫人がそうにらんでいるものを、侯爵は秘密ともなんとも思っていなかったので、アブラハムには打ち明けようがなかった――それはともかく、侯爵が漁師小屋でアブラハムと話し合った内容はそのうちわかることになる。

「おお、夫人」アブラハムは叫んだ。「あなたを漁師小屋へ導いたのは世故に長けた行動力をともなう活発な精神なのですね。歳を取っても経験の乏しい、哀れな男でしかない私など、あなたの助力なしになにができるでしょう？　侯爵様が私に打ち明けたことを余さずお話ししてもかまいません。しかしすでにすべて承知しておられるというのなら、説明するまでもないでしょう。むしろあなたこそ、腹を割ってすべてお話しくださいませんか。ありのままに話せないことかもしれませんが」

マイスター・アブラハムがそう心を込めて言ったので、抜け目ないはずのベンツォン夫人も、彼が煙に巻くつもりかどうか判断がつきかねて困惑し、アブラハムをからめとるために仕掛けた紐がことごとく切れてしまった。言葉のつぎ穂が見つからないまま、夫人は魔法にかかったかのように橋の上で立ちつくし、湖を見下ろした。

夫人が答えに窮しているのを見て、アブラハムはしばらく楽しんでいたが、やがて意識はこの日に起きたことへと向けられた。クライスラーがその渦中にいることは知っていた。大切な友を失ったという心痛が嵩じて、思わずこう叫んでしまった。

「かわいそうなヨハネス！」

ベンツォン夫人はすかさずアブラハムのほうを向いた。

「どういうことですか、マイスター・アブラハム？　クライスラーさんになにかあったなんて、そんな馬鹿な。帽子に血がついていたからといって、なんの証拠になりますか？――突然、自殺をするなんて――だとしたら、発見されているはずです」

ベンツォン夫人が自殺と言うのを聞いて、アブラハムはすくなからず驚いた。この場合、別の推理を働かせてもいいはずだ。だがアブラハムが返事をするより先に、夫人は話をつづけた。

「けっこうなことではありませんか。あの人がいなくなってかえってよかったくらいです。姿を見せる先々で問題ばかり起こして人を困らせ、不幸を呼ぶ人ですから。みんなはあの人に素晴らしいフモールがあると誉めますが、私には激しい性格で、心がすさんでいるとしか思えません。それを感じやすい方々に伝染させて、残酷に弄んでいるではありませんか。因習的なものをことごとく笑い飛ばし、型にはまったものすべてに楯突くのが知性の優越性の証だというのなら、私たちはあの楽長に膝を屈するほかないでしょう。でも、私たちのことはそっとしておいてほしいものです。実生活を正しく見れば当然のことや、私たちを満足させてくれるものと正反対のことをするのは困りものです。ですから！――あの人がいなくなって本当によかった。私はあの人に二度と会いたくありません」

「そうおっしゃいますが」アブラハムは穏やかに言った。「あなたはこれまで彼の友人だったではありませんか。彼が不遇だった時期に目をかけ、あなたが今擁護した因習的な環境から逸脱した彼を軌道に戻したではありませんか――今になって急に非難するとは――彼がなにをしたと言うのですか？　新たな環境に投げ込まれたとたん、人生が彼に敵意をむき出しにしたからとか、彼が犯罪に巻き込まれたからとか、そういう理由で彼を憎むおつもりですか？――あるいはイタリア人の悪党につけまわされているせいですか？」

ベンツォン夫人は見るからに愕然として声をふるわせた。

「なんということをおっしゃるのですか、マイスター・アブラハム？――でも万が一そうなら、つまり彼が本当に殺されたのなら、彼にめちゃくちゃにされた花嫁もその瞬間、報いを受けたことになりますね。内なる声が私に告げるのです。侯爵令嬢のひどい状態はクライスラーのせいだ、と。病人の繊細な心に張られた弦を容赦なく張りつめさせて、切れるようにしたのですから」

「たしかに、あのイタリア紳士は気の早い方ですな。犯行に及ぶ前に復讐に出るとは。夫人、あなたは漁師小屋での会話をすべてお聞きになったのでしょう。ならば、森の中で銃声がした瞬間にヘートヴィガ様が体を硬直させたことはご存じですね？」

「ええ、今話題にしているような妄想めいたもの、たとえば心の交感といったものを人は信じたがるものです！――でも！　もう一度繰り返しますが、彼がいなくなってよかったと思います。ヘートヴィガ様の容体もこれで好転するでしょう――私たちの平穏をかき乱す者は宿命によって追い払われたのです。そして――マイスター・アブラハム、人生に安寧を得られず、心が引き裂かれているのは私たちの友のほうではありませんか――そう仮定してみますと――」

ベンツォン夫人の話はまだつづきそうだったが、アブラハムはそれまで堪《こら》えていた怒りを爆発させてしまった。

「なぜ、そこまでヨハネスを悪くおっしゃるのですか？　彼がなにをしたというのです？　彼に避難所なり、居場所なりをまったく与えないとは――おわかりにならないのですか？――それなら申しあげたい――たしかに彼はあなた方とは色合いを異にします。あなた方のごときしゃべり方もできない。あなた方が椅子を差し出そうとも、それは彼には小さすぎ、狭すぎるのです。あなた方は彼を同類とみなせない。それが腹立たしいのでしょう。彼はあなた方が人生を形作るために結んだ契約の永続性など眼中にありません。そうです。彼に言わせれば、あなた方は妄執に囚われていて、本来の人生がどういうものかわかっていないのです。あなた方が未踏の地でも役立つと信じている儀礼も冗談にしか思えないのです。そうしたことを、あなた方はひねくれているとみなす。彼はなににもまして冗談を好みます。冗談こそ、人間存在への深い洞察に根ざすものであり、自然の本質という純粋な泉から汲み出されるこの上なく美しい賜と呼べます。しかし上品で真面目なあなた方は冗談など言おうともしない——真実の愛の精髄が、彼の中には宿っているのです。しかし愛の精髄をもってすれば、死んだように硬直してしまった心を温めることができるものでしょうか？　無理ですね。精神に火を灯すための火花など、そこにはないのですから。あなた方はヨハネスを好まない。彼がすぐれていると認めたくないからです。彼があなた方の狭い了見に収まらない高尚なものに関わっていることが恐ろしいのでしょう」

「先生」ベンツォン夫人は冴えない声で言った。「お友だちの肩を持つにしても、度を超してはいませんか？　私の心を傷つけるのが狙いですね——ならば、うまくおやりになりました。長いあいだ私の中にまどろんでいたさまざまな思いが目を覚ましましたから！——私の心が死んだように硬直しているとおっしゃるのですね——ご存じでしょうか？　これでも昔は愛の精霊にやさしく語りかけられたことがあるのですよ。あの突拍子もないクライスラーが軽蔑する因習的なものにばかり、私が慰めやら安らぎやらを見いだしているとおっしゃるのですか？——あなただって、長く生きているのだから、たくさんの悩みを抱えてきたはずです。因習的なことを克服し、自分を愚弄しながら世界精神（ドイツ観念論を代表する哲学者ヘーゲルの用語で、世界史の理性的原理を指す）に辿り着こうとすることが危険な賭けであるとおわかりにならないのですか？　私が冷たく面白みもない散文的人生を送っている、とクライスラーが貶していることは知っています。あの人の判断は、私が死んだように硬直しているというあなたの考えと同じです。でも、私の胸を守る甲冑ともいえるこの氷のような意志をこれまでに見通すことができたでしょうか？——殿方にとって、恋愛は人生を造るものではなく、人生の頂点にあるだけのもの。そこに登りつめると、あとは安全な下り坂がつづくだけ。でも女性にとって恋愛は、その全存在を形作る最高の焦点、初恋の瞬間なのです。この瞬間にしくじれば、弱き者である女は一生浮かばれません。なんの慰めもない、無意味なものへと堕してしまうのです。もっとも、強靭な精神力に恵まれた女なら、むりやりにでも奮起して、平凡な生活の中で平穏や平和をもたらす環境を手に入れようとするでしょうけれど──言わせてください──夜の帳《とばり》が降りた今なら、内輪の話も押し包んでくれるでしょう。話させてください！──私の人生にそういう瞬間が来たとき、女の胸にしか灯らない真心の愛の炎がこの胸に宿ったときのことです──それは紛れもなくよき夫となるベンツォンと婚礼の祭壇に立ったときのことです。彼はこれといって取り柄のない人で、文句ひとつ言わず、平穏に暮らすために望みうるものをすべて私に与えてくれました。私も平凡なものに囲まれていれば充分でした。しかしそういう暮らしをしていても、いろいろと波風は立つものです。私はいつのまにか道に迷い、罰せられて当然のことをしましたが、緊急事態だからやむをえないと自分に言い聞かせました。もしそんな私を弾劾《だんがい》する人がいるとすれば、それはやはり女でしょう。私同様に厳しい闘いを切り抜けてきた女です。そんな闘いなど夢想にすぎない甘美な夢だと言われそうですが、実際にはよりよい幸福を断念するほかないほどの闘いなのです。

その後、イレネウス侯爵とお近づきになりました──でも昔のことは申しあげますまい。今のことに話題を絞りましょう──私の心の内をあなたに覗かれる覚悟はできています、マイスター・アブラハム。この地にどんどん入ってくる見慣れない異質な主義主張に、私がなぜ危機感を抱いているかご存じですよね。不吉なことが起きるたび、私自身の運命が、恐ろしい警告を発する亡霊のごとくニヤニヤ笑いかけてくるのです。私は自分にとって大事な人を救わなければなりません。だからいろいろ計画を立てました──マイスター・アブラハム、どうか邪魔をしないでください。いくら私に対峙《たいじ》しようとも、あなたの最高の奇術をもってしても太刀打ちできないでしょう！」

「不幸な方だ」

「私が不幸だとおっしゃるのですか？　敵意のこもった運命との闘い方は知っています。完敗したように見えるときでも、私は平穏と満足を得るでしょう」

「不幸な方だ」アブラハムは心を揺さぶられてでもいるかのようにもう一度叫んだ。「哀れで不幸せな方だ！　平穏と満足を手に入れたと思っても、それが絶望であることに気づいておられない。火山のごとくあなたの内面から灼熱の炎を吐き出し、あまつさえ樹木も草も花を咲かせない死の灰を噴きあげている。そんな大地が果実を恵む人生の豊饒な畑だと自分に思い込ませているとは――稲光で粉々になった基礎の上に、あなたは人工物を建てようとされている。よく平気でいられますね。そんな建物は、建築士が竣工祝いの花輪につけた色鮮やかなリボンを風になびかせ、歓声を上げた瞬間、あっさりがらがらと崩れ去るでしょう――ユーリア――ヘートヴィガ――あのふたりのために練りに練った計画があることは知っています！――不幸せな方よ、感情をあらわにして災いをばらまき、人を不快にしているとヨハネスを不当に非難されていますが、あなたご自身の心の奥からもそういうものが溢れ出さないようにお気をつけください。そんなことになったら、あなたの深謀遠慮も逆効果になるでしょう。味わったこともなければ、愛する人たちに与えようともしない幸福に仇なすことになるはずです――あなたの計画については、あなたが思っている以上に存じています。安らぎをもたらすというご自慢の生活環境についても、はるかによく知っています。それが――罰せられてしかるべきことをあなたにさせている生活環境であることをね！」

ベンツォン夫人はアブラハムのこの最後の言葉を聞いて、うめき声を上げた。明らかに動揺している。アブラハムは口をつぐんだが、ベンツォン夫人もその場から一歩も動かず黙っていた。アブラハムはゆっくり話をつづけた。

「あなたと争いたいわけではありません！　しかし私の奇術については、あなたもよくご存じでしょう。〈見えない少女〉がいなくなってからというもの――」

その瞬間、いなくなったキアーラのことを久しぶりに思い出して、アブラハムの心は激しく動揺した。キアーラの姿が遠方の暗がりに見え、その甘い声が聞こえたような気がした。

「ああ、キアーラ！――私のキアーラ！」アブラハムは痛々しいほどの憂いに沈んだ。

「どうしたのですか、マイスター・アブラハム？」ベンツォン夫人はさっと彼のほうを向いた。

「だれのことを言っているのですか？――それより昔のことは忘れましょう。あなたとクライスラーさんの奇妙な人生観に照らして私を判断しないでください。侯爵様があなたに示した信頼の情を悪用しないと約束してください。私のすることにどうか口を出さないでください」

キアーラに絡む痛々しい思い出に我を忘れたアブラハムは、ベンツォン夫人の言葉が耳に入らず、わけのわからぬ言葉を繰り返すことしかできなかった。

「マイスター・アブラハム」夫人は話をつづけた。「どうか私の願いを聞きとどけてください。あなたは想像以上に多くのことをご存じです。でも、私には他にも秘密があります。あなたにとっても価値ある情報だと思います。あなたが思いもしないご奉仕だってしてさしあげられるかもしれません。手引き紐（十八世紀前後のヨーロッパでは歩くことを覚えはじめた子どもを支えるため衣服に紐を取りつける習慣があった）が必要なこの小さな宮廷を、私たちで切り盛りしましょう。悲痛な声で『キアーラ』と叫ばれましたけど――」

そのとき宮殿のほうから激しい音がして、ベンツォン夫人の言葉をさえぎった。アブラハムは夢想から覚めた。その音は――

（ムルのつづき）「――こういう感じさ。俗猫ってのはね、どんなに喉が渇いていても、まずミルクを皿の縁からぐるりとなめまわす。これは鼻面や髭にミルクがつかないようにして、上品ぶるためだ。上品ぶることが喉の渇きよりも大事なんだ。俗猫を訪ねてみるといい。ありとあらゆるものを提供してくれる。だけど別れ際に、自分が友情に篤かったことを確かめさせたうえで、きみになんでもかんでも出すと言っておいて、あとでひとりでこっそりむしゃむしゃ食うはずさ。俗猫は如才がないから、屋根裏でも、地下室でも、気持ちよく脚を伸ばせる最高の場所を見つけている。そして自画自賛し、運命がそういういいところを見過ごしにさせたと嘆かずにすんでよかったとかなんとかうそぶくものさ。また自分がどうしてそんないい地位に就き、さらに立場をよくするためにどんなことをするつもりかしゃべる、しゃべる。

ところが、自分はそんなに恵まれていない、ときみが言いだすと、俗猫は目をつむったり、耳をふさいだり、眠ったふりをしたり、喉を鳴らしたりする。俗猫は被毛を丹念になめ、ネズミ狩りで濡れたところを通るときは、獲物に逃げられるのもかまわず、一歩ごとに脚についた水をふるう。どんな生活環境にあっても、上品できちんとしていて、身だしなみを整えた猫たらんとするんだ。俗猫は多少でも危険を感じると尻込みするし、きみが危機に瀕して、救いを求めても気の毒がるだけで手を貸そうとはしない。神聖な誓いを立てて友情たっぷりに同情してみせても、今は都合が悪いとか、いろいろ考慮しなければならないとか、なにかと理由をつけてな。

とにかく俗猫はなにをするにも、考慮に考慮を重ねる。たとえば小さなパグに尻尾をしたたかに嚙まれても、番犬の不興を買えば庇護してもらえなくなると理由をつけておとなしく下手に出る。そのくせ闇討ちをして、パグの片目を搔きむしり、翌日には大切な友のパグを見舞って、卑劣な敵のやり口をさんざんなじる。俗猫の尻尾をつかんだと思っても、すぐに逃げられる。うまくできた狐の巣穴と同じさ。俗猫は快適なストーブの下が好みだ。そこなら安全だと感じられるからな。なにもない広い屋根ではめまいを起こす。

これでわかっただろう、友のムル。きみのことだよ。そこで言わせてもらうが、学生猫なるものは心が広く、正直で無欲、大胆にして、つねに友を助け、逡巡することなく、名誉と誠意の命ずるままことをなす。要するに学生猫は俗猫の対極だ。俗物根性を捨てて、立派な学生猫になりたまえ」

わが輩はムツィウスの言葉に感じ入った。俗物なる語は初耳だったが、そういう性格があることは知っていた。すでに多くの俗物、つまりろくでなしどもに遭遇し、心底軽蔑していたからだ。それだけに、自分がそういう唾棄すべき連中のひとりになる恐れがあると痛感し、ムツィウスの忠告に従って立派な学生猫になる決心をした――ある若い人間がかつて師匠に、不実な友人の話をして、じつに異様で、理解しがたい表現をしたことがある。ポマードな奴と呼んだのだ。このポマードなる言葉が俗物にはぴったりな気がして、友のムツィウスにそのことを問い質してみた。わが輩がポマードという言葉を口にするやいなや、ムツィウスは喝采を上げて飛びあがり、わが輩の首にかじりついた。

「親友、わかってくれたんだな――ポマードみたいにねばねばの俗物！　高貴な学徒に喧嘩を吹っかけるふざけた奴さ。見つけ次第、追いまわして殺してやりたいくらいだ。ムル君、きみは高貴なもの、偉大なものを真に感じるセンスがあることを証明したんだ。誠実なドイツ魂が脈打つこの胸にもう一度抱かせてくれ」

友のムツィウスは改めてわが輩の首にかじりついた。

「今夜、学徒の集まりに招待したい。真夜中になったら屋根の上に来てくれ。学生猫組合幹事、牡猫プフが催す宴会に連れていこうじゃないか」

師匠が部屋に入ってきた。いつものようにわが輩は師匠のところへ飛んでいってまとわりつき、床に寝転がって喜んでいる気持ちをあらわした。ムツィウスもまた満足そうに師匠を見つめていた。わが輩の頭と首を少し撫でると、師匠は部屋の中を見まわし、なにもかも整然としているのを確かめて言った。

「感心なことだ！　おとなしく遊んでいたんだな。ちゃんとした教育を受け、躾も行きとどいている。褒美をあげよう」

　師匠は台所に通じるドアへ向かうと、ムツィウスとわが輩はやったと思って、ニャア――ニャア――ニャアと喜びの声を上げながらあとについていった！　実際、師匠は台所の戸棚を開けて、昨日の残飯である若鶏二、三羽分の骨やら関節やらを取り出した。わが一族にとって、若ドリの骨が超高級食材であることは周知の事実だ。師匠が目の前の床に皿を置いたとき、ムツィウスは目をらんらんと輝かせ、尻尾を優美にくねらせた。このときポマードみたいな俗物という言葉が脳裏をかすめ、わが輩は一番おいしい頸部、腹部、臀部を友のムツィウスに差し出し、自分は粗末な脚部や翼部の骨で我慢した。若ドリを平らげると、わが輩は甘いミルクを一杯飲まないかと友のムツィウスにたずねようとした。だが今度もポマードみたいな俗物という言葉が目の前にちらつき、たずねるのをやめて、かねてより戸棚の下に置いてあるカップを押し出し、「飲みたまえ」とやさしくムツィウスに声をかけ、自分も飲んだ――ムツィウスはミルクを飲み干すと、目に涙を浮かべながらわが輩の前脚を握った。

「ムル君、きみの生き方こそルクッルス的（ルクッルスは共和政ローマ時代の政治家、軍人。美食家として知られていた）だ。きみが誠実にして実直で、気高い心の持ち主であることを見せてもらった。虚飾に満ちたこの世の快楽も、きみを卑しい俗物根性に誘うことはないだろう！　ありがとう、本当にありがとう！」

　先祖伝来のしきたりに則り、ドイツ式の実直な握手を交わして、ムツィウスとわが輩は別れを告げた。感動して目に涙を浮かべているところを見られたくなかったのか、彼はぴょんとひと飛び、開いている窓から隣の家の突き出た屋根に飛び移った――こちらだって跳躍力には自信があるが、この大胆な跳躍には度肝を抜かれた。わが種族の者は高跳び用の棒も登り棒も必要としない根っからの体操選手ばかりだ。わが輩としては改めてわが種族を賞賛したくなった。

友のムツィウスはこうして、いかつい外見のわりに思いやりのあるやさしい心の持ち主であることを証明した。

師匠のいる部屋に戻ると、わが輩はストーブの下に寝そべった。孤独になると、これまで自分の存在を形作ってきたものに思いを馳せ、ここ最近の情緒や生き方について考えた結果、地獄の淵に立っていることに気づいた。戦慄したよ。風采はあがらなくとも、友のムツィウスが美しき救いの天使に思えた。新しい世界に脚を踏み出し、空虚な内面を充実させ、まったくちがう猫になれというう。不安交じりのうれしい期待に胸がときめいた。

真夜中までまだ間があったが、いつもの調子で師匠に「ニャーアー」と鳴いて、外に出してくれるように頼んだ。

「わかったよ、ムル」師匠はドアを開けてくれた。「ストーブの下でいつまで惰眠をむさぼっていてもなんにもならない。行きたまえ——世の中を見て、他の猫と交わるがいい。気の合う猫の若者を見つけて、真面目な話や、滑稽な話で盛りあがれるかもしれないな」

ほお！——師匠にも、わが輩に新しい人生がひらけたことがわかるらしい！——真夜中まで待つと、友のムツィウスがようやくあらわれ、屋根伝いにイタリア風の平屋根まで案内してくれた。そこに着くと、十匹の若い牡猫に歓呼の声で迎えられた。みんな、立派な体つきだが、いくぶん粗野で、ムツィウスと同じような変な身なりをしている。ムツィウスはみんなにわが輩を紹介し、わが輩の得意なことや、粋なところを誉め讃え、とくに魚のロースト、ニワトリの骨、甘いミルクをふるまってくれたことを誉めそやし、熱意ある学生猫としてわが輩を迎えてくれと言って話を締めくくった。全員が賛同した。

それからある種の儀式が行なわれたが、禁じられた秘密結社にでも入会したかと、同族の親愛なる読者のみんなに邪推され、釈明を求められても面倒なので、儀式の次第については黙っておく。しかしそうした結社に付きものの会則や秘密の合図などはなかったことを保証する。この学生猫組合は志をひとつにしているだけだった。そのことは、みんな水よりも甘いミルクを好み、パンよりも肉のローストに舌なめずりしたことでもわかるだろう。

儀式が終わると、わが輩は同志の口づけと握手を受け、みんなから親しみをもって「きみ」と呼ばれた――それから簡素だが、陽気な食事をとり、したたかに飲んだ。ムツィウスはおいしい猫ポンチを差し入れした――ここにこの美味な飲みもののレシピを知りたいと望む飲んだくれの猫がいたとしても、あいにくわが輩は満足のいく情報を提供することができない。ただそのうまさといったら天下一品で、アルコール度数も高く、ニシンの漬け汁が隠し味になっていることだけは確かだ。

それから幹事のプフが、遠くまでよく通る声で美しい歌の音頭を取った。

「陽気にやろうではないか《ガウデアムス・イギトゥル》！」（ヨーロッパ各国で歌われるラテン語の学生歌）

身も心も申し分のない若者となったわが輩は愉快で仕方がなく、死んだあとのことなど考える気にもならなかった。もっともわが種族には安眠できる墓など望むべくもないのだが。そのあともさまざまな美しい歌がつづいた。たとえば「政治家には言わせておけ」など。そのうち幹事のプフが前脚で机をどんと叩き、正真正銘の賛歌「見よ、なんたる恵みか《エッケ・クアム・ボヌム》」を歌おうと言って、すぐに合唱の音頭を取った。「見よ、うんぬんかんぬん」

聴くのははじめてだったが、よく練れた曲で、ハーモニーも、メロディーもまっとうで、奇跡、神秘的と言っていいものだった。作曲家は不明だが、偉大な作曲家ヘンデルの作だとも、ヘンデルの時代よりも前から存在していたとも言われている。というのも、ヴィッテンベルク年代記によれば、ハムレット王子が大学に入学したときに歌われたという。だがだれの作曲だろうとかまわない。偉大で不滅なことに変わりはないし、合唱中の独唱がまた美しく、汲めども尽きぬ替え歌を可能にするほど自由度が高い点には舌を巻くほどだ。その夜聴いた替え歌をいくつか記憶にとどめたものだ。

　合唱が終わると、黒白ぶちの猫が歌いはじめた。

鋭く吠えるは　スピッツ
粗野に吠えるは　プードル
尻を蹴飛ばせ　スピッツの
ゴミ溜めに鼻面突っ込め　プードルの
（合唱）見よ《エッケ》　なんたる《クアム》……

つづいて灰色猫。

帽子をかぶって　やってくる
しゃなりしゃなりと俗物が
浮かれ騒いで　うれしそう
馬鹿につける薬　どこにもなし
（合唱）見よ《エッケ》　なんたる《クアム》……

つづいて黄色猫。

すいすい泳ぐは　元気な魚
空を飛ぶのは　小鳥ちゃん
ヒレも　羽も　次々生えて
これじゃ　捕まえられるわけがない
(合唱) 見よ《エッケ》　なんたる《・クアム》……

つづいて白猫。

ニャオ　グルルル　グルルル　ニャオ
引っかくのは御法度《ごはっと》
優美《ガラント》であれば　信用される
爪ある脚を出すのは　やめておけ
(合唱) 見よ《エッケ》　なんたる《・クアム》……

つづいて友のムツィウス。

猿どもめ　自分の尺度で

俺たちを測るとは！
口を尖らせ　鼻高々でいるがいい
どうせ俺たちを食えやしないのだから
（合唱）見よ　なんたる《エッケ・クアム》……

ムツィウスの隣にいたわが輩に独唱のお鉢がまわってきた。ここまでの替え歌は、わが輩がこしらえてきた詩句とはだいぶ趣《おもむき》がちがうので、雰囲気を壊すのではないか不安だった。だから合唱が終わっても、すぐには歌わなかった。すると、数匹がグラスを掲げて、「一気、一気」と叫んだ。わが輩はすぐに全力で歌った。

脚には脚　胸には胸を寄せ合え
さすれば　恐るるに足らず
学生猫に　悩みはあらず
俗猫など知らん　糞食らえ！
（合唱）見よ　なんたる《エッケ・クアム》……

わが輩の替え歌は前代未聞の喝采を浴びた。高潔な若者たちが歓声を上げながら押し寄せ、わが輩を抱きしめ、高鳴る胸を押しつけてきた。かくしてわが輩がすぐれた天才であることが認められたのだ。あれはわが生涯最高の一瞬のひとつだった——そのあと幾多の名だたる偉大な牡猫、とくにその偉大さと名声におごらず、俗物から距離を置き、そのことを言葉と行動で示した者たちのために万歳を三唱して、集会を終えた。

ポンチのせいで酔ったのか、屋根がまわって見え、尻尾でバランスを取っても、まともに立っていられないほどだった。親切なムツィウスが気づいて介抱し、わが輩を自宅の天窓まで無事に連れ帰ってくれた。

これまでにないほど頭がぐるぐるして、わが輩はしばらく――

〔反故〕「――ちゃんとわかっていたさ。ベンツォン夫人に負けじと勘が働くからな。だがまさか今日、それも今、きみから知らせが届くとは」

そうつぶやくと、マイスター・アブラハムは受けとった封筒にクライスラーの筆跡を認めてうれしい驚きを覚え、開封せずに書き物机の抽斗《ひきだし》にしまって庭園へ出かけた――受けとった手紙を何時間も、それどころか、ときには何日も開封せずにおくのが、数年前からの習慣だった。

「内容がどうでもいいものなら、あと回しにしてもいいし、悪い知らせなら、しばらくのあいだ暗い気持ちにならずに爽快でいられる。歓ばしい知らせなら、喜びに不意打ちされるのもまたよきかな。そうするのが分別のある者というものだ」

師匠のこの習慣は非難されても仕方がないものだ。手紙を放りっぱなしにするようでは、政治面や文芸面担当の新聞記者や商人にはなれない。商人や新聞記者でなくても不祥事を起こしかねない――この伝記の書き手からすれば、アブラハムがストイックなほど平然としているのが信じられないほどだ。手紙を開封しないのは、そこにしたためられた秘密を知るのが恐いせいではないかと勘ぐっている――手紙を受けとることそれ自体はうれしいことだ。だからこの喜びをもたらしてくれる者、たとえば郵便配達人などは、すでにどこぞの才気溢れる作家が指摘しているように好ましい存在と言える。といっても、これは気持ちのいい自己欺瞞と呼べるかもしれない。この伝記の書き手も、かつて大学に通っていたとき、愛する人の手紙を待ちぼうけしたことがある。涙ながらに、たっぷりチップをはずむから故郷の町から手紙があったらすぐ届けてほしいと郵便配達人に頼んだ。郵便配達人はにやっとしながら頼みを聞きとどけ、数日後、約束を守ったとでも言いたげにさっそうと手紙を運んできて、約束のチップをせしめていった——だがわかっている。伝記作者というのは、自己欺瞞にはまりやすい存在なのだ——とはいえ、親愛なる読者も伝記作者と同じようにそういう喜びと妙な不安を覚えるものだろうか。手紙の内容があなたの人生に重要な意味を持つと思えないときでも、封を切るときに不安で胸をどきどきさせたりしないだろうか——もしかしたら未来という闇を見つめるときに感じる胸を締めつける気持ちがここでも働くのかもしれない。そして隠されているものを暴くのに軽く指を動かすだけですむからこそ、封を切る瞬間に不安は絶頂を迎えるのかもしれない。それに！——忌まわしい封書によってこれまでどれだけ多くの美しい希望が壊され、熱烈な憧れそのものと言える好ましい幻覚が無に帰したことだろう。小さな便箋という葉っぱは、われわれが逍遙する花園を朽ち果てさせる呪いの言葉に等しく、人生は荒涼たる絶望的な不毛の地としてわれわれの前に横たわっている！——指を軽く動かして開封する前に、精神を集中させたほうがいいと言うのなら、非難されてしかるべきマイスター・アブラハムの習慣も致し方ないものと言えるだろう。じつを言うと、この伝記の書き手にも、ある宿命的な時期を境に同じような習慣ができた。受けとったほぼすべての手紙を、無数の災厄をもたらすパンドラの筐《はこ》と同一視しているのだ——マイスター・アブラハムは楽長の手紙を書き物机の抽斗にしまい込み、庭園へ散歩に出かけてしまったが、親愛なる読者には書簡の内容をそのままお知らせしよう——ヨハネス・クライスラーは次のようにしたためていた。

親愛なる先生！

「万事休す《ラ・ファン・クーロンヌ・レ・ズーヴル》！」シェイクスピアの『ヘンリー六世』に登場するクリフォード卿が名門のヨーク公爵に殺される間際に発したセリフを、私も叫ぶところでした（史劇『ヘンリー六世』第二部の第五幕第二場参照）。なぜなら私の帽子は風穴が開いて茂みに飛び、それを追うように私も仰向けに倒れたからです。戦場では「倒れる」と言えば、戦死を指すでしょうが。そのような人たちならまず再起することなどありませんが、先生、あなたのヨハネスはすかさず起きあがりました――仮に私の傍らに横たわったり、折り重なったり、頭上から倒れてきたりしてくる戦友がいてもかまってはいられません。ピストルの射線から逃れるために横飛び《ザイテンザッツ》するだけで精一杯だったからです（ザッツという語には哲学用語の「命題」と音楽用語の「楽章」という意味もありますが、ここでは体操用語として使っています）。相手は三歩ほど離れたところで、私を狙っていました。でも、私はもっと多くのことをやってのけました。守勢転じて攻勢に出て、ピストルを構えた男に躍りかかり、そのまま杖に仕込んだ剣を突き刺したのです。

先生は、私には事実に基づく文章が書けないとか、むだな表現や余談が多いと前々から注意していましたね。どうですか、ここはイタリアかと見紛う冒険を簡潔に叙述できたでしょう。気高い心の侯爵様が気分転換に盗賊にも開放しているジークハルト宮の庭園で事件は起きました。今書いたことは事実に基づく章の典型的なあらすじにすぎないと思ってください。でも、それだけではどうしても我慢ができず、修道院長のお許しももらい、正式な手紙の代わりにこれをしたためるものです。

森で起きたとんでもない事件については付記することはありません――銃声が轟いたとき、

自分が狙われていると気づいて、すかさず身を伏せましたが、頭の左側に激しい痛みを感じました。しかしゲニエネスミュールの教頭から石頭と命名されたこの頭です。がっしりした頭蓋骨のおかげで卑劣なる鉛の弾を跳ね返しました——しかし先生、すぐに教えてください。それが無理でも今晩か、明日の早朝にはお願いします。私が仕込み杖で刺したのはだれなのでしょうか？　下賤の者ではなく、貴人に血を流させたのであれば、うれしいことです。実際そうだと思っています——先生！　漁師小屋で闇の霊が告げた凶行が偶然だったらどれだけよかったことか！——もしかしたら、正当防衛のためにあの小さな仕込み杖を必要としたあの瞬間、仕込み杖は血の贖《あがな》いを求める復讐の女神ネメシスの恐るべき剣と化したのかもしれません——なにもかも包み隠さずお書きください。先生がくださった仕込み杖と小さな肖像画にはどんな関係があるのでしょうか？——いや、だめです——なにも言わないでください。見ただけで悪党を石に変えるメドゥーサの肖像画は私にとっても不可解な謎です。この武器にどんな魔法が付与されているか知ったら、この護符の効力が失われてしまいそうです！——先生がくれた小さな肖像画をいまだにしっかり見ていないと言ったら、先生は信じてくれますか？——時が来れば、私が知る必要のあることをすべて教えてくださいますよね。そうすれば、この護符を先生にお返しします。ですから今はなにも言わないでください！——さて、事実に基づく私の章のつづきを書きましょう。

　先ほど述べた相手、つまりピストル男の体に、私は杖に仕込んだ剣を突き刺しました。男は声も立てずにくずおれました。庭園内で人の声がして、まだ危険にさらされていると思った私は韋駄天《いだてん》のごとき速さで走りました。ジークハルツヴァイラーへ向かっているつもりだったのですが、夜の闇に迷ってしまいました。そのうち知っている道に出るだろうと思って、先を急ぎました。農地の濠を飛び越え、急な丘をよじ登り、憔悴しきってとある茂みに倒れ込みました。目の前でなにかが光り、頭に刺すような痛みを感じて、深い死の眠りから覚めました。傷口からはひどく血が出ていました。私はハンカチを使って、腕のいい軍医が戦場で巻いてくれる包帯のように傷口を縛り、元気を取りもどすと、あたりを見まわしたのです。それほど遠くないところに大きな城の廃墟が聳えていました――もうおわかりでしょう、先生。驚いたことにガイアーシュタイン山に迷い込んでいたのです。

傷の痛みは感じなくなり、気分爽快でした。寝床代わりにした茂みから出てみると、太陽が高く昇り、森や畑にキラキラ輝く光を投げかけていました。まるで陽気な朝の挨拶をしているようでした。鳥たちは茂みの中で目を覚まし、ひんやりした朝露で沐浴《もくよく》して、空高く舞いあがりました。眼下に見えるジークハルト宮はまだ夜の霧に包まれていました。燃えるような黄金色の中に樹木や灌木が見え、庭園の湖は光り輝く鏡のようでした。漁師小屋は白い小さな点で――あの橋まではっきりと見分けられたように思いました――昨日の一件はショックでしたが、今では遠い昔のことのような気がします。まさにそんな感じで、胸を引き裂くと同時に甘美な歓喜で心を満たしてくれる、永遠に失われたものを思い出させてくれる哀愁しか残っていない気がしたのです。

「口の減らない奴め、なにが言いたいのだ？　昨日起きたばかりのことを永遠に失われたと呼ぶとは、どういう了見だ？」

先生ならそうおっしゃるでしょうね。私にはまざまざと聞こえます――先生、そそり立つガイアーシュタイン山の頂上にもう一度立つつもりです――ワシの翼のように腕を広げて、甘美なる魔法にかかった場所、時空の制限を受けない、世界霊のように永遠である愛が感じられるところへ飛んでいきたいと思います。そこなら渇望と欲求に等しい天上の妙なる調べが聴けるでしょう！――私は知っています。悪魔のごとき貪欲な抗論者（当時の大学の口頭試験では受験者を論駁する者が設定されていた）が私の鼻先に腰かけて、大地が恵む大麦パンにひたすらこだわった末、天上の楽の音が紺碧の目を持ちうるやいなやなどという馬鹿げた質問を浴びせてくることを。「天上の楽の音とは雲間を通して光の世界から射し込む眼光である」と私は簡潔に返答するでしょう。しかし抗論者は納得せず、「では額や髪、口や唇、はたまた腕、手、足はどうだ」と質問し、「純粋な楽の音にそういうものが賦与されているはずがない」と薄ら笑いを浮かべます――ええ、連中が考えることくらいわかっていますとも。賦与されているのは永遠の愛と憧れだ、と彼らは言いたいのでしょう。ただしそういうものが賦与されるには、私が、そして抗論者や他の者も大地に縛られた存在であることを前提にします。私たちが食べるものは日の光だけではなく、たまには教師の席とは別の椅子にすわるものだということを前提にするのです。といっても、永遠の愛と憧れは自己完結していますし、これについてあれこれ言うのは愚か者ばかりです――先生！　くれぐれもこの貪欲な抗論者の側にはつかないでください――そんなことになったらたまりません――なにか合理的な理由があってそうするなら、そうおっしゃってくださいますか？――ギムナジウムの上級生がさらすような醜態を、私がこれまでに見せたことがあるでしょうか？――成人に達しても、私にはまだ落ち着きがないというのでしょうか？　ユーリアの頰にキスをしたいがばかりに手袋になりたいと望んだことがあるでしょうか（シェイクスピア『ロミオとジュリエット』第二幕第二場参照）？　ロミオといっしょにしないでください――信じてください、先生。人がなんと言おうが、私の頭の中にあるのは楽譜だけです。心や胸にあるのは音色だけなのです。まったく忌々しいかぎりです！　さもなかったら、今、譜面台に載せてある、晩禱用の上品で簡潔な教会音楽を、この私が完成できたはずがないでしょう——おっとこれは——またしても脱線してしまいましたね——話をつづけましょう。

　遠くから力強い男性の歌声が聞こえてきました。その声がしだいに近づいてきて、まもなくベネディクト会の修道士であることに気づきました。その修道士は野道を麓《ふもと》のほうに下りながらラテン語の聖歌を歌っていたのです。私がいるところからそれほど遠くない場所で、静かに腰を下ろすと、歌うのをやめました。つばの広い旅の帽子を頭から取って、額の汗をハンカチでぬぐいながらあたりをきょろきょろしたかと思うと、茂みに分け入りました。私はその修道士と近づきになりたくなりました。彼は太っていました。日射しがきつくなったので、ひと休みするのに木陰でも探しているようでした。案の定、茂みに分け入ると、修道士は苔むした岩に腰かけていました。そのすぐそばのもう少し背の高い岩を机代わりにして白い布を広げ、旅行カバンからパンと肉のローストを出して、おいしそうに食べだしたところでした。

「まずは飲みものを《セド・プラエテル・オムニア・ビベンドゥム・クイド》」修道士は独り言を言って、ポケットから出した小さな銀の杯に籠入りの瓶のワインを注ぎました。ちょうど彼が飲もうとしたとき、私は「イエス・キリストを讃えん！」と言って、彼のところへ歩いていきました。杯を口につけたまま顔を上げた彼を見て、ベネディクト会のカンツハイム大修道院の尊敬すべき修道司祭（修道会に属して修道院で生活する司祭を指す）にして合唱隊指揮者のヒラリウスだと気づきました。

「久しぶりですな！」ヒラリウス修道司祭は目を丸くして私を見つめました。

　頭の傷が気になるのだろうと思って、私はこう言うことにしました。

「尊敬おくあたわざる愛するヒラリウス殿、道に迷って彷徨うヒンズー教徒とは思わないでいただきたい。どこぞの頭を殴られた者とも思わないでください。これからもあなたの親友でありたいと願っている楽長ヨハネス・クライスラーです！」

「これはしたり」ヒラリウスはうれしそうに言いました。「あなただとすぐにわかりましたよ、素晴らしい作曲家である友よ。しかしいったいどうしてこんなところにいるのですか？　なにがあったのです？　たしか大公様の宮廷で何不自由なく暮らしておられると思っていたのですが」

そこで、なにが起きて、なにをせざるをえなかったか手短に話しました。具体的には私を的にして試し撃ちをした者がいて、私がその者の腹部に杖に仕込んだ剣を刺したこと。そして発砲したのがおそらくヘクトールという猟犬によくつけられる名を持つイタリアの公子だったということも。

「これからどうしたらいいでしょう？　ジークハルツヴァイラーに戻るべきでしょうか？——知恵をお貸しください、ヒラリウス殿！」

そう言って、話を結びました——そのあいだ「ふうむ——なるほど——なんと——聖ベネディクト様」と相槌を打っていた修道司祭はうつむいて「まあ、飲みましょう《ビバムス》！」と言って、銀の杯を一気に飲み干しました。

それから彼は笑いました。

「楽長、今できる一番の助言は、ここにすわっていっしょに朝食をとろうということですな。このキジをどうぞ。昨日、マカリウス修道士が仕留めたものです。覚えておいでと思いますが、彼は器用な男でして。ただしレスポンソリウム（独唱に合唱が呼応する形式の聖歌）ではよく音をはずしますが。ハーブビネガーがよく効いているのは、エウセビオス修道士が私のためといって念入りに調理してくれたおかげです。それからワインも、出奔した楽長の舌を潤すにはぴったりのものです。

正真正銘のボックスボイテル（ドイツのフランケンワイン用の扁平で胴の膨らんだ瓶）ですぞ、クライスラー殿。ヴュルツブルクの聖ヨハニス病院で醸造されたものです。主のしもべである私たちが手に入れられる最高のものです――いざ、飲まん《エルゴ・ビバムス》！」

　修道司祭は杯にワインをなみなみ注いでくれました――私は遠慮せず飲み食いし、おかげで元気を取りもどしました。

　修道司祭は朝食にうってつけの場所を選んでいました。一面に花が咲いている草地に白樺の林が影を落とし、水晶のように澄み切った森の小川が岩の上をさらさらと流れ、清々しくて生き返るようでした。人里離れた深閑《しんかん》とした場所のおかげで、心地よさと安らぎに満たされました。修道司祭はあれから大修道院で起きたことを話してくれました。もちろん片言のラテン語まじりで冗談を飛ばすのも忘れずに。私は彼の話を聞きながら森や小川の声に耳を傾けました。心慰めるメロディーに聞こえました。

　ヒラリウスは私が黙っているのを事件のせいで不安だからだと思ったらしく、改めてワインを杯に注いで差し出すと、こう言ったのです。

「元気を出しましょう、楽長！　血を流させたのは確かです。罪なことではありますが、事と次第によります――だれだって自分の生命が大事です。一度きりの人生ですからね。あなたはそれを守った。教会もそうすることを禁じてはいません。うちの修道院長殿も、他のどんな神のしもべも、あなたの罪を赦すでしょう。たとえ王侯貴族の臓腑をうっかり刺し貫いてしまったとしても――いざ、飲まん《エルゴ・ビバムス》！――主よ、賢者は御身を憎まず《ウィル・サピエンス・ノン・テ・アブホレビト・ドミネ》！――しかしながら、クライスラー殿、ジークハルツヴァイラーに戻れば、なぜ《クル》、どうやって《クオモド》、いつ《クアンド》、どこで《ウビ》としつこく尋問されるでしょう。公子に殺されそうになったと訴えても、信じてもらえるかどうか？　そこ《イビ・ャ》が問題です《ケット・レプス・イン・パピレ》！——そこでです——でもちょいと飲みましょう《ビベンドゥム・クイド》——」ヒラリウスはワインをなみなみ注いだ杯を飲み干すと、話をつづけました。「いいですか、楽長。飲めば海路《かいろ》の日和《ひより》ありです——これから諸聖人修道院へ行くところでした。そこの合唱隊指揮者に頼んで、次の祭典のための楽譜をもらう予定なのです。うちにある楽譜箱を何度かかきまわしてみましたが、どれも古くて、カビが生えていたんですよ。あなたが大修道院に滞在中に作曲したものもあるにはあります。たしかに美しくて、新しい——しかしこう言ってはなんですが、じつに凝《こ》っていて、総譜から片時も目を離せません。身廊にいるかわいい娘に格子越しに流し目でもしようものなら、終止記号を見落としたりして、拍子を取りそこない、なにもかもだいなしにしてしまいかねないんですよ——一巻の終わりという奴です。ヤーコプ修道士なんてディー——ディー——ディーデル、ディーデルって調子でオルガンの鍵盤を叩く始末でして！——あいつらは《アド・パティビル》絞首台行きです《ム・クム・イリス》——だから——飲みましょう《ビバムス》！」

　ワインを飲んだあとも、おしゃべりは流れる川のようにつづきました。

「存在しないものは存在しない《デスント》。そして存在しないものは問題にされない。だからどうですか。このまま私といっしょに大修道院に戻りませんか？　近道を行けば、二時間とかからないでしょう。大修道院にいれば、追及の手は届きません。敵の待ち伏せにも遭わないでしょう。あなたを歩く音楽としてお連れします。好きなだけ滞在してください。必要なものは修道院長殿がなんでもそろえてくれます。極上の下着に着替え、ベネディクト会の修道服を着るのです。きっと似合いますよ。でも道中、同情心篤いサマリア人（『新約聖書』「ルカによる福音書」第一〇章第二五—三七節でイエス・キリストが語る、不利益を顧みず、善行を施す「善きサマリア人」を参照）の絵に描かれる怪我人のように見えるのはまずいですね。私の帽子をかぶってください。私はこのはげ頭にフードをかぶります——ちょっと飲みましょう《ビベンドゥム・クイド》！」

ヒラリウスはもう一度杯を空けると、近くを流れる森の小川ですすいで、出していたものを急いで旅行カバンにしまいました。それから帽子を私の頭にかぶせ、うれしそうに叫びました。

「楽長、ではゆっくりと歩きましょう。そうすれば修道士を集会所に集める《アド・コンウェントゥム・コンウェントゥアレス》鐘が鳴って、修道院長が食卓につく頃に到着すると思います」

先生もお察しのことでしょう。この陽気なヒラリウス修道司祭の申し出に異存はありません。快適な避難場所となりうるところへ喜んで行くことにしました。

私たちは談笑しながらゆっくり歩き、修道司祭が言ったとおり、食事を告げる鐘が鳴ったときに大修道院に到着しました。

私が質問攻めに遭う前に、ヒラリウスは修道院長に言いました。

「たまたま楽長がジークハルツヴァイラーに逗留していることを聞きおよびまして、それなら諸聖人修道院から楽譜をもらってくるよりも、作曲家を連れてきたほうがいいと考えた次第です。そうすれば、音楽のストックは無尽蔵になりますから」

クリゾストムス修道院長（この方についてはすでにいろいろお話ししたと思います）は私を歓迎し、ヒラリウス修道司祭の判断を誉め讃えました！

というわけで、私はベネディクト会修道士に扮し、大修道院の本館に天井が高く広々した部屋をもらって、晩禱の聖歌や賛歌をせっせと仕上げ、荘厳ミサ曲のための構想をメモし、歌や演奏を担当する修道士や少年合唱隊を集めて稽古をしたり、内陣の格子の陰から指揮棒を振ったりしています！　ここに隠れ潜んでいると、自分がタルティーニ（ジュゼッペ・タルティーニ、イタリアのバイオリニスト、作曲家。「悪魔のトリル」が有名。枢機卿の親戚にあたる女性と秘密裏に結婚したことで、命を狙われ、アッシジに逃れた）になった気がします。彼はコルナーロ枢機卿の復讐を恐れてアッシジのフランシスコ会修道院に逃げ込み、数年後、あるパドヴァの人に発見された人物です。オーケストラを隠しているカーテンが一陣の風でめくれたほんの一瞬、姿を見られたためです――ひょっとしたら、先生が私にとってのパドヴァの人になるかもしれませんね。しかし居場所を明かしておいたほうがいいでしょう。さもないと私がどうなったかわからず、不審に思うはずですから――もしかして私の帽子が見つかり、かぶっていた頭がどうなったかいろいろ穿鑿されているでしょうか？――先生！　今は格別な安らぎを感じています。人生の投錨地に辿り着いたのかもしれません。最近、広大な大修道院の庭にある小さな池の畔を歩いていたとき、並んで動く私の幻影が水面に映っているのを見て、私はひとりごちました。「私と並んで湖面を歩いているあの人は思慮深い人物だ。漠然として際限のない空間で暴れまわるのをやめ、見いだした軌道にしっかり乗っている。それが私自身だというのは幸運なことだ」

このあいだ、別の水面から運命の分身が私を見つめていたことがありましたね――でも、内緒ですよ――すべて内緒にしてください――先生、あれがなんだったか言わないでくださいなにも語らないでください――私がだれを刺したかということも――でも、先生のことについてはたっぷり書いてください――さて、修道士たちが稽古に来ます。私の事実に基づいた章であるこの手紙を閉じます。ご機嫌よう、先生。私のことを忘れないでください！　云々、云々。

庭園から遠く離れた、雑草のはびこる道をひとり歩きながら、マイスター・アブラハムは親愛なる友の運命に思いを馳せた。彼を得たと思ったそばから失ってしまった。ゲニエネスミュールでおじのピアノに向かっていた少年ヨハネスが目蓋に浮かぶ。少年は誇らしげなまなざしでセバスティアン・バッハのもっとも難しいソナタを大人顔負けで弾いてみせた。アブラハムは褒美に砂糖菓子を一袋、こっそり少年のポケットに入れた――まるで数日前のことのようだ。あの少年が、不可思議で気まぐれな運命の戯れに翻弄されているクライスラーだとは、なんとも奇妙なことだ――宿命に弄ばれている現在と過去を思ううち、目の前にアブラハム自身の幻影があらわれた。

彼の父親は厳格で頑固な人物で、他の雑多な仕事と並行して営んでいたオルガン製作の技術をアブラハムにむりやり叩き込んだ。だが父親はアブラハム以外のだれもオルガン製作に携わらせなかったので、他の徒弟たちはオルガン内部のメカニズムを学べぬまま、指物師や鋳物師として腕を磨くほかなかった――父親は、正確さと頑丈さとすぐれた演奏がオルガンのすべてで、楽器の魂や音色には無頓着だった。だから彼が製作したオルガンにはその特徴が反映していて、響きが硬く、きんきんしているとよく酷評されたものだ。その後、アブラハムの父親は児戯に等しい時代遅れの装飾に心血を注ぐようになった。たとえばダビデ王とソロモン王の像をオルガンに取りつけたことがある。演奏中、ふたりの王が驚いたように首を動かす仕掛けだった。ティンパニを叩いたり、ラッパを吹いたり、拍子をとったりする天使像や翼を羽ばたかせて鳴くオンドリの像を取りつけたこともあった。アブラハムはよく藪から棒に殴られることがあった。殴られずにすみ、父親から喜びの声を引き出せたのは、持ち前の発明の才で新しい仕掛けをこしらえたとき、たとえばオンドリが前より鋭い鳴き声を響かせたときだけだった。アブラハムは職人のしきたりで修業の旅に出るのを今か今かと心待ちにした。ようやくその時が来ると、二度と戻らないつもりで実家を出た。

アブラハムは他の徒弟たちといっしょに遍歴した。徒弟のほとんどは手に負えない乱暴者だった。そんな旅の途上、黒い森地方にある聖ブラシウス大修道院に立ち寄り、ヨハン・アンドレアス・ジルバーマン（ドイツのオルガン製作者）が製作した有名なオルガンに出会った。豊かな素晴らしい音色を聴いて、彼ははじめて快い音の魅力に取り憑かれ、まるで別世界に行ったような心持ちになった。嫌々やらされていた技術に愛着を抱くようになったのはそれからだ――すると、それまでの環境が無価値に思えてきて、泥沼から抜け出すべく、あらんかぎりの力を振りしぼった――持ち前の分別と理解力のおかげで、学習は日進月歩した。だが――小さい頃に教え込まれたことと遍歴中に染みついたがさつさが鉛のような重しになった――その後、キアーラ、あの珍しくも謎めいた存在との結びつきがアブラハムの人生の第二の光点になった。快い音への目覚めとキアーラへの愛、このふたつが彼の詩的存在の二元性を形成し、粗野だが、力強い彼の本性にいい影響を及ぼした――職人宿に足を向けるのをやめ、煙草の紫煙《しえん》が立ち込め、卑猥な歌が歌われる居酒屋も避けるようになった。すると偶然というか、むしろ（親愛なる読者がご承知のとおり）不思議な機械技術の才ゆえに、若いアブラハムは新しい世界、永遠に異邦人でありつづける環境で、生まれつきの個性を押し通すようになった。彼の個性はこうして時とともに確固たるものになった。がさつな人間から卒業し、健全で明晰な理解力や正しい人生観、そしてそこから生み出される的を射た批判に裏打ちされて、若い頃には欠点と思われていたことが驚嘆すべきものとして尊敬を集めることになった。貴族たちの感心を勝ちとるのもいたって容易いことだった。そもそも貴族など自分たちが思っているほどたいした存在ではなかったからだ。

散策を終えて、漁師小屋の前まで戻ったアブラハムは腹の底から笑って、晴れ晴れした気持ちになった。それまでは柄にもなく鬱々とした気持ちだった。聖ブラシウス大修道院の教会堂や行方不明になったキアーラのことを思い出したせいだ。アブラハムはそのとき独り言を漏らした。

「とっくに治ったはずの傷がどうしてうずくのだろう？　今さら空虚な夢に心を奪われるとは。悪霊が悪さをして、変な動きをしている機械をなんとかしなければならないというのに！」

なぜか知らないが、危険を呼び込むのは自業自得だと思い、不安になったのだが、すでに書いたように、件の貴族連中のことを思い出したおかげで、笑いがこみ上げ、気が楽になったのだった。アブラハムはクライスラーの手紙を読むために漁師小屋に入った。

その頃、侯爵の宮殿では奇妙なことが起きていた。

侍医が言った。「奇跡です！――これまでの治療や知見を覆《くつがえ》すほどであります！」

侯爵夫人：「こうでなくては。これで侯女は評判を落とさずにすむ！」

侯爵：「はっきりと禁じたはずなのに、家臣の馬鹿《クラピュル》どもは耳を貸さなかった――とにかく――侯子がこれ以上火薬を手に入れないよう、上級林務官に申しつけねば！」

ベンツォン顧問官：「ありがたいことです。お嬢様が救われました！」

一方、侯爵令嬢ヘートヴィガは自分の寝室の窓から外を見て、クライスラーが投げ捨て、ユーリアの手に渡って聖なるものになったというギターを手にして、途切れ途切れに和音を奏でていた。ソファでは、侯子イグナツィウスがすわって、「痛いよ、痛いよ」と泣き叫んでいた。しかし、侯子の前にはユーリアがいて、小さな銀の深皿を持って――ジャガイモをすりつぶすのに余念がなかった。

これらはすべて、侍医が「奇跡だ、これまでの治療を覆すほどだ」と言った出来事に関連していた。親愛なる読者がもう何度も聞き及んでいるとおり、侯子イグナツィウスは六歳の少年のように天真爛漫で、遊び方も六歳並み。おもちゃの中でも鋳鉄製の小さな大砲が大のお気に入りだった。それというのも、火薬少々と本格的な散弾と小鳥というなかなか手にできないものがつきものだったからだ。すべてがそろうと、侯子は軍隊を行進させて、父君が失った領土で反乱を企てた小鳥を軍法会議にかけ、大砲を装塡して、処刑する。胸に黒いハート形の印をつけて燭台に縛りつけられた小鳥はたいてい死ぬが、たまに死にきれないことがあって、そういうときは小刀を使って、国賊に正当な罰を下すのだった。

　今回は庭師の息子である十歳の少年フリッツが色鮮やかなかわいいムネアカヒワを捕まえてきて、いつものように一クローネの駄賃をせしめて帰っていった。侯子はさっそく猟兵の留守を狙って詰め所に忍び込み、散弾の袋と角《つの》製の火薬入れを見つけ、そこから必要なものを手に入れた。派手な色のよくさえずる国賊がなんとかして逃げようと騒ぐので、さっそく処刑することにしたが、そのとき侯子は、すっかりおとなしくなった妹君が処刑に立ち会いたいはずだと思い直した。自分の兵隊たちを入れた箱を一方の腕に、そしてもう一方の腕に大砲を抱えて、鳥を掌《たなごころ》に包むと、侯爵から禁じられていたにもかかわらず、忍び足で妹君の寝室に向かった。妹君は体を硬直させた状態で、服を着たまま寝椅子に横たわっていた。しかも好都合なことに、侍女たちがそばを離れていた。

　侯子はさっそく小鳥を燭台に縛りつけると、軍隊を整列させて、大砲に弾を装塡した。それから妹君を寝椅子から起こして、テーブルのところへ連れていき、これから軍を指揮する将軍になってもらうと言って、侯子自身は国を治める領主として反乱者らを粉砕すべく大砲を撃った——弾薬がたっぷりあったので、侯子は散弾を必要以上に詰め込み、おまけに火薬をテーブルの上にまき散らした。こうして大砲に火をつけたものだから、耳をつんざく爆発音がしたうえに、あたりに散らばっていた火薬が燃えあがった。侯子は手にひどい火傷を負って大声で泣きわめき、爆発の瞬間、妹君が床に倒れたことにも気づかなかった。廊下にまで響きわたった発砲音に驚きあわてて、みんなが駆けつけてきた。侯爵と侯爵夫人も気が動顚《どうてん》して威厳を保つことも忘れ、召使たちといっしょに駆け込んできた。侍女たちは侯爵令嬢を床から抱き起こし、寝椅子にそっと横たえ、侍医や外科医を呼びに行った。侯爵はテーブルの上のありさまを見て、なにが起きたかを察すると、目を吊りあげ、泣きべそをかいている侯子をにらんだ。

「こら、イグナーツ！　幼稚な真似をしおって。火傷の軟膏を塗ってもらうがいい。泣きわめくでない！　それでは宿なし子と変わらぬではないか――白樺の鞭で――きさまの――尻を――」

唇がわなわなとふるえて、侯爵はまともに口が利けなくなり、わけがわからなくなって、足を踏みしめながら部屋から出ていった。従僕たちは愕然としてしまった。侯爵が侯子をきさまとか、イグナーツとか、気取らずに呼ぶのは、これで三度目になる。そして三度とも、侯爵が怒り心頭に発したときだった。

「危機は脱しました。お嬢様の容体もじきに快復し、ご病気は完治するものと存じます」

侍医がそう説明すると、侯爵夫人はろくに聞きもせずに言った。

「ありがたいことだわ《デュー・ソワ・ルエ》。なにかあったら知らせておくれ」侯爵夫人は泣きじゃくる侯子をやさしく抱くと、甘い言葉をかけてから、侯爵のあとを追った。

そうこうするうちに、ベンツォン夫人が不幸なヘートヴィガの顔を見ようと、ユーリアと連れだって宮殿にやってきた。事情を聞くやいなや、侯爵令嬢の部屋へ駆けのぼり、寝椅子のところへ飛んでいくと膝をついて、ヘートヴィガの手をつかみ、その目をじっと見つめた。一方、ユーリアは心の友が死の眠りにつきはしないかと気が気ではなく、熱い涙を流していた。するとヘートヴィガが深呼吸をして、かすかな声で言った。

「死んだの？」

侯子イグナツィウスは火傷が痛いと泣いていたのも忘れ、大喜びで笑い、死刑執行はうまくいった、と答えた。

「そうだよ――妹、心臓に命中して死んだよ」

「そうね」侯爵令嬢はいったん開けた目をまた閉じた。「わかっているわ。心臓から血がほとばしるのが見えた。でも、その血は私の胸に落ちてきた。私はこわばって結晶になった。そしてあの小鳥は死体になっても生きていた！」

「ヘートヴィガ様」ベンツォン夫人がそっと声をかけた。「不吉な夢からお目覚めになったのですね。私がおわかりでしょうか？」

侯爵令嬢はひとりにしてほしいとでも言うように、ゆっくり手を振った。

「ヘートヴィガ様」ベンツォン夫人は話をつづけた。「ユーリアが来ています」

ヘートヴィガの頰に笑みが浮かんだ。ユーリアはかがみ込んで、友の青ざめた唇にそっとキスをした。するとヘートヴィガがささやいた。

「もう大丈夫よ。数分もすれば元気になるわ。私にはわかるの」

このとき、胸を引き裂かれてテーブルの上に転がったまま放っておかれていた小さな叛逆者に目をとめ、ユーリアは侯子イグナツィウスがまたとんでもない所業に及んだことに気づいた。

「侯子様」ユーリアは頰を紅潮させた。「そこのかわいそうな小鳥があなたになにをしたというのですか？　この部屋で無慈悲にも殺してしまうなんて――あまりに恐ろしい愚行です――こういうことは二度としないと約束してくださったじゃありませんか。それなのに約束を守ってくださらなかったのですね――でも！　今度したら、私はもう決してあなたのカップを整理したり、人形にしゃべり方を教えたり、あなたに水の王様の話をしたりしませんからね！」

「怒らないでよ、ユーリア！」侯子はめそめそした。「あいつは大悪党だった。兵隊全員の上衣の裾をこっそりちょん切って、謀反を企てたんだ。痛い――痛いよう！」

ベンツォン夫人は妙な笑みを浮かべて、侯子、それからユーリアを見て言った。

「指を火傷したくらいなんですか！——それにしても、外科医が火傷用の軟膏を作るのにこんなに手間取るなんて。でも平民の民間療法だって効くでしょう。生のジャガイモを持ってきてちょうだい！」

夫人はドアのほうへ歩いていったが、なにを思ったか、ふいに立ち止まり、戻ってくるとユーリアを抱いて、額にキスをした。

「あなたはいい子ね。いつも言いつけどおりにするのだから！——でも常軌を逸した愚か者には気をつけなさい。そういう人たちにそそのかされて心をひらいてはだめよ！」

夫人は穏やかにまどろんでいる侯爵令嬢にもう一度、探るような視線を向けたあと、部屋から出ていった。

外科医はたくさんの膏薬を持って部屋にやってきて、しきりに訴えた。

「さっきから侯子様のお部屋でお待ちしていたのです。まさかお嬢様のお部屋にいらっしゃるとは思いませんでした」

外科医が膏薬を持って侯子のところへ行こうとすると、大きなジャガイモを盛った銀の深皿を持ってきた侍女が、火傷にはすりおろしたジャガイモが一番効くと言った。

「侯子様」ユーリアは侍女の言葉をさえぎって、銀の深皿を受けとった。「私が膏薬を作ります」

「殿下」外科医は仰天して言った。「お考えください！——高貴な方の指の火傷に民間療法などもってのほかです！——医術——医術しか——お助けする方法はありません！」

外科医は改めて侯子のところへ行こうとした。すると、侯子はさっとさがって叫んだ。

「来るな、来るな！　ユーリアに膏薬を作ってもらうんだ。医術なんて用なしだ！」

外科医は侍女たちをじろっとにらむと、軟膏を持って立ち去った。

ユーリアには侯爵令嬢の息遣いがしだいに強くなっているのが聞こえたが、驚いたことに——

（ムルのつづき）——寝つくことができず、寝床でしきりに寝返りを打った。わが輩はいろんな姿勢を試してみた。四肢を伸ばしてみたり、丸くなってみたり、頭を柔らかな前脚に乗せてみたり、尻尾をまわして目を覆ってみたり。横向きになって前脚を突き出し、尻尾をだらりと寝床から垂らしてもみた。すべて試したが——その甲斐はなかった！——妄想の度合いはますますひどくなり、精神錯乱の様相を呈した。もはや睡眠など望むべくもなく、睡眠と覚醒のせめぎ合いとでも呼べる状態になった。モーリッツ（十八世紀ドイツの作家。みずから編集刊行した『経験心理学のための雑誌』に夢に関する論考を寄稿している）、ダーフィトゾン（十八世紀のベルリンの医師。『睡眠に関する試論』という著作がある）、ヌードー（十八世紀ドイツの医師。『睡眠理論の試み』という著作がある）、ティーデマン（十八世紀ドイツの哲学教授。著作『人間に関する研究』第三部で睡眠について言及している）、ヴィーンホルト（十八世紀の動物磁気の研究者。『独自の考察による動物磁気の治癒力』で睡眠について言及している）、ライル（クルーゲの訳注参照）、シューベルト（十八—十九世紀ドイツの自然研究家、哲学者。主著に『夢の象徴学』）、クルーゲ、他にもまだ読破していない生理学の書き手たちがいるが、彼らが睡眠と夢について書いていることはたしかに正しい。

　明るい日の光が師匠の部屋に射し込む頃、わが輩は睡眠と覚醒のせめぎ合いからくる精神錯乱から目覚めて、意識がはっきりした。しかし、なんという意識、目覚めだろうか！——これを読んでいる猫の若者よ、耳を立てて、モラルをなくさぬように心して読みたまえ！——わが輩をもってしてもおぼろげにしか描写できない、絶望的な状況について述べる——くどいようだが、学生猫組合の集会ではじめて猫ポンチを味わうときはくれぐれも気をつけることだ。なめるときはほどほどに。もっと飲めと言う者がいたら、わが輩の経験を思い出すこと。牡猫ムルはだれもが認める権威だからだ。

　さて！——わが輩はさしあたり、まったりした気分になったかと思うと、身をよじるような苦しみにもだえた。とにかく胃の調子がすこぶる悪く、そのせいで体調の悪さは並たいていではなかった。そのうえ、体内で意味もなくごろごろ音がするという騒ぎが起き、刺激された神経節までがこれに加わって、生理的な不調と不能はいつ終わるとも知れず、病的なほどの痙攣がつづいたのだ——そのくらい惨憺たるありさまだった！

しかしそれよりももっと困ったのは精神のほうだ。非難されるようなことなど一切ないはずの昨日の件で悔しくも歯がゆい思いを味わい、わが輩の心はこの世の幸福に対してとことん投げやりな気分になった！——この世のあらゆる富、自然の賜、叡智、理性、機智などをことごとく軽蔑し、偉大な哲学者、才気煥発な詩人までがぼろ切れで作った人形や道化と大差ない存在になった。そして最悪なのは、そうした軽蔑する気持ちが自分自身にも向けられたことだ。なんと自分がネズミばかり追う、ごくありふれた、みすぼらしい猫と同じだと思うようになったのだ！——これほどの敗北があるだろうか！　ひどい悲しみに囚われ、この世は嘆きの谷でしかないという思いに打ちのめされて、名状しがたい痛みを味わった——わが輩は目を閉じてさめざめと泣いた！

「ムル、浮かれ騒いで、惨めな気持ちになっているというわけか？——ああ、そういうものさ！——ぐっすり眠ることだ。そうすればよくなる！」

師匠がそう声をかけた。わが輩が朝食に口をつけず、うんうん唸っていたからだ。師匠！——師匠にはわからないのだ。わが輩の苦悩など知る由もない！——学徒であることと猫ポンチが繊細な心にどう作用するかなどわかるわけがない！

ぽちぽち正午になるというのに、わが輩はまだ寝床から出なかった。このとき、どうやって忍び込んできたのかわからないが、同志ムツィウスが唐突に目の前に立っていた——わが輩は調子が悪いと嘆いたが、彼はこちらを憐れみもしなければ、慰めようともせず、笑い飛ばした。

「ワハハハ、同志ムル、たいしたことじゃないぞ。品位なき俗物の少年期から威厳ある学徒へ脱皮しようとしているだけさ。それを病気だ、悲惨だと思うとはな。栄えある酒盛りにまだ慣れていないだけさ！――だが、ひとつ、その口を閉じて、師匠に苦しいと訴えるのはやめたまえ。われわれの種族は仮病を使うと言われて、ただでも評判が悪いんだ。口さがない人間は、そんなわれわれに引っかけて、この病気もどきに名前をつけているくらいだ（ドイツ語では二日酔いのことをKatzenjammer（猫の嘆き）と表現する）。まったく、口にするのも汚らわしい。それはそうと、起きたまえ。気を取り直してついてくるんだ。新鮮な空気に当たると、気が晴れるぞ。それから毛をつける（「迎え酒をする」を意味するドイツ語に、Hundehaare auflegen（犬の毛をつける）という言い回しがある）。まあ、それがなにを意味するかは、実際に体験するんだな」

　同志ムツィウスに俗物根性をはぎとられたあのときから、彼には頭が上がらず、なんでも言うとおりにしていた。わが輩は渋々起きあがると、伸びをして、弛緩した前後の脚に活を入れ、ムツィウスにつづいて屋根に上がった。何度か行ったり来たりすると、少し気分がよくなった。そのあと煙突の裏に連れていかれ、ニシンの漬け汁を二、三杯飲まされた。これがムツィウス言うところの「毛をつける」というやつで――驚いたことに効き目抜群だった！　どう言ったらいいだろう――胃のもやもやが消え、ごろごろという音も鳴りをひそめ、神経が逆立つこともなくなった。生きることがまた楽しくなり、この世の幸福、学問、叡智、理性、機智などを重んじる気になった。自分を取りもどし、あの素晴らしい、卓越した牡猫ムルに戻ったのだ！――おお、自然よ、自然！　軽はずみな牡猫がわずか数滴味わっただけで、自然に対して、つまり母の愛で胸に植えつけられた、ありがたい原理に対して反抗する気になるとは。そういう原理があるからこそ、焼いた魚、ニワトリの骨、ミルク粥といった喜びのある世界を最高だと思い、そういう喜びは自分のためだけにあるとの確信に至るというのに――ただし――それがわかるのは哲学する猫だけだ。そこには深遠な叡智がある――あの絶望的なすさまじい嘆きはバランスを保つためにある。限界のある存在が存続するために必要な反作用なのだ。だからこれは（つまり嘆き）は無限な宇宙の思想に基づいているのである！――毛をつけよ、若き猫たち！　博識にして、才気煥発な同志のこの哲学的な経験則をもって安んじるのだ。

こうしてかなりの期間、屋根を渡り歩いて、新鮮で愉快な学生生活を送ることになった。ともに過ごしたのはムツィウスをはじめとする、白やら、黄色やら、ぶちやらの実直で陽気な若者ばかりだったと言っておこう。さて、このあたりでわが生涯に起きた、はるかに重要な出来事に話題を移そう。それはあとあとまで影響を与えたものだ。

夜になり、明るい月光に照らされて、同志ムツィウスと連れだって学生猫組合の酒盛りに向かっていたときのことだ。ミースミースを奪ったあの黒灰黄色の無頼漢に出会ったのだ。憎き相手だが、一敗地にまみれていた手前、わが輩は少したじろいだ。奴は挨拶もせず、わが輩のすぐそばを通った。優越感に浸ってこちらを嘲笑っているように思えた。ミースミースを失ったことや、さんざん殴られたことを思い出して、こちらは頭に血が上った！　ムツィウスはわが輩がかっとしていることに気づいた。わが輩がどう思っているか話すと、ムツィウスは言った。

「きみの言うとおりだ、同志ムル。奴はほくそ笑んで、図々しい態度を取った。きみを侮辱するつもりだろう――そのとおりかどうかはじきにわかる。勘違いでなければ、あのぶちの俗物はこのあたりでまた新しい牝猫に色目を使っている。毎晩、ここの屋根をうろついている。少し待っていれば、あの御仁は戻ってくる。そうすれば、どういうつもりかわかるさ」

たしかに、ぶち猫はほどなく引き返してきて、遠くからこちらに蔑むようなまなざしを向けた。わが輩は思い切ってそいつのところへ歩いていった。奴とわが輩はすぐそばをすれちがい、お互いの尻尾が険悪な感じで触れ合った。わが輩はすぐ脚を止めて振り返り、しっかりした声で言った。

「ニャア！」

奴も脚を止めて振り返り、侮《あなど》るように応じた。「ニャア！」

それからめいめいの道を進んだ。

「ふざけやがって」ムツィウスは腹を立てて叫んだ。「ふざけた野郎だ。明日とっちめてやる」

ムツィウスは翌朝、奴のところへ行き、わが輩の名代《みょうだい》としてわが輩の尻尾に触れたかどうかたずねた。あいつは、触ったのはわが輩のほうだと返事した。これに対してわが輩は、触ったのはあいつのほうで、これは挑発だと答えた。そこで奴は、勝手にそうとるがいいと返した。そこでわが輩は、よくわかったと伝えてもらった。そこで奴は、わが輩などわざわざ挑発するほどの相手ではないと言った。そこでわが輩はもう一度、それでも挑発ととると言い返した。そこで奴は、馬鹿な奴だと抜かした。そこでわが輩は負けじと、こっちが馬鹿なら、おまえは卑劣なスピッツだと応じた！——こうして決闘とあいなった。

＊編集人の注　ああ、ムル、わが牡猫！　面子というのはシェイクスピアの時代からなんら変わっていないのか。それとも、きみが作家として粉飾しているだけけか。つまり、きみが語る出来事に実際以上の輝きと熱気を与えるための偽りだ！——ぶちのならず者との決闘に至るいきさつは、『お気に召すまま』の道化タッチストーンが言う七度突き返される偽りをもじったものではないか？　今回の決闘裁判では丁重な返答、繊細な突っ込み、がさつな応酬、勇気ある対応、そして最後には開き直りという手順を踏んでいるように思うが、そういう型にはまった作り物にならないようにいくつか罵声を加えたことがせめての救いだろうか？——ムル！　わが牡猫！　批評家たちはきみのことを非難するだろう。しかしきみは、すくなくともシェイクスピアを読んで理解し応用することができるところを見せてくれた。だか

らここは目をつむることにする。

わが輩は挑戦を受け、これはただではすまないと感じたとき、正直かなりびびった。嫉妬と復讐に駆られてぶつかっていって、あのぶちのならず者にこっぴどく返り討ちに遭った過去がある。友のムツィウスのおかげで優位に立ちはしたが、さっさと放棄したくなった。流血を避けられない果たし状を読んで、わが輩の顔から血の気が引いたことに気づくと、ムツィウスが励ましてくれた。

「同志ムル、はじめての決闘を前にした武者ぶるいかな？」

わが輩はためらうことなく胸襟をひらき、勇気が萎《しぼ》んでいる理由を明かした。

「同志よ」ムツィウスは言った。「親愛なる同志ムル！　忘れているようだから言うが、きみがあのろくでなしにさんざん殴られたのは、若輩の新参者だったときではないか。今のような立派な学徒ではなかった。それにそのときの闘いは、作法に則った決闘ではなく、一騎打ちというのもおこがましい、俗物の取っ組み合いだった。学生猫にとっては蛮勇でしかない。いいかい、同志ムル、われわれの天賦の才に嫉妬している人間はそういう悪癖を非難して、われわれの名誉を毀損《きそん》しようとしている。そしてひとたび自分たちのあいだでそういう顚末が起きると、猫の喧嘩だと言って馬鹿にする。そういうわけだから、名誉と体面を重んじる品行方正な猫はこの手の対決を避けねばならない。そうすれば、やたら殴ったり殴られたりする人間も顔色をなくすことだろう――ゆえに、愛する同志よ、恐れたり、尻込みしたりする気持ちを捨てて、勇気を持つんだ。きみなら正式な決闘で思う存分復讐が遂げられるさ。あのぶち猫をぎゃふんと言わせるんだ。そうすりゃ、あいつはしばらく牝猫に言い寄ることも、肩で風を切ることもできなくなるだろう――いや、待て！――きみたちに起きたことを考えると、引っかき合いでは分が悪いな。そうだ、もっといい方法があるぞ。嚙みつきで決着をつけるんだ――学徒みんなの意見を聞こうじゃないか！」

わが輩とぶち猫のあいだに起きたことを、ムツィウスは的確な言葉で学徒のみんなに語った。学徒は一同こぞって、弁士となったムツィウスに賛同した。わが輩はこうして彼を通じて、決闘に応じる旨をぶち猫に伝えた。ただし侮辱の重さに鑑《かんが》みて、闘い方は嚙み合いとするという条件をつけた。ぶち猫は歯が痛んでいるとかなんとか口実をつけようとしたが、ムツィウスは嚙み合いによる決闘以外受けつけないとあとに引かず、それに応じないのなら、卑怯なスピッツというそしりを甘受せよと言い放ったので、ぶち猫も嚙み合いによる決闘を承服した。

決闘の夜が来た。わが輩は定刻に、ムツィウスと連れだって猟場の手前の家の屋根の上に立った。決闘相手もまもなく恰幅《かっぷく》のいい牡猫を連れてあらわれた。そいつは相手の介添《かいぞ》えらしく、決闘相手よりも派手なぶち猫で、ふてぶてしい面構えをしていた。二匹はさまざまな修羅場をくぐった戦友で、介添えはかつて倉庫の戦いで焼きベーコン勲章を受けていた。あとで知ったことだが、用意周到なムツィウスが手配して、灰白色の小柄な牝猫も来ていた。この牝猫は外科医術に通じていて、どんなにひどい怪我でもうまく治療して、すぐに治すと評判だ。

もう一度、取り決めの確認がなされた。決闘は三回の跳躍で行ない、それでも決着がつかなかった場合、跳躍をつづけるか、これで決着がついたとみなすか、合議で決める。双方の介添えは歩幅で距離を測り、決闘相手とわが輩は位置についた。きまりに従って、双方の介添えが「はじめ」と叫ぶと、決闘相手とわが輩は同時に飛びかかった。

奴につかみかかろうとした刹那、わが輩は右耳をつかまれて、したたかに嚙みつかれ、たまらず悲鳴を上げた。

「双方離れて！」ムツィウスが言った。ぶち猫は離れ、双方、元の位置に戻った。

介添えによる「はじめ」のかけ声で、二度目の跳躍。今度こそうまくやったと思ったのに、あの卑劣な奴はさっと身をかがめて、わが輩の左前脚に噛みついた。脚から血が滴った。

「双方離れて！」ムツィウスがもう一度言った。

「おいおい」相手の介添えが、わが輩のほうを向いて言った。「もう決着はついたんじゃないか？脚は重傷だろう。戦闘不能《オール・ド・コンバ》のはずだ」

だが怒りにかっとなっていたわが輩は痛みをまったく感じなかった。

「こっちが力不足かどうかは三度目の跳躍を見てから判断しろ。それで勝敗を決めてくれ」

「勝手にしろ」ぶち猫の介添えが嘲笑った。「格上の相手にやられたいのなら、ご随意に！」

するとムツィウスがわが輩の肩を叩いて励ました。

「へこたれるな、同志ムル、正真正銘の学生猫なら、そのくらいの傷などへでもないはずだ！——勇気を出せ！」

「はじめ」の声で、三度目の跳躍！——わが輩は頭に来ていたが、相手のフェイントに気づいていた。奴はいつも斜めに跳躍していたのだ。だから奴は確実にこっちをつかめるのに、こっちはつかみそこねていたのだ——今回は抜かりなく、こっちも斜めに跳躍した。奴はわが輩をつかまえられると思っていたようだが、逆にこっちが奴の首にがぶりと噛みついた。悲鳴こそ上げなかったものの、奴はうめき声を漏らした。

「双方離れて！」今回は相手の介添えが叫んだ。わが輩はすぐにさがったが、ぶち猫は気絶して倒れてしまった。深傷を負って血がどくどく流れ出していた。灰白色の牝猫がすかさず駆け寄ると、包帯をする前にまず止血をして、いつも携えている手製の薬を出し、その液薬を傷口にふりかけ、さらに気絶している奴の体じゅうにかけた。つんとしたその匂いからして効き目がありそうだった。といっても、テーデン式銃創薬（プロイセン王国軍の軍医で、フリードリヒ大王の主治医テーデンが発明した銃創用の液薬）でもなければ、オーデコロン

（「ケルンの水」を意味するローション で、十八世紀初頭から製造販売されている）でもなかった。

ムツィウスはわが輩の胸をかき抱いた。

「同志ムル、これで面目が立ったな。まったくたいした奴だ――ムル、きみこそ学徒の鑑《かがみ》。侮辱を許さず、われわれの名誉のためなら八方手を尽くしてくれるだろう」

灰白色の外科医の手伝いをしていた相手の介添えが肩を怒らせてやってくると、三回目は作法に反するものだったと主張した。すると同志ムツィウスが目をぎらつかせ、爪を立てて身構え、そういうことを言い張る奴には俺が相手になって、すぐに決着をつけてやると宣言した。相手の介添えはそれ以上ごねるのは得策ではないと思ったか、それっきりなにも言わず、意識が戻った手負いの仲間を背中に担いで、天窓を通って退散した――わが輩も、怪我をしているから薬をつけようか、と灰白色の外科医に訊かれた。耳と脚はたしかに痛かったが、大丈夫だと言って断わった。こうしてミースミースを横取りされたことと殴られたことへの復讐を果たして、わが輩は意気揚々と家路に就いた。

わが輩のはじめての決闘について詳しく書いたが、猫の若者よ、これはきみのためなのだ。この注目に値する出来事は面子に関わる恰好の教訓となるだろう。きみは生きるために必要かつ有益なことをそこから汲み取ることができるはずだ。たとえばいかに勇猛果敢でもフェイントにかかればなす術がないということ。だから地に這いつくばらずに、しっかり立つためにはフェイントの精緻《せいち》な研究が欠かせないのだ。

ゴッツィの『幸せな物乞い』に登場するブリゲッラ（イタリアのコメディア・デッラルテに登場する仮面を付けた道化で、粗野な召使い役）が「みずからを助けぬ者、みずからを拒む者なり」と言っている。この男の言うとおりだ。まったくそのとおり――いいかな、猫の若者よ、フェイントを見くびってはならない。なんとなれば、埋蔵量が豊富な坑道にも似て、フェイントにも真の処世術が隠されているからだ。

屋根から下りてみると、師匠の部屋のドアに鍵がかかっていたので、その夜はその前に置かれたマットをねぐらにした。傷口からひどく出血し、頭がくらくらしていた。そのうち運ばれるのを感じた。やさしい師匠がわが輩の声（わが輩は知らないうちにうめいていたようだ）を耳にしてドアを開け、怪我に気づいたのだ。

「かわいそうなムル。なんということだ。ひどく嚙まれているじゃないか――やり返したんだろうな！」

「師匠、それはもう！」わが輩は完全勝利と面目躍如を思って、改めて気持ちが高ぶった。

心やさしい師匠はわが輩を寝床に横たえると、戸棚から軟膏の小さな缶を出して、絆創膏《ばんそうこう》を二枚こしらえ、わが輩の耳と脚に貼ってくれた。わが輩はあわてず騒がずじっとしていたが、最初の絆創膏が沁みて、小声でムルルルルとうめいてしまった！

「賢い猫だな、ムル！　おまえの同族の乱暴者とちがって、おまえは主人の好意を誤解しない。安静にしていなさい。脚の傷口をなめて治せるようになったら、絆創膏を自分ではがすといい。だが耳の傷のほうは自分で無理だろうから絆創膏を我慢してもらうぞ」

わが輩は、そうすると師匠に約束し、満足と感謝の印に無傷なほうの前脚を差し出した。師匠はいつものようにその脚を取ったが、強く握らずそっと上下に揺すった。

師匠は教養ある猫とのつき合い方がわかっている。

まもなく絆創膏が効いてきた。あの灰白色の小さな外科医猫の妖しげな薬をもらわなくてよかった。ムツィウスが見舞いにきたときには、もうすっかり元気になっていた。ほどなくして、学生猫組合の酒盛りにも出かけられるようになった。歓呼の声で迎えられたことは想像に難《かた》くないだろう。

それまでの倍は人気者になった。

このときからわが輩は素晴らしい学生生活を送った。決闘のときに被毛の最良の部分を傷《いた》めてしまったが、そのくらい気にしない――だが長つづきする幸福などこの世にあるものだろうか？　喜びを享受している最中に、早くも――

〔反故〕――平地では山とみなされそうな高く険しい丘がある。匂い立つ藪にはさまれた広くて快適な一本道が上へ上へとつづく。道の両側には点々と石のベンチや四阿《あずまや》があり、遍歴する巡礼者が憩えるようになっている。丘のてっぺんに着くと、遠目にはぽつんと建っているようにしか見えない教会堂が、じつは大きく豪華な建物であることに気づかされる。門の上の石に刻まれた紋章、司教帽、司教杖、十字架を見れば、ここにかつて司教座があったことが偲《しの》ばれる。そして「来たりし者は神のみ名において祝福されん」という銘文がはるばるやってきた信者たちをその教会堂に招き入れていた。パッラーディオ（十六世紀イタリアの建築家）様式の豪華な正面壁、空に聳える高い双塔。身廊の左右にはそれぞれ側廊がある。教会堂の外観に圧倒されながらひとたび内部に足を踏み入れれば、心奪われてその場に立ちつくすことだろう。身廊には修道院長用の部屋がいくつか配され、側廊には修道士の独居房、食堂、集会所、立ち寄った信者の宿泊所があった。修道院の近くには農舎、酪乳場、管区長（管区は県、郡に次ぐ最小の行政区分）の家が建っている。その下に広がる谷には美しいカンツハイム村が、色とりどりのリースのように修道院のある丘を囲んでいる。

谷は彼方に聳える山地の麓まで延びていて、鏡のごとく光る小川が幾筋も流れる牧草地では家畜の群れが草をはみ、点在する村から出てくる陽気な農民が実り豊かな穀物畑を通る。優美な茂みからは小鳥の歌声が高らかに聞こえ、うっとりする角笛《つのぶえ》の音が遠くの暗い森から響き、谷へと流れ出す幅広い川を、ずっしりと重い荷を積んだ小舟が白帆をはためかせて滑るように進んでいき、船頭たちが交わす陽気な挨拶が聞こえる。
どこもかしこも豊穣で、自然の恵みに溢れ、活気に満ちた生の営みが永遠につづくかに見える。丘の上の大修道院の窓からこの和やかな風景を見下ろすと、心が沸きたち、幸福感でいっぱいになる。

ただし教会堂内部の装飾については、気高く壮麗な建物に反して、派手なメッキ彫刻や小さな絵画で飾り立てられているため、修道士の趣味に難ありとささやかれても仕方がない状態だった。それだけに修道院長室の内装と装飾の清楚さには目を引くものがある。教会堂の内陣から直接入れる大広間は、修道士の集会所や楽器や楽譜の保管庫として使われていて、そこからイオニア式の柱が並ぶ長い回廊が延びて、修道院長室に通じている。そこはいかにも寄進によって富を集める修道院らしい豊かさに満ちていた。絹のタペストリー、さまざまな流派の一流の画家たちによる選りすぐりの絵画、教会の偉人たちの胸像や立像、絨毯《じゅうたん》、繊細な象眼《ぞうがん》細工の床、貴重な祭具。だが目が眩《くら》むばかりで、喜びを与えない華美とはちがうし、仰天させるばかりで、居心地の悪い絢爛さとも異なっていた。これみよがしなところがなく、すべてがほどよく、それぞれの調度品の個性を相殺《そうさい》することもない。だからだろうか、見る者は個々の装飾の貴重さに目が向くことはなく、全体として居心地のよさを感じるのだった。この居心地のよさを生み出しているのは適材適所の賜、趣味のよさだと言える。修道院長の部屋はどれも快適で住み心地がよく、贅沢さの一歩手前でぎりぎり踏みとどまっていた。そういう意味では、ひとりの聖職者がみずから調達し、塩梅《あんばい》したものだと言っても差し支えないだろう。

クリゾストムス修道院長は数年前にカンツハイムに赴任し、そのとき修道院の住居部分を今のように設えさせた。修道院長本人に会えば、教養のあることがすぐにわかるが、そうでなくても、修道院の設備を見るだけで、修道院長の紛れもない性格が見てとれるというものだ。歳はまだ四十代。背が高く、がっしりしていて、男らしい相貌は聡明そうで、物腰は柔らかく気品があった。そんな方だったので、近寄る者はみな、彼の地位にふさわしい畏敬の念を覚えた。修道院長はまた熱烈な教会の闘士であり、おのれの教団と修道院の権利のために戦う不屈の戦士でもあったが、見たところ譲歩や寛容の心も具えていた。だがこの見かけだけの譲歩こそ、どんな上位の暴力にも屈しない武器だった。そういうわけで、誠実な心から発しているように思える素朴で熱い物言いの裏に、修道士らしい狡さが隠れていると思う者もいて、教会内部に深く通じた高位の人特有の如才なさにすぎないと看破する者もいた。修道院長はたしかにローマ・カトリックの布教機関《プロパガンダ》（一六二二年、教皇グレゴール十五世によって創設された布教聖省のこと）の申し子と言える。

といっても、聖職者としてのモラルや秩序に反しないかぎり、世俗が求めるものを拒まなかったので、下につく者にはその地位に応じて自由を認めていた。そういうわけで、ひとり独居房にこもって学問に没頭する者もいれば、大修道院の庭園にたむろして、にぎやかに歓談する者や、狂信的に断食をしたり、祈りに明け暮れたりする者、豪華な料理に舌鼓《したつづみ》を打って、修道院の規則以上の修練はしない者もいた。また大修道院から一歩も外に出ようとしない者もいれば、逆にせっせと遠出をする者もいたし、猟期になると長い修道服を短い猟衣に着替えて、猟師さながらに獲物を追い求める者もいた。修道士の趣味嗜好はこのように千差万別で、みんな好き勝手にしていたが、ひとつだけ全員が共有しているものがあった。音楽への情熱だ。ほぼ全員が音楽家としての修業を積んでいて、中にはすぐれた楽士として王侯貴族に召し抱えられる名誉に浴せるほどの名手もいた。楽器のコレクションも豊富で、選り抜かれた名器のおかげで、みんな、自由に芸術に打ち込める環境にあり、精選された作品を演奏する機会も多かったので、各々、稽古に勤しんでいた。

だからクライスラーの来訪は、音楽活動の機運を高めることになった。学問好きは本を閉じ、祈禱三昧《ざんまい》の者は祈りを短く切りあげ、みんな、クライスラーのまわりに集まり、彼を愛し、彼の作品をだれのものよりも高く評価した。修道院長自身も心からの友情を感じ、他の修道士に負けじとできるかぎりの好意を見せようとした。こうして大修道院とその周辺はクライスラーにとって楽園と呼んでもいいところとなり、修道院での生活はこの上なく快適なものとなった。ヒラリウス修道司祭が食卓に出すおいしい料理や高級ワインもそこにひと役買った。このように修道院内は修道院長をはじめとする修道士たちの陽気な雰囲気に溢れていたので、これまで倦《う》まず弛《たゆ》まず芸術に打ち込んできたクライスラーは水を得た魚のようになり、動揺していた心もようやく落ち着きを取りもどしたのだった。そして元からある苛立ちも和らぎ、やさしく穏やかなところは子どものようだった。だがなにより大事だったのは、自分を信じられるようになり、引き裂かれた胸の血の滴りから首をもたげたあの不気味な分身が姿を消したことだろう。

あるところ*で語られていることだが、楽長ヨハネス・クライスラーに作曲したものを書きとめるように促すのは、友人をしても叶わないことだった。いい出来だと本人が喜び、仮に書きとめたとしても、その楽譜をすぐ火にくべてしまうからだ。

彼が目を覆わんばかりの憂き目に遭ったあのひどい時期、あいにくこれを書いている伝記作者が多くを知らないあの時期であれば、それも致し方なかっただろうが、カンツハイム大修道院に逗留してからは、自然と楽譜を大切に扱うようになり、このときの気分が甘美で快い憂愁となって作品に反映された。それ以前は強力な魔力を駆使して和声学の深みから強大な霊を呼び出し、恐怖や戦

＊原注　『カロ風幻想作品集』新版第一部三十二ページ。

慄、あるいは絶望的な憧れから生じる苦悩といったもので人の心を揺さぶったものだが、そういうところはすっかり影をひそめたのだ。

ある晩、翌朝披露される予定の荘厳ミサ曲の最後の稽古が教会堂の内陣で行なわれた。修道士たちは独居房に戻ったが、クライスラーはひとり回廊にとどまって、沈みゆく太陽の最後の光を浴びる郊外の景色を眺めていた。そのとき、ついさっき修道士たちが生き生きと演奏した自分の作品が遠くから聞こえてきたような気がした。「神の仔羊《アニュス・ディ》」のパートまで来ると、仔羊があらわれた瞬間の名状しがたい歓喜に打ちふるえた。

「ちがう」熱い涙を溢れさせて叫んだ。「ちがう！――それは私ではない。あなたでなくては！私が抱く唯一の思い、憧れであるあなただ！」

考えてみれば不思議なことだ。修道院長や修道士たちが熱烈な祈り、天上への愛だと受け止めたこの曲を、クライスラーはどうやって生み出したのだろう。荘厳ミサ曲の作曲に着手して、まだ完成に至っていなかったある夜、彼は夢を見た。それは、作曲完成の期限である聖人祝日に典礼の開始を告げる鐘が鳴る中、クライスラーが総譜を置いた譜面台の前に立ち、典礼を司《つかさど》る修道院長が最初の歌「神よ憐れみたまえ《キリエ・エレイソン》」を歌いだすという夢だった――楽節が次々とつづき、演奏は見事で力強い。クライスラー自身が驚嘆し、神の仔羊の元へと連れていかれる。と、そのとき彼は愕然とする。総譜が白紙なのだ。音符がひとつも記されてない。いきなり指揮棒を下ろした彼を、修道士たちが見る。クライスラーはまた指揮棒を振りだすだろう。中断はなかったことになるはず。ところが当惑と不安が鉛のように重くのしかかる。神の仔羊は自分の胸にすっかり収まっているのに、なぜかそれを総譜に写すことができない。するといきなり愛くるしい天使があらわれ、譜面台に近づくと、天上の声で「神の仔羊《アニュス・ディ》」を歌いだす。しかもその天使はユーリアなのだ！

クライスラーは恍惚のうちに目を覚ますと、至福の夢の中で見た神の仔羊を書きとめた。

回廊に立ったクライスラーは、そのときの光景をもう一度夢想して、ユーリアの声を聞いた。「我らに平安を与えたまえ《ドナ・ノービス・パーケム》」という合唱に変わると、歌声の波はしだいに高くうねり、クライスラーは覆いかぶさってくる幾千もの歓喜の波に飲まれそうになった。

ふいに肩を軽く揺すられてクライスラーは我に返った。目の前でやさしく彼を見つめていたのは修道院長だった。

「いやあ、ヨハネス君」修道院長は話しはじめた。「心の奥でなにかを感じたのですね。なにか素晴らしく力強いものが命に吹き込まれたのでしょう。あなたの魂がそれを喜んでいるのですね――ご自分の荘厳ミサ曲のことを考えていたのでしょうな。あれはあなたが生み出した作品の中でも最高傑作だと思います」

クライスラーは黙って修道院長を見つめた。言葉に窮した。

「まあ、まあ」修道院長は微笑みながら話をつづけた。「舞いあがっているようですから、どうぞ降りてきてください！――あなたは頭の中で作曲しているわけで、片時も手を休めない。もちろん楽しいことなのでしょうが、危険な楽しみでもあるのです。精根尽きてしまうでしょうから。今はもう創作のことは考えないほうがいいでしょう。涼しい回廊を歩きながら四方山《よもやま》話をしましょう」

修道院長は修道院にある設備や修道士の暮らしぶりについて語り、みんながそれぞれに実践している真に晴れやかで敬虔な志を誉めちぎってから、クライスラーにたずねた。

「勘違いでなければ、大修道院に起居して数か月、あなたは穏やかで屈託がなくなり、教会の勤めを賛美するすぐれた芸術に熱心に取り組んでおられるようですね」

クライスラーはうなずくほかなかった。たしかにこの大修道院は彼に門戸《もんこ》をひらいて、避難所を与えてくれた。実際に修道士ででもあるかのように居心地がよく、もはやここを離れることなど考えられなくなっていた。

「どうもこの修道服を着ていると」クライスラーは答えた。「錯覚をしてしまうようです。危険な嵐に襲われた私が、贖罪を果たし、運命の導きで島に打ちあげられたような気がするのです。その島に守られていれば、芸術の霊感にほかならない美しい夢が壊されることもないでしょう。そう信じることをどうかお許しください」

「そうですね」修道院長はことさらやさしげに顔を輝かせた。「ヨハネス君、その修道服はあなたが修道士に見えるように着てもらっているわけですが、よく似合っていますよ。二度と脱がなければいいのにと思ったりします。あなたは見るからに立派なベネディクト会修道士です」修道院長は少し間を置いてから、クライスラーの手を取った。「まあ、冗談はともかく、あなたを知ったときから好ましく思っていました。私の友愛の情は、あなたの素晴らしい才能への尊敬の念とともに高まるばかりです。でも、愛する人のこととなると、気がかりでならなくなるものです。そして気がかりだからこそ、この修道院に滞在中のあなたを観察して、懸念を抱くようになりました。その結果、ある確信に至ったのです。私はその確信を捨ててはならないと自分に言い聞かせました！――このことを前々から胸襟をひらいてあなたに伝えたいと思っていたのです。その機会を待っていましたが、とうとうその瞬間が来たようです！――ヨハネス君！　俗世を捨てて、わが修道会にお入りなさい！」

　大修道院が気に入っていたし、芸術活動に勤しみ、平安を与えてくれるこの逗留を延ばせることは願ってもないことだが、修道院長の申し出はクライスラーを驚かせた。居心地悪く感じるほどに。というのも、自由を放棄して、未来永劫、修道士となることなど本気で考えたことがなかったからだ。もちろんたまにそういう気の迷いに襲われることもあったので、修道院長に気づかれたのかもしれない。クライスラーは怪訝《けげん》な顔つきで修道院長を見た。だが修道院長はクライスラーが口をひらくより先にこうつづけた。

「答える前に静かに聞いてください、ヨハネス君。教会に熱心なしもべを得ることは私の大事な務めですが、無理強いはしません。本心から心の火花を燃やし、信仰の大火を燃えあがらせ、あらゆる迷いを振り払ってほしいのです。ですから、あなたの胸に宿っているかもしれない闇や混乱を開陳して、はっきりと認識してもらうことしか望んでいません。俗世の人々が修道院生活に抱いている偏見が馬鹿げているという話をさせてもらってもいいですか？

　修道士といえば、なにか途方もない運命に弄ばれた結果、隠遁《いんとん》することになったと思われがちです。俗世の快楽をすべて断念し、慰めのない生活に身を投じるのはよほどの苦悩があってのことだと。修道院は暗い牢獄、永遠に失われた善なるものを絶望のうちに悼み、自虐が渦巻くところ、そしてやつれ果て、色褪せた死が惨めな姿をさらし、くぐもった祈りの声とともに胸をすりつぶす怯えを吐き出しているところだとも！」

　クライスラーは笑みを禁じえなかった。やつれ果て、色褪せた死と言われても、多くのベネディクト会修道士は栄養が行きとどいて血色がいいし、赤ら顔の元気なヒラリウス修道司祭など、機嫌を損ねるのは質のよくないワインを口にしたときくらいだし、不安を抱くのは、新しい総譜を渡されて、それがすぐに読み解けないときくらいのものだ。

「おや、笑っておられる」修道院長はさらに言った。「私が今並べたてたイメージと、あなたがここで触れた修道院生活の落差がおかしいのでしょうね。ごもっとも――たしかに俗世の苦悩にずたずたにされ、世間が望む幸福や安寧をすべて永久に諦めて、修道院に逃げ込む者もいます。教会はそういう人も受け入れます。そういう人は教会の懐《ふところ》で平和を見いだすでしょう。その平和を得てはじめて、それまでなめてきた辛酸が慰められ、俗世を動かす破滅的な運命を乗り越えられるのです。しかし真剣に祈りと冥想の日々を求めて修道院に入る人がどれだけいることか。こういう人たちは俗世では意のままにならず、とかく人生につきものの些事にわずらわされ、みずから選んだ孤独の中でしか幸福を見いだせないのです。でも、修道院で生活することを決めかねていても、ここのほうが向いている人もいます――俗世では浮いてしまい、居場所を見いだせない人のことです。理由は簡単。その人たちはもっと高い存在に属していて、その高い存在の求めに応じようとするためです。しかしこの世で見いだせないものを休みなく追究し、満たされることのない憧れに永遠に渇《かっ》えて彷徨い、いたずらに平安を探しもとめても、そのひらかれた胸には放てば百発百中の矢が刺さり、受けた傷を癒す薬といえば、武装して襲ってくる敵が発する辛辣な嘲弄しかないのです。均衡を保ち、混迷した俗世にはない天上の満足を感じるには、もはや孤独しかないのです。意地の悪い邪魔など入らない質素な暮らしを営み、自分の居場所である光の世界を絶えず自由に見るまなざしを持つほかないのです――そしてあなた――ヨハネス君、あなたは地上に押さえつけられても、永遠の力を天上へと押しあげることができる方です。より高い存在はあなたが味気ない地上の営みに抵抗するように仕向けるでしょう。でもより高い存在が与えた激しい感情は別次元の存在である芸術に強く反映するものであって、憧れとともにあなたの胸に秘められた天上への愛なのです。芸術とは熱くたぎった祈りそのもの。それに没頭すれば、ただ派手なだけの俗世の戯れとは無縁でいられます。愛想を尽かして俗世の戯れなど投げ捨てることでしょう。ちょうど子どもが若者になって、使い古しの玩具に見向きもしなくなるように。

かわいそうなヨハネス君、あなたを死ぬほど苦しめ、嘲笑する愚か者たちのくだらない嘲弄から永遠におさらばするのです！――この友人が両腕を広げてあなたを迎え入れ、嵐とは無縁な安全な港へご案内いたしましょう！」

修道院長が口をつぐむと、ヨハネスは沈鬱な様子で大真面目に言った。

「真に迫ったお言葉が心に沁みます！　わけのわからない誤解だらけの世界に働きかけてもむだだということはよくわかっています。けれども――母乳とともに取り込んできたものを犠牲にするのかと思うと、はっきり言ってぞっとするのです。この服をいったん着たら、牢獄のように二度とそこから出られないでしょう。修道士ヨハネスになったら、楽長ヨハネスが芳しい花が咲き乱れるきれいな庭をこんなにもたくさん見いだしたこの世界が突如として不毛な砂漠になってしまいそうです。ここの活気ある暮らしに染まっても、諦めが――」

「諦め」修道院長は声を上げてさえぎった。「諦めですと？――ヨハネス君、あなたの中で芸術の精神がますます活発になり、力強い翼で輝ける雲の中へと上昇しようとしているのに、それを諦めだというのですか？――生の歓びのなにがあなたを魅了するというのですか？　いいですか」修道院長は穏やかな声で話しつづけた。「私たちに感情を与えたのは神の力です。その感情が不屈の力で私たちの全存在を揺り動かすのです。それが精神と肉体をつなぐ神秘の絆となるのは、精神が空想の産物でしかない至福を最高の理想に近づけようとし、肉体が必要最低限の欲求を望むときだけです。こうして人間という種族の条件となる相互作用が生まれるのです――言うまでもなく、私が申しあげているのは男女の愛です。私とて、それを諦めるのはもったいないと思っています――けれども、ヨハネス君、それを諦められれば、身の破滅から救われるでしょう。地上の愛などという空想上の幸福にはまったくかかずらわずにすむのです」

修道院長は最後の言葉を厳かに口にした。まるで運命の書は目の前にひらかれていて、修道院に入らなければ、恐ろしい苦悩から逃れることはできないと哀れなクライスラーを諭《さと》すような言い方だった。

ところがこのとき、クライスラーの顔面に奇妙な痙攣が走った。イロニーの精神が顔を覗かせるときはいつもそうなる。

「いや！　それはないでしょう、修道院長殿。本当にそれはないと思います。私のことを見誤っています。この服を着ているせいで勘違いしているのでしょう。私がこれを身につけているのは、仮面《アン・マスク》よろしく、しばらくこれで人々をからかうためなのです。こうすれば、こっそり、その人の本性にふさわしいあだなをつけることができます。そうすることで、彼らは自分が何者であるか知ることになるのです！――私は一人前の人間ではないでしょうか。まだ男盛りです。容貌だってそれなりですし、教養もあるし、礼儀もわきまえています――美しい黒のフロックコートにブラシをかけて、身にまとってはいけませんか？　シルクのシャツを着て、赤い頬の教授令嬢や青い目、褐色の瞳の宮廷顧問官令嬢たちと近づきになってもいいでしょう。甘美な身振りに、顔つき、声色を駆使して、『美しきお嬢様、お手をどうぞ。そして、どうせならあなたのすべてを委ねていただけませんか？』とたずねてはいけませんか？　教授令嬢は目を伏せて、静かにつぶやくでしょう。『父におっしゃってください！』宮廷顧問官令嬢なら、うっとりしたまなざしをこちらに向けて『あなたが今口にされた愛情には以前から密かに気づいておりました』と言って、さりげなく花嫁衣装のレース飾りの話などするかもしれません。そして、神よ！　尊敬すべき父君たちは、大公家の元楽長ほどの立派な人物が求婚したくらいなのだからと、娘を競売にかけることでしょう！――しかし、私はもっとロマンチックな行動に出るかもしれません。牧歌を歌い、山羊のチーズをこしらえている元気溌溂とした小作人の娘に心の内を明かし、求婚するかもしれません。あるいは公証人ピストフォロの二代目（公証人ピストフォロはパイジエッロのオペラ『水車小屋の娘』の登場人物）となって、水車小屋に駆け込んで、小麦粉がもうもうと舞う中でわが女神を探すというのもありでしょう！――誠実な心が望むのは一にも結婚――二にも結婚――三にも結婚！　見れば思いはすぐにわかるもの――恋愛で幸せは得られないですって？――院長殿にはおわかりにならないのですね。私はそもそも恋愛によってはじめて幸福になれる人間なのです。恋愛というテーマを簡単にまとめれば、『きみが私を欲しいなら、私はきみを欲する！』ということにほかなりません。そして素早く華やか《アレグロ・ブリランテ》な結婚式とそのあとの結婚生活へと変奏曲がつづくのです。院長殿は、私が以前、本気で結婚を考えたことをご存じないでしょう。あの頃は年若く、経験も浅く、教養もろくにありませんでした。なにせ七歳でしたから。でも花嫁に望んだのは三十三歳の女性で、他の男とは結婚しないと神にかけて誓ってくれました。その後、あれがなぜ解消されたのか、私自身にもわかりません。でも、愛の幸福を幼い頃から味わっていたのだとどうかわかってください。そして今――絹の靴下を――絹の靴下をください――靴もください。嫁探しをしている男の両足にはかせて、かわいい人差し指に指輪をはめてもらいたがっている女性を探しにいかせるためです――ウサギのようにぴょんぴょん跳ねるのが、尊敬すべきベネディクト会修道士にとって、はしたないことでないのなら、この場で水兵踊り《マテロット》やガヴォット（フランスのフォークダンスで、十七、十八世紀に社交ダンスとして人気があった）やホップスワルツ（跳躍をまぜたテンポの速いワルツ）を喜んでお目にかけましょう。花嫁や結婚のことを考えただけで、そんな気分になるのです――ホッホー！――愛の幸運と結婚に関して、私は申し分ありません！――院長殿におかれましても、その点お察しいただきたいと思います」

「ずいぶん妙なことを口走っておいでですね、楽長」クライスラーがようやく口を閉ざすと、修道院長は答えた。「口をはさむのは控えていました。しかしその軽口こそが、私の主張の裏付けとなりますね――私だって、この身を傷つけかねない棘を感じます。でも、傷つくことはありません！

——幸いにも、私は空想の産物でしかない愛を信じていません。そんな愛など、実体のないまま宙に漂うもので、人間に具わる原理の条件となにひとつ共通点がありません！——あなたが病的なほど精神を緊張させるなんて、どういうことですか？——いや、もう充分です！——危険な敵があなたを追ってきているのです——ジークハルト宮におられたとき、不幸な画家、かのレオンハルト・エットリンガーの運命について耳にしませんでしたか？」

クライスラーはその名を聞いて、不気味な戦慄が体を駆け巡った。さっきまで彼を捕まえていた辛辣なイロニーの痕跡が顔から残らず消え、冴えない声でたずねた。

「エットリンガー？——エットリンガー？　その人がどうしたというのですか？——私とどういう関係があるのですか？——会ったこともありません。その人が水の中からあらわれて、私に語りかけてきたと申しあげたことがありますが、あれは空想たくましい戯れにすぎません」

「落ち着いてください、ヨハネス君！」修道院長はクライスラーの手を取って穏やかに言った。「あなたはあの不幸な人とはなにひとつ共通点がありません。あの人は情熱の虜になって頭がおかしくなり、破滅という奈落に落ちたのですから。ただし、あの人の恐ろしい運命はあなたへの警告となるでしょう。ヨハネス君！——あなたはまだそこまでひどいことにはなっていません。ですから逃げるのです——お逃げなさい！——ヘートヴィガ様から！——ヨハネス君！　なにか悪い夢があの侯爵令嬢を縛りつけているのです。自由な精神がそれを断ち切らないかぎり、解決しないでしょう！——あなたはどうなさいますか？」

修道院長にそう問われて、クライスラーの心は千々に乱れた。なるほど、修道院長はジークハルト宮廷での出来事はおろか、滞在中にクライスラーの身に起きたことまで承知しているのだ。これでわかった。侯爵令嬢は病的な過敏性のために、クライスラーが近寄ると危険を感じるのだ。思いもよらないことだった。令嬢が恐怖することを気にかけ、彼が舞台からはけることを望むのはどこのだれだろう？　ベンツォン夫人しかいない――きっとベンツォン夫人は修道院長と連絡を取っていて、彼（クライスラー）が大修道院に逗留していることを知っているにちがいない。ということは、夫人が修道院長の背後で糸を引いているのだ。クライスラーは、侯爵令嬢が情熱の虜になったかに見えたときの様子をまざまざと思い出した。自分自身がその情熱の対象かもしれないと思うと、なぜか魑魅魍魎《ちみもうりょう》に対するのと変わらない戦慄を覚える。だが、本当にそう感じているのか自分でもわからなかった。未知の霊力がむりやり彼の内面に押し入って、思考の自由を奪おうとしているような気がした。侯爵令嬢へートヴィガが突如、目の前にあらわれ、令嬢特有の異様なまなざしで彼を見つめた。その瞬間、はじめて令嬢の手に触れたときと同じように、胸の動悸が全神経を振動させた。だがそのときはもう不気味な不安感はなくなっていて、痺《しび》れるような温もりが内面に心地よく伝わるのを感じた。クライスラーは夢の中にでもいるかのように静かに話した。

「天《あま》の邪鬼《じゃく》な小さなシビレエイめ、またしても私をからかうのか。おまえに対する純粋な愛からベネディクト会士になったんだ。私を傷つけておいて無事ですむと思うな」

修道院長は楽長が正気か疑うようにじっと見つめてから、真剣な様子で口をひらいた。

「だれと話をしているのですか、ヨハネス君？」

クライスラーははっと我に返った。修道院長がジークハルト宮で起きたことを知っていて、出奔するほかなくなったあの事件のその後も聞き及んでいるなら、もっと話を聞いてもいいという気になった。

「だれって」クライスラーはおどけた笑みを浮かべながら修道院長に答えた。「それは、院長殿、耳にされたとおり、天の邪鬼な小さなシビレエイに決まっています。シビレエイの奴は私たちが理を尽くして話しているところにおこがましくも割って入って、私を混乱させようとしたのです。もともと混乱していたというのにです――それはともかく、じつに困ったことに、さまざまな人が故人である宮廷肖像画家レオンハルト・エットリンガーと私を同じような大馬鹿者だとみなしています。エットリンガーはある素晴らしい婦人を描こうとしたばかりでなく、愛してしまったのですよ。それこそハンスがグレーテを好きになるのと同じように（ドイツ語でのハンスとグレーテは日本語における「太郎と花子」のような位置づけ）。しかも婦人のまったく与り知らないことでした。勘弁してください！　つまらない歌に合わせてこの上なく美しい和音を演奏しているときでも、私は相手への敬意を欠かしたことはありません！――王侯貴族が小さな我を張って奇矯に走ったり、動物磁気の発想を持ち出して尊敬すべき人を面食らわせたりするたび、私は恍惚となったり、苦痛を覚えたり、愛情を感じたり、憎しみを覚えたりしましたが、場違いな話題や気まぐれな話題を口にしたことがあるでしょうか？――そのようなことをしたことがありますか？　おっしゃって――」

「いや、あるでしょう」修道院長は彼の言葉をさえぎった。「ヨハネス君、あなたは以前、芸術家の愛について――」

クライスラーは修道院長を見つめてから、手を合わせ、上目遣いに叫んだ。

「なんてことだ！　あれですか！――立派な方々よ」彼はふたたびおどけた笑みを浮かべながらも、心を憂愁の色に染めて声をつまらせた。「あなた方はハムレットが忠実な男ギルデンスターンに向かって言ったセリフをどこかで聞いたことがありますか？　どんな舞台でもかまいません。『俺の調子を狂わせることはできても、俺を踊らせることはできないぞ』と言ったのです。どうですか！――私の場合がそれです！――クライスラーの胸に閉じ込められている愛の妙なる音色があなた方には調子はずれに聞こえても、どうして邪気のない彼の言葉に耳をそばだてるのですか？――おお、ユーリア！――」

修道院長は突然のことに面食らい、絶句した。一方、クライスラーは修道院長の前に立って、夕空に広がる火の海をうっとり見つめた。

そのとき大修道院の塔で鐘が鳴りだした。それは天上の妙なる声音となって黄金の照りはえる夕雲の中に響きわたった。

「和音よ、きみたちとともに行きたい！」クライスラーは両腕を広げて叫んだ。「絶望的な苦しみはことごとく、きみたちに担《かつ》がれて、私のところへやってきては、私の胸の中で自壊するだろう。きみたちの声は天より来る平和の使いのごとく告げるだろう。苦しみは永遠の愛という希望と憧憬の中に消え去る、と」

「晩禱の鐘が鳴っていますね」修道院長が言った。「修道士たちの足音が聞こえます。友よ、ジークハルト宮で起きたことについては、明日お話ししましょう」

「そうですね」クライスラーは修道院長に訊きたいと思っていたことを思い出して叫んだ。「院長殿、楽しい結婚のことなど、ぜひうかがいたいものです！――公子ヘクトールは遠方から食指を伸ばしていたのですから、今なら躊躇はしないでしょう。あの素晴らしい花婿に不都合なことはなにひとつ起こらなかったのでしょう？」

すると修道院長の顔から厳かな表情が消え去り、持ち前の気持ちのいいフモールを交えて語りだした。

「あの素晴らしい花婿にはなにも起きていませんよ、ヨハネス君。しかしあの方の副官が森でスズメバチに刺されたそうです」

「なんと！　スズメバチですか。それはあわてたでしょうね！」

ちょうど修道士たちが回廊に入ってくると――

（ムルのつづき）――邪な敵が隙をうかがい、のんきな牡猫の口元からおいしい食べものをかっさらうものらしい――ほどなくして屋上における楽しい集会は痛烈な一撃を食らって、あえなく瓦解《がかい》してしまった――猫に仇なすこの邪な敵は乱暴狼藉を働く俗物の姿をとってあらわれた。その名はアキレス。ただしホメーロスに登場する同名の英雄とは似ても似つかぬ奴だった。こやつの英雄らしさは、ある種の救いようのない無作法と粗野で空虚な物言いに支えられていたと言っていいだろう。アキレスはもともと精肉店に飼われている卑しい犬だった。番犬として働いていて、奴が仕えていた主人は家への愛着を確かなものにしようと、奴を鎖につないでいた。だから奴は夜にならないと自由に走りまわることができなかったのだ。アキレスは鼻持ちならなかったが、鎖につながれていることに関しては、わが種族の中にもそれなりに同情する者がいた。だが奴は不自由をそれほど気に病んでいなかった。むしろ重い鎖を名誉だと思い、誇りにしているふしがあった。アキレスは猫の夜会に機嫌を損ねていた。彼は夜中に家の周囲をまわって、どんな些細なことも見逃さずに家を守るように言われていた。そして寝る段になると、今度は猫に安眠妨害されたのだ。奴はこれを万死に値すると思っていた。だが不器用だったので、屋根裏は言うに及ばず屋根の上にさえ一度も上がることができずにいた。だからこちらは奴の脅しを意に介さず、そのあとも乱痴気騒ぎをつづけた。そこでアキレスは一計を案じて、猫への攻撃を開始した。さながら歴戦の将軍のようにまず伏兵《ふくへい》を置き、ついで公然と散兵戦をしかけてきたのだ。

　アキレスの不器用な前脚にじゃれて、遊び仲間という栄誉に浴していたスピッツどもが、学生猫の歌が聞こえだすやいなや、アキレスの命令一下、うるさく吠え声を響かせて、歌を聞こえなくした！――いや、それだけではない！――数匹の俗物が屋根裏まで押し入ってきたのだ。こっちが爪を立ててもまともに戦おうとはせず、ワンワン吠えてすさまじい騒ぎを起こした。もともと番犬の睡眠を妨げただけだったのに、今度はその家の主人まで目を閉じることができなくなった。いつ終わるとも知れない騒動に堪忍袋《かんにんぶくろ》の緒が切れて、主人は鞭を持ち出し、頭上で騒ぐ者たちの一掃に取りかかった。

これを読んでいる牡猫よ、真の牡たる気概を胸に秘め、その頭に明晰な理解力を持ち、甘言に聞く耳を持たぬきみに言っておこう。雄叫《おたけ》び、咆吼《ほうこう》、ありとあらゆる吠え声の不協和音で武装したスピッツどもほど忌まわしく、手を焼き、憎らしく、憐れみさえ感じさせる奴らをほかに知らない――尻尾を振り、舌を垂らし、甘えるのがうまい、この小さな生きものには、ゆめゆめ注意を怠ることなかれ、牡猫よ！　奴らに心を許してはならない。信じたまえ。スピッツの友情は虎の鋭い爪よりも危険だ！――だがこれくらいにしておこう。あいにく何度もこういう辛酸をなめさせられているのだから！　本当にいやというほど体験していることだから、今はその後の話をすることにしよう。

さて、その家の主人は屋根裏で騒ぐ者たちを追い払うために鞭を手に取った。だが、そのあとどうなったかというと、スピッツどもは尻尾を振り、怒った主人のところへ行って、足をなめ、騒いだのもご主人様の安眠のためという素振りをした。そもそも安眠妨害をしたのは自分たちだというのに、吠えまくったのはこちらが屋根の上で声高らかに歌ったりしたのに我慢がならず、追い払おうとしたからだと訴えたのだ。その家の主人はスピッツどもの口車に乗ってしまい、おまけに番犬までが、主人にたずねられたのをこれ幸いと、溜まりに溜まった憎悪の限りを尽くして直訴《じきそ》したものだから、迫害の矛先《ほこさき》は一気にこちらへ向かってきた！――わが輩の仲間はいたるところで追いたてられた。使用人からは箒の柄で。屋根瓦を投げつけられることまであった！　いろいろなところに罠も仕掛けられ、あいにく本当に捕まる者まであらわれた！　そしてわが親愛なる友ムツィウスもその憂き目に遭ってしまった。くくり罠にかかって、右の後ろ脚をぐしゃぐしゃにつぶされてしまったのだ！

こうして楽しい集会は終わりを告げた。わが輩は師匠のストーブの下に戻り、不運な友の運命を思ってひとり寂しく泣いて過ごした。

そんなある日のこと、美学教授ロターリオがわが師の部屋に入ってきた。つづいて——ポントが飛び込んできた。

うまく言えないが、ポントを見て、嫌な気分になった。彼は番犬でも、スピッツでもないが、悪辣にも、愉快な学生猫組合でのわが輩の生活をだいなしにした犬族の者だ。もうそれだけで、彼が示した友誼はあっても、うさんくさく思えてならなかった。おまけにポントの目つき、というかポントは全身から傲慢で蔑むような雰囲気を発散していた。そういうわけで、彼とは口を利かないことにし、こっそりクッションから離れると、扉の開いていたストーブの中に一足飛びに入り込み、中から扉を閉めた。

ロターリオ教授は師匠とおしゃべりをはじめた。若いポントに全神経を集中させていたので、会話の内容までは耳に入らなかった。ところでポントは歌を口ずさみながら気取った態度で部屋の中をスキップするように歩きまわり、窓台に飛び乗って外を見た。あいつは空威張りする奴がよくするように外を通りかかった知り合いに会釈をし、同族の美しい牝が通ると、ワンワン吠えて、自分に注意を引きつけようとまでした——この軽薄な奴はわが輩のことなど眼中にないようだった。すでに書いたように、言葉を交わす気など毛頭なかったが、かといって、わが輩のことを気にせず、無視しつづけるのには我慢ならなかった。

それとは対照的に、美学教授ロターリオはずっと礼儀正しく、分別があるように思えた。わが輩がいないか部屋じゅうを見まわしてから師匠に言った。

「そういえば、先生のところの優秀なムッシュ・ムルはどこですか?」

真面目な学生猫にとって、ムッシュなど卑しむべき敬称だ。といっても、世にいる他の美学者たちには腹に据えかねることが多々あるので、この教授の不手際くらいは目をつむってやることにした。

「最近は外をぶらつくことが多くてな。夜中に家にいたためしがない。そのせいでぐったり疲れるのか、さっきまでクッションの上で寝ていたが、こんなに素早くどこへ姿を消したのやら」師匠は答えた。

「マイスター・アブラハム、先生のムルは――ひょっとしてどこかに隠れて、盗み聞きしているのではないでしょうかね?――ちょっと調べてみましょう」

わが輩は静かにストーブの奥へもぐり込んだが、自分が話題になったので、耳をそばだてたことは想像できるだろう。

教授は隅々まで探したが、むだに終わった。師匠は呆れて笑った。

「それにしても、教授、きみは私のムルにご執心《しゅうしん》ですな!」

「いえいえ、先生が教育学的実験をしていると疑っているからです。ほら、猫を詩人なりにするという実験です。あれが気になっていまして。うちのポントが先生のムルから奪ったソネットと注釈をもうお忘れですか?――まあ、ムルのことはさておき、ムルがいないこの機会に、ひとつ嫌な憶測を先生にお伝えして、ムルの態度に注意するようおすすめしたいと思います――いつもなら猫のことなど気にもかけないのですが、これまでおとなしく、礼儀をわきまえていた猫たちが最近、公序良俗に反することをしているように感じるのです。謙虚に背を丸めたり、まとわりついたりしなくなって、敵愾心をもって歩いて、逃げようともしない。目を血走らせ、怒ったように唸って、野生本来の姿丸出しです。そうそう、爪を立てることもあるんです。控え目で静かなふるまいは影をひそめ、外見も、世間体も気にしていないようでして、髭や被毛の手入れもしないし、伸びすぎた爪を嚙み切ることもしません。毛を逆立て、尻尾をぼさぼさにして走りまわり、教養ある猫たちに戦慄と嫌悪を振りまいています。中でもとくにまずくて、看過できないのが、猫が夜中にひらいている集会です。歌と称してとんでもない騒ぎを起こしていまして、これがまた絶叫にしか聞こえない代物で、気の利いた拍子も、まともなメロディーやハーモニーさえないときているんです。老婆心ながら、マイスター・アブラハム、先生のムルもそういうことに染まって、いかがわしい楽しみに耽って、ひどい懲《こ》らしめに遭っているのではないかと気になっているのです――先生があの灰色猫に行なった努力の数々がむだになり、せっかく知識を蓄えたのに月並みのすさんだ行動を取るつまらない猫に堕してしまうのであれば残念でなりません」

善良なムツィウスや、高潔なる同志をかくのごとく誤解するとは。わが輩は思わず苦悶の声を漏らしてしまった。

「今のはなんです？」教授が言った。「やはり部屋に隠れていますね！――ポント！　行け！――捜せ、捜すんだ！」

ポントは窓台からさっと飛びおりると、部屋じゅうを嗅ぎまわった。ストーブの扉の前まで来ると立ち止まり、唸って吠え、飛びあがった。

「ストーブの中だな。まちがいない！」

そう言うと、師匠は扉を開けた。わが輩はじっとしゃがんだまま、澄んだ輝く目で師匠を見つめた。

「本当だ」師匠は声を漏らした。「ストーブの奥にいる――どうした？――出てくるのは嫌か？――出てきなさい！」

隠れていた場所から離れる気はなかったが、師匠の命令では仕方がない。むりやり引っ張り出されたくないし、さっさと従うにしくはない、というわけでゆっくり這い出した。ところが、明るいところに出るやいなや、教授と師匠がそろって大声で叫んだ。

「ムル！――ムル！　なんというざまだ！――とんでもないことだ！」

わが輩は灰だらけだったのだ。しかもしばらく前からわが輩の外見はひどいありさまだった。教授が話していた叛旗を翻《ひるがえ》した猫と同じみすぼらしいなりをしていたというわけだ。この惨めな姿を、堂々としていて、きらびやかで、美しく縮れた被毛に包まれたわが友ポントと見比べて、わが輩は恥ずかしくなり、隅っこでしょんぼり小さくなった。

「これが」教授は言った。「知性があり、行儀のいい牡猫ムルですか？　あのソネットと注釈を書いた垢抜けた作家、才気ある詩人？――いいや、台所や屋根裏でネズミを追いかけまわすしか能のない、ただの卑しい猫だ！――なんともはや！　さあ言いたまえ、行儀のいい動物よ。それでもまだ博士号を取得し、美学教授になろうと思っているのかね？――いや、たしかに、きみはなかなかいい博士の身なりをしている！」

さんざんな言われようだ。こういう場合、つまり犬畜生と罵られたときは、両耳を倒して、ぴったり頭につけるくらいしかできない。

教授と師匠のふたりにげらげら笑われ、わが輩の心はいたく傷ついた。だがそれ以上に我慢ならなかったのはポントの態度だ。顔つきといい身振りといい、嘲笑う主人をそっくり真似たうえ、やたらと避けるように横飛びをした。きれいな被毛が汚れると思ったのだろう。わが輩のように卓越していると自覚している猫にとって、低俗なプードルごときにこんな侮辱を受けるなど、あってはならないことだ。

教授は師匠を相手に、わが輩およびわが種族に関していろいろ話をつづけたが、ほとんどちんぷんかんぷんだった。とはいえ、聞きとれたかぎりでは、かっとなって不埒な真似をする若者にどう対処すべきか話しているようだった。公然と暴力に訴えるというのが一案。もうひとつの案は、露骨なやり方を控え、自分で認識し、そういう行動をやめる気になる余地を残すというものらしい。教授は公然と暴力に訴えるのをよしとした。社会的な幸福を得るには、個々の関係性によって全体が決まる以上、たとえ性に合わなくても、できるだけ速やかに型にはめる必要があるというのだ。万が一それを怠れば、有害な怪物が生まれ、ありとあらゆる禍を引き起こすらしい。

教授はそう訴えながら、やれ打倒せよ、やれ窓に投げつけろと叫んだ。わが輩は呆気に取られるほかなかった。

これに対して師匠は、若者がかっとなるのは突発的な精神的問題と同じだと反論した。公然と対処するのは火に油を注ぐようなものだから、逆にまちがいを自覚させたほうが、根本的に治って、再発の恐れがなくなるというのだ。

「まあいいです、先生」教授は立ちあがってステッキと帽子を手に取った。「突飛《とっぴ》な行動が公然と実生活の邪魔をするときには容赦なく暴力に訴えるほかないという点は納得していただけるでしょう。さて、話をあなたの牡猫ムルに戻しますが、聞くところによると、優秀なスピッツたちが呪われた猫どもを蹴散らしたそうですよ。たいしたものです。とにかく猫たちは野蛮な声を張りあげて歌い、呆れたことに自分たちを名歌手だと思い込んでいたらしいのです」

「そのくらい好きに歌わせておけばよかったんだ」師匠は答えた。「そのうち瓢簞《ひょうたん》から駒とばかりに、本当に名歌手が生まれるかもしれない。今は真の名歌手とはなんぞやと懐疑的になっていることだろう」

教授は暇を告げ、ポントもついていった。いつもなら親しく別れの挨拶をするのに、今回はそんな素振りすら見せなかった。

師匠がこちらを向いた。

「私もおまえの態度には不満だぞ、ムル。そろそろまっとうにならなければいけない。今でもそれなりに名声を得ているだろうが、もっと名を上げなくてはな。私の言葉が理解できるなら、いつもおとなしく、愛想よくすることをすすめるぞ。なにをはじめようとかまわないが、粛々《しゅくしゅく》と最後までやり遂げることが肝心だ。そうすれば評判はうなぎ登りのはずだ――そうだ、一例としてふたりの人物の話をしよう。ひとりは毎日、ひとりで酒場の隅っこに陣取り、泥酔するまでワインを一本また一本と空けていた。だが長年実践したおかげで酔っているのをうまく隠すコツを覚えていたので、だれも酔っていると気づかなかった。もうひとりは気の合う愉快な仲間と集まった際にワインを一杯飲むだけだった。飲めば、心と舌が解放され、上機嫌で大いにしゃべる。かといって粗相をすることもない。彼は世間では酒豪で通り、酔っているところを見せない大酒呑みはほどほどに酒を飲む静かな男だと思われていた。ムルよ！　さあ、世間がどういうものかわかっただろう。能ある鷹は爪を隠すことに徹するのが一番だ。しかしおまえにはわからないかな。猫族にだって、そういう者が充分にいると思うが」

師匠にそう言われて、わが輩はムツィウスの教えや自分の経験を通して獲得したすぐれた猫知を自覚して、うれしさのあまり鼻を鳴らしたり、唸ったりした。

「あれれ」師匠は大きな声で笑った。「ムルよ！　私の言うことがわかるのか。教授の言うとおりなのかな。おまえのことを特別に頭がいいと言って、ライバル視しているほどだからな」

　事実そのとおりであることを証明するため、わが輩はニャアと澄み切った快い声を響かせ、すかさず師匠の膝に乗った。ただうかつにも、師匠が黄色い地に大きな花柄がプリントされた絹製の高級ガウンを着ていることを失念し、うっかり汚してしまった。「おいこら！」師匠にたしなめられ、勢いよく落とされた。わが輩はもんどり打ち、びっくりして耳をすぼめ、床に這いつくばった。それでも善良なる師匠の心根は賞賛されてしかるべきだろう！

「まあいいさ、ムル、私の牡猫！　悪かったな！――悪気があったのではないのだろう。私になついていることを示したかったんだよな。しかしやり方がまずかったぞ。そういうときは、目的がなんだか、そこまで頭がまわらない！――さあ、おいで、小さな灰かぶり。きれいにしてやろう。またちゃんとした牡猫に見えるようにな！」

　師匠はナイトガウンを脱いでから、わが輩を腕に抱き、厭いもせずわが輩の毛に柔らかいブラシをかけ、それから毛がピカピカになるまで梳《くしけず》ってくれた。

　化粧がすんで、鏡の前を通ったとき、自分が別猫になっているのを見て、びっくりした。わが輩は自分に向かってゴロゴロと喉を鳴らした。それほど美しく思えたのだ。そのとき学生組合の作法と効用に対して大いなる疑問を覚えることになった。ストーブにもぐり込むのは紛れもない蛮行ではないかと思えてきた。一種の野生化だ。「二度とストーブにもぐり込んではだめだぞ！」という師匠の警告を待つまでもなかった。

　その夜、かすかにドアを引っかく音と恐る恐るニャアと鳴く声が聞こえたような気がした！　聞き覚えがある。わが輩は忍び足でドアまで行って、だれだとたずねた。

すると返事があった。（声ですぐにわかった）実直な幹事のプフだ。

「私だ、親友である同志ムル、じつに悲しい知らせを持ってきた！」

なんということだ――

（反故）「――こんなひどい目に遭わせてしまうなんて、私の愛するかわいいお友だち――いいえ！　あなたはお友だち以上の存在、忠実な姉妹よ！　私はあなたへの愛が足りなかった。だから充分に信用していなかったの。でも今は胸襟をひらいているわ。そう、ようやく。だって私――」

侯爵令嬢は言葉につまり、ひと筋の涙を流したかと思うと、改めてユーリアをやさしく胸に抱きしめた。

「ヘートヴィガ様」ユーリアは穏やかに言った。「今までだって心から愛してくださっていたではありませんか。私に言えない秘密を抱えていたことがあるでしょうか？――なにがあったのですか？　いったいなにを知ったというのですか？　い、いいえ！　脈拍が元どおりにならず、そんな悲しい目をしているあいだは、なにもおっしゃらないでください」

「私にはわからないの」令嬢は急に興奮した口調になった。「みんな、どういうつもりなのかしら。私がまだ病気だというのよ。こんなに元気溌溂なのに。変な発作を起こしたのだもの、みんなびっくりしたわよね。体がまったく動かなくなるほどの電気的ショックが私には必要だったのだわ。どんな薬よりもね。薬なんてどうせお粗末な技術による不幸な自己欺瞞の産物よ――あの厄介な人と同じ。ああ、例の侍医のことね。人間の本性を時計と勘違いして、埃を払って、ゼンマイを巻けばいいくらいにしか思っていないんだから、もう！――あの人が処方する飲み薬や煎《せん》じ薬にはぞっとする――私の健康はそんなものに頼るしかないの？――この世の生なんて、世界精神をひどく愚弄していることになるわ」

「それでも」ユーリアが令嬢の言葉をさえぎった。「そういうふうに興奮していることが、まだ病気だという証拠ではありませんか、ヘートヴィガ様。もっと体を大切にしないと」

「あなたまで私を悲しませるのね！」そう叫ぶと、令嬢はいきなり立ちあがって窓辺へ急ぎ、窓を開け放って庭園に目を向けた。ユーリアはあとについていき、片腕を令嬢にまわし、冷たい秋風に当たらないようにしてから、侍医のいいつけどおり安静にしていてくれと衷心《ちゅうしん》から頼んだ。しかし令嬢は、窓から流れ込む冷気のおかげで清々しい気持ちになり、元気が出たと答えた。

ユーリアは気にかかっている最近の話をした。暗く恐ろしい霊に支配されている感じで、内面の力を必死に振りしぼらないとその幻に心を惑わされ、どうにかなってしまいそうだという。本当に亡霊でも見たときのように死ぬかと思うほど恐怖におののいているというのだ。

つづいてユーリアは、公子ヘクトールとクライスラーのあいだに持ちあがったとんでもない軋轢《あつれき》を話題にした。なにかとてつもないことが起こりそうだというのだ。気の毒なクライスラーがあの執念深いイタリア人の手にかかって倒された噂が流れているが、マイスター・アブラハムによれば、九死に一生を得たという。

「それに、あの恐ろしい方、あの方があなたのご主人様になるという噂があるのです——だめです——絶対にいけません！　でも、永遠なる神の力に感謝しなくては！　救われたんですから！　あの方はもう決して戻ってこないでしょう。そうですよね、ヘートヴィガ様？　二度と決して！」

「そうよ！」侯爵令嬢は消え入るような声で答えた。それから深いため息をつき、夢の中にでもいるかのようにささやいた。「純粋な天上の火は光り輝いて、暖かい。炎で焼き尽くすものではない。芸術家の魂が照らすのは命に形を変えた予感——それが——芸術家の愛！　あなたはこの場でそう言ったわね」

「だれのことですか?」ユーリアは驚いて叫んだ。「だれのことをおっしゃっているんですか、ヘートヴィガ様?」

侯爵令嬢はまるで遠のいていく今を忘れまいとするかのように片手で額を撫でた。それからユーリアに支えられて、よろめきながらソファのところへ行き、そこにぐったり腰を下ろした。ユーリアは令嬢を気遣い、侍女を呼び寄せようとしたが、ヘートヴィガは彼女をそっとソファにすわらせて、小声で言った。

「いいのよ!——あなたがいるだけでいい。私が病気だなんて思わないでちょうだい——ちがうのよ。最高に幸福な状態なの。圧倒的なほど。胸が張り裂けそう。でも、天にも昇る心地だったのに、今は死にそうなほど苦しい。そばにいて。あなたは私に素晴らしい魔法をかけてくれる。自分ではわかっていないでしょうね!——あなたの魂を覗かせてちょうだい。透明な鏡を見るように。そうすれば、私は自分を取りもどせるはず!——ユーリア! あなたの上に天の霊感が降ってくるのをよく感じるのよ。そしてあなたの甘い唇から愛の息吹となって漏れる言葉は、慰めに満ちた予言のようだわ。ユーリア!——そばにいて。絶対に離れないで——絶対に!」そう言うと、令嬢はユーリアの両手をしっかり握りしめながら目を閉じてソファに倒れ込んだ。

ヘートヴィガが緊張に襲われる瞬間には慣れているはずなのに、ユーリアは今回の発作に違和感を感じていた。それに不可解でもあった。これまでユーリアの無邪気な心を傷つけてきたのは、激しい感情をともなう苦々しい思いだった。それは内面の感情と実生活の齟齬《そご》から生じるもので、それが嵩じて憎しみに変じる類《たぐい》のものだった。だが今感じるのはこれまでとはまるでちがう。苦しみとか、名状しがたい憂いといった状態で、その絶望的な状態にユーリアはひどく心を揺さぶられ、愛する友が心配でならなかった。

「ヘートヴィガ様、あなたから離れはしません。私ほどあなたに忠誠を誓っている者はいないでしょう。でもおっしゃってください。ああ、どうか私を信用しておっしゃってください。あなたの心を引き裂こうとしている苦しみはなんなのですか？――あなたといっしょに嘆き、涙を流したいと思います！」

するとヘートヴィガの顔に奇妙な笑みが浮かんだ。頰はほんのり朱に染まっている。そして目を閉じたまま、小声でささやいた。

「ねえ、ユーリア、あなたは恋をしているのではなくて？」

侯爵令嬢にそう質問されて、ユーリアは恐怖にわななくような奇妙な衝撃を受けた。どんな少女でも、情熱の予感に胸をときめかすものだ。情熱は自分の存在にとってもっとも大事なものなのだ。なぜなら恋する女こそが女のはずだからだ。だが純粋で無邪気で敬虔な心を持っていれば、この予感をそのままにして、それ以上の穿鑿もしなければ、ませた戯れ言でその甘美な秘密を暴くようなこともしない。そもそも甘美な秘密は、暗い憧れの予兆を感じたときにしか開花しないからだ。ユーリアの場合もそうだ。考えるだに恐ろしいことがいきなり人の口から語られて、自分では意識すらしていなかった罪を咎められているような不安に駆られ、みずからの内面を探る努力をしたのだ。

「ユーリア」侯爵令嬢は繰り返した。「恋をしているのではなくて？――白状なさい！――正直に」

「そんな。どうお答えしたらいいものやら」

「話して、ねえ、話してちょうだい」令嬢は懇願した。

するとユーリアの心が日の光を浴びたように明るくなり、心の内にはっきり映じたものを言葉にすることができた。

「お嬢様の心になにが起きたのでしょうか？」ユーリアは気を取り直して大真面目に訊き返した。「そんなことを訊くなんて。お嬢様のおっしゃる恋とはなんですか？　だれだって、愛する人には抗いがたい力で引き寄せられるものです。頭にあるのはその方のことだけ。自分のすべてをその方に捧げ、その方だけが憧れであり、希望であり、欲するもののすべて、世界全体に思えるものではないでしょうか？　この情熱こそ最高の至福を与えてくれるものではないでしょうか？――そういう高みに達すると、私などめまいを起こしそうです。眼下には底なしの奈落が口を開けているからです。救いなど到底考えられない破滅にただただおののくことになるでしょう。ヘートヴィガ様、そんな恐ろしく、罪深い恋に心を囚われてなどいません。私の心は永遠に純粋でありつづけます。恋などというものからは永遠に自由であると固く信じています。それでも、どこかの殿方がだれよりも強く私たち女性に敬愛の情を引き起こすことがあるかもしれません。その方の精神に男らしいすぐれた力があれば、私たちを感嘆させることもあるでしょう。いえ、それだけにとどまりません。その方のそばにいるだけで、安堵感に満たされ、高揚感を味わうこともあるでしょう。まるで私たちの精神がそのときはじめて目覚め、人生が本当に輝きを得たかのように感じ、その方に会えば、心は躍り、その方が離れていけば、心が沈む――お嬢様がおっしゃっている恋とはそういうものですか？――それなら、打ち明けない理由はありませんね。行方不明のクライスラーさんにそういう感情を抱いています。あの方がいらっしゃらないのがつらいです」

「ユーリア」侯爵令嬢は突然起きあがり、燃えるようなまなざしでユーリアを見つめた。「あの方が他の女性の腕に抱かれているところを考えてみて。死ぬほどつらくはない？」

顔を真っ赤にして、ユーリアはいかにも心が傷ついたという様子で答えた。「あの方を抱擁することなんて想像したこともありません！」

「まあ！――それなら、あの方を愛していないのね――あの方を愛していないのだわ！」令嬢は甲高い声を上げると、またソファーに身を沈めた！

「ああ、あの方が戻ってきてくだされぱいいのに！――私があの大事な方に抱いている感情は純粋で汚れないものです。二度と会えなくても、あの方を思う心は私の人生を照らしてくれるでしょう。ちょうど美しい明星のように――でもきっと、あの方は戻ってきます！――だって――」

「決して戻ってこないわ」令嬢は鋭い声でユーリアの言葉をさえぎった。「カンツハイム大修道院にいて、これから世を捨ててベネディクト会に入るそうよ」

ユーリアは目に涙を浮かべ、黙って立ちあがると、窓辺へ歩いていった。

「あなたのお母様が言っていたわ」令嬢は話をつづけた。「よかった。あの頭のおかしい人はいなくなるんですもの。あの人は悪霊と同じ。私たちに干渉して、私たちの心を引き裂いた――それに、音楽は私たちをからめとるための魔法の手段だったのよ――二度と会いたくないわ」

令嬢の言葉は短剣のひと突きのようだった。ユーリアは思わず帽子とショールをつかんだ。

「私を見捨てるの？」令嬢が叫んだ。「――ここにいて――ここにいて――精一杯私を慰めてちょうだい！――なにか気味悪いものが宮殿の中や庭園を徘徊している！　だって――」ヘートヴィガはユーリアを窓辺に連れていき、公子ヘクトールの副官が寝泊まりしていた園亭を指さし、冴えない声でつづけた。「あそこを見て、ユーリア。あの中に恐ろしい秘密が隠されている。管理人も庭師たちも言っていることよ。公子が立ち去ってから、だれも住んでいなくて、ドアは固く閉ざされている。でも――ほら、よく見て――見てちょうだい！――窓に」

園亭の切妻窓にたしかに黒い人影が見える。だがすぐさっと消えた。ヘートヴィガのふるえる手を感じながら、ユーリアは言った。

「恐ろしい謎があるとか、幽霊が出るとか、そんな話はおやめください。侍従のだれかが人気のない園亭を勝手に使っているだけですよ。園亭を調べさせれば、どういう事情で人影が窓辺に浮かんだかすぐにわかるはずです」

しかし歳を取った忠実な管理人に調べさせたが、園亭に人のいる形跡はないと報告された、と令嬢は言って、こうつづけた。

「それなら三日前の夜のことを話してあげる！――知ってのとおり、夜眠れないことがよくあって、そういうときは起きあがって、疲れて眠くなるまで部屋の中を歩きまわるの。それでね、三日前の夜も寝つけなくてこの部屋に入ったのよ。すると、明かりの照り返しが壁をよぎったので、窓の外を見たの。男が四人いて、そのひとりが遮光灯を持っていた。四人の姿は園亭のあたりで見えなくなった。中に入ったかどうかはわからなかったけれど、ほどなくして園亭のあの窓が明るくなって、人影がちらちらと窓をかすめた。それからまた暗くなって、今度は藪の中で遮光灯の光がほの見えた。その光がこっちに近づいてきて、茂みからベネディクト会士がひとり出てきたのよ。左手に松《たい》明《まつ》を持って、右手に十字架を掲げていた。そのあとから出てきた四人の男は黒い布をかけた棺を肩に担いでいたわ。その人たちが何歩も行かないうちに、ゆったりしたマントに身をつつんだ人影があらわれた。その人たちが立ち止まって棺を下ろすと、マントの人影が布を取った。遺体が見えたわ。私は気が遠くなりそうになって、薄れゆく意識の中で、男の人たちが棺を担ぎあげ、修道士のあとから足早に幅広い横道に向かうのを見た。ほら、庭園からカンツハイム大修道院に通じる街道に出る道よ。そのときからあの人影が窓に浮かぶようになったの。たぶん殺された人の亡霊よ。それが恐くて恐くて」

ユーリアは、令嬢が夢を見たか、興奮していてなにかを見まちがえたのだろうと思った。だれの遺体が園亭から密かに運び出されたというのだろう？　だれも宮殿からいなくなっていないのに。それに遺体が運び出されたという園亭で、だれかわからない死人が化けて出るなんて、だれが信じるだろう？　ユーリアは令嬢にそう伝え、窓辺の人影は目の錯覚ではないか、もしかしたら奇術師アブラハムのいたずらかもしれないと言った。実際、アブラハムは人騒がせなことをよくする。もしかしたら人気のない園亭に妖しげな者を住まわせているのかもしれない。

「よくそんな理由を思いつくわね」令嬢は気を取りなおしてやさしく微笑んだ。「不思議な超常現象が起きているのに！――死人については、クライスラーが行方知れずになる前に庭園で起きたことを忘れているわよ」

「まさか本当にだれかが恐ろしいことに巻き込まれたとおっしゃるんですか？――どなたが？――だれによって？」

「わかっているでしょう。クライスラーは生きている――でも、あなたを愛している人も生きている――そんなにびっくりした顔をしないで！――まだわからないの？　それならはっきり言うわ。これ以上隠しておいては、あなたによくないもの――公子ヘクトールが愛しているのはあなた、あなたなのよ、ユーリア。それも熱烈に。あれはお国柄ね。私はあの方の許嫁《いいなずけ》だった。いえ、今もそうかもしれないけれど、ユーリア、あの方の思い人はあなたなのよ」

最後の言葉は鋭い口調だったが、令嬢は内面が傷ついている素振りを微塵《みじん》も見せなかった。

「ああ、なんということ」ユーリアが目から涙をこぼしながら叫んだ。「ヘートヴィガ様、私の胸を引き裂こうというのですか？――悪霊があなたの口を借りて話しているのですね！――なるほど。お嬢様は悪夢に惑わされて、哀れな私に復讐するよう仕向けられているのですね。私は耐えてみせます。でもそんな禍々《まがまが》しい幻影が本物だとは思いません！――ヘートヴィガ様！――よく考えてください。あなたはもはや、私たちを破滅させるかもしれないあの恐ろしい方の許嫁ではないのです！　あの方はもう戻ってきません。あなたは花嫁にはなりません！」

「いいえ、ちがうわ！——どうか落ち着いてちょうだい。この途方もない行きちがいには本当に困ったものよ。でも、教会が私と公子を結びつけるまで、問題は解決しないでしょう！——奇跡のような天の摂理しかあなたを救えないわ——私たちは別れることになる。私は夫に従い、あなたはここに残るのよ！」

令嬢は感無量といった様子で押し黙った。ユーリアも絶句した。ふたりは涙をこぼし、黙って抱き合った！

茶会の仕度ができたと声がかかった。ユーリアはいつも思慮深く落ち着いているのに、今は心がざわついていた。茶会に出る気になれず、令嬢も欠席したいと望んだので、母親から家に帰っていいという許しをもらった。

侯爵夫人に訊かれて、ナネッテは報告した。

「お嬢様は午後から夕方にかけて体調がよく、ユーリアとふたりだけで過ごしたいと望まれました。隣の部屋からうかがい知れたかぎりでは、お嬢様とユーリア様のおふたりはいろいろ話に花を咲かせ、喜劇を演じたりして、笑ったり、泣いたりしています」

「かわいい娘さんたちです」侍従長が小声で言った。

すると、侯爵が侍従長をじろっとにらんで、言い直した。

「愛らしい《エマーブル》お嬢様に、かわいらしいお嬢さんだ！」

侍従長はとんでもない失態にあわてふためき、お茶に浸したビスケットを一気に口に入れたものだから、喉につかえてひどく咳き込み、あわてて広間から飛び出すという醜態をさらした。その後、玄関の間にいた案内役が拳で、ティンパニの独奏でもするように背中を叩いてくれたので、侍従長はなんとか惨めな窒息死を免《まぬが》れた。

侍従長はこうして二度も粗相をしたため、三度目もありそうな気がして、広間に戻る気になれず、急病を理由に侯爵に暇乞いをした。

侍従長が退席してしまったため、侯爵がいつも楽しみしていたホイスト（イギリスが発祥のトランプゲームで、十八―九世紀に流行したが、やがてブリッジに取って代わられる）は微妙なことになってしまった。

さて、ゲームテーブルの用意が整うと、侯爵がこの場をどう収めるか、みんなが固唾《かたず》をのんで見守った。ところが侯爵はなにも手を打たず、目配せをして他の者を席につかせると、自分はベンツォン夫人の手を取って長椅子のところへ誘い、いっしょに腰を下ろした。

「いやあ、まいった」侯爵は穏やかに話した。ベンツォン夫人に対してはいつもそうなのだ。「侍従長がビスケットを喉につまらせて窒息死したら大変だった。あの者は、心ここにあらずという様子だったな。最近多いんだ。ヘートヴィガを娘さん呼ばわりするとはな。あんな体たらくでは、ホイストでもさんざんな目に遭うだろう――ベンツォン夫人、今日はトランプゲームなどせずに、あなたとふたりだけでいつものような打ち解けたおしゃべりに興じたい。そう、いつものように！　ところで、あなたへの私の気持ちはわかっているだろう、親愛なる夫人！　王侯貴族の心はいつなんどきも誠実であることをやめない。まあ、よんどころない事情で心を曲げないうちはな」

そう言うと、侯爵はベンツォン夫人の手にやさしくキスをした。侯爵の地位と年齢と周囲の目を考えると少しやりすぎなくらいだった。ベンツォン夫人はうれしそうに目を輝かせ、折り入って話したいことがあり、その機会が欲しいと思っていたと明かした。

「よろしいでしょうか、寛大なるご領主様。枢密公使参事官が改めて書いてきたことですが、例の案件でいい展開があったそうです――」

「しっ、政治の話はしたくない！　王侯貴族といえども、政務の重圧につぶされそうになって床につくときは、ナイトガウンを着て、ナイトキャップをかぶるものだ。プロイセン王国のフリードリヒ大王はむろん唯一の例外だがな。あなたは読書家だから承知していると思うが、大王は寝床の中でもフェルト帽をかぶっていた。ところで私が言いたいのは、王侯貴族はいつもいろいろ抱えていて――ほら！　結婚や、父親になる喜びといった、いわゆる平民の人間関係の基礎をなす感情があるだろう。そういう感情を斬り捨てようとしているが、それでも、国家に、つまり宮廷や領土の体面を気にすることに、王侯貴族が自分の全存在をかけずにすむときくらい、平民と同じ感情に身を委ねてもいいと思うんだ――ベンツォン夫人！　今がまさにそういう瞬間だ。私は執務室で七通の書類に署名をすませた。だから今は領主であることを忘れさせてもらいたい。茶を飲むときくらいただ家長でいさせてほしい。フォン・ゲミンゲン男爵の『ドイツ的家長』だよ（フォン・ゲミンゲン男爵がフランスの作家ディドロの戯曲『一家の父』を模して執筆した市民劇）。ここはひとつ私の家族の話をしよう――私の子どもたちのことだ。あのふたりには心配の種が尽きない。何度も居ても立っていられない気持ちになる」

「あのおふたりの話をとおっしゃるのですか、慈悲深き領主様？」ベンツォン夫人は棘々しく言った。「イグナツィウス様とヘートヴィガ様のことを！――どうぞおっしゃってください。マイスター・アブラハムと同じように私も助言をし、慰めてさしあげられるかもしれません」

「ああ、助言と慰め。たしかにときどき必要になる――いいかね、ベンツォン夫人。まず侯子のことだが、特別な天賦の才など必要なかった。そういうものは身分が低いために日の目を見ず、情けない思いをしている者に自然が与えるものだ。それでも、もう少し知性があったらよかったのだが。あの子は相変わらず――頭のネジがゆるんでいる《サンプル》！――見たまえ。椅子にすわって、足をぶらぶらさせながら、とんちんかんなカードを切っては、くすくす笑っている。まるで七つの子どもだ！

——ベンツォン夫人！　ここだけの話《アントゥル・ヌ・ソワ・ディ》だが、文字すら最低限のものしか覚えない。署名はフクロウの足跡みたいときている。情けないったらない。いったいどうなることやら！　最近、執務室の窓の外でうるさい吠え声に邪魔されたことがあるんだ。不愉快な犬を追い払おうと、窓から外を覗いてみた。そこになにがいたと思うかね！　驚いたことに、侯子がいたんだ。あの子が大声でワンワン吠えながら庭師の子を追いかけていたんだ！——野ウサギと犬になって追いかけっこをしていたのさ！——知性の欠片《かけら》もない。あれが王侯貴族のふるまいだろうか？——侯子は独り立ちできるかどうか？」

「ですから侯子様には早く結婚して、奥方を迎えていただきたいのです。奥方の奥ゆかしさや愛らしさや明晰な頭脳に感化されれば、侯子様の眠っている感覚も目覚めるのではないでしょうか？　奥方が心やさしく、侯子様を引き立てるような方であれば、侯子様を自分と同じレベルまで引きあげてくださるでしょう。侯子様の奥方となる女性には、まさにそういう特性が欠かせません。そうすれば、侯子様を今の精神状態からお救いできると思うのです。衷心から申しあげます、ご領主様。このままだと、侯子様は本当に正気を失うかもしれません。ですからこれで事が決すると思し召して、身分を問わずご検討いただきたく存じます」

「いや、それはだめだ」侯爵は眉間にしわを寄せた。「わが家では身分の低い者と婚姻を結んだためしはない。そんな考えは捨てるのだ。私は承服しかねる。それ以外のことなら、そなたの願望をなんでも叶える用意はあるぞ！」

「わかっております、ご領主様！」夫人は鋭い口調で答えた。「つまらない思惑のせいで、正しい願いがいくたび沈黙させられたことでしょう。しかしなにがあっても申しあげねばならないことがあるのです」

「それはそうと《レン・スラ》」侯爵は夫人の言葉をさえぎり、咳払いをして、煙草を取り出してから話をつづけた。「侯子よりも気がかりなのは侯女のほうだ。ベンツォン夫人、娘はなんであんな変なことになっているのだろうか？　なぜ侍医でさえ手を焼く奇病を持って生まれてきたのだろうな？　妻は健康そのものではないか。あんな不思議な神経の発作を起こしたことなどあるだろうか？　心身の問題で言えば、私は頑健な君主といえないだろうか？　なのに、どうしてあの子はあんなふうなのか、正直言って、じつに悩ましいことだが、しばしば――あの子が正気ではないように思えるんだ。王侯貴族の矜持《きょうじ》がまるで感じられない」

「私もそう思います。お嬢様の体が私にも理解できません――母上様はいつも聡明でいらっしゃいますし、身を滅ぼしかねない激しい感情などお見せになったことがありませんのに」

　夫人は声をひそめて最後の言葉を口にすると、目を伏せた。

「侯妃のことを言っているのか？」侯爵は敢えて侯妃と言い換えた。母上という語に侯妃などという前置きをつけるのはやりすぎだと思ったのだ。

「ほかにいらっしゃいますでしょうか？」

「先頃、あの子が起こしたとんでもない発作のせいで、私の努力は水の泡になった。思惑どおり、あの子がもうすぐ結婚できるだろうと喜んでいたのだがな――ベンツォン夫人、じつはここだけの話《アントル・ヌ・ソワ・ディ》だが、公子ヘクトールがふいに出立したのはあの子の突発的な発作が原因らしいのだ。あの子はひどい風邪を引いただけだ、と私は思っているのだがな――公子は破談にするつもりでいる。それも――なんということだ《ジュスト・シエル》！　こればかりは認めざるをえない。公子を悪くとることはできない。外聞が悪いので、人との接触を禁じるわけにはいかないが、侯爵たるこの私としては望みを叶えることを控えるほかないだろう。不本意ではあるが、致し方ない。親愛なる夫人、あなたもわかってくれると思うが、あんな奇妙な発作に悩まされている者を娶《めと》っては、つねに不安がつきまとうことになる。侯爵家の者でありながら、発作に苦しむ妻がきらびやかな宮廷のみんながいるところで発症して、自動人形のように立ちすくんだらどうする？　そしてその場にいる高貴な人々にも同じようにふるまい、じっとして動くななどと強いることができようか？——むろん宮廷の者全員が硬直すれば、これほど厳かで崇高な光景はなかろう。この世のどこを探してもそんなものは存在しないはずだ。こうして必然的に生じる尊厳を傷つけることなど、どんな軽率な者でも不可能だろう。しかし私がまさに今演じているように家長然としているときの心情からすると、花嫁のあした状態は王侯貴族の花婿にとって寒気がするくらいの戦慄を呼び覚ますであろう。だから——ベンツォン夫人！　そなたはやさしくて、頭のまわる人だ。公子との件を修復する方法はないだろうか？　どうにかして——」

「そんな必要はございません、慈悲深きご領主様！」夫人はさっと侯爵の言葉をさえぎった。「公子様があわただしく出立されたのは、お嬢様の病気が原因ではないからです。別の事情があるのです。そこにはクライスラー楽長が絡んでいます」

「なんと。それはまたどういうことかね、ベンツォン夫人？」侯爵はすっかり驚いて叫んだ。「クライスラー楽長が？　では本当なのだな。あの者が——」

「はい、寛大なるご領主様。あの者と公子様の軋轢は野蛮すぎるやり方で決着がつくことになるはずが、結果として公子様を遠ざけることになったのです」

「軋轢——決着がつく——野蛮なやり方！——庭園での発砲——血のついた帽子！——ベンツォン夫人！　ありえない——公子——楽長！——決闘——果たし合い。考えられないことだ！」

「寛大なるご領主様、あいにく確かなことです。クライスラーがお嬢様の心に影響を与えすぎたのです。お嬢様が彼の前で見せた奇妙な怯えと恐怖が破滅的な熱情に変わりかねなかったのです。公子様はおそらくそのことに気づいて、はじめから敵意と皮肉を口にしたクライスラーを敵視して、厄介払いしなければと思われたのでしょう。そして事件が起きたのです。名誉毀損や嫉妬からくる憎しみですから、血を見るほかなかったのだと思います。でも神様の御力で、ことなきを得ました。これだけでは公子様の急のご出立の説明にはならないでしょう。前に申しあげたように、他にもなにか暗い秘密があるようです。ユーリアの話では、公子様はクライスラーが見せた肖像画に驚いてお逃げになったそうです――それはともかく、クライスラーはいなくなりました。お嬢様も危機を脱しました！――信じてください、ご領主様。クライスラーがとどまっていたら、お嬢様の胸に激しい熱情が燃えあがったかもしれません。お嬢様は公子様に嫁ぐくらいなら死んだほうがましだとお思いになった恐れがあるのです。しかし結末はちがったものになりました。公子様はまもなくお戻りになるでしょう。お嬢様と結婚して一件落着となります」

「なんということだ、ベンツォン夫人」侯爵は目を吊りあげた。「ろくでなしの音楽家め、不届きな奴だ！――あんな奴に侯女が懸想《けそう》するとは。あんな者のためにあのこの上なくやさしい公子の手を払うとは！――けしからん奴め《アー・ル・コカン》！――マイスター・アブラハム、よくわかった！――あの忌々しい奴を追いはらってくれ。二度と舞いもどってこないように」

「もうすでに手をまわしていますので、マイスター・アブラハムの提案などむだです。クライスラーはカンツハイム大修道院におります。クリゾストムス修道院長からの手紙によりますと、あの者は俗世を捨て、修道会に入るようです。お嬢様には折を見て、私からお伝えしました。でも、お嬢様はまったく心を動かされませんでした。先ほども申しあげたように危機を脱したと見てよろしいかと」

「素晴らしい。よくやってくれた！　私と私の子どもたちに忠義を尽くしてくれて、まことにかたじけない！　わが家の安寧と利益のためによくやってくれた！」

「本当にお役に立てましたでしょうか？」夫人はいささか辛辣な言い方をした。「お子様方の幸せのためになりましたでしょうか？　これからもそうさせていただいてもよろしいでしょうか？」

　ベンツォン夫人は最後の言葉に力を入れた。侯爵は黙って視線を落とすと、両手を組んで親指をくるくる動かし、それから小声でつぶやいた。「アンゲラ！――相変わらず消息はつかめないのか？――なにもわからないのだな？」

「はい、あの不幸な子がなにかひどい目に遭っているのではないかと心配しています。ヴェネツィアで姿を見たという話がありましたが、まちがいだったようです――ご領主様、じつに残酷なことです――あなた様はご自分のお子を母親の胸から引き離し、絶望的な漂泊者にしたのですから！――あなた様のひどい仕打ちに、私は傷つきました。この痛みは一生消えないでしょう！」

「ベンツォン。あなたとあの子に相当の年金を出してきたではないか――それ以上なにができたというのだ？　アンゲラがここにいては、私たちのこと《ノ・フェブレス》がいつ露見するかわかったものではない。宮廷の折り目正しい安寧が壊れて、まずいことになる――侯妃のことを知っているだろう、ベンツォン！　あれがときどきひどい癇癪を起こすことは知っておろう」

「結局、お金なのですね。年金が母親の心の痛み、悲しみ、子どもを失った苦渋の念の代償になるでしょうか？――ご領主様！　ご自分のお子を不憫に思うなら、他にもやり方があったでしょう。母親の心を慰めるのにお金よりもっといいものがあったはずです！」

　ベンツォン夫人はそう言って、じろっとにらんだので、侯爵は少々狼狽《ろうばい》した。

「あなたは素晴らしい女性だ。なぜそのように妙な考えをするのだね！――愛するアンゲラが行方知れずになって、私とてつらい。途方に暮れているのがわからないかね？　きっと美しいよい子に育っているだろう。才色兼備の両親から生まれたのだからな」侯爵は改めてベンツォン夫人の手にやさしくキスをした。ところが、夫人はさっと手を引いて、ぎらりと射貫くような目つきをして侯爵の耳元でささやいた。

「わかっていらっしゃいますよね、ご領主様。あなた様はあの子を遠ざけなければならないとおっしゃった。不当なうえに残酷でした。まさか私が叶えたいことを退けたりなさいませんよね。それがあなた様の義務です。それが多少とも苦しみの代償になると思っているのですから、私もたいがいお人好しですよね」

「ベンツォン夫人」侯爵はさっきよりも声をひそめた。「善良で素晴らしいベンツォン夫人、私たちのアンゲラを見つけ出せないものだろうか？　そなたの望みはなにがなんでも叶えてみせるぞ！マイスター・アブラハムに事情を話して助言を求めよう――理性もあれば経験もある人物だ。力になってくれるだろう」

「まあ、あの賢者マイスター・アブラハムですか！　ご領主様、あの方があなた様のためになにかすると本気で思っていらっしゃるのですか？　あなた様の一家にそんな忠義を尽くすとでも？　ヴェネツィアでも、フィレンツェでも捜索はことごとく失敗に終わりました。それなのに、あの方がアンゲラの運命についてなにか突き止められるとおっしゃるのですか？　未知のものを探るあの不思議な手段はあいにくあの方から奪われているのですよ」

「そなたが言っているのはあの女、女魔術師キアーラのことか？」

「霊感を受け、人より不思議な才を持っていただけではありませんか。あの女がその名にふさわしいか、はなはだ疑わしいです。それはともかく、あの方から愛する存在を奪うというのはむごくて、人にあるまじき行為でした。あの方は全身全霊をあの女に捧げていましたからね。いえ、あの方の一部だったと言っても過言ではありません」

「ベンツォン」侯爵はすっかり驚いて叫んだ。「今日のそなたは理解に苦しむ！——頭がくらくらするぞ！　マイスター・アブラハムに私たちの関係を気づかれたら大変だから、あの女を遠ざけたのではないか。そなただって賛成しただろう。私は大公様宛に手紙まで書いた。この地では魔術はすべて禁止されているゆえ、そういう術を使って人心を騒がす者は容認できません。安全のためしばらく監禁する必要を認めます。そう書いたのを、そなただってよしとしたではないか。あの不思議なキアーラを公開裁判にかけたのではマイスター・アブラハムに悪いので、密かに拉致した。それっきり私は気にかけていないので、あの女がどこに連れ去られたかは知らない——そのどこが悪いというのだ？」

「失礼ながら、ご領主様。あれは拙速だったと思います。その点はあなた様にも非があります——とはいえ！——これは知っておいていただきたいのですが、マイスター・アブラハムは、キアーラがあなた様の指示で拉致されたことに気づいています。黙っていますし、好意的にふるまっていますが、内心では最愛の存在を奪われた憎悪と復讐心が煮えたぎっているはずです。そんな人物を信頼して、心の内を明かそうというのですか？」

「ベンツォン！」侯爵は額の汗をぬぐった。「いいかげんにしたまえ——とんでもないことだ！——ああ、慈悲ある神よ！　侯爵たる者がこれほど平静《コントナンス》を失うとは。なんと忌々しいことだ——私としたことが、茶会の席で竜騎兵のような罵り方をするとは！——ベンツォン！　なぜもっと早く話してくれなかった！——あの者はすべて承知しているのか？——漁師小屋であの者に会ったとき、私は侯女の容体が心配で我を忘れていた。胸がいっぱいで、口が滑ってしまった――アンゲラのことを話してしまった。打ち明けてしまったんだ――ベンツォン、なんということだ！――馬鹿だ――間抜けだ！――愚かだった！」

「あの方はなんと言いましたか？」夫人が緊張してたずねた。

「そうだな。私たちが昔、情を交わしたことから話しはじめて、私が幸せな父親になれたはずなのに、今は不幸のどん底だと、そういうことを言っていた――だが、私が懺悔《ざんげ》を終えると、あの者は微笑み、とっくの昔にすべてを知っていて、アンゲラの居場所も近いうちにわかるかもしれない――嘘はたいてい暴かれ、誤解はたいてい解けるものだとも言っていた」

「そんなことをあの方が？」夫人は唇をわななかせた。

「名誉にかけて誓う。あの者はそう言っていた――まいったな――許してほしい、ベンツォン。それにしても腹立たしい――あの者は私に含むところがあるやもしれん――ベンツォン、どうしたものかな？」

侯爵とベンツォン夫人のふたりは言葉もなくお互いの顔を見た。

「ご領主様」従僕が小声で声をかけ、侯爵に茶を差し出した。だが侯爵が「くそっ！」と叫んだため、従僕はびくっとして茶碗をのせた盆を投げ出してしまった。ゲームテーブルにいた一同が驚いて立ちあがった。トランプ遊びは仕舞いになった。侯爵は気持ちを抑えて、身をこわばらせている人々に微笑みかけ、愛想よく「アデュー」と言うと、侯爵夫人とともに私室にさがった。だがだれの顔にも疑問符が浮かんでいた。

「なにがあったんだ？　どうしたというんだ？　侯爵は遊びにまじらず、顧問官とことありげにずっと話し込んでいて、急にあんなに怒りだすなんて！」

このとき、宮殿のすぐ横にある自宅でなにが待ち受けているか、ベンツォン夫人は知る由もなかった——夫人が自宅に足を踏み入れると、ユーリアがすっかり我を忘れて駆け寄ってきて——とはいえ！　これを書いている伝記作者としては、茶会が行なわれている時刻にユーリアの身になにがあったか語れることをとてもうれしく思っている。これまではいささか混乱した物語を事実に即して語ってきたが、今回はもう少しわかりやすくお伝えできるだろう！——さて！——ユーリアが早めに帰宅する許しを得たことはご存じのはず。侯爵家の猟兵が松明で彼女の足元を照らした。だが宮殿から数歩離れるやいなや、猟兵がいきなり足を止めて、松明を高く掲げた。

「どうしたのですか？」ユーリアはたずねた。

「ほら」猟兵は答えた。「ユーリア様、今、人影が目の前をかすめたのです。お気づきになりませんでしたか？　どういうわけか、このところ晩になると、だれかがこのあたりをうろついているのです。よからぬことを企んでいるように思えてなりません。私どもはいろいろ手を打っているのですが、なかなか尻尾をつかませないのです。いつもすっと目の前から消えるんですよ。まるで幽霊か悪霊のように」

ユーリアは園亭の切妻窓に浮かんだ人影を思い出して、不気味さにおののいた。

「早く行きましょう」ユーリアは猟兵に呼びかけたが、猟兵は笑いながら言った。

「お嬢さん、恐がることはありません。あなたになにか起こるようなら、その前にこの私が幽霊の首を引きちぎってやります。というか、宮殿のまわりをうろついている正体不明の奴は生身の体で、足もついているようですし、人目を避けるただの臆病者です」

ユーリアは、そば仕えの娘が頭痛と悪寒《おかん》がするというので休ませ、ひとりで夜着に着替えた。

自室でひとりになると、ヘートヴィガがうなされたように語ったことが脳裏に蘇った。あの病的な緊張の原因は精神的なものとしか思えなかった――ユーリアのような天真爛漫な娘には、この種の複雑な病状を正確に言い当てることはなかなかできるものではない。だからいくら反芻しても、ヘートヴィガが恐ろしい熱情に駆られているとしか思えなかった。ヘートヴィガは胸騒ぎがする、恐ろしいと語っていた。ヘートヴィガが心を捧げている相手は公子ヘクトールにちがいない――ところがどういうわけか、公子が別の女性を愛しているという妄想に取り憑かれている。その妄想が恐ろしい亡霊のようにヘートヴィガをつけまわし、彼女の心を千々に乱れさせているのだ、とユーリアは結論づけた。

「ああ、ヘートヴィガ様」ユーリアはつぶやいた。「公子ヘクトールが戻ってくれれば、あなたの友だちを恐れることはないとすぐおわかりになるでしょう！」

だがこの言葉を口にした瞬間、公子が自分を愛しているという考えが脳裏に蘇り、その考えの強さと生々しさにぎょっとして、ユーリアは侯爵令嬢の思ったとおり、このままでは大変なことになるという不安に駆られた。公子のまなざしと、人となりから受けた奇妙で違和感のある印象を思い出して、改めて四肢がふるえた。橋の上でのこと。公子はユーリアに腕をまわしながら白鳥に餌をやった。そのとき公子は歯の浮くようなことばかり言っていた。あのときは他愛もないおしゃべりだと思ったが、今では意味深に聞こえる。そのときあの運命的な夢が脳裏をよぎった。自分が鉄のような両腕でしっかり抱きしめられた夢だ。抱いていたのは公子だった。目を覚ますと、ユーリアは楽長が庭園にいるのを見つけ、楽長が自分を公子から守ってくれていると思った。

「まさか！」ユーリアは大きな声で叫んだ。「そんなことがあるはずないわ！　地獄の悪霊の仕業なのね。哀れな私の中に罪深い疑いを芽生えさせた！――あの方の意のままになどなるものですか！」

公子のことや、あのときの危機的状況を考えるうちに、ユーリアは気圧《けお》されるような感じを覚え、羞恥心が芽生えるのを意識した。血が上って頬が朱に染まり、目に熱い涙が浮かんだ。幸い、愛くるしくも敬虔なユーリアには、こういう悪霊を寄せつけず、追い払う力が充分にあった。敢えて繰り返すが、公子ヘクトールは類を見ない美男子で、そつがなかった。女性の気を引く術にも長けていた。その手練手管《てれんてくだ》はさんざん浮名《うきな》を流した結果手に入れた、女性を見る目に裏打ちされていたのだから、彼のまなざしやふるまいに宿る向かうところ敵なしという魅力に、うぶな小娘など圧倒されるほかないのは火を見るより明らかだった。

「ああ、ヨハネスさん」ユーリアは穏やかに言った。「あなたはやさしくて素晴らしい。あなたの約束を信じて、保護を求めてもいいでしょうか？　天国の調べのような声で私を慰めてくださいませんか？　その調べが私の胸に響き渡るでしょう」

　ユーリアはピアノの蓋をひらいて、クライスラーが作曲したものの中で一番好きな楽曲を弾きながら歌いはじめた。すると、まもなく心が慰められるのを感じて、気持ちが晴れやかになった。歌はユーリアを別の世界へ連れていった。公子もヘートヴィガもいない世界。そこならヘートヴィガの語るような幻影も、ユーリアの心をかき乱せないはずだ！

「――次は大好きなカンツォネッタを！――」そう言うと、ユーリアは多くの作曲家が曲をつけている「私は黙して《ミ・ラグネロ・タチエンド》……」を歌いはじめた。クライスラーの作曲は群を抜いていた。燃えたぎるような恋慕による甘美な痛みが素朴なメロディーに込められている。しかも真に迫っていて、力強い。だれだって感動せずにいられないだろう。ユーリアはクライスラーのことを思いながら歌い終え、さらにいくつか和音を奏でて、余韻に浸った。

　ドアがひらいたのはそのときだった。ユーリアはそちらを見た。彼女が腰を上げる前に、公子へクトールが彼女の前に膝をつき、彼女を抱きしめた。ユーリアはびっくりして悲鳴を上げた。だが公子は必死に訴えた。

「どうかお静かに。二分間だけでいいから、あなたを眺め、言葉をいただく喜びを与えてほしい」激しい熱情なくしては生まれえないような表現を駆使して、あなただけ、あなただけを崇拝している、と公子は言いつのった。

「ヘートヴィガと結婚することなど考えただけでぞっとする。死んでしまうだろう。だから逃げることにした。だがまもなく死ななければおさまりのつかない情熱に突き動かされて引き返してきた。ユーリア、あなたに会い、言葉を交わし、あなただけが私の命であり、すべてだと告げるために！」

「出ていってください」ユーリアは不安に怯えた。「生きた心地がしません、公子様！」

「ごめんです」そう叫ぶと、公子は恋に我を忘れてユーリアの両手に唇を押しつけた。「私が生きるか死ぬかは、今このときに決まる！――ユーリア！　天の御子《みこ》！　あなたこそ自分のすべて、至福な存在だと思っている私をはねつけるのか？――いいや、あなたは私を愛しているはずだ、ユーリア。わかっている。私を愛していると言ってくれ。そうすれば天にも昇る心地になれる！」

恐怖と不安で意識が朦朧としているユーリアを抱きしめると、公子は激しく胸に押しつけた。

「おやめください」ユーリアは半ば喉をつまらせた。「だれかいないの？」

そのとき松明の輝きが窓を明るく照らし、ドアの向こうで数人の話す声がした。ユーリアが熱い口づけを感じたかと思うと、公子はあっという間に逃げ去った。

こうして――すでに書いたとおり、ユーリアはすっかり我を忘れ、ちょうど部屋に入ってきた母親に駆け寄った。なにがあったか聞いて、母親は衝撃を受けた。そして哀れなユーリアを必死に慰め、公子を隠れているところから引きずり出して、思い知らせてやると息巻いた。

「やめてください、お母様。もし侯爵やヘートヴィガ様に知れたら、生きていけません――」ユーリアはすすり泣きながら、母親の胸に顔をうずめた。

「そうね。今のところ、公子がこの地にいて、あなたをつけ狙っていることはだれも知らない。ああ、愛するユーリア！――手を貸した者は口をつぐむはず。とにかく公子に与《くみ》する者がいることはまちがいない。さもなければ、公子が人知れずこのジークハルト宮にいられるわけがない。うちに忍び込むことだってできないでしょう――それに、公子は私や松明を持っていたフリードリヒに出くわさずに、どうやってうちから逃げることができたのかしら？　老管理人のゲオルクは熟睡していたと言っていたけど、不自然ね。それに、そば仕えの娘はどこ？」

「なんてこと」ユーリアはささやいた。「具合が悪いというので休ませました」

「なら私が病気を診てやりましょう」そう言うなり、夫人はさっと隣室のドアを開けた。病気だと訴えたそば仕えの娘が服を着てそこにいた。盗み聞きしていたのだ。娘は愕然としてベンツォン夫人の足元にひれ伏した。

　夫人が二、三問い質すだけで事足りた。なんと忠実だと思っていた老管理人の手引きで――

（ムルのつづき）――こんなことになるとは！――誠実な友、同志ムツィウスが後ろ脚の傷が元で死亡したというのだ――この訃報に、わが輩はひどく落ち込んだ。今さらだが、ムツィウスがわが輩にとってどんな存在だったか実感した！――プフによると、わが師の家の地下室に遺体を運び込んでいて、今夜、葬儀を行なうという。わが輩はその時刻までに古式に則って通夜の料理の差し入れをしよう、食べものと飲みものを用意すると約束した。わが輩は、実際に料理を工面した。その日一日かけて魚やニワトリの骨や野菜など蓄えていたものをせっせと地下室に運びおろした。

読者諸氏の中には、それをどうやったのか詳しく説明してほしいと思う者もいるだろう。とくに飲みものを下ろす方法を知りたい者がいると思う。じつは親切なメイドが快く手伝ってくれたのだ。そのメイドとはよく地下室で出会っていたし、彼女が働いている台所を訪ねるのも日課にしていた。だからメイドはわが一族、ことにわが輩に好意を持っていて、顔を合わせれば、きまってじゃれ合った。食べものもよくくれた。しかも師匠からもらっていたものほどでなかったが、ありがたくいただき、おいしいと愛想を振りまいていた。メイドはそれがよほどうれしいらしく、こちらの真の狙いどおりのことをしてくれた。ちなみに彼女の膝に飛び乗ったわが輩の頭や耳をやさしくかいてくれたのだ。これが至福の心地よさで、「平日には箒を握り、日曜日には愛撫してくれる」（ゲーテ作『ファウスト』第一部の「市門の前で」参照）というあの手に慣れ親しんでいたというわけだ。

というわけで、このやさしき人間にひと肌脱いでもらったのだ。彼女がちょうどわが輩のいるときに地下室に下りてきて、大鍋いっぱいの甘いミルクを運びあげようとしたので、わが輩はミルクを融通してほしいという切実な願いをわかるように伝えた。

「お馬鹿さんね、ムル」メイドはこの家に住む者すべて、いや、近所の者たちと同様、わが輩の名を知っていた。「ミルクを独り占めしたいわけじゃないんでしょ。仲間にふるまうのね！　ほら、あげるわ、小さな灰色猫さん。さて、上で仕事をしなくちゃ！」

メイドはミルクの大鍋を床に置いた。わが輩がうれしくて、とんぼがえりを打つと、背中を少し撫でて、階段を上っていった――肝に銘じたまえ、猫の若者よ。やさしい料理女と心を通わすことは、わが階級や種族の若者にとって都合がいいし、有益なことなのだ。

真夜中になると、わが輩は地下室に下りていった。心痛む、悲しい光景だった！　地下室の真ん中に置かれた棺台に、親愛なる友の亡骸《なきがら》が横たわっていた！　棺台は生前の彼の生き方にふさわしく藁の束を寄せた簡素なものだった——牡猫たちがこぞって参列していた。黙って前脚で握手をすると、目に熱い涙を浮かべながら棺台のまわりに座し、哀悼の歌を口ずさんだ。その歌声の切ない音色が地下室の丸天井に反響した。断腸の思いに満ちたその嘆きは、人間の器官では到底出しえないものだった。

歌が終わると、白と黒のきちんとした身なりの、とてもきれいな若者が猫の輪の中から進み出て、亡骸の枕元に立つと弔辞を述べた。即席の弔辞だったが、あとで書き起こしてくれた。

弔辞
夭折したるムツィウスの墓前にて
哲学と史学の学徒なる牡猫へ
親友にして同志たる
牡猫ヒンツマン
史学と雄弁術の学徒による弔辞

悲嘆に暮れて集いし同志諸君!
誠実にして志高き学生諸君!

牡猫とはなんぞや!——脆弱《ぜいじゃく》にして儚きことは、地上に生まれしすべてのものと同じなり!——並びなき著名な医学者や生理学者の主張するごとく、生きとし生ける者が免れえない死なるものが呼吸の完全なる停止を指すというのが真実ならば、われわれの実直なりし友、誠実なりし兄弟、喜びと悲しみをともにした忠実にして勇敢なりし同志、われわれの気高きムツィウスは死を迎えたのである！——見たまえ。気高き者は今、冷たい藁の上に横たわり、四肢を伸ばしている！——永遠に閉ざされた唇はかすかな息を漏らすこともない！　目は落ちくぼんでいる。緑を帯びた黄金色にきらめく眼光には、かつて穏やかな愛の炎や仮借なき怒りを堪えたものだ！　死相が浮かぶ顔《かんばせ》、張りのない耳、垂れさがった尾！——おお、同志ムツィウス、きみの愉快な跳躍、機嫌のよさはいずこ。みなを喜ばせた、きみの澄んだ楽しげなミャアはどこにある！　きみの勇気、矜持、賢明さ、機智は？——すべて、そう、すべてを痛ましい死が奪ったのだ。今のきみは、生きていたかどうかも知らないのではなかろうか？——しかしながら、きみはかつて健康で、活力があり、病気にかかる予兆すらなかった。あたかも永遠に生きながらえるかのように！　きみの内部を動かしていた時計の歯車にも損傷はなかった。その歯車が止まり、二度とゼンマイを巻けないとはいえ、死の天使がきみの頭上で剣を振りまわしたわけではない——否！　仇なす原理がむりやり有機組織に介入し、まだ存続しえたはずのものを不当にも破壊したのだ——そうだ！——かの目はまだまだやさしく輝いたであろう。かの唇、硬直したかの胸からはまだまだ愉快な思いつきや陽気な歌が溢れ出たであろう。かの尾はまだまだ快活に内なる力を示しながら波打ったことだろう。かの四肢はまだまだ大胆不敵な跳躍でその強さと機敏さを誇示したであろう——それが今——長い時間をかけ、苦心惨憺して作りあげたものがあっさり壊されるのを、自然がただ指をくわえて見ていたとは。偶然という名の暗黒の霊は本当に存在するのであろうか？　永遠の自然原理に則ってすべてを制御する振動に傍若無人に介入する偶然などあっていいものであろうか？——おお、今は亡ききみよ、悲しみながらも、生きている参列者にそのことを語ってくれたらいいのに！——だが臨席の諸君、立派な同志よ、くよくよするなかれ。夭折した同志ムッィウスを悼むことに集中しよう——弔辞を述べる者が賛辞を加え、注釈をつけて完璧な伝記を参列者に披露するのが世の常である。けっこうなしきたりだ。伝記を披露することは悲しみに暮れる聞き手を吐き気がするほど退屈にさせる。だが信頼できる心理学者の経験と意見によれば、この吐き気こそが悲しみを打ちくだくのにもっとも有効だという。故に弔辞を述べる者はふたつの義務を負う。ひとつは亡き者にしかるべき敬意を示すこと。もうひとつは残された者を慰めることだ。実例には事欠かない。事実、意気消沈した者が弔辞に満足し、晴れ晴れとした気持ちで帰るではないか。弔辞を聞かされる苦痛から解き放たれたという喜びのおかげで、大事な者を失った苦しみを忘れられるからだ——参集した同志諸君！　私もまたこうした喜ばしい定評のあるしきたりに従いたい。亡き友にして同志の詳細な伝記を披露し、悲嘆に沈む猫を喜びに満ちた猫にすることにやぶさかではない。だがそれはできない。無理な相談だ——わかってほしい、親愛なる同志諸君よ。誕生、教育、その後の立身出世など亡き者の生涯についてほとんどなにも知らないのだ。かといって、亡骸のそばという厳粛な場、参列者が厳かな気持ちでいるところで、作り話をするわけにもいかない——同志よ、悪く取らないでいただきたい。退屈な長広舌の代わりにささやかな言葉を捧げよう。今ここに硬直して横たわる者はなんという非業の最期を遂げたことか。存命中はいかに実直で優秀な者であったことか！——だが、おお、天よ！　雄弁に語ることができない。雄弁術に心血注いだ者であるのに。運命が望むなら、詩学および雄弁術の教授たることも辞さぬ者なのに！

ヒンツマンは押し黙り、右脚で耳と眉間と鼻と髭を撫で、長々と遺体を見すえ、咳払いをすると、もう一度、前脚で顔を撫でて、声高らかに語りつづけた。

おお、痛ましき宿命よ！――おお、残酷な死よ！　花の盛りにあった若者をこうも無情に連れ去る必要があったのか？――同志諸君！　弔辞を述べる者から諸君にもう一度言わせてもらう。みなが嫌というほど耳にしていることだが、周知の事実をもう一度繰り返そう。亡くなった同志は俗物であるスピッツの凶暴な憎悪の犠牲になったのだ――あの屋根の上で、われわれは平和に愉快に過ごし、陽気に歌声を響かせていた。前脚に前脚を取り、胸に胸を合わせて心をひとつにしていた。彼は幹事のプフと二匹で、かつてアランフェス（シラーの戯曲『ドン・カルロス』第五幕第一場参照）で過ごした美しく誠実な日々について思い出話をしようとしたとき、俗物のスピッツたちがわれわれの喜ばしき学生猫組合の絆を断たんと、屋根裏の暗がりにくくり罠を仕掛けたのだ。不幸なムツィウスはその罠にかかって、後ろ脚をつぶされ――命を落とさねばならなかった！――俗物どもから受けた怪我は苦痛をともなう危険なものだった。というのも、奴らはいつも歯の欠けたなまくらの刃を使うからだ。それでも生まれつき頑健だった者のこと、深刻な怪我だったとはいえ、再起は可能だったはずだ。しかし怨恨が彼の命を蝕んだ。卑しむべきスピッツどもにしてやられ、輝かしい生涯がだいなしにされたことへの深い怨恨、われわれみんなが受けた屈辱が――彼に必要な包帯を拒ませ、薬を拒否させた――彼は死を望んだということだ！（シラーの戯曲『ヴァレンシュタインの死』第四幕第十場参照）」

わが輩というか、全員がヒンツマンの最後の言葉に悲嘆に暮れ、岩をも溶かさんばかりにおいおいと声を上げ、泣き崩れた。多少とも落ち着きを取りもどし、みんなが聞く耳を持つと、ヒンツマンはまた悲愴な声でつづけた。

おお、ムツィウス！　天より見下ろしたまえ！　きみのためにわれわれが流す涙を見、われわれが上げる絶望の嘆きを聞きたまえ、今は亡き牡猫よ！――そうだ、われわれを見下ろしたまえ、あるいは見上げたまえ。どちらにせよ、きみにまだ魂魄《こんぱく》を動かす力があり、きみの内部に宿りし魂魄が今なお霧散していないなら、亡霊となってでもわれわれの中にとどまりたまえ！――同志諸君！――先に述べたように、亡き者の伝記については口を閉ざす。なにも知らないからであるが、だからこそ、私はかの者のすぐれた特性を生き生きと偲ぶものである。そして大切な愛する友であるきみたちの鼻先にこれを突きつけよう。素晴らしき牡猫の死によって味わった恐ろしい喪失感をあますところなく実感してもらうために！　聞きたまえ、若者たち。美徳の道を踏みはずすまいとしている者たちよ、聞くのだ！――ムッィウスはほとんど類を見ない存在、猫社会の誇り高き一員だった。善良で誠実な夫、すぐれた愛すべき父親、真実と正義を求める熱き心を持った闘士、疲れを知らぬ慈善家にして貧しい者の味方、困ったときにこそわかる真の友だった！――猫社会の誇り高き一員？　然り！――なんとなれば、彼はつねに最善の策を口にし、いざというときには犠牲を厭わなかったからだ。自分に異を唱え、従わない者には断固たる態度をとった。善良で誠実な夫？　然り！――なんとなれば、彼が別の牝猫を追いまわしたのは、細君よりも若くかわいらしく、そそられたときだけだったからだ。すぐれた愛すべき父親？　然り！――なんとなれば、わが種族の父親といえば、粗野で薄情なのがつねで、腹が減れば、せっかくこしらえた自分の子どもを食べてしまうことさえあるが、彼の場合はそういうことが噂にもならなかったからだ。まあ、母親が子どもを全員連れ去って、居場所がとんとわからなかったのだから無理もないが。真実と正義を求める熱き心を持った闘士？　然り！――なんとなれば、真実と正義のためなら彼は命を投げ出す気満々だったからだ。とはいえ、今生の命は一度かぎりなので、実際にはそれほど役に立たなかった。それでも真実と正義は彼を悪く取らなかったのだからなかなかのものだ。疲れを知らぬ慈善家にして貧しい者の味方？　然り！——なんとなれば、彼は毎年新年に、食うに困っている貧しい同胞のためにニシンの尾びれや小骨を数個、中庭に運んできたからだ。このように他の猫への博愛という義務を全うしていたのだから、それ以上のものを要求する貧困猫を邪険にしたのも仕方がない。困ったときにこそわかる真の友？　然り！——なんとなれば、彼は自分が難儀をすると、いつもは相手にせず、忘れていた友すら放っておかなかったからだ——物故せし者よ！　きみの英雄精神、美しく高尚なものに対する洗練された感性、学識、芸術の素養、きみの中で合体した無数の良識、これ以上なにを付け加えることがあろうか！　これ以上言葉を重ねても、きみの嘆かわしい死に対するわれわれの当然の苦しみをいたずらに増やすだけのことだろう！——友よ、感極まれる同志諸君！——諸君の思いはその様子を見れば明白だ。わが弔辞が諸君を感動させたことに満足する次第である——それでは！——感極まれる同志諸君！——亡き者に範を仰ごうではないか。彼の尊敬すべき足跡に倣うよう努めようではないか。すべきことを全うした者と同じになろうではないか。そうすれば、われわれもこの世を去るとき、全うした者と同じようにあらゆる美徳によって浄化された真に賢い猫としての安らぎを享受できるだろう！——見たまえ。彼はなんと安らかに横たわっていることか。前脚すら動かさず、わが賛辞に満足して、かすかに笑みを浮かべることもない！——いいか、死を悼む諸君！　いかに痛烈な非難をしようとも、またいかに無礼な誹謗中傷を浴びせようとも、物故せし者には痛くもかゆくもないのだ。悪鬼のごとき俗物のスピッツがわれわれの輪に入り込めば、生前の彼なら奴らの両目をかきむしったことだろう。だが今の彼は少しも怒らず、穏やかで甘美な安らぎを妨げられることもない。

賞賛と非難、ありとあらゆる敵意と中傷、嘲笑と侮蔑、人生を混乱させる騒動、そうしたものを我らが素晴らしきムツィウスは超越していた。もはや、友に対して品のある笑みを浮かべることもなければ、熱烈な抱擁もせず、熱心に握手をすることもない。だが敵に対して爪を立て、牙をむくこともないのだ！――彼が現世《うつしよ》ではついに叶えられなかった平安を得たのは、ひとえに彼の高潔さのなせる業である！――私は思いたい。ここに集い、友を悼んで慟哭《どうこく》すれば、われわれは彼ほどの高潔な傑物となれなくとも、安らぎは得られるし、安らぎに憧れる以外にも、高潔たらんとする動機になるものはあるはずだ。ついては、これをどう考えるか、諸君に今後の対処を任せたい――諸君には全生涯をかけて友ムツィウスと同じ美しい死に方を模索するよう勧めたかったのだが、今はむしろそうしないほうがいいと考えている。諸君が私にいろいろと懸念を表明しそうな気がするからだ。亡き者はもっと用心して、くくり罠をうまく避ければ、夭折することはなかったという意見が諸君からあがるように思えるからだ。だが私はある少年猫のことを思い出す。彼は教師から同じような警告を受けた。牡猫たるもの、死ぬことを学ぶために一生を費やす必要がある、と。これに対し、少年猫はこう言い返した。死ぬのなんて難しくない。だれにとっても、初体験で成功するのだから！――それでは、悲嘆に暮れる若者たちよ、しばしのあいだ黙禱しよう！

ヒンツマンは押し黙ると、右の前脚でまた耳と顔を撫で、それから目を閉じて黙禱した。しかしそれがあまりに長くつづいたので、幹事のプフが彼を突いて小声で言った。「ヒンツマン、おい、眠っているのか？　いいかげん弔辞を終えてくれ。みんな、腹ぺこなんだ」ヒンツマンははっとして立ちあがり、演説をする姿勢をして語りつづけた。

親愛なる同志諸君！――まだいくつか気の利いた考えを披露して、この弔辞を輝かしいものにしたい。だがなにひとつ思いつかない。思うに、私が甘受しようと努めた大いなる苦痛が私を愚鈍にしてしまったようだ。そういうわけなので、諸君がおそらく惜しみなく喝采を送るであろう私の弔辞を終わりにしようと思う。ではつづいて恒例の「深き淵から」(『旧約聖書』「詩篇」一三〇篇一節の一部)を歌おう!

こうして礼儀を知る猫の若者は弔辞を終えた。弔辞自体は修辞学的によくまとまっていたし、効果抜群だったが、いろいろ引っかかる点もあった。たとえば悲しい死を迎えた哀れなムツィウスに敬意を捧げることよりも、ヒンツマン自身の輝かしい演説の才をひけらかしているように聞こえた点がそれだ。彼が述べたことは友のムツィウスにはまるで当てはまらなかった。ムツィウスは素朴で単純でまっすぐな気性だった。わが輩の経験から言えば、誠実で親切な猫だった。おまけにヒンツマンの賛辞はあいまいで、あとになってみると気に入らないことはなはだしかった。弔辞を述べているあいだは演説の優雅さや表現豊かな語り口に幻惑されていたのだ。幹事のプフもそう思っていたらしい。目が合ったとき、ヒンツマンの弔辞については同じ意見だとわかった。

弔辞の結びに「深き淵から」を合唱したが、これは弔辞の前に歌った哀悼の歌よりもはるかに切なく、胸が張り裂けんばかりに響き渡った――わが種族の歌い手たちが深い追悼や絶望的な悲嘆の表現に長けていることは周知の事実だ。恋慕や片想いを歌うときでも、愛する人と死別したときでも同じだ。冷酷な人間でもこれを聞いたら心に沁みて、悪態でも吐かなければ胸のつかえが下りないほどだ――「深き淵から」を歌い終えると、亡くなった同志の亡骸をみんなで担ぎあげ、地下室の隅に掘った深い墓穴に下ろした。

その瞬間、葬儀全体の中でもひときわ感動的なことが起きた。真昼のように美しい猫の娘が三匹、ぴょんぴょん跳ねてきて、地下室で摘んだジャガイモとパセリの葉を墓穴の中にまき、年上の牝猫が純朴で心のこもった歌を歌ったのだ。メロディーには聞き覚えがある。まちがいない。オリジナルの歌詞はこうはじまる。「おお《オー》、樅の木《タンネンバウム》よ！　おお《オー》、樅の木《タンネンバウム》よ！（ドイツの民謡。クリスマスソングとして知られているが、元来、樅の木は変わらぬ愛の喩えとして使われている）云々」。幹事のプフがささやいて教えてくれたところでは、亡くなったムツィウスの娘たちで、こういう形で父親の葬儀に参列したのだという。

わが輩は歌姫から目をそらすことができなかった。じつに愛らしい。それに甘美な声。哀れを誘い、胸を打つ挽歌のメロディーにすっかり魅了され、涙を禁ずることができなかった。歌姫が絞り出し、こちらに伝染させた悲痛な思いは独特な珍しいもので、わが輩はこの上なく甘美な快感に酔ったのだ。この際はっきり言ってしまおう！――わが心は歌姫にメロメロになってしまったのだ。態度といい、まなざしといい、これほど優美で、気品のある乙女には会ったことがない。圧倒的な美しさだ。

四匹の頑健な牡猫が集めてきたたくさんの砂と土で墓穴がふさがれると、埋葬は終わり、みんな、食卓についた。帰ろうとするムツィウスの美しくかわいい娘たちを、みんなが引き止めた。娘たちは追悼の宴に加わるほかなくなった。わが輩はうまく立ちまわって、一番美しい娘を食卓に案内し、そのまま隣にすわった。さっきはその美しさに目がくらみ、甘い声に心がとろけたが、今は娘の聡明さと細やかさと思いやり、そして彼女の内面から輝き出る純粋に女性らしい従順な本性に天にも昇るような心地を味わった。彼女の口を通して甘美な言葉になると、なんでも独特な魅力を帯び、彼女の話は愛らしくやさしい牧歌そのものだった――そんな調子で、彼女は父親が亡くなる数日前においしく食べたミルク粥のことを熱心に話した。そこでわが輩は言った。わが師のところのミルク粥はまったく見事な味で、たっぷり加えたバターが隠し味だ、と。彼女は草色に輝く従順そのもののつぶらな瞳をこちらに向けて、わが輩の心をわななかせるような声でたずねた。

「そうなのですね――あなた様もそうなのですね？――ミルク粥がお好きなのですね？――しかも

バター入り！」彼女は夢でも見るかのようにうっとりした。

生まれて六か月から八か月のうら若い乙女（この絶世の美女はそのくらいの年齢だった）にとって、うっとりしたところほど好ましいものはない。そういうとき、彼女たちは圧倒的な力を持つ。こうして恋の炎が燃えあがり、わが輩はこの絶世の美女の前脚をぎゅっとつかんで声を張り上げた。

「天使のようなお方！　ミルク粥の朝食をぜひごいっしょに。これほどの人生の至福はないでしょう。自分の幸福を引き替えにしてもかまわないくらいです！」

彼女は当惑し、頬を赤らめて目を伏せた。だが、前脚をわが輩に握らせたままにした。これは脈がある。以前、師匠のところで、たしか弁護士だという男の言葉を聞いたことがある。

「若い娘が自分の手を長い時間、男に握らせておくのは危険なことです。なにせ男は彼女が身柄を略式譲渡したとみなし、それを理由にあらゆる権利を要求する恐れがあるからです。そうなると、なかなか撤回させることができません」

ここはひとつそういう要求を起こそうと思って、行動に移ろうとした刹那、亡き者の栄誉を讃える献杯がはじまり、会話は中断してしまった。

そのうち亡きムツィウスの若い三匹の娘たちがほがらかになり、無邪気にはしゃぎまわったので、その場にいた牡猫たちは有頂天になった。料理や飲みもののおかげで、重苦しい気分もつらい思いも払拭《ふっしょく》され、一同はますます浮かれて活気づいた。笑いさざめき、ジョークを飛ばし、食卓が片づけられると、なんとあの生真面目な幹事のプフが、ダンスをしようと言いだした。すぐにすべてをどかし、三匹の牡猫が合唱すると、ムツィウスのきびきびした娘たちは若者たちと元気に跳ねまわった。

わが輩は絶世の美女のそばから離れず、ダンスに誘った。彼女はわが輩に前脚を差し出し、踊りの列に飛び込んだ――いやあ！　わが頬に触れる彼女の息！　彼女の胸に触れて高鳴るわが胸！わが前脚に抱かれた彼女の甘美な体！――至福だ。この世と思えぬ至福の瞬間！

跳躍踊りを二、三度楽しんでから、わが輩は絶世の美女を愛想よく地下室《ガラント》の隅に誘い、かいがいしく飲みものを運んだ。舞踏会になるとは予想していなかったので、ありあわせのものではあったが。こうしてわが輩は自分の気持ちを思う存分吐露した。彼女の前脚に何度も唇を押しつけ、少しでも愛してくれるなら、この世に生を受けた者の中でもっとも果報者になれる、と。

「運が悪いわね」突然、背後で声がした。「運が悪いにもほどがあるわ！――その子はあなたの娘ミーナよ！」

わが輩はうろたえた。この声なら知っている！――ミースミースだ！――なんという偶然の戯れか。ミースミースのことはすっかり忘れたつもりだったが、今度はわが娘に恋してしまうとは。思いもよらないことだった！――ミースミースは喪に服していた。それをどう捉えたらいいかわからなかった。

「ミースミース」わが輩は穏やかに言った。「どうしてここに？　なぜ喪に服しているんだ――それに、なんてことだ！――あそこの娘たちは――ミーナの妹なのか？」

そしてとんでもない話を聞くことになった！――あの憎き恋仇、黒灰黄色のぶち猫はあの死闘でわが輩の騎士に匹敵する勇敢さに屈服したのち、ミースミースと別れ、傷が癒《い》えると、いずこへともなく姿を消したのだった。そこでムツィウスが結婚を申し込み、ミースミースはそれを受けた。そのことをわが輩に黙っていたのは、ムツィウスの立派なところだし、やさしさの証と言えるだろう。そういうわけで、あの天真爛漫な乙女たちがわがミーナの義妹になったのだ！

「ああ、ムル！」ミースミースはすべてを語り終えると、やさしく言った。「あなたの美しい精神はただ感情に流されて、とんでもない勘違いをしたのよ。私たちのミーナに会ってあなたの胸に芽生えたのはやさしい父親の愛であって、恋心ではないのよ。私たちのミーナ！　なんて素敵な言葉かしら！――ムル！　あなたはなにも感じないの？　かつて愛した者への情はすべて消えてしまったというの？――ああ、もし別の者が割って入り、その狡猾な手練手管《てれんてくだ》に籠絡《ろうらく》されなかったなら、死ぬまであなたに操を捧げたでしょうに――おお、弱き者、汝の名は牝猫！　あなたはそう思っているでしょうね。でも、弱き者に温情を与えるのもまた、牡猫の美徳ではないかしら？――ムル！　私が三番目のやさしい夫まで失って打ちひしがれているのは見てのとおり。でもこの絶望の中で、かつて私の幸福であり、誇りであり、生き甲斐だったあのときの愛情がふたたび燃えあがっているわ！――ムル！　告白する！――今でもあなたを愛している。そしてもしかしたらもう一度――」

彼女は涙で声をつまらせた！

　わが輩はそのあいだずっといたたまれない気持ちだった。ミーナがすわったままそこにいる。蒼白く美しいところは初雪のようだ。秋咲きの最後の花に口づけを贈り、たちまち溶けて苦い水となる初雪！

＊編集人の注　ムル！――ムル！　またしても剽窃《ひょうせつ》するのか！――『ペーター・シュレミールの不思議な物語』（ドイツの作家シャミッソーの小説。邦訳は『影をなくした男』として知られている）において主人公がミーナという恋人のことを同じような言葉で描いているではないか。

　わが輩は黙って母と娘を見つめた。やはり娘のほうがずっといい。それにわが種族では血縁関係は意味をなさないし、近親婚のタブーもない――わが輩の目つきで、ミースミースはこっちの気持ちを見抜いてしまったらしい。「野蛮人！」と叫んで、さっとミーナに飛びつくと、前脚でミーナを抱きしめた。「どうするつもり？――えっ？　こんなにあなたを愛しているのに、それをはねつけて、罪に罪を重ねようというの？」

　ミースミースの要求も、罪だという非難も、わが輩にはまるで理解できなかった。葬儀の宴会が転じて大騒ぎと化したのをぶちこわすのも興ざめだ。ここは悪者になっても、いい顔をするのが得策だと感じた。だから我を忘れたミースミースにしっかり伝えることにした。

「ミーナがきみにそっくりなせいでうっかりしてしまったが、わが輩の心に息づく、今なお美しいきみへの思いに火がついたようだ」

　ミースミースはただちに涙をぬぐい、わが輩にぴったり寄りそうと、私と仲睦まじく話をはじめた。まるで彼女とわが輩のあいだにわだかまりなど端《はな》からなかったかのように。そうこうするうちに、若いヒンツマンが美しいミーナをダンスに誘った。言うまでもないが、わが輩は気が気ではなかった。

　最後のダンスとなって、幹事のプフがミースミースを誘ったのは幸いであった。さもないと、彼女はわが輩にいろいろ変なことを求めたかもしれない。わが輩はこっそりその場を離れ、静かに地下室から出て思った。

「そのうちなんとかなるだろう！」

　この追悼の宴は転換点と見ることができる。このときをもってわが学徒時代は終わりを告げ、わが人生は次の境地へと至ったのである。


（反故）――クライスラーは早朝、修道院長室に赴いた。修道院長はちょうど斧《おの》と鑿《のみ》を手にして、大きな木箱を開けようとしていた。形からして、その木箱には絵画が梱包《こんぽう》されているようだった。

「これは、いいところに来てくれました、楽長！」修道院長は部屋に入ってきたクライスラーに声をかけた。「ちょっと手こずっていましてね。手伝ってくれますか。この木箱、無数の釘で固定されているんです。中身を永久に閉じ込めておくつもりのようです。これはナポリから直送されてきたものでしてね。中には絵画が入っています。さしあたり私の部屋にかけるつもりです。修道士たちには見せたくないのですよ。だからだれにも手伝いを頼めない。だがありがたいことに、きみがいたというわけです、楽長」

クライスラーは手を貸した。まもなくその木箱から大きくて美しい絵画が出てきた。豪華な金縁の額に入っている。そのとき、クライスラーははてなと思った。修道院長室の小さな祭壇には聖家族を描いたレオナルド・ダ・ヴィンチのじつに優美な絵がかかっていたが、今はそこが空っぽになっていたのだ。修道院長は古い絵画をたくさん蒐集《しゅうしゅう》している。なかでもその絵を一番評価していた。その傑作が新しい絵にその座を譲るということらしい。たしかに新しい絵が大変美しく斬新《ざんしん》であることは、ひと目見るなりクライスラーにもわかった。

修道院長とクライスラーはふたりして壁にネジ釘を締め込み、やっとのことでその絵をかけた。修道院長は適度な光の中に立ち、その絵を満足そうに眺めた。だがその喜びには、その絵画に対するものとはちがう、別の思惑が働いているようだった——その絵は奇跡を題材にしていた。聖母が天上から射す栄光の光に包まれ、左手にはユリの茎を持ち、右手の中指と薬指で若者のはだけた胸に触れている。指先のあたりのぱっくりあいた傷口からは濃い血が溢れ出ている。横たわっている若者は手足をだらりと伸ばした状態で半ば上体を起こしている。まるで死の眠りから覚めたところのようだ。目はまだ開けていないが、美しい顔に明るい笑みを浮かべている。若者は聖母マリアを夢に見て、傷の痛みが取り去られ、死から解放されたことをあらわしていた——識者なら正確なデッサン、適切な人物配置、光と影の的確な配分、衣装の見事な襞《ひだ》、マリアの気高く優美な姿、生き生きとした彩色の素晴らしさ、どれをとっても当代の画家には太刀打ちできないと賛辞を惜しまないだろう。だがこの画家の真に天才たる所以がもっともはっきりと、自然にあらわれているのは、筆舌に尽くしがたい表情の描き方だ。マリアはこの世でもっとも美しく、優美な女性に描かれ、しかもその気高い額には荘厳さがみなぎり、黒い瞳の穏やかな輝きは天上の至福を感じさせる。また蘇ろうとしている若者が恍惚としている様子も、この芸術家の類稀《たぐいまれ》な想像力によって把握され、描写されていた。

クライスラーはこの見事な絵画に比肩しうる当代の絵画をただの一枚も知らなかった。実際、修道院長にそう伝え、作品の美しいところをひとつひとつ並べあげ、近年これほどよくできた作品が作られたことはないだろうとまで付け加えた。

「無理もありません」修道院長は微笑んだ。「楽長、これからそのことをお聞かせしましょう。わが国の若い芸術家には特有の問題があるのです。研究に研究を重ね、工夫をこらし、デッサンに勤しみ、膨大な下絵を描きます。ところがそこからは命の通わない、死んだもの、硬直したものしか生まれてこないのです。それ自体が生きていないのですから、血が通うわけがありません。若い芸術家たちは昔の偉大な巨匠を手本にしながら、丹念に模写したり、巨匠だからこそ持つ精神に肉薄したりしないで、みずから巨匠たらんとして、真似をしています。しかし枝葉末節にこだわった猿真似に堕しています。おまけに巨匠と肩を並べたくて同じように咳払いをしたり、唸ったり、猫背になったりする始末。幼稚で滑稽でなりません。

わが国の若い画家たちには真の感動が欠けているのです。そういう感動なくして、紛れもない生の栄光に包まれたイメージを内面から呼び出し、自分たちの眼前に置くことなどできませんよ。画家によっては気持ちを高揚させようと苦心している者もいますが、決まって空振りに終わっています。そういう高揚感がなければ、芸術作品を生むことなど到底無理です。結局のところ自分で思いついた考えにうぬぼれて舞いあがったり、それを実行に移す段になって、細かいところまで古い模範に似せようと苦心惨憺したりしているだけです。そんなのただの奇妙な感情の混合物にすぎません。それを昔の画家に明るく静謐《せいひつ》な感覚をもたらした真の感動だと思っているのですから哀れなものです。

そういうわけですから、明るく親しみ深い生命を宿すべき図柄がひどい戯画と化してしまうのです。わが国の若い画家は内面で把握した図柄をはっきり見極めることができません。おそらく他のことはそつなくできても、彩色で失敗するためではないでしょうか？

言うなれば、デッサンはできても、絵に色をつけることができないのです。色彩の知識とその処理の仕方が途絶えたのは、若い画家の努力が足りないせいだと言われますが、かならずしもそうとは言えません。はじめて正真正銘の芸術が生まれたキリスト教の時代以降、絵画制作は休むことなく、師匠から弟子へと連綿と継承されてきたことです。色彩の知識が途絶えたなどということはありえません。もちろん真実らしさからしだいにずれていく変遷を辿ったこともありますが、これは機械的な作業の継承にはなんら影響を与えませんでした。では画家の努力のほうはどうでしょう。努力が足りないのではなく、過剰なのがいけないと私は申しあげたい。ある若い芸術家を知っています。その方は絵がいい感じになっても、何度も重ね塗りして、すべてをぼんやりした鉛のような色調にしてしまうのです。おそらくその方の内面がそういう色に染まっていて、図柄は生気溢れる完璧な命を宿すことができないのです。

楽長、ご覧ください。素晴らしい真の命が息づいているこの絵を。敬虔な感動が作り出したからこそ、これほど素晴らしいのです！

奇跡のなんたるかは、あなたにもおわかりですね。この若者は身を守る術のないまま人殺しに襲われ、致命傷を負いました。彼は大声で聖母様に助けを求めました。普段は神をも畏れぬ冒瀆者で、教会の掟を軽視して、歯牙《しが》にもかけない人物でしたが、聖母様は祈りを聞きとどけて、若者の命を救ったのです。それは若者を蘇らせて過ちを認めさせるためでした。事実、若者は教会に帰依《きえ》して奉仕しました。

神に遣わされた聖母様の恩寵を受けたこの若者はなにを隠そうこの絵を描いた画家なのです」

クライスラーは修道院長の言葉にすくなからず衝撃を受け、この奇跡は最近起きたことにちがいないと思った。

「ヨハネス君」修道院長は穏やかに言った。「まさかあなたまで恩寵の扉は閉ざされていると思っていませんよね。『虐《しいた》げられた人が不安に蝕まれながら必死に祈っても、同情や慈悲が聖人の姿となってやってくることはない。同情や慈悲を必要とする人の前に姿をあらわすことなどないし、ましてや平安や慰めをもたらしてくれるはずもない』もしそうお考えなら愚かなことです。

どうか信じてくださいヨハネス君。奇跡が止むことはありません。しかし罪深い冒瀆に人間の目は眩んでしまい、天上の栄光に耐えられないのです。だから恩寵が目に見える形をとってあらわれたとしても、神による恩寵を悟ることができないのです。

とはいえ、ヨハネス君、神聖な奇跡というのは人の心のもっとも奥で生じるものです。そして人はその奇跡を言葉、音、色彩で可能なかぎり声高らかに告げます。この絵を描いた修道士も教会への帰依という奇跡を見事に告げています。そうして――ヨハネス君、次はあなたです。私の本心からの言葉です――あなたは永遠にして澄明な光を認識したという稀に見る奇跡を力強い音にして心の奥から表現しているのです。あなたにそれができるのは、あなたを癒すために神の御力が起こした奇跡だと言えないでしょうか？」

クライスラーは修道院長の言葉に不思議な感動を覚えた。そのため珍しいことに、自分の内なる創造力への自信を深め、快感に打ちふるえた。

そのあいだ、クライスラーはその素晴らしい絵から片時も視線をそらさなかった。だが前景や中景に強い光があると、闇に沈んだ後景の人物になかなか気づけないことがある。クライスラーもそのときはじめてひとりの人物に気づいた。大きなマントに身を包み、聖母の光でかろうじてきらめく短剣を持ってドアから逃げ出そうとしている。犯人にちがいない。逃げながら後ろをうかがっている。犯人の顔は不安と恐怖にゆがんでいる。

クライスラーは雷に打たれたような衝撃を受けた。悪人の顔が公子ヘクトールに似ていたのだ。そういえば、生に目覚めた若者の姿も、ちらりとではあるが、どこかで見かけたことがあるような気がする。だがなぜか物怖じして、修道院長にはそのことを伝えず、代わりにたずねた。

「画家は前景の影の部分に今風の服飾品を描き込んでいますね。それで気づいたのですが、蘇ろうとしている若者、つまり画家自身に当世風の装いをさせています。院長は気になりませんか？」

事実、前景の横のあたりに小机と椅子があり、その椅子の背にトルコ風のショールがかかっている。また小机の上には羽根飾りのついた将校用の軍帽とサーベルが置いてある。若者はというと、シャツのカラーがいかにも今風で、ベストのボタンをすべてはずし、きれいなシルエットができるように仕立てた黒っぽい外套もボタンを閉めずにはおっている。一方、聖母は昔の巨匠の絵画でよく見る服装をしていた。

「そうですねえ」修道院長はクライスラーの質問に答えた。「前景の添景《てんけい》も、若者の外套も、かならずしも不快には思いません。画家は天の恩寵よりも、この世の愚かさと儚さのほうに主眼があったのではないかと思えます。しかしそれは枝葉末節でしょう。画家は場所も、環境も、服装も実際にそうだったとおりに描いているのです。ひと目見れば、奇跡が私たちの時代に起きたのだとわかります。だから敬虔な修道士の手になるこの絵は、信仰なき堕落した時代にあって教会の勝利を示す美しいトロフィーとなるのです」

「それはそれとして、この帽子、このサーベル、このショール、このテーブル、この椅子――私にはそのすべてが致命的に思えます。これら添景は描かないほうがよかったのではないでしょうか。若者がまとうのも、外套よりは聖衣であるべきでしょう。どうですか、院長？　今風の服を着た聖人なんて考えられますか？　毛足の長いウールの上着を着た聖ヨセフ、フロックコート姿の救世主、夜会服にトルコ風ショールをはおった聖母。崇高な存在をあまりに俗っぽくして、汚しているように思えませんか？　昔の、とくにドイツの画家は聖書の逸話や聖人を描くに当たって、画家の時代の服装を使っていました。ですが、そういう服装のほうが、今どきの服装よりも絵画表現に適しているかというと、どうでしょうか。女ものはともかく、今どきのファッションはどれも突飛で、絵には合わないという主張はまったくまちがっていると言えますね。だってそうでしょう。ひと昔前のファッションこそ、その多くが極端に走り、とんでもないものになっていました。たとえば爪先が一エレ（服飾業界でよく使われた古い長さの単位。およそ六十センチ強に相当）はそり上がった靴、ぶかぶかのオー・ド・ショース（ルネサンス期に流行った男性のハーフパンツ）、寸詰まり胴着や袖など。女ものにしても、古い絵で目にするものは見るに堪えませんし、容貌や容姿を損なってさえいました。絵のように美しいうら若い娘が服装のせいで気むずかしい老婦人に見えてしまいます。それなのに、だれもそういう絵に引っかかりを覚えなかったとは」

「そうは言っても、ヨハネス君、昔の敬虔な時代と今の堕落した時代のちがいなど簡単に説明できますぞ。

いいですか。当時は聖人伝が人々の生活に溶け込んでいました。というか、生活の前提になっていたと言ってもいいくらいです。奇跡を目の当たりにでき、全能の神がいつでもそういうことを起こすとだれもが信じていました。ですから敬虔な画家は日頃から聖人伝のことを思い、それが目の前で起きたように感じられたのです。そしてまわりにいる人々のあいだで恩寵が日々たっぷり施されるのを見て、見たままに板絵を描くことができました。しかし今や聖人伝は遠い存在です。聖人伝はあくまで聖人伝であって、今の世の話ではなくなったのです。ただおぼろげに記憶されているだけ。これでは芸術家が生き生きとした直感を磨こうとしても無理な相談でしょう。自分から告白はしないでしょうが、内面の感性は世俗の営みによって浅薄なものになっているのです。

同様に、昔の画家に服飾の知識がなく、同時代の衣装を描いたのがそのせいだと思ったら、それも浅薄で笑止千万なことです。一方、わが国の若い画家が聖人伝を題材にするにあたって、奇抜で趣味の悪い中世の衣装を描こうとしたら、これまた浅薄で笑止千万なことと言えます。なにせ絵に描こうとしたものを実生活で直接、見たわけではなく、昔の巨匠の絵に込められたものを写すだけで事足りるとしたわけですからね。いいですか、ヨハネス君。今の時代は俗っぽすぎて、敬虔な聖人伝とは正反対です。奇跡が起きるなどと想像する人はひとりもいないでしょう。だから当世の衣装を描くことが悪趣味で、滑稽で、冒瀆的だとさえ思えてしまうのです。しかし神の御力が私たちの目の前で本当に奇跡を起こしたのなら、衣装を当世風から変えることは逆に許されざることです。もちろん若い画家たちも、昔の出来事を描くにあたって拠りどころがほしければ、その時代の衣装を研究し、正確に観察するよう心がけるはずです。

繰り返しますが、この絵の画家が今の時代を暗示するように描いたのは正しいことなのです。ヨハネス君、あなたが文句をつけた添景についても、私には敬虔にして神聖な戦慄をもたらすものです。なんとなれば、この若者が蘇るという、数年前に起きたばかりの奇跡の舞台となったナポリの家の狭い小部屋に私自身が足を踏み入れたような感覚を与えてくれるからです」

修道院長の言葉を聞いて、さまざまなことがクライスラーの脳裏に浮かんだ。多くの点で院長の考えは正しいと認めざるをえなかった。だが昔のほうが敬虔で、今は堕落しているという点に関しては、いかにも修道士くさい物言いだと思った。修道士というのは予兆や奇跡や歓喜を欲し、実際にそれを見もする。だが陶酔することで得られる無我の境地と無縁な従順で無邪気なだけの人は、真にキリスト教的な徳を行なうためにそうした奇跡を必要としない。だとしたら、徳はこの地上から完全に消えていないのではないか。もしそうなら、神の御力は私たちを見放し、暗黒のデーモンの自由にさせているわけで、奇跡によらない手段で私たちを正道に戻そうとしていることになる。

クライスラーはそんなことをひとりでつらつら考えながら、いまだに黙って絵に見入っていた。しかし仔細に鑑賞するうちに、人殺しの顔立ちが背景から浮かびあがってきた。クライスラーはこの人物のモデルが公子へクトール以外に考えられないと確信するに至った。

「どうやら背景に」クライスラーは話しはじめた。「したたかな魔弾の射手が見えますね。狙っているのはもっとも気高い動物、つまり人間で、いろいろな手段を使って捕らえようとします。今回はよく磨いた鉄製の罠を仕掛けて、獲物が獲れはしましたが、鉄砲には問題がありますね。最近、待ち伏せておきながら活きのいい牡ジカを撃ち損ねましたから――実際、この犯人である猟師の履歴をぜひ知りたいと思います。ちょっとした抜粋でもかまいません。その人ならきっと私の身の置きどころを教えてくれるでしょう。必要な特許状や保護状を得るにも、聖母へ祈るのが手っ取り早いのではないかということも！」

「まあ」修道院長は言った。「時を待つのです、楽長！　今、闇に隠れている多くのことが近いうちに明らかになるはずです。そうならなかったら、不思議なくらいです――私が今知った、あなたの望みの多くがうまくいくことでしょう。でも不思議ですね――そう言ってもいいでしょう――ジークハルト宮の方々があなたのことをひどく誤解しているのはじつに奇妙なことです。あなたの内面を見抜いているのは、おそらくマイスター・アブラハムだけでしょう」

「マイスター・アブラハム。あの方をご存じなのですか？」

「お忘れですか？」修道院長は微笑んだ。「ここの美しいオルガンが生まれ変わったのはマイスター・アブラハムのおかげなのです！――でも、その話はあとにしましょう！――とにかく今は辛抱して時を待つのです」

クライスラーは修道院長の許《もと》を辞した。脳裏をよぎるさまざまなことを考えるため、庭園へ行くことにした。だが階段を下りたところで、声をかけられた。「もし、楽長殿！――ちょっとお話が！」ヒラリウス修道司祭だった。「修道院長との長い会談が終わるのを今か今かと待っていたんです。ワイン貯蔵庫監督の仕事を終えたところで、長年寝かせた最上級のライステンワイン（フランケンワインの有名な銘柄）の栓を抜いたところです。ぜひ朝食に一杯飲んでいただこうと思いまして。上等なワインのよさがわかるでしょう。効きますよ。精神と心の気付けになる。優秀な作曲家、真の音楽家にふさわしい一本です」

浮かれているヒラリウス修道司祭から逃れるのは無理だと観念し、クライスラーは今の気分なら、極上のワインを一杯楽しむのも悪くないと思った。そこでいっしょにヒラリウスの独居房へ向かった。独居房には清潔なナプキンを広げた小机があって、その上にワインが一本と焼きたての白パンと塩とキャラウェイが並べてあった。

「では、飲みましょう《エルゴ・ビバムス》！」ヒラリウスは華奢な緑色のレーマーグラス（ステムが太く、カップ部分が卵形のワイングラス。ステムが緑色なのが伝統的）にワインをなみなみ注いで、クライスラーと陽気に乾杯した。

「ねえ、楽長」乾杯がすむと、ヒラリウスが話しはじめた。「うちの院長はこのまま修道服を着るといいと言って、あなたを困らせているでしょう――およしなさい！――私は修道服が性に合っている。なにがあっても脱ぐ気はありません。だけどだれもが同じではありませんよ！――私はおいしいワインと出来のいい教会唱歌があればあとはどうでもいい。でもあなたは――あなたはね！もっとちがうことがあなたを待っています。人生は別の形であなたに笑いかけているんですよ。あなたを照らす光は祭壇の蠟燭じゃありません！――だから、クライスラー殿、少しその話をしましょう――乾杯！――あなたの恋人万歳。あなたが結婚するとき、修道院長は渋々、ここの貯蔵庫で一番のワインを私に届けさせるでしょう！」

　クライスラーはヒラリウス修道司祭の言葉が不快だった。ちょうど繊細で雪のように純粋なものががさつな手でつかまれたときの痛々しい気持ちに似ていた。

「なんでもご存じなんですね」クライスラーはグラスを手元に引いてつぶやいた。四面の壁に囲まれながら、地獄耳ですね」

「先生《ドミネ》」ヒラリウスは言った。「どうか悪しからず。秘密が見えるのです《ウィデオ・ミステリウム》。しかしなにも言いますまい！　あなただって――まあ、いいでしょう！　食べましょう、この部屋で、そして大いに飲み《イン・カメラ・エト・ファキエムス・ボヌム・ケル》ましょう《ビム》――さあ、飲みましょう《ビバムス》、これまでどおり、主がこの大修道院に安らぎと快適さを与えてくださいますように」

「まさか」クライスラーが緊張してたずねた。「危険が迫っているのですか？」

「先生《ドミネ》」ヒラリウスはクライスラーのほうに親しげに顔を寄せて小声で言った。「親愛なる先生《ドミネ・ディレクティッシメ》！

あなたはもう長くここにいらっしゃるから、私たちがどんなに仲よく暮らしているかご存じのはずです。修道士の好みは千差万別ですが、明るい雰囲気の中でお互いに尊重し合っています。これはここの環境や、規律の柔軟さや生活全般のあり方のおかげです――よくこんなに長くつづいたものだと思います。ところがです、クライスラー殿！　前々から来ると知らされていたキプリアヌス修道司祭がついさっき到着したのです。ローマからぜひにと推薦された方なのです。まだ若い方ですが、そのがりがりに痩せた無表情な顔には明るさなど欠片もなく、その死に絶えたような暗い表情からは容赦ない厳格さしかうかがえません。あれは自分の体をとことん痛めつける苦行者ですね。しかも全身でまわりのものをことごとく敵視し、軽蔑しているのです。聖職者にありがちな優越感から来るものでしょう――すでにこの修道院の規律を調べていて、私たちの暮らしぶりに憤慨しているのが言葉の端々からうかがえます――気をつけてくださいね、クライスラー殿。あの新参者は私たちの心地よい秩序をひっくり返すでしょう！　気をつけるのです。今にわかります《ヌンク・プロボ》！　厳格を望む者たちはすぐあの方と手を組み、反院長派ができあがるでしょう。おそらくあちらが勝利を収めます。私はキプリアヌス修道司祭が教皇猊下《げいか》の密使だとにらんでいるんです。教皇のご意志だと言われたら、クリゾストムス修道院長も膝を屈するほかありません。

　クライスラー殿！　私たちの音楽はどうなってしまうことか。あなたの快適な滞在だってどうなることか！――問題は合唱隊です。よくまとまって、巨匠たちの作品をうまく演奏できるようになったところなのに、あの根暗の苦行者は恐ろしい顔をして一刀両断にするでしょう。この類の音楽は世俗のもので、教会にはふさわしくないと言って、教皇マルケルス二世がこういう音楽を教会から閉め出そうとしたのは正しいことだとうそぶくはずです――神にかけて《ペル・ディエム》、もし合唱がなくなって、ワイン貯蔵庫まで閉じられることになったらと思うと――でもそれはそれ、飲みましょう《ビバムス》！――まあ、悩んでも仕方がないです。ですから《エルゴ》——ほら、ぐいっと」

この新参者が厳格な人物らしいといっても、実際にはそこまでまずいことにはならないだろうと、クライスラーはたかを括《くく》った。それに修道院長がしっかりしていることは日頃見ていてわかっている。そうそう異邦の修道士のいいようにはされないだろう。修道院長にだって、ローマに融通の利くしっかりした人脈があるのだから。

その瞬間、鐘が鳴った。キプリアヌス修道司祭をベネディクト会に迎える儀式がはじまる合図だった。

ヒラリウス修道司祭が少しおどおどしながら「ではぼちぼち」と言ってグラスに残っていたワインをぐいっと飲み干すと、クライスラーはいっしょに教会堂へ向かった。ふたりは回廊を歩いた。そこの窓からは修道院長室が見える。「ほら、ほら！」そう叫ぶと、ヒラリウスはクライスラーを窓のほうへ引っ張った。クライスラーがそっちを見ると、修道院長室にひとりの修道士がいた。頰を紅潮させながら、修道院長となにやら熱心に話し込んでいる。やがて修道院長がその修道士の前にひざまずくと、その修道士が修道院長に祝福を与えた。

「やっぱり」ヒラリウスは小声で言った。「突然ここにやってきたのにはなにかわけがあると思っていましたが、案の定でしょう？」

「たしかに」クライスラーは答えた。「キプリアヌスという人物にはなにかありますね。すぐにわかるでしょう。そうでなかったらおかしい」

ヒラリウス修道司祭は修道士仲間のところへ行き、厳かな行列に加わった。行列は十字架を先頭にして、火のついた蠟燭や旗を持つ助修士を左右に従えて、教会堂に入っていった。

そのあと修道院長は異邦の修道士をともなってクライスラーのすぐそばを通った。クライスラーはその修道士をひと目見るなり気づいた。キプリアヌスはほかならぬあの絵の中で聖母が蘇らせたあの若者なのだ――そしてクライスラーは突然、別のことにも気づいた。彼は自室に駆けていき、マイスター・アブラハムがくれた小さな肖像画を取り出した。まちがいない！　同じ若者だ。ただし肖像画の彼ははるかに若く、潑溂としていて、将校の軍服に身を包んでいた――ということは
――

第四節　高尚な教養を身につけて得た有益な成果　成人に達した者の成熟した歳月

（ムルのつづき）ヒンツマンの感動的な弔辞、追悼の宴、美しいミーナ、ミースミースとの再会、ダンス、そのすべてがわが輩の胸に矛盾する感情の軋轢を引き起こした。世によく言うとおり、なにも手につかなくなった。ある種の絶望的な不安に襲われ、友のムツィウスと同じように地下室の墓穴に横たわりたいと願ったほどだ。もちろんとんでもないことだ。真に高尚な詩人の精神がわが身に宿っていなかったら、まあ、どうなっていたことか。詩人の精神のおかげで豊かな詩句が脳裏に浮かび、書き下ろすことができた――ポエジーの神性が啓示されるのはもっぱら次の点にある。すなわち韻を踏むのは汗水垂らす苦行ではあるが、詩作は内面に素晴らしい快楽をもたらし、いかなるこの世の苦悩も凌駕《りょうが》するということだ。またときには空腹や歯痛まで忘れさせてくれる。ヒンツマンは父、母、伴侶を死に奪われたとき、当然のごとく茫然自失したが、それでも素晴らしい弔辞を頭に思い浮かべ、それを自家薬籠中のものとして絶望を克服したと言っている。そしてふたたびこの種の悲劇的な感動を味わいたいという希望を諦めきれず、もう一度結婚したとうそぶいた。

ここに披露する詩は、わが輩のこのときの状態と、苦悩から歓喜への移行を、ポエジーの力と真実の助けで形にしたものである。

さすらう者よ　聞け！　暗い部屋を抜け

寂れた穴蔵に降りたつ者あり
「これ以上迷うなかれ！」と呼ばわる者あり
つらい思いを嘆く声
忠実なる友　そこに葬られ
友の迷える霊　我を求める
わが慰めの言葉　亡き友を和ませる
友に命を与えるのは　我をおいて他になし！

いや　ちがう！――声を上げるのは
儚き亡霊にあらず！
いとしき夫に焦がれて　漏れる吐息
熱烈なる夫への思い！
古き愛の鎖を欲して
リナルド（イタリアの詩人タッソの叙事詩『エルサレムの解放』に材を得たヘンデルのオペラ『リナルド』に登場する十字軍の騎士の名と思われる）は帰り来ぬ
ああ　なんたること！――研ぎすました爪
嫉妬に荒ぶるまなざし　見えないか？
彼女が――妻だとは！――いずこかへ消えた人！
ああ！　この胸に吹き荒れる感情の嵐
若き日の純潔なる雪に咲く花

それこそ　この上ない生の喜び
跳躍し　近づき　明るく包む
幸運なる　我を
穴蔵に漂う　甘美な香り
胸は軽くとも　心は重い

友は身罷り――彼女を見いだす――
歓喜！――至福！――苦渋の痛み！
妻――娘――新たな傷！
ああ！――痛ましき心よ　あわれ破れるか
心を惑わすは
追悼の宴か　楽しきダンスか？
否――惑わされてはならじ
我を惑わすは　偽りの輝き

儚き幻影よ　去るがよい
より高き営みに　場を譲れ　いさぎよく！
牝猫の企みは多し
気づけば　愛し　かつ憎む
声を上げるな　見つめるな　目を伏せるのだ

おお　ミーナ　ミースミース　邪な者たちよ！
吸ってなるものか　破滅の毒
我は逃げ　ムツィウスの仇　討たんとす

身罷りし友よ！――肉のローストを食い
魚を食うたび　汝を思う！
忍ばれるは　汝の叡智　汝の行為
我は　汝のごとき牡猫たらんとす
尊き友よ　犬の奸計に
あえなく倒れし友よ
血に飢えしスピッツには　恥辱を
いざ　復讐せん　汝を弔《とむら》い　泣きながら

わが胸は腑抜けて　悲しみに暮れる
なにゆえかわからぬが
感謝を捧げん　いとしのミューズに
天を突く想像の翼に
今はまた　気力が戻り
食欲　旺盛
ムツィウスに負けない健啖家

ポエジーに心を燃やす

芸術よ！　汝　いと高きところにおわす子
汝　いと深き苦悩を慰める者
おお！――詩句を産ましめよ
天才のごとく易々と
気高き女性《にょしょう》たち
気高い若者たちは言う「ムル」と呼び「おお、ムル
詩人の心持つ汝　頼れる者
目覚めさせるは　汝の甘美なる鳴き声！」

詩作に興が乗ったわが輩は、この詩だけでは満足できなくなり、たてつづけに易々と成果を上げた。その中で一番出来がいいものを親愛なる読者に披露してもいいのだが、かなりの数の警句や、暇にあかして作った、自分でも腹を抱えて笑ってしまう即興詩などといっしょにまとめて世に出そうと思っているので、どうかあしからず。タイトルは『感極まれるときに産みしもの』とでもしよう――情熱の嵐がまだ吹き荒れていた若き時代でさえ、それなりに明晰な分別と如才ない機転が常軌を逸した陶酔を上まわっていたのだから、われながら誇らしい。おかげで突然湧きあがった美しいミーナへの恋慕をうまく抑えつけた。実際よく考えてみると、あんなに熱を上げたことが少々大人げなかったと反省した。あのあと耳にしたことだが、ミーナは無邪気そうに見えて、ひどくわがままな娘で、なにかというと、だれよりも腰が低い猫の若者の目まで引っかくような奴だという。

わが輩は胸のときめきが再燃しないように、用心してミーナを避けた。ところで、言い寄ってくるミースミースにはもっと閉口した。とにかく意表をつく奴だった。わが輩はあの二匹と会わないようにひとり部屋にこもって、地下室にも、屋根裏にも、屋根の上にも脚を運ばないようにした。わが師はそれがうれしいらしく、書き物机に向かってなにか研究をしているときにわが輩が背後から肘掛け椅子に乗り、首を伸ばして師匠が読んでいる本を覗いても放っておいてくれた——わが輩と師匠がいっしょに取り組んだ書物はなかなかおもしろかった。たとえばアルペ（ドイツの法律家）の『護符及び魔除けと呼ばれる、自然と芸術の不思議な作品について』、ベッカー（オランダのプロテスタント系神学者、哲学者。魔女狩りに反対した）の『魔法をかけられた世界』、フランチェスコ・ペトラルカ（イタリアの詩人、人文主義者）の『記憶すべき事績の書』など。これらの読書はちょうどいい気晴らしになったし、わが精神が新たに飛躍するきっかけになった。

　師匠がちょうど外出し、うららかな日の光と芳しい春の香りが窓から舞い込んできたとき、わが輩は禁忌を破り、屋根に上がって散歩をすることにした。だが屋根に上がるや、ムツィウスの元妻が煙突の裏からあらわれた——わが輩ははっとして脚に根でも生えたかのように立ちすくんでしまった。非難の嵐が早くも聞こえるようだった——ところがどうして——その後ろから若いヒンツマンがあらわれ、彼女の甘美なる名前を呼んだのだ。彼女は立ち止まると、愛情たっぷりの言葉で応え、二匹はじつにやさしい言葉で挨拶を交わした。わが輩のそばを通っても、挨拶もせず、無視を決め込んだ。若いヒンツマンはわが輩を見て、恥じ入っているようだった。うつむいて目を落としたのが論より証拠だ。だが軽薄で色っぽい彼女は一度だけ、ちらっと軽蔑するまなざしをこちらに向けた。

　牡猫というのは精神的に見ると、まったくろくでもない生きものだ——ムツィウスの寡婦に恋の相手ができたのだから、喜ぶべきところなのに、なぜか腹立たしい。ほとんど嫉妬と言える気持ちを抱いてしまった——まったくもってひどい侮辱だ。わが輩は二度と屋根に上がるまいと心に誓った。その代わり、よく窓台に飛び乗るようになった。日なたぼっこがてら気晴らしに往来を見下ろしながら思索に耽る。快適さと有益さの一石二鳥。

思索の対象は、自分の自由な衝動から玄関にすわったり、通りをぶらついたりすることをなぜ一度もしなかったのかというものだ。同族の多くが恐れることもなく、遠慮もせずにそうしているのを見てきたというのに。これはじつに楽しいことではないかと思い、熟年となり、経験を積んだ身としては、未熟な若者だったときのわが輩が運命の戯れで味わった危険などもはや恐るるに足らずと確信したのだった。そこでさっそうと階段を下り、はじめて玄関先でまばゆい日の光を浴びた。だれが見ても教養のある躾のいい牡猫だとわかるポーズをとったのはいうまでもない。玄関先はお気に入りの場所になった。ポカポカした日射しで被毛を暖め、前脚で口元や髭をきれいに手入れした。留め金付きの大きなカバンを持つ学校帰りの女生徒と思しき数人の少女が、うれしそうに白パンの切れ端までくれた。わが輩は愛想よくしてありがたくいただいた。

そのパンをすぐには食べず、弄んでいると、突然大きな唸り声がして、わが輩は腰を抜かしそうになって、弄ぶのをやめた。がっしりした老犬、ポントのおじ、プードルのスカラムーツが目の前に立っていた。一足飛びに立ち去ろうとすると、スカラムーツがわが輩に声をかけてきた。

「びくびくするな。そのままじっとしていたまえ。わしがおたくを取って食うものか」

わが輩は腰を低くしてたずねた。「乏しい力しかない者ですが、どんなお役に立てばよろしいでしょうか？」

彼はつっけんどんに答えた。

「なんでもない。おたくが役に立つもんかい、ムッシュ・ムル。そんなことできるもんか。だけど訊きたいことがある。わしんところの自堕落《じだらく》な甥、若造のポントがどこにいるか知らんかね。おたく、あいつとつき合ってたそうじゃないか。腹立たしいことだが、おたくらは一心同体なんだってな。そうなんだろう？——だからあいつがどこをうろついているか知ってたら、どうか教えてくれ。この数日、あいつを見かけないんだ」

気むずかしそうな老犬の横柄な態度に気圧されて答えた。

「若いポントとのあいだに親密な友情などありませんよ。友情が話題になったことすらないです。とくに最近はこちらが彼を捜さないせいかもしれませんが、すっかりご無沙汰です」

「そうか」老犬が唸った。「それなら、いい。あの若造も、名誉心を身につけて、どこの馬の骨かわからん奴らとつるんでいないってことだな」

これを聞いてはさすがにむっとして、学徒たる思いがわが胸に湧きあがった。恐怖心など忘れ、卑しいスカラムーツの顔めがけて言ってやった。「おいぼれのごろつきめ！」そして爪を立てた右脚を老犬の左目めがけて振りおろした。老犬は二歩あとずさり、横柄な態度を改めた。「まあ、まあ、ムルよ！　悪く取らんでくれ。善良な猫だから忠告するんだ。あのお調子者のポントには気をつけたほうがいい！　あいつは、おたくも知るように親切な奴ではあるが、軽はずみでいけない！要はおっちょこちょいなんだ！　すぐにひどいいたずらをしたがり、ちゃらちゃらしていて、不作法な奴だ！——せいぜい気をつけるんだな。そのうちおたくを縁もゆかりもない結社に誘うはずだ。おたくの本性に反してまで無理してそんなことにつき合うもんじゃない。おたくの個性や、今見せてくれたような素朴で誠実な礼儀正しさがだいなしになるぞ——ムル、おたくは猫にしちゃあ見どころがある。いい教えにはすすんで耳を傾けることだ！——いいか！——若い者は馬鹿げた、呆れんばかりのいかがわしいことをするようそそのかされるものだが、ときには多感な者のつねで、軟弱だったり、お人好しだったりすることもある。フランス語で言うと『じつのところ《オー・フォン》』あいつは気のいい奴だ』。

公序良俗に反そうとも、良い心の核は深いところに眠っているから、やりたい放題やってきたことのツケで、良い心は芽が出る前に窒息するしかない――しかも往々にして愚かしいお人好しが本当の意味での良心にすり替えられる。キラキラした仮面をかぶる悪意に気づかないなら、地獄に堕ちろってなもんだ。牡猫よ、世故長けた年寄りのプードルを信じることだ。『じつのところ《オー・フォン》あいつは気のいい奴だ』なんていうつまらない言葉に惑わされるんじゃない――わしの自堕落な甥に会ったら、わしが言ったことをそのまま伝えてかまわない。そのうえで友だちづき合いはきっぱりやめることだな――そうするんだ！――ところで、これ、食わないのか、ムル？」

老犬スカラムーツはわが輩の前にあった白パンの切れ端をさっとくわえて、悠々と去っていった。長い耳が地面に触れそうなほど頭を下げ、尻尾をほんの少し振っていた。

わが輩は考え込みながら老犬を見送った。スカラムーツの処世術には感心した。

「おい、もう行ったか？」

背後で声がした。思ったとおり若いポントだ。ドアの裏から忍び出てきた。スカラムーツがいなくなるのを待っていたのだ。ポントが突然あらわれたので、わが輩はいささか困惑してしまった。スカラムーツからは伝言を預かっていたが、言ったらまずいような気がした。わが輩はポントが以前吐いた恐ろしい言葉を思い出したのだ。

「おいらに敵意を見せるのなんてやめたほうがいいぞ。力と敏捷《びんしょう》さで、きみはおいらの敵じゃないからな。ひとつ飛びして鋭い牙で噛めば、きみなんかイチコロさ」

わが輩は黙っていることにした。

内心これはまずいと思ったのが外見にあらわれて、よそよそしく見えたのか、ポントは鋭いまなざしでわが輩を見つめ、それからげらげら笑いながら叫んだ。「わかっているとも、ムル君！　うちの老いぼれは、おいらのやってることで悪口を言ったんだろう。自堕落で、くだらないいたずらをしたり、羽目をはずしたりしていると言ったんだろうな。そんな愚にもつかないことを信ずるのはやめるんだ。ひとまずな！——よく見てみろよ。おいらの外見はどう見える？」

　よく見てわかったことだが、ポントは栄養が行きとどいていて、身なりがいい。今までにないくらいこざっぱりしていて、エレガントで、非の打ちどころがなかった。わが輩はそれをありのままに告げた。

「だろう、ムル君。いかがわしい連中とつき合って、くだらないことに羽目をはずしているプードル、自分らしい趣味のひとつも見いだせず、ただ暇を持てあまして自堕落な暮らしをするプードルに見えるかい。実際に多くのプードルがそういう陥穽《かんせい》にはまるのだけどね——きみの目の前にいるおいらがそういうプードルに見えるかな？　きみはおいらのバランスがいいといって賞賛するよな。もうそれだけで、気むずかしいおじがひどい勘違いをしていることがわかるってものじゃないか。きみは文学猫なんだから思い出せよ。不品行な奴に対してどう見てもバランスがよくないと非難した者に『不品行に統一性などあるものか？』と返した賢者がいただろう。まあ、ムル君、うちの老いぼれの誹謗中傷なんて気にすることはない。おじってのはたいがいそんなものさ。気むずかしく、うるさくて、おいらへの怒りをぶつけたんだ。それというのも、おいらがソーセージ売りのところで作ったちょっとした賭博の借金をおじが支払う羽目に陥ったからさ。なにせ名誉《パル・オヌール》がかかっていたからね。そのソーセージ売りってのが禁止されている賭博を自分のところでやっていて、セルベラソーセージ（牛肉と豚肉を材料にしたソーセージ）やオートミールやソーセージにしたレバーをチップ代わりにしていたんだ。あの老いぼれはいまだにおいらがやんちゃだった頃を覚えていてね。だけど、そんなのとっくに卒業して、品行方正にやっているのにな」

　そのときピンシャー種の犬がやってきて、わが輩を見た。わが輩のような者は生まれてはじめて見るといった様子で。わが輩に向かって口汚い言葉を吐き、わが輩の長い尻尾が気に入らなかったのか、嚙みつこうとした。わが輩がさっと立ちあがって身構えたときにはもうポントがその不届きな喧嘩好きに飛びかかって地面に組み敷くと、二、三度転がした。そいつは情けない悲鳴を上げ、尻尾を巻いて、弦から放たれた矢のようにあっという間に逃げ去った。

　これこそポントがやさしい心の持ち主で、友情に篤い証拠だ。わが輩は心から感激した。ポントのおじスカラムーツがわが輩に疑いの心を植えつけるために言った「じつのところ《オー・フォン》あいつは気のいい奴だ！」という言葉も、ポントにはそのままの意味で使えるし、他のことも理由をつけて許せるだろうと思った。そもそもあの老犬は物事を悪く見すぎる。ポントはたとえおっちょこちょいでも、悪ふざけまではしないはずだ。自分の考えをありのまま友に明かして、自分を守ってくれたことを言葉を尽くして感謝した。

「ムル君」ポントはいつものようにいたずらっぽい生き生きしたまなざしであたりを見た。「あの小うるさい老いぼれの口車に乗らず、おいらの気持ちをわかってくれてうれしいよ——ほらな、ムル君。さっきの若い奴をこてんぱんにやっつけてやった——相当に懲《こ》りたはずだ。じつを言うと今日は、ずっとあいつを見張っていたんだ。あいつは昨日、おいらからソーセージをくすねた。懲らしめられて当然だ。ついでにきみに難癖をつけたツケを払わせたけど、おいらの友情を示せたのだから、おいらにとっても悪くない。ほら、一石二鳥って奴さ——ところで、話を戻そう！——もう一度おいらをよく見てくれ。外見が大きく変わったことに気づかないかい？」

わが輩は若き友をじっと見つめた――すると、どうだ！　銀製のきれいな細工を施した首輪が目に飛び込んできた。その首輪には「アルツィビアデス・フォン・ヴィップ男爵。マルシャル通り四十六番地」と彫られていた。

「なんだって？」わが輩は驚いて言った。「ポント、きみは美学教授を捨てて、男爵に鞍替《くらが》えしたのかい？」

「捨てちゃいないさ。今だって教授を捨てちゃいない。あっちがおいらを蹴ったり殴ったりして追い出したんだ」

「どうしてそんなことに？　教授はいつだってとってもやさしかったじゃないか」

「じつは、馬鹿馬鹿しくて腹の立つ話でね。ただ偶然の奇妙ないたずらで、おいらに運が向いたのさ。事の起こりはおいらが愚かにも気を利かせたのがいけなかったんだ。もちろんそこには虚栄心も少し混じっていたけどね。おいらはいつでもご主人様に気を使って、技量と素養を見せようとしていた。だからなにか床に落ちているのを見つけたら、どんな些細なものでも率先してご主人様のところへ運ぶようにしていた。それが裏目に出たのさ！

ええと、ロターリオ教授に若くて美しい奥さんがいるのは知っているよね。奥さんは教授をこよなく愛していて、教授もそれを疑うことはなかった。実際、奥さんはなにかというと愛していると言うし、教授を愛撫するのを忘れない。それこそ、教授が本の山に埋もれて講義の準備をしているときでもね。奥さんはとにかく家庭的で、正午前に家を出ることがない。十時半にはすでに起床して、家事の切り盛りも簡単にすまし、料理女やメイドと家事について細かく相談し、それでも週の家計費が予定どおりに行かず、足りなくなると、教授に頼るわけにいかないので、メイドの給金からちゃっかりさっ引くんだ。当然借金になるんで、その利息として、奥さんはまだほとんど着ていない服を分け与えたりする。そういう服の他にも、羽根飾りのついた帽子とか、部屋付きのメイドが日曜日に着飾るのを見て他のメイドたちが驚くものがあるけど、それは奥さんの秘密の用事などをこなした褒美なんだ。こういうふうにいろいろそつがなかったから、ちょっとした道楽（あれはほんと道楽というほかなかった）をするからと、あの愛らしい人を悪く言ったら罰が当たるってもんさ。それでその道楽っていうのが、つねに最新のファッションを着て歩きたいってものでね。奥さんにとっちゃ最高にエレガントなものでもまだエレガントさが足りず、最高に高価なものでもまだ高価じゃないんだ。衣装は三回、帽子は四回、トルコ風のショールは一か月も身につけたらもう嫌気がさし、高価な衣装でも安値で手放すか、今言ったようにメイドへのお下がりにしてしまうんだ。美学教授の奥さんだから、見た目に気を使うこと自体はいぶかしむにあたらない。ただね、それを見て喜ぶのが旦那だけならいいが、奥さんは美しい若者の熱い視線を浴びることを喜んでいるふしがある。というか、奥さんはそういう若者を追いかけたりするんだ。ときどき気づくんだよね。教授の講義を受けているあの若者、この若者が、講義室のドアとまちがえて、教授夫人の部屋のドアを静かに開け、これまた静かに中にもぐり込むことにね。この勘違いはどうもうっかりではなく、まちがえたことで恐縮する奴がひとりとしていないようなんだ。実際、だれひとりまちがいに気づいてあわてて出てきたりはしないし、もぐり込んだ奴が出てくるのはだいぶ時間が経ってからで、教授の美学講義と同じくらい教授夫人訪問が素敵で、役に立ったとでもいうように微笑みながら満足そうな顔をして出てくるんだからな。この美しいレティティア（教授の奥さんの名）を、おいらはとくに好きじゃなかった。部屋に入れてくれなかったからね。まあ無理もないさ。いかに躾がなされたプードルといったって、歩きまわれば、ラグマットを引き裂いたり、椅子にかけてある服を汚したりする恐れがある。それでも奥さんの守護霊が機嫌を損ねたか、おいらを奥さんの部屋に入れてくれた。

教授がある日、昼食の席でワインを飲みすぎて、上機嫌になったことがあってね。帰宅すると、いつもとちがって、そのまま奥さんの部屋に押しかけた。おいらもなんの気なしにあとについて入り込んだ。奥さんは部屋着を着ていた。降ったばかりの雪のように白かったな。身なりにしっかり気を配っていて、化粧も見事だった。質素さの陰に隠れて待ち伏せする敵兵って感じで、これにはまいったよ。奥さんは実際とても愛らしくて、酔っていた教授はいつもより感じ入って、愛情と恍惚の虜になり、愛くるしい奥さんの名前をとろけそうになりながら呼んだり、やさしく愛撫したりしだした。奥さんのほうはそわそわして、嫌そうにしていたのに、教授はまるで気づいていなかった。舞いあがってしまった教授はどんどんしつこくなって、おいらも見ていられなくなった。そこで暇つぶしに床を物色したのさ。ちょうど教授が感極まって『神々しく、崇高なる天上の人よ、それでは――』と声を張りあげたとき、後ろ脚で立って、いつものように短い尻尾を振りながら、ソファの下で見つけた橙色の男物の手袋を上品にくわえていったんだ。

教授はその手袋をじっと見つめ、甘美な夢から突然覚めたかのように叫んだ。『これはなんだ？――だれの手袋だ？　どうしてこの部屋にあるんだ？』

教授はおいらの口から手袋を取り、じっと見つめて、匂いを嗅いでふたたび叫んだ。

『この手袋はどうした？　レティティア、言え。だれが来ていたんだ？』

『妙なことをおっしゃるのね、あなた』愛くるしくも貞節なレティティアはあせっているのを隠せずに答えた。『だれの手袋かですって？　そういえば、少佐夫人が見えられて、帰るときに手袋が見つからないと捜していたわね。階段で落としたのかもしれないと言っていたけど』

『少佐夫人だと？』教授はすっかり我を忘れて叫んだ。『あんな小柄で華奢な人なら、この手袋の親指のところに手が全部入ってしまうぞ！――ふざけるな。ここにいたのはどんな色男だ？――香水入りの石鹼の匂いがする！――おい、ここにいたのはだれだ？　私の平安と幸福をぶちこわすとは、とんでもない嘘をつきやがって――恥知らずな尻軽女め！』

奥さんは気を失いそうになった。そのときメイドが部屋に入ってきたので、おいらは夫婦喧嘩を引き起こした張本人ではあるけど、これ幸いとあわてて部屋から飛び出した。

翌日、教授は黙って落ち込んでいた。ただひとつのことに頭を悩ませ、くよくよしているようだった。『あいつかな？』――ときおり口から漏れる言葉はそれだけだったよ。夕方、教授は帽子とステッキを手に取ったので、おいらはうれしくてぴょんぴょん跳ねながら吠えた。教授はおいらをしげしげ見つめ、キラキラと目に涙を浮かべたかと思うと、切なそうに言った。『私のポント！――忠実な正直者！』

教授は足早に玄関を出た。おいらはぴったりあとについていった。おいらの持てる力でなんとか気分を晴らしてやりたいと思ってな。すると、門のすぐ近くで美しいイギリス産の馬に乗っているアルツィビアデス・フォン・ヴィップ男爵と出くわした。この町一番の伊達男のひとりさ。男爵のほうも教授に気づいて、馬を教授のほうに近づけると、ご機嫌うかがいをし、そのあと教授夫人の様子もたずねた。教授は戸惑って口ごもった。

『それにしても今日は暑いですな！』そう言って、男爵はシルクのハンカチを上着のポケットから出した。その拍子に手袋をひとつ落としてしまった。おいらはさっそくそれをくわえて教授のところに持っていった。教授はその手袋をさっとつかんで叫んだ。

『これはあなたの手袋ですか、男爵殿？』

『いかにも』男爵は教授が急に顔色を変えたことに驚きながら答えた。『上着のポケットから落として、そのプードルが気を利かして拾ってくれたものです』

『それはよかった』教授が鋭い声を放って、奥さんの部屋のソファの下にあった手袋を取り出した。『これで、あなたが昨日なくされたこの手袋の片割れをお返しできます』

見るからにぎょっとした男爵が返事をするより先に、教授はものすごい勢いで走り去った。

これはひと波乱あると思って、おいらは教授について奥さんの部屋に入るのを控えたんだけど、廊下にまで怒鳴り声が聞こえたよ。廊下の端で聞き耳を立てていると、教授は怒りで顔を真っ赤にしてメイドを部屋から追い出した。それでもメイドがつべこべ言うと、教授は家から放り出した。夜遅く、教授はすっかり憔悴して自分の部屋に引きあげた。おいらは教授の不運に心底同情していることをわかってもらおうとクンクン鳴いた。すると、教授はおいらの首を抱きしめて、胸に押しつけた。まるで心を許した親友のようにね。

『いい子だ。正直なポント』教授は泣きそうな声で言った。『私を欺瞞に満ちた夢から目覚めさせてくれたのはおまえだけだ。私は辱めを受けていることに気づかなかった。おまえのおかげで、嘘つき女が私につけた軛を投げ捨てることができた。これで私はまた自由で気楽な人間に戻れる！ポント、なんと礼を言ったらいいか！――いいかね――決して私を見捨てないでくれ。忠実な親友のように大事に世話をするからな。ひどい不運を思ってなにも手につかなくなったとき、私を慰めてくれるのはおまえだけだ』

気高い感謝の言葉を吐露されて感動したっけ。でも料理女が邪魔をした。蒼い顔をして部屋に入ってくると、奥さんがひどい痙攣を起こして、死にそうだと報告した。教授はすぐさま飛んでいった！

それから数日、おいらは教授をほとんど見かけなかった。おいらの食事はいつもご主人様がじきじきに愛情をこめて出してくれていたんだけど、料理女に任されていた。この料理女が気むずかしい嫌な奴でね、渋々出してくれたものってのが、いつものおいしい料理の面影すらない喉を通らない代物だった。ときどきおいらのことを忘れることもあって、そういうときは知り合いのところでおこぼれをもらうか、獲物を求めてうろつくかした。飢えをしのぐためにね。

おいらがある日、腹を空かし、耳を垂らして家の中をよろよろ歩いていると、教授はようやく少し気にかけてくれるようになった。

『ポント、誠実な犬』教授は微笑んだ。なんと日の光みたいに顔を輝かせていた。『いったいどこに行っていたんだ？　ずいぶん久しぶりじゃないか！　私の意に反しておまえはなおざりにされ、ろくに餌を与えてもらえなかったようだな——さあ、来たまえ。今日は私がじきじきに餌をやろう』

おいらはやさしいご主人様のあとから食堂に入った。すると、奥さんまでバラの花のように顔を輝かせて主人を出迎えた。ふたりはいつになく仲睦まじくて、奥さんが『ねえ、あなた』と言うと、主人が『なんだい、おまえ』と答えて抱擁し、キスをした。まるでおしどり夫婦さ。こっちは見ているだけでうれしくなったよ。奥さんはおいらに対してもやさしかった。ムル君、きみにもわかると思うが、おいらは愛想よく生まれついて、礼儀正しく優雅にふるまう術を心得ている——まさかそのおいらにどんな運命が待っているかなんて、だれに予想できただろう！——仕掛けられた腹黒い罠の数々を事細かく語るなんておいらの柄じゃないし、きみも退屈するだろう。いくつか例を挙げるだけにしておく。それだけで、おいらがどんなに悲惨な状況だったかわかるだろう——主人は食事のときにスープや野菜や肉を分けて、ストーブのそばに置いてくれていた。おいらは木組みの床に脂染みが一切つかないように行儀よく、きれいに食べたものさ。だからある日の昼、皿に近づくなり粉々に砕けて、肉汁が美しい床に流れたときにはたまげたよ。教授は怒って、おいらに罵声を吐いた。すると奥さんがおいらの肩を持ってくれた。といっても、奥さんは苦虫を嚙みつぶしたように不機嫌な顔をしていた。そして言ったんだ。

『染みは取れそうもないわね。汚れたところを削るか、新しい木組みに替えるかするほかないわ』

だけど教授はそういう修繕が大嫌いなんだ。指物師の徒弟がかんなをかけたり、ハンマーを打ちつけたりする音を想像してしまって、奥さんのやさしい取りなしの言葉で、逆においらの粗相に対する腹立たしい気持ちに油が注がれ、とうとう叱責の言葉では収まらなくなって、おいらを平手打ちしたんだ――こっちは潔白だったから、茫然自失さ。どう考え、なにを言ったらいいかわからなかった――だけどそういうことが二度――三度とつづいて、ははあと思ったね！――ちょっと触っただけで粉々になるような割れかけの皿を出されていたんだ。食堂に入ることは許されなくなり、おいらは外で料理女から餌をもらうことになった。しかしこの餌がお粗末で、腹がふくれることはなく、パンの切れ端や骨をくすねるほかなくなった。だけど、そのたびにひどい騒ぎが持ちあがった。おいらは泥棒犬の汚名を着せられた。こっちは自然の欲求を満たそうとしただけだったのにね。そしてもっとひどいことになったんだ！――料理女が悲鳴を上げて、台所から羊のもも肉が消えた、おいらが盗んだって騒いだんだ。家庭内のこととはいえ、これはもう看過できないと教授が言いだした。教授はおいらに盗み癖があるなんてことを今まで一度も気づかなかったし、おいらの窃盗器官が発達しているはずもなく、それに羊のもも肉を跡形もなく平らげるというのも考えにくいとね――そこで探してみると――おいらの寝床に食べかすが残っていたのさ！――ムル君！ 前脚を胸に当てて誓うが、おいらは潔白だ。肉のローストを盗むなんて、考えたこともなかった。だけどいくら無実だと訴えても、証拠があってはどうにもならないよな！――教授は、目をかけていたのに恩を仇で返した、とかんかんになって怒った――ひどい折檻を受けたよ――教授がおいらを毛嫌いするようになったけど、逆に奥さんがやさしくしてくれた。背中を撫でてくれるようになったし、ときどきおいしいものもくれた。それがすべておいらを騙すためだったとはね。だけど、まもなく真相がわかった――食堂のドアが開けっぱなしのことがあって、すきっ腹を抱えていたおいらは、なにかもらえないかなと思って、昔を懐かしみながら中を覗いた。昔は肉のローストのおいしそうな匂いを嗅いで、鼻をくんくんさせて教授におねだりすれば、その甲斐はあったんだ！　そして今回は奥さんが『ポント、ポント！』と言って、華奢な親指とかわいらしい人差し指でうまそうな肉片を差し出した――食欲をそそられて、おいらはいつもより勢いよくその肉に食いついたかもしれない。だけど白ユリのごときたおやかな手を嚙むなんてことはまちがってもするわけがない。そのくらいわかるよな、ムル君。ところが奥さんが『ひどい犬！』と大きな声を張りあげ、気絶でもしたみたいに肘掛け椅子にすわり込んだんだ。しかも驚いたことに、親指から血が数滴したたっていた。教授は怒り狂った。おいらを殴るわ蹴るわでさんざんいたぶった。善良なる猫君、あのとき即座に逃げ出していなかったら、今ここにきみとすわって日なたぼっこなどしていないさ。もう帰ることは考えられない。あの男爵の手袋のことで奥さんに仕返しをされてはなす術がないと観念して、別のご主人様を探すことにした。これが普段だったら、母なる自然が与えてくれた素晴らしい才能でお茶の子さいさいだが、空腹と悲嘆のせいで惨めななりをしていたから、どこに行っても門前払いされそうだった。悲しみに暮れ、食べものにありつけるか不安に駆られながら、おいらはある玄関先に近づいていった。そのとき、こっちへ歩いてくるアルツィビアデス・フォン・ヴィップ男爵が見えたんだ。このときどうしてこの男爵に奉公しようと思いついたのか自分でもわからないんだけど、もしかしたら恩知らずの教授に復讐する機会が得られると思ったんだろうな。実際そうなったからね――おいらは踊るような足取りで男爵のほうに近づいていった。様子を見ていると、男爵が好意を持ってこちらを見たので、そのままついていって屋敷に入った。

『見たまえ、フリードリヒ』男爵は若い召使いに言った。『妙なプードルがついてきた。もう少しきれいだったらよかったのにな!』

するとフリードリヒはおいらの顔立ちや優美な体軀《たいく》を誉めそやした。

「きっと飼い主にいじめられて、逃げてきたのでしょう。このプードルが自分からついてきたということは、忠実で正直な動物にちがいありません」

というわけで、男爵はおいらを飼うことにしたのさ。そのあとフリードリヒが世話してくれて、おいらは見違えるようになったけど、男爵はそれほどおいらを気にかけず、散歩のお伴をする機会もなかなか訪れなかった。だけど事情が一変することになったんだ――散歩中に教授夫人と出くわしたのさ――ムル君、気立てのよさをわかってほしい――おいらはそう言いたい――プードルは気立てがいいんだ。教授夫人はおいらをひどい目に遭わせたけど、再会できてめちゃくちゃうれしかった――おいらは教授夫人の前で踊って、うれしそうに吠え、あらゆる方法で喜びを伝えた。

『あら、ポント!』教授夫人はそう言うと、おいらを撫でて、立ち止まった男爵を意味ありげに見つめた。おいらはご主人様のところに駆けもどった。男爵はおいらを撫でて、いいことを思いついたらしく、ひとりで何度もぶつぶつぶやいた。『ポント!――ポント、もしこれができるなら!』

そのうちに郊外の園地に着いた。教授夫人は連れといっしょにすわったが、あのお人好しの教授の姿はなかった。男爵は少し離れたところに腰を下ろして、他の連れには気づかれないようにしながら教授夫人をちらちら見ていた。おいらはご主人様の前にすわって、静かに尻尾を振りながら、命令を待ってますと言わんばかりにご主人様を見ていた。

『ポント』男爵が繰り返した。『やってくれるか！』それから少し黙ってから言った。『よし、ものは試しだ！』

男爵は札入れから紙切れを出して、鉛筆でメモを書くと、丸めて、おいらの首輪に差し、教授夫人を指して小声で言った。『ポント――行《アロン》くぞ！』

賢くて、世故に長けていなくても、万事合点がいったさ。おいらはすぐ教授夫人がすわっている席へ行き、テーブルに載っている素敵なケーキを欲しそうなふりをした。教授夫人がこうもやさしいとは。ケーキを片手でくれてね、もう一方の手でおいらの首を撫でたんだ。教授夫人が紙切れを抜くのがわかった。それから少しして教授夫人は連れの人々から離れて、廊下へ行った。おいらは彼女についていった。教授夫人は男爵の言葉を夢中で読んでから、編みもの入れから鉛筆を出し、同じ紙切れにメモを書いてまた丸めた。『ポント！』教授夫人は狡そうにこっちを見た。『ポント、お利口さんね。ちゃんと届けてちょうだい！』

教授夫人はおいらの首輪にその紙を差した。さっそくご主人様のところへ走っていったさ。ご主人様は返事がもらえたとすぐに察して、首輪から紙を抜いた――教授夫人はうれしいことを書いていたらしく、男爵は目をキラキラさせ、有頂天になって言った。

『ポント――ポント、素晴らしいプードル、幸運の星がおまえを引き合わせてくれたと見える』

わかると思うけど、ムル君、あれはうれしかったよ。この一件でご主人様に気に入られたとわかったからね。

おいらは感激して、頼まれてもいないのにありとあらゆる芸を見せた。ワンワン吠えては、死んだふりをしてまた生き返り、ユダヤ教徒がくれる白パンには見向きもせず、キリスト教徒の白パンにがっついた。

『お利口な犬ね！』教授夫人の横にすわっていた老貴婦人がこちらに向かって言った。

『たしかに利口です！』男爵は答えた。

『お利口なこと！』教授夫人の声も木霊《こだま》のように聞こえた。

こうして伝令役をしたわけだけど、じつは今もやっているんだ。教授が留守のとき、教授の家に手紙を届けている。それから夕暮れどき、男爵が愛くるしいレティティアを訪ねているあいだ、玄関で見張りをしている。教授が遠くに見えると悪魔のごとき騒ぎを起こす。ご主人様はおいらと同じように敵の接近に気づいて、姿をくらますってわけさ」

ポントのふるまいにはどうもいい気がしなかった。今は亡きムツィウスのことや、首輪を心底嫌っていることを考えただけでも、誠実さを誇りとする猫から見るとこんな浮気の手引きをするなど沽券に関わると思ったのだ。そのことをありのままに伝えたが、ポントには笑い飛ばされた。猫はモラルにうるさすぎるというのだ。

「きみだってすでに何度も一線を越えているじゃないか。窮屈なモラルの抽斗には収まらないことをしているはずだ」

わが輩はミーナのことを思って、口をつぐんだ。

「ともかくだね、ムル君。運命からは逃れられない、なにごとも運命の思うがままというのは万物共通の経験則だ。教養ある猫なのだから、それ以上のことは教訓に富んでいて、うまく書けている『運命論者ジャックとその主人』（十八世紀フランスの哲学者、作家ディドロの小説）でも読んでみるといい。こればかりは永遠なる神の意志で決められたことだ。美学教授ロターリオがね——おいらの言いたいことがわかるだろう。教授はあの注目すべき手袋事件で見せた態度によって——あの事件はもっと人口に膾炙《かいしゃ》してもいいはずだから、そのことについて書くといいよ、ムル君——その態度によって自然から与えられた天賦の才がどういうものか証明した。実際たくさんの男たちが、誇らしげに堂々と見せびらかしている大勲章を知らずに踏みにじっている。ロターリオは、男爵がいなくても、おいらがいなくても、この天賦の才を見せていただろう。だけど、おいらを仇の腕の中に飛び込ませるなんてね。もっとやり方があっただろうに——だけど男爵だって、別の方法を見つけて教授夫人と通じただろうから、おいらが恩恵を被らなくても、教授は痛い目を見ただろう。その点、今は男爵とレティティアが仲よくしているおかげで恩恵に与れるのだからいいじゃないか。プードルは厳格なモラリストじゃないさ。これまでほとんどもらえなかったごちそうを、身を削ってまでしてはねつけるなんてごめんだね」

たしかにフォン・ヴィップ男爵に仕えて恩恵に与っているだろうが、隷属《れいぞく》することによって味わう不快さや抑圧よりも大切で重要なことなのかと、わが輩は、若いポントにたずねた。胸に抱いた自由の感覚を消せない猫にとって、そういう隷属には虫酸が走るのだとはっきり言ってやった。

「わかったふうなことを言うじゃないか、ムル君」ポントは誇らしげに微笑んだ。「上流階級を知らないからそう思えるだけさ。フォン・ヴィップ男爵のような愛想《ガラント》がよく洗練された人物のお気に入りになることがなにを意味するか、きみはわかっていない。だって、賢明にせっせと仕えてからというもの、おいらが男爵の大のお気に入りになったことは言うにおよばないだろう、自由を愛する猫君。ご主人様とおいらの暮らしぶりを簡単に説明すれば、おいらの現状がどんなに居心地がよく、恵まれているかわかるはずだ。

朝になれば、おいらたち——すなわちおいらとご主人様——は早すぎず、遅すぎない時間、つまり午前十一時に起床する——ついでに言っておくと、おいらの広くてふわふわの寝床は男爵のベッドのそばにある。お互い息の合ったいびきをかくから、ふいに目を覚ましたとき、どちらのいびきかわからないほどだ——男爵は呼び鈴の紐を引く。するとすぐ召使いが湯気を上げるココアを一杯、男爵のために運んでくる。そしておいらには生クリームの入った甘くておいしいコーヒーを磁器の餌皿に入れて差し出す。男爵がココアを飲み干すと、おいらも同じように餌皿をきれいにする。朝食のあとは三十分ほどいっしょに遊ぶ。体を動かすのは健康に資するところが大きい上に心を爽快にしてくれる。天気がよければ、男爵は窓を開けて、外を眺めたり、望遠鏡で道行く人の姿を見たりする。通る人があまりいなくても、男爵には別のお楽しみがある。飽きもせず一時間くらいはそれをするんだ——男爵の屋敷の窓の下には赤く塗られた石があってね。その石の真ん中に小さな穴がうがたれている。そしてその穴めがけて器用に唾を吐くのさ——練習の甲斐あって、男爵は三回に一回は命中するようになっている。だからよく賭けに勝っていた。このお楽しみを終えると、大事な身だしなみの時間が来る。髪の毛を上手に梳り、カールさせる。それから召使いの助けを借りずにひとりで巧みにスカーフを巻く。ただこの身だしなみには少し手間取るので、フリードリヒはそのあいだにおいらの身だしなみを整えてくれる。ぬるま湯で柔らかくしたスポンジで被毛を洗い、理髪師が要所要所を残した長い毛を目の詰まった櫛でとかし、男爵がおいらの犬徳を讃えてプレゼントしてくれた美しい銀の首輪をつける。

そのあとは文学と美術の時間だ。レストランやコーヒー館に繰り出して、ビーフステーキやソテーを味わい、マデイラワインを一杯飲んで、最新の雑誌や新聞にざっと目を通す。

それから訪問の開始だ。偉大な女優、歌姫、さらには踊り子などを訪ねて、その日のニュースを話題にし、前の晩に催されただれかのデビューのことでひとしきり盛りあがる。ニュースを話して、婦人たちの機嫌を取る男爵のうまさといったらたいしたものさ。楽屋を訪ねた人気女優への誉めちぎり方なんて、その一部すらライバルや仕事仲間はものにできないだろうな――かわいそうに、ライバルは非難を浴び――嘲笑される――それでも拍手喝采が鳴りやまなかったりすると、男爵はそのライバルの新しいスキャンダルを披露するんだ。そういう話は、みんな、面白がって聞くし、噂にするから、リースの花がその毒気で早々と萎んでしまうほどさ。

そして三時半まではA伯爵夫人、B男爵夫人、C公使夫人など上流の婦人方を訪問する。こうして用事をすますと、男爵は四時にゆったり食卓につく。これもたいていはレストランだ。食後はいっしょにコーヒーを飲み、ビリヤードをやったり、天気がよければ、ちょっとした散策をする。おいらは歩くけど、男爵はときどき馬に乗る。

そうして観劇の時刻が来る。男爵は観劇を欠かしたことがない。劇場では重要な役割を演じる。観客相手にその日の舞台のことや出演する俳優のことを話し、しかるべき賞賛と批判を並べたてる。でもそんなことをするのも、趣味のよさを見せるためだ。男爵はこれが天分だと思っている。ただおいらの種族はどんなに上品な者でさえ、劇場には入れてもらえない。だから上演中は愛すべきご主人様と別れてひとりで勝手に楽しむことにしている。そのときの過ごし方とか、グレイハウンドやイングリッシュ・コッカー・スパニエルやパグとのつき合い方とかは、今度話してやるよ、ムル君！

さて、観劇が終わるとまたレストランで食事だ。男爵は陽気な人たちにまじって面白おかしく過ごす。つまりみんな、よくしゃべり、よく笑い、なんでもかんでも誉めちぎる。それでいて、なにをしゃべって、なにを笑い、なにを誉めているのか、だれひとりわかっていないんだ。でも、ご主人様のような上品さを信条とした人たちの社交の神髄はこういうところにあるんだ。だけど、男爵はときどき夜遅くそういう集まりに加わることもある。それこそすごい集まりらしいんだが、おいらの知るところじゃない。というのも、なにか事情があるらしく、男爵は連れていってくれないんだ。

おいらが男爵のそばで柔らかい寝床に寝ていることはすでに話したね。それで教えてほしいんだが、今詳しく話した暮らしぶりを聞いて、あの気むずかしいおじがおいらのことをすさんで、ふしだらな奴になったと非難するのをどう思う？——まあ、おいらも少し前はいろいろ言われても仕方のない状態だったさ。よからぬ連中とつるんでいろいろ悪さをした。結婚披露宴に勝手に入り込んで、なんの役にも立たない騒ぎを起こした。だけど、ただ暴れたかったわけじゃないんだ。教授の家では身につけようがなかった高尚な文化が欠けていたからなのさ。でも今は状況が一変した。あれ！——話をすればなんとやら——あれは男爵だ！——おいらのほうを見て——口笛を吹いてる！——それじゃ、またな《オ・ルヴォワール》！」

ポントは稲妻のような速さで主人のところへ飛んでいった。男爵の外見はポントから聞いて想像していたとおりだった——とても背が高く、それでいて痩せぎすではない。服装、姿勢、歩き方、身振り、どれをとっても流行の最先端だといえる。ところがそれは奇想天外の域にまで達していて、男爵の人となりにはどこか奇妙で、意表をつくところがあった。男爵は鋼の握りがついた小さな細いステッキを手に持ち、ポントに何度かそれを飛び越えさせた。じつに嘆かわしいが、ポントが器用で力強い上に、これほど優美にふるまっているのを見るのははじめてだと言わざるをえなかった。とにかく胸を張り、腹を引っ込めて、ニワトリみたいな奇妙な歩き方をしている男爵と、さっそうと男爵の前を歩いたり、並んだりして、すれちがう同族に短いが、誇らしげな挨拶をするポントを見て、うまく言えないが、感銘を受けた——友のポントが高尚な文化という言葉でなにを言わんとしていたかわかったような気がして、それをできるだけはっきりさせようとしたが、これが難しく、というか、どんな努力も徒労に終わってしまった。

あとでわかったことだが、ある種のことは精神の中で形成されるはずの問題や理論では解決されず、実生活での実践を通してのみ認識しうる場合があるのだ。フォン・ヴィップ男爵とプードルのポントが上流社会で身につけたという高尚な文化もそういうもののひとつだ。

男爵は通りすがりに柄付き眼鏡でわが輩のことをじろじろ見た。そのまなざしには好奇心と同時に怒りの感情が読みとれる。ポントがわが輩とおしゃべりしているのに気づいて、こちらをうさんくさく思ったのかもしれない。ちょっと不安な気持ちになって、わが輩は急いで階段を上った。

自伝の書き手たる義務をすっかり果たすには、どうやら自分の精神状態を記述し、崇高な詩を数編ここに挙げたほうがよさそうだ。しばらく前から苦もなく作っていた詩がある。しかし——

（反故）「——こんなお粗末なおもちゃで人生最良の時期をむだにしてしまうとはな——それなのに、今度は嘆くのか、愚か者。もともと運命に楯突いたのはおまえなのに、今になって運命に文句を言うのか！——なんで高貴な人々と関わったりしたんだ。もともと嘲っていたというのに。おまえは連中を馬鹿にしていたが、結局自分が一番馬鹿だった！——工作、そう、工作だけしていればよかったんだ。オルガンの製作に専念して、魔術師や予言者のふりなどしなければよかった——そうしていれば彼女を奪われはしなかった。妻は私のそばにいられたはずだ。仕事熱心な職人として働き、私のまわりでは屈強な弟子がとんてんやっていただろう。世界広しといえども見たことも聞いたこともないものを作り出せたはずだ——それにキアーラだって！——もしかしたら今頃、元気な男の子がこの首にかじりついたり、かわいい娘が膝に乗って脚をぶらぶらさせたりしていたかもしれない——ちくしょう、なんの因果か、行方不明の妻を捜しに広い世界に飛び出せずにいる！」

マイスター・アブラハムはぶつぶつ言いながら、作り出したばかりの小さな自動人形を工具といっしょに作業台の下に投げ捨て、さっと立ちあがるなり、どたどた歩きまわった——片時も忘れたことのないキアーラのことが脳裏に浮かび、切なくなったのだ。キアーラと夢の生活をはじめたときと同じで、職人仕事から目をそむけ、奇術に手を出したことに対する強情で卑屈な憤《いきどお》りがアブラハムからは消え失せていた——アブラハムはセヴェリーノの本をひらいて、かわいいキアーラをしばらく見つめた——五感を奪われ、内なる思いだけを頼りに自動人形のごとく行動する夢遊病者のように、アブラハムは部屋の片隅に置いてある箱のところへ行き、そこに載せてあった本などを下ろし、蓋を開けて、ガラス玉やらなにやら〈見えない少女〉という不思議な実験に使う器具を一切合財取り出した。それからガラス玉を天井から吊り下げている細い絹糸に固定し、他の器具も秘密の託宣をするときのように部屋に並べた。仕度ができると、アブラハムは夢うつつの状態から覚め、自分がはじめたことに我ながら驚いた。

「ああ、キアーラ」大きな声を出すと、茫然自失して肘掛け椅子にすわり込んだ。「行方知れずのかわいそうなキアーラ。もう二度ときみの甘い声を聞けないのだね。人の心の奥底に閉じ込められているものを聞かせてくれるあの声。地上にはもはや慰めはない——希望も潰え、あるのは墓場だけ！」

するとガラス玉が前後に揺れて、妙なる音色が聞こえた。そよ風がハープの弦を静かにかすめたような音だ。その音がまもなく言葉となった。

命はいまだ潰えず
慰めも望みも消えず
敬虔なる心がなしうるもの

それを縛るは　重き誓いか？
師よ！　勇気を持て！——やがて癒されよう
苦しみ耐える女を見るのだ
いかなる深傷《ふかで》も治す女
辛酸をなめれば　汝も癒される

「慈悲深き天よ」アブラハムは唇をふるわせながらささやいた。「今の声は彼女だ。天上から私に語りかけているのだ。もはや生ける者たちの中にはいないということか！」
するとまた妙なる音色が聞こえた。さっきよりもかすかに遠く、こんな言葉が響いてきた。

蒼白き死神といえども
胸に愛を抱く者を捕らえず
朝に怯《ひる》む者にも
夕映えは輝く
やがて時が来て
汝をすべての苦悩から解き放たん
成し遂げるべし
神の力が命じたまいしことを

その甘美な音色は力強さを増したり、消え入りそうになったりしながら眠気を誘い、その眠気が黒い翼でアブラハムを包み込んだ。しかしその暗がりに、過ぎ去った幸福な日々の夢が美しい星のように光を放ちながら浮かびあがった。キアーラがふたたびアブラハムの胸に憩った。ふたりは若返り、至福を味わう。どんな暗黒の霊をしても、ふたりの愛という天国を曇らせることはできない。

——編集人としては、親愛なる読者にひと言申しあげる必要がある。牡猫がまたしても数枚の反故紙を引きちぎったため、ただでも欠落の多いこの物語にまたひとつ欠落を作ってしまった。ページに振られたノンブルを見るに、欠けているのはわずか八ページで、とくに重要な内容は含まれていないようだ。全体的に見れば、つづく内容は、先行した内容とかなりつながっている。というわけで、こうつづくことになる。

——期待するわけにはいかなかった。イレネウス侯爵はそもそも異常な事態というのが大嫌いだった。とくにその問題をみずから調べる必要がある場合にはなおさらだった。だから侯爵は問題が生じたときの常で嗅ぎ煙草をいつもの二倍つまみ、知る人ぞ知るフリードリヒ大王のごとききびしい目でお抱えの猟兵をにらみながら言った。

「レープレヒト、われわれは夢遊病者のように夢を見ているのではないかな。幽霊を見て、いたずらに騒いでいるように思えるのだが?」

「ご領主様」猟兵は冷静に答えた。「もし私がお話しすることが少しでも真実でなかったら、ならず者のようにお払い箱にしてください。断固繰り返しますが、ルーペルトは紛れもない不忠者でございます」

「なんとルーペルト、あの誠実な年寄りの館番《やかたばん》が?」侯爵はかんかんになって叫んだ。「あやつは仕えて五十年になるが、錠前ひとつ錆びさせたことがないし、戸の開け閉めも怠ることはなかった。そのルーペルトが不忠者だというのか? レープレヒト!——そなたはなにかに取り憑かれているのだ。どうかしている！　なんと忌々しい――」

貴族にあるまじき悪態をつきそうになると、侯爵はいつもあわてて口をつぐむ。猟兵はすかさず口をはさんだ。

「ご領主様はすぐかっとして、ひどい悪態をつかれますが、こればかりは黙っているわけにまいりません。なにせ申しあげたいのは紛れもない真実ですので」

「だれがかっかしているというのだ？」侯爵は少し気持ちを抑えて言った。「だれが悪態をついたというのだ？――悪態をつくのは馬鹿者だ！――そなたは事の次第を手短にまとめるのだ。私が枢密会議の席で報告して、詳しく協議し、今後の対応を決められるようにな。ルーペルトが本当に不忠者なら――そのときどうするか決める」

「申しあげましたように」猟兵は報告をはじめた。「昨日、ユーリア嬢の前を松明で照らしてお供していたとき、しばらく前からこのあたりを徘徊している男が目の前を横切ったのです。『よし、あの悪魔めをとっつかまえてやる』と考えまして、ユーリア嬢をお屋敷の二階までお連れしたあと、松明を消して、暗がりに潜んだのです。するとまもなくさっきの男が茂みから出てきて、お屋敷のドアを静かにノックしました。こっそり近づいてみると、ドアが開いて、娘がひとり出てきたのです。男はその娘といっしょに中に入りました。娘はナンニでした。顧問官様のところの美しいナンニをご存じかと思いますが」

「こやつめ《コカン》」侯爵が叫んだ。「高位の者と話しているときに美しいナンニなどと言うとはなにごとか！――だが、いい。つづけるのだ」

「はい」猟兵はさらに言上《ごんじょう》した。「その美しいナンニが、あんな馬鹿な真似をするとは思ってもいませんでした――これは逢い引きだなとピンときました。まさか別の思惑があったとは。私は屋敷のそばにとどまりました。するとしばらくして顧問官様がご帰宅されました。顧問官様が屋敷にお入りになってすぐ、二階の窓が開いて、例の謎の男が信じられない素早さで飛びおりたのです。そこはユーリア嬢がみずから世話をしている美しいカーネーションとアラセイトウの鉢を並べたところだったのです。庭師がひどく嘆き悲しんでいます。今、破片を持って外に来ております。ご領主様に直接訴えたいと申しています。しかしここには通しませんでした。あのろくでなし、朝から酔っていまして」

「レープレヒト」侯爵が猟兵の言葉をさえぎった。「それには覚えがあるぞ。プラハで観たモーツァルトのオペラ『フィガロの結婚』にそっくりの場面がある。見たとおりに話すのだ、猟兵！」

「ひと言たりとも誇張していません。この体にかけて誓います——そいつが花壇に落ちるのを見て、わたしはとっつかまえようと思いました。ところが奴は電光石火のごとく素早く起きあがり、一目散に逃げていきました——どこへ向かったと思われますか？」

「知るものか」侯爵は厳かに答えた。「私を試すようなことはするな、猟兵！　いいから最後まで話すのだ。私はそれから考える」

「それがなんと、だれも住んでいない園亭に向かって走っていったのです。そうでございます——だれも住んでいない園亭！——ところが、そいつがドアをノックすると、なかが明るくなりまして、出てきたのはなにを隠そう、あの身だしなみのいい正直者のルーペルトだったのです。男が中に入ると、ルーペルトはまたドアをしっかり閉めました。領主様、ご覧のとおり、ルーペルトはその危険な男とつながっているのです。男はなにやらよからぬことを企んでいると思われます。なにが狙いかわかったものではありません。こののどかなジークハルト宮で、ご領主様に危険が及ぶかもしれないのです」

イレネウス侯爵は自分が重きをなす貴族だと自任していたので、宮廷での悪巧みや闇討ちを覚悟していた。だから猟兵の最後の言葉が重く心にのしかかり、しばらく考え込んだ。

「猟兵！」侯爵はぎろりと目をむいた。「そなたの言うとおりだ。このあたりをうろついているという得体の知れない男、夜中に園亭に灯ったという明かり、これは思った以上にゆゆしき問題だ——私の命は神様の思し召し次第ということか！　私を囲む忠臣のだれかが私の身代わりになるようなことがあったら、遺族にはたっぷり償おう！——レープレヒトよ、そなたからみなにそう伝えてくれ！——貴族たる者、不安や死の恐怖など一切感じないが、領民には義務を負っている。跡取りがしっかりしないうちは身を守らねばな。だから園亭での悪巧みが暴かれるまでは、宮殿から一歩も出ないことにするぞ——森番に猟師や園丁を呼び集めさせるのだ。全員、武器を持つように伝えろ。そしてすぐ園亭を取り囲んで、鍵をしっかり閉めさせるのだ。頼んだぞ、レープレヒト。私は猟刀を提げる。双身短銃に銃弾を装塡しておいてくれ。ただし暴発しないように、安全装置はかけておくのだぞ——園亭に踏み込んで、陰謀者たちを取り押さえるとき、私は奥の部屋にこもるから、前もって知らせるように。それから玉座の間に連行してくるときは、しっかり身体検査をするのだ。もしそやつらが自暴自棄になって——どうした？　なにをニヤニヤしている？　どういうことだ、レープレヒト？」

「いや、その、ご領主様」猟兵はしめしめという顔をした。「森番に命ずる必要はないかと」

「なぜだ？」侯爵はむっとしてたずねた。「そなたは私に楯突くのか？——刻一刻と危険が迫っているのだぞ！　なんということだ——レープレヒト、馬に乗れ——森番——その手下——銃には弾丸を装塡する——すぐに呼んでくるのだ」

「ご領主様」猟兵は言上した。「すでにみんな参っております！」

「な――なんだと！」侯爵は驚いて、口をぽかんと開けた。

「夜が白みかけた頃、森番のところに行きました。すでに園亭をしっかり取り囲んで、人間はおろか、猫の這い出る隙もありません」

「気が利くな、レープレヒト。侯爵家の忠実な臣下だ。私をこの危機から救い出してくれたら、勲章を当てにしてよいぞ。私が考案して作らせる。銀にするか、金にするかは、園亭に突入する際の人数次第としよう」

「では、さっそく仕事に取りかかりましょう。園亭のドアを叩きこわして、中に巣くっている奴らを一網打尽にしてみせます。それですべて片がつきます。そうです。何度も私から逃げおおせた忌々しい奴、招かれざる客として園亭を根城にしている呪わしい奴、ユーリア嬢に悪さをしたあの悪党をふんづかまえてみせます！」

「ユーリアに悪さをした悪党？」ベンツォン夫人が広間に入ってきて言った。「なんの話かしら、レープレヒト？」

侯爵は厳かにもったいぶってベンツォン夫人のほうへ歩み寄った。まるで重大な問題に直面して全精力を傾けているところだと言わんばかりに。侯爵は夫人の手を取って、やさしく握りしめると、穏やかな声で言った。

「ベンツォン！　こんな人里離れたところに深く引きこもっていても、領主には危険がともなうようだ――いかに寛大でやさしくふるまっても、嫉妬と支配欲を臣下の胸に燃えあがらせる魔の手から身を守る手立てはないようだ。これはもう王侯貴族の定めだな！――ベンツォンよ、とんでもなく腹黒い裏切りが私に向けてヘビの頭髪をしたメデューサの頭を向けてきたのだ。危険が差し迫っている！――だがそれもまもなく大詰め。忠実な者たちのおかげで、私の命と玉座はまもなく安泰となるだろう！——万が一、異なる結末になれば——運命に従うほかない——わかっているとも、ベンツォン、私に対して心変わりはないはず。だからこそドイツの詩人が書いた悲劇の王のように『なにも失いはしない。そなたがわがものなのだから』（シラー『オルレアンの乙女』第一幕第四場参照）と高らかに叫ぶことができる。まあ、悲劇といっても、ヘートヴィガのせいで茶会がだいなしになった程度だがな。キスをしておくれ、ベンツォン！——さあ、私たちの仲はこれからも変わるまいぞ！——これはしたり、不安のあまりつい言葉が過ぎた！——落ち着こう、いとしの人よ。裏切り者を捕まえれば、ひとにらみして葬ってやる——猟兵、園亭の攻撃をはじめよ」

猟兵はすぐさま立ち去ろうとした。

「待って」ベンツォン夫人が言った。「攻撃とはなんですか？——どの園亭を攻撃するのですか？」

猟兵は侯爵に言われてもう一度、事件のあらましを詳しく報告した。

猟兵の話を聞くうちに、ベンツォン夫人はしだいに緊張の度を増し、話が終わると、今度は笑いながら言った。

「それはとんだ誤解ですわ。お願いです、寛大なるご領主様。森番たちをすぐにさがらせてください——陰謀などではありません。すくなくとも、ご領主様に危害が及ぶことはありません！——園亭にいる謎の人物はすでにあなた様の虜です」

「いったいだれなんだ？」侯爵はすっかり驚いてたずねた。「どこのどいつが許可もなく園亭に身をひそめているのだ？」

「園亭に隠れているのは」ベンツォン夫人が侯爵の耳元にささやいた。「公子ヘクトール様です！」

侯爵は見えない手に殴られたかのように数歩あとずさった。「だれ《キ》だって？——なんなんだ《クワ》？

そんなことがあるものか《エティル・ポッシブル》！——ベンツォン！　これは夢か？——公子ヘクトールだと？」侯爵の目

が猟兵にとまった。猟兵は面食らって、手にした帽子をくしゃくしゃにしていた。

「猟兵！」侯爵が怒鳴った。「さがって、森番たちを立ち去らせるのだ――家に帰せ！　だれにも姿を見られるな！――ベンツォン」侯爵は夫人のほうを向いた。「そなた、想像できるか？　レープレヒトは公子へクトールを悪党呼ばわりしたのだ！――なんて奴だ！――だがこれはここだけの話だぞ、ベンツォン。国家機密だ――それにしても、公子が旅立ったふりをして、この地に潜んでいたとは。どういうことだ？　冒険でもしようというのか？」

ベンツォン夫人は猟兵が目撃したおかげで大変な窮地を脱したのだと気づいた。公子がジークハルト宮に滞在していることを自分の口から侯爵に言うのはまずいと思っていたのだ。話の流れで、ユーリアに言い寄ったことを打ち明けざるをえなくなる。それは得策ではない。かといって、いつまでも放っておくわけにもいかない。刻一刻、ユーリアの立場が、そしてベンツォン夫人が必死に手をまわしていた案件までがまずいことになりそうだった。それが、公子の隠れ家を猟兵に嗅ぎつけられ、不名誉な仕儀となろうとしているとなれば、ユーリアを犠牲にしないためにも、ここで公子を裏切るほかないし、それくらいなら許されると判断したのだ。ベンツォン夫人は、侯爵令嬢との愛情のもつれから、公子が突然出立したふりをして、副官といっしょに愛する人のそばにとどまったのだろうと侯爵に説明した。

「公子様の行動にはロマンチックで一風変わったところがありますが、恋する男はえてしてそういう突飛なことをするものではないでしょうか。ちなみに公子様の副官はうちのナンニを熱烈に愛していまして、このナンニを通して秘密が明らかになったのです」

「ほう！　それはよかった。さては、そなたの屋敷に忍び込んでそのあと窓から小姓のケルビーノ（オペラ『フィガロの結婚』に登場する恋多き小姓）みたいに植木鉢に飛びおりたというのは、その侍従であって、公子本人ではなかったのだな――いやあ、気が気ではなかったぞ。公子が窓から飛びおりるなんて、世間に顔向けできないところだった!」

「あら」ベンツォン夫人はからかうように笑った。「たしかどこぞの侯爵様も窓から帰ることを厭わなかったような――」

「こらこら」侯爵が夫人の言葉をさえぎった。「私を怒らせるつもりかね、ベンツォン顧問官、まったくひどい人だ!―過ぎたことはいいではないか。それより公子の件をどうしたらいいか考えなくては！ 外交も国法も宮廷のしきたりも、この際かまっていられない!――私は知らんぷりを決め込んだほうがいいかな?――偶然出会ったようにするほうがいいかな?――それとも――それとも。ああ、頭がくらくらする。貴族たる者がロマンチックないたずらをするから、こんなことになるんだ!」

実際、ベンツォン夫人は今後、公子とどう関わったらいいかわからずにいた。だがこの困った状況からも救われることになった。夫人が返事に窮していると、館番のルーペルトが入ってきて、侯爵に小さく折りたたんだ書きつけを手渡し、狡そうに微笑みながら、これはここからそう遠くないところで身動きできなくなっているさる高貴なお方からのものでございますと告げたのだ。

「そなたは知っていたのか、ルーペルト?」侯爵は館番に向かって寛大にふるまった。「そうか。私はかねがねそなたは忠臣だと思ってきた。そして今、それが証明された。自分の義務として、私の大切な婿殿の命令に従ったのだからな――褒美をつかわそう」

ルーペルトは腰を低くして感謝の言葉を述べ、退室した。

この世には、悪事を働いたのに、立派な人間だと評価されることがよくあるものだ。公子の悪事をだれよりもよく知り、その悪しき秘密に偽善者のルーペルトが通じていると確信していたベンツォン夫人は、このときまさにそう思った。
侯爵は書きつけの封を切って、文面に目を通した。

Che dolce più, che più giocondo stato
Saria, di quel d'un amoroso core?
Che viver più felice e più beato,
Che ritrovarsi in servitù d'Amore?
Se non fosse l'huom sempre stimulato
Da quel sospetto rio, da quel timore,
Da quel martir, da quella frenesia
Da quella rabbia, detta gelosia.

侯爵殿、偉大な詩人の手になるこの詩に小生のおかしな行動の理由が見いだせるでしょう。小生が崇拝し、小生の命に等しいお方、小生の憧れの的であり、希望の星である女性からどうやら愛されていないようなのです。その方を思って、胸の中で熱い炎が燃えたぎっています。けれども、なんと幸せなことでしょう！——よりよい確信を得たのです。数時間前から、自分が愛されていることを知りました。ですから、隠れ家から出るつもりです——愛情と幸福、これが小生の来訪を告げる合い言葉と言えるでしょう——侯爵殿、まもなく息子としての畏敬を込めて、ご挨拶申しあげたいと思います。

ヘクトール

親愛なる読者ならおそらくわかると思うが、伝記作者はここでちょっと物語るのを止めて、右記の詩の翻訳を試みたいと思う――おおよそ次のようなものだ。

これほどに甘美で　恍惚となるものありや
恋に燃える者の心?
万能の神の軛に囚われし者も
至福なる天の定めは幸福を味わわせるか?
人を惑わすなかれ
暗黒の精神　疑惑　恐れの原動力
絶望的な苦悩　狂気をはびこらす種子
地獄の暴虐　その名は嫉妬!

侯爵は書きつけを二、三度注意深く読み返し、読むたびに、顔を曇らせ、眉間にしわを寄せた。「ベンツォン!」侯爵が言った。「公子はどうなっているのだ? 詩、それもイタリア語の詩を領主である舅《しゅうと》に送りつけて、はっきりした納得のいく説明もないとは――これはどういうことだ!――納得がいかない。こんな不作法をするとは、公子の頭はまともとは思えないぞ。私の理解できるかぎりでは、この詩には愛の幸福と嫉妬の苦悩がつづられているようだ。公子が嫉妬するとはどういうことなのだ? いったいだれに嫉妬しているのだ?――教えてくれ、ベンツォン、公子のこの書きつけに人間理性のひらめきのひとつも見いだせるだろうか?」

ベンツォン夫人は公子の言葉に込められた深い意味に気づいて衝撃を受けていた。昨日自宅で起きたことを考えたら、容易に想像がつく。だが同時に夫人は公子が考え出した巧みな手練手管に舌を巻いた。これで公子は大手を振って隠れ家から出てこられる。だがそのことは決して侯爵に教えてはならない。夫人はこの状況からできるだけ利を得ようと腐心した。クライスラーとマイスター・アブラハム、夫人の密かな計画に横やりを入れる恐れがあるのはあのふたりだ。あのふたりに対しては、偶然が授けてくれた武器を残らず駆使する必要がありそうだ。侯爵には、侯爵令嬢の胸の内に燃えあがっている情熱のことを前に話した。夫人はそのことを侯爵に思い出させた。

「公子様は鋭い目をしておられるので、お嬢様の機嫌の変化にも気づかれたことと思います。そしてその変化の原因がクライスラーの常軌を逸したふるまいにあることも。そのためふたりの異様な結びつきを邪推されたのでしょう。それならば、公子様がなぜクライスラーの命を狙い、クライスラーを殺したと思い込み、お嬢様の心痛と絶望を避け、今度はクライスラーが生きていると知ると、恋慕がつのって舞いもどり、お嬢様を陰ながら眺めているのか、その理由も説明がつくというものです。公子様の書きつけにある詩が暗示する嫉妬の対象は、クライスラー以外にありえません。クライスラーをジークハルト宮から遠ざけたほうが得策だと思います。あの者がマイスター・アブラハムと結託して、この宮廷に仕掛けた陰謀を考えたらなおさらでしょう」

「ベンツォン」侯爵は大真面目に言った。「侯女らしからぬ感情についてそなたが言ったことをよくよく考えてみた。だが今ではそれを信じられなくなっている。侯女には貴族の血が流れているのだぞ」

「寛大なるご領主様」ベンツォン夫人は頬を赤らめながら激しく言った。「貴族の女性なら、血管の脈拍を自在にできるとでもお思いですか?」

「今日は変だな、顧問官！」侯爵は不機嫌に言った。「繰り返すが、侯女の心になにかつまらない情熱が生じたとしたら、それは病的な発作でしかない――言うなれば痙攣だ――あれは発作を起こしているのだ――だがすぐに治る類のもののはずだ。クライスラーはまったく愉快な人間だ。教養に欠けているだけだ。侯女に近寄ろうとする厚顔無恥な奴とは思えない。ベンツォン、そなたはあのような風変わりな者に侯女が心を寄せると思うのか。まさか侯女のような身分のある者があの者に恋をするなどと。なぜなら――ベンツォン、ここだけの話だが《アントル・ヌ・ソワ・ディ》――あの者は私たちのような身分にある者をなんとも思っていない。そういう笑止千万なつまらぬ愚か者なのだ。だから宮廷にいられなくなったのだ。距離を置くというのなら、それでよい。だが戻ってくるなら、快く歓迎する。なにしろあの者についてはマイスター・アブラハムから――そうだ、マイスター・アブラハムといえば、彼のことはそっとしておくのだ、ベンツォン。彼が画策していることはつねに侯爵家の役に立ってきた――ああ、なにを言おうとしていたのだったかな？――そうそう！――マイスター・アブラハムから聞いたところだと、あの楽長はせっかく私が歓待したのにけしからんことに逃げ出してしまったが、如才ないところに変わりはなく、おかしな行動はともかく、私を楽しませようとしているという。それならばいいではないか《エ・スラ・スュフィ》！」

ベンツォン夫人は冷たくあしらわれてしまったことに憤慨して、身をこわばらせた。うまく流れに乗って泳いでいるつもりが、いつのまにか暗礁に乗りあげていたとは。

そのとき、宮殿の中庭が騒がしくなった。大公家の軽騎兵隊にともなわれて馬車が列をなして近づいてきたのだ。ジークハルツヴァイラーの重鎮たち、侍従長や行政長官や顧問の面々が馬車から降りてきた。みな、ジークハルトで侯爵の命を狙う革命が起きたという報を聞きつけたのだ。宮廷に出入りする他の者まで侯爵を守ろうとやってきて、総督に無理を言って祖国防衛者たちまで連れてきたのだった。

集まった人々から、寛大なる領主様のためなら身を挺する覚悟があると言われて、侯爵は言葉を失った。それでもやっと口をひらこうとしたとき、軽騎兵隊を指揮する将校が広間に入ってきて、作戦計画がどうなっているのか侯爵に質問した。

自分たちを恐怖に陥れていた危険が目の前で空虚なこけおどしだとわかってしまうと、憤懣やるかたない気持ちになるというのはよくあることだ。実際の危険から運よく逃れられたのなら喜びもひとしおだが、危険などそもそも存在しなかったとなると、そう簡単にはいかない。

そういうわけで、空騒ぎをしたやりきれなさによる憤りを抑えられなくなっていた。

この騒ぎが、ある従僕と侍女の逢い引きと恋をした公子のロマンチックな嫉妬のせいだったなど と、どうして侯爵の口から言えるだろうか。侯爵は思案に暮れたが、広間を包む重苦しい静寂と外で聞こえる軽騎兵の馬の勇ましいいななきが重苦しくのしかかるばかりだった。

侯爵はようやく咳払いし、悲愴感を漂わせて口をひらいた。

「諸君！　天の摂理によって――なんの用なのだ、わが友《モ・ナミ》よ？」

侍従長に向けたこの質問で、侯爵は自分の言葉を中断させた。侍従長はなにか大事な話があると言わんばかりに何度も身をかがめ、目で合図していた。そしてたった今、ヘクトール公子が参上したことが判明した。

侯爵の顔が晴れ晴れとした。魔法の杖をひと振りしたかのように、自分の玉座が風前の灯火だという話をなかったことにして、この集まりを公子歓迎の場に変えられると思ったのだ。そして実際にそうした！

まもなく公子ヘクトールが広間に入ってきた。大礼服をきらびやかに着込んで、美しく、力強く、誇らしげで、まさしく神々しい好青年だった。侯爵は数歩前へ歩み出たが、すぐにまた稲妻に当たったかのようにあとずさった。公子へクトールのすぐあとから侯子イグナツィウスが広間に飛び込んできたからだ。侯子はあいにく日に日に馬鹿なことをするようになっていた。宮殿の中庭で待機する軽騎兵たちがいたく気に入ったらしく、軽騎兵のひとりからサーベルと背嚢《はいのう》とシャコー帽を借りて着飾っていた――そうして、ピカピカ光るサーベルを振りかざしながら馬に乗っているかのように広間をぴょんぴょん跳ねまわった。着地するたびに鉄製の鞘が床にぶつかって音を立てる。それがうれしいのか、盛んにげらげら、くすくす笑い声を上げた。

「前進《パルテ》――後退《デカンペ》！――出ていけ《アレ・ヴ・ザン》――ただちに《トゥードゥ・スイット》」侯爵が燃えるような目をして声を響かせたので、イグナツィウスはびっくりしてすぐに逃げ出した。

その場にいた者たちはだれひとり侯子を注意するだけの機転を働かせられなかった。

侯爵は穏やかでやさしい表情に戻って、顔を太陽のように輝かせ、公子に二言三言声をかけた。それからふたりして、居並ぶ人々の輪の中を歩き、こちらの人、あちらの人と言葉を交わした。これで謁見《えつけん》の儀は終わった。こういう機会に使われる、気の利いた意味深い言葉遣いがそれ相応に消費されたということだ。侯爵は公子を連れて、侯爵夫人の部屋へ赴いた。それから公子が、愛する婚約者をいきなり訪ねてびっくりさせたいというので、侯爵令嬢の部屋に入った。侯爵令嬢のところにはユーリアがいた。

公子は熱愛する男らしく足早に侯爵令嬢のところへ行き、令嬢の手に何度も何度もやさしく唇を押しあてて言った。

「あなたのことばかり思って生きていました。不幸な誤解から塗炭の苦しみを味わいました。崇拝する方とこれ以上離れていることはできません。至福を感じます」

ヘートヴィガは珍しく公子を素直に明るく迎え、婚約者としての節度を守りながら公子の愛撫を受け入れた。そして公子が隠れていたことを少しからかった。

「鬘台《かつらだい》が公子の頭だったなんて、素敵です。うれしいですわ。だって園亭の切妻窓に浮かんだ頭をてっきり鬘台だと思っていたんですもの」

これを皮切りに幸福なふたりは品よくからかい合った。侯爵はこの様子を微笑ましく感じながら、クライスラーの件はベンツォン夫人の大きな勘違いだと確信した。というのも侯爵には、ヘートヴィガがこの美男子中の美男子を愛しているのはまちがいないと思えたし、彼女の心身が幸福な婚約者らしく稀に見るほど華やいで見えたからだ。

一方、ユーリアの様子は対照的だった。公子を見るなり、戦慄が走ってぶるぶるふるえだしたからだ。死人のように蒼ざめ、視線を床に落として、身じろぎひとつせず、立っているのもやっとの状態だった。

しばらくして公子はユーリアのほうを向いて声をかけた。

「ベンツォン嬢、たしかそうでしたね?」

「侯女の幼馴染みでしてな。姉妹のようにしている!」

侯爵がそう言うのを聞きながら、公子はユーリアの手をつかんでささやいた。

「あなただけを思っています!」

ユーリアはぐらりとよろけて、不安の涙を目に浮かべた。侯爵令嬢がすかさず肘掛け椅子に連れていかなければ、そばにしゃがみ込んでいただろう。

「ユーリア」令嬢は彼女にかがみ込んで静かに言った。「しっかりして！――私がつらい戦いをしているのがわからないの？」

侯爵はドアを開け、オー・ド・リュス（琥珀油とアンモニアからなる気付け薬）を持ってくるようにと叫んだ。

「それは持っていませんが、いいエーテル（ジエチルエーテルの略称で、一八一八年に麻酔作用が発見され、十九世紀の欧米ではエーテルを吸引する遊びが流行していた）ならあります」マイスター・アブラハムが侯爵の前に立って言った。「だれか気絶したのですか？——エーテルも効きます！」

「では早くこちらへ、マイスター・アブラハム」侯爵は答えた。「ユーリア嬢を助けてくれ」

だがアブラハムが広間に入ったとたん、思いがけないことが起きた。

公子ヘクトールがアブラハムを見て、顔面蒼白になった。髪の毛が逆立ち、額に冷や汗が浮かんだ。それから足を一歩前に出すと、体を反りかえらせ、アブラハムのほうに腕を突き出した。宴会の空席に突然血まみれのバンクォーの亡霊を見たマクベス（シェイクスピアの同名作品の第三幕第四場参照）のようだった——アブラハムはゆっくり小瓶を出して、ユーリアのそばへ行こうとした。

そのとき公子が気を取りなおし、ひどく怯えた様子でかすかに声を出した。

「セヴェリーノ。あなたなのか？」

「いかにも」アブラハムは落ち着き払って顔色ひとつ変えずに答えた。「憶えていてくださったとはうれしいかぎりです、殿下。数年前ナポリで少々お役に立つ栄誉に浴しました」

アブラハムはもう一歩足を前に出した。すると、公子が彼の腕をつかんで、むりやり傍らに引き寄せ、ふたりして短い会話を交わした。といってもナポリ方言で早口にしゃべったので、広間にいる人たちで理解できた者はひとりもいなかった。

「セヴェリーノ！——あの男はどうしてあの絵を持っていたのだ？」

「あなた様から身を守れるように、私が渡したのです」

「あの男はなにを意味するか知っているのか？」

「いいえ！」

「黙っているつもりか？」

「ええ、今のところは！」

「セヴェリーノ！——悪魔という悪魔を私にけしかけるつもりか！——今のところ、とはどういう意味だ？」

「あなた様がおとなしくしてクライスラーに手を出さないうちは。それからそこにいる女性にも手を出さないでいただきたい！」

公子はアブラハムを放して、窓辺に立った——そのあいだにユーリアは気を取りなおしていた。心を引き裂かれそうな、言うに言われぬ憂いの表情でアブラハムを見つめながら話した。だが語るというよりささやくといった感じだった。

「ああ、先生、あなたなら私を救ってくださいますね！——あなたなら、いろいろなことがおできになりますでしょう？——あなたの知識があれば、すべて丸く収まるはずです！」

アブラハムはユーリアの言葉を聞いて、以前交わした会話との不思議なつながりに気づいた。あのときユーリアは夢をより高いレベルで認識し、すべての秘密に通じているように見えた！

「敬虔な天使よ」アブラハムはユーリアの耳元にささやいた。「敬虔さゆえに罪深い暗い地獄の霊でさえ、あなたには手出しできません。私を信じて、なにも恐れず、気を強く持つのです——ヨハネスのことでも考えるといいでしょう」

「ああ、ヨハネス様！」ユーリアは切なげに言った。「あの方は戻ってこられますよね、先生？またお会いしたいです！」

「もちろんです」そう答えると、アブラハムは指を口に当てた。ユーリアは彼が言わんとすることを理解した。

公子はそちらを気にしていないふりをして、この地ではアブラハムと名乗っている男の話をはじめた。

「数年前にナポリで起きた悲劇的な事件の目撃者なのです。私自身が巻き込まれた事件でして——その事件の話をするのは今ははばかられますが、いずれお話ししたいと思います」

心の中が激しくざわついているためか、公子は思いのほか大声になっていた。顔からすっかり血の気が引いて、うろたえている。このまずい状況をなんとか切り抜けようと腐心するあまり、話している内容はその場にまったくそぐわないものだった。場の緊張をうまくほぐしたのは公子ではなく、侯爵令嬢だった。猜疑心《さいぎしん》や憤りさえも繊細な哄笑のネタにするイロニーによって、ヘートヴィガは思考の迷路に陥った公子をいいように引きずりまわした。公子は世故長けた人間であり、人生を形作るどんな真実でも破壊し尽くす破廉恥《はれんち》さを武器にしている人物だというのに、この奇妙な存在にはまるで太刀打ちできなかった。ヘートヴィガが活気づいて話せば話すほど、機知に富んだ嘲笑の火花がますます激しく燃えあがり、そのせいで公子は困惑し、不安な気持ちになり、ついには耐えられなくなって這々の体で退散してしまった。

侯爵はというと、こういう場面に立ち会ったときにいつもする行動をとった。つまりわけがわからず、途方に暮れたのだ。仕方なく意味のない片言のフランス語を公子に連発し、公子からも同じように返事をもらってお茶を濁した。

公子が広間から出ていくと、ヘートヴィガは急に態度を変えて、床を見つめ、耳をつんざくような異様な声を出した。

「人殺しの血まみれの足跡がそこに！」それから夢から覚めたかのように、ユーリアを激しく抱きしめてささやいた。「かわいそうに。騙されてはだめよ！」

「秘密や妄想や愚行やロマンチックなおふざけ！」侯爵は忌々しそうに言った。「たしかに《マ・フォワ》、わが宮廷のことがわからなくなったぞ！――マイスター・アブラハム！　私の時計が狂うといつも直してくれたな。今まで一度も止まったことのない歯車になにが起きたのか調べてくれないか？――それはそうと、セヴェリーノとは何者だね？」

「私はその名を使って」アブラハムは答えた。「ナポリで光学と機械からなる奇術を見世物にしていたのです」

「なるほど――そういうことか」侯爵はアブラハムをじっと見つめた。次の質問が喉まで出かかっていたが、さっと身を翻し、黙って広間から出ていった。

ベンツォン夫人は侯爵夫人のところにいるものと思われていたが、自宅に帰っていた。

ユーリアは外の空気を吸いたいと言った。アブラハムは彼女を連れて庭園に行き、半ば葉を落とした並木道をそぞろ歩きしながら、大修道院に逗留しているクライスラーの近況を話した。ふたりは漁師小屋に着いた。ユーリアはひと休みするために漁師小屋に入った。机にクライスラーの手紙が置いてあった。アブラハムは、ユーリアが知ってはならないようなことはひとつも書かれていないと言った。

手紙を読むうちに、ユーリアの頰に紅が差し、目には晴れやかな気持ちを映す穏やかな笑みが浮かんだ。

「これでわかったでしょう」アブラハムはやさしく声をかけた。「ヨハネスの善良な心はどんなに遠いところからでもあなたに慰めの言葉をかけているのです。毅《き》然《ぜん》たる態度と愛情と勇気が、押し寄せる悪からあなたを守っているのですから、陰謀など恐れることはありません！」

「慈悲深い神様」ユーリアは天を仰いだ。「どうか私を私自身からお守りください！」思わず口をついて出た言葉に我ながら驚き、身をふるわせた。気を失いかけて肘掛け椅子に沈み込むと、ユーリアは熱く火照った顔を両手で覆った。

「どういうことでしょうか？　もしかしたら自分がなにを言っているかわかっていないのでは？　自分の内面を徹底的に探ってみたほうがいいでしょう。わが身を守りたいという気弱さから己に嘘をついてはいけません」

アブラハムはユーリアを物思いに耽るままにして腕組みをすると、謎のガラス玉を見上げた——アブラハムの胸中に憧れの念と不思議な予感が溢れた。

「おまえに訊きたいことがある」アブラハムは言った。「わが人生の美しく素晴らしい神秘よ。おまえの助言が欲しい！　沈黙せずに、声を聞かせておくれ！——おまえは知っているはずだ。私はけっして卑劣な人間ではなかった。多くの者は卑劣だと思っているがな。私の中では永遠なる世界精神である愛が燃えさかっていた。私の胸の小さな炎がおまえという存在の息吹で明るく燃えあがっていた！——キアーラ、歳を取り、この心が凍りついたなどと思わないでおくれ。あの非道なセヴェリーノからおまえを解放したときの胸の鼓動がもう打っていないなどと、どうか思わないでほしい。おまえが私を捜したときほどの価値が私になくなったなどと、考えないでおくれ！——そうだ！——声を聞かせておくれ。そうすれば私は若者のような勢いで、おまえを見つけるまでその声を追いかけるだろう。そしておまえを見つけたら、またいっしょに暮らして力を合わせ、どんな卑劣な人間でも認めるほかなくなるすごい魔術を披露するんだ——もしもおまえがもはや生身の体でこの地上を彷徨っていないのなら、霊界から声を聞かせておくれ。私はそれで満足し、昔にましてせっせと働こう——いやだめだ、だめだ！——私に語りかけてくれたおまえの慰めの言葉は、なんと素敵な響きだったことか。

蒼白き死神といえども
胸に愛を抱く者を捕らえず
朝に怯む者にも
夕映えは輝く!

「先生」マイスター・アブラハムの言葉を驚いて聞いていたユーリアが肘掛け椅子から腰を上げて声をかけた。「だれと話しているのですか? なにをなさるおつもりですか?——セヴェリーノという名前を出されていましたね! 公子様が愕然として、あなたのことをそう呼んでいませんでしたか? そこにはどういう恐ろしい秘密が隠されているのですか?」

ユーリアの言葉で、アブラハムは一瞬、高揚した気分から我に返った。その顔には長く見ることのなかった親しげな表情が浮かんでいた。その表情は奇妙で、ほくそ笑んでいるようにさえ見えた。それは日頃の誠実な人となりとは大きくかけ離れ、アブラハムの風貌にどこか異様な諷刺画のような雰囲気を与えていた。

「美しいお嬢さん」アブラハムは甲高い声で言った。それは内緒話が好きな連中がとっておきの話をするときに出す声に似ていた。「もうちょっと我慢していてください。もうすぐこの漁師小屋で世にも不思議なものをお見せしましょう——ここの踊る小男、小さなトルコ人は、集まった観客全員の年齢を当てます。こちらは自動人形、原形発生装置、変形画像、光学ミラー——すべて素敵な奇術の道具です。しかしきわめつきはあれです。私の〈見えない少女〉ですよ!——わかりますか？　頭上のガラス玉の中にすでに少女は入っています。でもまだ話してくれないのです。はるばる旅をしてきて、まだ疲れがとれていないのです。遠いインドからまっすぐやってきたので――美しいお嬢さん、もう数日待てば、私の見えない少女があらわれます。そうしたらたずねてみましょう。公子ヘクトールのこと、セヴェリーノのこと、過去に起きたことや未来のことを！――今は少し簡単なお遊びにとどめます」

そう言うなり、アブラハムは若者のような敏捷さと快活さで部屋の中を飛びまわり、機械のゼンマイをまわしたり、魔法の鏡の位置を整えたりした。部屋のいたるところが騒々しくなった。自動人形が数体歩いてきて、首をまわす。機械仕掛けのオンドリが翼を打ちふるわせて鳴き、数羽のオウムが甲高い声を上げる。戸外にいるのか、室内にいるのかわからない状態となった。ユーリアはこうした茶番に慣れていたが、それでもアブラハムが上げる奇声には背筋が寒くなった。

「先生」ユーリアはびっくりして声を張りあげた。「どうなさったのですか？」

「いいですか」アブラハムは真剣な様子で答えた。「美しく不思議なものですが、あなたが知っても役に立ちはしません。とはいえ！――生きているようでいて死んでいるここの物たちには道化芝居をつづけてもらいます。そのあいだにあなたが知らなくてはならないこと、知っていれば役立つことを打ち明けましょう――愛するユーリア、あなたのお母さんは母親らしい心を閉ざしてしまっています。私はそれをこじ開けたいのです。そうすれば、あなたが危険にさらされていることに気づくでしょう。そしてそこから逃れることができるはずです――まず単刀直入に言いますが、あなたのお母さんには心の中で決心していることがあります。あなたを――」

（ムルのつづき）――やめておこう――猫の若者よ、わが輩のごとく謙虚であれ。おのれの思想を紡《つむ》ぐのに散文で事足りるなら、やたらと韻文を持ち出すことはない――韻文は散文で書かれた書物の中にあって、ちょうどソーセージの中の脂身に当たる。刻んだ脂身がちりばめられることで、全体に脂肪分のツヤを与え、甘美な味を生み出すのだ。詩人仲間はこのたとえを俗っぽくて品位に欠けると思うかもしれないが、かまうものか。この比喩は猫の好物から取ったものであるし、実際、ぱさぱさのソーセージに加えた脂身のほうがときには凡庸な小説に挿入した詩よりも役に立つ。この点は、美学の素養と経験を積んだ猫として言っておく。

これまでにわが輩が得た哲学と道徳の原則に照らせば、ポントの境遇や生き方や主人の寵愛を得るための手法は品位に欠ける、いや、惨めとさえ思えるものだったが、社交の場での行儀よさとエレガントさと優美な軽やかさにはすっかり感心させられた。だから、学問をあちこちで聞きかじっただけの無知なポントと比べたら、わが輩の学問的素養や真面目なふるまいのほうが数段上を行っていると自負したものである。ところが、いたるところでポントにお株を奪われている気がしてならなかった。この世には高貴な身分というのがあると認め、ポントがそういう身分なのだと思わざるをえなかった。

わが輩のような天才はどんなときにも、いかなる経験においても、つねに独創的な考えを持つものだ。だからわが胸中に湧いた気分や、ポントとの関係全般についてじっくり考えをめぐらし、いろいろといいことに気づいた。それは伝えるのに充分な価値があると思っている。

「これはどういうことだ」わが輩は前脚を額に当てて自問した。「偉大な詩人、偉大な哲学者は利発で賢いのに、いわゆる上流社会とのつき合いとなるとからきしだめだ。場違いなところについ居合わせてしまったり、黙っているべきときにしゃべったりしてしまい、口を出す必要のあるときに沈黙してしまう。ようやく形が整ったばかりの社会にぶつかっていっては、自分も他人も傷つけてしまう。要するに、みんなが陽気に散歩しようと郊外に出ていくときに、ひとりものすごい勢いでわが道を突き進み、みんなを押し分けて外から市門に入る手合いと同じだ。そういうのは机上では獲得しえない社交性の欠如が原因だとされているのは、わが輩も承知している。だがこうした救いがたい体たらくには他にも原因があるはずだと考えている。

偉大な詩人や哲学者が精神的な優越感を抱けないのなら、べつに偉大である必要はない。またいわゆる上流社会の趨勢《すうせい》がバランスのよさを保つことにあって、そういう場では優越性など認められないということを見抜けないのなら、どんな才気溢れる人も深い感性を持ち合わせていないことになるだろう。どんな声でも、全体を完璧な和音にできるなら、そこに音を加えることはできる。しかし詩人の声が不協和音を生んでしまえば、その声単体がきわめてすぐれたものであっても、その瞬間には全体と調和せず、調子はずれな声になってしまう――すぐれた音とはすぐれた趣味と同じで、場違いなことを一切しないことにある。さらに言うなら、優越性と場違いという相反する感情から生じる不快感が邪魔して、経験の浅い詩人や哲学者は社交界で全体を見渡せず、飄々《ひょうひょう》としていられなくなるのだ。そういう瞬間には精神の優越感を嵩じさせず、抑えることが肝要だ。そうすれば、いわゆる上流社会の教養をそれほど評価せずにすむだろう。上流社会の教養とはとどのつまり、角張ったところや尖ったところをそぎ落とし、さまざまな人相をひとつの人相にして、結果として人相ですらなくしてしまうことにほかならない。こうなると不快感と縁が切れるようになる。そしてこの教養の内的な本質やその教養の元となるお粗末な前提を容易く認識し、その認識によってこの教養を不可欠としている奇妙な世界に市民権を得るのだ――芸術家は一種独特な存在で、詩人や作家と同様、上流階級の集まりに招待される。パトロンになると箔《はく》がつくとされているからだ。あいにく芸術家は普通、職人気質《かたぎ》なところがあるため、這いつくばるほど卑屈であったり、無作法といわれるほど周囲の目を気にしたりしない」

＊編集人の注　ムルよ、他人が書いたことで自分を飾り立てるのは残念なことだ。そのせいで、親愛なる読者から大幅に信用を失うのではないかと危惧するものである――きみが胸を張って披露しているこの考察だが、それも楽長ヨハネス・クライスラーが口にしたことではないか。そんな生き方を並べ立てることで、この世においてもっとも不可思議なものである人間の作家の心情を深く見抜けたりできるだろうか？

「だがこちらは才気溢れる猫だ」わが輩は考えつづけた。「詩人、作家、芸術家の如何を問わず、高尚な教養の意義をあますところなく認識するところまで飛翔できるものだ――自然は犬という種族にしかそういう教養の長所を授けなかったのだろうか？　身なりや生き方や習慣に関して、猫族はあの誇り高い種族とは趣を異にするが、同様に血と肉、肉体と精神を持っている。結局、犬族も生きていくという点では同じなのだ。飲食、睡眠などを必要とし、殴られれば、痛いにきまっている」

　というわけで！――わが輩は若き上流階級の友であるポントのひそみにならうことにした。決心がつくと、わが師の部屋に戻った。鏡を覗くと、高尚な教養を追求しようという真摯《しんし》な意志がいい意味で外見にも反映していることが見てとれた――わが輩は自分の姿を見て悦に入った――自分に満足しているときほど気分がいいことがあるだろうか？――わが輩は喉を鳴らした！

　翌日、玄関先にすわっているだけでは物足りなくなり、わが輩は通りを散策した。遠くにアルツィビアデス・フォン・ヴィップ男爵の姿を見かけたかと思うと、その背後から陽気な友ポントが躍り出た。こんな好機はないとばかり、できるかぎり乙にすまして友のところへ近づいた。もちろん自然の計り知れない賜にして、いかなる教養も教えることができない、喩えようのない優雅さを見せつけたのは言うまでもない――ところが！――いやはや、まいった！　なんたることか！――男爵がわが輩に気づいて足を止め、柄付き眼鏡で注意深くこちらを観察してから叫んだのだ。「さあ《アロン》――ポント！　それ――それ――猫だ！　猫だ！」

するとポントの偽りの友め、猛り狂ってわが輩に襲いかかってきた！――不意をつかれてこっちは吃驚仰天。抵抗することもできず、ポントが唸りながら見せた鋭い牙から逃れようと身をかがめるほかなかった。だがポントは嚙みつきはせず、何度もこちらの上を飛び越え、耳元にささやいた。

「ムル！　馬鹿な真似はよして、恐がってみせろよ！――本気じゃないことくらいわかるだろう。おいらはご主人様にいいところを見せたいだけなんだ！」

するとポントはまた跳躍を繰り返し、わが輩の耳を嚙んだ。といっても、痛くはなかった。

「今だ」ポントがささやいた。「逃げろ、ムル君！　あそこの地下室の穴へ！」

二度は言わせず、わが輩はさっと身を翻して、稲妻のごとく逃げ出した。

ポントはひどいことはしないと確約したが、心穏やかではいられなかった。こういう危機的状況では、友情が生まれながらの天性に打ち勝つかどうか、はなはだあやしいからである。

わが輩が地下室に飛び込んでからも、ポントは主人の機嫌取りではじめた茶番をつづけた。地下室の窓のところで唸ったり吠えたりして、格子のあいだに鼻を突っ込んだ。まるでわが輩にまんまと逃げられ、追跡できないことにすっかり我を忘れているかのようだった。だが口ではこう言った。

「ほらね、高尚な教養がどんなにいい結果をもたらすかわかっただろう？――ご主人様には従順であることを証明し、きみとの友情もないがしろにしないのさ、ムル君。これこそ真に世故に長けた者のすることだ。運命の定めに従って、より強い者の手に握られた道具となる。けしかけられたら、飛びかかっていくしかない。だけど実際に嚙みつくのは自分の役に立つときだけという如才なさも兼ね具えている」

わが輩は高尚な教養の恩恵に浴したいという自分の思いを急いで若き友ポントに明かし、どうやるのかじきじきに教えてくれないかとたずねた。

ポントは数分考え込んでから言った。

「一番いいのは自分が堪能している高尚な世界をありのまま見ることだろうな。今晩、いっしょにかわいいバディーネのところへ行ってみるのがいいんじゃないかな――バディーネは侯爵家の傅育係の女官に仕えているグレイハウンドなんだ」

わが輩はできるだけ身だしなみを整えると、クニッゲを少々読みなおし、フランス語をたしなんでいることを見せるためピカール（フランスの作家）の最近の喜劇数編に目を通して、玄関先に出た。ポントはあまり待たせずにあらわれた。二匹で仲よく通りを歩き、ほどなくバディーネの明るい部屋に辿り着いた。そこにはプードル、スピッツ、パグ、ボロネーズ、グレイハウンドなどの面々が集まっていて、円陣を組んですわったり、数匹が群れて、部屋の隅に散ったりした。

敵対する側の異様な集まりにまぎれ込んだわが輩はどぎまぎしてしまった。プードルの中には蔑むように不審の目を向ける者もいて、「われわれ崇高な者たちに卑しい猫がなんの用だ？」といわんばかりだった。ときにはエレガントなスピッツが牙をむくこともあった。行儀作法と気品と道徳的教養が殴り合いの喧嘩を禁じていなければ、わが輩の毛をむしりたいと思っているのがありありとわかった。

そうした困惑からわが輩を救い出してくれたのはポントだった。彼は美しい女主人に紹介してくれた。女主人は優雅にへりくだって、評判の猫を迎えることができて喜ばしいと言った――こうしてバディーネがわが輩と少し言葉を交わすと、数匹の犬がまさに犬らしい気遣いをして、声をかけてくれるようになった。わが輩の作家業や作品を話題にし、作品が面白かったと言ってくれた。これには虚栄心をくすぐられた。じつのところ、わが輩の返事をまともに聞かず、知りもしないで才能を讃え、わかりもしないのに作品を誉めていることにほとんど気づくことができなかった——わが輩は本能に従って質問に答えた。つまり質問の内容にはかまわず、通り一遍の表現で手っ取り早く返事をしたのだ。それはなんとでもとれる表現で、特別な意味を持たず、会話は上っ面で終始して、深みに分け入ることなどまずなかった——そばに来たポントの話では、猫にしては愉快な奴で、ちゃんとした会話の素養がある、とある高齢のスピッツが宣《のたま》ったという——それだけのことだが、気落ちした者にとってはうれしい話だった！

——ジャン・ジャック・ルソーは『告白』の中で、リボンを盗んだときの話をしている。ルソー少年が真実を言わなかったため、罪のないメイドが濡れ衣を着せられ、罰を受けるのを目撃する。そして自分の心の深淵を越えることがいかに難しいか告白している。

わが輩はあの尊敬すべき自伝作家とまったく同じ状況にあった。

告白するほどの犯罪ではないが、正直であろうとするなら、あの晩に犯した大きな愚行を黙っているわけにはいかないだろう。そのせいでそれから長きにわたって心が乱れ、わが輩の分別が危険にさらされたのだから。

愚行を告白するのは犯罪を白状することと同じくらい難しいのではないだろうか。いや、ことによったら、はるかに難しいかもしれない。

——そうこうするうちに居心地の悪さ、不快感を覚え、こんなところからはおさらばして、師匠のストーブの下にもぐり込みたくなった。わが輩をうんざりさせ、一切の配慮を忘れさせたのは、世にもおぞましい退屈だった。わが輩は隅っこに忍んでいって静かにした。まわりの会話を聞いていて眠気を催したからだ。実際その会話ときたら、センスの欠片もない無味乾燥なおしゃべりだった。はじめは不快に思いながらも、自分の勘違いではないかと思った。だがやはり水車の単調な響きとしか思えなくなった。ほら、聞いていると心地よい気持ちになり、うとうとしてしまう響き――まさにそうやって漫然と妄想に耽り、ぼんやりしていると、閉じていた目の前で、明るい光が突然きらめいた。とっさに視線を上に向けると、雪のように白い優美なグレイハウンドの娘が立っていた。あとで知ったことだが、ミノーナというバディーネの美しい姪《めい》だった。

「お客様」ミノーナは甘くささやいた。血気盛んな若者の興奮しやすい胸にじんと響く声だった。「こんなところにおひとりですわって、手持ち無沙汰なようにお見受けしますが――お気の毒です！――でももちろん、偉大で深遠な詩人であれば、高みにたゆたいながら、平凡な社交界の営みを気の抜けた上辺だけのものだと思っていらっしゃるのでしょうね」

わが輩はいささか驚いて腰を上げた。すると悲しいかな、わが天性が後天的な礼儀作法の理論にまさってしまい、自分の意に反して背中を丸め、伸びをするという仕儀に至ったのだ。ミノーナはそれを見て、微笑んでいるようだった。

遅まきながら礼儀作法をと思い、わが輩はミノーナの前脚を取って口づけをしてから、詩人をしばしば襲う恍惚の瞬間について話をした。ミノーナは心から関心を持った様子でじっと耳を傾けた。おかげで、わが輩はしだいにいい気分になり、非凡なポエジーの世界に飛翔し、自分でもなにを言っているのかわからなくなってしまった――ミノーナもきっとわけがわからなかっただろう。ところが彼女は有頂天になり、じつは天才ムルと知り合いになりたいとずっと思っていたので、今はまさに最高に幸福で素晴らしい瞬間だと断言した――わが輩はどう言ったらいいかわからなかった！――まもなくミノーナがわが輩の作品、わが崇高な詩篇を読んでいることがわかった――いや、それだけにとどまらない！　そこに込められた究極の意味まで把握していたのだ！　しかも詩篇のいくつかを暗記していて、うっとりしながら優美に諳《そら》んじたので、わが輩はポエジーの天国に昇ったような気持ちになった。犬族の中でもっとも愛くるしい方が聞かせてくれたのが自分の詩篇だったのだから無理もない。

「お嬢さん」わが輩は夢中になって叫んだ。「だれよりも素晴らしい愛すべきお嬢さん、この心情を理解されたとは！　私の詩篇を諳んじてくださった。なんと素晴らしいのだろう！　高みをめざす詩人にとって、これ以上の至福があるでしょうか？」

「天才猫のムルさん」ミノーナはささやいた。「感じる心を持つ者、詩心のわかる心の持ち主があなたと疎遠でいられるでしょうか？」

ミノーナはそう言うと、心の底からため息をついた。そのため息がわが輩に止《とど》めを刺した――仕方ないだろう？――わが輩はこの麗しいグレイハウンドの娘に夢中になってしまったのだ。おかげで愚かにも目がくらみ、わが輩が興奮している最中に彼女が突然、会話を中断させたことにも気づかなかった。彼女は小さな洒落者のパグとつまらないおしゃべりをはじめ、ひと晩じゅう、わが輩を避けた。彼女が賞賛したり、熱狂したりしていたのはほかならぬ自分自身のことだったのだ――要するに、わが輩は目が曇った間抜けだったし、その後もそうでありつづけた。機会さえあれば美しいミノーナを追いかけまわし、こよなく美しい詩で彼女を誉め讃え、優美にして荒唐無稽な物語の主人公にし、本来無縁の社会にむりやり入り込み、その代償として数々の苦い思いを味わい、嘲笑を浴びせられ、悲惨な目に遭うことになった。

冷静になると自分の愚かさを痛感したが、馬鹿げたことにすぐまたタッソや騎士道精神に通じた最近の詩人たちが目の前にちらついた。タッソといえば、主人の妹君に恋をして詩を捧げ、遠くから崇拝した人物だ。ちょうどドゥルシネアを思慕したドン・キホーテのように。こうなると、ドン・キホーテに劣ってなるものか、ポエジーを失ってなるものかと思い直して、わが愛の夢の幻像である優美な白いグレイハウンド嬢に死ぬまで騎士としての奉仕と忠誠を尽くすと誓う始末だった。こうしてわが輩は常軌を逸した愚行を繰り返した。この救いようのない迷走が目に余り、わが友ポントまでが、これではにっちもさっちもいかない、身を引くしかない、と本気で警告したほどだ。もしあのとき幸運の星がわが頭上になかったら、はたしてどうなっていたことか！——幸運の星の導きで、わが輩は夜遅く、愛するミノーナに会いたい一心で美しいバディーネのところへ忍んでいった。だがドアはすべて閉ざされていた。もぐり込む方策はないかと期待して待ったが、その機会は一向に訪れなかった。もはや心は恋慕の情で溢れ、せめて自分が近くまで来ていることを知らせようと、かつて感情の赴くままに作ったスペイン風の繊細な歌を窓の下で歌った。哀れを誘うはずと思って！

するとと、バディーネの吠える声が聞こえた。ミノーナの甘い声もときおり聞こえる。ところがあっと思ったときには、窓がさっと開けられ、バケツ一杯の冷水を浴びせられてしまったのだ。わが輩が這々の体でわが家に舞いもどったのは想像に難くないだろう。しかし焦がれる思いと被毛に浴びた冷水がそう容易く調和するわけがない。そこからいいことなど生じず、ただ熱を出すくらいのものだ。わが輩の場合もそうだった。師匠の家に着くと、ひどい悪寒がした。わが輩の顔色が悪く、わが目が虚ろなのを見ると、師匠はわが輩の額の熱と不整脈から病気だと察し、温かいミルクをくれた。わが輩は喉が渇いて、舌が上顎に張りついていたので、ミルクをむさぼるように飲み、それから毛布にくるまって寝込んでしまった。はじめのうちは熱にうなされて、上流階級の教養やグレイハウンドなどの幻想を見たが、そのあとしだいに落ち着き、深い眠りに落ちた。三日三晩眠りつづけたと言っても誇張とは思えないほどに。

ようやく目覚めてみると、のびのびと爽快な気分がした。熱が下がっていた。そして——不思議なことに！　あの愚かな恋からもすっかり回復していたのだ！　ポントのせいでまったく馬鹿なことをしたものだ。生まれながらに猫である者が犬どもと交わろうとするなど愚にもつかないことだとよくわかった。犬どもにはわが輩の精神のなんたるかなどわからないから嘲り笑うのだし、犬どもは自分たちの本質が無意味なものだから形式にこだわるしかなく、実のない皮しか提供できないのだ——わが輩の中で、学芸への愛が新たに活力を得て目覚め、以前よりも師匠の暮らしぶりに心を惹かれた。成人に達した者の成熟した歳月がやってきたのだ。生のより深く、よりよい求めに応じて自分を形成するためには学生猫、素養を身につけたエレガントさのどちらもだめだとしみじみ感じたのである。

わが師が旅に出ることになり、そのあいだわが輩は師匠の友である楽長ヨハネス・クライスラーのところに居候《いそうろう》することになった。住まいの変更とともにわが人生の新しい時期がはじまるわけなので、今の時期を閉じることにする。そこから、おお、猫の若者よ！　きみの未来のために多くのよい教訓を得たことだろう——

（反故）——あたかも遠くかすかに耳を打つ物音のように、修道士たちが廊下を歩く音がする。眠りから覚めてはっと身を起こすと、クライスラーは窓の外を見て、教会堂に明かりが灯っていることに気づいた。合唱隊のつぶやくような歌声が聞こえる。終課の時禱（修道院における聖務日課のうち午後九時、就寝前に行なわれる祈禱）は終わっている。ということは、なにかただならぬことが起きたのだ。高齢の修道士が予期せず亡くなり、修道院のきまりに従ってその遺体を教会堂に運んでいるところかもしれない、とクライスラーが思ったのも無理からぬことだった。クライスラーは急いで修道服を着込み、教会堂に赴いた——廊下でヒラリウス修道司祭と出くわした。彼は大あくびをし、寝ぼけてふらついていて、足取りがあやしかった。火のついた蠟燭を下に向けていたから、蠟がポタポタ落ちて、今にも火が消えそうだった。

クライスラーが声をかけると、ヒラリウスが口ごもった。

「修道院長殿、これまでのきまりに反していますぞ。夜中に葬儀だなんて！——こんな時間に——いくらキプリアヌス修道司祭に言われたからって！——主よ《ドミネ》——かの修道士より、我らを解放したまえ《リベラ・ノス・デ・ホク・モナコ》！」

クライスラーはやっとのことで、自分が修道院長ではなく、楽長であることを寝ぼけているヒラリウスにわかってもらい、事情を知った。どこからか知らないが、夜中に見知らぬ男の遺体が修道院に運ばれてきたというのだ。

「素姓を知っているのはキプリアヌス修道司祭だけらしいんです。男はただ者じゃないでしょう。キプリアヌスにせっつかれて、修道院長が朝課の時禱（修道院で午前二時、起床のあとに行なう祈禱）のあと野辺送りできるようにただちに葬儀を執り行なうことを了承したんですからな」

クライスラーはヒラリウスのあとについて教会堂に入った。堂内は薄暗く、異様な光景だった。火が灯っていたのは、大祭壇の手前の高い天井からぶら下がっている金属製の大きなシャンデリアの蠟燭だけだった。ゆらめく明かりが教会堂の身廊全体をかろうじて照らしていたが、側廊には斜めから射すあやしげな光が落ちているだけで、そこに並ぶ聖人像が亡霊のように目覚めて動きだし、こちらへ歩いてくるように見えた。シャンデリアの下の照明が一番明るいところには蓋のあいたままの棺が置いてあり、その中に遺体が横たわっていた。棺を囲む修道士たちは蒼白く、身じろぎひとつせず、深夜に墓穴から起きあがる死者のようだった。修道士たちは低くかすれた声で単調な鎮魂歌を歌い、歌声が途切れると、夜風のあやしげなざわめきが外から聞こえてきた。教会堂の高窓は、敬虔な挽歌が漏れる建物を亡者の霊がノックするかのように、異様なきしみ音を立てていた。クライスラーは居並ぶ修道士たちに近づき、遺体が公子ヘクトールの副官であることに気づいた——

すると、これまでもときどきクライスラーに力を及ぼしてきた闇の霊がうごめきだし、鋭い爪を容赦なく彼の傷ついた胸に突き立てた。

「ふざけた幽霊め」クライスラーはつぶやいた。「私をここへ連れてきたのは硬直した若者から血を噴き出させるためか。殺した者が近づくと、死者から血が出るというからな——ふん！　死の床で罪を償った最期の日々に血をすべて流しきったことを、私が知らないとでも？——近づいても殺人者を害する悪しき血液はもう一滴も残っていない。すくなくともヨハネス・クライスラーを毒するのは無理だ。クライスラーはこの毒ヘビとなんの関わりもない。こいつが致命傷を与えようと尖った舌を出したとき、クライスラーが地面に踏んづけたのだから！——死者よ、目を開けるがよい。私に罪がないことを認めるのだ！——だができない相談だな！——命の取り合いを命じたのはどこのどいつだ？　なぜ人を殺すなどという危ない橋を渡ったんだ？　負けると思わなかったのか？——しかし蒼白い寡黙な若者よ、きみの死に顔は穏やかでいいじゃないか。死の苦しみが、美しい顔から下劣な罪の痕跡をすべて消し去った。今は、きみの胸中に愛があったから、天がきみに恩寵の扉を開けたと言ったほうがいいだろうか——いや、どうかな！——きみのことを思いちがいしていたとしたらどうかな？——きみという邪悪なデーモンではなく、私の幸運の星が、暗い物陰で待ち伏せている恐ろしい宿命から私を引き離すためにきみの腕を私めがけて振りあげさせたのだとしたらどうだろう？——それならもう目を開けてもいいんじゃないかな、蒼白い若者よ。そうすればすべてを見極めて、その目で和解の意思表示ができるだろう。たとえ私が憂いのせいか、あるいは黒い影が後ろからつけ狙っているという恐ろしい不安のせいで身を滅ぼすとしてもかまわないことだ——そうだ！　私を見たまえ——いや！　だめだ、だめだ。きみはレオンハルト・エットリンガーのような目で見るかもしれない。私はきみがあいつだと思ってしまうかもしれない。そうなると、虚ろな亡霊の声が聞こえてくる奈落にいっしょに落ちることになるだろう——だがどうした？　微笑んでいるのか？——きみの頬、唇に色が差していないか？　人殺しの武器はきみに命中しなかったのか？——いやだ。もう一度きみと闘うなんてごめんだ。けれども——」

　そうやって独り言を言うあいだ、クライスラーは無意識に片膝をつき、もう一方の膝に両肘をついて、両手に顎を乗せていたが、急に立ちあがると、奇妙な荒々しい行動に出ようとした。だがその瞬間、修道士たちが口をつぐみ、内陣にいた少年たちがオルガンの穏やかな伴奏で「憐れみの母《サルヴェ・レジーナ》（カトリック教会における伝統的な祈禱文で、終課で歌われる）」を歌った。棺の蓋が閉じられ、修道士たちが厳かに立ち去った——すると、闇の霊も哀れなクライスラーから離れていった。彼は憂いと苦しみに打ちのめされて、うなだれながら、修道士たちのあとに従った。そしてちょうど表玄関から出ようとしたとき、暗がりから人影があらわれ、クライスラーに襲いかかってきた。

　修道士たちは立ち止まった。彼らが手にする蠟燭の明かりがひとりの背の高い屈強な若者を照らし出した。十八から二十歳くらいの男だ。醜悪としか言いようのない凶暴な顔つきをしていた。ぼさぼさの黒髪が頭を包むようにして垂れさがり、すり切れた縞模様の麻布の胴着を素肌に着ていて、同じ生地の水兵ズボンからはふくらはぎがむき出しになっていた。そういう恰好だったので、ヘーラクレースのような体軀なのがよく見てとれた。

「この野郎、俺の兄貴を殺せとおまえに言ったのはだれだ？」若者は教会堂に反響するほど荒々しい声を張りあげて、まるで虎のようにクライスラーに躍りかかり、彼の首を締めあげた。

クライスラーは思いがけない攻撃に気が動顚して、身を守ることもできずにいた。すると、キプリアヌス修道司祭がそばに来て、威圧するような強い声を発した。

「ジュゼッポ、罪深い奴め！　ここでなにをしている？　おばあさんをほったらかしにするとはなにごとか——さっさと立ち去れ！——修道院長、修道院の使用人を呼んでくれたまえ。この狼藉者を修道院から放り出してほしい！」

若者はキプリアヌスが前に立ちはだかると、すぐクライスラーを放した。

「まいったな」若者は不平を漏らした。「こっちが権利を主張してるってのに、それはないでしょう、聖者様！——出ていくよ。使用人なんて呼ばないでくれ」

若者は閉め忘れていた正面入口から素早く出ていった。どうやら若者はそこから忍び込んだらしい。使用人が数人やってきたが、今さら深夜にその向こう見ずな若者を追いかける理由はなくなっていた。

クライスラーらしいと言えるが、死ぬかと思うような嵐が一瞬で過ぎ去るや、この異常で謎めいた出来事で生じた緊張が彼の心にほどよい作用を及ぼした。

そういうわけで、翌朝、修道院長はクライスラーに会って面食らったほどだ。なにせクライスラーは、返り討ちにした相手の遺体を目の当たりにするという異様な状況で自分がどれほど震撼したかを落ち着いて語ったからだ。

「ヨハネス君、教会も世俗の法も」修道院長は言った。「あの罪深い方の死に対して罰を与えることはできないでしょう。しかし内面の声には当分悩まされることでしょうね。内面の声は敵を倒すくらいなら自分が命を落としたほうがましだったと非難するでしょうからな。自分の命を保つのにとっさに残虐な行為に及ぶほか手段がない場合、そういう生命の維持よりも自分の命を犠牲にすることのほうが永遠なる神の思し召しに叶うというものです――でもまあ、その話はこのくらいにしましょう。じつはもっと大切な話があるのです。

これから起きることが物事をどう変えるかなど、命に限りがある人間のだれに推し量れるでしょうか？――あなたの魂を救済するには俗世を捨て、わが修道会に入るほかないと確信してからまだそれほど日が経っていません――しかし今は考えを改めました。あなたがいかに愛しい大事な方でも、この大修道院から即刻立ち退かれたほうが無難です――誤解しないでください、ヨハネス君！これまで苦労して積みあげてきたものを崩そうとしている他人の意志に、自分の意に反して屈するのです。だがなぜそうするのかは問わないでください――私の行動の動機についてあなたと話したいと思ってはいますが、それを理解するには教会のことに深く通じている必要があります――とはいえ、あなたとなら他の方より気兼ねなく話ができるでしょう。いいですか。まもなくあなたにはこの修道院の居心地が悪くなるでしょう。あなたが心からやりたいことにも致命的な邪魔が入り、この修道院が味気ない絶望的な牢獄に思えるようになるでしょう。修道院の規律が一変します。敬虔なしきたりと折り合いをつけていた自由は失われます。狂信的な修道士気質の暗い精神が、もうじきこの壁に囲まれた場所を厳格に支配するのです――おお、ヨハネス君、あなたの素晴らしい歌も私たちの精神を高揚させ、究極の信仰へと高めることがなくなるのです。合唱隊は廃止されます。そしてまもなく単調な応唱歌を舌足らずに歌う高齢の修道士たちのしわがれたダミ声しか聞けなくなるでしょう」

「それは」クライスラーはたずねた。「あのよそから来たキプリアヌス修道司祭の発案なのですね？」

「ヨハネス君、仕方ないのです」修道院長は伏し目がちになり、ほとんど悲しげに答えた。「そうするほかないのです。私のせいではありません——ただし」修道院長はしばし口をつぐんでから、厳かな声でこう付け加えた。「教会の確固たる基盤と栄光のためなら万難を排してことに当たるほかないのです！」

「あの身分が高く、権力のある聖人はだれなのですか？」クライスラーは不機嫌にたずねた。「あなたを意のままに動かし、あの恐ろしい若者を退けることができるなんて」

「ヨハネス君、あなたは知らないうちに、ある秘密に巻き込まれてしまったのです。しかしもうすぐ私よりも詳しく知ることになるでしょう。ちなみにマイスター・アブラハムの口を通して——私たちが修道士と呼んでいるキプリアヌスは選ばれしお方なのです。神に接する資格を持つ方で、今からすでに聖人として崇められているのです——葬儀のときに教会堂に忍び込み、あなたを襲った狼藉者ですが、道に迷い、半ば正気をなくしたロマの若者でして、村人のニワトリ小屋から肥えたニワトリを盗んだ廉《かど》で、ここの代官によって何度もこっぴどく鞭打たれています。彼を追い払うために、特別な奇跡を必要としません」

修道院長は最後の言葉を口にしたとき、かすかに皮肉のこもった笑みを浮かべたが、すぐにその笑みを消した。

クライスラーは腹立たしくて仕方なかった。秀でた精神と理性を備えた修道院長が嘘をついていたことに気づいたからだ。修道院長は修道院に入るように働きかけた。あのときに並べ立てた理由も、今逆のことのために挙げた理由と同じで、裏があるのだ——クライスラーはこの修道院を去る決心をした。これ以上ここにいては恐ろしい秘密というクモの巣にからめとられてしまう。完全に縁を切らなくては。ジークハルト宮にいるマイスター・アブラハムのところに戻り、ただひとりの思い人である彼女に会い、彼女の声を聞きたいと思った。燃えるような恋慕の情がつのり、甘美な切なさを覚えた。

　クライスラーが物思いに耽りながら庭園の中心を抜ける道を歩いていると、ヒラリウス修道司祭が足早に近づいてきて、すぐに話しはじめた。

「修道院長のところにいらしたんでしょう、クライスラー殿。なにもかも聞いたのですね！――どうです、私が言ったとおりでしょう？――ここはもうおしまいです！――あの聖職喜劇役者め――おっと、言ってしまった。ここだけの話にしてください！――あいつ――だれのことかわかりますね――あいつが修道服を着てローマに上ったとき、教皇猊下はただちに謁見したというんです。あいつはそのとき、膝をつき、教皇猊下の室内履きにキスをしたそうです。ところが教皇猊下は立つように合図することなく、まる一時間そうしていて、それから立たせると、あいつに『これがそなたが教会から受ける最初の罰である』と言って、キプリアヌスが犯した罪深い過ちについて長々と説教したんです――そのあとキプリアヌスは秘密の部屋で長いこと教えを受け、立ち去りました！――生きている聖人は長いあいだ存在しませんでした！――奇跡です――ところで、あの絵をご覧になりましたか、クライスラー殿？――奇跡はローマにおいてはじめて真の姿を取ったのですよ――私はあなたが認めるように、しがないベネディクト会士で、熱心な合唱隊の指揮者です。そして唯一の救済機関である教会を讃えてニールシュタイン（ドイツのラインラント・プファルツ州にあるワイン産地）やボックスボイテルを飲む手合いです。しかし！――あいつがここに長くとどまらないことを祈るばかりです――あいつはあちこち訪ねまわらなければならないのです。修道士は修道院の中では卵ふたつ分の価値もないが、外に出れば卵三十個の値打ちがある――あいつはおそらく奇跡を起こすでしょう――クライスラー殿、ご覧なさい。あいつだ――私たちに気づいているのに、わざと知らんぷりしていますよ」

クライスラーはキプリアヌス修道司祭を見た。天を仰ぎながら両手を重ねて、並木道をゆっくりと厳かに歩いている。まるで敬虔なエクスタシーを感じているようだ。

ヒラリウス修道司祭はそそくさと離れていったが、クライスラーはキプリアヌスをじっと見つめていた。彼の顔や物腰には、他の人にはない奇妙で異質なところがある。ただならぬ大きな宿命を背負っているのがありありと読みとれる。キプリアヌスの不思議な運命が今ちょうど見えているその外見を作りあげたようだ。

キプリアヌスはクライスラーに一瞥もくれずに通り過ぎようとした。だがクライスラーはこの教皇の謹厳実直な使節、芸術の排斥者の行く手に立ちはだかりたくなって、声をかけた。

「閣下、感謝を申しあげるのをお許しください。いいときに力強い言葉であの乱暴なロマの若者から解放してくれました。あのままだったら、ニワトリのように首をひねられていたでしょう！」

キプリアヌスは夢から覚めたように額を撫で、クライスラーがだれか思い出せないとでもいうようにじっと見つめた。そして顔をゆがめて、なにもかも見透すような恐ろしげな表情をすると、目に怒りの炎を宿らせて、強い口調で叫んだ。

「まったくあつかましい、ろくでもない方だ。あなたなど私の手で罪の報いを受けさせてもよかったのです！　宗教のもっとも大事な支柱である聖なる教会の儀式を俗世の音楽で冒瀆しているのは、あなたですね。くだらない作品で敬虔な人々を攪乱《かくらん》し、神聖なものから目をそむけさせ、派手な歌で世俗の気風に染めたのは、あなたですね？」

クライスラーは常軌を逸した非難に心が傷つくと同時に、狂信的な修道士の鼻をへし折るくらい軽い武器でも充分だと気が大きくなった。

「神から授かった言葉で神を讃えるのは罪なことでしょうか？」クライスラーは修道士の目をしっ

かり見すえながら静かに言った。「言葉という天の賜は燃えさかる信仰心の高まり、いや、私たちの胸にあの世の認識を目覚めさせるために授かったと思うのですが。歌という熾天使《してんし》の翼に乗って地上のはるか上を漂い、敬虔な恋慕を覚えながら至高を目指すのは罪なことでしょうか？　もしそうであるなら、閣下のおっしゃるとおり、私は邪悪な罪人ということになります。しかし失礼ながら、私の考えは正反対です。教会の儀式で歌が沈黙することになれば、もっとも神聖な霊感の真の栄光が失われることになると思うのです」

「ならば」キプリアヌスは厳しく冷ややかに答えた。「マリア様にお願いして、あなたの目を覆っている布を取ってもらい、その呪わしい誤解を認識できるようにしていただくといいでしょう」

「ある作曲家*がたずねられたことがあります」クライスラーはやさしく微笑んだ。「どうやって宗教音楽に信仰心篤い心の息吹を注ぎ込んでいるのか、と。それに対して敬虔で無邪気な楽聖は答えました。『作曲していてうまくいかないときは、部屋の中を歩きまわりながら何度かアヴェ・マリアを唱えます。するとまたアイデアが浮かびます』この楽聖は別の偉大な宗教音楽**をめぐってこうも語っています。『作曲が半ばまでさしかかったとき、これはうまくいくと思った。曲作りの最中はこれまでにないほど敬虔な気持ちになった。毎日ひざまずいて、この作品を無事に完成させられるように力をお与えくださいと神様に祈ったよ』

思うに、この楽聖にせよ、パレストリーナ（数多くの教会音楽を作曲した十六世紀イタリアの音楽家）にせよ、罪深いことのために努力したわけではありません。禁欲的な頑迷さゆえに冷え切った心に歌が持つ究極の信仰の火が

*原注　ヨーゼフ・ハイドン。
**原注　『天地創造』。

燃えあがるわけがないのです」

「小賢《こざか》しい奴め」キプリアヌスは怒りもあらわに怒鳴った。「あなたはいったい何者です？ 地面に這いつくばらねばならないあなたが議論を挑むとは——この大修道院から出ていきなさい。聖なるものをこれ以上乱さないように！」

キプリアヌスの威圧的な声に憤慨して、クライスラーは声を荒らげた。

「あなたこそ何者ですか、正気をなくした修道士殿、人間的なことをすべて超越しようというのですか？——生まれながらに罪を免れているのですか？——地獄に落ちるような考えを抱いたことはないのですか？ 滑りやすい小径を歩いていて一度もそこからそれたことがないのですか？ 聖母マリア様があなたに慈悲をかけて、残酷な行為の代償である死から蘇らせたというのは本当ですか？ それならご自分の罪に謙虚になり、悔い改めるべきでしょう。まちがっても冒瀆的な思いあがりで天の恩寵や聖なる冠を誇らせるためではなかったはずです。そんなもの、あなたには決して得られるものではありませんし」

キプリアヌスは死と破滅を放つまなざしでクライスラーをにらみつけ、わけのわからない言葉をつぶやいた。

「誇り高い修道士殿」クライスラーはますます激昂して言いつのった。「あなたがまだこういう服を着ていた頃——」

クライスラーはマイスター・アブラハムからもらった絵をキプリアヌスの目の前に出した。それを目にしたとたん、キプリアヌスは激しい絶望に襲われ、両手の拳で額を叩き、致命傷を受けたかのように悲痛な声を上げた。

「あなたこそ出ていきなさい」クライスラーは言った。「この大修道院から出ていくのです、罪深い修道士よ！――ハハハ、聖人よ、グルになっているニワトリ泥棒に会ったら、言うといいでしょう。もうクライスラーを守ることはできないし、守る気もない。それでも軽率にクライスラーの首を絞めようとすれば、ヒバリのように、あるいは兄のように串刺しにされる、と。だって、串刺しに――」

クライスラーはその瞬間、自分自身に驚いた。キプリアヌスはじっと身じろぎもせず目の前に立ちつくし、いまだに両手の拳を額に押しつけ、ひと言も声を出せずにいる。近くの茂みで物音がして、クライスラーは狼藉者のジュゼッポが飛びかかってくる気がして駆けだした。教会堂の内陣では、修道士たちが晩禱を捧げていた。ひどく興奮し、深く傷ついた心を静められるかと思って、クライスラーは教会堂に赴いた。

時禱が終わると、修道士たちは内陣から立ち去り、明かりが消された。クライスラーの心にあるのはキプリアヌスと口論したときに話題にした敬虔な楽聖のことだった――音楽――教会音楽がクライスラーの頭に浮かんだ。ユーリアが歌っていた。彼の心に吹き荒れた嵐はもう収まっていた。教会堂の側面にある礼拝堂を通り抜けることにした。そこのドアから長い通路に出ると、自分の部屋に通じる階段がある。

クライスラーが礼拝堂に入ると、ひとりの修道士がつらそうに床から起きあがった。そこにかけてある奇跡を起こす聖母マリアの絵の前に手足を投げ出して額ずいていたのだ。常明灯の明かりで、それがキプリアヌス修道司祭だとわかった。しかし彼は気絶して意識を取りもどしたばかりのように疲れ果て、惨めな様子だった。クライスラーは助け起こそうと手を差し出した。キプリアヌスはかすかにうめくように言った。

「あなたですか――クライスラーさんですね！　私に慈悲をたれ、見捨てないでください。そこの階段に連れていってくれますか。あそこにすわりたい。でも、あなたもそばに腰かけてください。できればすぐそばに。これから話すことは聖母様以外には聞かれたくないのです――哀れと思って」キプリアヌスとクライスラーは祭壇の階段にすわった。「どうか憐れんで教えてください。あなたはあの宿命の絵をセヴェリーノ老からもらったのではないですか？　あなたはすべてを、あの恐ろしい秘密を承知しているのですか？」

クライスラーはその絵をマイスター・アブラハム・リスコフからもらったと正直に打ち明け、ジークハルト宮で起きたことを包み隠さず話した。そしていろいろわかっていることを組み合わせて、恐ろしいことが起き、その絵がその記憶と裏切りの恐怖を蘇らせるものだと推理していることを明かした。キプリアヌスはクライスラーの話に何度か深い衝撃を受けたようだ。そのあとしばらく黙っていたが、気を取りなおしてさっきよりもしっかりした口調で話をはじめた。

「ずいぶん多くのことをご存じですね、クライスラーさん。全部話す必要はなさそうです。いいですか、あなたの命を狙った公子ヘクトールは私の弟なのです。私たちは貴族の父を持ち、私は玉座を継ぐはずでした。時代の嵐がその玉座を覆さなければ。戦争が勃発すると、私たちは従軍しました。まずは私、それから弟がナポリに配属されました――当時の私はこの世のありとあらゆる享楽に耽り、女にうつつを抜かしていました。恋人は踊り子で、美しくはあっても性悪でした。そのうえ私は行きずりの商売女たちの尻まで追いまわしていました。

そんなある日の日暮れ頃、埠頭《ふとう》でその手の女数人のあとをつけて、そばまで行ったとき、すぐ横で甲高い声が聞こえたのです。

『この貴公子はたいした道楽者だ！――卑しい娼婦の尻なんか追いかけているなんてね。美しい令嬢の腕にだって抱いてもらえるだろうに！』

ボロを着たロマの女に目がとまりました。その女性が数日前、トレド通りで警官に連行されていくのを見かけていました。頑強そうな水売りを松葉杖で叩きのめしたせいで捕まったのです。『なんの用だ、この魔女め』私は女性に向かって叫びました。すると女性が下品この上ない罵声を浴びせかけてきたものですから、暇をもてあましていた者たちがまわりに集まってきて、戸惑っている私を笑い飛ばしたのです——立ち去ろうとすると、女性は地面にすわったまま私の服をつかみ、罵声を吐くのをやめて、ニヤニヤしながら小声で言いました。

「素敵な貴公子様、うちに来ないかい？　天使のような美しい娘の話を聞きたくないかね？　あんたに首ったけなんだ」

女性は私の腕をつかんで、やっとのことで立ちあがると、昼間のように美しく優美で、うぶな若い娘のことを耳元でささやきました——どうせ卑しいやり手婆さんだろうと思って、新たな冒険をする気になれず、ドゥカート金貨数枚やって別れようとしたのですが、女性は金を受けとらず、離れていく私の背中に大きな声で笑いながら言ったのです。

「ああ、お行きよ。行くがいい、粋な旦那さん。そのうち大きな煩悩を抱えてわたしのところに来るんだからね！」

しばらくして、私はその女性を思い出すこともなくなりました。そんなある日、離宮と呼ばれている散歩道でひとりの娘とすれちがったのです。その人の身のこなしときたら、今まで見たこともないほど優美でした。急いでその娘のところへ行き、その尊顔を拝したとき、美しいもので溢れた輝かしい天国がひらけたような感覚を味わいました——あのとき、罪にまみれた人間である私はそう思ったのです。神がかわいいアンジェラに与えた愛らしさを並べ立てる代わりにこんな神をも畏れぬ考えを繰り返しお話しするほうが役に立つと思うからです。実際、今となってはそういう話は

した。
女性だと気づきました。奇怪な薄笑い、かすかに上下させている頭。見まちがいではありませんで
ました。服装がまったくちがい、帽子を目深にかぶっていましたが、ひと目見て、埠頭で出会った
齢の女性がいました。その女性は並外れて背が高いうえに変な歩き方をしていたために人目につき
娘の脇には杖をついて、歩くというより足を引きずっていると言ったほうがいい立派な身なりの高
私に似つかわしくありませんし、俗世の美しさについて語ることもうまくいかないでしょうから。

私はその優美な奇跡から視線をそらすことができませんでした。愛くるしいその人は目を伏せま
した。そのとき彼女の手から扇が落ちたので、私はすかさず拾いあげました。彼女がそれを受けと
ったとき、私は彼女の指に触れました。指がふるえていました。呪わしい情熱の火がそのとき私の
中で燃えあがったのです。天が課す恐ろしい最初の試練が到来したとは思ってもみませんでした。
すっかり感覚が麻痺し、頭も混乱し、私はそこに立ちつくして、年配の連れといっしょにその娘が
並木道のはずれに止まっていた馬車に乗ったことも、ほとんど意識できずにいました。馬車が走り
だしてからやっと正気に返り、夢中になって追いかけて、うまい具合に馬車が大きなラルゴ・デッ
レ・ピアーネ広場に通じる狭く短い通りに面したある建物の前で止まるのを見届けたのです。ふた
りが降りて、その建物に入るとすぐ、馬車は走り去りました。ふたりがそこに住んでいるのはまち
がいないようでした。ラルゴ・デッレ・ピアーネ広場にはわが家の銀行家アレッサンドロ・スペル
ツィ氏が住んでいました。あのときどうしてそうする気になったのかわからないのですが、私はス
ペルツィ氏を訪ねました。彼は私が仕事で来たと思ったのか、私の口座の状況を説明しはじめまし
た。しかしこちらの頭の中はさっきの娘のことでいっぱいで、他のことはなにひとつ耳に入りませ
ん。ですからスペルツィ氏の説明には応答せず、先ほどの胸躍る出会いのことを話したのです。ス

ペルツィ氏はその美しい娘のことを思った以上によく知っていました。なんとアウクスブルクのある商館からその娘に半年ごとに多額の送金があり、その仲介をしていたのです。娘の名はアンジェラ・ベンツォーニで、年配の女はマグダラ・シグルン夫人と呼ばれていました。スペルツィ氏は娘の暮らしぶりについてアウクスブルクの商館に詳細な報告をするよう求められていたので、以前は教育全般を任され、このときは生活の面倒を見て、後見人とみなされていたのです。スペルツィ氏はその娘がさる高貴な方の落胤《らくいん》だろうと言っていました――私はスペルツィ氏に自分の懸念を伝えました。汚れてぼろぼろのロマの服を着て街をうろつき、やり手婆さんのようなことをしているらしい、いかがわしい女性にあれほどの宝石を任せておくのは問題だ、と。すると、スペルツィ氏は、娘が二歳のときにいっしょにやってきた人で、彼女以上に忠実で、気のつく女性はいない、あの人はときおりロマに変装するが、それは変な気まぐれで、この土地ではそういう変装が認められていると断言したのです――さてこのあとは簡潔に話してもいいでしょうかね。そうしましょう！――年配の女性はまもなくロマの服装で私を訪ね、アンジェラのところへ連れていってくれました。娘は愛くるしいほどの恥じらいを見せて頬を赤らめ、私への愛を告白しました。その頃はまだ不埒にも年配の女性が卑劣で罪作りな奴だと思い込んでいましたが、やがてそんなことはないと確信するようになりました。アンジェラは雪のように汚れなく清らかでした。私は軽い気持ちだったのですが、それからは純潔というものを信じるようになりました。その純潔すら今では悪魔の所業だったと思っていますが。私はどんどん熱を上げ、年配の女性のほうもしきりにアンジェラとの結婚をすすめました。『さしあたり極秘に結婚する必要があるけど、いつか妻に堂々とティアラを着けられる日が来るはずよ――アンジェラの身分はあなたと同じなんだから』

私たちはサン・フィリッポ教会の礼拝堂で結婚式を挙げました――私は天国を見いだしたと思い

ましたね。それまでの関係を清算し、軍からも退役し、冒瀆に満ちた歓楽街に足を向けることもなくなりました――けれどもこうやって生き方を一変させたことが裏目に出たのです。別れた踊り子が、私が毎晩通う場所を探りあて、復讐の芽が出るかもしれないとでも思ったか、私の秘密の恋愛を私の弟に明かしたのです――弟は私のあとをつけ、アンジェラの腕の中にいる私を不意打ちしました――ヘクトールはやりすぎたことを冗談めかして詫びつつ、私が手前勝手で自分をまったく信用してくれないと文句を言いました。しかし弟は明らかにアンジェラの美貌の虜になっていたのです。火蓋は切って落とされ、激しい情熱の炎が弟の心に燃えあがったのでした――弟は足しげく通ってきました。といっても、私がいる時間には来ませんでした――ヘクトールの異常な愛が報われているような気がして、狂おしいほどの嫉妬が私の胸を焦がしました――私は地獄もかくやというほど凶暴になってしまったのです！――あるときアンジェラの部屋に入ると、隣の部屋で弟の声がしたような気がしました――心臓が止まって、根を生やしたようにそこに立ちつくしました。すると突然、頬を紅潮させ、目をむいたはげしい形相の弟が隣の部屋から飛び込んできたのです。「ちくしょう。これ以上、俺の邪魔をさせない！」弟は怒りのあまり口から泡を飛ばして怒鳴り、すかさず抜いた短剣を私の胸に深々と刺したのです――呼ばれてきた外科医によれば、そのひと突きは心臓に達していました――しかし聖母マリア様のおかげで、私は奇跡的に蘇ったのです」

キプリアヌスは声をふるわせながら最後の言葉を口にした。今にも意識を失いそうだった。

「それで」クライスラーはたずねた。「アンジェラはどうなったのですか？」

「人殺しとなった弟が自分の残虐行為の成果を味わおうとしたとき」キプリアヌスは幽霊さながらの虚ろな声で答えた。「愛するあの人が死の痙攣に襲われたのです。彼女は弟の腕の中で息を引きとりました――毒薬が――」

そう言ったかと思うと、キプリアヌスは俯《うつぶ》せに倒れ、瀕死の人のような息遣いをした——クライスラーは鐘を引いて鳴らした。修道院中があわただしくなった。人々が駆けつけてきて、気絶したキプリアヌスを病室に運んだ。

クライスラーは翌朝、珍しく上機嫌な修道院長に会った。

「ハハハ、ヨハネス君。あなたは近年起きた奇跡を信じようとしませんでしたが、そのあなたが昨日、教会堂の中でこの世のものとは思えない驚くべき奇跡を起こしたのです——私たちが誇りにしている聖者になにをしたのですか？　罪を悔いる罪人のように横たわったまま、子どものように死を恐れ、私たちを見下したことを許してほしいと訴えているのです！——あなたに懺悔を要求したあの方が懺悔するように仕向けるとは」

クライスラーは自分とキプリアヌスに起きたことを隠しておく必要を感じなかったので、キプリアヌスが神聖な音楽を貶したときにこの思い込みの激しい修道士を単刀直入に叱責したという話から、キプリアヌスが「毒薬が！」という言葉を最後に昏倒したときの恐ろしい状況まで包み隠さず話した。

「ヘクトール公子を驚愕させた絵がキプリアヌスにも効き目があった理由がまだよくわかりません。マイスター・アブラハムがこの恐ろしい事件にどうして巻き込まれたのかもいまだに不明です」

「じつを言うとですね、ヨハネス君」修道院長は品よく微笑んだ。「私たちは数時間前とはまったくちがう状況にあります。不動の心、不屈の精神、それからなんと言っても、素晴らしい予言をもたらす認識のように私たちの胸に隠れている深く正しい感情、それらがひとつになれば、きわめて鋭い理性、訓練を積み、なんでも裁くまなざしに負けない働きをするものです。ヨハネス君、あなたがそれを証明したのです。人から与えられ、どういう効果があるかも知らない武器を巧みに使い、しかるべきときに敵を打ち倒したのです。周到に計画を練ってもあれほど容易く敵を撃退することはできなかったでしょう。あなたは知らずに私とこの修道院、おそらくは教会のためになることをなさったのです。その実りある結果には目を瞠《みは》るものがあります。

これからは、あなたになんでも率直に話しましょう。ヨハネス君。あなたの不利益になることを画策している人たちとは縁を切ります。信じてください、ヨハネス君！――あなたの胸にある素晴らしい望みが叶うよう手助けさせてください。あなたのチェチリア（聖チェチリアは、二世紀頃のキリスト教の聖人で、音楽の守護聖人とされている）、わかりますね、私が考えている愛くるしい方――今は言わずにおきましょう！――ナポリで起きたあの恐ろしい事件についてもっと詳しく知りたいでしょうが、二言三言では言い尽くせません――まずキプリアヌス殿が語った話には端折《はしよ》られたところがあります――アンジェラは毒薬で亡くなりました。それは、キプリアヌス殿が嫉妬に駆られて彼女に盛ったものだったのです――マイスター・アブラハムは当時セヴェリーノという名でナポリにいました。消えたキアーラの足跡を追っていて、事実、発見しました。マグダラ・シグルンと名乗るロマの女と相まみえたわけですから。その人のことはすでにご存じですね。あの恐ろしい事件が起きたとき、マグダラ・シグルンはマイスター・アブラハムに助けを求め、ナポリを去る前にあなたがまだその謎を知らないあの肖像画を託したのです。絵の縁にある鋼鉄のボタンを押してごらんなさい。アントーニオ（キプリアヌスの俗名）の肖像画が出てくる仕掛けです。それがケースの蓋になっています。肖像画はアンジェラだけではないのです。それから数枚の紙が出てくるでしょう。二重の殺人の証拠となるきわめて重要なものです――あなたの護符になぜこれほど強い効き目があったか、これでわかったでしょう――マイスター・アブラハムはあの兄弟といろいろ接点があったという話です。でも、そのことは本人からお聞きになったほうがいいでしょう――さて、ヨハネス君、キプリアヌス修道司祭の容体がどうか聞いてみることにしましょう！」

「それで、あの奇跡は？」クライスラーは小さな祭壇の上に目を注ぎながらたずねた。そこに彼が修道院長といっしょに絵をかけたことは、親愛なる読者も覚えておいでだろう。しかしその絵の代わりにまたレオナルド・ダ・ヴィンチの『聖家族』が元の位置を占めていることに、クライスラーはすくなからず驚いていた。

「それで、あの奇跡は？」

クライスラーはもう一度たずねた。

「そこにかけていたあの美しい絵のことですね？」修道院長は奇妙なまなざしで答えた。「病室に置かせました。それを見れば、哀れなキプリアヌス修道司祭も元気になるかもしれませんので。聖母マリア様がもう一度慈悲を垂れるかもしれません」

クライスラーが自室に戻ってみると、マイスター・アブラハムから書状が届いていた。次のような内容だった。


拝啓　ヨハネス！

さあ！――さあ！――修道院を出て、できるだけ早くこちらへ来たまえ！――悪魔が勝手に特別仕立ての追猟をはじめた！――詳しい話は口頭で。いちいち書くのは面倒だ。というのも、あらゆることが喉元までつかえていて窒息しそうなんだ。私のことや光明を見せている希望の星については触れないことにする。とにかく急いで戻ってくれ。

ベンツォン顧問官はもういない。今いるのはフォン・エッシェナウ帝国伯爵夫人だ。ウィーンからの公文書が届き、ユーリアと侯子イグナツィウスが将来結婚することが公表されたも同然となっている。イレネウス侯爵は、統治者としてこれからすわる予定の新しい玉座のことで頭がいっぱいだ。ベンツォン夫人改めフォン・エッシェナウ帝国伯爵夫人がその件を約束した。公子ヘクトールはしばらくかくれんぼをしていたが、このたび軍に入隊することになった——まもなく戻ってくるだろう。そうしたら二組の結婚式が挙げられることになる——面白いことになりそうだ——トランペット吹きは今からうがいをしているし、バイオリン弾きは弓に松脂《まつやに》を引いているし、ジークハルツヴァイラーの蠟燭職人たちは松明作りで忙しい——ところで！——侯爵夫人の聖名祝日が近づいている。私は大がかりな企画を立てているんだが、きみにも同席してもらわなくてはならない。これを読んだら、ただちに来てほしい！　力のかぎり走りたまえ。またきみに会えるのだな——ところで！——修道士たちには気をつけるように。だが修道院長のことは大変気に入っている——アデュー！

師匠の書状は簡潔だったが、内容は盛りだくさんだったので——

編集人の跋文

第二巻を閉じるにあたり、編集人は交情厚き読者諸氏にきわめて憂えるべき知らせを伝えなければならない――かの賢く、知性を持ち、哲学をよくし、詩心のあった牡猫ムルは素晴らしい生涯の半ばで非業の死を遂げた。十一月二十九日から三十日にかけての夜、短くも、激しい苦しみにのたうったのち、いかにも賢者らしく平静を保ちながら世を去った（ホフマンが飼っていた猫ムルは実際に一八二一年の十一月二十九日から三十日にかけての夜に死亡した）――こうしてまたしても、早熟な天才は長生きできないことが証明された。早熟な天才というのはどん底に落ち、特性もなければ気力もなくして無頓着になり、大衆の中に没し去るか、年を経ても一向にふるわないかのどちらかしかないのだ――哀れなムルよ！　きみの友ムツィウスはきみの運命の先触れだった。私がきみに弔文を読むことがあるなら、それは心からの言葉となるだろう。かの薄情なヒンツマンとはちがう。それもそのはず、私はきみに好意を寄せていたからだ。だれよりもきみに好意を寄せていた。さて！　安らかに眠りたまえ！　遺灰となったきみに平安あれ！

亡き者となり、その人生観を完結させられず、断篇で終わることは残念至極だが、クライスラー楽長のところにいたときに書き記したと思しき省察録や備忘録が遺稿の中から見つかった。それにこの牡猫が引きちぎったクライスラーの伝記の大部分が残されていた。

そこで編集人としては、復活祭の時期の見本市に出品する予定の第三巻で、クライスラーの伝記の残った部分を親愛なる読者のみなさんにお伝えし、要所要所に牡猫の省察録と備忘録の中でお伝えする価値があると思われるものを挿入しても悪くないと思っている次第である。

第二巻の終わり

ホフマン年譜

一七七六　一月二十四日、ケーニヒスベルク（現ロシア領カリーニングラード）で生まれる。
一七九二　ケーニヒスベルク大学法学科入学。学業の傍ら絵画、作曲、詩作に耽る。
一七九五　司法官試補となる。
一七九八　第二次司法試験合格。ベルリンに移り、宮廷楽長に師事。
一八〇〇　ポーゼン（現ポーランド領ポズナニ）の司法官試補に任命される。
一八〇二　謝肉祭でホフマンが描いた諷刺画がスキャンダルとなり、プロック（現ポーランド領プウォツク）への左遷。ミハリーナ・ロレル・チシュチンスカと結婚。
一八〇四　ワルシャワへ異動。友人からロマン派文学を紹介される。
一八〇六　ナポレオン軍がワルシャワに進駐し、ホフマン、失職。
一八〇七　ベルリン滞在。
一八〇八　バンベルク劇場の音楽監督となる。
一八〇九　小説「騎士グルック」がライプツィヒの『一般音楽新聞』に掲載される。
一八一〇　上流階級の音楽教育に携わる。「楽長ヨハネス・クライスラーの音楽上の悩み」執筆。
一八一一　歌唱指導を行なっていたユーリア・マルクに恋心を抱く。
一八一二　音楽監督の職を失う。
一八一三　ドレスデンのヨゼフ・ゼコンダの劇団の音楽監督となる。
一八一四　ゼコンダの劇団の音楽監督を解雇される。『カロ風幻想作品集』第一～二巻刊行（「クライスレリアーナ」収録）、フケー原作のオペラ『ウンディーネ』完成。ベルリンに移住。

一八一五　『カロ風幻想作品集』第三〜四巻（「クライスレリアーナ」収録）、『悪魔の霊液』第一巻刊行。
一八一六　大審院判事就任。『悪魔の霊液』第二巻刊行、オペラ『ウンディーネ』初演。『夜曲集』第一巻刊行。
一八一七　『夜曲集』第二巻刊行。
一八一八　「ムル」と名づけた牡猫を飼いはじめる。
一八一九　『ゼラピオン同人集』第一〜二巻刊行。『牡猫ムルの人生観』執筆開始。プロイセン政府の「大逆的結社活動ならびにその他の危険な策動のための直属委員会」メンバーとなる。『牡猫ムルの人生観』第一巻刊行。
一八二〇　『ブランビラ王女』刊行。『ゼラピオン同人集』第三巻刊行。
一八二一　『ゼラピオン同人集』第四巻刊行。十一月、飼い猫ムルが死亡。『牡猫ムルの人生観』第二巻刊行。
一八二二　『蚤の親方』刊行。六月二十五日、ベルリンで死去。

訳者あとがき

本書ほど序文を必要とする書物もないだろう。いかなる数奇な経緯で本書が組みあがったか説明しておかなければ、まずわけがわからないはずだ。

そしてこの訳書ほど訳者のあとがきを必要とする書物もないだろう。いかなる数奇な経緯で訳者が本書と出会ったか説明しておかなければ、訳者の思い入れの深さはまずわからないはずだ。

ぼくの高校では国語の授業で進級論文のようなものが設定されていた。一年生のときは芥川龍之介論、二年生のときは夏目漱石論。一九七三年、二年生の夏、論文のネタを探して、神田の古本屋街を渉猟した。そして出会ったのが、吉田六郎著『「吾輩は猫である」論　漱石の「猫」とホフマンの「猫」』（勁草書房　一九六八年）である。ホフマンの「猫」は初耳だったが、これを参考にすれば論文はできあがる。しめしめと思って、さっそくその一年前に翻訳出版されたばかりの『牡猫ムルの人生観』（創土社　ホフマン全集　第七巻、深田甫訳）を入手した。課題の論文は四百字詰め原稿用紙で三十枚ほどになったと記憶している。二つの猫作品の特徴として「ユーモア」について書き、ホフマン作品の特徴として「夢」と「幻影・幻覚」の描写について論じた。文学研究の面白さをはじめて実感したのもこのときだった。創土社版の帯文には『牡猫ムルの人生観』がこう紹介されている。

「学識ゆたかでちょっと自惚れやの牡猫ムルが綴る諷刺あふれる自伝と、その主人の楽長クライスラー（音楽芸術家のもっとも深遠な文学的典型といわれる）の悲恋と正義の伝記が錯綜しながら（……）すべてを二重レンズで見なければならないような、妖しき世界を描いた未完の大作」

楽長がムルの主人であるという件は若干《じゃっかん》誤解を生むが、じつに正鵠《せいこく》を射た紹介文だ。著者のホフマンは一八一九年に執筆を開始し、第一巻が同年末に、第二巻が一八二一年末に刊行された。当初、第三巻まで構想していたが、翌一八二二年六月にホフマンが亡くなったため、未完に終わった。

とはいえ、ムルの人生は第二巻で一応の決着を見ている。現実でも、ホフマンはムルという名の牡猫を一八一八年から飼っていて、一八二一年十一月末に死別している。この実在したムルが本書の牡猫のモデルであることはいうまでもない。

ホフマンは友人知人にムルの死亡通知を送っており、愛玩していたことが窺える。友人ヒッツィヒ宛に出された通知文を紹介しよう（口絵参照）。

　本年十一月二十九日から三十日にかけての夜、その生涯はまだこれからだというのに、わが愛する弟子、牡猫ムルが短いが、身もだえるほどの苦しみののちに永眠し、よりよき存在となった。私と心を共にする支持者や友に慎んで告知するものである。永眠したこの若者を知る者なら、わが痛恨の思いを正当とみなし――沈黙をもってかの者に敬意を表することだろう。

ホフマン

ベルリン、一八二一年十一月三十日

日本の文壇で猫と言えば、もちろん夏目漱石の『吾輩は猫である』であるが、漱石も愛猫の死亡通知を出していることはご存じだろうか。明治四十一年九月十四日付の死亡通知はこんな文章ではじまる。「辱知猫儀《じょくちねこぎ》久々《ひさびさ》病気の処《ところ》、療養不相叶《あひかなはず》、昨夜いつの間にか裏の納屋《なや》のヘッツイの上にて逝去致候《せいきょいたしそろ》」（角川書店『漱石全集　第五巻』一九六一年、所収）。

ムルと「吾輩」の関連性はこれだけに終わらない。『吾輩は猫である』の中で「吾輩」は「自分では是程《これほど》の見識家《けんしきか》はまたとあるまいと思《おも》ふて居《ゐ》たが、先達《せんだつ》てカーテル、ムルと云《い》ふ見《み》ず知《し》らずの同族《どうぞく》が突然大気燄《とつぜんだいきえん》を揚《あ》げたので、一寸吃驚《ちょつとびつくり》した」とムルについて言及していることはつとに知られているが、ドイツ文学者藤代素人《ふじしろそじん》が『吾輩は猫である』の雑誌『ホトトギス』連載中に「カーテル、ムル口述、素人筆記」として『猫文士氣焔錄』（『新小説』明治三十九年五月号）という一文を書いていることはご存じだろうか。「まだ世界文學の知識が足らぬ爲めかも知れぬが、文筆を以て世に立つのは同族中己れが元祖だと云はぬばかりの顔附をして、百年も前に吾輩と云ふ大天才が獨逸文壇の相場を狂はした事を、おくびにも出さない。若し知て居るのなら、先輩に對して甚だ禮を缺いて居る譯だ」と「吾輩」を大いにからかっている。

『ホフマン全集』の「作品解題」で藤代素人の一文に触れたとき、もし自分が本書を翻訳するならムルの一人称は断然「吾輩」にすると心に決めたことをよく覚えている。五十年越しのこの翻訳ではいろいろ考えて「わが輩」とした。ちなみに深田甫《ふかだはじめ》訳では「余」、石丸静雄訳では「おれ」、秋山《あきやま》六郎兵衛《ろくろうべえ》訳では「俺」、期せずして本書とほぼ同時期に翻訳出版された鈴木芳子訳『ネコのムル君の人生観』（光文社文庫）では「わたし」。ムルの一人称がどれかで、作品の雰囲気は相当変わると思う。はたして読者諸氏の好みやいかに？

さて、本書の魅力はムルの大気焔のおかしさにあるのは当然として、「二重レンズ」のもう一方のレンズである、反故紙《ほご》として誤って挿入されたという「楽長ヨハネス・クライスラーの伝記」との合わせ技もこの作品の面白さに一役買っている。伝記『E・T・A・ホフマン　ある懐疑的な夢想家の生涯』（法政大学出版局　一九九四年）の著者ザフランスキーによると、一八〇九年のデビュー作『騎士グルック』を書いた時期、ホフマンは備忘録にこんなことを書き込んでいたという。

「こんなことを書いてみたらさぞや愉快にちがいない。珍談奇談を考えだしては、なにかしらごく尤もらしい色合いをつけてみる。うまく引用してやればいい。それぞれ何世紀も隔たった世界に生きた人物たちを組み合せたり、あるいはまったく異質の事件を組み合せたりして、すぐに嘘だとわかるような引用を使えばいい。簡単にだまされる人もいるだろうし、少なくともひとときでも本当だと思う人がいるかもしれない。――こういう人たちをちくりとひと刺し痛い目にあわせれば、首尾は上々だ」

これを受けてザフランスキーは「異質《ヘテロ》なもの同士の『組み合わせ』、幻想的なものとリアルなものの「組み合わせ」、現在の真っ只中に過去のものを「組み合わせ」てみること。これがホフマンの文体の特色だ」としている。

この特徴は本書にも十二分に生かされている、というか、本書こそそうした「組み合わせの妙」の集大成ではないかと思う。ムルの自伝とクライスラーの伝記の混在もそうだが、全体を通読すると、動物小説であり、怪奇小説（夢、魔術、自動人形）であり、犯罪小説（拉致、暗殺未遂、毒殺）であり、恋愛小説であり、さらにはドイツの小説の伝統である教養小説のパロディでもある。

マイスター・アブラハムがいみじくも「嘘はたいてい暴かれ、誤解はたいてい解けるものだ」と言っているが、それを地で行くように第二巻後半で、それまで錯綜していた嘘や謎の真相が畳みかけるように見えてくるところもじつにスリリングだ。もちろん第三巻を予定していた関係もあり、クライスラーとユーリアの恋の行方、マイスター・アブラハムの行方不明の妻のその後など気になることが積み残されてしまっているが、これはこれで、読者諸氏それぞれに想像や妄想をふくらませる余地として楽しんでもらえたらと思う。

ムルの自伝に割り込む「楽長ヨハネス・クライスラーの伝記」は断片であるため若干全体像をつかみにくいが、これはホフマンが作家活動の初期からこだわってきたクライスラーというキャラクターの一側面でしかないこととも無縁ではないだろう。ホフマンは『カロ風幻想作品集』第一巻（一八一四）、第四巻（一八一五）の中で「クライスレリアーナ」*Kreisleriana* と題して合計十四編の小品をまとめている。のちにロベルト・シューマンによる『クライスレリアーナ　ピアノのための幻想曲集』という二次創作を生み出したことでも知られる小品集で、クライスラーは、一時は音楽家を本気でめざしていたホフマンの自画像だと言えるし、それを超えて今ではドイツ・ロマン派の芸術家像の典型例とも評されている。『クライスレリアーナ』の冒頭は「彼は何処から来たのか？——誰にもわからないのだ！——彼の両親は誰であったのか？——知られてはいない！——彼は誰の門下生か？」（深田訳）という一文ではじまるが、この一部が本書の「楽長ヨハネス・クライスラーの伝記」でついに明かされる運びとなった。

ザフランスキーはこのクライスラー像の変遷を次のように要約している。

ホフマンが長きにわたってこだわり続けるこの人物は、作者ホフマンの成長とともに変化して行く。はじめのうち、クライスラーは強靭な芸術意志そのものを体現した人物である。芸術のわからない世間に対し理屈をこね、諷刺で対抗する。その次の段階に至ると、クライスラーは霊感《インスピレーション》は感じるものの、形成力に欠くため、作品にならない「心象」の「海」に溺れかけている音楽家ということになる。ホフマンのユーリア体験以後、クライスラーは不幸な恋愛のために狂人になってしまう。最後に『牡猫ムル』で登場するクライスラーは、謎めいた事件に巻き込まれたり、熱狂的な芸術讃歌に浸ってはいるものの、懐疑家になっている。彼が抵抗するのは外部世界の制約に対してばかりではない。彼はじしんの限界も悟ったのである。

クライスラーがホフマンの精神的変化を含めた自画像ということであれば、そこにホフマンが生きた時代が写し込まれていることも想像に難くないだろう。

クライスラーは幼少期に音楽の手ほどきを受けた。ホフマンも十代で音楽理論とピアノ演奏を学び、一七九二年にケーニヒスベルク大学の法学科に進学してからも、絵の制作、作曲、詩作に没頭した。だが卒業後、ホフマンは司法試験を受け、プロイセン王国で裁判官の道を歩む。ところが一八〇六年、ナポレオン軍の進駐に伴って失職する。一方、クライスラーは公使参事官の官職につき、理由を明かさないまま職を辞している。その後、大公国で楽長になり、音楽家としての道をスタートさせ、そこでふたたび挫折するところは、一八〇七年から音楽監督として活動し、一八一二年、一八一四年と二度解雇されてしまうバンベルク、ドレスデン時代のホフマンと重なるだろう。ホフマンはまた一八一一年頃、上流階級の人々への音楽教育に携わっていて、歌唱指導を行なっていた二十歳も歳下の女性ユーリア・マルクに恋心を抱いたことが知られている。この出来事はクライスラーとユーリアの関係を彷彿《ほうふつ》させるだろう。ホフマンはその後、本格的に作家の道に進む。これについては巻末に年譜を付すので、そちらを参考にしてほしい。ここでは引きつづき本書の同時代との関わりを検討しておきたいと思う。

本書の執筆開始が一八一九年なので、この年を作品内の現在と想定した場合、「三十歳ぐらいの」

のクライスラーは一七八九年前後の生まれということになる。一七八九年はフランス革命が起きた年だ。旧態依然としたドイツで生きる若者の多くはこの革命に歓喜したといわれる。自分たちの軛《くびき》も解かれると期待したからだろう。初期ドイツ・ロマン派を担った人々、アウグスト・ヴィルヘルム・シュレーゲル（一七六七年生）、フリードリヒ・シュレーゲル（一七七二年生）、ノヴァーリス（一七七二年生）、ティーク（一七七三年生）などの若い世代はフランス革命の報に血をたぎらせたことだろう。それに対し、後期ドイツ・ロマン派に属するアルニム、シャミッソー（共に一七八一年生）、『グリム童話』を編んだヤーコプ・グリム（一七八五年生）、ヴィルヘルム・グリム（一七八六年生）などは青春期にナポレオン戦争を体験する。つまりナポレオン戦争で多かれ少なかれ人生を翻弄され、反フランスに矛先《ほこさき》を変え、自分たちのオリジンであるドイツ文化に注目する者たちが出てくる。ホフマンは一七七六年生まれなので、初期ドイツ・ロマン派の世代に近いが、実際にドイツ・ロマン派の作家たちと交流したのは、ナポレオン失脚後の一八一四年にはじまる彼のベルリン時代で、ナポレオン戦争体験を共有する後期ドイツ・ロマン派の作家が中心だった。このことがホフマンの作風にも影響していると言えるし、クライスラーの設定にも影を落としていると推察される。

　時代の写し込みという点で気になるのはイレネウス侯爵も同様だ。侯爵は一時期、パリにいたことになっている。そしてその後、大公国に領地を併合されている。つまり侯爵はナポレオン戦争でフランス側につき、その後、領地を失ったのだ。ホフマンが失職した一八〇六年、ドイツではナポレオンの影響下に置かれた国家連合「ライン同盟」が作られている。侯爵はその趨勢《すうせい》の中でフランス軍に従軍していたのではないだろうか。そうすると、ナポレオン失脚後のヨーロッパの秩序回復と領土分割を決めたウィーン会議（一八一四―一五）では当然、蚊帳《かや》の外に置かれることになる。

ゲーテやシラーが集《つど》ってドイツ古典主義文学の花を咲かせたザクセン＝ワイマール公国は逆に公子をロシア皇帝の妹と結婚させて、対フランス戦にロシア帝国を引き入れた功績で、一八一五年、周辺の領邦を編入する形でザクセン＝ワイマール＝アイゼナハ大公国に昇格している。イレネウス侯爵が領地を失ったのも、この一八一五年と考えられそうだ。またそう考えると、ジークハルト宮に得体の知れない男があらわれたと騒然としたときに、侯爵を護衛するために「総督に無理を言って祖国防衛者たちまで連れてきた」という一節も意味深となるだろう。なぜこの地に「総督」がいて、無理を言わないと祖国防衛者たちに助けてもらえないのか。当時の読者なら、きっと「ははあ」と思ったに違いない。

また作品内で十六〜十八歳の侯爵令嬢は一八〇一年ないしは一八〇三年生まれと考えられる。イレネウス侯爵が一八〇六年頃、パリにいたとすると、四歳のときに体験した画家レオンハルト・エットリンガーの一件は、侯爵不在のときの出来事だった可能性が高い。

公子ヘクトールも侯爵と同じように「フランス軍に奉職し」ており、その後「フランスの軍服を脱ぎ捨てて、ナポリ王国の軍服に着替えた」。ナポリ王国は一八〇六年にナポレオンによって征服され、それ以降一八一五年までナポレオン帝国の衛星国だった。公子ヘクトールは一八一五年にフランスの軍服を脱ぎ捨て、ブルボン家の「両シチリア王国」に属するナポリに帰参したのではないだろうか。これが二十代前半と考えると、作中で描かれるある事件の背景もいろいろ見えてくるが、これはネタバレになるので割愛しておこう。

一方、マイスター・アブラハムは何歳くらいの設定だろう。幼いクライスラーとゲニエネスミュールで出会っているので、これが一八〇〇年頃。それ以前にナポリ時代があり、結婚をし、先代の侯爵に仕えていたことを考えると、一七六〇年頃の生まれで、作中の現在は六十歳前後ではないかと思う。彼はふたたびナポリに赴いて、公子ヘクトールと絡み、また同地で殺人事件が起きるが、これは一八一六年か一八一七年頃のことだろうか。

ではベンツォン夫人はどうだろう？　作中では「三十代半ば」とあるので、一七八四年前後の生まれと思われる。娘のユーリアは作中で侯爵令嬢と同年齢と考えられるので、生まれたのは一八〇一年ないしは一八〇二年で、ベンツォン夫人が十七歳か十八歳の頃の子となる。ベンツォン夫人は、マイスター・アブラハムがゲニエネスミュールへ赴く前（一八〇〇年頃）にもうひとり女子を密かに生んでいる。その子は二歳のときにナポリに来ているので、出産は一七九八年（夫人は十四、五歳）頃だろうか。

作品の裏設定を掘り下げると、いろいろ見えてくるが、第三巻が書かれずに終わったので、他にもまだ見えない伏線があるかもしれない。たとえばドイツでは、侯爵令嬢とユーリアはベンツォン夫人によって取り替えられているのではないかと憶測する向きもあるらしい。そうだとして、これが第三巻で明らかになったら、「ユーリアと侯子イグナツィウスが将来結婚することが公表された」件はどうなることやら。「ベンツォン顧問官はもういない。今いるのはフォン・エッシェナウ帝国伯爵夫人だ」という一節も、伏線と考えるととても気になる。帝国伯爵はもともと神聖ローマ帝国皇帝直属の貴族を指し、帝国会議で議決権を持っていたが、ナポレオン戦争の結果、帝国が解体し、その後のウィーン会議を経て、その実権を失っているからだ。この物語の時点でベンツォン夫人が帝国伯爵夫人になることにどんな意味があるのだろうか。深読みできる要素はまだまだある。そういうことをあれこれ想像しながら本書を楽しんでもらえるととてもうれしい。

さて、最後もまたホフマンの遊びに合わせて、こんなふうにあとがきを締めくくることにする。訳者のあとがきを閉じるにあたり、交情厚き読者諸氏に極めて喜ばしき知らせをお伝えしたい。

――かの賢く、知性を持ち、怪奇をよくし、奇想天外だったホフマンは苦悩に満ちた生涯の半ばで病死したものの、その作品は不滅である。機会があれば、ホフマンの手になる小説のさらなる翻訳に取り組みたいと切に願うものである。乞うご期待！

作品中、現代では穏当を欠く表現が散見されますが、
作品の時代性を鑑み、なるべく原文を活かしました。
——編集部

LEBENS-ANSICHTEN DES KATERS MURR
by E.T.A. Hoffmann
1819, 1821

牡猫《おすねこ》ムルの人生観

二〇二四年十一月二十九日　初版

著者　E・T・A・ホフマン
訳者　酒寄進一（さかより・しんいち）
装丁　柳川貴代
発行者　渋谷健太郎
発行所　（株）東京創元社
〒一六二－〇八一四
東京都新宿区新小川町一番五号
電話　〇三－三二六八－八二三一（代）
URL　https://www.tsogen.co.jp
印刷　萩原印刷
製本　加藤製本

ISBN978-4-488-01690-6 C0097